KB266096

동아시아 한문문명권 문학의 이해

동아시아 한문문명권 문학의 이해

최귀묵 지음

박이정

책 머리에

이 책은 그간 필자가 관심을 기울여 온 동아시아 한문문명권 문학에 관한 연구 성과를 정리한 것이다. 오래전에 쓴 글도 있고 최근에 쓴 글도 있는데, 아주 전문적인 내용을 담은 글은 제외하고 동아시아 한문문명권 문학에 관한 기본적인 이해에 도움이 되는 글을 가려 뽑았다. 집필한 시기가 달라 문체의 차이도 있었는데, 되도록 간결하게 고쳐 썼다. 아울러 대학생이 읽어 이해할 수 있도록 주석도 충실하게 갖추고자 했다.

모두 7부로 구성되어 있으며, 1부에서는 동아시아 한문문명권의 범위와 성립 기반, 동아시아 각국의 언어와 문자를 개관한다. 2부에서는 동아시아 각국이 불교를 보편종교로 수용하는 과정에서 토착 신격과 불보살의 관계를 어떻게 정립했는지를 살피고 시론적 수준에서 유형화한다.

유교와 불교는 글쓰기의 사상적 근거와 실제 양상에서 큰 차이를 보인다. 3부에서는 유자이자 선승이었던 김시습이 남긴 저작을 통해 유교와 불교의 글쓰기 방식이 지닌 특징을 대조하여 살펴본다. 아울러 유불의 글쓰기 문제의식의 차이가 선시론과 시, 반의고주의 시론과 시를 통해서 드러나는 양상을 고찰한다.

4부에서 6부에 걸쳐서는 민족어 시가, 소설, 연극 등 개별 갈래를 중심으로 기초적인 논의를 정리하고, 이를 토대로 작품 분석을 시도한다. 7부에서는 교술 산문과 류큐 문학을 다루며 관심을 확장한다.

이 책은 기본적인 설명과 이론적 논의, 그리고 개별 작품에 대한 분석을 함께 제시함으로써 동아시아 문학을 공부하는 하나의 길잡이가 되고자 한다. 각 장은 독립적으로 구성되어 있으므로 독자는 자신의 관심과 필요에 따라 선택적으로 읽어도 무방하다. 이 책이 학생과 연구자 모두에게 동아시아 한문문명권 문학에 관한 관심을 넓히고 연구 과제를 발견하는 데 작은 도움이라도 될 수 있기를 바란다.

연구실원 강혜진, 박주현, 유해인, 조보윤, 조은숙, 최빛나라 박사, 그리고 박사과정생 우채리가 원고를 검토해 준 덕분에 잘못을 줄일 수 있었다. 책을 정성껏 만들어 주신 박찬익 사장님과 편집팀원께도 깊이 감사드린다.

2026년 1월

저자

목차

일러두기

+ 본서에서는 외국어 고유명사를 원칙적으로 현지 발음에 가깝게 표기했다.

+ 일부 용어는 가독성을 고려하여 편의상 붙여 써 표기한 경우가 있다.
(예: 쯔 놈 → 쯔놈)

+ 외국어를 발음에 따라 표기하는 것보다 한자어로 옮기는 편이 독자의 이해를 돕는다고 판단되는 때는 해당 용어를 한자어로 바꾸어 표기했다.
(예: 터 놈 드엉 루엇(thơ Nôm Đường luật) → 당률국음시(唐律國音詩)

+ 학계에서 관행적으로 사용되어 온 표기는 이를 존중했다.
(예: 비엣 남 → 베트남)

1부 동아시아 한문문명권

1장 동아시아 한문문명권의 범위와 기반

2장 동아시아의 언어와 문자

01

동아시아 한문문명권의 범위와 기반

1. 동아시아 한문문명권의 범위

1

이 책에서 말하는 동아시아는, 오늘날 국가를 기준으로 말하자면 중국·한국·일본·베트남을 가리킨다.[1)] 동아시아라고 하면서 인도·파키스탄이나 말레이시아·인도네시아와 같은 나라를 포함하지 않는 이유는 무엇인가? 그것은 중국·한국·일본·베트남 네 나라만 묶어서 동아시아라고 할 수 있는 뚜렷한 공통점이 있기 때문이다. 네 나라는 근대 이전 시기에

---

1) 나라 이름 '베트남(Việt Nam)'의 한자 표기 '越南'을 읽으면 '월남'이다. 중국·한국·일본이라는 나라 이름 표기와 마찬가지로 나라 이름을 한자음으로 읽고 표기하는 것이 문명사적 맥락에서 타당하다. 그런데 월남'은 냉전 시기 반공 진영의 남베트남을 가리키는 명칭이라는 정치적 함의를 여전히 지니고 있다. 그리고 오늘날 연구자나 독자에게는 '베트남'이라는 표기가 훨씬 익숙하다. 이 책에서는 이러한 사정을 고려하여 '베트남'으로 표기한다. 뒤에 살펴볼 '琉球'의 경우도 마찬가지다. 한자음으로는 '유구'이지만 오늘날에는 '류큐'라는 표기가 더 널리 사용된다. 다섯 지역을 함께 지칭해야 할 때는, '한국·중국·일본·베트남·류큐'라고 표기하기로 한다.

'한문(漢文)'을 '문어(文語)'로 사용했다. 네 나라에서 공동으로 사용했다는 점에서 한문을 공동문어(共同文語)라고 일컫는다. 영어로는 'common written language'라고 한다.

한문을 공동문어로 사용하면서 한문으로 기록된 유교나 불교 경전을 받아들였고, 유교나 불교에서 추구하는 가치관을 공유하게 되었다. 한문을 사용하는 나라 간의 국제적인 정치 질서도 형성되었다. 이렇게 공동문어, 보편종교, 국제 정치 질서로 묶여서 뚜렷한 공통점을 갖게 된 네 나라를 묶어서 '동아시아 한문문명권'이라고 부른다. 한자는 글자이고 한문은 한자를 사용해서 쓴 글이다. 글자보다 글을 더 중시해서, 한자문명권이라는 말 대신 한문문명권이라는 말을 쓴다. 이 책은 동아시아 한문문명권의 한문문학(한문학)과 민족어문학의 다양한 면모를 소개하여 인식을 확장하고 새로운 연구 과제를 발견하는 것을 목표로 한다.

근대 이전 세계에는 한문과 같은 공동문어가 여럿 있었다. 라틴어(Latin), 산스크리트어(Sanskrit), 고전 아랍어(Classical Arabic)와 같은 것이다.[2] 동아시아 한문문명권처럼 공동문어, 종교, 국제 정치 질서로 묶이는 라틴어 문명권, 산스크리트어 문명권, 아랍어 문명권이 형성되었다. 이처럼 공동문어 사용을 기본 요건으로 하여 문명권이 형성된, 근대 이전 시대를 이 책에서는 중세(中世)라고 한다.[3]

요컨대 중국·한국·일본·베트남 - 이들 네 나라를 동남아시아나 남아시아와 구별해서 동아시아라고 일컫는 이유는 중세에 문명권 소속이 달랐기 때문이다. 인도·파키스탄이나 말레이시아·인도네시아 - 이 가운데

2) 한문을 비롯한 공동문어에 대한 개괄적인 논의가 조동일, 『세계문학사의 전개』, 지식산업사, 2002, 79-88면에 있다. '라틴', '산스크리트'는 그 자체로 언어의 이름이지만 관례를 따라서 언어임을 표시하는 '-어(語)'를 덧붙인다.

3) 조동일, 『한국문학통사』 1(제4판), 지식산업사, 2005와 『동아시아문명론』, 지식산업사, 2010에서 문학사의 시대구분, 동아시아 한문문명권의 성격에 관해서 심도 있는 논의가 이루어졌다.

어디서도 한문을 공동문어로 사용하지 않았다. 동아시아는 단순히 지리적인 차이를 드러내고자 사용하는 말은 아니다.

2

지금도 외국어를 배우지 않으면 동아시아의 사람이 서로 의사소통하기가 어려울 것이다. 그것은 근대 이전에도 마찬가지였다. 가령 16세기에 중국 북경(北京)에서 한국의 사신과 베트남의 사신이 만났다고 해 보자.[4] 중국어를 할 줄 아는 두 나라 통역관의 도움을 받으면 어떻게든 뜻을 통할 수 있었겠지만, 그럴 수 없는 상황이라면 서로 바라보기만 할 뿐 아무 말도 못 했을 것이다. 그런데 실은 다른 방법이 있었다. 다음 한시 작품을 보자.

義安何地不安居	의(義)에 든든하면 어딘들 편안치 않으리오
禮接誠交樂有餘	예(禮)로 맞아 성(誠)으로 사귀면 즐거움 넉넉하리.
彼此雖殊山海域	피차에 산과 시내 강역은 비록 다르나
淵源同一聖賢書	연원(淵源)은 동일하니 성현(聖賢)의 경전이로다.
交鄰便是信爲本	이웃 사귐엔 믿음이 근본이요
進德深惟敬作輿	진덕(進德)에는 공경이 바탕이로다.
記取使軺還國日	사신의 수레 회국(回國)할 날을 생각하노니
東南五色望雲車	동으로 남으로 오색(五色) 운거(雲車) 바라리로다.

이 작품의 작자는 베트남 레(黎) 왕조[5]의 풍 칵 코안(馮克寬, 1528-1613)이다. 풍 칵 코안은 1597년에 북경에서 조선의 이수광(李睟光, 1563-1628)

---

4) 오늘날 나라 이름인 '한국·중국·일본·베트남'을 그대로 지역 명칭으로도 사용한다. 그래서 '16세기 중국에는 명나라가 들어서 있었다'라는 말이 자연스럽다.

5) 베트남 역사에는 레 왕조가 둘 있다. 이 책에서 레 왕조는 1428-1789년 존속한 레 왕조[後黎]를 가리킨다.

을 만나서 시문을 주고받았는데, 이수광이 준 시에 풍 칵 코안이 쓴 답시가 이 작품이다.

말이 통하지 않아도 글은 통했던 것이다. 베트남과 한국이 한문을 공동문어로 사용하고 있었기 때문에 글로 의사소통할 수 있었다. 일본에 간 조선 사신과 에도막부(江戶幕府)의 유자(儒者)가 주고받은 한문 시문이 지금까지 전하는 것도 같은 이치다.

인용한 시로 돌아가서 내용을 살펴보자. 첫째 줄과 둘째 줄에서 '의(義)', '예(禮)'를 말하고, 셋째 줄과 넷째 줄에서는 '연원이 동일하다(淵源同一)'라고 말했다. 의와 예는 성현의 가르침이다. 성현의 가르침을 담은 경전은 한문으로 쓰여 있다. 풍 칵 코안은 레 왕조와 조선이 한문을 사용하면서 유교의 가치관을 공유하여 함께 동아시아 한문문명권을 이루고 있다는 점을 '감격적으로' 확인하고 있다.6)

3

그러면 일본은 어떠했을까? 한시 작품을 한 편 보자.

熊野峰前徐福祠	구마노산 앞에는 서복(徐福)의 사당
滿山藥草雨餘肥	온 산에 가득한 약초는 비 맞아 살졌네.
只今海上波濤穩	지금 바다 위 물결이 잔잔하니
萬里好風須早歸	만 리 길 좋은 바람에 서둘러 돌아가야 하리.

젯카이 추신(絶海中津, 1336-1405)이라고 하는 무로마치 시대(室町時代) 승

6) 인하대학교 한국학연구소 엮음, 『한국과 베트남 사신, 북경에서 만나다: 창화시(唱和詩) 연구』, 소명출판, 2013에서 한국과 베트남의 사신들이 북경(北京)이나 열하(熱河)에서 만나 주고받은 창화시를 집성하고 번역했다. 풍 칵 코안 시의 번역도 그 책에서 가져왔다.

려의 작품이다. 1376년 중국에 유학 중이던 젯카이 추신은 명나라 태조 주원장(朱元璋)을 알현했는데, 그 자리에서 태조가 구마노의 사당에 관하여 묻자, 이 작품을 지었다고 한다. 작품은 태조의 치세에 천하가 평온하게 되었다는 외교적 수사이기도 하지만 일본은 진시황이 불로초를 구하려고 서복(徐福)[7]을 보냈던 신령스러운 땅이라는 자부심의 표현이기도 하다. 이렇게 한시를 짓고, 한시에 민족적 자부심을 표현할 수 있었던 것은 일본이 한문을 공동문어로 사용하는 한문문명권의 구성원이었기 때문에 가능했다.

4

오늘날 일본의 오키나와 지역에는 근대 이전에 류큐(琉球) 왕국이 들어서 있었다. 류큐도 동아시아 한문문명권의 일원이었다. 지도를 통해서 위치를 확인해 보자.

류큐에서 1458년에 주조한 '만국진량(萬國津梁)의 종(鐘)'이라는 종이 있다.

7) 서불(徐市)이라고도 불리는 인물이다. 진(秦)나라 때의 방사(方士)(신선의 술법을 닦는 사람)로, 진시황(秦始皇)의 명으로 불사약(不死藥)을 구하러 바다 끝 신산(神山)으로 배를 타고 떠났으나 돌아오지 않았다 한다.

류큐의 왕성인 슈리성(首里城) 정전(正殿)에 걸었다고 한다. 높이는 154.9cm, 지름은 93.1cm, 무게는 721kg에 이른다. 종에는 명문(銘文)이 새겨져 있는데, 한문이다. 첫 부분에서는 류큐는 남해(南海)의 승지(勝地)로서 삼한(三韓)의 빼어남을 한데 모았고, 이웃한 명나라와 일본 사이에 솟아오른 봉래도(蓬萊島)라고 했다. 이어서 배로 교역하는 해상무역의 중심지가 되어 번성해서 나라에는 보물이 가득하다고 했다.8) 동아시아 한문문명권의 일원이 되어 크게 번성하고 있다는 자부심을 한문으로 표현하고 있음을 확인할 수 있다.

앞서 베트남과 한국의 사신이 북경에서 만나서 시문을 주고받았다고 했는데, 류큐의 사신도 그렇게 하는 데 동참했다. 이덕무(李德懋. 1741-1793)가 남긴 기록에 따르면, 이수광은 1597년 명나라에서 베트남 사신 풍 칵 코안과 시를 주고받았는데, 당시에 류큐의 사신이 찾아와서 시문을 원했기 때문에 지어서 주었다고 한다. 류큐도 동아시아 한문문명권의 일원이었기 때문에 가능한 일이었다.

5

이상의 내용을 간략하게 정리해 보자. 중국·한국·일본·베트남은 중세에 한문을 공동문어로 사용하며 한문문명권을 이루었다. 류큐도 그 일원이었다. 나라마다 말이 다르고 한자를 읽는 방식도 각각 달랐지만, 한문을 읽으면 뜻을 이해할 수 있었다. 중세에는 말이 통하지 않아도 글은

---

8) 원문은 "琉球國者南海勝地 而鍾三韓之秀 以大明爲輔車 以日域爲脣齒 在此二中間湧出之蓬萊島也 以舟楫爲萬國之津梁 異産至寶充滿十方刹"이다. '보거(輔車)'는 수레의 덧방나무(수레의 양쪽 가장자리에 덧대는 나무)와 바퀴처럼 뗄 수 없을 정도로 긴밀한 관계임을 표현하는 말이고, '순치(脣齒)'는 입술과 이처럼 이해관계가 밀접한 둘 사이를 가리키는 말이다. '봉래도(蓬萊島)'는 신선이 산다는 섬이다.

통했기 때문에 사신들이 시문을 주고받을 수 있었다. 한문으로 글을 써서 한문문명권에 속했다는 점을 나타내고, 민족적 자부심을 드러내기도 했다.

2. 동아시아 한문문명권의 기반

1

중세에 한문을 공동문어로 사용한 지역, 중국·한국·일본·베트남·류큐가 동아시아 한문문명권을 이루었다. 여기서는 공동문어인 한문 이외에 한문문명권을 구성하는 요소로 어떤 것이 더 있는지 살펴보고자 한다. 이 책의 주된 관심사가 문학이므로 그러한 요소가 동아시아 각국의 문학을 어떻게 풍부하게 했는지 함께 논의하기로 한다.

동아시아 한문문명권의 각국은 한문을 공동문어로 사용했다. 그리고 유교와 불교를 종교로 수용했다.

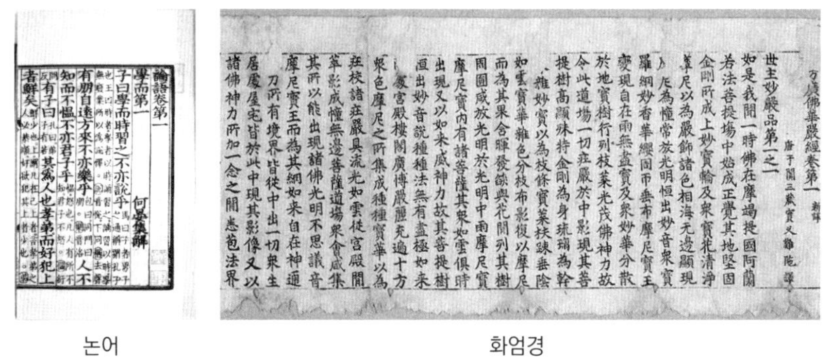

논어　　화엄경

왼쪽은 유교 경전인 《논어(論語)》, 오른쪽은 불교 경전인 《화엄경(華嚴經)》의 첫 부분이다. 본문을 보면 각각 "자왈(子曰)", "여시아문(如是我聞)"으로 시작하고 있다. “공자께서 말씀하시기를”, “부처께서 하신 말씀을 나는 이와 같이 들었다”라는 뜻이다. 공자와 부처가 한 말을 전하는 형식으로 되어 있다. 물론 글은 전부 한문이다. 유교와 불교를 받아들여 종교 생활을 하자면 우선 한문으로 된 경전을 읽어야 했다.

2

동아시아 한문문명권의 보편종교로는 유교와 불교가 있다. 먼저 유교에 대해서 살펴보자. 한국의 이황(李滉, 1501-1570)과 일본의 이토 도가이(伊藤東涯, 1670-1736)는 유교를 대하는 진지한 태도를 서로 다른 어조로 말하고 있다.

고인(古人)도 날 몯 보고 나도 고인(古人) 몯 뵈
고인을 몯 봐도 녀던 길 알ᄑᆡ 잇ᄂᆡ
녀던 길 알ᄑᆡ 있거든 아니 녀고 엇뎔고

이황의 연시조 작품 〈도산십이곡(陶山十二曲)〉 가운데 하나다. ‘고인’은 유교의 성현이고 ‘녀던 길’은 가던 길이라는 뜻이다. 유교의 성현이 경전에서 제시한 학문과 수신(修身)의 길을 자신도 가겠다고 다짐하고 있다.

다음은 이토 도가이의 〈자조(自嘲)〉라는 한시 작품이다.

日出而興日入眠	해 뜨면 일어나고 해 지면 잠잔 나날들
眠驚歲月暫時遷	잠깐 사이 흘러가 버린 세월에 놀랐네.
生糜穀帛更無用	앉아서 곡식과 옷을 허비하는 무용한 처지에
浪說讀書學聖賢	글 읽어 성현을 배운다고 함부로 말하네.

제목은 ‘자신을 비웃는다’라는 뜻이다. 도달하고자 하는 목표가 성현의 경지이고, 독서를 통해서 그 목표를 이룰 수 있다고 믿고서 노력했으

나 세월을 허비하고 곡식만 축내고 말았다. 이렇게 표면적으로는 '무용(無用)'한 사람이라고 자책하고 있다. 하지만 시를 지은 뜻은 그러한 자책이 다가 아니고, 자신에게도 세상에도 '유용'한 참된 학문을 하자는 다짐이라고 보아야 할 것이다.

유교의 성현의 가르침을 배우고 따르는 사람을 유자(儒者)라고 한다. 유자는 수신제가치국평천하(修身齊家治國平天下)를 목표로 삼는 사람이다. 성현의 가르침을 따라서 자기 성장을 이루고(수신), 나라를 다스려(치국) 마침내 천하를 태평하게 만들겠다는(평천하) 포부를 지닌 사람들이다. 그와 같은 원대한 목표를 실현하는 출발점이 유교의 경전을 읽어 그 가치관을 내면화하는 수신에 있다. 이황과 이토 도가이는 문학작품을 통해서 유자로서의 자세를 가다듬고 있다.

3

기록에 따르면 중국에 불교가 전해진 것은 1세기[후한(後漢)] 무렵이다. 고구려에는 372년에, 백제에는 384년에 전해졌다고 하고, 신라의 경우는 527년 이차돈(異次頓)의 순교를 계기로 불교가 공인되었다고 알려져 있다. 그리고 백제로부터 일본에 불교가 전해진 것은 6세기의 일이라고 한다.

불교의 불보살(佛菩薩)(부처와 보살)은 궁극적 진리를 깨친 존재이면서 중생을 구제하겠다는 숭고한 이상을 선포하고 몸소 실천하는 중세 보편종교의 신격(神格)이다. 불교 수행자는 불보살을 본받고자 하고, 불보살이 다스리는 땅에서 태어나기를 바라고, 마침내 스스로 불보살이 되고자 하는 종교적 열망을 품었다.

불교 종파 가운데 동아시아에서 크게 융성한 것으로 선종(禪宗)이 있다. 선종에서는 문답을 중시하고, 스스로 깨달아 부처가 되는 길을 가야 한다고 강조했다. 그 점을 염두에 두고 선종에서 중시한 《벽암록(碧巖錄)》의 한 대목을 보기로 하자. 《벽암록》은 12세기에 중국에서 편찬되었다.

양(梁) 나라 무제(武帝)가 달마에게 물었다.
"무엇이 근본이 되는 가장 성스러운 진리입니까?"
달마가 대답했다. "텅 비어 성스럽다고 할 것도 없다."
양 무제가 말했다. "나와 마주한 그대는 누구십니까?"
달마가 대답했다. "모르겠다."
무제가 이를 깨닫지 못했다.
달마는 마침내 양자강(揚子江)을 건너 위(魏) 나라에 이르렀다.

무제가 불교의 성스러운 진리가 무엇인지 달마에게 물었다. 높은 깨달음을 얻은 승려라고 소개받아서 만났으니 불교의 '성스러운' 이치가 무엇인지 묻는 것은 당연하다. 그런데 달마는 불교의 이치는 텅 비어서 성스러울 것이 없다고 당당하게 답한다. 아마도 불보살이 말했다고 경전에 적혀 있는 말들이 전혀 성스러울 것이 없다는 뜻도 담겨 있을 것이다. 유교에서 성현과 경전을 높이는 것과는 다른 태도를 보이고 있다는 것을 알 수 있다. 선종 승려들은 발랄한 사고, 생동하는 대화, 비유와 역설을 활용한 파격적인 시문으로 동아시아 문학을 풍부하게 만들었다.

4

동아시아 각국은 이른바 '책봉(冊封) 체제' 속에 있었다. '책봉'이란 천자가 한문으로 쓴 문서를 내려서 국왕의 지위를 인정하는 의식을 가리킨다. 한문 국서를 주고받고, 천자가 왕의 지위를 인정한다는 징표를 내려주었다. 책봉을 받은 나라는 '조공(朝貢)'이라는 이름의 선물을 보내고 답례품을 받아 왔다. 물물교환 형태의 무역을 한 것이다. 이처럼 책봉과 조공이 짝을 이루기 때문에, '책봉 조공 체제'라는 말을 사용하기도 한다.

책봉을 받고 조공을 하기 위해서는 천자가 있는 곳으로 사신을 파견해야 했다. 다음 그림은 한국(조선)과 베트남의 사신이 중국 북경에 다녀오기 위해서 가야 하는 여정(旅程)을 표시한 것이다.

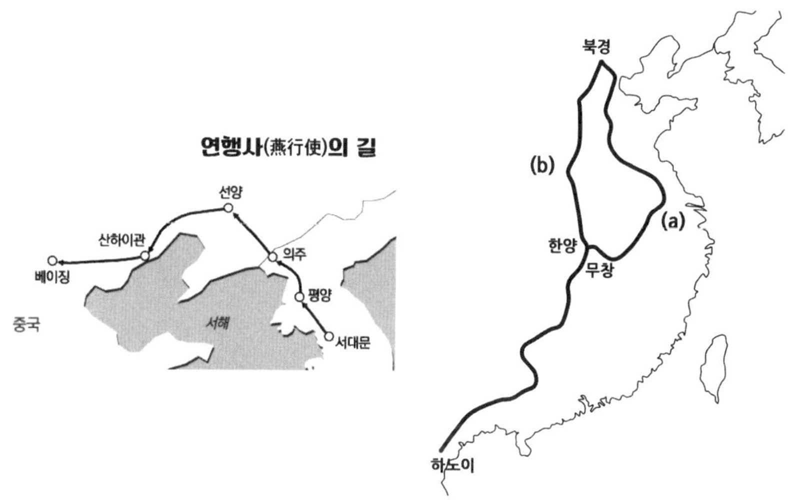

한국과 베트남의 문인들은 이렇게 먼 길을 오가면서 시문을 창작했다. 그중에서도 특히 북경[옛 이름은 연경(燕京)]에 다녀오면서 남긴 기록을 '연행록(燕行錄)'이라고 부른다. 한국과 베트남의 문인들은 수많은 연행록을 남겼다. 책봉 조공 체제 속에서 탄생한 연행록에는 중국과 자기 나라와의 관계, 동아시아의 역사와 문화, 시대 변화에 대한 인식이 풍부하게 담겨 있다. 조선의 박지원(朴趾源, 1737-1805)이 쓴 《열하일기(熱河日記)》가 대표작으로 손꼽힌다.

5

이상의 내용을 간략하게 정리해 보자. 동아시아 한문문명권의 여러 나라는 한문을 공동문어로 사용하고 유교와 불교를 종교로 수용하고 책봉 체제를 형성했다. 공동문어와 함께 보편종교와 책봉 체제는 한문문명권을 성립시킨 기반이라고 할 수 있다. 공동문어 문학, 곧 한시문은 자국어 시문과 공존하고 보편종교는 민족종교와 공존했으며 책봉 체제는 국내 정치와 공존했다. 그런 이원적인 구조가 중세 한문문명권의 특징이라고 말할 수 있다.

02

동아시아의 언어와 문자

이 장에서는 동아시아 네 나라의 언어인 중국어·한국어·일본어·베트남어의 성격과 특징을 개괄적으로 살펴보고자 한다. 네 나라 언어는 각기 상이한 계통과 언어 구조를 지녔다. 그런데도 네 나라가 중세 시기에 같은 문명권(동아시아 한문문명권)에 속해 있으면서 한자와 한문을 사용했기 때문에 나타난 공통점도 뚜렷하다. 한자어에 기원을 둔 공통된 어휘가 많은 것은 물론이고, 한국·일본·베트남은 한자의 음훈(音訓)을 이용해서 자국어를 표기하는 차자표기(借字表記)를 고안해서 사용한 경험이 있다. 근대에 들어서 한자를 자국어 표기에서 어떻게 처리할 것인가를 두고 고심한 점도 네 나라가 일치한다. 이러한 네 나라 언어의 역사적 경험에 주의하면서 각 언어의 계통과 유형적 특징, 차자표기, 한자 표기의 문제에 대해서 논의해 보기로 한다.[1)]

1) 필자의 한계로 각국 소수민족의 언어까지는 다루지 못하며 한국어는 필요한 경우 간략하게 언급한다. 베트남어는 비교적 낯설다고 보아 좀 더 소상하게 설명하고자 한다.

1. 중국어

1.1. 명칭

우리는 중국 사람들이 하는 말을 중국어라고 부른다. 그런데 중국 안팎에서 중국어를 가리키는 용어가 여럿 있다. 혼동을 피하기 위하여 간단하게 용어를 구분해 보기로 한다. 우선 중국 사람들은 자신들이 하는 말을 일컬어 한어(漢語)라고 한다. 한족(漢族)이 고금을 통하여 중국 대륙의 광범위한 지역에서 사용해 온 언어를 총칭한다.

보통화(普通話)는 우리의 표준어에 해당하는 명칭이다. 보통화는 한족이 하는 말 중에서도 중세 이래 양자강 이북의 이른바 중원 지방을 중심으로 성립해 온 북방어(北方語)의 어휘나 문법을 바탕으로 하고, 그 발음은 수도 북경 방언 가운데서도 일정한 교양이 있는 사람들의 발음을 표준으로 삼고 있다. 이 보통화를 글로 옮긴 글말(문어)을 백화(白話)라고 한다. 한편 대만(臺灣)에서는 표준어를 국어(國語)라고 부르고 있다.

관화(官話)라는 명칭도 듣게 되는데, 말 그대로 '공식어, 관용어(官用語)'라는 뜻을 가지고 있다. 명청대 중앙정부와 관료 사회의 공통어(Lingua Franca) 역할을 했다. 영어로 북경어를 가리켜 만다린(Mandarin)이라고 해 왔는데, 바로 관화의 의미에 해당하는 말이다.2)

1.2. 유형적 특징

중국어는 중국-티베트어족(Sino-Tibetan language family, 漢藏語族)에 속하는 여러 언어 가운데 가장 역사가 길고 사용자 수도 가장 많은 언어다. 한족과 그들의 언어가 어디에서 기원했는지 아직 분명하게 밝혀지지 않

2) 최영애, 『중국어란 무엇인가』, 통나무, 1998, 35-40면.

았다. 다만 기원전 일천 년 전후에 아시아 대륙의 서북부로부터 중원 지방으로 진출해 온 주(周)라고 하는 부족으로 소급해 올라갈 수 있다는 점은 분명하다. 적어도 그 이후로는 한족의 문화적 전통의 연속성이 역사적으로 확실하기 때문에 그 일관성을 의심할 근거는 없다.

중국 대륙 중심부에는 그 이전에도 상(商)(殷) 왕조가 있었고, 또 그 전에 하(夏) 왕조가 있었다고 하는데, 우리가 알고 있는 의미에서 중국어의 직접적인 조상인지 아직 과학적으로 충분히 해명되지는 못했다. 다만 상나라 사람들이 남긴 갑골문자에 있는 음부(音符)의 사용법으로부터 판단하건대 은대(殷代)의 언어(적어도 그 기록 언어)는 오늘날 우리가 알고 있는 중국어와의 거리가 아주 크지는 않았다고 생각된다.[3)]

중국어의 유형적 특징으로 꼽히는 것 가운데 대표적인 것을 들면 다음과 같다.

첫째, 중국어는 단음절어(單音節語, monosyllabic language)다. 하나의 형태소(morpheme)가 주로 한 음절로 되어 있는 언어를 단음절어라고 한다. 그런데 현대 중국어에서는, 현대 사회의 복잡한 사회생활을 반영해서인지, 복음절(複音節)로 된 단어가 늘어 가고 있는 추세다. 하지만 복음절 단어라고 해도 의미의 단위는 어디까지나 한 음절이고, 각 음절의 의미가 조합되어 복음절 단어의 의미가 이루어진다.

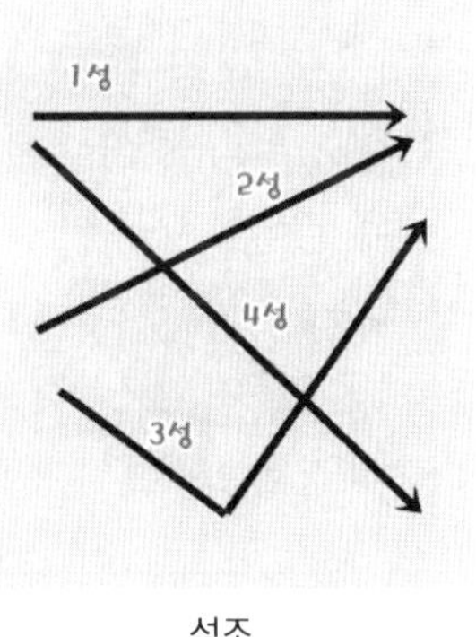

성조

둘째, 중국어는 성조어(聲調語, tone language)다. 중국어는 매 음절이 일정한 높낮이(pitch)를 지니고 있다. 성조가 의미를 변별하는 기능을 해서, 음이 같다고 해도 성조가 다르면 의미가 달라진다. 중국어[普通話]에는 네 가지

---

3) 亀井 孝 외 편, 『言語學大辭典』 第2卷, 三省堂, 1989, 892-893면.

성조가 있다.

셋째, 중국어는 고립어(孤立語, isolating language)다. 어형 변화나 접사(접두사·접미사)가 없고, 단어가 놓이는 위치(어순)에 따라 문장 속에서 가지는 여러 가지 관계가 결정된다.

넷째, 중국어는 명사에 수사나 지시사가 붙을 경우에는 양사(量詞)를 필요로 한다. 수사나 지시사가 단독으로 명사를 수식할 수 없고, '這一本書'(이 책), '這一個人'(이 사람)처럼 '지시사-수사-양사-명사'의 순서가 된다.

다섯째, 중국어는 통사적으로 SVO 언어에 속한다. 중국어의 주어, 동사, 목적어의 어순은 SVO로 되어 있다.4)

여섯째, 중국어의 수식어와 피수식어의 순서는 한국어와 마찬가지로 수식어-피수식어의 순서로 되어 있다.5)

1.3. 한자의 서체(書體)

갑골문

중국어 문자가 창안되어 정비되고 성숙된 형태를 갑골문(甲骨文)에서 찾을 수 있다. 갑골문은 자형(字形) 면에서는 지금의 해서(楷書)와 일맥상통하고 문법 면에서 현대 중국어 어법의 원형적인 면모를 보여준다. 따라서 해서체의 고형태 즉 고한자(古漢字)라는 사실은 분명하다.6)

갑골문은 지금부터 3천여 년 전 상(商) 왕조

---

4) 한국어는 통사적으로 SOV 언어에 속한다.

5) 최영애, 같은 책, 41-45면.

6) 체계화된 양상을 보건대 갑골문이 중국 최초의 문자 단계는 아니고, 그 이전에 오랜 문자 형성 과정이 있었다고 보아야 한다.

의 마지막 도읍지인 은(殷)[은허(殷墟)]에서 발굴된 상(商) 왕실의 점복(占卜) 기록이다. 상나라 사람들은 국가의 대소사나 일상의 작은 일도 길흉을 점쳤다. 거북딱지와 소의 어깨뼈 등에 홈을 파서 불에 쬐고 갈라지는 금을 보고 길흉을 판단했다. 점을 친 후에는 복사(卜辭)나 점복과 관련된 여러 가지 내용을 거북딱지나 소 어깨뼈에 새겨 두었다. 이러한 갑골문이 만들어진 시기는 대략 기원전 1300년에서 기원전 1100년으로 보는 것이 통설이다. 현재 발굴된 갑골문의 문자 수는 대략 사천오백여 자 정도이며 이 가운데 형음의(形音義)가 해독된 글자 수는 약 천 자 정도가 된다.[7)]

상대(商代)에 갑골문만 있었던 것은 아니고, 금문(金文)이라는 서체도 존재했다. 말 그대로 청동기에 새겨진 문자였다. 금문은 주(周)나라로 전해졌다. 주나라 이후로도 문자는 발전을 보였는데, 주문(籒文)(大篆), 고문(古文), 소전(小篆)이 창안되어 쓰였다.

소전은 진(秦)나라의 공식 서체다. 통일왕국 진의 시황제는 승상 이사(李斯)의 건의를 받아들여 당시 육국(六國)에서 사용하던 이형(異形)의 문자들을 모조리 폐지하고, 그동안 진나라에서 써왔던 글자체로 보이는, 주문(籒文)이라고도 불렸던 대전(大篆)을 개량해서 만든 소전(小篆)으로 천하의 문자를 통일했다. 소전은 한자의 역사에서 최초로 규범화된 문자체다. '서동문(書同文)'[8)]이라고 하는 문자 통일 정책을 시행해서 관 주도의 규범화된 서체가 출현하게 되었다. 소전은 《설문해자(說文解字)》[9)]의 표제자로 9,353자가 사용되어 지금까지 전해지고 있다.

진시황은 천하를 통일한 후에 각지를 순행(巡行)했는데, 이사로 하여금 자신의 공덕을 칭송하는 글을 지어 돌에 새기게 했다. 이를 진각석(秦刻

---

7) 양동숙, 『중국 문자학』, 차이나하우스, 2006, 85-88면.
8) 글은 같은 글자를 쓰게 한다는 뜻.
9) 후한(後漢)의 허신(許愼)이 기원후 100년에 지은 자서(字書).

진각석

石)이라고 부른다. 소전으로 된 글은 이사의 필적이라고 전해진다. 《사기(史記)》의 기록에 의하면 역산(嶧山), 태산(泰山), 낭아대(狼牙臺) 등 일곱 곳에 각석을 세웠다고 한다.

진나라 때는 예서(隸書)가 만들어졌다. 《한서(漢書)》나 《설문해자(說文解字)》에 따르면 진시황 치세에서는 재판(옥사)이 많아졌기 때문에 하급 관리들이 문자의 획수를 줄인 간단한 서체를 만들어서 썼다고 한다. 진시황은 강력한 중앙집권을 꾀하면서 만리장성과 아방궁 축조 등의 거대한 토목공사를 일으켰는데, 여기에는 수많은 인력과 물자가 동원되었다. 무리한 대역사이다 보니 반란자와 탈주범 등 범법자들이 양산되었고, 그 때문에 옥사가 늘어나 옥리의 업무가 과도해졌다. 특히 번잡한 글자인 전서로 기록하는 일은 업무를 더욱 어렵게 만들었을 것이다. 그래서 옥리들은 좀 더 신속하게 기록하기 위해서 자신들이 직접 간결한 모양으로 글자를 고안해 썼는데 이것이 바로 예서였다. 예서는 전서에 비해 획수가 간결할 뿐만 아니라 필획의 모양도 직선화가 많이 이루어져 필사가 용이했다. 문서 담당 말단 공무원이라는 뜻의 서리(書吏)의 다른 말인 예인(隸人)들 사이에서 통행하던 서체라고 해서 예서라는 이름이 붙게 된 것이다.10)

한대(漢代)에는 예서가 공식 서체가 되었다. 소전보다 훨씬 간략하게 정형화된 이 예서체가 실용성에서 우위를 점하게 되어 국가의 공식 자체

10) 김근, 『한자의 역설』, 삼인, 2009, 62-64면.

로 발돋움하게 된 것이다. 예서는 글자체에서 상형적인 요소가 완전히 사라지고 필획도 간략화·직선화되었으며 글자 모양도 네모꼴로 방정하게 되었다. 후한 말에 형성되기 시작하여 진대(晉代)부터 통용되었던 해서체(楷書體)와 거의 차이가 없다.

해서(楷書)는 '진서(眞書)' 또는 '정서(正書)'라고 부르기도 하는데, 오늘날 우리가 사용하는 서체다. 이 서체는 필획이 곧고 형체가 방정하게 구성되었기 때문에 모든 한자 서사의 표준처럼 인식되어 왔다. '해(楷)'도 '본보기'라는 의미를 지니고 있다. 해서는 전한(前漢) 시기에 싹이 터서 지속적으로 발전하여 후한(後漢) 말과 위진(魏晉) 시기에 본격적으로 통용되었으며 지금껏 변함없이 사용되고 있다.

초서(草書)는 글씨를 신속하게 쓰기 위해 고안한 흘림체다. 정식 자체는 아니지만 신속하고 간편하게 쓰려다 보니 복잡한 필획을 최대한 간결하게 바꿈으로써 오늘날의 간체자에까지 이를 수 있었다. 행서(行書)는 해서와 초서의 중간에 있는 서체라고 볼 수 있다. 해서보다는 쓰기가 편리하고 초서보다는 읽기가 용이하다. 일상생활에서 손으로 글을 쓰는 경우 널리 쓰인 서체다.

1.4. 간체자(簡體字)

중국어의 어음을 음절 이하로 분석하여 그 음을 표기하는 문자는, 근대에 이르기까지 끝내 발달하지 못했다. 중국 정부는 문자 개혁을 통해서 궁극적으로는 한자를 폐지하고 표음문자로 대체하고자 하지만, 이는 많은 시간이 필요한 일이므로 그 전 단계로 한자를 간화(簡化)해서 쓴다는 방침을 정했다. 소전에서 예서로의 변화에서 잘 나타나고 있듯이 한자 서체 변화의 방향은 간화라고 할 수 있는데, 그런 흐름을 잇고자 했다.

1956년에 〈한자간화방안(漢字簡化方案)〉을 공포했고, 1964년에는 한자

번체자, 간체자

간화방안(漢字簡化方案)의 최종안인 〈간화자총표(簡化字總表)〉를 반포해서 모든 글쓰기를 여기에 맞춰 쓰도록 제도화했다. 〈간화자총표〉에는 총 2,238개의 간화자가 실려 있다. 방대한 수의 한자 중에서 상용자(常用字)를 정선함으로써 자수를 줄여서 학습과 사용에 편리하게 하고, 복잡한 한자의 필획을 간화했다. 원래의 필획을 모두 갖추고 있는 글자를 번체자(繁體字), 필획이 간화된 글자를 간체자(簡體字)라고 부른다.

1.5. 방언

현대 중국어 방언은 다음의 7대 방언 그룹으로 나뉜다. 이들 중국어 방언 간에는 음이 조금 다를 뿐 소통에는 지장이 없을 정도의 차이에서, 완전히 외국어처럼 서로 전혀 소통되지 않을 정도로 큰 차이까지 그 격차가 심하다. 그래서 서구의 학자들 사이에는 북경어 화자와는 소통이 되지 않는 광동(廣東) 말이나 대만 말은 북경어와는 다른 외국어로 보아야 한다는 의견도 적지 않다.

중국 방언 지도

하지만 방언이 서로 그

렇게 달라도 외국어로 보지 않고 방언으로 보는 주요한 이유는 우선 중국이라는 통일체를 지속해 온 역사가 오래되었고, 그 위에 한자라는 문자 체계가 일관되게 유일한 문자 체계로서 존재해 왔기 때문에 개별 방언에 따른 글말(문어)의 생성과 발달이 이루어지지 않았기 때문이다.[11]

ㄱ) 북방어(北方語): 관화방언(官話方言)이라고도 한다. 북경방언이 대표적이다.
ㄴ) 오어(吳語): 상해방언이 속해 있다.
ㄷ) 상어(湘語)
ㄹ) 감어(贛語)
ㅁ) 객가어(客家語)
ㅂ) 민어(閩語): 대만 말이라고 부르는 것은 민어의 일종이다.
ㅅ) 월어(粵語): 광동(廣東) 말이라고도 한다. 사용 지역에는 홍콩, 마카오가 포함되어 있다.

2. 일본어

2.1. 명칭

일본에서는 일본인 자신이 하는 말을 가리켜 '국어(國語)'라고 하고, 외국어와 대비하는 맥락에서는 자신들의 말을 가리킬 때는 '일본어'라고 하는 용법이 자리 잡고 있다. 한국이나 대만에도 이와 상통하는 용법이 정착되어 있다. 이렇게 동아시아에서 자국어를 '국어'라고 하는 용법은 일본에서 유래했다.

일본에서는 메이지 유신을 거쳐 근대 국민국가를 만드는 과정에서 '국어'라는 개념이 점차 성숙되었다. '국어'라는 개념은 청일전쟁에 의한 국가 의식의 고양을 거치면서 완전히 자리를 잡게 된다. 언어 의식에

11) 최영애, 같은 책, 61-62면.

국가 의식이 주입됨으로써 '국어'가 처음으로 '국민'의 언어 표출 전체를 포괄할 수 있게 된 것이다.[12] 이렇게 해서 정착한 '국어'라는 개념이 동아시아 각국에 전파되어 자국어를 '국어'라고 하는 관례가 형성되었다.

2.2. 계통

사용자 수가 1억 2,500만 명에 이르는 일본어는 계통적으로는 일본어족(Japonic language family)에 속한다고 한다. 다만 일본어가 어떤 언어 계통에 속하는가에 대해서는 여러 가지 설이 제출되었으나 아직 정설이라고 할 만한 것은 없다고 한다. 일본어와의 관계가 문제가 되는 여러 언어 가운데 한국어 같은 경우는, 어순과 그 밖의 문법적인 성격, 경어의 조직, 일부 어휘 등 몇 가지 점에서 일본어와 비슷한 특징을 보인다. 하지만 두 언어가 명확히 동계(同系)라고 할 수 있는 것을 보여주는 증명은 아직 완전히 이루어지지 않았다.[13]

2.3. 문자

한자(漢字) 본래의 의미와는 관계없이, 한자 한 글자 한 글자로 일본어의 음절을 표기하는 방식이 고안되어, 대체로 7세기경에는 정착된 것으로 보인다. 이러한 차자표기(借字表記)가 사용된 대표적인 문헌이 〈만요슈(万葉集)〉(8세기)이기 때문에 흔히 '만요가나(万葉仮名)'라고 부른다. '가나(仮名)'라는 명칭은, 정식 문자인 한자[眞名, 마나]와 달리 임시로 차용한 문자라는 뜻에서 붙여진 말이다.

---

12) 이연숙, 『국어라는 사상』(고영진·임경화 옮김), 소명출판, 2006.
13) 亀井 孝 외 편, 같은 책, 1571면; 이인영, 「일본어는 어디에서 왔을까?」, 『높임말이 욕이 되었다』(한국일어일문학회 지음), 글로세움, 2003, 19-23면.

만요가나는 한자의 음을 빌려 일본어를 표기한 경우와 한자의 뜻을 빌려 일본어를 표기한 경우로 나뉜다. 那(な), 南(なむ)처럼 한자의 음으로 일본어 음절을 표기하고, 毛(け), 巻(まく)처럼 한자의 뜻으로 일본어 음절을 표기하는 것이다.14)

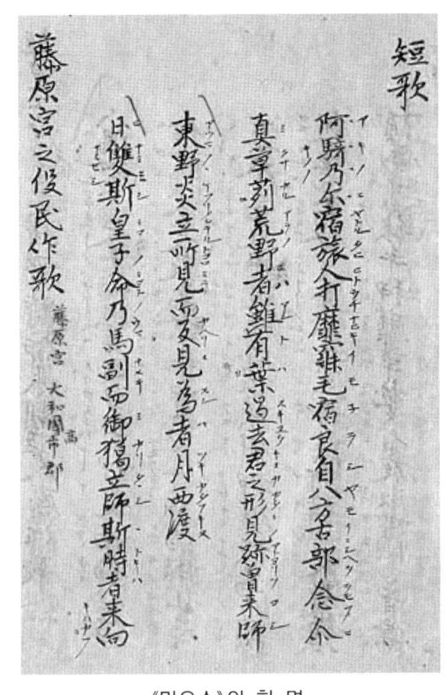

《만요슈》의 한 면

헤이안 시대(平安時代)에 이르러 만요가나를 모체로 하여 히라가나(平仮名)와 가타가나(片仮名)가 만들어졌다. 히라가나는 헤이안 시대 중기인 10세기경에, 만요가나로 사용되던 한자의 초서체(草書體)를 더욱 간략화하여 만들어졌다. 예를 들어 '安'을 간략화하여 'あ'로, '仁'을 간략화하여 'に'로 하는 식이었다. 가타가나는 헤이안 시대 초기에 승려들이 한문 불전(佛典)을 훈독할 때 한자를 읽는 법이라든가 조사, 조동사 등을 문장의 행간에 기입한 데서 비롯되었다. 좁은 행간에 기입하기 위해서는 복잡한 만요가나의 글자체는 불편하고 비능률적이었을 것이므로 자형(字形)을 최대한 간략화한 표기 방식을 고안하게 되었다. 가타가나는 만요가나로 사용되던 한자에서 일부를 떼어서 만든 글자다. 예를 들어 '伊'에서 'イ'를, '仁'에서 'ニ'를 취하는 식이었다.15)

14) '毛'를 음독하면 'もう'(모), '巻'을 음독하면 'かん'(간) 또는 'けん'(겐)이 된다.

15) 고수만, 「가나의 탄생」, 『높임말이 욕이 되었다』, 35-40면. 히라가나는 '평이한[平] 문자'라는 뜻을 지니고 있고, 가타가나는 한자를 대폭 생략해서 만들어졌기 때문에 '불완전한[片] 문자'라는 뜻을 지니고 있다고 한다.

2.4. 한자어

에도막부(江戸幕府) 말기부터 메이지 시대에 걸쳐서 일본은 서구의 근대 문물을 수용하게 되었고, 그 과정에서 서구의 근대적인 개념어를 대량으로 수입했다. 이 개념어는 거의가 원어로부터 한자어로 번역했다. 당시 지식인이 모두 한학의 소양을 지니고 있었기 때문이다. 이들 한자어는 한국어에 전해지고 중국어에도 역수출되었다. 또한 중국어를 매개로 해서 베트남어에도 침투했다. 한문문명권의 여러 언어는 일본에서 고안된 한자어를 매개로 하여 근대적인 개념을 표현하는 수단을 가지게 되었다.

한자어는 한자로 표기하는 것이 원칙이다. 그런데 한자를 포함해서 일본에서 사용되고 있는 문자는 무척 복잡하다. 먼저 한자와 가나라고 하는, 자획이 다른 두 종류의 문자가 사용된다. 거기에 더해서 가나에는 자형(字形)의 성격이 다른 히라가나와 가타가나라고 하는 두 종류가 있다.

駒子はいつも行男の話を避けたがる。いいなずけではなかったにしても、彼の療養費を稼ぐために、ここで芸者に出たというのだから、「真面目なこと」だったにちがいない。

栗をぶっつけられても、腹を立てる風がないので、駒子は束の間訝しそうであったが、ふいと折れ崩れるように縋って来て、

「ねえ、あんた素直な人ね。なにか悲しいんでしょう。」

「木の上で子供が見てるよ。」

「分らないわ、東京の人は複雑で。あたりが騒々しいから、気が散るのね。」

「なにもかも散っちゃってるよ。」

「今に命まで散らすわよ。墓を見に行きましょうか。」

「そうだね。」

「それごらんなさい。墓なんかちっとも見たくないんじゃないの?」

「君の方でこだわってるだけだよ。」

「私は一度も参ったことがないから、こだわるのよ、ほんとうよ、一度も。今はお師匠さんもいっしょに埋まってるんですから、お師匠さんにはすまないと思うけれど、今更参れやしない。そんなことしらじらしいわ。」

「君の方がよっぽど複雑だね。」

「どうして? 生きた相手だと、思うようにはっきりも出来ないから、せめて死んだ人にははっきりしとくのよ。」

静けさが冷たい滴となって落ちそうな杉林を抜けて、スキイ場の裾を線路伝いに行くと、直ぐに墓場だった。田の畦の小高い一角に、古びた石碑が十ばかりと地蔵が立っているだけだった。貧しげな裸だった。花はなかった。

しかし、地蔵の裏の低い木蔭から、不意に葉子の胸が浮び上った。彼女もとっさに仮面じみた例の真剣な顔をして、刺すように燃える目でこちらを見た。島村はこくんとおじぎをするとそのまま立ち止まった。

「葉子さん早いのね。髪結いさんへ私……。」と、駒子が言いかかった時だった。どっと真黒な突風に吹き飛ばされたように、彼女も島村も身を竦めた。

貨物列車が真近を通ったのだ。

「姉さあん。」と呼ぶ声が、その荒々しい響きのなかを流れて来た。黒い貨車の扉から、少年が帽子を振っていた。

「佐一郎う、佐一郎う。」と、葉子が呼んだ。

雪の信号所で駅長を呼んだ、あの声である。聞えもせぬ遠い船の人を呼ぶような、悲しいほど美しい声であった。

貨物列車が通ってしまうと、目隠しを取ったように、線路向うの蕎麦の花が鮮かに見えた。赤い茎の上に咲き揃って実に静かであった。

思いがけなく葉子に会ったので、二人は汽車の来るのも気がつかなかったほどだったが、そのようなにかも、貨物列車が吹き払って行ってしまった。

(《설국(雪国)》에서) 한자, 히라가나, 가타가나가 사용된 문장

이 밖에 때에 따라서는 로마자를 사용하기도 한다.

이 네 종류의 문자를 사용하는 데는 규약이 있다. 원칙적으로 말의 의미 부분에는 자획이 복잡한 한자를 사용하고, 형태부에는 자획이 좀 더 단순한 히라가나를 사용한다. 이러한 역할 분담은 독자에게 자형의 대조를 줌으로써 띄어쓰기 습관이 형성되지 않았다.16) 히라가나는 일본어를 표기하는 데 사용되지만, 가타카나는 외래어 표기 등 특수한 경우에 사용된다.

2.5. 훈독(訓讀み)

한자를 일본어로 읽는 방법으로는 음독(音讀み, 온요미)과 훈독(訓讀み, 군요미)의 두 가지가 있다. 음독(音讀み)은 한자의 중국어 발음이 일본에 전해져 변형되어 정착한 것이다. '山'을 예로 들면, 'サン(산)'(또는 'セン', 센)으로 읽는 것이 음독이다. 훈독(訓讀み)이란 한자를 일본 고유어로 읽는 것이다. 한자에 일본어로 의미를 대응시키고 그것을 그대로 발음으로도 사용하는 것이다. '山'의 훈독 'やま'(야마)는 현대 중국어 'shān'에 상당하는 일본어의 의미인 동시에 발음이기도 하다. 오늘날 이렇게 한자를 음독하기도 하고 훈독하기도 하는 것은 동아시아 한문문명권에서 일본어에서만 보이는 현상이다. 일본에서는 한자를 훈독함으로써 한자의 일본어화가 심화되었기 때문에 오늘날에 와서 한자로부터 해방되는 것이 점점 더 어려워졌다.17) 베트남은 로마자 표기로 전환하고, 한국에서는 한국어 표기에 한자를 사용하지 않는 경향을 보이는 것과는 전혀 대조적인 현상이라고 할 수 있다.

16) 亀井 孝 외 편, 같은 책, 1575면.
17) 亀井 孝 외 편, 같은 책, 1575면.

3. 베트남어

3.1. 계통

베트남은 다민족 국가다. 베트남어는 오늘날 베트남을 이루고 있는 54개 민족 가운데 최다수 민족인 비엣족(낀족)이 사용하는 언어다. 베트남어 사용자 수는 약 9,700만 명에 이른다.18)

베트남어는 단음절어, 고립어이자 성조어라는 특징을 가지고 있다. 어형 변화나 접사가 없고, 단어가 놓이는 위치에 따라 문장 속에서 가지는 여러 가지 관계가 결정되며 여섯 종류의 성조가 있다. 언어 계통 연구에 따르면 베트남어는 오스트로·아시아(Austro-Asiatic) 어족(語族)의 몬·크메르(Mon-Khmer) 어군(語群)에 속한다고 보는 설이 유력하다.19)

3.2. 표기

베트남 사람들은 자국어(베트남어)를 '꾸옥 응으(quốc ngữ)'라고 한다. 한자어 '국어(國語)'를 베트남어로 읽은 것이다. 오늘날 베트남어의 표기에 한자가 쓰이는 것은 물론 아니지만, 독자의 이해를 돕기 위해서 이곳에서는 한자를 우리말로 읽어 '국어'라고 표기하기로 한다. 국어의 성립 과정에 대해서는 다음 절에서 설명하기로 하고, 여기서는 먼저 자모(字母)의 발음에 대해서 살펴보기로 한다.

---

18) 베트남어가 모어(L1, First Language)인 사람 약 8,600만 명과 제2 언어(L2, Second Language)인 사람 약 1,100만 명을 합한 숫자다.

19) 변광수, 『세계 주요 언어』(개정증보판), 역락, 2003, 31면.

베트남어 자모와 한글 대조표

	자모	한글		보기
		모음앞	자음앞·어말	
자음	b	ㅂ	—	Bao 바오, bo 보
	c, k, q	ㄲ	ㄱ	cao 까오, khac 칵, kiêt 끼엣, lăk 락, quan 꽌
	ch	ㅉ	ㄱ	cha 짜, bach 박
	d, gi	ㅈ	—	duc 죽, Dương 즈엉, gia 자, giây 저이
	đ	ㄷ	—	đan 단, Đinh 딘
	g, gh	ㄱ	—	gai 가이, go 고, ghe 개, ghi 기
	h	ㅎ	—	hai 하이, hoa 호아
	kh	ㅋ	—	Khai 카이, khi 키
	l	ㄹ, ㄹㄹ	—	lâu 러우, long 롱, My Lai 밀라이
	m	ㅁ	ㅁ	minh 민, măm 맘, tôm 똠
	n	ㄴ	ㄴ	Nam 남, non 논, bun 분
	ng, ngh	응	ㅇ	ngo 응오, ang 앙, đông 동, nghi 응이, nghê 응에
	nh	니	ㄴ	nhât 녓, nhơn 년, minh 민, anh 아인
	p	ㅃ	ㅂ	put 뿟, chap 짭
	ph	ㅍ	—	Pham 팜, phơ 퍼
	r	ㄹ	—	rang 랑, rôi 로이
	s	ㅅ	—	sang 상, so 소
	t	ㄸ	ㅅ	tam 땀, têt 뗏, hat 핫
	th	ㅌ	—	thao 타오, thu 투
	tr	ㅉ	—	Trân 쩐, tre 째
	v	ㅂ	—	vai 바이, vu 부
	x	ㅆ	—	xanh 싸인, xeo 쌔오
모음	a	아		an 안, nam 남
	ă	아		ăn 안, Đăng 당, măc 막
	â	어		ân 언, cân 껀, lâu 러우
	e	애		em 앰, cheo 째오
	ê	에		êm 엠, chê 쩨, Huê 후에
	i	이		in 인, dai 자이
	y	이		yên 옌, quy 꾸이
	o	오		ong 옹, bo 보
	ô	오		ôm 옴, đông 동
	ơ	어		ơn 언, sơn 선, mơi 머이
	u	우		um 움, cung 꿍
	ư	으		ưn 은, tư 뜨
이중 모음	ia	이어		kia 끼어, ria 리어
	iê	이에		chiêng 찌엥, diêm 지엠
	ua	우어		lua 루어, mua 무어
	uô	우오		buôn 부온, quôc 꾸옥
	ưa	으어		cưa 끄어, mưa 므어, sưa 스어
	ươ	으어		rươu 르어우, phương 프엉

영어(로마자)에 익숙한 독자가 직관에 의지해서 읽을 때 잘못 발음하기 쉬운 자모가 있는데, 'd-', 'đ-', 'ng-', 'ngh-', 'nh-', 'tr-', 'ơ-', 'ư-' 등이 그것이다. 아래에 몇 가지 보기를 들어본다.

Đông Dương Tạp Chí 〈동 즈엉 땁 찌〉(잡지 이름)[20]: 'd-', 'đ-'
Nguyễn Trãi 응우옌 짜이(인명)[21]: 'ng-', 'tr-'
Nghệ An 응에 안(지명): 'ngh-'
Nha Trang 냐 짱(지명): 'nh-', 'tr-'
phở 퍼(쌀국수): 'ơ-'
chữ nôm 쯔 놈(베트남어 차자 표기): 'ư-'

한때 성씨 가운데 하나인 '응우옌(Nguyễn)'을 '구엔'으로 표기한 적이 있는데 베트남어 원음과는 거리가 있다.[22] 또한 한국인이 즐겨 찾는 여행지 가운데 하나인 'Nha Trang'을 '나 트랑'이라고 읽는다든지, 쌀국수를 뜻하는 'phở'를 '포'라고 읽는 것도 베트남어 원음과는 다소 거리가 있기는 마찬가지다. 각각 '냐 짱', '퍼'라고 읽는 쪽이 좀 더 원음에 가깝다.

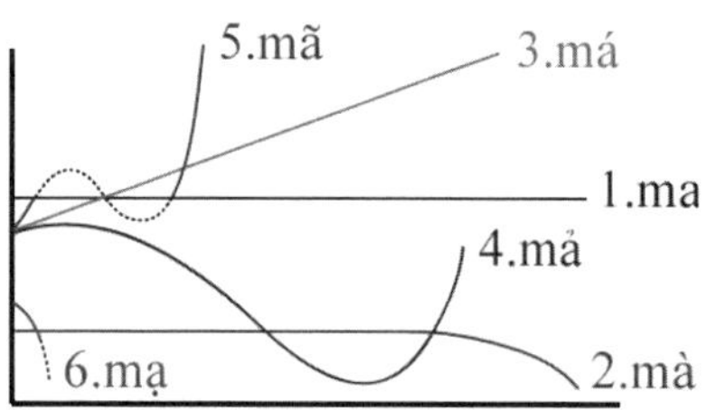

1. Thanh ngang **4. Thanh hỏi**
2. Thanh huyền **5. Thanh ngã**
3. Thanh sắc **6. Thanh nặng**

베트남어의 여섯 가지 성조

베트남어의 한 음절을 구성 요소로 나누면 '성조+첫 음(첫 자음)+운(韻, vần)'이 된다. 'toàn'(또안)을 예로 들어 보면, 모음 위에 있는 '\' 표시는 성조(2성)를 표시하고, 't[t]'는 첫 음(첫 자음)이며 'oan[wan]'은 운에 해당한다. 베트남어에는 다음 그림에서 보듯이 여섯 가지 성조가 있다.

20) 한자로 쓰면 '東洋雜誌'(동양잡지)가 된다. 1913-1917년에 걸쳐 간행된 주간지.
21) 응우옌 짜이(阮廌, 1380-1442).
22) 일본어로는 'グエン'(구엔)으로 표기한다.

이름	표시	예	
1성	타인 응앙 (thanh ngang)	모음 위에 아무런 표시가 없음	ba, hoa
2성	타인 후이엔 (thanh huyền)	모음 위에 '\'(후이엔) 표시	bà, hòa
3성	타인 응아 (thanh ngã)	모음 위에 '~'(응아) 표시	bã, hõa
4성	타인 호이 (thanh hỏi)	모음 위에 '?'(호이) 표시	bả, hỏa
5성	타인 삭 (thanh sắc)	모음 위에 '/'(삭) 표시	bá, hóa
6성	타인 낭 (thanh nặng)	모음 아래에 '·'(낭) 표시	bạ, họa

어휘의 측면에서 볼 때, 한자어가 차지하는 비중이 높다는 점도 베트남어의 특징으로 꼽을 수 있다. 이는 베트남이 한국이나 일본과 마찬가지로 중세 동아시아 한문문명권의 일원으로서 한문을 수용해서 글쓰기를 하면서 나타난 자연스러운 현상이라고 하겠다. 한자어를 한월어[漢越詞, Từ Hán Việt]라고 하는데, 베트남어에서 차지하는 비중이 60-70%에 이른다고 한다. 그래서 중등학교에서도 한월어 교육을 소홀히 하지 않고 있다.

오늘날 베트남에서 채택하고 있는 중등학교 교과서 부록 부분에는 한월어가 정리되어 있는데, 그 가운데 하나인 'thiên(天)'을 보면 다음과 같다.[23] (한자와 우리말 한자음은 필자가 적어 넣었다.)

thiên 天(천)	thiên hạ 天下(천하)	thiên nhiên 天然(천연)
	thiên tai 天災(천재)	thiên thần 天神(천신)
	thiên thời địa lợi nhân hòa	天時地利人和(천시지리인화)[24]

23) Bộ Giáo dục và Đào tạo, 『Ngữ văn(어문)』 6(tập hai), nxb Giáo dục Việt Nam, 2010, 174면.

베트남어를 배울 때, 이와 같은 한월어에 주목한다면 비교적 쉽게 어휘를 늘려 갈 수 있다. 오늘날 널리 쓰이는 베트남어-한국어 사전에는 한월어의 경우 한자가 병기되어 있어 퍽 유용하다. 베트남이나 중국에서 출간한 월한사전(越漢辭典)도 여러 종 나와 있으니 함께 참고하면 좋을 것이다.[25]

3.3. 쯔놈[26]

역사상 베트남어를 표기하기 위해 고안된 표기법으로 두 가지가 있는데, 쯔놈(chữ nôm)과 국어(quốc ngữ)다. 쯔놈은 중세 시기에 베트남 사람들이 한자를 차용해서 만든 베트남어 기록 문자다. 한자의 음과 뜻을 빌려 자국어 문장 전체를 적은 표기법이라는 점에서 한국의 향찰(鄕札)이나 일본의 만요가나와 상통한다. 쯔놈(𡨸喃, chữ nôm)에서 '쯔'(chữ)는 '글자, 문자'라는 뜻이다. 통설에 따르면 '놈'(nôm)은 'nam'(南)에서 유래한 말로서, '남쪽'이라는 뜻이다. 그래서 쯔놈은 '중국 남쪽의 베트남 사람이 베트남어를 표기하기 위해서 사용하는 문자·표기체계'를 가리킨다. 쯔놈을 달리 국음(國音, quốc âm)이라고도 하고, 쯔놈으로 창작한 시를 국음시(國音詩, quốc âm thi) 또는 국어시(國語詩)라고 했다.[27]

쯔놈이 처음 등장한 것은 8세기 혹은 그 이전이라고 하는데, 시간을 두고 점차 정착하여 대략 13세기경부터 문학작품 창작에 본격적으로 사

24) 기후 조건의 도움, 지리적 조건의 유리함, 사람들의 화합. "天時不如地利 地利不如人和"(천시가 지리만 못하고, 지리가 인화만 못하다.) (《맹자(孟子)》

25) 한월어 학습은 베트남어 문어(文語) 사용 능력을 기르는 데도 효과적이다.

26) '쯔 놈'으로 띄어 써야 하지만, 이후로는 편의상 '쯔놈'으로 표기한다.

27) 응우옌 짜이의 《국음시집(國音詩集)》, 레(黎) 왕조 타인 똥(聖宗)(재위 1460-1497)이 이끈 궁정(宮廷) 시단의 창작품을 모은 《홍덕국음시집(洪德國音詩集)》, 응우옌 빙 키엠(阮秉謙, 1491-1585)의 《백운국어시(白雲國語詩)》에서 그러한 명칭이 사용되었다.

용되었다. 《대월사기전서(大越史記全書)》의 1282년 기사에 따르면 응우옌 투엔(阮詮)이라는 문인이 베트남어로 시를 짓는 데 능했는데, 이로부터 베트남어로 시부(詩賦)를 짓는 일이 비롯했다고 한다. 응우옌 투엔의 사례는 13세기 말경에는 쯔놈으로 문학작품을 창작하는 것이 확실히 정착했음을 말해 준다고 해석할 수 있다. 향찰이나 만요가나와 마찬가지로 한자를 알아야 쓸 수 있었기에 상층 지식인들이 쯔놈 사용을 선도하는 것은 당연한 일이었다.

쯔놈은 한자를 그대로 이용하거나 변형시켜 만들었는데 글자를 만들어 베트남어를 표기하는 방법, 곧 조자(造字) 방식은 다양했다. 이곳에서는 쯔놈의 조자 방식에 대한 번거로운 설명은 피하고, 고전소설 〈쭈옌 끼에우(Truyện Kiều)〉[이하 주인공의 이름 Thúy Kiều(翠翹)를 따서 〈취교전(翠翹傳)〉이라 칭함]의 첫머리를 통해서 쯔놈(쯔놈 문자)에서 출현 빈도가 높은 세 가지 유형을 살펴보기로 한다.

莊子百年境而我能爲人隨聞
古來才命兩相妨 神仙傳東陽
今日三見滄海變桑田 本青豈
于才嗇于遇
造物忌盈而于紅顏尤甚
稿草本也
明朝第十三帝建元嘉靖号世宗
明太祖都奉天爲南京成祖都順天爲北京
梅譜梅以格勝
唐有梅先雪不精神面如滿月
眉如臥蚕 蓋福厚相

𤾓𢆥𥪝𡎝𠊛些 𡨸才𡨸命窖羅恄饒
𡢐戈𠬠局𣷭𣘈 仍調𥉫覔𦓡疸悉
邏唭彼嗇斯豐 𡗶撑悄貝𦟐紅打慳
稿蕷吝拱𤊰𤎜 風情固錄𡀔傳史撑
浪𢆥嘉靖朝明 𦊚方滂瀝𠄩京𠄼鐄
固茹員外户王 家資𢣂拱常了墻中
𠬠𤳆𡥵次𡳳𢚸 王觀羅𡨸𦀊溋儒家
頭𢚸𠄩妸素娥 翠翹羅姉㛪羅翠雲
梅骨格雪精神 𠬠𠊛𠬠𡲈𨑮分𠂩𨑮
雲看莊重恪𠊚 囷脧渚憚迠蛾𦬑囊

歇哭古人留贈後人至冀語也此效句尽之云批
彷或作捞非

성태(成泰) 14년(1902) 판본『취교전』의 첫 부분.

1870년 간행본의 서두 부분이다. 제시한 쯔놈 원문의 처음 두 구(句)를 현대 베트남어로 전사(轉寫)하면 아래와 같다. 우리말 번역도 덧붙였다.

> 𤾓𢆥𥪝𡎝𠊛些
> Trăm năm trong cõi người ta
> 𡦂才𡦂命窖羅恄饒
> Chữ tài chữ mệnh khéo là ghét nhau.
>
> 사람이 이 세상에서 사는 백 년 동안
> 재(才)와 명(命)은 이상하게도 서로 미워한다네.[28]

'trăm'에 대응하는 쯔놈 글자 '𤾓'은 자형(字形)을 보고 쉽게 짐작할 수 있듯이, '百'과 '林'을 합쳐서 만들었다. 글자의 구성 요소인 '百'은 뜻을 표현하는 부분이고, '林'은 발음을 나타내는 부분이다. 이렇게 한자 둘을 결합해서 만든 쯔놈의 경우, 하나는 뜻을, 다른 하나는 음을 나타내는 경우가 일반적이다. 이들을 형성자(形聲字)라고 불러도 좋을 것이다.

첫 구 마지막에 있는 'ta'에 대응하는 쯔놈 글자는 '些'다. 한자 '些'의 소리를 취해서 'ta'라고 읽으며 '우리들'이라는 뜻이다. 한자의 의미는 고려하지 않고 음이 같은 한자를 가져다가 베트남어를 표기하고 있다. 둘째 구에 있는 'khéo', 'là'에 각각 대응하는 '窖', '羅' 또한 마찬가지로 한자음을 이용한 것인데, 'khéo là'로 쓰이면 '우연히 -하다'라는 뜻이 된다. 'nhau'의 '饒' 또한 한자음을 취한 글자인데, 한자의 뜻과는 상관없이 '서로, 함께'라는 뜻을 나타내고 있다. 마지막으로 볼 것은 둘째 구의 'tài'와 'mệnh'에 대응하는 글자 '才'와 '命'이다. 이들은 한자의 음과 뜻이 바뀌지 않고 그대로 쯔놈 글자로 쓰이고 있다.

---

28) 재능이 있는 사람이 기구한 운명을 타고나는 것을 재능과 운명이 서로를 미워한다고 표현했다. 미인박명(美人薄命).

이처럼 쯔놈은 베트남어를 전면적으로 표기하는 데 유용하게 사용되었지만 무시할 수 없는 약점도 가지고 있었다. 무엇보다도 한자, 한자를 조합하거나 변형된 글자를 알아야만 해서 쯔놈은 익혀서 사용하기가 어려웠다. 한자로는 표현할 수 없는 베트남 고유의 자모가 적지 않아서 발음이 유사한 글자를 써서 표기했지만, 그 때문에 잘못 읽을 수도 있었다. 하나의 어휘를 표현하는 데 서로 다른 쯔놈이 쓰이기도 해서 표기가 일관되지 못했다. 하지만 약점을 압도하는 효용이 있었기 때문에 장기간 사용되었다.29)

쯔놈은 주로 운문체의 글을 표기하는 데 쓰였으며 산문체의 글에는 제한적으로 사용되었다. 쯔놈은 운율의 제약에서 벗어난 자리에서 쓰일 기회를 좀처럼 얻지 못했던 것이다. 우리의 경우 향찰로 기록된 산문이 전하지 않는다는 사실을 떠올리면, 한자를 이용한 차자 표기로 길게 이어지는 산문체의 글을 쓰는 것이 얼마나 힘든 일일지 짐작할 수 있을 것이다. 그 결과 역사상 쯔놈으로 창작한 글은 대개 운문이었다. 구어를 반영해서 산문체로 길게 이어지는 글을 지으려는 시도는 드물게 있었을 뿐이다. 쯔놈 작품의 언어와 일상 구어 사이에 놓인 거리가 좀처럼 좁혀지지 않았다. 소설마저도 운문인 시전(詩傳, truyện thơ nôm)(운문소설)이었다. 중세 민족어 글쓰기에서 발견되는 '운문의 압도적인 우위'는 베트남 문학의 고유한 특징이다.

베트남은 중세 시기에 자국어의 어음(語音)을 정확히 표기할 수 있는 표음문자 시스템을 갖지 못하고 차자 표기에 의존해야 했다. 쯔놈은 배워서 사용하기 어려운 문자 체계였다. 글자나 운용 방법을 익히기 어려

---

29) 쯔놈의 조자(造字) 방식과 특징에 대한 논의로는, 부이 주이 뗜(Bùi Duy Tân), 「베트남의 쯔놈과 베트남에서의 쯔놈 연구」(박연관 옮김), 『아시아 諸民族의 文字』(구결학회 편), 태학사, 1997; 이용, 「베트남의 한자 전파와 쯔놈의 발전」, 『구결연구』 47, 구결학회, 2021 등이 있다.

운 쯔놈으로는 가독성을 높이고 글의 쓰임새를 다양화하며 좀 더 많은 독자를 확보하는 것이 결코 쉬운 일이 아니었다. 그 결과 한국이나 일본의 중세 문학과 비교해 볼 때, '기록문학의 상대적 열세' 현상이 두드러진다.

3.4. 국어

'국어(quốc ngữ)'는 두 가지 뜻이 있다. 하나는 '베트남 국민이 쓰는 말'이라는 뜻이고, 다른 하나는 '국어 글자(chữ quốc ngữ)'를 줄인 말로, 베트남어를 표기하는 로마자를 가리킨다. 쯔놈을 대신해서 베트남어를 표기하는 데 쓰인 문자(로마자)가 바로 '국어'다.

베트남어를 로마자로 표기하게 된 데는 가톨릭 선교사들의 역할이 지대했다. 프랑스 아비뇽 출신의 예수회 선교사 알렉쌍드르 드 로드(Alexandre de Rhodes, 1591-1660)가 1651년에 로마에서 낸 《안남어-포르투갈어-라틴어 사전(Dictionarium Annamiticum, Lusitanum et Latinum)》이 로마자화 초창기의 모습을 보여주고 있다. 하지만 이 로마자 표기는 가톨릭 포교의 범위 내에서나 사용되는 것이어서 19세기 말까지는 별다른 주목을 받지 못했다.

국어가 본격적으로 보급된 것은 베트남이 프랑스의 식민지가 된 다음의 일이다. 프랑스 식민당국은 국어 사용을 적극적으로 권장했다. 프랑스 문화를 보급해 동화(同化)시키기 위해서는 베트남어의 로마자화가 시급하다고 인식했던 것이다. 국어 사용이 공식화된 것은 코친차이나(베트남 남부)가 프랑스의 직할 식민지가 된 1862년으로 소급될 수 있다.[30)]

---

30) 1862년 6월 5일에 제1차 사이공 조약이 체결되었다. 이 조약에 따라서 베트남은 코친차이나의 동부 3성(省)을 프랑스에 할양했다.

1878년부터는 공문서에 베트남어(국어) 사용을 인정하고 학교에서 배우는 교과목으로 베트남어도 인정했다. 1896년에는 과거 시험의 일부에 국어를 쓰도록 하는 변화가 있었다. 그런데 과거제도는 1919년의 회시(會試)를 끝으로 폐지되기에 이르렀다.

베트남 남부 출신의 가톨릭 신자이면서 프랑스 식민당국에 협조적이었던 쯔엉 빈 끼(Trương Vĩnh Ký, 1837-1898)와 후인 띤 꾸어(Huỳnh Tịnh Của, 1834-1907)와 같은 인물이 앞장서서 국어의 보급과 연구에 기여했다. 쯔엉 빈 끼는 저널리즘에 투신해서 최초의 국어 신문인 〈쟈 딘 바오(嘉定報)〉(1865년 창간, 월간)의 발행에 관여했다. 《프랑스어-베트남어 소사전(Petit Dictionnaire Français Annamite)》, 《베트남어-프랑스어 대사전(Grand Dictionnaire Annamite Français)》을 비롯한 몇 종의 사전을 편찬했으며 국어를 사용해서 고전 작품을 번역하는 데도 힘썼다. 국어를 이용해 여행기 같은 글도 저술해서 발표했다. 베트남 근대 국어 산문은 쯔엉 빈 끼의 중국, 베트남 고전 번역과 글쓰기에서부터 시작되었다고도 말할 수 있다.

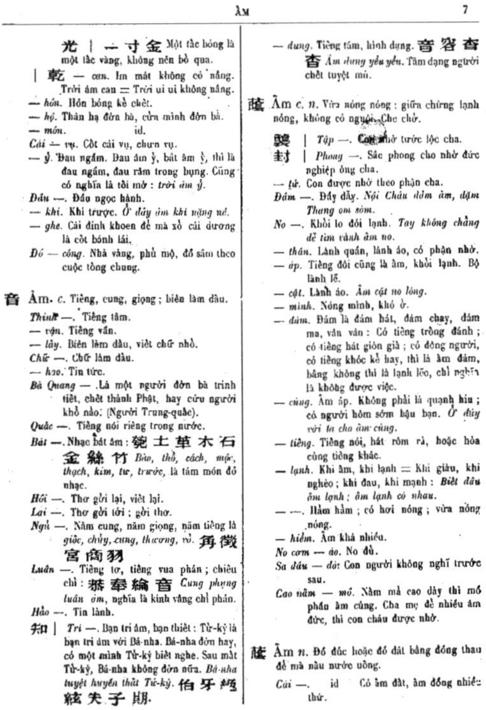
ÂM 7

光 | 一寸金 Một tấc bóng là một tấc vàng, không nên bỏ qua.
| 乾 — can. Im mát không có nắng. Trời âm can = Trời ui ui không nắng.
— hồn. Hồn bóng kẻ chết.
— hộ. Thân hạ đờn bà, cửa mình đờn bà.
— môn. id.
Cái — vụ. Cốt cái vụ, chưn vụ.
— ỷ. Đau ngấm. Đau âm ỷ, bất âm ỷ, thì là đau ngấm, đau râm trong bụng. Cũng có nghĩa là tối mờ : trời âm ỷ.
Đầu —. Đầu ngọc hành.
— khí. Khí trược. Ở đây âm khí nặng nề.
— ghe. Cái đinh khoen để mà xỏ cái dương là cốt bánh lái.
Đô — công. Nhà vàng, phủ mộ, đồ sắm theo cuộc tống chung.

音 Âm. c. Tiếng, cung, giọng ; biên làm dâu.
Thinh —. Tiếng tăm.
— vận. Tiếng vần.
— lầy. Biên làm dâu, viết chữ nhỏ.
Chữ —. Chữ làm dâu.
— hao. Tin tức.
Bà Quang — .Là một người đờn bà trinh tiết, chết thành Phật, hay cứu người khổ não. (Người Trung-quốc).
Quốc —. Tiếng nói riêng trong nước.
Bát —. Nhạc bát âm : 匏土革木石金絲竹 Bào, thổ, cách, mộc, thạch, kim, tư, trước, là tám món đồ nhạc.
Hồi —. Thơ gởi lại, viết lại.
Lai —. Thơ gởi tới ; gởi thơ.
Ngũ —. Năm cung, năm giọng, năm tiếng là giốc, chủy, cung, thương, vỏ. 角徵宮商羽
Luân —. Tiếng tơ, tiếng vua phán ; chiếu chỉ : 恭奉綸音 Cung phụng luân âm, nghĩa là kính vâng chỉ phán.
Hảo —. Tin lành.
知 | Tri —. Bạn tri âm, bạn thiết : Tử-kỳ là bạn tri âm với Bá-nha. Bá-nha đờn hay, có một mình Tử-kỳ biết nghe. Sau mất Tử-kỳ, Bá-nha không đờn nữa. Bá-nha tuyệt huyền thất Tử-kỳ. 伯牙絕絃失子期.

— dung. Tiếng tăm, hình dạng. 音容杳杳 Âm dung yểu yểu. Tăm dạng người chết tuyệt mù.

蔭 Âm c. n. Vừa nóng nóng : giữa chừng lạnh nóng, không có nguội. Che chở.
襲 | Tập —. Con nhờ trước lộc cha.
封 | Phong —. Sắc phong cho nhờ đức nghiệp ông cha.
— tử. Con được nhờ theo phận cha.
Đầm —. Đầy dẫy. Nội Châu đầm âm, dặm Thang om sòm.
No —. Khỏi lo đói lạnh. Tay không chẳng dễ tìm vành âm no.
— thân. Lành quần, lành áo, có phận nhờ.
— áp. Tiếng đôi cũng là âm, khỏi lạnh. Bộ lành lẽ.
— cật. Lành áo. Âm cật no lòng.
— mình. Nóng mình, khó ở.
— đám. Đám là đám hát, đám chay, đám ma, vân vân : Có tiếng trống đánh ; có tiếng hát giòn giã ; có đông người, có tiếng khóc kể hay, thì là âm đám, bằng không thì là lạnh lẽo, chỉ nghĩa là không được việc.
— cúng. Âm áp. Không phải là quạnh hiu ; có người hôm sớm bậu bạn. Ở đây với ta cho âm cúng.
— tiếng. Tiếng nói, hát rôm rả, hoặc hòa cùng tiếng khác.
— lạnh. Khi âm, khi lạnh = Khi giàu, khi nghèo ; khi đau, khi mạnh : Biết đâu âm lạnh ; âm lạnh có nhau.
— —. Hầm hầm ; có hơi nóng ; vừa nóng nóng.
— hiếm. Âm khá nhiều.
No cơm — áo. No đủ.
Sa đầu — đít. Con người không nghĩ trước sau.
Cao nấm — mồ. Nấm mả cao dầy thì mồ phần âm cúng. Cha mẹ để nhiều âm đức, thì con cháu được nhờ.

𨢇 Âm n. Đồ đúc hoặc đồ đất bằng đồng thau để mà nấu nước uống.
Cái —. id Có âm đất, âm đồng nhiều thứ.

후인 띤 꾸어는 쯔엉 빈 끼와 함께 〈쟈 딘 바오〉의 간행에 참여해서 1869년에는 주필(主筆)이 되었다. 쯔엉 빈 끼와 노선을 같이하면서 베트남어 사전인 《대남국음자휘(大南國音字彙)》(I·II, 1895-1896)를 편찬했다. 다음 사진은 《대남국음자휘》의 한 페이지다.

한자나 쯔놈 글자를 표제어로 제시하고, 그 오른편에 국어로 음을 적었다. 그리고 해당 어휘의 뜻을 국어로 풀이한 다음, 줄을 바꾸어 해당 어휘가 사용되는 용례를 열거하고 각 용례의 뜻도 풀이해 놓았다. 이 사전은 당대 베트남어 어휘의 전모를 보여주고 구어(口語)의 표준을 제시한 공적이 있다.[31] 이와 같은 쯔엉 빈 끼와 후인 띤 꾸어의 활동은 국어에 대한 사회적 관심을 불러일으키기에 충분한 것이었다.

하지만 한자나 쯔놈을 버리고 표음문자인 국어를 사용하는 전환은 글쓰기의 근간을 뒤흔드는 변화여서 전통의 계승과 단절이 얽히는 복잡한 양상으로 전개되었다. 다음은 동경의숙(東京義塾)에서 사용한 교과서인데, 한문과 로마자가 모두 이용되고 있음을 보여준다. 동경의숙은 1907년 3월에 하노이[東京]에서 문을 연 사립학교이고, 동경의숙에서 교과서로 삼아서 공부한 글을 통칭해서 동경의숙시문(東京義塾詩文)이라고 불렀다.

동경의숙시문에는 《신정윤리교과(新訂倫理教科)》나 〈월남망국노부(越南亡國奴賦)〉와 같은 한문 작품, 〈남해포신가(南海逋臣歌)〉와 같은 쯔놈 시문, 《국문습독(國文習讀)》과 같은 국어 시문이 망라되어 있다. 국어로 창작한 시문이 있어서 국어 사용의 확대에 기여한 바가 크다고 할 수 있지만, 한문학이나 쯔놈문학을 완전히 대체하기에 이른 것은 아니었다. 《신정윤리교과》가 보여주듯이 윤리·철학의 논의를 한문으로 하고 있는데, 아직은 국어가 그 역할까지 감당하지는 못하고 있었다는 사실을 보여주는 점이 흥미롭다.

---

31) Maurice M. Durand·Nguyen Tran Huan, An Introduction to Vietnamese Literature, trans. D. M. Hawke, New York: Columbia University Press 1985, 22면.

국어가 근대적 글쓰기의 도구로 확고하게 자리 잡아 가는 흐름은 19세기 후반 베트남 남부에서 발원했는데, 1930년대에 이르러서는 거스를 수 없는 주류가 되었다. 국어 사용은 어째서 남부에서부터 시작되었는가? 그것은 남부에서 먼저 식민 도시가 형성되었기 때문이라고 말할 수 있다. 베트남 남부는 18세기 이후 새로 획득한 영토였는데, 19세기 후반부터 프랑스가 메콩 델타를 수출용 쌀 생산지로 개발하면서 급속하게 발전했다. 그 중심 도시가 바로 사이공(Sài Gòn)(지금의 호찌민시)이었다.

사이공에는 유럽으로부터 인쇄 기술(등사판 인쇄)이 도입되어 대량 인쇄가 가능해졌고, 마침내 1865년에는 최초의 신문이 발행되었다. 그것은 식민지 정부의 관보(官報)였다. 이후 식민지화가 중부로 북부로 진행됨에 따라서 1910년까지는 베트남 전역에서 신문이나 잡지가 발행되기에 이르렀다.

국어로 된 신문·잡지, 번역을 포함한 각종 저작물이 속속 등장하면서 처음에는 저항감을 가지고 있던 중부와 북부의 지식인들도 근대문물을 받아들여 보급하기 위해서는 한자를 버리고 국어를 쓰는 쪽으로 방향을 전환해야 한다고 판단하게 되었다. 남부에 비해서는 늦었어도 중부와 북부의 지식인들도 국어 사용과 보급에 적극적으로 동참하게 되었다. 표의문자인 한자, 그것을 빌려 만든 불완전한 표기인 쯔놈과 달리 국어는 표음문자여서 쉽게 익혀 쓸 수 있는 장점이 있었다. 베트남 근대 지식인들은 민중을 계몽하거나 민족적 일체감을 형성하는 데 국어가 유효한 수단이라고 생각했다.

2부 신불관계론(神佛關係論)

1장 동아시아 신불관계론(神佛關係論)의 구도

2장 《삼국유사(三國遺事)》와 《사석집(沙石集)》에 나타난 신불관계 양상 비교

01

동아시아 신불관계론(神佛關係論)의 구도

1. 머리말

한국에서는 도교(道教)가 종교로서 크게 떨치지 못하다 보니 중국의 도교에 대한 관심이 상대적으로 덜하고, 일본의 신도(神道)는 국수주의적 색채가 강하다 보니 연구자의 큰 관심을 끌지 못한다. 하지만 오늘의 중국과 일본, 그리고 그와 같고 다른 한국 문화의 특징을 동아시아적 관점에서 이해하고자 한다면 도교나 신도에 대한 연구를 결코 소홀히 할 수 없다. 응당 베트남까지도 시야에 넣어서 동아시아 문화에 대한 객관적인 이해를 확충해야 한다. 그런데 문제는 도교, 신도, 베트남 민족종교를 어디부터 어떤 관점에서 연구할 것인가 하는 데 있다. 필자는 중세로 전환되는 역사적 시기에 신불관계가 어떻게 정립되는지 탐구함으로써 활로를 열 수 있다고 생각한다.

동아시아에 불교가 전래하면서 불교의 불보살(佛菩薩)과 동아시아 여러 곳에서 먼저 자리를 잡고 있던 재래 신앙(토착 신앙, 민족 신앙)의 신격(神格)이 처음으로 만나서 새로운 관계를 정립하게 되었다. 재래 신격과 불보살의 관계를 '신불관계(神佛關係)'라고 일컬을 수 있는데[1], 이 신불관계 정립은 중세 보편종교를 수용하는 과정에서 동아시아 각국이 공통적으로 거쳐야만 하는 관문이었다. 그런데 신불관계 정립의 양상은 불교를 수용하는 재래 신앙(인) 쪽의 종교 심리와 재래 신앙이 처한 상황에 따라서 차이가 나타나기 마련이었다. 신불관계 정립의 양상을 비교하는 연구는 이러한 공통점과 차이점을 이론적으로 해명하고자 한다.

필자는 신불관계를 정립한 역사적 경험이 오늘날 각국 문화에 뚜렷한 흔적을 남기고 있다고 생각한다. 신불관계 정립의 방향을 결정한 수용자 측의 심리는 마치 원형이나 토대와도 같은 것이어서, 문화의 저층에서 지속적인 영향을 끼치고 있다고 본다. 그래서 동아시아 각국에서 신불관계를 정립하는 과정에서 보여준 다양한 모색, 오랜 시간을 두고 겪은 진통, 결과의 상이한 양상, 상이한 결과에 이르게 한 원인(특히 수용자 측의 심리 구조), 오늘날까지 지속되는 영향력 등에 대해서 깊은 관심을 가져왔다. 이 글에서는 그러한 관심의 일환으로 신불관계가 정립되는 양상을 탐구하는 연구의 의의, 대표적인 신불관계론의 이론 구조, 일차 자료, 가설적인 전망에 대해서 개괄적인 논의를 해 보고자 한다.

2장에서는 신불관계론 탐구가 오늘날 동아시아의 문화와 어떤 관련이 있는지 구체적인 사례를 통해서 논의하고, 3장에서는 중국과 일본에서 제기된 대표적인 사례를 통해서 신불관계론의 이론 구조의 한 면모를 살핀다. 4장에서는 신불관계론의 다양한 양상을 어떻게 범주화해 볼 것인가에 대해 논의한다. 그리고 신불관계론 연구가 어떤 비전을 제시하는지 예상해 보기로 한다. 글의 체계에 구애 되지 않고 흥미로운 주제를 이것저것 자유롭게 거론해 보고자 한다.

---

1) 넓게는 재래 신앙의 '신(神)'과 불교의 '천(天)'이 맺는 '신천(神天)관계'도 포괄한다.

2. 자우궁(慈祐宮), 아니메(アニメ)

이 장에서는 신불관계 정립이라는 역사적 경험과 불가분의 관계에 있는 몇 가지 문화 현상을 제시해 보고자 한다. 신불관계 정립이 단순한 과거사가 아니라 지금까지도 동아시아 각국 문화에서 그 영향을 확인할 수 있는 역사적 경험이었다는 점을 확인하고, 신불관계 연구의 방향을 가늠해 보는 데 목적이 있다.

1

대만(臺灣)에는 도교 사원이 참으로 많다. 필자는 대만에 1년여를 머문 적이 있는데, 도교에 관해서 공부할 수 있는 최적의 장소가 대만이라고 생각하고 직접 차를 운전해 가면서 이름 있는 도관(道觀)을 두루 답사했다. 타이베이의 지남궁(指南宮)[2]이나 행천궁(行天宮)[3], 베이깡(北港)의 조천궁(朝天宮)이나 루깡(鹿港)의 천후궁(天后宮) 등 특색이 있는 도관이 지금도 눈에 선하다. 우리에게는 없는 낯선 광경이어서 어디나 흥미로웠는데, 그중에서도 타이베이 쑹산(松山)에 있는 자우궁(慈祐宮)은 각별했다.

자우궁은 조천궁이나 천후궁과 마찬가지로 항해(航海) 수호신인 마조(媽祖)[4]를 주신으로 모시고 있는 도교 사원이다. 그런데 배향하고 있는 신이 마조 이외에도 여럿이다. 도교 사원이라면 으레 공봉(供奉)하는 신기(神祇)가 다수여서 여러 신들이 한데 모여 있는 면모는 비단 자우궁에서만 보이는 것은 아니다. 하지만 그렇다고 해도 자우궁은 가히 신들의 백화점이라고 할 만하다. 자우궁은 여러 층에 걸쳐서 다음과 같이 많기도

2) 여동빈(呂洞賓)을 주신으로 모신다.
3) 관공(關公)을 주신으로 모신다.
4) 천후(天后), 천비(天妃), 천상성모(天上聖母)라고도 칭한다.

많은 신을 모시고 있었다.

1층 大殿: 天上聖母, 千里眼將軍, 順風耳將軍

1층 各廂: 福德正神, 地藏菩薩, 阿難尊者, 目連尊者, 五營神中壇元帥, 虎爺, 開山先靈神位, 功德先賢祿位

2층 太歲殿: 斗姥元君, 六十值年太歲星君, 護法神左輔右弼大將

2층 註生殿: 註生娘娘, 十二婆姐, 杜玉娘夫人

3층 佛祖殿: 觀音佛祖(南海觀音, 千手觀音), 善才龍女, 文殊菩薩, 普賢菩薩, 韋馱菩薩, 伽藍菩薩, 十八羅漢, 彌勒佛

4층 帝君殿: 關聖帝君, 關平太子, 周倉將軍, 孚佑帝君, 灶君, 清水祖師, 文昌帝君, 魁星, 水仙王, 保儀大夫, 廣澤尊王, 五營神中壇元帥

5층 三清殿: 三清道祖, 三教教主(釋迦文佛, 太上老君, 孔子先師), 南極長生大帝, 北極紫微大帝, 馬靈官, 趙元帥, 地母娘娘, 太陽星君, 太陰星君, 神農大帝

6층 凌霄殿: 玉皇大帝, 三官大帝, 火官大帝(火德星君), 南斗星君, 北斗星君[5)]

1층 대전(大殿)에 모신 천상성모(天上聖母)가 곧 여신인 마조(媽祖)다. 자우궁 전체의 주신이다. 1층 각상(各廂)과 3층 불조전(佛祖殿)에는 불보살을 위시한 불교의 여러 신격을 모시고 있다. 석가모니는 5층의, '삼교교주(三教教主)'를 모시는 자리에 태상노군이나 공자와 함께 있다. 불보살은 물론 유교에서 숭상하는 공자도 신앙의 대상이 되고 있으니 삼교일치(三教一致) 사상을 신전의 신격 배치로 구체화하고 있다고 할 수 있다.

도교 신자나 연구자가 아니다 보니 자우궁 각 층에 모신 신격 간의 관계가 어떠한지 짐작하기가 쉽지 않다. 층과 층 사이의 관계, 특히 1(각상)·3·5층에 있는 불보살과 1(대전)·2·4·6층에 있는 신들과는 무슨 관계인가 하고 살피면, 모두를 총괄하는 상위 원리(위계의 원리)를 발견하기가 쉽지 않다. 예컨대 천상성모, 남해관음, 공자는 무슨 관계란 말인가? 소

---

5) 위키 백과의 '松山慈祐宮'을 검색한 결과이다.

망을 말하면 들어줄 것으로 기대되는 신상을 되도록 많이 모셔 놓았다고, 그저 현세 기복적인 동기나 확인할 수 있을 따름이라고 하는 견해를 비판하고, 실은 이러이러한 고차원의 원리가 있노라고 말할 수 있겠는가? 필자가 보기에는 아마도 그럴 수 없을 듯하다.

서로 다른 기원과 직능(권능)을 가지고 아래층과 위층으로 나뉘어 있는 이들 신격 사이의 관계를 무슨 말로 표현하는 것이 좋을까? 우선 '습합(習合)'이 떠오른다. 그런데 '습합'이라고 하려면 서로 다른 신앙과 실천을 단일한 체계 속에 녹여내려는 뚜렷한 움직임이 보여야 하고, 그 원리를 말할 수 있어야 한다. 그러니 적합하지 않아 보인다. '융합(融合)'은 더더욱 거리가 멀다. 아마도 '혼효(混淆)'라고 해야 할 듯하다. 인간의 소망을 들어주는 도교와 불교의 신격을 한데 모으면서도 신격 간의 위계를 세우는 데는 큰 관심을 두지 않는 면모를 가리키자면 '혼효'가 적절해 보인다.[6] 자우궁은 '혼효' 과정의 귀착점을 보여준다고 할 수 있다. 신불관계 비교 연구는 도교의 신격과 불교의 불보살이 이처럼 '혼효'된 내력과 그 의미를 밝히는 과제를 가진다.

2

일본을 대표하는 애니메이션(아니메) 감독인 미야자키 하야오(宮崎駿, 1941-)의 작품 〈이웃집 토토로(となりのトトロ)〉(1988)를 보다 보면, 주인공 사츠키와 메이 자매가 버스 정류장에 아버지를 마중 나가 기다리다가 토토로를 만나는 장면이 있다. 사츠키가 토토로에게 우산을 빌려주자 토토로는 답례로 열매를 건네준다. 사츠키와 메이는 받은 열매를 정원에

6) 〈서유기(西遊記)〉를 한 번 떠올려 보는 것도 좋을 듯하다. 〈서유기〉에 등장하는 불보살과 도교의 신들은 어떤 관계인지 불분명하다.

심었지만 좀처럼 싹이 나오지 않아 애를 태운다. 그러던 중 꿈에 토토로를 보았는데, 꿈속에서 열매는 거목으로 성장하고 두 사람은 토토로와 함께 하늘을 난다. 깨어난 뒤 거목은 사라지고 없었지만, 그 대신에 열매는 작은 싹을 틔우고 있었다. 토토로는 식물의 생장과 관련이 깊은 신격이라고 암시하고 있다.

그런데 사츠키와 메이가 만나는 장면을 뜯어보면, 버스 정류장 이름이 '이나리마에(稲荷前)'이다. 분명 '이나리(稲荷) 신사(神社) 앞 역'이라는 뜻이다. 정류장 뒤로 여우상이나 붉은 도리이가 보이는데, 모두 이나리 신사의 상징이다. 여우는 이나리 신의 사자(使者)라고 한다. 이나리신은 곡식·농업의 신이라고 하니, 작품에서 토토로가 하는 역할과 상통한다.

〈이웃집 토토로〉에는 신도적(神道的)인 상상력이 작동하고 있다고 할 수 있다. 그런데 신도적인 상상력의 발현은 미야자키 하야오 감독의 이 작품뿐만이 아니라 다른 작품에서도 발견된다. 주지하다시피 〈원령공주(もののけ姫)〉(1997)가 그렇고, 〈센과 치히로의 행방불명(千と千尋の神隠し)〉(2001) 또한 그렇다. 대만의 지우펀(九份)을 배경으로 삼았다고 하는 〈센과 치히로의 행방불명〉은 시종일관 주인공이 잡신들과 얽힌 이야기를 한다. 주인공은 '팔백만신[八百万の神, 야오요로즈노 카미]이 목욕하러 오는' 신들의 목욕탕에서 일을 한다. 이처럼 미야자키 하야오 감독의 애니메이션은 신도와 친연성이 높다고 말해도 그릇되지 않을 것이다.

애니메이션이 신도적 상상력과 친연성이 큰 것은 어찌 보면 일본 애니메이션의 중요한 특징 가운데 하나라고까지 말할 수 있을 것 같다. 정령(精靈)이 등장하는 작품이 유독 많은 것이 일본 애니메이션의 특징이라고 하는 것은 누차 지적된 바인데, 이들 정령은 신도(神道)의 세계관에 의해 뒷받침되는 존재들이라고 할 수 있기 때문이다. 신도의 신(가미)은 인간과 같은 공간 속에서 활동하면서 인간의 삶에 관여하는 친근한 존재로 그려지는 경우가 많다.

일본에는 팔백만신이 있다고 한다. 물론 '팔백만'은 수가 아주 많다는 뜻이다. 과장이 심하다고 할 수도 있지만, 일본이 신의 부국(富國)인 것은 분명하다. 신의 부국답게 아니메에 신이 많이 등장하는 것은 어찌 보면 당연한 일이다. 정령 신앙이 불교에 비해 애니미즘에 훨씬 가깝다는 점을 생각해 보면, 신도가 아니메의 세계관적 근거가 되는 것이 이해가 가고, 애니미즘이 관객의 원초적 심성을 자극한다고 보면, 아니메의 세계적 흥행 역시 조금은 이해가 된다.

일본은 불교의 나라다. 특히 단가제도(檀家制度)[사청제도(寺請制度)]가 시행된 에도 시대(江戶時代)에는 전체 일본인이 불교 신자가 되지 않으면 안 되었다. 하지만 일본은 동시에 신도의 나라다. 그렇다면 불보살과 팔백만의 신은 어떤 관계인가? 어떤 관계를 정립했기에 불교도의 나라에서 팔백만의 신이 활보할 수 있게 되었는가? 주지하다시피 불보살과 신도의 가미는 '습합(習合)'하여 공존하다가 메이지유신(明治維新)을 거치면서 '분리'[神佛分離]되었다. 신불관계 연구는 '습합'과 '분리'를 동아시아적 시각에서 검토하는 과제를 가진다.

3

중국의 재래 신앙은 '혼효', 일본의 재래 신앙은 '습합'의 과정을 거쳐서 존립하고, 불교의 자극을 받아 교리와 교단을 정비할 수 있었다. 그 결과 오늘날 대만과 일본은 신(神)의 수가 많은 나라가 되었다. 그런데 이렇듯 신의 부국(富國)인 대만과 일본에서 기독교는 열세를 면치 못하고 있다. 전체 인구에서 기독교 신자가 차지하는 비중은 대만은 대략 3.9%, 일본은 대략 1.1% 정도라고 알려져 있다.

대만과 일본은 공통적으로 섬기는 신이 많은 나라, 다신(多神)을 섬기는 나라다. 나라 밖에서 신이 들어온다면 다신 가운데 하나라고 하게 된다.

권능에 의해서 전문화된 신들이 혼거(混居)하는 대만에서, 'GOD'(기독교의 유일신)에게 팔백만 분의 일의 지분만 주는 일본에서 기독교가 떨치지 못하는 것은 어찌 보면 당연한 일이다.

대만이나 일본과 비교해 보았을 때 한국은 상대적으로 섬김을 받는 신의 수가 적은 나라다. 반면 기독교도의 비중은 두 나라에 비해서 압도적으로 높은 편이다. 그 많던(혹은 많았으리라 추측되는) 신들은 다 어디로 가버렸는가? 어떤 역사적 과정을 거쳐서 불보살과 'GOD'으로 재편되었는가? 이 또한 신불관계 연구가 답해야 할 문제이다.

3. 노자화호설(老子化胡說)과 본지수적설(本地垂迹說)

앞 장에서는 신불관계 연구가 오늘날 동아시아 각국의 종교 문화를 해명하는 열쇠의 하나라는 점에 대해 논의했다. 이 장에서는 신불관계론의 대표적인 예를 들어 그 이론 구조에 대해서 살펴보고자 한다. 예로 들고자 하는 것은 중국의 노자화호설과 일본의 본지수적설이다. 두 이론은 신불관계론의 대명사 격이라고 할 만하다.

1

노자화호설은 노자가 서역(西域)(胡)으로 가서 (석가로 환생해서) 그곳 사람을 교화했다는 주장으로, 《노자화호경(老子化胡經)》에 처음 나온다.[7] 노자

7) 〈노자화호경〉은 서진(西晉) 혜제(惠帝, 290-306) 때 도사(道士) 왕부(王浮)(혹은 王符)가 만들어 낸 위경(僞經)이라고 알려져 있다. 하지만 왕부라는 인물에 대한 기록을 찾을 수 없어서, 불교 측에서 만들어 낸 위경이라고 보는 연구자도 있다. 〈노자화호경〉은 〈노자서승화호경(老子西昇化胡經)〉이라고도 부르는데, 원(元)나라 때 소실되었

[태상노군(太上老君)]가 은(殷) 탕왕(湯王) 이래 역대로 법신(法身)을 변화시켜 인간으로 강생하여 중국은 물론 서역 여러 나라에서 도를 전하고 중생을 교화한 내력을 기술하고 있다. '노자-석가'는 '법신(法身)(=本)-화신(化身)(=迹)'의 관계라고 하는 것이 핵심이다. 서역을 '호(胡)'라고 칭하고, 서역 중생은 근기가 떨어진다고 말하는 데서 노자화호설은 화이론(華夷論)의 변주라는 사실을 알 수 있다.

노자화호설의 구조를 뒤집으면 삼성파견설(三聖派遣說) 또는 삼성화현설(三聖化現說)이 된다. 삼성파견설에 따르면 부처는 불법(佛法)을 널리 펴기 위해 가섭(迦葉)·유동(儒童)·정광(定光)의 세 보살을 중국에 보내어 노자(老子)·공자(孔子)·안회(顔回)로 화현하게[8] 했다고 한다. 이들이 먼저 외전(外典)을 통해 사람들의 마음을 부드럽게 한 뒤, 그다음에 불법을 유포했다고 한다.

여기서 '가섭'은 과거칠불(過去七佛)의 하나인 가섭불(迦葉佛)을 가리키며 '유동'은 석가모니가 전생에 보살일 때의 이름이고, '정광'(=錠光)은 역시 과거칠불의 하나인 연등불(燃燈佛)이라고 한다. 고려의 혜심(慧諶, 1178-1234)이 《기세계경(起世界經)》이라는 경전을 인용하면서 같은 취지의 말을 한 것이 《조계진각국사어록(曹溪眞覺國師語錄)》에 전한다.[9] 문헌에 따라서 삼성의 명칭에는 차이가 있으나[10], 불교 전래 이전에 세 보살이 중국에

고 지금은 돈황(敦煌)에서 발견된 당대(唐代) 사본의 잔본(殘本)이 전한다.

8) '화현(化現)'은 불보살이 중생을 교화하고 구제하려고 여러 가지 모습으로 변하여 세상에 나타나는 것이다.

9) 원문은 "佛言 我遣二聖 往震旦行化 一者 老子 是迦葉菩薩 二者 孔子 是儒童菩薩"이다. 〈기세계경〉은 언제 성립된 경전인지 알 수 없다. (가산불교문화연구원 출판부, 『伽山佛教大辭林』 2, 1998, 1111면)

10) 1990년 일본에서 발견된 《청정법행경(淸淨法行經)》에도 다음과 같이 삼성파견설에 해당하는 서술이 보인다. "나는 지금 먼저 제자 삼성(三聖)을 보내니, 이들은 모두 보살로서 훌륭한 권도(權道)를 나타내 보이니, 마하가섭(摩訶迦葉)은 저쪽에서는 노자라고 부르고, 광정동자(光淨童子)는 저쪽에서는 중니(仲尼)라고 부르고, 월명유동(月明儒童)은 저쪽에서는 안연이라고 부르니, 이들은 나의 법의 교화를 널리 떨칠

파견되었으며 '불보살-삼성'의 관계가 '법신(=本)-화신(=迹)'의 관계라고 설명하는 점에서는 일치한다.

언뜻 노자화호설과 삼성화현설은 서로 용납할 수 없는 주장인 것처럼 보인다. 하지만 보내는 쪽(=本)에서 수용하는 쪽에 화신(化身)(=迹)을 파견했다고 하면서 그 존재를 인정하는 점은 공통된다. 적용은 정반대로 하고 있지만, '본적론(本迹論)'이라고 일컬을 수 있는 구도(이론의 구조)는 동일한 것이다.

'본적론'은 서로 다른 신앙을 단일한 체계 속에 통합하려 한다는 점에서 '습합'의 교리라고 볼 수 있다. '본적론'에 기대어 재래 신앙은 활로를 찾을 수 있었다. 자우궁이 귀착점을 보여준다면, 도교와 불교 사이에 이루어진 신불관계 정립은 '습합'을 꾀하다가 '혼효'로 귀착했다고 말할 수 있다.

2

본지수적설은 '(신도의) 신은 본체인 불보살이 중생 구제를 위해서 모습을 바꿔서 나타난 존재[權現]'라는 주장이다. 이러한 본지수적설을 형상화한 예로 자주 거론되는 것이 《원형석서(元亨釋書)》11)에 있는 도다이지(東大寺) 창건 관련 기사이다. 절을 짓고자 한 쇼무 천황(聖武天皇, 701-756)은 아마테라스[天照大神]의 뜻을 묻고자 하여, 아마테라스를 제사하는 이세신궁(伊勢神宮)에 두 번에 걸쳐 사자(使者)를 파견한다. 아마테라스가 절을

것이다. (…) 그러고 난 후에 불경이 마땅히 진단(震旦)으로 가야 할 것이다." '나'는 부처, '저쪽'은 중국, '중니'는 공자, '진단'은 중국을 가리킨다. 《청정법행경》의 삼성 파견설에 관해서는 가미쓰카 요시코, 『도교 사상 - 10개의 강의로 도교 쉽게 이해하기』(장원철·이동철 옮김), AK, 2022, 252-253면을 참조했다.

11) 고칸시렌(虎關師錬, 1278-1346)이 찬술한 일본 불교 사서(史書).

지어도 좋다고 한다는 사자의 복명(復命)이 있고 나서 다음과 같은 일이 일어났다.

> 그날 밤에 임금이 꿈을 꾸었는데 고타이진구(皇太神宮)[12]가 말하기를, "일륜(日輪)은 비로자나라오. 임금은 이 뜻을 알고 절을 짓도록 하시오." 했다. 말을 마치고 일륜상(日輪相)을 보였는데, 그 빛이 찬란했다. 임금은 꿈에서 깨어 감격했다.[13]

주지하다시피 아마테라스는 일본 천황가의 조상신인 태양 여신인데, 천황의 꿈에 나타나서 '태양은 비로자나'라고 말한다. 이는 곧 아마테라스 자신은 비로자나불의 현현(顯現)이라는 뜻으로, 비로자나불이 '본(本)'이고 자신은 '적(迹)'(化身)이라고 밝힌 것이다.[14]

아마테라스는 일본 국가 신화의 주역이자 신도에서 섬기는 최고의 신격이다. 그런 아마테라스가 자신은 비로자나불의 화신이라고 말했다. 불교가 전래하고 본지수적설이 제기되어 아마테라스의 본지가 부처라고 하게 되었으니 아마테라스는 참으로 영광스럽게 되었다고 할 수 있다. 하지만 본지수적의 구도에서는 아마테라스만 홀로 위대한 것이 아니었다.

고찰의 범위를 넓혀서 본지수적설에서 제시하는, 신과 불보살의 대응관계를 몇 가지 보기로 하자.

수적	본지
아마테라스[天照大神]	대일여래(大日如來)
하치만 신(八幡神)	아미타여래(阿彌陀如來)
도쇼 다이곤겐(東照大權現)(德川家康)	약사여래(藥師如來)

---

12) 아마테라스를 가리킨다.

13) 其夜上夢 皇太神宮告曰 日輪是毗盧遮那也 帝得此意爲營興 言已現日輪相 其光赫如也 帝覺感激 (《元亨釋書》 卷第十八 神仙五)

14) 정천구, 「本地垂迹說과 佛國土思想의 비교 - 《佛祖統紀》·《三國遺事》·《元亨釋書》를 중심으로 -」, 73-75면에서 이 자료를 살폈다.

아키하 곤겐(秋葉權現) 관음보살(觀音菩薩)

하치만 신(八幡神)은 오진 천황(應神天皇)의 신령(神靈)이라고 하는 무신(武神)인데, 그 본지가 아미타여래라고 한다. 도쿠가와 이에야스(德川家康, 1543-1616) 사후에 그를 도쇼 다이곤겐(東照大權現)으로 모시는데, 그 본지가 약사여래라고 한다. 도쿠가와 이에야스이라는 역사적 인물이 실은 약사여래의 곤겐(화신)이었다는 뜻이다.[15] 아키하 곤겐(秋葉權現)은 오늘날 시즈오카 현(靜岡縣) 아키하 산(秋葉山)의 토착신(산신)이라거나 산샤쿠보(三尺坊)라고 하는 슈겐도(修驗道)의 수행자가 신격화된 존재라고 하는데, 신불습합(神佛習合)의 결과 화재(火災)를 막아 주는 영험이 있다고 하여 숭배되고 있다. 그런 신의 본지가 관음보살이라고 한다.

일본 신화의 주역인 아마테라스, 천황의 신령이라고 하는 하치만 신, 무장(武將) 도쿠가와 이에야스, 산신 등은 각기 유래가 다르고 존재하는 양태도 다른 신이지만 모두 본지가 불보살이라고, 모두가 불보살의 곤겐이라고 한다. 사실 마음만 먹으면 이러한 불보살과의 대응 관계를 어느 토착 신격에게든 부여할 수 있다. 이렇게 함으로써 재래의 신들은 불교의 압도적인 위세 속에서도 신앙 대상으로서의 위상을 지켜 낼 수 있었다.

일본의 본지수적설은 이론 구조가 '본적론'이라는 점에서 중국의 노자화호설이나 삼성화현설과 동일하다. 불교는 도교의 신이나 신도의 신을 '적(迹)'이라고 인정했다. 불교가 이렇듯 재래 신앙을 인정한 데는 수용자 측의 상황이 크게 작용한 것으로 보인다. 당(唐)나라 황실의 전폭적인 지원을 받는 도교, 일본 천황가의 신앙인 신도를 불교 측에서 전면 부정하는 것은 불가능했을 것이다. 신불관계에 대한 연구는 이론의 구조를 밝히는 작업과 정치와의 관련성을 따지는 작업을 병행해야 한다.

---

15) 일본 닛코(日光)에 있는 도쇼구(東照宮)의 본전의 왼편에 약사여래를 본존으로 모신 약사당(藥師堂)=본지당(本地堂)이 있다.

4. 신불관계의 유형과 의미

앞 장에서는 신불관계를 대표하는 노자화호설과 본지수적설을 간략히 살펴보았다. 신불 관계 유형에는 그 둘만 있는 것은 아니다. 필자는 선행연구에서 어떤 유형들이 있는지 논의한 바 있다. 이 장에서는 선행연구 결과를 요약하면서 새로운 논의를 덧붙이기로 한다.

1

신불관계를 논하고 있는 대표적인 자료를 나라 별로 제시하면 다음과 같다.

중국	한국	일본	베트남
《老子化胡經》	《三國史記》	《發心集》	《嶺南摭怪列傳》
《猶龍傳》	《三國遺事》	《沙石集》	
《混元聖紀》		《唯一神道名法要集》	

《유룡전(猶龍傳)》은 북송(北宋)의 가선상(賈善翔)이 찬술했으며 노자화호 이야기가 수록되어 있다. 남송(南宋)의 사수호(謝守灝, 1134-1212)가 찬술한 《혼원성기(混元聖紀)》(1193)와 더불어 화호 이야기의 대체를 파악할 수 있게 해준다.

《발심집(發心集)》은 가마쿠라(鎌倉)시대 초기에 찬술된 불교 설화집이다. 편자는 가모노 초메이(鴨長明, 1155-1216)인데, 아마도 만년에 저작한 것으로 보인다. 《사석집(沙石集)》(1283)은 가마쿠라 시대 중기의 불교 승려인 무주(無住, 1226-1312)가 편찬한 불교 설화집이다. 《유일신도명법요집(唯一神道名法要集)》은 요시다 가네토모(吉田兼倶, 1435-1511)가 저술한 것으로 전해지는 논서로, 부처는 본체인 신도의 신이 모습을 바꿔서 나타난 것이라는 주장[반본지수적설(反本地垂迹說)]을 담고 있다.

《영남척괴열전(嶺南摭怪列傳)》은 한문 설화집이다. 14세기경에 쩐 테 팝(陳世法)이 편찬했다는 기록이 있으며 15세기에 들어서 부 뀐(武瓊, 1453-1516)이 교정하고(1492), 끼에우 푸(喬富, 1447-?)가 개찬(改撰)했다(1493). 이후에도 몇 차례 개찬, 증보가 이루어졌는데 부 뀐이 중편할 당시에는 민간 설화 22편을 수록하고 있었다. 그 가운데 〈만랑전(蠻娘傳)〉은 초기 불교에서 모신 네 분의 부처와 재래 신앙의 여신과의 관계를 말해 주고 있다.

이들 일차 자료는 경전(위경), 역사서, 설화집 등으로 그 성격이 다양하다. 신불관계 정립의 과제가 문화 전반에 걸친 문제였음을 보여준다. 그런 만큼 신불관계 연구는 종교·철학·정치·문학의 경계를 넘어서는 총체적인 관점을 요구한다.

2

재래 신격과 불보살의 만남은 재래 신격의 숫자만큼이나 그 양상이 다양했다고 할 수 있다. 하지만 결과를 두고 크게 보면 재래 신격과 불보살이 대결하는 경우, 재래 신격이 불보살 아래로 포용된 경우, 재래 신격이 상승해서 불보살과 대등해진 경우, 재래 신격이 불보살보다 우위에 있다고 주장하는 경우의 네 가지 경우를 상정해 볼 수 있다. 이러한 작업 가설을 세우고 위에 제시한 기본 자료를 검토한 결과 다음과 같은 일곱 가지 신불관계 유형을 확인할 수 있었다.[16]

---

16) 최귀묵, 「불교 신격과 재래 신격의 만남 - 《三國遺事》를 출발점으로 삼은 試論 -」, 『고전문학과 교육』 제20집, 한국고전문학교육학회, 2010; 「《三國遺事》와 《沙石集》에 나타난 神佛관계 양상 비교」, 『문학치료연구』 제30집, 한국문학치료학회, 2014에서 유형 설정에 필요한 기초 연구를 했다.

① 대결(對決): 불교 신격과 재래 신격이 대립하며, 불교 신격은 재래 신격을 퇴치하려 한다.
② 수계(授戒): 불보살이 재래 신격에게 계를 준다.
③ 호법조력(護法助力): 재래 신격이 호법신으로 변모한다.
④ 구제희구(救濟希求): 재래 신격이 불보살의 구제를 원한다고 한다.
⑤ 신천동체(神天同體): 재래 신격이 윤회전생(輪廻轉生) 중에 있는 천(天)(天神)이다.
⑥ 불본신적(佛本神迹): 부처가 본래 모습인 본지이고, 신은 부처가 임시로 나타난 모습인 수적이다.
- 삼성화현(三聖化現)
- 본지수적(本地垂迹)
⑦ 신본불적(神本佛迹): 신이 본래 모습인 본지이고, 부처는 신이 임시로 나타난 모습인 수적이다.
- 노자화호(老子化胡)
- 반본지수적(反本地垂迹): 부처는 본체인 신이 모습을 바꿔서 나타난 것이다.
- 신변성불(神變成佛)

《삼국유사》, 《발심집》, 《사석집》 등에서 ①-⑤가 확인된다. 신불이 관계를 맺는 ②-⑤를 한마디로 요약하면 재래 신격이 호법신(護法神)이 되었다는 것이다. 동아시아의 수많은 재래 신격은 '천(天)'의 지위를 수용하고 불교의 체계 안으로 들어왔다. 《삼국유사》나 〈사석집〉에서 그러한 사실을 거듭 확인할 수 있다. 재래 신격이 호법신이 되거나 신(神)의 몸을 벗어던지고 해탈을 얻고자 하는 염원을 품었다고들 한다.

그런데 특이하게도 《삼국사기(三國史記)》나 《삼국유사》에서는 ⑥, ⑦ 유형이 보이지 않는다. 따라서 한국의 자료에서 ①-⑤만 보인다는 사실을 근거로 하여, 한국의 재래 신격은 불보살과 만나서 대결하기도 하지만 끝내 호법신으로 포섭되고 말았다는 가설을 세워 볼 수 있다. 한국에서 ⑥, ⑦ 유형이 발견되지 않는 이유와 의미를 해명하는 비교 연구가 필요하다.

⑥, ⑦은 '본(本)-적(迹)'의 구도가 택할 수 있는 두 가지 양태를 보여준다. ⑦의 반본지수적설은 《유일신도명법요집(唯一神道名法要集)》에서 보이고 베트남의 〈만랑전〉에서 보인다. 가네토모(兼倶)는 '불(佛)을 본지로 삼고 신(神)을 수적으로 삼는 견해는 천략(淺略)하고, 신(神)을 본지로 삼고 불(佛)을 수적으로 삼는 견해는 심비(深祕)하다'[17]라고 말했다. 또한 그 같은 논리의 연장선상에서 아마테라스가 '본(本)'이고 불보살은 '적(迹)'이라고 했으며, '본(本)'인 아마테라스가 좌정한 일본은 신국(神國)이라고 주장했다. 〈만랑전(蠻娘傳)〉에서는 사법(四法, Tứ Pháp)이라 총칭되는 법운불(法雲佛)·법우불(法雨佛)·법뢰불(法雷佛)·법전불(法電佛)을 실제로는 베트남의 네 여신이 여불(女佛)의 형상으로 모습을 바꿔 불전에 좌정한 존재로 형상화하고 있다.

⑥, ⑦은 불교와 재래 신앙이 공존할 수 있는 근거를 찾고자 한 노력의 산물이다. 표면적으로는 누가 '본(本)'을 차지할 것인가를 두고 다투었다. 불교는 재래 신앙의 격이 낮다고 하고, 재래 신앙은 본래 불교의 교리를 역으로 이용해서 자기를 높이고자 했다. 중세 보편종교에 맞서서 민족 신앙을 지켜내기 위해서는 치열하게 다투었지만, '본적론'이 보장해주는 공존을 받아들이게 되면서부터는 서로를 배제하지 않으면서 공존하는 길을 찾았다고 볼 수 있다.

3

불보살을 맞이한 동아시아의 재래 신격은 호법신이 되든가, 불보살의

---

17) 顯密二義者 一顯露之顯 以佛爲本地 以神爲垂迹 一隱幽之密 以神爲本地 以佛爲垂迹 顯露之顯者 淺略義也 隱幽之密者 深祕義也 今以佛爲本地者 是淺略一義也 (大隅和雄 校注, 『中世神道論』, 岩波書店, 1977, 329면)

'적(迹)'이라고 하든가, '본(本)'으로서 불보살을 '적(迹)'으로 삼는다고 하든가 해야 하는 선택에 직면했다. 호법신이 되면 불교에 녹아들어 끝내 역사의 전면에서 사라지고 만다. '적(迹)'이라고 자처하면 불교의 우위를 인정하면서 공존할 수 있는 길이 열린다. '본(本)'이라고 자처하면 불교의 우위를 부정하면서 민족의 자긍심을 자양분으로 삼아 독자적인 활로를 모색할 수 있다. 중국 도교가 '본(本)'이라는 도교 측 주장에는 화이론(華夷論)이, 일본 신도가 '본(本)'이라는 신도 측 주장에는 신국론(神國論)이 근저에 놓여 있다.

중국은 '습합'을 꾀하다가 '혼효'로 귀결되었고, 일본은 중세 시기에 '습합'했다가 근대로 들어오면서 '분리'로 귀결되었고, 한국은 불교에 의한 '통합'이 전면적으로 진행되었다고 생각한다. 한국의 재래 신격은 불보살과 '수평 관계'를 이루어 대등해지지 못하고, 불보살이 중심이 된 '수직 체계' 속에 포섭되는 운명이었다. 이렇듯 '수평 관계'를 이룬 경험이 없는 한국 문화는 이후로도 '수직 체계'와 친연성이 컸다. 기독교 수용에서 보이는 한국적 특징도 이와 관련하여 해석할 수 있다고 생각한다.

신불관계론은 대승불교가 '불보살-天(호법신)'의 구도, '본(本)-적(迹)'의 구도를 가지고 동아시아의 재래 신격과 만났다는 사실을 말해 준다. 대승불교는 '불보살-천(天)'의 구도 속에 힌두교의 여러 신을 불교 안으로 받아들인 역사적 경험을 가지고 있다. '본(本)-적(迹)'의 교리적 근거는 대표적으로《법화경(法華經)》「여래수량품(如來壽量品)」에 있다. 이 세상에 나타나 깨달음을 얻은 석가란 실은 임시의 모습('迹')일 뿐이며 그 본신(本身)은 영겁의 옛날부터 존재했다고 하는 구절이 거기에 나온다.

신불관계론은 신과 불보살의 관계에 대한 논의이면서 동시에 불교를 마주한 수용자들의 (종교) 심리를 보여주는 논의이기도 하다. 재래 신격의 다양한 반응은 수용자들의 열광과 고뇌를 반영한다고 볼 수 있다. 신불관계론이 주로 설화로 형상화되는 것은 그럴 만한 이유가 있다고 하겠다. 설화를 통해서 재래 신격의, 바로 수용자들이 내면세계를 읽어 낼 수 있게 된다. 신불관계 연구가 학문의 경계, 지역의 경계를 넘어서지만 문학 연구자의 몫이 큰 것은 바로 이 때문이다.

5. 맺음말

신불관계 연구는 불교와 재래 신격의 만남을 다룬다. 신불관계 연구는 각국 문화의 저층에 있는 종교 심리가 어떻게 발현되었으며 오늘날의 종교 문화를 만들어 온 동력이 무엇인지 밝히고자 한다. 신불관계를 유형화하는 데서 출발해서 중국과 일본에서 다신성(多神性)이 강화된 역사적인 과정, 중국의 화이론과 일본의 신국 사상이 재래 신앙의 존속과 확장에 끼친 영향, 한국의 불국토설(佛國土說)과 진신상주설(眞身常住說)과 신불관계론의 상관관계를 해명하는 데로 나아가야 한다.

한편 재래 신격은 다시 유교(신유학)와 기독교와 만나야만 했다. 재래 신격은 불보살, 유학의 성인(聖人), 기독교의 유일신과 새로운 관계를 맺어 왔다. 그 내력을 탐구하는 것은 동아시아의 정신문화를 이해하는 데 기여하는 바가 적지 않다고 본다. 신불관계의 양상을 이론적으로 파악하고자 하는 신불관계론은 그러한 장대한 통시적 연구의 출발점이다.

02

《삼국유사(三國遺事)》와 《사석집(沙石集)》에 나타난 신불관계 양상 비교

1. 머리말

동아시아에 불교가 전래하면서 다른 문명권(산스크리트어 문명권)에서 찾아온 불교의 불보살(佛菩薩)[1]과 동아시아 여러 곳에 자리 잡고 있던 재래 신앙(토착 신앙)의 신격(神格)이 서로 만나서 새로운 관계를 정립하게 되었다.[2] 필자는 재래 신격과 불보살의 관계를 신불관계라고 일컫고자 하는데, 이 신불관계 정립은 중세 보편종교를 수용하는 과정에서 동아시아 각국이 반드시 거쳐야 하는 관문이었다. 이 글은 중세 시기에 동아시아 각국에서 신불관계가 정립되는 양상을 비교 검토하는 연구의 일환이다.

불교의 불보살은 궁극적 진리 탐구와 중생구제의 숭고한 이상을 선포

1) 부처와 보살.
2) 중국에 불교가 전해진 것은 1세기[後漢] 무렵이라고 한다. 고구려에는 372년에, 백제에는 384년에 전해졌다고 하고, 신라의 경우 불교가 공인된 것은 527년의 일이었다. 그리고 백제로부터 일본에 불교가 전해진 것은 6세기(기록에 따라 538년 또는 552년)의 일이라고 한다.

하고 몸소 실천하는 중세 보편종교의 신앙 대상이었던 만큼 재래 신앙의 신격보다 우위에 서 있는 것이 당연한 일이었다. 그래서 신불관계는 불교의 압도적 우위 하에서 재래 신격이 불보살 아래에 포용되는 양상으로 정립되었을 것이라고 예상할 수 있다. 하지만 동아시아 각국에서 실제로 일어난 일을 보면 반드시 그렇게 일방적인 관계로 귀결된 것만은 아니었다. 불교를 받아들이는 각국의 사정에 따라서 신불관계가 정립되는 양상이 달랐다. 때에 따라서는 재래 신앙이 불교 측의 일방적인 주장을 받아들이지 않고, 불교와 거리를 두면서 독자적 생존의 길을 모색하는 일도 있었다. 이 같은 차이는 불교를 중세 보편종교로 수용한다는 점은 같았지만, 구체적인 방향 설정은 달랐다는 사실을 말해 준다. 방향 설정이 달라진 주된 원인은 수용자 측의 종교 심리와 재래 신앙이 처한 상황에서 찾아야 할 것이다.

신불관계 정립 과정에서 확인되는 나라별 특성은 이후의 역사 속에서 지속해서 발현되는 것이었다. 따라서 신불관계가 정립되는 양상을 살피는 연구는 동아시아 중세문화의 보편성과 개별성을 확인하는 작업의 일환이 된다. 또한 신불관계 정립은 일차적으로는 종교의 문제였지만 동시에 철학, 문학과도 긴밀하게 얽혀 있는 과제였다. 따라서 본 연구는 동아시아의 종교사·철학사·문학사의 전개 양상을 포괄해서 살필 수 있는 이론적인 거점을 마련하는 작업의 일환이기도 하다.

이 글에서 필자는 이상과 같은 문제의식을 가지고 한국의 《삼국유사》(1281년경)와 일본의 《사석집(沙石集)》[3](1283년)에 나타난 신불관계 양상을 살펴보고자 한다. 비슷한 시기에 이루어진 이들 두 저작은 승려가 찬술한 불교 설화집이라는 점에서 일치하며, 설화 작품을 통해서 신불관계를 다채롭게 형상화하고 있다는 뚜렷한 공통점이 있다. 또한 불교 중심의

3) 일본어로는 '샤세키슈'라고 읽는다.

시각을 견지함으로써 불교 측에서 신불관계를 정립해 간 양상을 보여주고 있어서 비교 대상으로 삼기에 적절하다고 본다.

두 저작에 나타난 신불관계 양상을 비교한 연구는 아직 없는 듯하다. 다만 《사석집》의 번역이 이루어졌고[4], 《삼국유사》에 나타난 신불관계 양상을 검토한 논의와[5] 두 저작에 나타난 효(孝)에 대한 인식을 비교한 논의가[6] 이루어졌다. 또한 《사석집》에 나타난 가론(歌論)을 살핀 연구, 그리고 직접 《사석집》을 다루지는 않았지만 불교 역사서에 나타난 본지수적설(本地垂迹說)과 불국토사상(佛國土思想)을 비교한 논의가 이루어져 큰 도움이 된다.[7]

《삼국유사》에 나타난 신불관계 양상을 검토한 필자의 선행연구 결과를 출발점으로 삼고자 한다. 2장에서는 《삼국유사》에 나타난 신불관계 양상을 간략하게 정리하고 관계 형성의 원리에 대해서 논의한다. 3장에서는 《사석집》에 나타난 신불관계 양상을 상세하게 살핀다. 《사석집》에 고유한 관계 형성의 원리, 다시 말해서 신불관계론의 불교 철학적 근거가 무엇인지도 논의한다. 4장에서는 두 저작에 나타난 신불관계 양상과 신불관계를 형성하는 원리를 비교해 본다.

---

4) 정천구 옮김, 『모래와 돌』(상)·(하), 소명출판, 2008.

5) 최귀묵, 「불교 신격과 재래 신격의 만남 - 《三國遺事》를 출발점으로 삼은 試論 - 」, 『고전문학과 교육』 제20집, 한국고전문학교육학회, 2010.

6) 정천구, 「《三國遺事》와 《沙石集》의 효에 대한 인식 비교」, 『영남학』 14, 경북대학교 영남문화연구원, 2008.

7) 최정선, 「한·일 불교 歌論의 비교 고찰 - 《均如傳》과 《沙石集》을 중심으로 -」, 『東方學』 제16집, 한서대학교 동양고전연구소, 2009; 정천구, 「본지수적설(本地垂迹說)과 불국토사상(佛國土思想)의 비교 - 《佛祖統紀》·《三國遺事》·《元亨釋書》를 중심으로 -」, 『정신문화연구』 2008 봄호(통권 110호), 한국학중앙연구원, 2008; 정천구, 「《三國遺事》와 中·日 佛教傳記文學의 비교 연구」, 서울대학교 박사학위논문, 2000.

2. 《삼국유사》에 나타난 신불관계[8)]

1

재래 신격과 불보살의 만남은 재래 신격의 숫자만큼이나 그 양상이 다양했다고 할 수 있다. 하지만 결과를 두고 크게 보면 재래 신격이 불보살(또는 승려)과 대결(對決)하다 퇴치(退治)된 경우, 재래 신격이 불보살 아래로 포용된 경우, 재래 신격이 상승해서 불보살과 대등해진 경우의 세 가지 경우를 상정해 볼 수 있다. 이 중에서 재래 신격이 불보살 아래로 포용된 경우는 재래 신격이 불법(佛法)을 수호하는 호법(護法神)으로 자리 잡는 경우로 널리 알려져 있다. 이 밖에도 불교가 전래하자 재래 신격에 의해 곧바로 불보살이 퇴치된 경우를 상정해 볼 수 있는데, 그것은 곧 불교를 거부했다는 말이 되니 실제로 동아시아에서 그런 신불관계 유형이 정립될 수는 없었다.

이상과 같은 작업가설을 가지고 《삼국유사》를 살펴본 결과 다음과 같은 다섯 가지 신불관계 유형을 발견할 수 있었다.

(1) 대결(對決): 불교 신격과 재래 신격이 대립하며, 불교 신격은 재래 신격을 퇴치한다.
(2) 수계(授戒): 불교 신격이 재래 신격에게 계를 준다.
(3) 호법조력(護法助力): 재래 신격이 호법신으로 변모한다.
(4) 구제희구(救濟希求): 재래 신격이 불보살의 구제를 원한다고 한다.

---

8) 2장은 최귀묵, 「불교 신격과 재래 신격의 만남 - 《三國遺事》를 출발점으로 삼은 試論 - 」을 요약하고 보완한 것이다. 박진태, 『한국문학의 경계 넘어서기』, 태학사, 2012의 5장에서 필자의 유형 설정을 간략하게 검토하고, '불교 설화에 나타난 토착 신앙과 불교의 관계 유형'에 대해서 상세하게 논의한 바 있다. 관점에 따라서 유형 설정이 달라지는 것은 당연한데, 필자는 동아시아 전역을 대상으로 하면서 유형이라고 할 만한 것은 자료의 수가 적더라도 되도록 독립된 유형으로 다루고자 하는 입장이다.

(5) 신천동체(神天同體): 재래 신격이 윤회전생(輪廻轉生) 중에 있는 천(天)(天神)이다.

(1)의 대결 유형은 「신주(神呪)」의 〈밀본최사(密本摧邪)〉에서 확인할 수 있다. 승려 밀본은 선덕여왕을 병들게 한 늙은 여우를 찔러 죽인다. 밀본이 《약사경(藥師經)》을 읽자마자 가지고 있던 육환장(六環杖)이 왕의 침실로 날아 들어가서 여우를 찔렀다고 한다. 또 김양도(金良圖)에게 귀신이 붙었을 때는, 밀본이 김양도가 있는 곳에 가겠노라는 말이 떨어지자 대력신(大力神)이 귀신을 잡아 묶어 간다. 불교 쪽에서 보자면 밀본은 부처[약사여래(藥師如來)]의 힘에 의지해서 잡신(雜神)을 퇴치한 것이다. 힘의 차이가 이렇듯 분명하니 잡신을 섬기는 것은 어리석고 부처를 숭앙하는 것이 현명하다는 뜻을 이 작품은 말하고 있다.

(2)의 수계 유형은 「신주」의 〈혜통항룡(惠通降龍)〉에서 확인할 수 있다. 혜통은 기장산(機張山)의 웅신(熊神)에게 불살계(不殺戒)를 주어 조복(調伏)시킨다. 또한 「탑상(塔像)」의 〈어산불영(魚山佛影)〉에서는 부처가 오계(五戒)를 주어 나찰녀(羅刹女)(와 독룡)를 조복시킨다. 악행을 자각하게 하는 '수계'는 폭력을 행사하여 퇴치하는 것에 비할 수 없이 자비로운 방식이라고 하겠다. 두 작품은 불보살이 열등한 재래 신격을 포용하고, 재래 신격을 대신해서 숭앙의 대상이 되는 것이 필연적이라는 메시지를 문학적 형상에 담아 전하고 있다.

(3)의 호법조력 유형은 「감통(感通)」의 〈선도산성모수희불사(仙桃山聖母隨喜佛事)〉에서 확인할 수 있다. 선도산 성모는 안흥사(安興寺) 비구니 지혜(智惠)의 꿈에 나타나 불전을 수축할 방도를 일러준다. 또한 「의해(義解)」〈원광서학(圓光西學)〉을 보면 호신(狐神)이 원광에게 당나라에 유학해서 중생을 구제할 것을 권유하고 있다. 재래 신격인 선도산 성모와 호신은 호법신이라는 새로운 직능을 받아들이면서 불교에 포섭되고 있다.

(4)의 구제희구 유형 역시 〈선도산성모수희불사〉에서 확인할 수 있다. 선도산 성모는 불전 수축을 도우면서 특별한 요구사항도 말하고 있다. 안흥사 벽에 불보살은 물론 천신(天神)과 오악(五岳)의 신군(神君)을 그리고, 봄과 가을 두 차례에 걸쳐서 점찰법회(占察法會)를 열어 달라는 것이었다. 점찰법회는 숙세(宿世)의 업보를 참회하기 위해 여는 법회다. 그런데 선도산 성모는 오악의 신군 가운데 하나인 서악(西岳)의 신이다. 그러한 선도산 성모가 자신을 안흥사 벽에 그려 놓아 달라고 한 것은, 자신도 점찰법회에 신군으로서 참석하겠다는 의사를 표명한 것으로 볼 수 있다. 선도산 성모는 자신뿐만 아니라 오악의 신군 모두가 점찰법회에 참석하여 법회가 원만하게 진행되도록 도우면서 각자의 악업(惡業)을 반성하고 마침내 윤회를 벗어나 구제되기를 원했다고 해석할 수 있다. 이 작품에서 재래 신격이 불보살에게 구제를 희구하는 중생(衆生)으로 형상화되는 예를 발견하게 된다.9)

(5)의 신천동체 유형은 「피은(避隱)」 〈포산이성(包山二聖)〉에서 확인할 수 있다. 포산 산신[악신(岳神)]의 이름은 정성천왕(靜聖天王)이라고 하는데, 일찍이 가섭불(迦葉佛)10) 때에 부처의 부촉(咐囑)을 받고 포산에 머물면서 중생의 출가를 돕는다고 했다.11) 아득한 옛적부터 산신으로 숭앙받던 포산 산신은 분명 재래 신격의 일원이었을 것이다. 그런데 이 작품에서는 포산 산신이 애초에 불교 신격인 천(天)이라고 한다. 불교 측에서 산신이 곧 천(天)이라고 하면서 '신천동체(神天同體)'를 주장하고 있는 셈이다. 재

---

9) 벽화에 그려달라고 하는 요청이 본문에서 말한 바와 같은 의도를 가졌다는 해석은 가설적이며, 벽화에 그려진 신중(神衆)의 위상에 대한 폭넓은 검토를 통해서 뒷받침되어야 한다. 또한 '구제희구' 유형에 해당하는 자료가 더 있는지도 광범위하게 찾아보아야 한다.

10) 카시아파(Kāsyapa). 과거칠불(過去七佛) 가운데 여섯 번째 부처. 과거칠불은 지난 세상에 나타난 일곱 부처를 가리킨다. 석가모니불은 일곱 번째 부처.

11) 포산은 경상북도 현풍에 있는 비슬산의 옛 이름.

래 신격의 일원이었을 산신이 천(天)이라는 이름과 위상을 갖는 신격으로 탈바꿈하여 불교의 체계에 온전히 편입되었다. 신라가 불국토(佛國土)라고 하는 인식이 작용해서 재래 신격이 천(天)으로 대체되어 갔다고 추론할 수 있다.

2

(1)-(5)의 근원을 이루는 사유 방식은 원래부터 불교에 있던 것이다. 수계나 호법조력은 말할 것도 없고 대결을 통한 퇴치나 신천동체 또한 본디 불교에 있는 사유 방식에 따른 것이다. 퇴치는 항마(降魔)나 절복(折伏)이라는 불교 전승에, 신천동체는 윤회전생을 말하는 교리에 뿌리를 두고 있다. 관계 유형을 창출하는 데 불교가 주도권을 장악하고 있음을 알 수 있다.

(2)-(5)는 불교가 재래 신격을 포용하는 불교적인 방식을 잘 보여주고 있다. (2)-(5)는 재래 신격을 '중생'이라고 규정하는 공통점이 있다. '중생'이므로 불보살의 아래에 놓여 있으면서 계를 받고 불사(佛事)를 도우며 윤회를 벗어나기를 희구하는 것이 당연하다.

대단히 흥미로운 점은 (2)-(5)와 같은 방식으로 불보살과의 관계를 설정하는 재래 신격은 숭배와 제사의 대상이 되는 독립된 신으로서의 성격이 갈수록 약화될 수밖에 없다는 것이다. 불보살에게 계를 받고 참회한 신, 불보살을 돕는 역할을 자임한 신, 중생으로서 불보살의 구제를 간구하는 신을 불보살을 숭배하는 것만큼 독립된 신격으로 숭배할 필연적인 이유는 없다고 생각될 것이기 때문이다. 특히 수계, 구제의 대상이 되는 신을 숭배하는 것은 도리어 부차적인 일이 되어 버리고 말아 재래 신격은 신앙생활의 중심에서 점차 밀려나는 처지가 된다.

(1)은 재래 신격이 불교의 체계 밖으로 배제되는 방식이라고 하겠다.

그에 비해서 (2)-(5)는 재래 신격이 불보살을 정점으로 하는 불교의 장대한 '수직적' 체계 속에 통합되어 들어가는 방식이라고 볼 수 있다. 이러한 '수직적' 통합이 장시간에 걸쳐 진행되게 되면 재래 신격은 점차 '정리'되어 종국에는 독자적 위상 - 기원, 직능, 위계, 체계, 다양성 등 - 을 '상실'하게 되고 만다. 요컨대 재래 신격이 불교에 의해 배제되거나 불교의 체계 속에 온전히 포섭됨으로써 자기 주도의 관계 유형을 창출하지 못하고 있는 예들을 《삼국유사》에서 발견할 수 있다.

불보살을 정점에 두는 '수직적' 통합의 길을 택하게 된 원인을 다각도로 추정할 수 있다. 한 가지 분명한 사실은 최고 신격을 정점에 두고자 하는 수용집단(민족)의 종교 심리, '현세(現世)의 부정(否定)과 초월(超越)'이 종교의 근본 관심사라고 여기는 종교 심리가 핵심 원인으로 작용했다는 점이다. 따라서 이와 같은 '수직적' 차등 구조는 추상적, 이상주의적 사유와 친연성이 크며 원론적인 교리의 탐구에 깊은 관심을 가지게 할 가능성도 크다고 예상할 수 있다.

3. 《사석집》에 나타난 신불관계

3.1. 본지수적(本地垂迹)

1

대다수 일본인은 자신을 신도(神道)[12] 신자이면서 불교 신자로 여기고, 신도의 신(かみ, 가미)과 불교의 부처(ほとけ, 호토케)를 둘 다 숭배하면서

---

12) 신도라는 용어는 《일본서기(日本書紀)》에서 "천황이 불교를 믿고 신도를 존중했다."(天皇信佛法尊神道)라고 한 데서 처음 보인다. 신도를 존숭했다는 천황은 요메이 천황(用明天皇, 재위 585-587)이다.

아무런 모순을 느끼지 않는다고 한다.13) 그렇기는 해도 신도와 불교는 관심사가 근본적으로 다르다고 할 수 있다. 대체로 신도는 출산과 생식, 다산의 촉진, 영적 정화, 물질적이고 현실적인 복지 문제가 주된 관심거리다. 반면에 불교는 현실 문제를 도외시하지는 않지만, 구원이라든가 사후세계의 가능성을 더 강조함으로써 불멸성에 대한 인류의 관심과 그 맥을 같이 한다.14) 신도는 본질적으로 '지금, 여기'를 강조하는 '삶의 종교'요15) 소박하고 낙관적인 현세 긍정의 사상이라고 할 수 있다면16), 불교는 이와 달리 '현세 부정과 초월'을 강조하는 사상이라고 할 수 있다.

일본에 불교가 전해지면서 이른바 신불습합(神佛習合)이 진행되었다. '습합'이란 서로 다른 신앙과 실천을 단일한 체계 속에 녹여내는 것이다.17) 신불습합은 신도의 신격과 불보살이 만나서 관계를 정립해 가는 과정이기도 했다.

일본에서 중세 시기에 제기된 신불관계의 유형에 관한 연구는 풍성한 편이다. 선행연구를 종합해 볼 때, 신불관계 유형을 다음 네 가지로 정리해 볼 수 있다.18)

---

13) 일찍이 가토 슈이치(加藤周一)는 "초월적인 가치를 포함하지 않은 세계관은 배타적이지 않다. 따라서 새것을 채택하기 위해서 옛것을 없앨 필요도 없다."라고 말한 바 있다. (加藤周一, 『日本文学史序說』 上, 筑摩書房, 1975, 32면)
14) C. 스콧 리틀턴 지음, 『(일본 정신의 고향) 신도』(박규태 옮김), 유토피아, 2007, 15면; 나가오 다케시 지음, 『일본사상 이야기 40』(박규태 옮김), 예문서원, 2002, 52-53면.
15) C. 스콧 리틀턴 지음, 같은 책, 106면.
16) 村岡典嗣 지음, 『일본 신도사』(박규태 옮김), 예문서원, 1998, 80면.
17) C. 스콧 리틀턴 지음, 같은 책, 14-15면.
18) 스에키 후미히코 지음, 『일본불교사 - 사상사로서의 접근 -』(이시준 옮김), 뿌리와 이파리, 2005, 291면; 스에키 후미히코 지음, 『일본 종교사』(백승연 옮김), 논형, 2009, 48면; 村岡典嗣 지음, 같은 책, 77-79면; 이마이 준·오자와 도미오 편저, 『논쟁을 통해서 본 일본사상』(한국일본사상사학회 옮김), 성균관대학교 출판부, 2001, 59-79면을 참고해서 정리했다.

(ㄱ) 신은 불법을 수호한다.
(ㄴ) 신은 불보살의 구제를 필요로 하는 존재다.
(ㄷ) 신은 본체인 불보살이 중생 구제를 위해서 모습을 바꿔서 나타난 것이다.
(ㄹ) 부처는 본체인 신이 모습을 바꿔서 나타난 것이다.

(ㄱ)과 (ㄴ)은 동아시아에서 보편적으로 발견되는 유형이다. 필자의 용어로 (ㄱ)은 '호법조력' 유형, (ㄴ)은 '구제희구' 유형이라고 부를 수 있다. (ㄷ)은 이른바 '본지수적(本地垂迹)' 유형이다. 불교에서는 불보살의 본체를 본지(本地), 불보살이 모습을 바꾸어 임시로 드러난 모습을 수적(垂迹)이라고 한다. 일본에서는 이러한 불교의 이론을 받아들여 신불관계를 해명하는 데 적용했다. (ㄷ)에 따르면 '불보살=본지', '신=수적'이라고 한다. (ㄹ)은 이른바 '반본지수적(反本地垂迹)' 유형이다. 본지수적을 뒤집어서 '신=본지', '부처=수적'이라고 한다.[19]

(ㄱ), (ㄴ)은 나라(奈良) 시대(710-794)에 등장했고, (ㄷ)은 그보다 조금 늦은 헤이안(平安) 시대(794-1185) 중엽에 등장한 것으로 확인된다. 《사석집》(1283)은 신불습합이 진전되어 (ㄷ)의 단계에 이른 뒤에 성립한 불교 설화집이다. 그러니만큼 《사석집》에서는 본지수적설에 입각하여 형상화된 설화 작품, 본지수적설에 토대를 둔 의론(비평)을 만나게 된다.

《사석집》의 찬자는 가마쿠라(鎌倉)시대 중기의 불교 승려인 무주(無住, 1226-1312)다.[20] 그는 어린 나이에 출가해서 천태(天台), 율(律), 선(禪), 진언(眞言)을 두루 공부했다고 한다. 나이 54세 때인 1279년에 《사석집》의

---

19) 신도(神道) 측의 요시다 가네토모(吉田兼俱, 1435-1511)가 그런 주장을 폈다.

20) 無住의 생애와 《사석집》의 전반적인 성격에 대해서는 정천구 옮김, 『모래와 돌』(하)의 「해제」를 참조해서 정리했다. 앞으로 이 책을 인용할 때는 서명과 면수만 밝히기로 한다. 일본에서 나온 논저로 片岡 了, 『沙石集の構造』, 法藏館, 2001; 久保田 淳 外 編, 『(岩波講座) 日本文学史』 第5巻, 岩波書店, 1995가 있다.

집필을 시작해서 1283년에 완성했다.21)

《사석집》은 총 10권으로 이루어졌으며 중세 일본어(가나 표기, 漢字仮名まじり文)로 기록되어 있다. 권마다 설화 작품을 싣고 거기에 찬자의 의론을 덧붙였다. 이 글에서는 10권 가운데 특히 권1과 권5에 실려 있는 설화 작품과 찬자의 의론에 주목하고자 한다. 권1과 권5에는 신불관계 양상을 보여주는 작품이 다수 실려 있다. 권1에서는 신불이 본지수적의 관계라고 하고, 권5에서는 신불이 함께 와카(和歌)를 읊는다고 한다.

2

《사석집》에서는 본지수적이라는 생각, 곧 불보살이 중생구제를 위해서 임시로 모습을 바꿔서 나타난 것이 일본의 신(카미)이라고 보는 견해를 밝히고 있다.

> (《부증불감경(不增不減經)》22)의 말 인용 - 필자) 이제 이를 수적(垂迹)과 연관 지어 생각해 보면, '곧 이 법신(法身)이 화광동진(和光同塵)하는 것이니, 이를 일러 신(神)이라고 한다.'라고 이해할 수 있다.23)

찬자인 무주의 말이다. 한 편의 이야기를 제시하고 그 뒤에 붙인 의론에서 이같이 말했다. '법신'은 불보살의 본체를 뜻한다. '화광동진'은 빛을 감추고 티끌 속에 섞여 있다는 뜻인데, 불교에서는 불보살이 중생을

---

21) "저 황금을 구하는 자는 모래[沙]를 모아 추출하고, 옥을 가지고 노는 무리는 돌[石]을 깨서 갈고 다듬는다. 그런 의미에서 책 이름을 '沙石集'이라고 했다." (『모래와 돌』(상), 14면)

22) 《불설부증불감경(佛說不增不減經)》. 단권(單卷). 525년 보리류지(菩提流志) 번역.

23) 『모래와 돌』(상), 27면. 《사석집》의 번역은 이 책을 따른다. 간혹 小島孝之 校注·訳, 『沙石集』(新編 日本古典文学全集 52), 小學館, 2001을 참고하여 번역문을 손질하기도 했다.

구제하기 위해서 그 찬란한 빛을 감추고 인간 세상에 몸을 나타내는 일을 가리킨다. 법신이 화광동진하는 것을 신이라고 한다는 말은 곧 일본의 신이 불보살의 화신(化身)이라는 말이다.[24]

다음은 신이 불보살의 화신으로 현현(顯現)하는 장면을 보여준다. 신의 이름은 하치만 대보살(八幡大菩薩)인데 보살이라고 했지만, 불교에서 유래한 신격은 아니고 오진(應神)천황(300년경)이 죽어서 좌정했다고 전해지는 무신(武神)이다.

> 겐지(建治) 2년(1276) 즈음, 기슈(紀州)에서 하치만 대보살의 탁선(託宣)[25]이 있었다.
>
> "세상 사람은 고작 제 몸을 생각하고 처자를 양육하려고 번민하는데, 이는 죄가 된다. 오로지 세상을 등지는 것이야말로 수승(殊勝)한 것이다."
>
> 누군가가
>
> "모든 종파 가운데서 현세에 각별히 이익이 되는 게 있습니까?"
>
> 하고 물었더니, 이렇게 대답했다.
>
> "좌선을 특히 택할 만하다. 잠시라도 생각을 하지 않는 것이 좋은 일이다. 부처가 되려고 생각하는 것은 오히려 망령된 생각이다. 이걸 가지고 나머지 일도 알 수 있다. 나도 늘 좌선하는 마음을 지니고 있다. 또 나의 본지는 아미타불이다. 내가 본원(本願)[26]을 믿고 한결같은 마음으로 염불을 하는 것은 이 일을 용이하게 하는 데 긴요해서다. 염불이든 진언이든 모든 것을 오로지 한결같은 마음으로 힘쓴다면 반드시 생사의 윤회를 벗어날 것이다."
>
> 어떤 신이든 그 마음은 같지 않을까?[27]

---

24) 村岡典嗣 지음, 박규태 옮김, 같은 책, 80면.

25) 신탁(神託).

26) 부처나 보살이 과거에 수행하고 있을 때, 모든 중생을 구제하려고 세운 근원적 서원(誓願). 이곳에서는 아미타불의 48원을 가리킨다.

27) 『모래와 돌』(상), 297면.

신사에는 무녀(巫女)[신녀(神女)]가 있어 신들린 상태에서 신탁(탁선)을 받았다. 하치만 신은 신탁을 통해서 중생에게 바깥도 잊고 안도 잊는 좌선을 하라고 권하고 있다. 좌선을 하는 마음으로 염불과 진언에 힘쓴다면 생사의 윤회에서 벗어나 해탈하게 된다고 한다. 이런 신탁을 신도의 신이 내렸다고 하는 것은 어쩐지 부자연스럽다. 그런데 하치만 신은 자신의 본지가 아미타불이라고 밝히고 있다. 하치만 신이 아미타불의 수적이라고 했기 때문에 불보살이 할 수 있는 권유를 해도 어색하게 느껴지지 않는다.

본지수적을 달리 불본신적(佛本神迹)이나 신불동체(神佛同體)라는 말로 표현할 수 있다. 위의 장면에서 보는 바와 같이 부처가 본래 모습인 본지이고, 신은 부처가 임시로 나타난 모습인 수적이므로 불본신적(佛本神迹)이 된다. 또한 신이 곧 부처고 부처가 곧 신이므로 신불동체(神佛同體)라고 해도 무방하다. 이처럼 본지수적설은 불보살은 낮추고 신도의 신은 높여서 양쪽의 차이를 없앰으로써 불보살과 신도의 신을 모두 숭앙하는 것이 타당하다는 것을 입증하고자 했다.[28]

3.2. 신불(神佛)의 역할

1

본지수적이고 신불동체라고 했으니 신불은 하는 일이 같은 것이 당연하다. 신불이 공통적으로 하는 일은 무엇인가? 첫째가 중생을 구제하는 일이다.

> 그러나 얻기 어렵고 지극히 드문 사람의 몸으로 태어나서 만나기 어려운 우담발라[29]와 같은 불법을 만났으니 지각이 있는 사람이라면

28) 조동일, 『문명권의 동질성과 이질성』, 지식산업사, 1999, 374-375면.

신불에게 기도하고 선지식(善知識)[30]을 가까이하며 보리심을 일으켜 서 해탈을 위한 행업(行業)[31]에 힘써야 할 것이다.[32]

앞서 하치만 신의 신탁에서도 보았듯이 신불은 한목소리로 부정과 초월을 권한다. 그에 응해서 중생은 신불에게 기도해서 보리심을 일으키고, 해탈에 이르기 위해서 힘써 수행을 해야 한다. 아직 해탈을 이루지 못했다면 승려 또한 중생이기에 신은 그들에게도 현현한다. 신이 승려에게 현현하는 몇몇 장면을 보자.

옛날에 고보 대사(弘法大師)[33]가 이곳[이쓰쿠시마(嚴島)]에 찾아와서 심원(深遠)한 법을 보시했을 때[34], 이쓰쿠시마 묘진(嚴島明神)[35]이 나타나[시현(示現)] 무엇이든지 바라는 것이 있으면 다 들어주겠다고 했다. 이에 대사가 말했다.

"저에겐 별로 바라는 것이 없습니다. 이 말법 시대에 깨달음을 구하는 사람들에게 도심을 베풀어 주십시오."

그러자 신은

"들어주겠다."

라고 대답했다. 그리하여 옛날부터 승려들도 끊임없이 참배하러 온다고 한다.[36]

전에 에신 승도(惠心僧都)[37]가 참배했을 때에도 신[요시노카미(吉野

---

29) 우담발라(優曇跋羅). 삼천 년에 한 번 전륜성왕(轉輪聖王)이 나타날 때에 꽃이 핀다고 하는 상상의 식물.

30) 바른 도리를 가르치는 사람. 또는 지혜와 덕망이 있고 사람들을 교화할 만한 능력이 있는 승려.

31) 수행, 실천.

32) 『모래와 돌』(상), 121면.

33) 구카이(空海, 774-835). 일본 진언종(眞言宗)의 기초를 놓았다.

34) '법을 보시한다'라는 것은 신불(神佛)에게 경전을 읽어주는 일을 말한다.

35) 이치키시마히메노오카미(市杵島比賣大神)라고도 하는 신도의 신.

36) 『모래와 돌』(상), 44면.

神)]의 탁선이 있었다. 에신이 법문(法門)[38] 등을 아뢰어 올리면 훌륭하고도 좀처럼 드문 어떤 것을 느끼게 했고, 천태 법문의 의문점을 물으면 명쾌하게 대답해 주셨다.[39]

남도(南都)에 에이초 승도(永超僧都)[40]가 있었다. 공부하는 방의 창문에 늘 팔을 괴고 형설(螢雪)의 공을 쌓아 석학이라는 명성을 얻었다. 어느 때 가스가(春日) 신사에 참배하러 갔을 때다. 꿈에 신[가스가 다이묘진(春日大明神)]이 나타나 그에게 말을 걸었다. 에이초는 유가(瑜伽)와 유식(唯識) 등의 법문에서 의문스러운 점을 묻고, 신에게서 대답을 들었다.[41]

신은 중생 구제를 청하는 승려의 말을 듣고 기뻐한다. 신은 천태, 유가, 유식에도 밝아서 승려의 의문을 명쾌하게 풀어준다.[42] 승려가 신에게 불교 교의에 관해서 묻고, 신이 답을 한다. 재래 신격이 호법신이나 구제를 희구하는 존재라면 가능하지 않은 설정이다. 본지수적이므로 - 재래 신격이 불보살의 위치로 격상되었으므로 - 승려와 신의 교리문답이 가능하게 된다.

《사석집》에서는 신불이 중생에게 현현하는 방식이 다양하다는 점이 눈에 들어온다. 위의 세 인용문에서 보듯이 불보살의 수적인 신은 '시현(示現)(직접 현현)', '신탁', '현몽'의 방식으로 자신의 존재를 드러내고 있다.

---

37) 942-1017. 헤이안 시대의 천태종 승려.

38) 부처의 가르침.

39) 『모래와 돌』(상), 30면. 이 장면에서 등장하는 신은 요시노군(吉野郡) 긴푸산(金峰山)에 있는 신사에서 모시는 신이다. 신사의 신은 무녀를 통해서 신탁을 내리고 있다.

40) (1014-1096) 헤이안 시대의 승려. '승도(僧都)'는 승려에게 부여하는 위계 가운데 하나.

41) 『모래와 돌』(상), 37면. 인용한 부분에 이어서, 에이초가 꿈속에서 신과 나눈 대화를 전하고 있는데, 신은 에이초에게는 깨달음을 향한 마음이 없어서 얼굴을 보이지 않았다는 말을 한다. 그렇다고 하더라도 '현몽'했다는 사실에는 변함이 없다.

42) 이처럼 수적인 신은 승려에게도 친근한 존재다.

앞 절에서도 신이 무녀(巫女)에게 신탁을 주는 장면을 본 바 있다.

위의 첫 인용문에서 이쓰쿠시마 묘진(嚴島明神)은 직접 현현하고 있는데, 《사석집》에서는 이렇게 직접 현현하는 것보다는 무녀에게 신탁을 내리거나 당사자에게 현몽하는 방식이 훨씬 빈번하게 보인다. 요시노 가미(吉野神)와 가스가 다이묘진(春日大明神)은 불보살의 화신이지만 신탁과 현몽의 방식으로 현현하고 있다. 본지수적이라고 해도 신도 고유의 신격 현현 방식을 유지하고 있다는 점이 주목된다.

2

《사석집》에서는 신불이 공통적으로 하는 일이 한 가지 더 있다고 한다. 그것은 바로 와카(和歌)를 읊는 일이다. 와카는 일본 고유의 정형시를 가리킨다.

> 번뇌의 괴로움을 서둘러 잊고 해탈의 오묘한 경지로 들어가게 하는 방편으로서 와카의 한 길[一道]은 참으로 탁월하다. 우리나라에 자취를 드리우고 몸을 나타내신 곤겐(權現)(화신)이나 선덕(先德)이 옛날부터 와카를 가지고 놀았던 것도 이 때문인가?[43]

불보살과 신이 "옛날부터 와카를 가지고 놀았"는데, 그 이유는 와카가 번뇌를 잊고 해탈에 들게 하는 탁월한 방편이기 때문이라고 했다. 와카는 "애정에 이끌리고 허망한 것에 빠져서 헛된 말을 꾸며낸" "광언기어(狂言綺語)"이므로 멀리해야 한다는 통념[44]에 맞서서 무주는 와카의 효용을 적극 긍정했다. 물론 그렇다고 해서 모든 와카를 옹호하자는 뜻은

---

43) 『모래와 돌』(상), 287면.
44) 『모래와 돌』(상), 235면.

아니었다.

> 거룩한 가르침의 이치도 펼치고 무상한 마음도 말하여, 속세 인연에 끌리는 생각을 사라지게 하고, 명리에 집착하는 마음도 잊게 하며, 바람에 날리는 잎을 보고 세상의 덧없음을 알고, 흰 눈에 비친 달을 노래하여 마음의 청정한 결을 깨닫게 한다면, 불도에 들어가는 매개가 되고 법문을 깨치는 방편이 될 것이다. 그래서 옛사람들은 불법을 수행하면서도 결코 이 와카를 버리지 않았다. 품은 생각을 때에 맞게 풀어내는 일이 많았던 것이다.[45]

불가(佛家)에서 인정할 수 있는 와카의 내용, 효용, 제재 등에 대해서 말했다. 다시 정리하면 이렇다. 불교의 "이치"와 "무상한 마음"을 직접 표현하여 "속세에 끌리는 생각"과 "명리에 집착하는 마음"을 다스리고, "바람에 날리는 잎"이나 "흰 눈에 비친 달"과 같은 경물에 의탁해서 "세상의 덧없음"을 알고 "마음의 청정한 결"을 깨닫게 한다면 와카는 "불도에 들어가는 매개가 되고 법문을 깨치는 방편이 될" 수 있다.

한 걸음 더 나아가 무주는 이러한 와카가 다라니(陀羅尼)와 하등 다를 바가 없다고 했다.[46] 다라니는 부처나 보살 등의 서원(誓願)이나 덕, 또는 가르침을 나타내는 신비로운 주문이다. 대개 범어(梵語)(산스크리트어)를 한문으로 번역하지 않고 그대로 읽는다. 다라니에는 불가사의한 힘이 있어서, 이것을 외우면 한량없는 가르침을 들어도 잊지 아니하고 모든 장애를 벗어나는 공덕을 얻는다고 한다. 와카가 다라니와 같다고 한 대목을 보자.

---

45) 『모래와 돌』(상), 235-236면.

46) 片岡 了, 같은 책, 279-300면에서 무주의 '와카다라니관(和歌陀羅尼觀)'에 대해서 고찰했다. 한편 金文京, 『漢文と東アジア: 訓読の文化圏』, 岩波書店, 2010에서는 훈독(訓讀)의 성립과 지위 상승을 가능케 한 사고방식의 하나로 '와카다라니관'을 거론하고 있다.

와카의 세계를 생각해 보니, 흐트러져서 어지럽고 거칠게 움직이는 마음을 멈추게 하고 고요하게 가라앉히며 한가롭게 해주는 덕(德)이 있다. 또 말은 적은 가운데 깊은 의미를 함축하고 있다. 총지(總持)의 덕이 있다. 총지란 곧 다라니다.

우리 일본의 신들은 불보살이 자취를 드리우고 몸을 나타내신 것 가운데 첫째다. 스사노오 미코토(素盞雄尊)47)가 '이즈모(出雲)의 여덟 겹 담장'48)이라는 서른 한 자의 노래를 읊은 것이 처음이다. 부처의 말씀과 다르지 않았다. 천축의 다라니라는 것도 그 나라 사람들의 말일 뿐이다. 부처는 이것을 가지고 다라니를 설했던 것이다. 이렇기 때문에 일행선사(一行禪師)49)의 〈대일경소(大日經疏)〉에서도,

"각 지방의 말은 모두 다라니다."

라고 말했던 것이다. 부처가 만약 우리 일본에 태어났다면, 일본말로 다라니를 만들었을 것이다.

(…)

저 다라니도 천축(天竺)의 세속적인 말로 되어 있으나, 이것을 믿고 지니면 죄를 없애고 괴로움을 덜 수 있다. 일본의 와카도 일상에서 예사로 쓰이는 말이지만, 와카로 써서 생각을 펼쳐내면 반드시 감응(感應)이 있다. 하물며 불교의 핵심을 담아낸 것은 의심의 여지가 없이 다라니가 된다.

천축이나 중국[漢朝], 일본[和國]은 언어는 각기 다르지만, 그 의미가 통하고 그 이익이 거의 같다. 따라서 부처의 가르침을 넓히고 그 의미를 해석하며 이익을 주는 데서는 다르지 않다. 진언의 언어로 딱히 결정된 것은 없다. 다만 핵심을 얻고 생각을 펼쳐낸다면 반드시 감응이 있다.

대성(大聖)께서 우리 일본에 몸을 나타내시어 이미 와카를 읊으셨다. 시미즈(淸水)50)가 이렇게 노래했다.

---

47) 아마테라스[天照大神]의 동생 스사노오[須佐之男命]. 본지(本地)는 아미타여래(阿彌陀如來)라고 한다.

48) 《고사기(古事記)》에 "八雲立つ 出雲八重垣 妻籠みに 八重垣つくる その八重垣を"(뭉게구름처럼 집 주위를 두른 이즈모의 훌륭한 담장. 지금 새색시와 함께 살기 위해 만든 이 여덟 겹 담장. 아아, 그 멋진 여덟 겹의 담장)라는 노래가 실려 있다.

49) 당나라 때의 승려.

오직 기대어라
시메지가(しめぢが) 들판의
쑥이여.
내가 이 세상에
머물고 있는 한은.

이건 꼭 다라니가 될 만하다. 의심할 수 없다. 신 또한 노래에 많이 감동하여 사람들의 바람을 이루어 주기도 한다. 아울러 와카의 덕, 총지(總持)의 의미는 다라니와 같다고 이해해야 한다.51)

짧은 구절 속에 이치를 함축적으로 표현하고 있는 와카는 마음을 가라앉히는 "덕"이 있으며, 독자의 감응(感應)을 불러일으키는 "이익"이 있다. 이러한 "덕"과 "이익"을 갖춘 와카가 곧 다라니라고 했다. 흔히 다라니는 범어로만 되어 있다고 생각하는데, 그런 생각은 잘못이고, 어떤 언어로 되어 있든지 간에 다라니에 상응하는 "덕"과 "이익"을 갖추고 있으면 모두 다라니가 될 수 있다고 했다. 다라니는 불보살이 인도말로 만든 것이라는 통념에 반대하고, 부처가 인도에서 태어났기 때문에 인도말로 다라니를 만들었지만, 만일 부처가 일본에서 태어났다면 일본어로 다라니를 만들었을 것이라고 주장했다. 인도어·중국어·일본어는 다라니가 될 수 있다는 점에서 서로 대등하다고 보았다.

일본의 신들이 와카를 읊었다는 점도 와카가 다라니라는 주장을 뒷받침해 준다. 왜냐하면 일본의 신은 불보살의 수적이기 때문이다. 수적인 신은 불보살과 마찬가지로 고귀한 존재인데, 그런 신이 "핵심을 얻고 생각을 펼쳐" 와카를 읊었다는 사실은, 와카가 다라니와 같이 수준 높은 언어형식이라는 점을 말해준다고 보았다.

---

50) 기요미즈데라(清水寺)의 본존(本尊)인 십일면관음(十一面觀音).
51) 『모래와 돌』(상), 238-240면.

본지가 아미타여래(阿彌陀如來)라고 하는 스사노오 미코토와 기요미즈데라(淸水寺)의 본존(本尊)인 십일면관음(十一面觀音)이 읊은 와카를 인용하고, 그러한 와카는 다라니라고 할 수 있는 요건을 갖추었다고 평가했다. 특히 십일면관음은 일본에 머무는 한은 일본의 중생("시메지가 들판의 쑥")을 구제하겠다는 뜻을 와카에 담았다. 그런 와카를 다라니가 아니라고 볼 이유가 없다고 했다.

"번뇌의 괴로움을 잊고 해탈의 경지로 들어가게 하는" 역할을 하는 것은 범어 다라니(진언)이라고 하는 것이 일반적이다. 그런 다라니의 역할을 민족어 노래가 할 수 있다고 보는 것은 매우 독특한 주장이다. 본지수적이라는 논리에 의해 신도의 신이 불보살과 동격으로 격상된 것과 동일한 패턴으로 '일본어·와카'가 '범어·다라니'와 동격으로 격상되고 있다.52)

3.3. 신(神)의 공덕

본지수적이고 신불동체라는 관계론 위에 서 있는 《사석집》에서는 신불 양쪽이 중생을 구제하고 와카를 읊는다는 점에서 차이가 없다고 말하고 있음을 앞 절에서 확인했다. 그런데 《사석집》에서는 본지인 불보살에 비해서 수적인 신도의 신이 중생을 제도하는 방편의 공덕이 더 크다고 말하고 있기도 하다. 이 절에서는 신불의 차이를 말하는 《사석집》의 진술을 살펴보기로 한다.

백제로부터 일본에 불교가 전해진 것은 6세기의 일이라고 한다. 그런데 신도의 신은 불교가 전래하기 훨씬 이전부터 일본에 좌정하고 있었

---

52) 무주는 한문에 대해서는 가나 표기가, 한문 경전에 대해서는 일본어로 기록한 법어가 열등하다는 생각을 받아들이지 않았을 법하다. 《사석집》은 가나 표기로 되어 있다.

다. 분명 시차가 존재한다. 신도의 신이 불보살의 화신이라고 하려면 이 시차를 해명하지 않으면 안 된다. 불보살에 앞서 화신인 신들이 먼저 일본에 좌정한 이유는 무엇인가? 《사석집》에서는 그러한 의문에 대해 다음과 같은 답을 내놓고 있다.

> 본지수적은 그 형태는 다양하나 그 뜻은 다르지 않다. 한(漢)나라 때에는 불법을 널리 펴기 위해 유동(儒童)·가섭(迦葉)·정광(定光)[53] 세 보살을 공자(孔子)·노자(老子)·안회(顔回)라고 하여, 먼저 외전(外典)[54]을 가지고 사람들의 마음을 부드럽게 하고, 그 다음에 불법을 유포했다. 그래서 사람들이 모두 이를 믿게 되었다. 우리나라에서는 화광(和光)의 신이 먼저 자취를 드리우는 것으로써 사람들의 거친 마음을 부드럽게 만들고 불법을 믿게 하는 방편으로 삼았다. 본지의 깊은 마음을 우러르고 화광의 친근한 방편을 믿으면, 현세에서는 갖가지 재앙을 멈추고 안온하게 살려는 바람을 이룰 것이며 내세에서는 불변의 진리를 깨닫게 될 것이다. 우리나라에서 태어난 사람들은 이 뜻을 더욱 잘 분별해야 할 것이다.[55]

요컨대 중생에게 불교의 고차원적인 가르침을 이해시키기 위한 방편으로 신도의 신이 먼저 일본에 좌정했다는 말이다. 예전에 인도에서 중국으로 불교를 전할 때, 먼저 세 보살을 보내 유교와 도교의 가르침을 가지고 중국 사람의 마음을 부드럽게 한 다음 불법을 전한 전례가 있다고 했다. 그와 같이 일본에서도 "화광의 신", 곧 신도의 신이 먼저 자취를 나타내어 사람들의 거친 마음을 온화하게 만듦으로써 불교가 전래하였을 때 자연스럽게 받아들일 수 있게 되었다고 했다. 불보살에 앞서 신도

---

53) '유동(儒童)'은 석가모니가 전생에 보살일 때의 이름이고, '가섭(迦葉)'은 과거칠불(過去七佛)의 하나인 가섭불(迦葉佛)이고, '정광(定光)'(錠光)은 과거칠불의 하나인 연등불(燃燈佛)이다.

54) 불전(佛典) 이외의 책. 불전은 내전(內典)이라고 한다.

55) 『모래와 돌』(상), 19-20면.

의 신이 자취를 드리운 것이 적절한 순서였다는 말이다.

그런데 불보살을 대신해서 일본에 자취를 드리운 신은 반드시 선신(善神)의 형상만은 아니었다.

> 서천(西天)[56]의 상대(上代) 시절에는 불보살이 그 모습을 드러내어 중생을 제도했습니다. 우리나라는 흩어져 있는 낟알과 같이 작은 변두리 나라입니다. 그래서 사납고 거친 이 땅의 중생들처럼 인과의 법칙을 알지 못하고 또 부처님의 법을 믿지 못하는 부류에게는 동체무연(同體無緣)[57]의 자비로 말미암아 등류법신(等流法身)[58]이 자재하게 현현하는 것이니, 악하고 삿된 귀신의 모습으로 현현하거나 독사나 맹수의 몸으로 나타나 포악한 무리를 조복시키고 불도에 들도록 합니다. 그러니까 다른 나라에서 인연 있는 몸을[59] 중히 여기는 것처럼, 이 나라에 있는 그에 상응하는 몸을[60] 가벼이 여겨서는 안 됩니다. 우리나라는 신국(神國)으로서 불보살이 임시로 자취를 드리운 곳입니다.[61]

그런데 본지수적에서 그 본체는 동일하다고 하지만, 기연(根機)에 따라 주어지는 이익은 잠깐 사이에도 우열의 차이가 난다. 우리나라에서 그 이익은, 수적의 측면이 역시 빼어나다고 할 수 있으리라! 그 까닭은 이러하다. 옛날에 엔노 행자(役行者)[62]가 요시노산(吉野山)에서 수행하고 있을 때, 석가가 그 모습을 드러냈다. 그러자 엔노 행자(役行

---

56) 서천서역국(西天西域國), 즉 인도.

57) '동체(同體)'란 불보살과 중생이 한 몸이라는 뜻이며, '무연(無緣)'이란 평등하여 차별이 없다는 뜻.

58) 밀교(密敎)에서 말하는 등류신(等流身). 부처가 십계(十界) 가운데 불계(佛界)를 제외한 구계(九界)(아귀, 축생, 인간 등)의 중생과 같은 모습으로 나타나는 것.

59) '다른 나라'는 천축이고, '인연이 있는 몸'이란 불보살을 가리킨다. [『모래와 돌』(상), 24면의 주 39]

60) '그에 상응하는 몸'은 신도의 신을 가리킨다. [『모래와 돌』(상), 24면의 주 40]

61) 『모래와 돌』(상), 24면.

62) 엔노오즈누(役小角). 7-8세기경의 인물. 슈겐도(修驗道)의 창시자라고 한다. 슈겐도는 재래의 산악신앙(山岳信仰)과 불교가 결합한 것으로, 슈겐자(修驗者) 또는 야마부시(山伏)라고 불리는 수행자는 주법(呪法)을 닦고 영험(靈驗)을 얻기 위해 산속에서 수도를 한다.

者)는,

"이 존엄한 형상으로는 이 나라의 중생을 교화하기 어렵습니다. 숨으세요!"

라고 말했다. 이어서 미륵(彌勒)이 고귀한 모습을 드러내셨다.

"이것도 어울리지 않습니다."

라고 말했다. 그때 자오곤겐(藏王權現)[63]이라는 무시무시한 형상이 나타났다. 그러자

"이것이야말로 우리나라를 교화시킬 수 있습니다."

라고 말했다. 지금도 그 자취를 드리우고 계신다. 세상의 주겁(住劫)이 다하는 때에, 석존은 야차가 되어 도심(道心)이 없는 자를 먹어치우면서 사람들이 도심을 일으키도록 했는데, 그것도 바로 이런 의미다.[64]

"신국(神國)"인 일본에서 불보살을 대신해서 나타난 신 중에는 "악하고 삿된 귀신의 모습", "독사나 맹수의 몸", "무시무시한 형상"도 있다. 왜 그런가 하면 일본은 "흩어져 있는 낟알과 같이 작은 변두리 나라"이고 일본의 중생은 "사납고 거친" 성품인 까닭에 석가나 미륵과 같은 "존엄"하고 "고귀"한 형상으로 현현해서는 교화하기가 어렵기 때문이다. 불보살이 악귀·독사·맹수로 현현해도 법신(法身)인 점에서는 변함이 없다. 그런데 격이 낮은 중생에게는 위협적인 형상의 신격으로 현현하는 것이 훨씬 효과적이기 때문에 법신(眞身)이 아닌 곤겐으로 드러난다고 했다.

위의 두 번째 인용문에 등장한 엔노 행자는 7·8세기경의 인물이다. 물론 불교가 전래한 이후의 인물이다. 그런 그가 "석가"나 "미륵"이 아니라 "무시무시한" 형상의 "자오곤겐"을 앞세우는 명분을 일본 중생의 낮

63) 인도(印度)에서 기원하지 않은, 일본 슈겐도(修驗道)의 독자적인 신격. 요시노산(吉野山) 자오도(藏王堂)의 본존(本尊). 눈이 셋이고 청흑색(淸黑色)의, 분노하고 있는 형상이다. 인용한 본문에서는 왜 무시무시한 형상을 가졌는지 밀교의 등류신(等流身) 교리를 이용해서 설명하고 있다.

64) 『모래와 돌』(상), 28면.

은 근기에서 찾았다. 이는 불교가 전래한 이후에도 일본 중생의 근기가 저열하다고 하면서 얼마든지 신도의 신을 내세울 수 있다는 것을 보여준다. 한편 "자오 곤겐"이 "지금도 그 자취를 드리우고 계신다."라고 했듯이 13세기에도 여전히 숭앙의 대상이 되고 있다. 애초에 불교 교리에서 수적이란 불보살이 '임시로' 드러난 모습이라고 했지만, 신도의 신에게는 '임시로'라는 시간적인 한정이 무의미하다는 사실을 알 수 있다.

역시 두 번째 인용문에서 본지와 수적은 그 본체[法身]는 동일하지만 중생의 근기에 따라 주어지는 이익에 있어서는 본지보다 수적이 앞선다고 한 말에 주목해 보자. 이 말은 본지보다는 수적을, 본체보다는 방편을 높이 평가하는 말로 볼 수 있다. 무주는 수적이 본지보다 큰 이익을 준다는 점을 되풀이해 강조했다.

> 불보살은 이치에 따라 응하므로 먼 곳까지 그 이익이 미친다고 하더라도, 그것은 화광의 방편보다 온화해서 어리석은 사람에게는 믿음을 갖게 하는 일이 적다. (…) 그러므로 어리석은 무리를 이익되게 하는 방편이야말로 참으로 깊은 자비의 빛을 지니며 짙은 선교(善巧)65)의 모습을 띤다. 이는 푸른빛이 쪽빛에서 나왔으면서도 쪽빛보다 더 푸른 것과 같으니, 그 존귀함이 부처에서 나왔으면서도 부처보다 더 존귀해지는 것은 신에게 화광의 이익이 있기 때문이다.66)

본지의 높고 고귀한 자리에 머물지 않고 중생의 곁으로 내려온 일본의 신은 "선교방편(善巧方便)"으로 "참으로 깊은 자비"를 베푸는 존재다. 신이 존귀한 것은 불보살의 수적이기 때문이지만 불보살의 "온화함"은 근기가 낮은 일본 중생을 교화하기에는 도리어 모자람이 있다. 그래서 "무시

---

65) 선교방편(善巧方便). 중생을 구제하기 위해 그 근기에 따라 임시로 행하는 교묘한 수단과 방법.

66) 『모래와 돌』(상), 28면.

무시한 형상"으로 드러나 중생을 제도하는 방편의 공덕이 큰 일본의 신이 더 존귀하다.

변방의 저열한 근기를 가진 일본 중생을 구제하기 위해 모습을 드러내어 "화광의 이익"을 베풀어 주는 신은 무척 고마운 존재다. 중생의 처지에서는 수적 쪽이 "자비의 빛"을 실감하게 해 준다. "무시무시한" 형상으로 드러나는 신이 그러할진대 중생의 근기에 상응해서 현현하는 선신(善神)이라면 두말할 필요가 없다.

중생에게 친근한 모습을 보일 것이라고 기대되고, 자비의 방편으로 도움을 줄 것이라고 기대되는 쪽은 불보살이 아니라 신이다. 높고 고귀한 자리에 머물러 있는 본지는 어쩐지 멀게만 느껴지고 수적이 도리어 친근하게 느껴진다. 고맙고 친근하게 느껴지는 쪽이 멀게만 느껴지는 쪽보다 주는 이익이 크므로 우월하다고 보는 것은 자연스러운 귀결이 아닌가? 3.2에서 보았듯이 신불은 중생에게 이익을 주는 같은 일을 하지만, 신도의 신이 주는 이익이 더 크다고 함으로써 본지수적설은 급기야 '본(本)'과 '적(迹)'의 역전까지도 가능케 한다.67)

사실 법신이 화신으로 현현하는 것이고, 어떻게 드러나더라도 법신인 점은 동일하다고 보는 관점에 선다면 이런 비교론은 무의미하고, 따라서 역전을 운위할 수도 없다. 그런데도 이런 비교론이 제시되고 역전 가능성을 말하게 된 데는 다음과 같은 몇 가지 사정이 작용했다고 생각한다. 첫째, 애초에 신격의 기원과 지향이 달랐음에도 불구하고 '신(神)'을 '불(佛)'의 자리로 격상시킴으로써 '신(神)'이 온전히 '불(佛)'에 흡수되지는 않았다. '신(神)'이 호법신을 자처하거나 구제를 희구하는 중생이라고 자기를 낮추는 경우와는 상황이 근본적으로 달라졌다. 둘째, 천황가(天皇家)가

67) 수적인 신이 일본어로 된 와카에 감응해서 중생의 소망을 이루어 준다고 하면, 그래서 "방편의 이익"이 더 크다고 하면, 도리어 일본어·와카 쪽이 다라니에 비해 상대적인 우위에 있다고 하게 된다. 이것 또한 분명한 역전 가능성이다.

불교의 옹호자였지만 신도 신앙을 부정함으로써 정치 권력의 정당성을 훼손할 수는 없었다. 셋째, 불교가 융성했지만 재래 신격에 대한 민중의 오랜 신앙이 식지 않았다. 이들 세 가지 사정을 총괄해서, 신도의 신을 불보살보다 우위에 두려는 사고방식의 근저에서 신도를 불교와 대등한 자리에 두려는 일본인의 종교 심리가 작용하고 있다고 말할 수 있다.

3.4. 제법실상(諸法實相)

《사석집》을 세심하게 살펴보면, '본지=수적'이라고 하고 '와카=다라니'라고 하는 주장이 아무런 근거도 없이 제시된 것이 아니라는 사실을 알 수 있다. '본지=수적', '와카=다라니'라는 주장은 불교 철학의 근거를 갖추고 있는데, 무주에 의하면 그것은 바로 제법실상론(諸法實相論)이다. 제법실상론을 통해서 두 가지 주장이 하나로 연결되고, 그러한 주장의 이면에 있는 현실 긍정의 사유 방식이 분명하게 드러나게 된다. 제법실상론이 제기되는 대목을 보자.

> 모든 법(法)은 실상(實相)이다. 모양과 냄새는 중도(中道)다.[68] 거친 말이든 온화한 말이든 모두 제일의(第一義[69])로 돌아간다. 와카만 꼭 가려내서 버려야 할 이유가 있는가? 일상의 생업[治生產業]은 모두 실상에 어긋나지 않는다. 어떤 일이 이법(理法)에 맞지 않겠는가? 옛날 어떤 산속에서 한가로이 지낼 때, 사슴의 울음소리를 듣고 이러한 뜻을 풀어낸 적이 있다.
>
> 들리는 것은
> 짝을 부르는 사슴

68) 《마하지관(摩訶止觀)》에 "一色一香無非中道"라는 구절이 있다. 풀 한 포기, 꽃 한 송이가 모두 다 불법의 실상을 드러내고 있다는 뜻이다.
69) 진제(眞諦)와도 같은 말인데, 궁극의 진리라는 뜻이다.

소리일진대
모두 실상에 맞고
어긋남이 없구나.

또 진언 가운데,

"법은 만다라에서 일어나고, 인연 따라 위아래로 미혹과 깨달음이 달라진다."

라는 말이 있으니, 온갖 법이 다 만다라다. 인연을 따라 집착하면 미혹이 되고, 막히지 않으면 깨달음을 이룬다. 본체의 성품은 천연의 만다라다.70) 이 뜻을 생각하며 지었다.

자기 스스로
불탄 들판에 서 있는
억새마저
만다라 그것이라
사람들은 말한다네.

현교(顯教)71)와 밀교(密教)의 대승적인 뜻으로써 와카를 지어내고 불법의 도리를 끌어들였다. (…) 신이나 부처가 읊은 와카가 다름 아닌 진언이라 하리라.72)

인용문 첫 부분의, "모든 법은 실상이다."라고 하는 주장을 제법실상론이라고 한다. '법'은 존재라는 뜻이고, '실상'은 진실한 참모습이라는 뜻이다. 제법실상론에 따르면 현상세계의 하나하나의 존재의 모습, 하나하나의 행위가 그대로 진실이라고 한다. 무주는 제법실상론을 부연해서 설명하기를, "모양과 냄새"·"거친 말"·"온화한 말"이라는 '법'이 그대로 '실상'("중도"·"제일의")이라고 했다. "중도"니 "제일의"니 "만다라"니 했는

70) 만물의 본질은 그대로가 만다라라는 뜻이다.
71) 밀교 이외의 종파.
72) 『모래와 돌』(상), 240-241면.

데, 결국 '실상'과 같은 말이다.

"모든 법"이라고 한 데는 "말"도 당연히 포함되어 있다. "말"에는 범어나 일본어도 들어 있고, 다라니나 와카도 들어 있다. 그런데 제법실상이라면 범어든 일본어든, 다라니든 와카든 "모두 제일의로 돌아간다"라고 보아야 한다. 와카는 '법'이자 '실상'이므로, 범어가 아닌 일본어라는 이유로, 진리를 제대로 담아낼 수 없는 "거칠거나 온화한 말"로 표현되어 있다는 이유로 "가려내서 버려야 할 이유가" 없다. 그렇기 때문에 신불은 아무런 거리낌 없이 와카를 읊은 것이다. 이처럼 무주는 제법실상론에 의거하여, 어째서 와카가 다라니와 다를 바가 없다고 하는가, 왜 신불이 즐겨 와카를 읊는가 하는 의문에 답하고 있다.

위의 인용문에서 무주는 제법실상론에 의거해서 와카를 다라니와 같은 위상으로 높이는 논의를 펴는 한편, 제법실상론 그 자체에 대한 자기 생각도 내보이고 있다. 제법실상론을 두 편의 와카 작품으로 형상화하기도 했다. 무주는 "모양과 냄새"·"말"에 더해서 "일상의 생업"·"짝을 부르는 사슴 소리"·"불탄 들판에 서 있는 억새"가 모두 '법'이라고 했다. "일상의 생업"이라고 한 것은 "보고 듣고 느끼고 아는 일상적 행위"73) 전체를 가리키는 말이다. 이러한 일체의 '법'이 그 자체로 실상이고 만다라라고 했다.

"일상의 생업"·"짝을 부르는 사슴 소리"·"불탄 들판에 서 있는 억새" 등으로 열거한 '법'은 한마디로 '지금 여기의 현실 세계와 그 속의 삶'이라고 할 수 있다. 따라서 제법실상론은 일체의 차별상을 부정하고 현상 세계를 그 자체로 긍정하는 입장이라고 할 수 있다. 달리 말해서 제법실상론은 '지금 여기'를 절대적으로 긍정하는 불교 철학의 명제인 것이다. '지금 여기' 일본에서 일본어로 된 와카가 읊어지고 있다. '지금 여기'

---

73) "보고 듣고 느끼고 아는 일상적 행위 밖에는 길이 없다." [『모래와 돌』(상), 270면)]

일본에서 신도의 신이 중생을 구제하고 있다. '천축·범어·다라니·본지' 만이 실상이라고 하는 잘못된 생각을 버리고 '일본·일본어·와카·수적' 이 그 자체로 실상이라는 이치를 알아야 한다고 했다. 이처럼 '지금 여기'가 실상이라고 말하는 제법실상론은 '와카=다라니'라는 주장이나 '수적=본지'라는 주장을 철학적으로 뒷받침하고 있다.

제법이 실상이라고 했지만, 부처의 깨달은 눈으로 볼 때 그렇다는 말이다. 깨달은 눈은 "인연을 따라 집착"하지 않을 때 가질 수 있다. "집착" 해서는 "미혹"에 빠질 뿐이다. 신불이 노래한 와카는 깨달은 눈으로 '법' 을 읊은 것이기 때문에 다라니요 진언이다.

그런데 《사석집》에서 무주는 집착하지 않고 깨달음을 얻어야 한다는 조건을 충족했는가는 특별히 따지지 않고서, 신불(神佛)은 물론이고 승속(僧俗)의 가인(歌人)이 창작한 다양한 와카 작품을 인용하고 평했다. 집착이 문제가 된다고 평한 경우가 있기는 하지만, 그것은 와카를 주고받는 과정에서 상대를 이겨야겠다고 승벽(勝癖)을 부리다가 목숨을 잃은 한두 예외적인 사례에[74] 지나지 않는다. 이처럼 깨달은 눈으로 보아야 한다는 전제조건을 엄격하게 적용하지 않은 채 다채로운 와카의 작품 세계를 그것대로 긍정하는 입장을 갖게 된 것은 제법실상론이 가지고 있는 현실 긍정의 경향을 수용한 결과라고 할 수 있다.[75]

---

74) 『모래와 돌』(상), 266-268면.

75) 제법실상론이 무조건적인 현세 긍정 사상으로 읽힐 수 있는 가능성이 천태본각사상(天台本覺思想)으로 현실화되었다는 점은 널리 알려져 있다. 스에키 후미히코, 『일본불교사』에서 자세히 논의했다.

4. 비교 논의

1

비교 논의에 앞서, 지금까지 《사석집》을 검토한 내용의 골자를 추려보면 다음과 같다.

(a) 본지수적(本地垂迹): 신은 불보살이 모습을 바꿔서 나타난 것이다.
(b) 와카즉다라니(和歌卽陀羅尼): 와카는 곧 다라니다.
(c) 제법실상(諸法實相): 모든 법은 실상이다.

이 가운데 (c)는 중국의 삼론종(三論宗)이나 천태종(天台宗) 계통에서 중시하는 바인데, 불교의 전파에 따라서 중국뿐만 아니라 동아시아 각국에서 널리 받아들여졌다. 반면 (a)는 중세 시기 일본에서 제기된 특수한 명제이고, (b)는 《사석집》에서 무주가 편 특별한 주장이다. 하지만 상호 모순된 것은 아니다. 셋은 서로 긴밀하게 얽혀 일본의 신, 일본어 노래의 위상을 높이고 있다.

(a)-(c)는 다음과 같은 이항 대립에 관한 새로운 명제라고 할 수 있다.

실상	본지	법신	불보살	본지의 깊은 마음	천축	범어	다라니	부정, 초월
제법	수적	화신	신	화광의 친근한 방편	일본	일본어	와카	지금, 여기

중세에는 이들 이항 대립이 상하로 가치의 등급이 나뉜 '수직적' 체계를 이룬다는 것이 상식적인 견해였다. 그런데 《사석집》에서는 그런 상식을 거부한다. 《사석집》에서는 '수직적'인 차등 관계를 해체하고, 이항 대

립을 이루는 양자는 '병렬적' 대등 관계라고 주장하고 있다. 본지=수적, 와카=다라니, 제법=실상이라고 표기하면 '병렬적' 대등 관계가 잘 표현된다.

(c)제법실상론은 동아시아 불교 권역에서 보편적으로 받아들여진 생각이다. 그런데 《사석집》에서는 그러한 보편명제를 일본어, 와카, 일본의 신을 보편성의 자리로 끌어올리는 데 이용했다. 일본에 있는 것도 그 자체로 소중하다고 하면서, '일본에 특수하게 있는 것'을 보편성의 자리로 격상시키는 패턴을 반복하고 있다.

'수직적' 차등 관계를 해체하고 '병렬적' 대등 관계를 수립한 것은 '지금 여기 일본에 있는 것'을 정당화하기 위함이었다. "방편의 공덕", "이익"이 크다면 현실에 존재하고 있는 것은 무엇이든 긍정할 수 있다. 불교의 제법실상론을 끌어들인 결과 신도의 '지금, 여기'를 중시하는 사고와 접점을 마련할 수 있었다.76)

한편 《사석집》에서는 방편의 공덕은 본지보다 수적이 크다고 했고, 중생에게는 본지보다 수적이 친밀하다고 했으며, 와카는 범어 다라니보다 신불의 감응을 얻기에 유리하다는 인상을 풍겼다. 그렇다면 '병렬적' 공존이 아닌 '역전' 가능성마저 있다고 볼 수 있다. 물론 《사석집》이 그러한 역전을 곧바로 실현한 것은 아니지만, 그만큼 '지금, 여기, 일본에 있는 것'을 그 자체로 긍정하려는 욕망이 강렬했다는 점은 확인할 수 있다.

---

76) '지금, 여기'를 절대의 경지로 끌어 올리는 (c)의 철학적 원론에 의거해서 (a)와 (b)가 정당화되며, (c)가 (a)와 (b)를 정당화하게 되면서 (c) 또한 현실긍정의 논리로 전용될 가능성이 커졌다고 생각한다.

2

《사석집》에서 공들여 정립한 신불관계 양상이 본지수적이니, 먼저 '적(迹)'에 대한 생각을 비교해서 살펴보자. 《삼국유사》에서는 '적(迹)'으로 나타난 다양한 화신이 결국은 '불(佛)'이 잠시 현현한 것이라고 본다. 일례로 「탑상」 〈대산오만진신(臺山五萬眞身)〉에서 문수보살(文殊菩薩)이 오대산에서 서른여섯 가지 모양으로 변하여 나타났다고 하는 장면을 보자.

> 매일 이른 새벽에 문수보살이 진여원(眞如院)에 이르러 36가지 형상으로 변하여 나타났다. 어느 때는 부처의 얼굴 형상으로 나타나기도 하고 어느 때는 보주(寶珠) 형상이 되기도 하고 (…) 혹은 석가여래가 솟아오르는 모양을 짓고, 혹은 지신(地神)이 솟아오르는 모양을 지었다.[77]

문수보살이 지신의 형상을 비롯해서 서른여섯 가지 형상으로 현현하는데, 이들 형상은 어떤 때 잠시 나타나 보일 뿐 존재의 지속성은 없다.[78] 서른여섯 가지 '적(迹)'은 어디까지나 임시적인 형상이므로 금세 '본(本)'으로 귀환한다. 그래서 불교인들은 자연스럽게 '본(本)'인 진신(眞身)을 만나보고자 하는 소망을 품게 된다.

이와 달리 본지수적은 '적(迹)'인 '신(神)'이 신격으로서 존재의 지속성을 보인다. 이를 '불본신적(佛本神迹)'이라는 말로 표현할 수 있다. 중생에게는 '신적(神迹)'이 더욱 친근하고 소중하다. 그래서 '진신(眞身)'이 거주하는 신라는 '불국토(佛國土)'고, '신적(神迹)'이 중생을 보살피는 일본은 '신국(神國)'이다.

---

77) 每日寅朝 文殊大聖到眞如院 變現三十六種形 或時現佛面形 或作寶珠形 (…) 或如來湧出形 或地神湧出形

78) 그래서 비록 "지신(地神)"의 형상이 등장하고 있다고 해도 신불관계 유형 속에 넣기 어렵다.

3

《삼국유사》에서는 재래 신격이 불보살을 정점으로 하는 불교의 장대한 '수직적' 체계 속에 통합되어 들어가는 양상이 확인된다고 했다. 이와는 대조적으로 《사석집》에서는 재래 신격이 불보살과 '병렬적'으로 공존하는 양상을 확인할 수 있었다. 수로왕도 나찰녀도 독룡도 부처에게 귀의했지만, 하치만 신은 아미타불이자 무신(武神)으로서 변함없이 그 자리에 좌정해 있으면서 숭앙의 대상이 되었다는 데서 차이가 극명하게 드러난다.

《삼국유사》에서와 같은 신불관계가 장기간 지속되면 재래 신격이 점차 '정리·흡수'되어 종국에는 독자적 위상을 '상실'하게 될 것이다. 하지만 《사석집》에서와 같은 신불관계라면 다르다. 장기간에 걸쳐 재래 신격이 '유지'되고 '증가'하여 가는 과정을 보여주는 것이 될 것이기 때문이다.[79] 요컨대 다신성(多神性)이라는 일본 고대 신앙의 특성을 보존해 갈 수 있게 된다는 뜻이다.

《삼국유사》에서 불보살과 만난 재래 신격은 한결같이 스스로가 중생임을 자각하게 된다. 불보살의 숭고한 경지를 흠모하고, 중생에서 벗어나려는 소망을 품고 부정과 초월을 지향하게 된다. 재래 신격이 보리심(구도심)을 갖고 있다고 말할 수 있다.[80] 반면 《사석집》에서 재래 신격은 이미 불보살이어서 중생 앞에 불보살로 현현하여 불보살의 언행을 보이면서 승려의 도심(道心) 약화, 곧 보리심의 약화를 염려한다. 예컨대 다음

79) 사람이 죽어서 신도의 신이 되었다고 하는 경우가 많은 것도 신이 늘어난 원인이 된다.

80) 「탑상」 〈대산오만진신〉 조에는 보천(寶川)의 수구다라니(隨求陀羅尼)를 들은 장천굴(掌天窟)의 신이 "내가 굴의 신이 된 지 이미 2천 년이 되었으나, 오늘에야 수구다라니의 참 도리를 들었으니 보살계(菩薩戒)를 받기를 청합니다."라고 말했다는 기사가 있다. 같은 장면에서 문수보살은 보천의 성불을 예언하고 있다.

과 같은 대목에서 그렇게 한다.

옛날 미이데라(三井寺)가 산문(山門)에 의해 불태워져서[81] 당탑(堂塔)·승방·불상·경전 등 남은 것이 없게 되고, 스님들도 산이며 들로 흩어져서 인적이라곤 없는 절이 되어버렸을 때의 일이다. 절의 스님 가운데 한 사람이 신라묘진(新羅明神)[82]을 참배하러 갔다가 밤을 새워 기도하던 중에 꿈을 꾸었다. 신이 신전의 문을 열고 들어오는데, 대단히 기분이 좋은 듯이 보였다. 스님은 꿈속이었음에도, 저도 모르게 이렇게 말했다.

"절의 불법을 수호하겠다고 맹세했는데도 이렇게 절이 소실되었으니 얼마나 그 슬픔이 크실까 하고 생각하고 있었는데, 전혀 슬픈 기색이라곤 없으시니, 이 어찌 된 일입니까?"

신이 대답했다.

"참으로 그렇다. 어떻게 통탄스럽지 않겠는가? 그렇더라도 이 일로 말미암아 참된 보리심을 일으킨 스님이 한 사람이라도 있다는 것을 알았으니 더없이 기쁘다. 당탑이나 불경 같은 재보는 언제라도 만들 수 있다. 그러나 보리심을 일으키는 사람은 천만 명 가운데서도 얻기 힘들다."

불가사의한 신의 뜻이라고 생각하다가 꿈에서 깨어난 그 스님은 보리심을 일으켰다고 전해진다.

보리심을 일으켜 진실한 길로 들어선 것을 기뻐했다는 그 신의 뜻은, 다른 신이라도 다르지 않을 것이다. 이번 생의 일에 대해서 신에게 기도하는 것은 신의 뜻에 맞지 않는다는 것을 알아야 한다. 전생의 과보(果報)로 말미암아 이번 생의 부유함과 가난함은 정해진다. 무리하게 현세의 일을 신이나 부처에게 기도하는 것은 더더욱 부끄러워해야 한다.[83]

81) 산문(山門)은 엔랴쿠지(延曆寺)를 가리킨다. 1081년에 엔랴쿠지 승려들에 의해 미이데라가 소실되었다.
82) 미이데라의 수호신. 본지는 문수보살(文殊菩薩)이라고 한다.
83) 『모래와 돌』(상), 38-39면.

호치보(寶地房) 쇼신 호인(證眞法印)이 꾼 꿈에 대한 이야기다. 쇼신은 니시사카모토(西坂本)에 올라오고 계시던 주젠지(十禪師)[84]를 뵈려고 했다. 주젠지는 수레를 타고 계셨고, 권속들이 위풍당당하게 따르고 있었다. 쇼신은 무언가를 여쭈려고 하다가, 노모가 빈궁하게 지내는 것을 생각하고는

"저의 노모를 봉양할 수 있도록 헤아려 주십시오."

라고 아뢰었다. 신의 모습은 참으로 훌륭했고 기분도 상쾌해 보였는데, 이렇게 아뢰는 말을 듣고서는 풀이 죽은 듯 수척해지더니 무엇엔가 골몰하는 것 같았다.

'참으로 세간의 일을 아뢰었기 때문에 탐탁하지 않게 여기시는구나.'

라고 생각한 쇼신이 다시 말했다.

"노모의 일은 여생이 얼마 남지 않았으므로 어떻게든 꾸려갈 수 있습니다. 내세의 깨달음을 얻기 위해서는 어떻게 해야 합니까? 부디 도와주시옵소서."

그러자 신의 낯빛이 처음과 같이 밝아지더니 기분 좋게 웃으면서 고개를 끄덕이는 것이었다. 이를 본 쇼신의 보리심은 더욱더 깊어졌고, 생의 마지막을 훌륭하게 보냈다고 한다.

오직 세간의 일에만 마음을 기울이면서 신이나 부처에게 기도하는 것은 아무리 생각해도 어리석은 짓이다. 화광의 참뜻은 중생을 불도로 이끄는 데에 있다. 세간의 이익이란 그저 잠깐의 방편에 지나지 않는다.[85]

신이 보리심의 약화를 염려한다는 것이 두 이야기의 중심 화제가 되고 있다. 그런데 불보살이 보리심 약화를 염려한다면 자연스럽지만, 신이 그런 염려를 한다면 어딘지 모르게 어색하다. 신의 본지가 불보살이므로 충분히 가능한 설정이라고 할 수도 있지만, 왜 불보살이 아닌 신이 되풀이하여 보리심을 가지도록 권하는가 하는 의문은 여전히 남는다. 문면에

---

84) 엔랴쿠지 수호신 가운데 하나. 본지는 지장보살(地藏菩薩)이라고 한다.
85) 『모래와 돌』(상), 42-43면.

서 말한 바를 뒤집어 보아야 그 이유를 알 수 있다.

위의 인용문에서 보듯이 구도 정신, 곧 보리심이 약화한다는 것은 "현세의 일"을 기원하고 "세간의 이익"을 신에게 구한다는 것을 뜻한다. 애초에 신도의 신은 '지금, 여기'에서 살아가면서 생기는 소망을 들어주는 신격이었다. 그런데 본지수적설은 그와 같은 신도의 현세주의가 불교에 침투하는 계기를 제공한다. 신도의 신이 불보살의 수적이지만 불보살보다 친근하며 방편의 이익이 크다고 말한다면 신도의 현세주의가 불교의 현세 부정의 정신, 초월에 대한 열망을 잠식하는 것은 막기 어려운 일이다. 보리심은 바로 그 현세 부정의 정신이요 초월에 대한 열망이다. 신도의 신이 보리심을 갖도록 권면하는 것은 신도 고유의 주장이라고 보기는 힘들고, 본지수적으로 말미암아 신도의 현세주의가 침투한 데 대한 불교 측의 우려를 반영한 설정으로 보아야 하겠다. 하지만 신도의 현세주의가 침투하는 도도한 흐름을 끝내 막을 수는 없었다.

4

《삼국유사》와 《사석집》은 신격의 현현 방식에서도 적지 않은 차이를 보인다. 《삼국유사》에서 보살은 화신으로 직접 현현하는 경우가 많다. 간혹 꿈에 보였더라도 다시 현실에서 현현한다. 중생을 제도하기 위해서 화신으로 나타나는데, 직접 현현하지 않고 현몽하는 데 그치는 것은 미흡하다고 보았기 때문이라고 생각된다.

「탑상」〈낙산이대성관음정취조신(洛山二大聖觀音正趣調信)〉 조에서 정취보살은 "왼쪽 귀가 떨어진 사미"의 모습으로 범일(梵日) 앞에 직접 현현하고, 꿈에도 나타난다. 「의해」〈자장정률(慈藏定律)〉 조에서 문수보살은 자장이 중국 오대산에 머물 때 꿈에 나타나 "이마를 만지면서 범어(梵語)로 된 게(偈)"를 주고, 아침이 되자 "이상한 중"으로 나타나, 게를 해석해

준다. 그런가 하면 문수보살은 자장이 강릉 수다사(水多寺)에 머물 때 다시 "이상한 중"의 모습으로 자장의 꿈에 나타났다가 다음날 자장 앞에 "감응"하여 온다.

《사석집》에서 불보살의 수적인 신은 '시현'(직접 현현), '신탁', '현몽' 방식으로 자신의 존재를 드러내고 있다. 이 가운데 '신탁'이 자주 보이는데, 이는 신도가 고대로부터 이어져 온 신앙이라는 점과 관계가 깊다고 생각된다. 신이 샤먼에게 신탁을 주는, 신도의 샤머니즘적 성격이 지속되고 있어서 신은 불보살과는 다른 방식으로 자기 존재를 드러낼 수 있었다.

《삼국유사》에는 불보살의 진신(眞身)을 참견하겠다는 열망을 강하게 표명하는 경우가 여러 번 등장한다.86) 「탑상」〈낙산이대성관음정취조신〉조에서 의상과 원효는 관음의 진신을 보고자 해서 낙산을 찾아간다. 「탑상」〈대산오만진신〉에서는 자장이 문수보살의 진신을 만난다. 또한 오대산에 오만의 불보살 진신이 머문다고 한다. 「감통」〈진신수공(眞身受供)〉에서는 석가의 진신이 나타나 공양을 받았다. 이러한 사례를 통해서 신라인들은 진신을 만나 보겠다는 열망이 강하고, 신라 땅에 불보살의 진신이 상주(常住)한다는 생각을 가졌다는 사실을 확인할 수 있다. 이런 열망과 확신은 진신이어야 참되고, 진신을 만나야만 수행이 원만하다는 것을 인정받을 수 있다고 보았기 때문에 생겨났다고 생각된다. 높은 경지에 이른 승려에게 비로소 진신이 나타나 보인다.

진신을 중시하는 것은 궁극적인 본체를 지향하는 사고의 표현이라고 볼 수 있겠다. 화신, 방편을 넘어서 본체에 다가서려고 한다. 진신을 본다는 설정, 진신이 상주한다는 설정은 궁극적 경지에 대한 열망, 진지한 구도의 자세를 반영하고 있는 설정이라고 생각한다. 화신(수적)에 만족할

---

86) '眞骨', '眞人', '眞容', '眞形', '眞影'도 같은 계열의 어휘라고 볼 수 있다.

수 없기 때문에 진신을 찾는다. 그만큼 《삼국유사》는 '지금, 여기'가 아닌 '지금, 여기'를 넘어서 본체를 체인(體認)하고자 하는 '부정과 초월'의 정신으로 충만해 있다.

지금까지 《삼국유사》와 《사석집》에 나타난 신불관계 양상을 비교해 본 결과를 정리하면 다음과 같다.

《삼국유사》	《사석집》
대결, 수계, 호법조력, 구제희구, 신천동체	본지수적(신불동체)
불보살과 신은 '수직적' 차등 관계임	신불은 '병렬적' 대등 관계로 섞여 있음
[정통적인 화신설(化身說)]	불본신적(佛本神迹)
중생은 불보살의 진신(眞身) 참견(參見)을 열망함	중생은 화신(化身)(神)을 더 친근하게 여김
불보살은 주로 화신으로 현현함	수적인 신은 시현(示現)·신탁(神託)·현몽(現夢)함
불보살은 '부정과 초월'을 지향함	신불은 '지금, 여기'(일본·일본어·와카)도 소중히 생각함

《삼국유사》에서 불보살과 신은 '수직적' 차등 관계이고, 《사석집》에서 신불은 '병렬적' 대등 관계라는 것이 본질적인 차이라고 할 수 있다. 신불의 관계 설정이 달라지니 불보살에 대한 중생의 태도, 신불의 현현 방식 등도 그에 따라 상이하게 나타났다. '부정과 초월'을 지향하는 종교 심리와 '지금, 여기'도 소중히 생각하는 종교 심리의 차이는 훗날 신유학(新儒學)이나 기독교를 수용하는 과정에서도 일종의 원형으로 작용하지 않았을까 생각한다.

5. 맺음말

지금까지 《삼국유사》와 《사석집》에 나타난 신불관계의 양상을 비교 검토했다. 앞 장에서 비교 논의를 요약했으니 다시 간추리지는 않기로 한다. 다만 여기서는 필자가 동아시아 각국에 나타난 신불관계 양상을 어떤 구도에서 이해하고 있는지 밝혀 두고자 한다. 필자의 구도는 다음과 같다.

대결
수계
호법조력
구제희구
신천동체 - 한국
불본신적(佛本神迹) - 유동·가섭·정광 세 보살을 미리 보냄(중국)
본지수적(本地垂迹)(일본)
신본불적(神本佛迹) - 노자화호(老子化胡)(중국)
반본지수적(反本地垂迹)(일본)
신변성불(神變成佛)(베트남)

이 글에서는 '불본신적(佛本神迹)'의 예인 본지수적을 중점적으로 살폈다. 장차 '신본불적(神本佛迹)'으로 관심을 확대해 보고자 한다.

3부 유불(儒佛)의 글쓰기

01

정명(正名) 글쓰기와 가명(假名) 글쓰기

1. 머리말

이 장에서는 매월당(梅月堂) 김시습(金時習, 1435-1493)이 남긴 다양한 성격의 글 가운데서 유자(儒者), 선승(禪僧)으로서 쓴 글을 각각 정명(正名) 글쓰기와 가명(假名) 글쓰기로 명명하고, 그 양상과 특징을 살펴보고자 한다. 정명 글쓰기는 유학의 경전에 근거해서 탐구한 실리(實理)(義理)를 드러내려는 의도에서 하는 글쓰기 행위, 글쓰기 방법(수사, 문체 등), 그리고 쓴 글을 폭넓게 가리키는 말이다. 가명 글쓰기는 일체의 존재의 본성이 공(空)하다는 전제하에, 언어의 횡포에 의해 가려진 진실을 드러내려는 의도에서 하는 글쓰기 행위, 글쓰기 방법, 그리고 쓴 글을 폭넓게 가리키는 말이다.

2. 정명 글쓰기

1

『매월당전집(梅月堂全集)』[1](이하 『전집』으로 약칭함)에 실려 있는 여덟 편의 〈-義〉는 유학의 경전을 인용하면서 한 편의 글을 이루는 양상을 잘 보여준다. '의(義)'라는 대항목 아래에 '인군(人君)·인신(人臣)·애민(愛民)·애물(愛物)·예악(禮樂)·위의(威儀)·덕행(德行)·형정(刑政)'의 여덟 가지 논제를 제시하고, 각 논제의 의미를 기술하고 있다. 어느 한 경전에만 의거하지 않고 여러 경전에서 해당 논제가 어떻게 논의되었는지 탐구해서 얻은 결과를 체계 있게 정리하고자 했다. 그렇게 한 글 가운데 〈덕행의(德行義)〉를 택해서 글쓰기의 면모를 살펴보기로 한다.

〈덕행의〉는[2] 다음과 같이 시작하고 있다.

> 《시경(詩經)》에 이르기를, "곧고 큰 덕행(德行)이 있으면 사방의 나라가 순종한다."라고 했다. 마음에 얻은 것을 덕(德)이라고 하고, 몸에 행하고 사업(事業)에 실시한 것을 행(行)이라고 한다. 덕이란 행의 근본이고 행이란 덕의 드러남이다. 덕이 풍부하면 행이 저절로 드러나고, 행에 허물이 없으면 덕이 저절로 충만해진다. 그러므로 《주역(周易)》에서 말하기를, "쓰는 것을 이롭게 하여 몸을 편안하게 함은 덕을 높이려 하기 때문이다"라고 했다. 그러므로 덕과 행은 서로 표리(表裏)가 되어서, 행이 넉넉한데도 덕이 부족하거나, 덕이 넓은데도 행이 미치지 못하는 경우는 없다.[3]

---

1) 성균관대학교 대동문화연구원 편, 1973.
2) 『전집』, 335-336면에 실려 있다.
3) 詩云 有覺德行 四國順之 得於心之謂德 行諸己 措諸事業之謂行 德者行之實 行者德之顯 德有餘 則行自著 行無尤 則德自充 故易曰 利用安身以崇德也 故德與行相爲表裏 未有行有裕而德不足 德有容而行不逮者也

《시경》의 구절은 「대아(大雅)」의 〈억(抑)〉에서 가져왔다. 《주역》의 구절은 「계사(繫辭)」(下)에 있다. '덕행(德行)'을 논제로 제기하기 위해서 글의 첫머리에서 《시경》의 구절을 인용했다. 주희(朱熹)에 의하면 〈억〉은 위무공(衛武公)이 지은 작품인데, 곁에 있는 사람으로 하여금 날마다 이를 외우게 하여 자신을 경계한 내용이라고 한다.[4] 시 전체가 덕행의 문제를 다루고 있으며, 인용한 구절은 덕과 행을 함께 거론한 대목이어서 글의 첫머리에 인용하기에 적합했을 것이다. 덕행이 있으면 사방의 나라가 순종한다고 하는 말로 시작한 것을 보건대 덕행은 특히 임금이 갖추어야 할 덕목이다.

《시경》의 한 구절을 인용하고 나서, 덕과 행의 의미가 무엇이며 둘은 어떤 관계에 있는지 논의했다. 덕은 마음에 쌓인 바이고 행은 겉으로 드러난 것이라고 했다. 이처럼 둘은 표리의 관계에 있으므로 분리해서 생각할 수 없다는 것이 요지다. 개념을 분명하게 하여 논리 전개가 투명해지도록 하고, 다시 《주역》의 한 대목을 근거로 삼아 둘의 관계를 재확인했다.

《시경》과 《주역》의 구절이, 덕과 행은 표리를 이루는 것이라는 같은 뜻을 나타내고 있다고 했다. 김시습 자신이 탐구한 결과, 두 경전의 구절이 같은 취지라고 보아 연결할 수 있게 된 것이다. 각기 다른 경전에서 가져온 두 구절 사이에 자신의 견해를 압축시켜 삽입함으로써, 두 구절이 자연스럽게 연결되게 하는 글쓰기 방법을 보여주고 있다. 경전의 권위를 인정하고 자신은 경전을 부연한 것일 뿐이라고 하는 조심스러운 태도가 엿보인다.

덕이 마음에 가득 차면 자연스럽게 밖으로 발현된다고 했으니 내면의 덕을 쌓는 것이 우선한다. 그래서 군자(君子)가 내면의 덕을 닦는 조목이

---

4) 원문을 들면, "衛武公作此詩 使人日誦於其側 以自警"이라고 했다.

무엇인가를 먼저 말하고, 덕을 갖추어 얻게 되는 효과를 덧붙였다.

> 그러니 군자가 덕을 삼가는 것은 다음과 같다. 궁리(窮理)하여 근원을 미루고, 격물(格物)하여 지극한 데 이르며, 성의(誠意)하여 허위를 제거하고, 정심(正心)하여 사특함을 살펴서 스스로 마음에 얻어 확충하여 넉넉하면, 일상 행동을 삼감이 괴롭게 천착하지 않더라도 자연스럽게 밖으로 드러나게 된다. 그리하여 이것을 몸에 베풀면 몸이 저절로 닦여지고, 집에 베풀면 집이 저절로 가지런해지며, 나라에 베풀면 나라가 저절로 다스려진다.[5]

덕을 닦아 가는 조목이 궁리(窮理)·격물(格物)·성의(誠意)·정심(正心)이라고 했는데 이는 《대학(大學)》에서 말한 "欲修其身者 先正其心 欲正其心者 先誠其意 欲誠其意者 先致其知 致知在格物 格物而后知至 知至而后意誠 意誠而后心正 心正而后身修"를 약간 변형한 것이라는 것을 쉽게 알 수 있다. 또 덕을 닦아 얻게 되는 효과로 열거한 여러 가지도 《대학》에서 말한 신수(身修)·가제(家齊)·국치(國治)·천하평(天下平)과 크게 다르지 않다. 따라서 《대학》의 한 구절을 인용하면서 이 대목의 결론으로 삼은 것은 자연스러운 일이다.

> 그러므로 《대학》에 이르기를, "따라서 군자는 먼저 덕을 삼가는 것이니, 덕이 있으면 인민(人民)이 있고, 인민이 있으면 토지(土地)가 있고, 토지가 있으면 재물이 있고, 재물이 있으면 쓰임이 있다."라고 했다.[6]

이어지는 대목에서는, 덕을 쌓으면 재물을 쓸 수 있을 뿐만 아니라

---

5) 是以君子之愼德也 窮理以推其源 格物以致其極 誠意以去其僞 正心以察其邪 使自得於心 充擴有餘 則其庸行之謹 不求苦爲穿鑿 而自然著現於外 施之於身 而身自脩 施之於家 而家自齊 施之於國 而國自治

6) 故大學曰 是故 君子先愼乎德 有德此有人 有人此有土 有土此有財 有財此有用

사단(四端)이 자연스럽게 발현되어 선(善)을 행하게 되니 모든 사람이 저절로 복종하게 된다고 했다. 《맹자(孟子)》 「공손추(公孫丑)」 上에서 "以德行仁者王"(덕으로 어진 정치를 베푸는 자는 왕이다)이라고 한 것과 《서경(書經)》 「중훼지고(仲虺之誥)」에서 "德日新 萬邦惟懷"(덕이 날로 새로워지면 온 나라가 따른다)라고 한 것, 그리고 역시 《서경》의 「여오(旅獒)」에 근거한 것으로 보이는 "明王愼德 四夷來王"(명왕이 덕을 삼가 닦으니 사이가 왕에게 복종한다)이라고 한 것을 인용하면서7) 왕이 된 사람은 마땅히 덕을 닦아 어진 정치를 베풀어야 한다는 점을 강조했다.

그런데 덕을 닦으면 "사방의 나라가 순종한다"라거나 "덕으로 어진 정치를 베푸는 자는 왕이다"라고 하고 말면, 지금까지의 논의는 극히 제한된 소수의 독자를 대상으로 한 것이 된다. 독자의 범위를 넓히기 위해서는 덕을 닦는 것이 다만 왕에게만 해당하는 것은 아니라는 점을 분명하게 밝혀 둘 필요가 있었다.

> 다만 임금만 그런 것은 아니다. 공경(公卿)·대부(大夫)·사서인(士庶人)에 이르기까지 덕을 삼가고 행실을 조심하는 것을, 작록(爵祿)을 누리고 부귀를 지키며 종족을 보존하며 집을 화합하게 하는 근본으로 삼지 않음이 없다.8)

이처럼 글의 끝부분에서 덕을 닦고 행실을 삼가는 것은 누구나 해야 할 일이라고 적용 범위를 확대해서, 경전에서 한 말이 위로는 왕에서 아래로는 사서인에 이르기까지 누구에게나 해당하는 보편적인 이치를 담고 있는 것으로 받아들이게 했다. 경전에서 제시한 가르침이 누구에게나 해당하는 것이니 경전과의 만남, 즉 경전 읽기가 소중하고, 경전의

7) 「여오」에는 "明王愼德 四夷咸賓"이라고 되어 있어서 약간 차이가 있다.
8) 非特人主爲然 至於公卿大夫士庶人 莫不以愼德謹行 爲享爵祿守富貴保族宜家之根柢也

의미를 차근차근 캐고 깊이 따지는 탐구가 필요하게 된다.

〈덕행의〉에서 김시습은 자신의 견해라고 할 것을 말했지만, 그렇게 생각한 근거가 경전에 있다고 했다. 《시경》·《주역》·《대학》·《서경》을 두루 인용했다. 그런데 이처럼 여러 경전에서 구절들을 가져왔다고 해서 글이 번다해진 것은 아니다. 화려한 수식은 피하고 여러 경전의 구절을 압축해서 인용함으로써 글이 함축하고 있는 뜻은 풍부하면서도 간결성을 잃지는 않았다. 덕을 닦고 행실을 조심하는 것이 종족을 보존하고 집을 화합하게 하는 근본이라는 결론이 경전 인용을 통해서 자연스럽게 도출되도록 했다. 이렇게 해서 경전에서 출발해서 경전을 부연하고 다시 경전으로 되돌아가는 글쓰기를 마련했다.

2

김시습은 〈필연명(筆硯銘)〉에서 글쓰기에 임하는 자세와 글쓰기의 목표에 대해서 다음과 같이 말했다.

警尒毛穎	그대 모영을 경계하며
戒尒弘農	그대 홍농을 경계한다.
銛利可賞	날카로운 것은 칭찬할 만하지만
圭角勿庸	모진 것은 쓰지 말아라.
方正似恭	방정하여 공손한 듯하지만
汚面勿從	더러워진 얼굴은 좇지 말아라.

(…)

經義紀實	경의를 실제대로 쓸 것이니
汝速宜親	너는 속히 친해야 하리라.
筆之傳之	그것을 써서 전하여
以貽後人	후세 사람에게 주리라.

喜汝可厠　　기쁘다 그대가 함께하여
文翰之賓　　문한의 손님이 되는구나.
置之座側　　자리 곁에 놓아두나니
助我精神　　나의 정신을 도와라.
筆乎硯乎　　붓이여! 벼루여!
我以尒珍　　나는 그대를 소중히 여기노라.
以之敬之　　그대를 이렇듯 공경하기에
韞匵辟塵[9]　　통에 넣어 티끌을 피하게 하노라.

『전집』 권 21에는 모두 여덟 편의 명(銘)이 실려 있는데 〈필연명〉은 그 가운데 다섯 번째 작품이다. 모영은 붓, 홍농은 벼루의 별칭이다.[10] 명문(銘文)은 흔히 경계(警戒)를 드러내거나 공덕(功德)을 기록하기 위해서 쓰는데,[11] 〈필연명〉은 붓과 벼루를 타이르는 말로 시작하고 있으니 경계를 드러내기 위해서 쓴 글이다. 겉으로는 붓과 벼루를 타이른다고 하면서 실제로는 글쓰기에 임하는 자신의 마음을 가다듬고자 한 것이다.

서두에서는 붓과 벼루의 외형적 특징을 거론했다. 붓끝이 날카로운 데서 논리 정연하고 날카로운 서술을 떠올렸다. 그렇지만 모가 나서 남과 잘 어울리지 않아서는 곤란하다고 경계했다. 벼루의 생김새가 반듯한 데서 공손한 태도를 떠올렸다. 그렇지만 쉽게 더러워질 수 있다는 점을 경계했다. 독선에 빠지지 않고 더러움에 물들지 않으면서 내실을 갖추자는 것이 자신에게 하는 다짐이다.

뒷부분에서는 붓과 벼루의 도움을 받아 글을 써서 후세 사람에게 전해

9) 『전집』, 338면.
10) 한유(韓愈, 768-824)가 지은 〈모영전(毛穎傳)〉에는 "穎與絳人陳玄 弘農陶泓 及會稽褚先生友善"이라는 구절이 있다. 강(絳)은 지명인데 먹[墨]의 산지로 유명하다. 홍농(弘農)도 역시 지명인데 벼루의 산지로 유명하다. 김시습이 벼루를 홍농이라고 한 것은 여기에 근거를 둔 것으로 보인다. 회계(會稽)는 종이의 산지로 유명하다. 〈모영전〉에서 말한 저선생(褚先生)은 종이를 지칭한 것이다.
11) 陳必祥 지음, 『한문문체론』(심경호 옮김), 이회, 1995, 250-262면.

주고자 한다고 했다. 그런데 '경의기실(經義紀實)'해야 그럴 수 있다고 한데 주목할 필요가 있다. '경의를 탐구해서 그 실상을 충실히 기록한다'라고 풀이할 수 있는 이 말에서 글쓰기의 근거와 목표, 그리고 글쓰기에 임하는 자세를 유추해 볼 수 있다. '경의'는 글쓰기의 근거를, '기실'은 글쓰기의 목표와 자세를 제시했다고 해석해도 큰 무리가 없을 것이다. '경의'는 '경전의 뜻'이라고 해도 좋겠지만 '경전을 탐구해서 밝혀낸 깊은 의미[義理]'라고 해야 김시습이 말하고자 한 바가 좀 더 분명해진다. 이렇게 볼 때 '경의기실'은 앞서 살핀 〈덕행의〉의 특징을 집약해서 나타내기에 대단히 적절한 말이라고 할 수 있다. 〈덕행의〉와 같은 글쓰기를 가능하게 한 사상적 근거는 '경전의 의리'라고 할 수 있다.

3

김시습이 소설 속 인물인 염왕의 입을 통해서 다음과 같이 말한 것을 보건대 김시습은 '경의기실(經義紀實)'하는 글쓰기가 주공(周公)과 공자(孔子)의 전례를 잇는 것이라고 생각한 듯하다. 〈남염부주지(南炎浮洲志)〉에 박생과 염왕의 다음과 같은 대화가 나온다.

> 박생이 물었다. "주공(周公), 공자(孔子), 석가(釋迦)는 모두 어떤 사람들입니까?" 염왕이 말했다. "주공과 공자는 중화(中華) 문물(文物) 가운데서 탄생하신 성인이요, 석가는 인도의 간흉(姦凶)한 민족 가운데서 탄생하신 성인입니다 (…) 주공과 공자의 가르침은 정(正)으로 사(邪)를 제거하고(以正去邪), 석가의 법은 사(邪)를 설정하여 사(邪)를 제거합니다. 정(正)으로 사(邪)를 제거하니 그(주공과 공자) 말이 정직하고, 사(邪)로 사(邪)를 제거하니(以邪去邪) 그(석가) 말이 황탄(荒誕)합니다. (주공과 공자의 말이) 정직하므로 군자(君子)가 따르기 쉽고, (석가의 말이) 황탄하므로 소인(小人)이 믿기 쉬웠던 것입니다. 그러나 그 지극한 경지에 이르러서는 모두 군자와 소인으로 하여금 마침내 바른 도리로 돌아가

게 합니다. 결코 세상을 미혹하게 하고 백성을 속여서 이도(異道)로써 그들을 그릇되게 한 적은 없습니다."12)

박생이 유불의 차이에 대해서 포괄적으로 질문한 데 대해서 염왕이 유불의 가르침의 내용과 표현 방식에 있어서의 공통점과 차이점을 들어 대답한 대목이다. 결론에 이르러서는 유불의 가르침이 마침내는 모든 사람을 바른 도리로 돌아가게 한다고 하면서 둘 다 긍정할 수 있다고 했다. 그렇지만 가르침을 펴는 방식에 있어서의 차이가 크다고 했다. 주공과 공자는 '이정거사(以正去邪)'하고자 했다고 했는데, 올바른 이치를 올바른 말(글쓰기)로 전달했다는 것이다. 그러므로 '정(正)'을 글쓰기의 기준과 특성을 함께 지적한 말로 받아들일 수 있다.

'정(正)'에 입각한 가르침의 내용이라고 할 때의 정(正)·정도(正道)는 유학에서 주장하는 도리·이치, 즉 의리(義理)다. '정(正)'인 말로 전달했으므로 주공과 공자의 말이 정직했다는 것은 석가처럼 허구적 설정, 기발한 비유, 상징, 역설 따위를 이용하지 않고 긍정적인 내용을 간결하고도 직설적인 방식으로 말했다는 뜻으로 볼 수 있다. 언어가 이치를 전달할 수 있다고 믿기 때문에 그렇게 주장할 수 있다. 언어로 언어의 횡포를 제어하고자 상징과 반어, 가설적 설정에 크게 의존하지 않고도 이치를 분명하게 전달하는 데 어려움이 없다고 보는 것이다. '이정거사(以正去邪)'라는 말은 이단을 배척하는 유학의 태도를 표현하기에 손색이 없다.

도리와 이치를 정직하게 말하는 주공과 공자의 말이 경전에 기록되어 있으니 무엇보다 경전을 글쓰기의 표준으로 받아들이게 된다. 성현과 경전의 절대적 권위를 승인하게 되는 것이다.13) 따라서 주공과 공자의

---

12) 生問曰 周孔瞿曇何如人也 王曰 周孔中華文物之聖也 瞿曇西域姦兇中之聖也 (…) 周孔之教 以正去邪 瞿曇之法 設邪去邪 以正去邪故 其言正直 以邪去邪故 其言荒誕 正直故君子易從 荒誕故小人易信 其極致則 皆使君子小人 終歸於正理 未嘗惑世誣民 以異道誤之也(『전집』, 442면)

전례를 이어 '이정거사(以正去邪)'의 글쓰기를 마련하고자 한다면, 성현의 말씀을 기록한 경전, 또는 그와 상응하는 권위를 인정받은 고전의 절대적인 가치 내용인 의리(義理)를 충실하게 드러내는 것을 목표로 하게 될 것이다.

4

김시습은 실리(實理)를 담고 있는 유학 경전의 글쓰기는 다음과 같은 특징을 갖고 있다고 했다.

> 성인(聖人)의 말은 간결하면서 뜻이 풍부하고[簡而意豊], 부도(浮屠)의 말은 번거로우면서 뜻이 허(虛)하다[煩而意虛]. 심경(心經), 반야경(般若經) 같은 것은 지극히 간략하지만, 말에 중복이 많으니 반드시 호어(胡語)의 습상(習尙)이 이와 같을 것이다.[14]

성인(聖人)의 말이라고 한 것과 부도(浮屠)의 말이라고 한 것이 경전의 근간을 이룬다. 그런데 그 둘 사이에는 표현이 간결하고 번거롭고, 뜻이 풍부하고 허한 차이가 있다고 했다. 《반야경》이 다른 불경들과는 달리 지극히 간략하다고 해도 여전히 말에 중복이 많다면서 표현의 차이를 강조했지만, 뜻이 풍부하고 허한 것도 심각한 차이점이다. '간이의풍(簡而意豊)'이라고 한 것이 바로 실리(實理)를 엄밀하게 따지는 학문에 상응하는

13) 아라키 켄고 지음, 『불교와 양명학』(김석근 옮김), 서광사, 1993, 48-56면에서 경전을 중심으로 하는 유학의 학문, 즉 경학에 대해 논의했다. 아라키 켄고의 견해에 따르면, 경학은 그 본질상 옛 성현들이 남긴 언어의 영원한 진리성을 전제로 한다. 그렇기 때문에 그에 대한 창조적 해석이 거의 없이 단지 자기 확대만을 도모하더라도 거기에는 자연히 사상적·기술적인 한계가 있기 마련이다. 왜냐하면 후세의 학도들은 절대로 성현을 뛰어넘어서는 안 된다고 보기 때문이라고 한다.

14) 聖人語辭簡而意豊 浮屠語辭煩而意虛 如心經般若經至略 而語多重複 必胡語習尙如此(〈雜說〉, 『전집』, 263면)

글쓰기의 특징이라고 할 수 있다.

'간(簡)'이라고 한 것은, 범박하게 보아, 직설적 표현의 효과에 해당한다고 할 수 있다. '의풍(意豊)'은 깊은 뜻을 담고 있다는 말이다. 깊은 생각을 거쳐서 나온 발언이면서, 표명된 생각이 적용될 수 있는 범위가 넓다는 말이겠다. 따라서 '간이의풍(簡而意豊)'한 글은 간결해서 투명하게 이해될 수 있으며, 유학의 실제적인 이치를 풍부하게 담고 있는 글이라고 할 수 있다. 글쓰기의 모범을 경전에서 구한다면, 앞서 말한 바 있는, '경의기실(經義紀實)'하고자 한 글이 자연스럽게 '간이의풍(簡而意豊)'하게 될 것이다.

5

이상의 논의를 종합하면, 사상적 근거를 실리(實理)에 두고, '경의기실(經義紀實)', '이정거사(以正去邪)', '간이의풍(簡而意豊)'을 목표로 삼는 글쓰기가 바로 '정명(正名) 글쓰기'다. 필자는 '정명(正名)'이라는 용어의 일차적인 개념을 받아들이면서 폭을 좀 더 확장해서 사용하고자 한다. 명분(名分)의 가르침[名教]인 유학의 이치가 담긴 경전에 근거해서 성립하는 논리,[15] 그리고 학문·글읽기·글쓰기 등을 '정명(正名)'이라는 말로 포괄하고자 한다.

정명(正名) 글쓰기는 경전과 경전에 기록되어 있는 실리(實理)를 신뢰하

---

15) 손영식, 「공자의 正名論과 노자의 無名論의 비교 – 그 논리와 사고방식의 대립을 중심으로」, 『哲學』, 제31집, 한국철학회, 1989에서 정명론(正名論)은 "A=A이어야 한다는 논리"이고 "동일율(A=A), 모순율(A≠Ā), 배중율(A or Ā)로 이루어지는 형식 논리를 따르는 것"이라고 했다. (183면) 또한 "'A는 A가 되어야 한다'는 정명론은 단순한 동어반복이 아니라 현실과 이상을 나누고 현실은 이상에 접근해야 한다는 논리"라고 했다. 그래서 정명론은 "A가 'A가 되기' 위해서 어떻게 해야 할 것인가를 주로 말한다. 즉 '이러이러하게 되면 A가 될 것이다' 혹은 'A가 되기 위해서는 이렇게 하라'는 긍정 판단 형식의 문장이" 주를 이룬다고 했다.

고, 엄밀한 학문 태도가 기반이 되어 가능하게 된 글쓰기라고 할 수 있다. 경전을 인용하는 빈도가 잦은 것이 글쓰기의 특징 가운데 하나라고 할 수 있지만 인용하는 의도와 인용하는 방식에 있어서의 특징이 더욱 주목된다. 또한 화려한 수식을 높이 평가하지 않고 간결하면서도 의미가 풍부한 글쓰기를 이룩하려고 한 것도 특징으로 들 수 있다.

정명 글쓰기라고 할 때의 정명은 글자 그대로 '명(名)을 바로잡는다'라는 말이지만 '실(實)'에 근거해서 '명(名)'을 고친다는 말이 아니다. 명(名)은 성현의 말씀이고 존재의 본질을 반영하고 있는 것이기에 바뀔 수 없다. 김시습은 〈독춘추시(讀春秋詩)〉에서 그 점을 명확히 했다. 서두에서 "偉哉大聖謹嚴筆"(위대하여라, 성인의 근엄한 필치여)이라고 하고 뒤에 다시 "大建百王不易法"(백대의 임금이 바꾸지 못할 법을 크게 세우셨네)이라고 칭송했다.16) 《춘추》에는 백대의 임금도 바꾸지 못한 법이 밝혀져 있으니 《춘추》에서 제기한 명(名)을 표준으로 삼아 거기에서 어긋난 현실의 잘못을 따지는 글쓰기가 필요하게 된다. 김시습이 정명 글쓰기를 이룩하면서 사전(史典)을 중시하고 역사에 대해 자주 발언하는 것은 이러한 생각을 가지고 있었기 때문일 것이다.

'경의기실(經義紀實)', '이정거사(以正去邪)'에 합당한 글쓰기는 세계의 복잡성이나 세계의 변화에 주목해서 나온 글쓰기라고 보기는 힘들 것이다. 세계의 복잡성이나 변화보다는 경전의 근거를 더욱 소중히 생각하는 것으로 보이기 때문이다. 다시 말해서 세계의 복잡성이나 변화를 일관하고 있는 이치를 밝혀서 글쓰기로 실현하려 하지만, 그 이치는 경전에 이미 밝혀져 있다고 보는 것이다.

또한 '간이의풍(簡而意豊)'을 추구하는 정명 글쓰기는 직설법을 선호할 것이라는 점도 추측해 볼 수 있다. 정명은 이(理)가 필연적으로 전개된다

---

16) 『전집』, 110면.

는 확신을 가지고 있으며 성인의 말씀인 경전에 이(理)가 집약되어 있다는 확신을 가지고 있을 때 가능하다고 볼 수 있다. 따라서 정명(正名) 글쓰기가 올바른 이치에 대한 확신을 긍정적이면서 직설적인 말로 표명하는 것이 자연스러운 귀결이라고 할 수 있다.

한편, 앞서 인용하고 살핀 〈도서명〉에서 정명 글쓰기에 상응하는 정명 글 읽기가 어떠해야 하는가 논의한 것에도 주목해야 한다. 정밀하게 연구해서 굳게 지키기 위해서(精研確守), 세밀하게 따져 읽는(窮推析剖) 글 읽기가 필요하다고 했다. 이러한 글 읽기는 옛 성현들이 남긴 말씀이 진리를 담지하고 있다고 확신할 때 대단히 유효한 방법일 것이다. 진리를 담고 있는 경전을 정밀하게 따져 읽어서 이치를 조목조목 따지고, 그렇게 해서 얻은 결과를 논리 정연한 형태로 글쓰기에 집약하고, 구체적인 실천에 옮겨 확고하게 지켜야 제대로 된 학문이라고 생각했음을 알 수 있다.

6

〈덕행의〉가 경의(經義)를 밝힐 것을 표방하고 쓰여진 글이기 때문에 앞서 본 바와 같은 특징을 보인 것이라고 생각해 볼 수도 있다. 〈-義〉라고 한 글의 특징일 뿐이라는 것이다. 그렇다면 정명 글쓰기로 김시습 글쓰기 가운데 한 면모를 포괄하는 것은 무리라고 할 수 있다. 그러나 〈-義〉가 여러 경전을 근거로 해서 개념을 정립하고자 했다는 점에서 일반적인 경의(經義) 글쓰기와는 차이가 있으며, 김시습이 남긴 여타의 많은 글에서도 〈-義〉에서 본 것과 같은 글쓰기의 면모가 발견된다는 점에서 그러한 생각은 실상과 어긋난다.

정명 글쓰기에 포괄될 수 있는 김시습의 글이 폭이 넓고 다양하다고 보는 것이 실상에 부합한다. 정명 글쓰기가 가질 수 있는 다양한 면모를 포괄해서 해명해야 할 것이다. 전형적인 면모를 보이는 것을 선택해서 살피는 것이 특징을 집약하기에 가장 유리할 것인데, 〈상변설(常變說)〉과 〈고금제왕국가흥망론(古今帝王國家興亡論)〉, 그리고 〈회사부정의(懷沙賦正義)〉와 같은 글이 그렇게 하기에 적합하다.

정명 글쓰기가 경전의 주석에 근접한 면모를 가지는 것은 사실이다. 그러나 경전의 주석과 같다고 하는 것은 지나치게 단순하게 생각한 것이다. 〈덕행의〉나 〈상변설〉은 경전의 이곳저곳에서 논의된 것을 체계를 갖추어 통일적으로 이해할 수 있게 한 성과가 있다. 경전의 의미를 풍부하게 하고 적용 범위를 확장했다. 여러 경전에서 근거를 가져와 집약해서 자기의 사상으로 정립하면서 설득력을 높일 수 있게 되었다는 점도 인정할 수 있다. 그러므로 경전을 '정연(精硏)'하고 '경의(經義)'를 엄밀하게 탐구해서 자기 사상을 정립하고자 한 목표에 상응하는 글쓰기 방법이라고 평가하는 것이 합당할 것이다.

정명은 삶의 자세를 가다듬고 세상에 나아가 이치를 실현하려 할 때 요청되는 학문과 글 읽기, 그리고 글쓰기를 포괄한다. 다음과 같은 시를 보건대, 김시습은 정명의 요청에 부응할 수 있는 충분한 재능을 지니고 있었고, 정명에 부응하고자 하는 목표 의식 또한 분명히 지니고 있었다.

八朔解他語　　여덟 달 만에 남의 말 알아들었고
三朞能綴文　　세 돌 되면서 글을 엮을 수 있었네.
雨花吟得句　　비와 꽃을 읊어서 시구를 얻었고
聲淚手摩分　　소리와 눈물 손으로 가리켜 가려내었네.
上相臨庭宇　　높은 정승이 집안에 찾아오셨고
諸宗貺典墳　　여러 집안에서 옛 책을 보내 주셨네.
期余就仕日　　내가 벼슬하게 되는 날에는
經術佐明君[17]　　경술(經術)로 밝은 임금 모시려 했네.

〈서민(敍悶)〉이라는 제목의 여섯 수 가운데 세 번째 작품이다. 이 시에서 김시습은 자신의 어린 시절을 회상하고 어린 시절에 가졌던 포부를 말하고 있다. 셋째 구와 넷째 구는 어린 시절 외조부와 함께 시를 짓던 일을 말한 것이다. 〈상유양양진정서(上柳襄陽陳情書)〉에 그 사연이 전한다.[18] 세 살 되던 해에 외조부가 '춘(春)' 자(字)를 주고 시를 짓게 했는데, 마침 초가집 뜰 가운데 가랑비가 내리고 살구꽃이 처음 피었기에 "春雨新幕氣運開"[19]라는 시구를 지어 읊었다고 한다. 두 살 나던 해 봄에 외조부가 "鳥啼林下淚難看"[20]이라고 했을 때, 병풍에 그린 새를 가리켰다고 한다. 이러한 사연이 셋째 줄과 넷째 줄에 반영되어 있다.

마지막 대목에서 특히 주목해야 할 발언을 했다. 정명의 학문으로 세상에 나아가 임금을 도와서 이치를 구현하고자 한다고 했다. 어린 시절을 노래한 것이지만 김시습의 일생을 관류하는 중심 생각 가운데 하나라고 보아야 옳을 것이다. 그러나 학문으로 이치를 실현하려는 꿈이 뜻대로 되지 않고 몸과 세상이 어긋나게 되어[21] 정명 학문, 정명 글쓰기가 아닌 다른 영역과도 만나게 되었다.

3. 가명(假名) 글쓰기

1

김시습이 유자(儒者)의 길을 등지고 선승(禪僧)이 된 데 대해서 이미 당

17) 『전집』, 259면.
18) 『전집』, 347면.
19) 봄비가 새 초막에 내리니 새 기운이 열린다.
20) 새가 수풀에서 우나 눈물은 보이지 않는다.
21) 〈서민(敍悶)〉(六首)의 여섯 번째 작품에서 '身世乖違甚 年光荏苒移'라고 했다. (『전집』, 259면)

대에도 논란이 있었다. 그렇지만 김시습이 선(禪)에 조예가 깊다는 것을 당대인이 널리 인정한 것으로 보인다. 설법을 청하기도 하고[22] 선서(禪書)를 배우러 찾아오기도[23] 했다. 김시습 자신도 안목이 높다고 자부하고 있었다.

이처럼 마음을 닦는 학문으로서의 선학(禪學)의 가치를 인정하고, 아울러 당대인에게 선학으로 인정받은 김시습은 선학에 입각해서 주석을 하기도 하고 논설을 쓰기도 했다. 선학의 성과를 글쓰기를 통해서 표출한 것이다. 그 결과 앞 절에서 살핀 정명 글쓰기와는 성격이 아주 다른 글쓰기를 보여주게 되었다.

선학에 대응하는 글쓰기의 성립 근거로 김시습이 제시한 것이 바로 '가명(假名)'이다.

> 방편(方便)으로 가명(假名)을 내세운 것으로서, 본래 색상(色相)이 없는 것이다. 하나의 법(法)을 천 가지로 달리 이름한 것이다. 인연을 따라 이름을 세워 교화하는 것이 무엇이 해로우랴?[24]

〈십현담(十玄談)〉[25]에서 "심인(心印)이라고 부르는 것이 벌써 빈 말이다(呼爲心印早虛言)"라고 한 데 대한 법안문익(法眼文益, 885-958)의 주석의 한

---

22) 《용천담적기(龍泉談寂記)》에는 다음과 같은 일화가 전한다. 여러 비구가 설법을 청하자, 김시습은 소 한 마리를 끌어오라고 했다. 여러 사람은 그 까닭을 짐작할 수 없어 소를 끌어다 뜰 아래 매어 놓았다. 그러자 김시습은 꼴 다발을 가져오라고 한 뒤, 다시 소 꽁무니에다 그것을 놓으라고 하고는 크게 웃으며 말했다. "너희들이 불법(佛法)을 듣고자 하는 것은 바로 이와 같은 것이니라." 그러자 여러 사람이 부끄럽게 여기며 물러갔다고 한다. (〈遺蹟搜補〉, 『전집』, 462면) 또한 민상인(敏上人)과 도반(道伴)이 와서 도(道)를 묻자, "담박(淡泊)한 마음 부디 보전하여, 하루아침에 깨달음 얻기를 기약하라"라고 답했다. (〈敏上人同諸伴來問道〉, 『전집』, 79면)

23) 〈성지래학인천안목(誠之來學人天眼目)〉이라는 시가 그런 사정을 잘 보여준다.

24) 權立假名 本無色相 一法千名 隨緣立號 應化何妨 (『전집』, 396면)

25) 중국의 동안상찰(同安常察, ?-961)이 지은 10편의 선시.

대목이다. 궁극적인 깨달음인, 부처나 조사의 마음을 지칭해서 심인(心印)이라고 하지만 심인이라는 이름[名]은 본래 색상(色相)이 없는 것을 방편으로 색상(色相)을 빌려[26] 나타낸 가명(假名)일 따름이라고 했다. 그러면서 동시에 인연을 따라서 각각 다른 이름을 내세워 가르침을 베푸는 것이 가능해서, 깨닫지 못한 사람을 위해 경우에 따라 다른 표현이 가능하다고 했다. 김시습이 〈대화엄일승법계도주(大華嚴一乘法界圖註)〉에서 '진성(眞性)'이라는 말이 방편의 필요에 따라 붙여진 거짓 이름이라고 하면서 다음과 같이 말한 것도 이와 마찬가지 생각의 표현이다.

> 여기서 말한 진성(眞性)이라는 것은 따로 중생[有情]의 문(門) 가운데서 증득하여 들어가는 부분을 취해서, 한 걸음 뒤로 물러서서 짐짓 참 성품이라고 이름 지은 것이요(假作眞性之名), 법성(法性) 밖에 따로 한 가지의 진성(眞性)이 있는 것은 아니다.[27]

궁극적인 것은 법성(法性)일 따름이지만, 수행하는 중생의 입장을 고려해서 자신의 참된 본성이라는 뜻의 진성(眞性)이라는 말을 짐짓 쓴 것이라고 했다. 법안문익이나 김시습이나 깨달음은 하나지만 심인(心印)이라고 할 수도 있고 진성(眞性)이라고 할 수도 있다고 함으로써 깨달음[法]과 이름[名]은 일대다(一對多)의 관계라는 데 동의하고 있다. 언어의 다양한 활용, 곧 다양한 표현의 필요성과 효용성을 인정해야 한다는 것이다.

한 걸음 더 나아가 이미 석가모니 부처부터 방편인 가명을 활용해서 중생의 병을 치료했다고 했다.

> 중생들은 탐에치(貪恚癡)의 병을 가지고 있어서 잘 치료할 수가 없

26) '印'은 '도장'이다. 도장이 찍힌 듯이 진실하고 확실하다는 의미를 표현한다.
27) 此云眞性者 別取有情門中證入分 退身一步 假作眞性之名 非指法性外別有一段眞性也 (『전집』, 417면)

> 으므로, 부처가 다만 그들의 병 증세에 따라 약을 베풀어 주었다. 그러나 중생들의 병을 앓는 것이 여러 가지로 다르기 때문에 약의 처방을 주는 것도 따라서 다르게 되었다. (그래서) 십이부 경전이 한만(汗漫)하고 호한(浩瀚)하기에 이른 것이니, 이는 부처의 본뜻이 아니다. 그래서 마지막 열반의 회상(會上)에서는 본뜻을 다 털어 내놓으시어 모든 대중을 모아 놓고, "처음 녹야원에서부터 마지막 발제하에 이르기까지 그 사이에 한 글자도 말한 적이 없다"라고 말했다.28)

부처의 가르침은 마치 환자의 질병을 치료하기 위해 능숙한 의사가 지은 약처럼 가르침을 받는 사람의 근기(根機)에 따라 조절된 것, 즉 방편이라는 것이다.29) 그렇기 때문에 방편은 수없이 많을 수 있다. 다만 선택된 방법이 제자의 근기에 맞아야 한다는 것만이 유일한 조건이다. 근기에 맞는 방법을 잘 선택하는 것을 '선교방편(善巧方便)'(수단을 선택하는 것이 탁월함)이라고 한다. 불경이 그렇게 많아진 것은 부처가 방편을 선택하는 능력이 탁월했기 때문이라고 했다.

그러나 방편은 어디까지나 방편일 뿐, 방편을 넘어선 진리를 알아차려야 한다. 석가모니 자신은 깨닫고 나서 처음으로 설법을 시작할 때부터 마지막 열반의 순간까지 궁극적 진리에 대해서는 한마디도 하지 않았다고 한 《능가경(楞伽經)》의 말을 인용해서, 깨달음에 이르기 위해서는 모든

---

28) 衆生貪恚癡 病不能差瘳 故佛但因病施藥耳 且受病旣殊 施方亦異 至於十二部汗漫浩瀚 非佛本義 故終至涅槃會上 掃盡本懷 普集大衆 而告之言 自從鹿野苑 終至跋提河 於是二中間 未曾說一字 (〈十玄談要解〉, 『전집』, 404면)

29) 용수(龍樹)는 《중론(中論)》에서 부처는 자아(自我)가 있다고 하기도 하고, 무아(無我)의 교리도 가르쳤으며 또한 자아(自我)도 없고 무아(無我)도 아니라고 가르쳤다고 했다. 그리고 방편(方便)의 다양성을 다음과 같이 열거했다. "일체는 진실이다, 진실이 아니다, 진실이기도 하고 진실이 아니기도 하다, 진실도 아니고 진실이 아닌 것도 아니다. 이것을 모든 부처님의 법(法)이라고 부른다."[一切實非實 亦實亦非實 非實非非實 是名諸佛法 [龍樹 著, 『中論』(김성철 역주), 경서원, 1993, 305면] 부처의 방편에 대한 용수의 견해에 대해서는 무르띠 지음, 김성철 옮김, 『佛教의 中心 哲學 - 중관 체계에 대한 연구 -』 경서원, 1995, 387-389면을 참고.

견해를 넘어서야 한다는 주장을 폈다. 부처의 경우를 들어, 방편을 긍정하면서도 방편에 얽매여서는 곤란하다는 두 가지 생각을 함께 나타냈다.

방편을 방편으로 보고 동시에 방편을 넘어서야 한다고 할 때 다음과 같은 주장에까지 이르게 되는 것은 자연스러운 일이다.

> 叵息妄想必不得
>
> 삼세제불(三世諸佛)은 바로 시체를 지키는 귀신이요, 역대조사(歷代禪師)는 곧 박지범부(博地凡夫)들이다. 설사 부처가 말하고 보살이 말하며 국토가 말하고 삼세일시(三世一時)가 말한다고 하더라도 이는 끓는 주전자의 김새는 소리와 다르지 아니한 것이니 향상(向上)의 일착(一着)에 아무 관계가 없다. 온 대지가 곧 업식(業識)이기에 망망(茫茫)하여 의거할 근본이 없으니 무슨 까닭인가? 다만 가명자(假名字)로 중생을 인도한 것이다.[30]

〈대화엄일승법계도주(大華嚴一乘法界圖註)〉에서 "망상을 쉬지 않고는 얻을 수 없고(叵息妄想必不得)"라고 한 본문에 주석을 단 부분이다. 부처라고 해도 시체나 지키는 귀신 졸개에 불과하고, 선사라고 해도 형편없는 밑바닥의[博地] 범부들일 뿐이라고 낮추었다. 그런 그들이니 설법이라고 해 보았자 주전자 김새는 소리에 불과할 뿐 궁극적 진리[向上一着子]와는 아무런 관계가 없다.[31] 이렇게까지 극언한 것은 부처나 선사들이 이렇다 저렇다 말한 것은 모두 중생을 인도하기 위한 방편에 지나지 않으니 거기에 얽매여서는 안 된다고 말하기 위함일 것이다. 선가(禪家)에서 부처를 만나면 부처를 죽이고 조사를 만나면 조사를 죽여야 한다고 주장하는

---

30) 三世諸佛是守屍鬼 歷代禪師是博地凡夫 直饒佛說菩薩說刹說三世一時說 不異殿佛 熱椀鳴聲於向上一著子沒交涉 盡大地是業識 茫茫無本可處 何故 但以假名字引導於衆生 (『전집』, 420면)

31) 〈대화엄일승법계도주병서〉의 자세한 풀이는 김지견, 『大華嚴一乘法界圖註幷序』, 金寧社, 1983에서 얻을 수 있다.

것은 이러한 생각의 극단적인 표현이다.

지금까지 살핀 바와 같이 김시습은 가명이, 말할 수 없는 경지의 것을 말하기 위해서는 표현의 다양성과 상징성에 기대어야 한다는 것을 철저하게 인식한 데서 나온 언설이며, 깨달음에 이르게 하는 방편 역할을 하는 것이기 때문에 받아들이면서 동시에 넘어서야 할 것이라고 했다. 가명은 상황에 맞는 다채로운 표현으로 고정된 생각을 깨는 충격을 주고, 그 결과 인식의 일대 전환을 이루어 깨달음을 얻게 하는 방편 구실을 한다는 것이다.

2

김시습의 가명론(假名論)은 김시습 이전에 이미 오랜 내력을 가진 것이다. 김시습은 앞선 여러 사람의 생각을 받아들여 자기 것으로 만들었다. 김시습 이전에, 김시습과 마찬가지로 가명을 언어의 본질에 따라 해석하는 관점을[32] 잘 보여주는 것은 마명(馬鳴)의 《대승기신론(大乘起信論)》이며 원효(元曉, 617-686)가 이를 이어 더욱 심화시켰다.[33]

《대승기신론》에서는 "언설(言說)의 궁극은 말에 의하여 말을 버리는 것(因言遣言)"[34]이라고 했다. 원효는 이를 이어받아 다양한 말을 하는 것은

32) 가명(假名)에 대한 논의에는 크게 '존재의 본질에 따른 해석'(就法而釋)과 '언어의 본질에 따른 해석'(就名所釋)의 두 가지가 있다고 한다. 丁福保 編, 『佛學大辭典』 下, 上海書店, 1991, 1956면에 간략하게 정리되어 있다. 두 가지를 구분한 대목의 원문을 들면, "假名(述語) 有二釋 一就名所釋 諸法本無名 以人爲假付名者 故一切之名 虛假不實 不契實體 … 起信論曰 一切言說假名無實 二就法而釋 諸法爲因緣和合而成 無眞實之體 故不可自差別 假名僅有差別之諸法 離名則無差別之諸法 故指諸法爲假名"이라고 했다. 이 절에서 논의하고 있는 것은 '就名所釋'에 해당한다.

33) 원효의 언어관에 대해서는 崔裕鎭, 「元曉의 和諍思想 硏究」, 서울대학교 박사학위논문, 1988과 金鍾仁, 「中觀을 통해 본 元曉哲學」, 서울대학교 석사학위논문, 1994에서 고찰한 성과가 있어 참고할 수 있다.

34) 言眞如者 亦無有相 謂言說之極 因言遣言 (은정희 역주, 『원효의 대승기신론 소·별기』,

"말에 의하여 말을 버리고[因言遣言]", "소리로써 소리를 그치게 하는[以聲止聲]" 일이라고 했다. 언설이 본질적으로 가명일 수밖에 없는데도 언설이 필요한 것은 말로써 말의 잘못을 바로잡기 위함이며 시끄러운 소리를 없애기 위해서 더 큰 소리를 내는 것과 같다고 했다.[35]

더 나아가 원효는 "고요하고 또 고요하나 오히려 백가(百家)의 말속에 있다"라고[36] 하면서, 진리가 가명인 언설로 전달될 수 있다고 했다. 진리는 언어를 떠나 있지만(離言 또는 絶言), 말에 의지해야(依言 또는 不絶言) 진리를 전할 수 있다고도 했다.[37] 말의 횡포로 가려진 진리를 말로써 말을 파괴해서 드러낸다고 했다. 그러기 위해서 원효는 역설과 반어의 가치를 인식하고 그것을 적극적으로 이용했다.[38] 언어가 대상의 본질을 반영하는 데 무력하므로 방편으로서의 가치만을 인정할 수 있는 가명이라고 하면서, 그런 한계를 극복하고 효과적인 전달(표현)을 위해 여러 가지 방법을 개발하는 데까지 나아갔다. 그 결과 가명론은 가명인 언설을 이용해서 진리를 표현하려는 노력의 결과로 나타난 다양한 글쓰기의 이론적 근거를 제공하는 역할을 하게 되었다. '이성지성(以聲止聲)'과 '인언견언(因

일지사, 1991, 107면)

35) 조금 설명의 방식을 바꿔보자. 예를 들어 '희다'는 '검다'는 물론이고 희지 않은 모든 색과 대립해 있다. 언어의 개념은 이처럼 대립과 분별(分別)을 통해 구성된다. 그런데 불교에서 말하는 궁극적 깨달음은 무분별(無分別)의 경지이며 대립과 분별을 넘어선 원융(圓融)의 차원이다. 따라서 분별을 본성으로 하는 언어로는 무분별·원융의 깨달음을 그대로 표현할 수 없다고 한다. 그런데 언어 능력인 '어언종자(語言種子)'는 인간, 곧 중생이 지니고 태어난 조건이다. 그래서 불교에서는 언어를 버릴 것이 아니라, 언어로 언어를 넘어서야 한다고 한다. 언어로 언어를 넘어서고자 하는 글쓰기가 바로 가명 글쓰기다.

36) 寂之又寂之 猶在百家之談 (은정희 역주, 같은 책, 18면)

37) 같은 취지에서 용수(龍樹)는 공(空)의 이치를 제일의제(第一義諦) 또는 진제(眞諦), 공의 이치를 표현하는 모든 언설(言說)을 속제(俗諦)라고 하면서, 속제에 의지하지 않으면 진제, 열반(涅槃)을 얻을 수 없다고 했다. 그 대목을 들면, "若不依俗諦 不得第一義 則不得涅槃"이라고 했다. (龍樹 著, 김성철 역주, 같은 책, 407-408면)

38) 趙東一, 『韓國文學思想史試論』, 知識産業社, 1978, 40-45면.

言遺言)'은 가명 논의를 통해서 도달한, 글쓰기가 왜 필요한가에 대한 최선의 대답이라고 할 수 있다.

지금까지 살핀 마명·원효·김시습의 가명의 이론을 다음과 같이 정리할 수 있다. 가명은 존재의 본질(=깨달음)을 드러내지 못하는 근본적 한계를 갖는 언어를 가리킨다. 동시에 가명은 말할 수 없는 경지를 비일상적 방식으로 드러내는 표현의 다양성과 상징성을 의미한다. 즉, 방편으로서의 의의를 부여받게 되는 것이다. 그 결과 가명의 이론은 상징, 역설, 반어 등을 동원해서 언어의 횡포에 가려진 공(空)[일심(一心) 또는 진여(眞如)]의 진리를 드러내기 위한 다양한 글쓰기의 근거를 제공하게 된다. 필자는 이처럼 가명에서 근거를 마련한 글쓰기를 가명 글쓰기로 명명하고자 한다.

3

이제 가명 글쓰기가 김시습의 글쓰기를 통해서 드러난 양상을 살펴보기로 한다. 가명 글쓰기의 예로 〈십현담요해(十玄談要解)〉, 〈화엄석제(華嚴釋題)〉, 〈대화엄법계도주(大華嚴法界圖註)〉, 〈묘법연화경별찬(妙法蓮花經別讚)〉, 그리고 선시 한 편을 택해서 논의하기로 한다. 김시습은 가명 글쓰기 방법으로 개발되었다고 할 수 있는 다채로운 방식을 여러모로 실험하고 있다. 선문답, 의문과 부정의 연속, 역설, 모순어법, 기발한 비유와 상징, 시구 등을 단독으로 또는 결합해서 쓰고 있다. 이 모든 방식이 '인언견언(因言遣言)', '이성지성(以聲止聲)'을 목표로 한 것임은 물론이다.

선가(禪家)의 어록에 나오는 선문답을 가져오는 것이 우선 손쉽게 택할 수 있는 방법이었다.

妙體本來無處所 通身何更有蹤由
방거사(龐居士)가 마조(馬祖)에게 물었다. "일체의 존재와 무관한 사람은 어떤 사람입니까?" 마조가 대답했다. "서강(西江)의 물을 한입에 다 마셔 버리면 그때 가르쳐 주지."[39]

〈십현담요해〉의 한 대목이다. 〈십현담요해〉는 중국의 동안상찰(同安常察, ?-961)이 지은 10편의 선시를 주석한 것이다. 맨 윗줄은 〈십현담〉의 한 구절이고 아래는 김시습의 주석이다. 마조와 방거사가 주고받은 선문답을 이용해서 주석을 대신하고 있다. 선문답의 내용은, 방거사가 모든 존재를 초월해 있는 존재가 있는가 하고 묻자, 마조는 그런 것은 있을 수 없다고 대답했다는 것이다. 김시습은 이 문답이 묘체(妙體)가 모든 존재를 초월한 무엇이 아니라 현상세계의 모습 그대로가 바로 묘체라는 취지를 담고 있다고 본 듯하다.

〈화엄석제〉의 한 대목에서는 다음과 같이 부정을 열거하는 방법을 사용했다.

이와 같은 경계(境界)는 유(有)도 아니고 공(空)도 아니다. 이(理)도 아니고 사(事)도 아니다. 일(一)도 아니고 다(多)도 아니다. 소(小)도 아니고 대(大)도 아니다. 미(迷)도 아니고 오(悟)도 아니다. 수(修)도 아니고 증(證)도 아니다. 불경계(佛境界)라고 불러도 옳고 불경계라고 부르지 않아도 옳다.[40]

a도 아니고 a가 아닌 것도 아니니 형식논리를 넘어서야 한다는 것이다. 궁극적 경지는 상대적인 대립을 넘어서 있다는 점을 강조한 것으로

---

39) 龐居士問馬祖云 不與萬法爲侶者 是什麼人 祖云 一口吸盡西江水 報與汝道 (『전집』, 399면) 이리야 요시타카, 박용길 옮김, 『마조어록』, 고려원, 1988), 117-120면에 이 문답이 해설되어 있어 참고할 수 있다.

40) 원문은 다음과 같다. "如是境界也 非有也 非空也 非理也 非事也 非一也 非多也 非小也 非大也 非迷也 非悟也 非修也 非證也 喚作佛境界也得 不喚作佛境界也得"

보인다. a를 부정하는 것은 a라는 말의 배후에 있는 기성 관념, 선입관, 권위 의식을 한꺼번에 물리치는 효과가 있다. a가 아닌 것도 아니라고 한 것은, 또 다른 관념이나 권위를 끌어들이지 못하게 하는 효과가 있다. 그런데 이렇게 모든 것을 부정해 놓고는 마지막 대목에 가서 대립하는 양쪽 모두를 긍정했다. 백 가지로 부정함으로써 어느 한쪽을 긍정할 수 있는 것이 아니라고 하고, 중도(中道)의 진실은 긍정과 부정을 넘어선 경지에서 찾을 수 있다는 것을 말하기 위해서 이렇게 했다고 볼 수 있다.

양쪽을 모두 부정하는 방식과 양쪽을 모두 긍정하는 방식을 함께 사용하기도 했다.

> 眞性甚深極微妙
>
> 진(眞)이라고 하지만 전부 몽환(夢幻)인 것이요, 가(假)라고 하지만 순전히 실성(實相)이니, 성(性)도 아니고 상(相)도 아니며 진(眞)도 아니고 가(假)도 아니나 성(性)이면서 상(相)이고 진(眞)이면서 가(假)이기 때문에 "매우 깊다"라고 한 것이다.41)

〈대화엄법계도주〉의 한 부분이다. 참이면 거짓이나 허깨비가 아니라고 하는 것이 일상적인 논리로서 타당하고, 거짓이면 참이나 실상이 아닌 것이 타당할 것인데, 참이면서 허깨비이고 거짓이면서 실상이라고 했다. 부정을 나열하여 a도 아니고 비(非)a도 아니라고 하다가, a이기도 하고 비(非)a이기도 한 것이 진실이라고 했다. 상반된 둘이 모두 옳다고 해서, 일상적 논리를 넘어서는 논리로 양변(兩邊)을 지양(止揚)하고자 했다. 그러니 부정이 역설적 긍정이고 역설적 긍정이 부정이다. 진성(眞性)은 깊고도 미묘한데, 양변을 지양해야 그 깊고 미묘한 참뜻을 알 수 있다고 했다.

---

41) 以謂眞也 全是夢幻 以謂假也 純是實相 非性 非相 非眞 非假 而性 而相 而眞 而假 故云 甚深也 (『전집』, 417면)

연속된 의문을 나열하는 방식도 자주 사용했다. 〈대화엄법계도주〉의 맨 첫 대목이다.

> 大華嚴一乘法界圖
>
> 향상(向上)의 일로(一路)는 천성(千聖)도 전하지 못하는 것이다. 이미 이렇게 전하지 못하는 소식이라면, 이 법계도(法界圖)는 무엇을 좇아 나오는가? 가령 이렇게 종횡(縱橫)의 구불구불함과 자점(字點)의 얼룩덜룩함 같은 것이 이 도(圖)인가? 흰 종이 한 폭에 현(玄)이니 황(黃)이니 말한 이것이 이 도(圖)인가? 의상 법사가 마음을 쓰고 생각을 움직여 자비를 드리워서 물(物)을 이롭게 한 이것이 이 도(圖)인가? 이러한 짐조(朕兆)가 아직 싹트지 아니하고 명기(名器)가 아직 형태를 이루지 않았을 때에 벌써 이것이 도(圖)인가?[42]

의상이 〈법계도〉를 지은 의도가 과연 무엇이겠는가를 논의하는 대목에서 이렇게 연속해서 의문을 던지고 있다. 향상(向上)의 일로(一路)라고 한 것은 궁극적 진리를 가리키는 말이다. 그것은 성인이라고 해도 가르쳐 줄 수 없다고 했다. 어째서 그런가 물으면 말로 할 수 없는 경지이기 때문에 그렇기도 하거니와 향상의 길은 본래 끝이 없는 지양의 길이기 때문에 그렇기도 하다고 흔히 답한다. 그런데도 의상이 〈법계도〉를 지어 향상의 일로에 대해 이러니저러니 말했는데, 왜 그랬는가 묻고 가능한 대답을 의문의 형태로 나열했다. 모두 옳은 대답일 수도 있고, 모두 잘못된 대답일 수도 있다. 긍정과 부정 어느 한쪽으로 쉽사리 단정지을 수 없게 하면서 의상이 〈법계도〉를 지은 데에는 깊은 뜻이 있으니 잘 알아차려야 한다고 했다.[43]

---

42) 向上一路千聖不傳 旣是不傳底消息 祇這法界一圖 從何而出 只如縱橫屈曲字點班文 是圖耶 白紙一幅 說玄說黃 是圖耶 相法師 擬心動念 垂慈利物 是圖耶 只如朕兆未萌 名器未形早是圖耶 (『전집』, 416면) 〈대화엄일승법계도주병서〉의 자세한 풀이는 金知見, 『大華嚴一乘法界圖註幷序』, 金寧社, 1983에서 얻을 수 있다.

말에 막히지 않으면서 진실을 전달하기 위해서 의문을 던지고 시구를 이용해서 답하는 방식을 채택한 것을 가장 자주 볼 수 있다.

不守自性隨緣成

일체법(一切法)(모든 존재)은 본래 무성(無性)이요 일체성(一切性)은 본래 무주(無住)니 무주(無住)면 무체(無體)요 무체(無體)면 연(緣)을 따라 걸리지 아니하고 연(緣)을 따라 걸림이 없기 때문에 자성(自性)을 지키지 아니하여 시방(十方)과 삼세(三世)를 이루는 것이다. 자성(自性)이란 제법(諸法)이 상(相)이 없어 본래 청정한 체(體)인 것이니, 아는가?

지난해의 매화 금년의 버들
안색(顏色)과 성향(聲香)이 모두 예전과 같구나.[44]

이 역시 〈대화엄법계도주〉에 있다. 앞서 본 "진성은 매우 깊고 극히 미묘하여(眞性甚深極微妙)"의 바로 다음 구절이다. 진성은 매우 깊고 극히 미묘하면서도 연기(緣起)에서 벗어나지 않는다는 말을 한 것으로 이해된다. 그렇지만 그 정도 글귀 해석으로는 해석이 완결된 것이 아니기에 다시 묻고 시구를 덧붙였다. 산문으로 풀이한 해석만으로는 〈법계도〉에서 의상이 말하고자 한 바의 표면만을 대략 말한 것이어서 미진하니, 다시 제시한 시구의 의미를 제대로 알아야 이해가 완결될 수 있다고 했다.

아무리 말로 풀어서 해설한다고 해도 말로 다 할 수 없는 무엇인가가 남아 있어서, 추상적인 설명을 넘어선 구상적 표현을 다시 덧붙였다. 철학적이며 추상적인 개념을 구상적인 글귀로 표현하는, 선종에서 특히 애용한 방식을[45] 받아들였다. 그 결과 주석으로 의미를 한정하는 데 그

43) 의문을 나열하고 나서 "領取鉤頭意 莫認定盤星"이라는 말을 덧붙였다. 《벽암록》 제이칙(第二則) 평창(評唱)에서 가져온 것이다. 스스로 알아차리는 것이 중요하다는 뜻이다.

44) 一切法本來無性 一切性本來無住 無住 則無體 無體 則隨緣不碍 故不守自性 而成十方三世矣 自性者 諸法無相 本來淸淨之體也 會麼 去年梅今年柳 顏色馨香揔依舊 (『전집』, 418면)

치지 않고 다시 개방시키기에 이르렀다. 가명 글쓰기에 대해서 다시 가명 글쓰기로 대응한 것이다. 그래서 닫힌 주석이 아니라 열린 주석이라고 할 수 있는 특징을 뚜렷하게 갖추었다.

이러한 사례를 〈십현담요해〉에서도 쉽게 찾을 수 있다.

> 本來無住不名家
>
> 집에 돌아와서 남쪽 이웃과 북쪽 집에서 닭과 돼지의 집을 짓고 노래 부르며 촌 막걸리로 평생을 즐겁게 지내고자 생각했으나, 집에 돌아오고 보니 의탁할 만한 땅이 없다. 종전의 잘못된 계획은 한쪽에 내버려 두더라도, 어떠한 것이 지금에 와서 새로 긍정할 수 없는 소식인가?
>
> 집은 파산되고 사람 없어 소식 끊겼는데
> 하늘에 남은 달빛 배꽃을 비추네.46)

"본래 머무름 없으니 집이라 할 것도 아니라네(本來無住不名家)"는 〈십현담〉에 있는 구절이다. '돌아온 고향 집'은 본래면목(本來面目)이라고도 하고 깨달음이라고도 하는 것이다. 그런데 본래면목이 따로 있는 것이 아니기에 돌아간다는 것도 있을 수 없다.47) 이렇게 따로 돌아갈 집이 있을 수 없다는 것을 김시습은 '집에 돌아왔는데도 의탁할 땅이 없다'라고 비유적으로 표현했다. 깨달음의 경지가 따로 있다고 생각해서 마음속으로 추구하던 생각, 즉 깨닫고자 하는 집착은 "종전의 잘못된 계획"일 뿐이다.

"집은 파산되고 사람은 흩어져서 소식 끊겼는데"라고 한 것은 "의탁할 만한 땅", 즉 마음속으로 상정하고 있던 경지, 수행의 근거가 더 이상

---

45) 中村元 지음, 『中國人의 사유방법』(金知見 옮김), 까치, 1990, 26-41면.
46) 擬欲還家 南鄰北舍結鷄豚社 昌巴歌中 村醪慶快平生 及乎到家無地可托 從前錯計抛在一邊 如何是今時無肯底消息 家破人亡音信斷 空餘明月照梨花 (『전집』, 406면)
47) 이원섭, 『선시』, 민족사, 243면.

있을 수 없게 되었다는 말이겠다. 깨닫고 보면 깨달음이라는 것이 별다른 곳에 있는 것이 아님을 철저하게 알았다는 뜻이라고 해석해 볼 수 있다. 그렇지만 스스로 증득(證得)하지 않고서는 분명하게 알 수 없다.

깨달음이 따로 있다는 것이 잘못된 생각일 뿐이어서, 집에 돌아와 의탁할 땅이라는 것은 애당초 없다면 이제 남은 것은 무엇인가? 김시습은 직설적으로 말하지 않고 비유적이고 상징적인 시구를 이용했다. "하늘에 남은 달빛 배꽃을 비추네"라고 했는데, 이 시구가 어떤 생각을 담고 있는지도 역시 쉽게 말하기 어렵다. 밝은 달이 배꽃에 비치는 세상 그대로의 모습이 깨달음의 세계라는 뜻으로도 볼 수 있고, 밝은 달과 배꽃이 서로 같이 흰색이어서 구분이 안 되듯이, 깨달음과 번뇌, 부처와 중생이 같은 것이라는 뜻을 나타내고자 했다고 볼 수도 있다. 또 뒤집어 생각해서 밝은 달빛이며 배꽃이 서로 같이 흰색이어서 구분이 안 되는 듯하지만, 달빛은 달빛이요 배꽃은 배꽃이듯이 깨달음과 번뇌, 부처와 중생 사이의 차별이 엄연히 존재한다는 뜻을 나타내고자 했다고 볼 수도 있다.[48] 시적 비유와 상징이기에 그 의미가 개방되어 있어, 어느 하나로 고정하라는 것은 우악스러운 일이다.

김시습은 지금까지 살핀 다채로운 방식들을 한자리에 모두 모아 이용하기도 했다.

> 一念卽是無量劫
>
> (ㄱ) (…) 옛것이 아니고 이제의 것도 아니며 새로운 것도 아니고 묵은 것도 아닌 것이다. (ㄴ)그렇다면 말해 보라. 한량없이 먼 겁에는 도리어 시분(時分)이 있는가 없는가? (ㄷ)그림자 없는 나무 아래는 배를 같이 타기에 알맞은데, 유리의 전각 위는 아는 이가 없구나.[49]

---

48) 〈십현담〉의 마지막 수에 나오는 "鷺鷥立雪非同色 明月蘆花不似他"라는 구절에서는 밝은 달빛과 배꽃 대신에 해오라기와 눈, 밝은 달빛과 갈대꽃으로 되어 있다. 소재는 달라도 말하고자 하는 바는 상통한다고 생각한다.

부정을 나열하고(ㄱ), 의문으로 받으며(ㄴ), 시구를 끌어다 답으로 삼아 주석을 완결하고 있다(ㄷ). 의상이 "일념이 곧 무량겁이다(一念卽是無量劫)"라고 한 뜻은 부정으로도 의문으로도 시로도 풀이할 수 있는데, 어느 하나로 이해하고 마는 것은 부족하다고 생각해서 셋을 다 구사했을 것이다.

산문 해석에서 선문답과 의문으로, 선문답과 의문에서 시구로 발전해 가면서 주석이 완성된다. 직설에서 암시와 상징으로 발전해 가는 것이다. 가명 글쓰기에 대해서 가명 주석으로 대응할 수밖에 없다는 생각이 잘 나타나 있다. 그래서 가명 주석이 주석이라는 소극적인 역할에 한정되지 않고 가명 글쓰기로서의 좀 더 적극적인 의미를 가질 수 있게 되었다.

김시습은 자신이 직접 파격적인 선시를 짓기도 했다. 선시는 가명 글쓰기의 전형에 해당한다고 할 수 있다. 〈증준상인(贈峻上人)〉 20수 가운데 열한 번째 작품을 들어본다.50)

空色觀來色卽空　공색(空色)으로 보면 색(色)이 바로 공(空)이어서
更無一物可相容　다시 용납할 한 물건도 없다.
松非有意當軒翠　소나무가 뜻이 있어 추녀 끝에 푸른 것 아니고
花自無心向日紅　꽃은 무심히 해를 향해 붉었다.
同異異同同異異　같고 다르고 다르고 같고 같으면서 다르니 다르고
異同同異異同同　다르고 같고 같고 다르고 다르면서 같으니 같다.
欲尋同異眞消息　같고 다른 참 소식을 굳이 찾으려면,
看取高高最上峯51)　높고 높은 최상봉에서 보아야 하리.

"同異異同同異異, 異同同異異同同"이라고 한 데 언어로 언어를 파괴하

49) 非古非今 非新非舊 且道 無量遠刦 還有時分也 無影樹下合同船 琉璃殿上無知識(『전집』, 418-419면)

50) 徐珪郃, 「朝鮮前期 禪家文學의 硏究 - 雪岑 普雨 休靜을 중심으로 -」, 고려대학교 박사학위논문, 1991과 金銀洙, 「梅月堂詩硏究」, 전남대학교 박사학위논문, 1995에서 김시습의 문학 이론과 선시를 거론하고 논의했다.

51) 『전집』, 76-77면.

여 언어를 넘어선 진실을 전달하려는 가명 글쓰기의 원리가 잘 반영되어 있다.[52] 이 구절을 위와 같이 해석할 수도 있고, “다른 것을 같다고 하고 같은 것을 다르다고 하니 같고 다름이 다르고, 같은 것을 다르다고 하고 다른 것을 같다고 하니 같고 다름이 같네”로 해석할 수도 있다. 어느 쪽으로 보더라도 ‘색즉공(色卽空)’이나 ‘동이이동(同異異同)’이 ‘a는 비(非)a’라는 가명 글쓰기의 전개 방식을 따르고 있는 점에서 일치한다. 모순이 진실이라고 하면서 ‘동이(同異)’의 참된 소식은 양변을 지양한 깨달음의 경지[最上峯]에서나 찾을 수 있다고 했다.

4

지금까지 김시습 가명 글쓰기의 양상을 살펴보았다. 〈십현담요해〉와 〈대화엄법계도주병서〉, 〈화엄석제〉와 〈묘법연화경별찬〉 등은 가명 글쓰기로 된 선행 작품에 가명 글쓰기로 대응하는 다채로운 양상을 보여주며, 〈증준상인〉은 파격적인 시로 보여준 가명 글쓰기이다. 다양한 방식을 동원해서 말하지 않은 뜻을 생각하도록 하는 것이 가명 글쓰기의 특징임을 거듭 확인할 수 있었다. 다양하게 말한 것을 통해서 언설을 넘어선 궁극의 깨달음을 얻어야 방편으로서의 가명 글쓰기를 한 보람이 있다.

가명 글쓰기를 읽어서 뜻을 알아차리기 위해서는 단순히 글귀를 해석하고 마는 읽기 방법으로는 곤란할 것이다. 김시습은 읽기가, 가명 글쓰기에 상응하는 가명 글 읽기가 되어야 한다는 뜻에서 다음과 같이 말했다. 〈묘법연화경별찬〉에 있는 말이다.

---

52) 이강엽, 「禪詩에 나타난 논리적 오류와 그 문학적 의미」, 『국문학과 불교』, 성철선사상연구원, 1997에서 선시의 이러한 특성에 대해서 고찰해서 도움을 받을 수 있다.

> 아! 법(法)은 말 위에 있는 것이 아니고, 말은 배꼽이나 목구멍 울림 속에 있는 것도 아니다. 그러니 모름지기 말과 법을 둘 다 잊어버려야 가히 묘법(妙法)의 명백한 큰 뜻을 논의할 수 있다. 만일 글줄이나 좇고 글자나 헤아려 글귀에 걸리게 되면, 지견(知見)만 늘어날 뿐 종안(宗眼)은 밝아지지 못하리니, 이는 구경(究竟)의 법(法)이 아니다 … 그래서 산승(山僧)이 간략히 한 말을 전하여 멀리 흰 구름을 향하여 웃으면서 원숭이의 발자국을 가리킨다. 다른 날 봉우리의 정상을 알게 되면 마땅히 손뼉을 치면서 웃을 것이다.[53]

'법(法)'은 가르침 또는 진리이다. 그런데 말이 법을 전할 수 있는 것은 아니다. 오히려 말과 법을 모두 잊어야 《법화경》의 대의를 알 수 있다고 했다. 글귀를 따라가다 보면 지식은 늘지만, 그렇다고 종지(宗旨)에 대한 탁월한 식견[宗眼]을 갖게 되는 것은 아니다. 생략된 부분에서는 "돌이켜 글 이전을 향하여 알아차린다(却向書前會)"라고 한 중국 향엄지한(香嚴智閑, ?-898)의 말을 인용하기도 했는데, 글귀 이전을 향하는 글 읽기가 깨달음의 눈을 열어 주는 글 읽기라는 점에서 같은 뜻이겠다.

말이 법을 전할 수 없다고 하고 그만둘 수는 없어서 몇 마디 하지만 그것은 멀리 흰 구름을 보면서 원숭이의 발자국을 가리키는 것이라고 했다. 글귀의 의미를 캐는 것이 아니라 선취(禪趣)를 드러내는 글이라는 뜻이겠다. 봉우리 꼭대기에 올라 손뼉 치고 웃을 수 있어야 제대로 읽었다고 할 수 있다.

---

53) 嗚呼 法不在言詮之上 言不在臍嚮之間 直須言法雙忘 可論妙法的的大意 若乃循行數墨 泥於句數 轉益知見宗眼不明 非是究竟法 … 山僧略傳一語 遙向白雲 笑指猿蹄 他日慣識峯頂 拍掌應笑矣 (『전집』, 384면)

5

글 읽기의 어려움에 절망하고, 글쓰기의 한계를 절감하면서도 글 읽기와 글쓰기에 매달리는 것은 깨달음을 얻고 깨달음을 표현하기 위해서이다. 가명 글쓰기는 언설이 깨달음을 표현하는 데 무력하다는 데서 출발한다. 깨달음의 내용이라고 할 수 있는 공(空)과 연기(緣起)의 진리는 체험으로나 알 수 있는 것이라고 본다. 그렇지만 말이나 글이 아니면 진리를 전할 수 없기에 말과 글을 적극적으로 이용하는 길을 택했다. 김시습 역시 글쓰기의 한계를 투철하게 인식하고 거기에서 벗어나고자 했다. 말로 말을 없앰으로써 말 너머에 있는 깨달음을 전하고자 하는 다채로운 방식을 개발했다.

김시습은 가명 글쓰기의 성과를 적극적으로 받아들여 이용했다. 그래서 다채로운 가명 글쓰기를 남겼다. 의문의 나열, 부정의 나열, 모순어법과 상징, 기발한 비유, 일상적 논리를 넘어선 문답·경구·시구 등을 모두 동원했다. 그래서 김시습의 가명 글쓰기는 그때까지 개발된 가명 글쓰기 방법의 총결산이라고 해도 손색이 없다. 가명 글쓰기는 번다한 이론을 버리고 마음을 깨달아서 보리와 열반을 얻고자 하는 학문을 한 결과 가능했다. 앞사람이 쓴 가명 글쓰기를 가명 글 읽기 방법으로 읽어, 앞사람의 생각에 얽매이지 않으려 했다.

김시습이 가명 글쓰기에 몰입할수록 정명 글쓰기와는 여러모로 다른 글쓰기를 보여주게 되었다. 정명의 실리(實理)와 가명의 심(心)(眞性 또는 空)을 하나로 합치시키기 어려운 것으로 보이기 때문이다. 김시습은 정명의 이해 방식이 아닌 가명의 이해 방식이 있고, 정명 글쓰기와는 다른 가명 글쓰기가 있으며 정명 학문이 아닌 가명 학문이 있음을 알아야 한다고 했다. 당시 식자들은 김시습을 가명 글쓰기의 권위자로 인정했고, 김시습도 그 점을 부인하지 않았다. 그러나 『전집』에 실린 다양한 글들을 보면, 가명 글쓰기가 글쓰기 모색의 최종적인 도달점은 아니었다. 정명과 가명의 대립을 자신이 심화시켰고, 그 점을 심각하게 느낄수록 대립을 넘어서는 새로운 원리와 글쓰기 방법을 더욱 적극적으로 모색해야 했다. 그러한 모색이 김시습 자신이 이룩한 학문 세계를 일관되게 포괄할 수 있는 것이어야 함은 두말할 나위가 없다.

정명과 가명은 사상적 근거, 말과 이치의 관계에 대한 생각, 학문, 글쓰기, 글 읽기에 있어서 모두 크게 차이가 있다. 그래서 둘은 서로 화합할 수 없는 두 극단인 것 같다. 정명 김시습과 가명 김시습은 전혀 다른 사람으로 보인다. 정명과 가명이 이렇게 크게 달라진 근본적인 이유는 각각의 사상적 근거가 다르기 때문이라고 할 수 있다. 사상적 근거의 본질적인 차이를 무시한 채, 몇몇 표면적이고 부분적인 일치점을 들어 둘이 같은 것이라고 할 수는 없다.

02

시승(詩僧)의 시선(詩禪) 관계론

1. 문제 제기: 시마(詩魔)와 선장(禪將)의 다툼

일반 문인의 한시에 근접한 시를 불교 승려가 창작한 것은 그 연원이 오래되었다. 일찍이 당(唐)나라 중엽에 강동(江東) 지역을 중심으로 해서 시를 잘 짓는 것으로 이름을 얻은 승려가 많이 나와서 일반 문인들과 활발히 교류하기 시작했다. 영일(靈一, 728-762)을 선구로 해서 교연(皎然, ?-790년경)이나 영철(靈澈, 746-816) 등으로 이어졌다. 이들을 일컬어 시승(詩僧)이라고 한다.[1] 시승(詩僧)이라는 말은 교연의 시 〈수별양양시승소미(酬別襄陽詩僧少微)〉에서 처음으로 보인다고 한다.[2] 시승은 중국에서 처음 등장했지만 이후 주변의 여러 나라에서 모두 등장해서, 시승의 출현은 동아시아 중세문학 공통의 현상이 되었다.

---

1) 운석(韻釋)이라는 말도 쓴다.

2) 禪學大辭典編纂所 編, 『新版 禪學大辭典』, 大修館書店, 1985, 442면. 한국의 경우 그 용어가 쓰인 이른 사례를 하나 들면, 최자(崔滋)의 《보한집(補閑集)》 卷中에서 "詩僧元湛謂予云"이라고 한 것이 있다.

불교 승려가 시를 쓰면서 한 가지 근본적인 문제에 부딪히게 되었다. 시승은 아니지만, 불교에 심취했던 당나라 때 시인 백거이(白居易, 772-846)의 작품 〈한음(閑吟)〉에 그 근본적인 문제가 제기되어 있다.

自從苦學空門法	공문(空門)의 법(法)을 괴로이 배우면서부터
銷盡平生種種心	평생 간직한 이런저런 마음 녹여 없앴네.
唯有詩魔降未得	오직 시마(詩魔)만은 항복시킬 수 없어
每逢風月一閑吟[3]	풍월(風月)을 만나면 매번 한가로이 읊조린다네.

"평생 간직한 이런저런 마음"을 한데 뭉뚱그려 말하면 '번뇌'가 될 것이다. 공문법(空門法), 즉 불교의 가르침을 괴로이 배워서 잡다한 번뇌를 다 녹여 없앴지만, 시마(詩魔), 즉 시심(詩心)만은 어찌할 도리가 없다. 그래서 시 쓰기를 그만두지 못하고 있다. 그러니 마지막 구에서 "한가로이 읊조린다"라고 한 것은 거짓이다. 왜냐하면 한가로운 읊조림의 이면에는 시마와 공문법의 다툼이 잠재해 있다고 보아야 하기 때문이다. 마음이 한가롭지 못한데 어찌 한가로이 시를 읊을 수 있겠는가? 시는 공문법이 시마를 "降未得"한 상황에서 나온 것이므로 공문법이 최후의 승리를 거두어 진정 한가롭게 되면 그때 가서는 시 쓰기를 그만두게 될 것이다.

그런데 이렇게 이해하는 것이 올바른 이해일까? 한가로운 읊조림은 과연 공문법과 모순되기만 하는 것일까? 백거이는 오히려 시심은 번뇌일 수 없다고 말하고자 한 것이 아닐까? 시마와 공문법이 서로 모순된 것처럼 보이지만 사실은 둘이 서로 걸림이 없다는 것, 또 자신이 그런 경지에 이르렀다고 말하고 싶었던 것은 아닐까?[4]

---

3) 顧學頡 校點, 『白居易集』 第二冊, 中華書局, 1979, 394면.

4) 陳洪, 『佛教與中國古典文學』, 天津人民出版社, 1993, 2면에서 〈한음(閑吟)〉을 "而從語氣看 作者對自己事佛又作詩不無得意之感"(어투로 보건대, 저자는 자신이 불법을 따르면서 동시에 시를 짓는 일에 대해 적잖이 자부심을 느끼고 있는 듯하다)"이라고 본

조선 시대 승려 허응보우(虛應普雨, 1515-1565)는 〈선심시사쟁웅불이(禪心詩思爭雄不已)〉라는 독특한 제목을 가진 작품에서 백거이와 일맥상통하는 생각을 다음과 같이 표현해 놓았다.

詩魔禪將兩爭雄　시마(詩魔)와 선장(禪將)이 서로 이기려고 다투어서
愁殺天君日夜攻　근심이 마음을 해쳐도 밤낮으로 겨룬다네.
將必遜魔興筆陣　선장이 물러서면 시마는 필진(筆陣)을 일으키고
魔應輸將倒邪鋒　시마가 눌리면 선장은 삿된 붓끝을 꺾어 버리네.
難兄難弟魔情快　형 아우 없으니 시마는 마음이 상쾌하고
無弱無强將氣濃　강약이 없으니 선장은 기세가 등등하다네.
安得二讎俱打了　어찌하면 두 원수 함께 타도하여
太平家國任從容[5]　편안한 세상에 조용하게 좀 살아볼까.

백거이와 같은 발상을 더욱 자세히 말한 것이 흥미롭다. 시마는 여전히 같은 이름으로 등장하고 있고 공문법은 선장으로 명칭이 바뀌었다. 보우는 선승이기 때문에 그렇게 되었을 것이다.

제목에는 '선심(禪心)'과 '시사(詩思)'라고 되어 있고, 본문에는 '선장(禪將)'과 '시마(詩魔)'로 되어 있다. 그렇기는 해도 '심(心)'과 '사(思)'의 차이가 크다고 생각할 필요는 없다고 본다. 선심과 시사는 모두 마음[天君]의 양상이라고 보는 것으로 충분할 것이다. 선(禪)과 시(詩)를 각각 '장(將)'과 '마(魔)'라고 지칭했지만, 마지막 부분에서는 둘 다 타도의 대상이라고 했으니 어느 한쪽은 높이고 다른 쪽은 폄하한 것은 아니다.[6]

데 동의한다. 백거이와 선(禪)의 관계에 대해서는 孫昌武, 「白居易與禪」, 『禪思與詩情』, 中華書局, 1997, 178-209면에서 논의했다.

5) 『韓國佛教全書』 第七冊, 東國大學校出版部, 1994, 534면. 이 작품은 李鍾燦, 『韓國佛家詩文學史論』, 불광출판부, 1993, 254-255면과 李晋吾, 『韓國 佛教文學의 硏究』, 民族社, 1997, 219-220면에서 검토한 바 있다.

6) 이진오가 지적했듯이 이미 이규보(李奎報)가 시마(詩魔)의 죄상을 다섯 가지로 열거하고 꾸짖었지만 결국은 시마를 스승으로 삼겠다고 한 전례가 있다. (이진오, 같은 책,

시마와 선장이 마음속에서 싸워서 편안한 날이 없으니 둘 다 마음의 평안을 해치는 원수인데 두 원수를 함께 타도할 방도가 없을까 하고 묻는 것이 요점이다. 어떤 방도가 있을까? "難兄難弟"이며 "無强無弱"이니 어느 한쪽을 억누르거나 양쪽 모두를 없애거나 하는 것은 불가능하거나 의미가 없는 일이므로 결국 둘이 아무런 걸림이 없는 평화로운 관계를 갖게 만드는 것이 바람직한 해결책이다. 보우 자신이 답을 말하지는 않았지만, 사리가 그러리라고 어렵지 않게 짐작할 수 있다. 둘이 화해해서 하나가 될 수 있다면 말 그대로 "太平家國"(마음의 평안)이 될 것이다.

서로 밀고 당기는 싸움을 하는 둘, 즉 백거이가 말한 시마와 공문법, 보우가 말한 시마와 선장을 화해시키는 것은 공문법 또는 선장이 언어 표현을 부정한다고 하는 상식적인 이해를 넘어서야 가능한 일이다. 그러면 생각을 어떻게 전환해야 두 원수가 화해하여 평화로운 관계를 갖게 할 수 있을까? 이것이 서두에서 말한 근본적인 문제이다.

두 원수의 싸움에서 비롯된 고민은 백거이나 보우만의 몫은 아니었다. 시를 썼다면 동아시아 승려 누구라도 함께 짊어져야 했던 — 심각하게 의식했든 혹은 그렇지 않았든 — 문제였다. 그런데 그 가운데 선승의 고민이 가장 컸기 때문에 시마와 선장의 관계에 대한 논의, 즉 시선 관계론이 관심의 초점이 된다. 이 글에서는 일반 문인들의 한시와 상통하는 시를 쓴 선승들이 겪었던 시마와 선장의 다툼과 화해가 결국은 시선 관계에 대한 논의로 집약된다는 점에 착안하여, 시를 창작한 선승들이 마련한 시선 관계론을 동아시아의 범위에서 살펴보고자 한다.

시선 관계론이라고 하면 곧 시선일미론(詩禪一味論)을 떠올리게 된다. 실제로 시선일미론이 가장 자주 보이는 것도 사실이다. 그렇지만 자주 보인다고 해서 시선 관계론이 모두 시선일미론에 포괄되는 것은 아니다.

219면)

실제로 동아시아 여러 나라 선승들의 저작을 검토하면 매우 다양한 시선 관계론을 발견할 수 있다. 그러므로 시선일미론과 대등한 자격을 갖는 여러 시선 관계론이 제기되어 있다는 것을 인정하고 그것을 검토할 필요가 있다.

그런데 개별적인 시선 관계론을 일일이 열거하고 자세히 따지는 것은 너무 번거로운 일이다. 대표적인 사례를 선택해서 집중적으로 살피는 것이 최선의 방안이라고 판단한다. 어떤 것이 대표적인 사례인가 논란이 있을 수 있지만, 다음과 같은 두 가지 원칙을 정하고 거기에 합당한 사례를 택하기로 한다. 첫째, 동아시아의 범위에서 자주 나타나면서도 기본적인 방향을 명확히 보여주고 있어서, 다른 견해들은 그것의 변형이거나 혼합이라고 볼 수 있는 사례를 뽑아 검토하는 것이 적절하다고 본다. 둘째, 선택한 사례들이 시선 관계론의 역사적인 변천을 함축하고 있어야 한다. 그래야 이론 자체의 분석과 역사적 변천을 결합할 수 있다고 판단한다.

이에 이 글에서는 시선 관계론의 기본 방향을 대표한다고 판단되면서도 역사적 변천까지 고려하여 언어대도론(言語大道論), 시선일미론, 성정지정론(性情之正論)을 선택했다. 그런 논의를 편 대표적인 논자로는 중국의 지공(誌公, 418-514), 독암도연(獨庵道衍, 1335-1418), 한국의 백운경한(白雲景閑, 1299-1375), 허응보우, 일본의 주간 엔게쓰(中巖圓月, 1300-1375), 젯카이 추신(絶海中津, 1336-1405), 게이조 슈린(景徐周麟, 1440-1518)을 우선 선택하고 필요한 경우에는 다른 사례를 추가했다. 이 경우 나라별 차이점은 특별한 고려 사항이 되지 않는다.

시승의 작품에 대한 개별적인 논의는 대단히 풍성하다.7) 동아시아의

7) 국내 연구 가운데 대표적인 것으로는 印權煥, 『高麗時代 佛教詩의 研究』, 高麗大學校 民族文化研究所, 1983과 앞서 거론한 이종찬과 이진오의 저술을 들을 수 있다.

범위로 확대하면 일일이 열거하기 힘들 다. 그렇지만 작시(作詩)에 대한 시승 내부의 진술에 초점을 맞춘 논의는 아직 확인하지 못하고 있다. 이 글은 시승의 논의를 극히 제한적인 범위에서만 살피고, 또 동아시아 각국의 사례나 선행연구를 충실히 검토하지 못하고 진행되기 때문에 분명한 한계가 있다. 다만 대략적인 논의의 틀을 엮어서 내놓은 것이 앞으로 연구의 심화를 위해서 기여하는 바가 없지는 않을 것이라 믿는다.

2. 언어대도론(言語大道論)

2.1. 지공(誌公)의 〈대승찬(大乘讚)〉

지공의 〈대승찬〉은 《경덕전등록(景德傳燈錄)》 권29에 〈지공화상대승찬십수(誌公和尙大乘讚十首)〉라는 제목으로 수록되어 있다.8) 6언(六言)으로 되어 있으며 각 편의 길이는 일정하지 않다. 그 가운데 첫 수는 모두 스물두 줄로 되어 있는데, 이 글에서 주목하는 대목은 처음 여덟 줄이다.

大道常在目前　　대도(大道)는 항상 목전(目前)에 있지만
雖在目前難覩　　목전에 있어도 그것을 보기는 어렵다네.
若欲悟道眞體　　도의 참된 본체를 깨닫고자 한다면
莫除聲色言語　　성색언어(聲色言語)를 제하지 말라.
言語卽是大道　　언어가 곧 대도(大道)인 것이니
不假斷除煩惱　　번뇌를 끊어 없앨 것 없다네.
煩惱本來空寂　　번뇌는 본래 비고 고요한 것이거늘
妄情遞相纏繞　　허망한 생각들이 서로 얽히네.9)

---

8) 제목과는 다르게 실제로 수록된 것은 아홉 수뿐이다.
9) 『景德傳燈錄』, 寶蓮閣, 1978, 196면.

첫머리가 퍽 묵직하다. (a) 불도(佛道)는 언제나 목전에 펼쳐져 있다. (b) 불도의 참모습을 깨닫기 위해서는 성색과 언어를 배제하지 말아야 한다. (c) 언어가 그 자체로 대도인 것이다. 요지를 이렇게 셋으로 요약할 수 있는데, 각각이 범상치 않다.

(a)는 모든 일과 사물에 진리가 있다는 생각이다. 개개의 사물이 바로 진실이라고 하거나[10] 모든 현실의 일과 사물들이 그 자체로 진리라는 주장과[11] 상통한다. 이런 생각은 중국 동진(東晋) 때의 승조(僧肇, 384-413, 또는 374-414)에게서 처음 보이기 시작해서 수당(隋唐) 시대의 새로운 불교의 목표로 자리 잡았다고 한다.[12] 이후에도 지속해서 계승되어 오늘에 이르고 있다.

(b)에서 성색은 문자 그대로 '소리와 빛'이라는 뜻이지만 여기서는 '색성향미촉법(色聲香味觸法)'의 여섯[13] 가운데 처음 둘을 대표로 들어서, 감각과 의식의 대상이 되는 일체 존재(현상), 곧 대상 세계 전체를 뜻하는 것으로 확대되어 쓰였다.[14] 지공이 첫 줄에서 "大道常在目前"이라고 했는데, 목전에 펼쳐진 모든 것이[15] 곧 성색이다. 대도는 목전의 성색에 있고, 성색에서 대도를 찾아야 한다. 대도를 체(體), 성색을 용(用)이라고

10) 예를 들면 "頭頭是道 物物全眞"(《碧巖錄》 2)이라고 한다.

11) 《조론(肇論)》의 〈부진공론(不眞空論)〉에서는 "然則道遠乎哉 觸事而眞 聖遠乎哉 體之卽神"라고 했고, 《전등록(傳燈錄)》 권10에서는 "隨遇皆道 觸處可悟"라고 했다.

12) 柳田聖山, 『禪의 思想과 歷史』(안영길·추만호 역), 民族社, 1989, 77면. 한편 入矢義高, 『禪과 문학』(辛奎卓 옮김), 藏經閣, 1993, 20면이나 李哲教·一指·辛奎卓, 『禪學辭典』, 民族社, 1995, 146면에 따르면 〈대승찬(大乘讚)〉은 당나라 중엽에 출현한 위작(僞作)일 것이라고 한다. 그렇다면 인용한 대목은 당대(唐代) 불교의 지향을 요약하고 있으며 동시에 시승 출현이라는 역사적 사실에 상응하는 면모를 보여주고 있다고 평가할 수 있다.

13) 이를 육경(六境)이라고 하며 육근(六根)이라고 하는 '안이비설신의(眼耳鼻舌身意)'와 짝이 된다. 육근이 육경을 대상으로 하여 안식(眼識), 이식(耳識), 비식(鼻識), 설식(舌識), 신식(身識), 의식(意識)의 육식(六識)을 일으킨다.

14) 육경 중 처음 것만 써서 색류(色類)라고 말해도 같은 뜻이 된다.

15) 이를 대경(對境)이라고 한다.

할 수 있으므로 체는 용을 떠나서 구할 수 없다는 뜻이 된다.

(c)는 흔히 언어도단(言語道斷)이라고 해서, 깨달음의 경지는 말이 끊어진 곳이라고 했던 것과는 사뭇 다른 입장이라고 할 수 있다. (b)에서 말한 성색이 존재라면 언어는 존재를 반영한 이차적인 기호이다. 존재의 실상을 여실히 반영해 내지 못하는 언어의 이차적 특성 때문에 언어 표현의 의의를 인정하는 것을 일단은 유보하게 된다. 주지하다시피 불립문자(不立文字)라거나 일체언설(一切言說)이 가명(假名)이라거나 일체언설은 어쩔 수 없어서 사용하는 방편(方便)일 뿐이라는 흔히 접할 수 있는 주장이 바로 그런 뜻에서 나온 것이다.

그런데 지공의 생각은 달랐다. 지공의 말은, 대도는 언제나 대상 세계 속에 있고, 대도와 언어 표현 사이에는 아무런 간극이 없다는 것이다.16) 대도와 언어를 아무런 매개 없이 일치시키고 있다. 대도의 진면목을 여실하게 전하는 언어 표현 일반이 긍정되고 있는 것이다.

"卽是"라는 말이 대도와 언어 사이의 무매개적(無媒介的) 동일성을 표현하고 있으므로 대도에 입각해서 언어를 보고, 또 언어에서 출발해서 대도를 보는 것이 동시에 가능하다. 즉, 대도는 언어로 표현되어야 하고 언어 표현을 통해서 대도에 접근하게 된다. 대도를 언어로 표현하는 것은 말하고 쓰는 사람의 몫이라면 언어 표현을 통해서 대도를 알아차리는 것은 듣고 읽는 사람의 몫이다. 이처럼 "言語卽是大道"라고 해서 언어와 대도를 최대한 근접시키고 언어 표현의 창작과 수용을 적극적으로 긍정하는 입장을 이 글에서는 '언어대도론(言語大道論)'이라고 명명하고자 한다.

언어대도론에 따르면 언어로 표현하지 못하는 그런 경지는 없다고 한다. 그런 점에서 언어대도론은 대단히 의미심장한 발언이다. 언어를 긍정하면서 깨달음의 실상에 합치하는 언어 표현을 찾고자 하는 새로운

---

16) 물론 미혹한 범부의 눈이 아니라 깨달은 사람의 눈으로 보았을 때 그렇다는 말이다.

길을 암시하고 있기 때문이다. 당나라 때부터 대거 등장한 일군의 시승은 이런 길로 접어들었다고 할 수 있는데 지공의 그와 같은 생각이 시 창작과 자연스럽게 연결될 수 있다는 것은 다음에 이어지는 논의를 통해 분명해진다.

2.2. 추간 엔게쓰(中巖圓月)의 〈숭복어(崇福語)〉

지공의 〈대승찬〉에서 처음 모습을 보인 언어대도론은 일본에도 전해져서 오산문학(五山文學)[17]의 본격화와 일정한 관련을 맺게 된다. 〈대승찬〉이 《전등록(傳燈錄)》에 실려 있기 때문에 널리 전해질 수 있었을 것이다. 오산시승(五山禪僧) 가운데 추간 엔게쓰는 오산 문학사에 있어서 본격적으로 한시를 창작한 시인의 효시라고 한다.[18] 그런 추간이 《어록(語錄)》가운데 있는 〈숭복어〉[19]에서 다음과 같이 언어대도론을 말하고 있다.

> 대도는 다만 목전에 있다. 여래(如來)는 일합상(一合相)을 말한 바 있다. 목전에서 보기 어렵다면 곧 일합상은 아니다. 대도의 진체(眞體)를 알고자 한다면 성색언어에서 떠나지 말아야 하는데 이를 일컬어 일합상이라고 한다.[20]

---

17) 12세기 말 가마쿠라 막부(鎌倉幕府)의 성립과 더불어 무사정권(武士政權)이 성립하고 귀족 세력이 후퇴해 감에 따라 부진해지던 일본 한문학은 중국으로부터 선승(禪僧)들이 들어오게 되고, 또 중국에 유학했던 일본 승려들이 돌아와서 활약하게 되면서 그 세력을 만회하게 되었다. 특히 가마쿠라 시대를 거쳐 남북조(南北朝)·무로마치 시대에 이르러서는 아시카가 막부(足利幕府)의 보호를 받는 오산(五山)이라 하는 다섯 사찰을 중심으로 문학에 뛰어난 승려들이 많이 배출되어 수많은 한시문(漢詩文)이 나왔다. 이것이 이른바 오산문학(五山文學)이다.

18) 大曾根章介 外編, 『漢詩·漢文·評論』(硏究資料日本古典文学 第十一卷), 明治書院, 1984, 59면.

19) 숭복(崇福)은 절 이름[崇福寺]이다.

20) 大道只在目前 如來說一合相 要且目前難覩 卽非一合相 欲識大道眞體 不離聲色言語 是名一合相 (大曾根章介 外編, 같은 책, 59면에서 재인용)

지공의 〈대승찬〉에서 보았던 내용의 변주임이 분명하다. 한 가지 달라진 것이 있다면 지공이 "大道常在目前"이라고 한 데에다 "一合相"이라는 말을 더한 것이다. 일합상은 여러 인연이 화합해서 이루어진 것을 가리킨다. 《금강경(金剛經)》에 있는 말이기 때문에 여래가 말했다고 한 것이다.21)

추간에 따르면 대도진체(大道眞體), 성색, 언어가 서로 뗄 수 없는 인연의 끈으로 엮인 하나이다. 그 셋이 하나가 아니라면 석가모니가 일합상이라는 말을 한 것은 거짓이 된다. 실상을 깨닫지 못한 중생들이 서로 구분해서 생각하기 쉬운 대도, 성색, 언어가 실은 하나라는 것을 말하기 위해서 석가모니가 말한 일합상을 끌어왔다.

지공이 "言語卽是大道"라고 한 것과 추간이 "一合相"이라고 한 것은 존재와 표현을 최대한 근접시키고자 하는 점에서 같은 견해다. 굳이 나누자면 대도는 존재의 본질에 비중을 더 둔 말이고 성색언어는 존재가 드러나는 방식을 말한 것이라고 구분할 수 있지만, 일합상임을 인정한다면 그렇게 나누는 것 자체가 잘못이다. 대도가 목전에 성색으로 드러나는 바를 언어로 담아낼 수 있어야 일합상을 구현하는 것이 되기 때문이다. 다시 말해서 대도, 성색, 언어가 하나이므로 언어를 이용해서 성색을 제재로 삼아 대도를 표현하는 활동이 일합상을 구현하는 활동인 셈이다. 지공은 성색과 언어의 관계에 대해서는 별다른 말을 하지 않았는데, 추간은 일합상이라는 말로, 성색은 대도의 드러남이고 언어는 성색을 제재로 삼아 대도를 표현한다고 암시했다.

그런데 언어로 일합상을 구현하는 것은 결코 쉬운 일이 아니다. 두 가지 본질적인 어려움이 있다. 첫째는 일합상이라는 실상을 깨달아야 언어로 일합상을 구현할 수 있다는 것이다. 둘째는 일합상이라는 실상을

---

21) 《금강경(金剛經)》에는 "如來說一合相 則非一合相 是名一合相"라는 말이 있다.

깨달았다고 해서 아무 말이나 해서 되느냐 하면 그렇지도 않다는 것이다. 성색을 잘 활용해서 대도를 정확하게 표현하는 언어를 선택하는 일이 중요한 과제로 떠오르게 된다.[22] 첫째 어려움은 선(禪) 수행의 문제라면 둘째 어려움은 바로 문학 표현의 문제이다. 추간은 불립문자라고 하는 제약에서 벗어나 자유롭게 언어를 사용해서 시를 잘 지었다는 평가를 받는데, 둘째 어려움을 잘 극복했다는 말이다. 언어대도론이 시 창작과 밀접하게 관련된다는 사실을 추간의 경우를 보아 짐작할 수 있다.

2.3. 백운경한(白雲景閑)의 〈조사선(祖師禪)〉

백운경한은 지공의 〈대승찬〉을 이어받아서 〈조사선〉이라는 글을 써서 언어대도론을 시론으로 좀 더 구체화했다. '조사선'이란 보리달마(菩提達磨)가 전한 선을 말하는데, 특히 육조혜능(六祖慧能, 638-713)을 거쳐 본격화된, 교외별전(敎外別傳)과 불립문자를 주장하는 선종을 가리킨다.

경한의 〈조사선〉에서 가장 주목되는 것은 지공이 〈대승찬〉에서 대도와 언어를 아무런 매개 없이 일치시킨 것을 발전시켜서, 대도를 표현하는 언어는 어떠해야 하는가를 말하고 있다는 점이다. 즉, 표현 원리와 표현 방법에 대해서 말하고 있다는 것이다. 그런 점에서 〈조사선〉이라는 글 전체가 〈대승찬〉을 표현의 관점에서 부연한 글이라는 성격을 가지며 여기에 언어대도론의 결정판이라고 할 것이 정리되어 있다. 대승불교가 조사선으로 구체화된 것이 어떤 문학적 함의를 갖는 것인가를 이 글이 아주 분명하게 보여주고 있다.

> 지공 스님은 이렇게 말했다. "큰 도는 항상 우리 눈앞에 있다. 바로 눈앞에 있건만 그것을 보기는 어렵다. 만일 도의 참모습을 깨닫고자

---

22) 大曾根章介 外編, 같은 책, 같은 곳.

> 한다면 색성언어를 떠나서는 안 된다." 또 옛 스님은 이렇게 말했다. "소리나 빛깔[聲色]을 떠나지 않고 부처님의 신통력을 본다." 또 "부처님께서 가신 곳을 알려고 하는가? 오직 말과 소리[語聲]가 그것이다." 라고 말했다.
>
> 이런 말들을 살펴보면 참선의 본질, 곧 조사선이란 성색언어(빛깔이나 소리나 말)를 떠나 있는 것이 아니다. '뜰 앞의 잣나무', '삼 세 근', '마른 똥막대기', '사당에 올리는 술잔' 같은, 깨달음을 가르치는 스승들의 깨달음의 말씀들은 모두 소리나 말이나 빛깔을 갖춘 것으로서, 이것이 바로 조사선이다. 그러므로 "한마디 설법을 하려면 세 가지를 갖추어야 한다"라고 한 것이다. 어떤 스님이 내게 물었다. "달마 스님이 서쪽에서 오신 뜻이 무엇입니까?" "강남 땅 이삼월을 생각하니 자고새 우는 곳에 온갖 꽃이 향기롭다." "달마 스님이 서쪽에서 오신 뜻이 무엇입니까?" "해 긴 날 강과 산이 참 고운데, 봄바람에 풀꽃들이 향기롭다." "산 꽃은 피어 비단 같은데 시냇물은 쪽빛보다 더 푸르다." 이 같은 말들은 모두 조사선으로, 다 빛깔이며 소리며 말을 갖춘 것이다.23)

지공의 〈대승찬〉에 있는, "若欲悟道眞體 不離色聲言語"라고 한 말이 인용되어 있다. 추간의 〈숭복어〉에서와 마찬가지로 "除"자를 "離"자로 바꾸었지만 큰 의미 차이는 없다고 생각한다.

"소리나 빛깔을 떠나지 않고 부처의 신통력을 본다"라거나, "부처가 간 곳을 알고자 하는가? 오직 이 말과 소리가 그것이다."라고 말한 전례가 있듯이 "참선의 본질, 곧 조사선이란 빛깔이나 소리나 말을 떠나 있는

---

23) 又寶誌公云 大道常在目前 雖在目前難覩 若欲悟道眞體 不離色聲言語 又先德云 亦不離色聲 見佛神通力 又云 欲知佛去處 只這語聲是 此等言句看之 則禪旨祖師禪 不離色聲言語 庭前柏樹子 麻三斤 乾屎橛 神前酒臺盤 本分宗師 本分答話 具色聲言語 正是祖師禪也 故云 凡欲下語一句 具三句 如僧問道吾 如何是祖師西來意 答曰 遙憶江南三二月 鷓鴣啼處百花香 又僧問 如何是祖師西來意 答云 遲日江山麗 春風花草香 又云 山花開似錦 澗水碧於藍 此等言句 皆是祖師禪 具色聲言語 (無比 譯註, 『백운스님 어록』, 민족사, 1996, 162-163면에 번역이 있고, 266-267면에 원문이 영인되어 있다. 같은 취지의 말이 30-32면과 330-331면에도 실려 있다.)

것이 아니"(禪旨祖師禪 不離色聲言語)라는 것이 경한의 생각이다. 바꿔 말한다면 깨달음은 성색언어로 표현될 수 있고, 또 표현되어야 한다는 것이다. 지공이 대도라고 했던 것을 "禪旨祖師禪"이라고 바꾸었어도 언어대도론의 기본 취지는 유지되고 있다.

경한의 〈조사선〉의 독특한 점은 색성언어(성색언어)를 성과 색과 언어의 셋으로 나누어 본 데 있다.[24] 지공은 대도를 표현하는 것으로 언어 하나만 문제 삼고 성색과 언어의 관계를 자세히 따지지는 않았는데, 경한은 세 가지 표현 방식을 개별적으로도 말하고 합쳐서도 말하고 있다. 경한에 의하면 성색은 '듣는 것과 보는 것'이다. 거기에 언어까지 더한 성색언어는 '귀로 듣는 것, 눈으로 보는 것, 그리고 말로 표현되는 것'이 된다. 성색이 대도를 구현하고 있는 일체 대상을 가리키는 말에서, 구체적으로 눈에 보이고 귀에 들리는 빛깔과 소리라는 의미로 구체화되고 있다. 그렇게 한 것은 소리와 빛깔과 언어가 대도를 표현하는 데 이용될 수 있다는, 표현 방법에 대한 논의를 전개하려는 의도를 가지고 있었기 때문일 것이다. 그래서 도달한 결론은, 깨달음은 듣고 보고 말해진 것에서 찾아야 하고, 깨달음을 듣는 것으로 보는 것으로 말하는 것으로 표현할 수 있다는 것이다.

"不離色聲言語"라고 한 말이 문학론으로서 어떤 함의를 가지는가? "달마 스님이 서쪽에서 오신 뜻이 무엇입니까?"라는 질문에 대해서 세 가지로 답한 말에 논의의 단서가 있다. 경한은 "강남 땅 이삼월을 생각하니 자고새 우는 곳에 온갖 꽃이 향기롭다", "해 긴 날 강과 산이 참 고운데, 봄바람에 풀꽃들이 향기롭다", "산 꽃은 피어 비단 같은데 시냇물은 쪽빛보다 더 푸르다"라고 대답했는데 이런 방식이야말로 성과 색, 그리고

24) "한마디 설법을 하려면 세 가지를 갖추어야 한다"라고 했는데, 뒤에 나오는 "具色聲言語"로 보아 "色聲言語를 갖춘다"는 뜻이다. 셋은 '聲', '色', '言語'이다.

언어 세 가지를 갖춘 것이라고 했다. 보이고 들리는 바를 말로 표현한 것이다. 목전의 성색을 제재로 사용해서 언어로 표현한다는 것이 분명해졌다.

그런데 말로 표현하는 방법의 핵심은 메타포다. 미혹된 사람은 알 수 없는 깨달음의 경지를 비유를 이용해서 표현한다는 것이다. 말할 수 없는 경지를 말하기 위해서는 비유를 쓸 수밖에 없다는 생각에서 "해 긴 날 강과 산이 참 고운데, 봄바람에 풀꽃들이 향기롭다"라는 등의 대답을 했다. 그런데 그렇게 비유를 써서 한 말이 입에서 나오는 그대로가 아니다. 평측을 고려하고 대구를 안배한 것이 분명하다. 성, 색, 언어 세 가지를 갖춘 것이 그 자체로 절주(節奏)를 가진 시가 되었다. 성색을 심상(心象)이라고 볼 수 있을 것이고 또 형상(形象)이라고 해도 좋을 것이다. 목전의 성색을 이용해서 시적 형상을 창조하기 때문에 비논리적이면서 파격적인 표현이 필수 사항은 아니다.

지공에서 출발해서 경한에 이르기까지 지속되고 있는 언어대도론을 따라가 본 결과 언어대도론이 시적 형상을 창조하는 데로 자연스럽게 귀착되고 있음을 발견하게 된다. 목전의 성색을 제재로 써서 대도를 비유한 시적 형상을 긍정하는데 이르렀다. 메타포의 언어로 창조한 시적 형상(성색언어)이 대도를 표현한다는 것, 또 역으로 대도를 표현하기 위해서는 메타포의 언어로 창조한 시적 형상이 요구된다는 것이 결론이다.

3. 시선일미론(詩禪一味論)

'시선일미론'은 시 창작과 선 수행을 동일시하는 견해다. 이른 시기에 제기되어 있던 견해였는데[25] 시 창작이 활성화되면서 특히 환영받아 되풀이하여 표명되곤 했다. 다음 두 사례는 시선일미론이 가장 광범위한 지지를 얻은 일본에서 취한 것이다. 다음에서 보는 바와 같이 시선일미론은 작시(作詩)[참시(參詩)]와 참선(參禪)이 본질적으로 일치한다고 주장한다.

(ㄱ) 시(詩)가 익으면 문(文)은 반드시 익는다. 문이 익으면 선은 반드시 익는다.

(ㄴ) 시(詩)를 떠나 선(禪)에 참여할 수 없고 선을 떠나 시에 참여할 수 없다.26)

(ㄱ)은 반리 슈쿠(萬里集九, 1428-?)의 말이고, (ㄴ)은 이신 스우덴(以心崇傳, 1569-1633)의 말이다. (ㄱ)과 (ㄴ)은 전형적인 시선일미론의 진술이다. 한결같이 선(禪)의 입장에서 시 창작 행위의 의의를 강조한다. 그런데 이렇게 말할 때는 선과 언어의 모순에 대한 어떠한 심각한 인식도 배제되어 있고 시가 익으면 당연히 선은 익는다는 식의 낙관론이 지배하고 있다.

다음과 같은 진술을 보면 그러한 낙관론이 더욱 분명하게 모습을 드러낸다.

(ㄷ) 헤이(帲)는 시(詩)가 이루어지자 생각도 신(神)의 경지에 든다.27)

일본 젯카이 추신(絶海中津, 1336-1405)이 훗날 자신의 법(法)을 이어받게 되는 헤이(帲)(大廈乾帲)의 시구를 평가하면서 한 말이다.28) 헤이는 시가

---

25) 남송(南宋) 때의 인물 엄우(嚴羽)가 《창랑시화(滄浪詩話)》에서 처음으로 주창했다고 한다. 《창랑시화》의 〈시변(詩辯)〉에서 "論詩如論禪"라고 하고 "大抵禪道惟在妙悟 詩道亦在妙悟"라고 했다.

26) (ㄱ)과 (ㄴ)은 入矢義高, 『五山文学集』(新日本古典文学大系 48), 岩波書店, 1990, 330면에서 재인용했다. (ㄱ)은 《萬里集》의 〈答仲華丈六篇詩序〉에, 《翰林五鳳集》에 있는 말이다.

27) 帲也詩成思入神 (上村観光 편, 『五山文学全集』 2, 民友社, 1915, 1934면) 시 전문은 다음과 같다. "此行將慰倚門親 帲也詩成思入神 特獻邦君爲相慶 寧馨果在少年身"

28) 〈用帲新戒韻 送儼藏主歸甲省親 兼柬邦君幙下 以致意云〉에 들어 있는 구절이다.

이루어지자 입신(入神)의 경지에 들어서 결과적으로 참선에 몰두한 것과 같은 효과를 낳았다고 한다. 시가 이루어지자 생각도 신의 경지에 든다고 한 것은 시 창작의 의의를 최대한 높이 평가한 것이라고 보아야 할 것이다. 그런데 이런 생각은 시(詩)가 출발점이고 선(禪)이 도달점이 될 수 있다는 것을 인정하고 있다는 데 주의해야 한다. 작시가 반드시 참선을 의식하지 않고서도 높은 정신세계에 닿는 체험을 가능하게 한다고 한다. 선보다 시에 확실히 더 무게를 두는 쪽으로 기울고 있다는 것을 알 수 있다.

이와 같은 생각을 밀고 나가면 선과 직접적인 관련이 없이 이루어지는 시 창작 행위까지도 긍정하게 되는 결과에 이른다. 일본 게이조 슈린(景徐周麟)의 〈용안재기(容安齋記)〉에서 그 점을 다시 확인하게 된다.

> 나는 (玉汝琳公 首座에게) 곧 물었다. "이 (容과 安) 두 글자는 어느 책에서 취한 것인가?" 대답했다. "도잠(陶潛)의 〈귀거래사(歸去來辭)〉에서 "審容膝之易安"이라고 한 데서 보입니다." 나는 말했다. "같은 점으로부터 보면 유(儒) 또한 불(佛)의 무리이다. 내 입장에서 그 점에 대해 논의해도 되겠는가?
>
> 달마가 바다를 건너 서쪽에서 와서 조그마한 거처에서 살다가[容膝少室] 드디어 혜가대사(慧可大師)를 만나, 눈 아래에서 그의 마음을 편안하게 해주었다[雪下安心]. 그 이후로 다섯 대(代)가 가르침을 이어 와서 대각조사(大覺祖師)(蘭溪道隆, 1213-1278)에 이르렀다. 대각은 또 촉(蜀) 땅을 떠나 서쪽에서 왔다.[29] 관동(關東)에서 크게 가르침을 펴고는 다시 낙(洛)의 동산(東山)으로 왔다. 모두 제자에게 편안함을 주고자 함이었다. 무인 엔판(無隱圓範, 1230-1307)(覺雄禪師)에게 가르침을 전한 것도 그 가운데 하나이다. 공(公)이 이제 그 뒤를 이었다. 용안재(容安齋)를 둔 뜻이 여기에 있는가?

29) 난계도륭(蘭溪道隆)은 속성(俗姓)은 염(冉)이고 송(宋)나라 서촉(西蜀) 부강(涪江) 출신(지금의 쓰촨성 지역)이다. 일본으로 건너가 임제선(臨濟禪)을 널리 폈다.

> 그리고 고인(古人)은 도잠이 시가(詩家) 제일(第一)의 달마(達磨)라고 한다. "采菊東籬下 悠然見南山"이라고 한 것은 소림염화(少林拈華)의 뜻을 얻은 것이 아니겠는가? 시에 참여하고 선에 참여하는 것이 안심(安心)에 어찌 서로 다른 일이겠는가? 나는 그러므로 유 또한 불의 무리라고 말하는 것이다."[30]

玉汝琳公[31]이 용안재를 짓고 기(記)를 한 편 써 줄 것을 청해 오자 지은 글이다. 용안재라는 명칭의 유래를 물으니 〈귀거래사〉에 있는 구절에서 따온 것이고, 도연명(도잠)의 삶의 방식을 본받고자 해서 그런 명칭을 붙였다는 대답을 들었다. 그러자 게이조는 '容'과 '安'이 불교에서도 보이는 바라고 했다. 그러면서 "같은 점으로부터 보면 유 또한 불의 무리이다"(自其同者視之 儒亦佛之徒也)라고 했다. 도연명이 유가(儒家)라고 하는 것은 조금 억지스러운 일이지만, 그의 시가 유가적(儒家的) 교양의 일부를 이룬다고 본다면 이해할 수 있는 말이다.

유(儒)인 도연명이 추구한 "容安"은 불교에서도 추구하는 바이다. "容安" 두 글자 가운데 '容'은 '용슬(容膝)'의 뜻으로, 무릎이나 겨우 넣을 정도로 방이나 좁은 장소를 뜻한다. 게이조는 달마가 소림사(少林寺)의 좁은 방에 머물렀으니(容膝少室) 도연명과 같지 않느냐고 했다.

'安' 또한 불교, 특히 선종에서 추구하는 것이다. 安은 곧 '안심(安心)'인데, 이치를 깨달아 번뇌로 산란해지지 않는 마음이라는 뜻이다. 마음이 편안하다는 것은 무엇이며, 또 어떻게 해야 마음이 편안해지는가 하는

---

30) 予卽問 此二字取于何書 曰 見于陶潛歸去來辭 曰 審容膝之易安 予曰 自其同者視之 儒亦佛之徒也 請由吾所爲論之 可乎 達磨氏踰海西來 容膝少室 遂接可大師雪下安心 爾來五葉傳芳 至大覺祖 祖又離蜀西來 巨福于關東 西來于洛之東山 皆遺子孫以安 傳芳覺雄禪師其一也 公今承其後 容安之設 其在玆乎 而古人以陶潛稱詩家第一達磨 所謂采菊東籬下 悠然見南山 得非少林拈華之旨耶 參詩參禪 安心豈有二乎 予故曰 儒亦佛之徒也 (《翰林葫蘆集》卷9, 〈容安齋記〉); 上村観光 편, 『五山文学全集』 4, 440면)

31) 이 인물에 대한 정보를 얻지 못했다.

문제는 일찍이 달마에서부터 제기되어 온 바 선종의 핵심 질문이다. 게이조가 달마에서부터 내려온 선종의 전법(傳法)(傳芳) 계보를 안심(安心)과 연관지어 말한 것은 그 때문이다.[32] 선종의 역사는 안심에 대한 가르침일 따름이다.

그런데 그런 안심의 경지가 도연명의 "采菊東籬下 悠然見南山"이라는 구절 속에 표현되어 있다고 했다. 도연명이 얻었다고 한 소림염화(少林拈華)의 뜻은 선종의 종지(宗旨)이겠고, 문맥으로 보아 안심이라고 보는 것이 자연스럽다. 그렇다면 선(禪)과는 직접적인 관련이 없고 차라리 유(儒)라고 해야 할 도연명이 지은 시에 선종에서 추구하는 최고 경지가 표현되어 있다고 한 셈이다. 선과 관련이 없이 이루어지는 시 창작으로도 "少林拈華之旨"를 갖출 수 있는 것이다. (ㄷ)에서 말한 바, "詩成思入神"에 도연명이 딱 들어맞는다. 시 창작 행위의 상대적 독립성과 의의를 인정하고 있음을 재차 확인하게 된다.

도연명을 "詩家第一達磨"라고 평했다. 이때 시가(詩家)는 선가(禪家)의 대칭일 것이다. 그렇다는 점을 염두에 두고 도연명이 시에 "拈華之旨"가 담겨 있다고 한 것을 각도를 달리해서 생각해 보면, 시 창작을 위해서 참조하고 배우게 되는 시를 선가 내부의 것으로 한정하지 않게 된다는 것을 알 수 있다. 선가에서 인정할 수 있는 '언외지의(言外之意)'를 담고 있는 것은 어떤 작품이라도 된다.

게이조는 선종의 종지를 담고 있어서 깊이 음미할 경우 참선을 하는 것과 동일한 경지로 이끌 수 있는 시에 침잠하는 태도를 긍정하고 있다

32) 《전등록(傳燈錄)》 권3에는 少林寺에서 달마와 慧可(487-593)가 나누었다는 이른바 안심문답(安心問答)이라는 것이 나온다. "光曰 我心未寧 乞師與安 師曰 將心來與汝安 曰覓心了不可得 師曰 我與汝安心竟" 번역하면 다음과 같다. [신광(神光)(慧可의 俗名)이 말했다. "제 마음이 편안하지 않습니다. 스승께서 편안함을 주십시오." 달마가 말했다. "그 (불안한) 마음을 가져온다면 네게 편안함을 주리라." "그 마음은 찾아도 찾을 수가 없습니다." "나는 이미 네게 안심(安心)을 주었다."]

고 할 수 있다. "安心豈有二乎"라고 한 것은 시를 감상하는 행위와 참선하는 행위가 자기 내면을 들여다봄으로써 결국은 안심을 목표로 한다는 점에서 일치한다는 뜻도 가지고 있다고 본다. 도연명을 "詩家第一達磨"라고 한 것은, 시 형식에 선종의 가르침의 내용(拈華之旨)을 담고 있어서, 선종의 가르침의 목적(또는 효과 즉 안심)과 일치한다면 받아들이겠다는 태도의 표명이다. 선종에서도 인정할 수 있는 이치라면 유불을 넘어서 다 받아들인다는, 좋게 말해 개방적인 태도를, 나쁘게 말해 잡박(雜駁)을 용인하는 태도가 엿보인다.

시선일미론은 시에 참여하는 것과 선에 참여하는 것을 동일시하는 견해다. 그 결과 시 창작의 상대적 독립성과 의의를 인정하게 되었고, 나아가 선가에서 인정하는 시의 범위가 작시에서도 학시(學詩)에서도 크게 확장되게 되었다.

4. 성정지정론(性情之正論)

명(明)나라 때 인물 독암도연(獨庵道衍, 1335-1418)[33]이 1403년에 일본 젯카이(絶海)의 문도(門徒)들이 젯카이의 시집 《초견고(蕉堅稿)》를 간행할 때 쓴 서문[34](이를 편의상 〈도연서(道衍序)〉라고 부르기로 한다)에서 시승의 시에 대한 자기 생각을 피력하고 있다. 젯카이가 표명했던 시선일미론과는 다른 차원에서의 논의다.

서두에서 도연은 시의 가치를 도(道)와 연결시켜 다음과 같이 긍정하고 있다.

---

33) 《도여록(道餘錄)》[1413년 자서(自序)]의 저자로서 임제종(臨濟宗) 대혜파(大慧派)의 승려다.

34) 『五山文学全集』 2, 1903-1904면에 있다.

> 시는 도(道)에서 멀지 않다. 대개 풍속(風俗)을 반영하고 교화(敎化)와 관련되며 흥망치란(興亡治亂)을 징험할 수 있다. 권선징악의 내용은 경계로 삼을 만하다. 그러므로 여항(閭巷)의 수심에 잠긴 부녀가 지은 것이나 시골 들판에서 아이들이 지은 것은 그 말이 성정(性情)의 올바름[性情之正]에서 나온 것이다. 그렇기에 공자 또한 취한 것이다. 하물며 저 사당에 제사 지낼 때나 조정의 모임이 있을 때, 그리고 잔치할 때 공덕을 찬송하며 악기에 올리고 노래하거나 연주하는 것임에랴! 이로써 논의한다면 시를 말기(末技)라고 하고 소홀히 할 수 있겠는가?35)

위로는 조정에서 아래로는 여항이나 시골에 이르기까지, 그리고 입에 올린 것이나 악기에 올려 노래한 것이나 모두 성정(性情)의 올바름에서 나온 것이라면 도에서 벗어나지 않는다고 했다. 이렇게 말할 때, 먼저 시에 담는 도가 매우 포괄적이라는 점에 주목할 필요가 있다.

다음으로 언어에 대한 언급이 없다는 점이 눈에 띈다. 이점은 시선일미론의 경우와 일치한다. "其言出於性情之正"에 "言"이 나오기는 해도, 언어가 도를 표현할 수 있는가 하는 논란과는 상관없이 진행되는 논의다. "性情之正"을 기준으로 하고 언어사용은 부차적인 것이라고 여겨서 논외로 했다고 보아야겠다. 따라서 성정의 올바름을 회복하거나 성정을 함양하는 데 도움이 되는 시는 모두 인정하게 된다. 이렇게 시는 성정지정의 표현이라고 하는 생각을 '성정지정론'이라고 부르기로 한다. 성정지정론에 따르면 선승이 풍속을 노래하고 역사의 흥망치란을 말하는 것도 인정된다. 시선일미론보다 시의 제재의 범위를 더욱 넓게 잡고 있다.

성정지정을 기준으로 삼는다면 시승의 시 창작이 어떤 독자적인 의의가 있는지 궁금하다. 왜냐하면 성정지정을 담은 시는 여항의 부녀자나

35) 詩之去道不遠也 蓋其繫風俗 關教化 興亡治亂 足以有徵 勸善懲惡 足以有誡 故閭巷思婦之賦 田埜小子之作 其言出於性情之正者 而孔子亦取焉 況夫郊廟朝廷會盟燕享 贊頌功德 被之於絃哥 奏之於金石者哉 以斯論之 詩者其可以末技少之而已耶

시골 들판의 아이들에서부터 일반 문인들까지 누구나 창작할 수 있기 때문이다. 시승이 풍속을 반영하고 역사의 흥망치란을 말하는 것을 인정하지만 어쩐지 어색하게 보이는 것 또한 부인할 수 없는 사실이다. 그러므로 성정지정에서 나온 것이면서 시승이 특별히 잘할 수 있는 것이 무엇인가 말해야 한다. 도연은 그것을 산수시 창작에서 찾았다.

도연은 역대로 사대부의 시가 흥성했지만 경물(景物)을 노래한 작품의 경우는 경물에 빠져서 경물 자체의 아름다움만 노래하고 말아서 완물상지(玩物喪志)의 흠이 있다고 보았다.

> 대부(大夫), 사(士)가 시를 숭상한 것이 특히 성하다. 그러나 한결같이 풍운월로(風雲月露)를 노래하고 화죽구원(華竹丘園)을 읊지만, 경치에 팔려서 한때의 즐거움을 취한 것일 뿐이어서 세교(世敎)에 아무 도움이 되지 않는다. 이 또한 완물(玩物)의 일단(一端)일 뿐이다.36)

"완물의 일단"은 경치에 팔려서 본심을 잃는 것을 말한다. 사대부의 시는 그러한 약점이 있다. 그런데 시승의 시는 그렇지 않아서 높이 평가해야 한다고 한다.

> 우리 불가에서도 시를 숭상한 사람이 많다. 진(晋)의 탕휴(湯休), 당(唐)의 영철(靈徹), 교연(皎然), 도표(道標), 제기(齊己)나 송(宋)의 혜근(惠懃), 도잠(道潛)은 모두 시를 숭상했으면서 잘 울린 사람들[善鳴者37)]이다. 그러나 그들은 아름다운 산수에서 한가롭고 여유 있게 살면서 도(道)로써 스스로 즐긴다. 따라서 그들의 말은 성정의 올바름에서 나와서 용속(庸俗)함에 떨어지지 않게 된다. 시를 읽고 외우면 사람들의 귀와 눈을 맑게 하고 마음을 열어 준다.38)

---

36) 大夫士之尙於詩者 特盛 然有一以風雲月露之吟 華竹丘園之詠 留連光景 取快於一時 無補於世教 是亦玩物之一端也

37) 여기서는 마음속에 있는 생각을 소리(곧 말과 글)로 표현하는 데 뛰어난 사람이라는 뜻이다.

시승의 시는 시에 담을 수 있는 모든 제재를 다 담아서 "性情之正"을 드러내는 기능을 다하면서도 특히 산수시를 통해서 높은 정신세계를 구현해서 사람들의 마음을 맑게 하는 점에서 앞선다고 했다. 그럴 수 있는 것은 삶의 조건과 산수를 대하는 태도가 남다르기 때문이다. 시승들은 산수 간에 한가로이 노닐면서 도를 즐긴다. 자연에서 도를 찾는 것이지 자연의 아름다움에 빠져 버리는 것은 결코 아니다. 그런 삶이기에 그들의 산수시는 자연히 성정지정에서 나와서 "사람들의 귀와 눈을 맑게 하고 마음을 열어 준다."(使人淸耳目而暢心志) 읽는 이의 성정을 올바르게 하는 효용이 있다는 말일 것이다. 앞서 "세교(世敎)"라고 했던 일반적 효용성이 시승의 산수시에는 그렇게 구현된다고 한다. 이처럼 자기표현[樂道]이 곧 효용성[世敎]의 근거인 것이 시승 산수시의 특색이라고 했다. 산수 경관을 취하되 경관에 매몰되지 않고 성정지정에서 우러나오기 때문에 시승의 시는 정통 한시의 영역에서도 독자성을 확보하고 있다고 했다.

서문을 써 주고 있는 시집의 주인 젯카이의 시 또한 그러한 역대 시승의 작품 세계의 연장선에 있다. 그러면서도 더욱 뛰어나다.

> 일본의 젯카이 선사(絶海禪師)는 시에 있어서 역시 잘 울린 사람[善鳴者]이다. 장년(壯年)에 주머니를 차고 배에 올라타 푸른 바다를 건너 중국에 와서는 항주(杭州)의 천세암(千歲庵)에 머물면서 전실옹(全室翁)(全室季潭)에게 의탁해서 도를 구했다.[39] 한가한 때가 있으면 시문을 익혔다. 그러므로 선사의 시가 체재가 갖추어지고 청완초아(淸婉峭雅)한 것은 성정의 올바름에서 나온 것이다. 비록 진(晋), 당(唐)의 휴(休), 철(徹)의 무리도 또한 그를 능가할 수 없을 것이다.[40]

---

38) 吾浮圖氏於詩 尙之者猶衆 晋之湯休 唐之靈徹皎然道標齊己 宋之惠懃道潛 皆尙之 而善鳴者也 然其處山林草澤之間 煙霞泉石之上 幽閑夷曠 以道自樂 故其言也 出乎性情之正 而不墜於庸俗 誦之讀之 使人淸耳目而暢心志也 盖亦可羨矣

39) 젯카이의 중국행(中國行)은 1368년 그의 나이 33세 때의 일이다.

40) 日本絶海禪師之於詩 亦善鳴者也 自壯歲挾囊乘艘 泛滄溟 來中國 客于杭之千歲嵓 依全室

"성정지정"에서 나왔기 때문에 "사람들의 귀와 눈을 맑게 하고 마음을 열어 준다"라는 점에서는 역대 여러 시승과 일치한다. 그러면서도 시의 체재가 잘 갖추어져 있으며 시의 맑고 산뜻한 느낌[淸婉峭雅]은 전보다 훨씬 뛰어나다.

마지막 부분에서는 시승이 창작에 임하는 일반적인 자세를 환기하고 있다.

> 아아! 선사의 뒤를 이어 시를 숭상하는 자가 있다면 마땅히 선사를 본받아야 할 것이다. 경치에 빠져서 한때의 즐거움을 얻으려 하지 않도록 삼가야 할 것이다. 경치에 빠져 있기만 해서는 도에서 멀어진다. 도에서 멀어지면 경치에 팔려서 본심을 잃는 것 아닌 바가 없으니 또한 무슨 이로운 점이 있겠는가.[41]

젯카이가 시로 다룬 제재는 다양하다. 산수시에만 국한되지 않는다.[42] 그런데 도연이 이처럼 완물상지를 경계하고 젯카이의 시를 귀감으로 삼아야 한다고 한 것은, 일차적으로는 젯카이의 산수시가 특히 뛰어나다는 의미일 것이고, 한 단계 더 추론한다면 시승은 산수시를 잘 써서 읽는 이의 마음을 맑게 하는 데 힘써야 한다는 말로 볼 수 있다.

도연이 제기한 성정지정론은 시승들이 시로 다루는 제재가 일반 문인들이 다루는 제재와 같다고 한다. 그러면서도 산수에 노니는 조건을 잘 살려서 높은 정신세계를 담은 산수시를 쓰는 것이 필요하다고 한다. 그러나 이렇게 생각한다면 선적(禪的)인 깨달음의 표현이어야 한다는 제한

翁 以求道 暇則講乎詩文 故禪師得詩之體裁 淸婉峭雅 出於性情之正 雖晋唐休徹之輩 亦弗能過之也

41) 噫 爲禪師之後 有尙於詩者 當以禪師爲法 愼毋效留連光景 取快於一時 則去道遠矣 去道遠矣 無非玩物喪志 亦何益之有哉

42) 이 점에 대해서는 최귀묵, 「冲止詩에 나타난 민족의식에 대한 비교문학적 연구」, 서울대학교 석사학위논문, 1994에서 논의한 바 있다.

은 더는 구속력을 갖지 못하게 된다. 남는 문제는 시인이면 다 할 수 있는 일 가운데 시승으로서 어느 일을 더 잘할 수 있는지 생각해야 하는 것일 따름이다. 문인과 구별되지 않으면서 동시에 구별되는 점을 찾으려는 것이다.

5. 세 가지 시선(詩禪) 관계론의 의의

세 가지 시선 관계론을 선택한 것은 제기된 순서나 이론 자체의 의미가 통시적 변천을 담고 있다고 보았기 때문이다. 대체로 말해서 언어대도론, 시선일미론, 성정지정론의 순서로 제기되었다. 물론 세 가지 시선 관계론이 서로 긴밀한 연관 관계 속에서 제출된 것은 아니다. 언어대도론이 다른 둘이 제기될 수 있는 원론적인 기반이 되었다고 할 수는 있으나 논리적인 연관성을 따져 그렇다는 것이지 계승 관계가 구체적으로 확인된다는 뜻은 아니다. 언어대도론에서 시선일미론으로, 시선일미론에서 성정지정론으로 넘어가면서 비판이 제기되고 토론이 전개됨으로써 이론상 심화가 있었다고 보기는 힘들다. 그러나 그 때문에 통시적 연관성이 부정되는 것은 아니다.

세 가지 이론은 선승들의 시 창작 양상이 달라짐에 따라 그때그때의 필요에 따라 제기된 것이라고 보는 편이 타당하다. 따라서 이론 자체의 통시적 변천을 독립적으로 따지는 것보다는, 세 가지 이론의 선후 관계가 선승들의 시 창작 양상이 달라진 몇 단계의 큰 변화와 맞물려 있다는 점에 착안해서, 이론과 시 창작 양상 사이의 통시적 관련성을 따지는 것이 합당하다고 본다.

앞에서 살핀 바를 통시적인 관점에서 재정리해서 선승들의 시 창작 양상 변천과 관련지어 해석하면 다음과 같은 결론을 얻을 수 있다. 불립

문자의 대세 속에서 언어 표현을 긍정하고 그중에서도 특히 시적 표현을 중시하게 되면서 선승의 시 창작이 활발히 일어난 단계에 언어대도론이, 시에서 다루는 제재가 확대되고 시 창작에 참여한 선승이 수적으로도 많이 늘어난 단계에 시선일미론이, 그리고 유불(儒佛) 관계를 심각하게 인식한 속에서 선승의 시 창작 활동이 새로운 국면으로 접어든 단계에 성정지정론이 각각 대응된다.

이렇게 통시적인 의의를 찾을 수 있다고 하더라도 통시적인 의의보다 공시적인 의의를 더욱 중시해야 한다. 세 가지 이론은 시간적인 선후 관계를 가지고 등장해서 느슨한 연관성을 가질 뿐이었지만 이론으로 제기된 이후 공존했기 때문이다. 앞장에서 논의한 바로 국한하여 본다고 하더라도, 경한(1299-1375), 젯카이(1336-1405), 도연(1335-1418)은 거의 동시대의 인물이다. 그렇기 때문에 동시대에 선택 가능한 세 가지 이론 가운데 어느 것을 받아들이느냐 하는 것은 어떤 시 세계를 지향하느냐 하는 것과 직결되는 문제로 해석해야 한다.

언어대도론은 대도와 언어가 서로 모순되지 않는다는 점을 원론적으로 확인한다. 대도와 언어는 서로 걸림이 없다고 한다. 왜냐하면 대도의 표현 형식이 곧 언어이기 때문이다. 대도와 언어 표현은 무매개적인 동일성을 갖는다고 하고, 언어 표현 중에서도 시가 가장 적합하다고 한다. 언어로 형상화한 것으로, 절주를 가지고 있는 시야말로 대도를 표현하는 최상의 수단이라고 본다.

그렇지만 실제로 언어대도론은 선(禪)을 더욱 중시하면서, 선리(禪理)를 어떻게 언어로 표현할 것인가 고심하는 맥락에서 등장한다. 대도를 중심에 두고, 언어와 대도 사이의 긴장된 관계에 주목한다. 2장에서 본 바 있는 지공, 추간, 경한이 언어대도론을 제기한 문맥을 보면 그 점을 알 수 있고, 다음에 보듯 중국 대혜종고(大慧宗杲, 1089-1163)가 언어대도론을 제기하는 맥락을 보면 그 점이 더욱 분명하다. 대혜의 어록인 《대혜보각

선사어록(大慧普覺禪師語錄)》에는 언어대도론이 다음과 같이 표명되어 있다.

> 이어서 말했다. 대도는 단지 목전에 있을 따름이다. 그렇더라도 목전에서 보기 어렵다. 대도의 참모습을 알고 싶다면 성색언어와 떨어져서는 안 된다. 만약 성색언어에 입각해서 도의 진체(眞體)를 구한다면 이는 곧 불을 헤쳐서 거품을 찾고자 하는 것이다. 만일 성색언어에서 떨어져서 도의 진체를 구한다면 이는 함원전(含元殿) 속에서 다시 장안(長安)을 찾는 것과 같으니 모두 어찌할 도리가 없다. 그렇다면 끝내 어떠해야 하는가? "물총새는 비 맞은 연잎을 밟고 날고, 해오라기는 대숲 연기를 뚫고 난다."43)

대도는 목전에 있다고 한 것이나 대도의 참모습을 알고 싶다면 성색언어와 떨어져서는 안 된다고 한 것은 지공의 〈대승찬〉의 인용이다. 대혜 역시 대도가 성색언어를 통해서 표현될 수 있다고 생각했다. 마지막 부분에서 "翡翠蹋翻荷葉雨 鷺鷥衝破竹林煙"라고 한 것은 대혜 자신이 목전의 성색을 이용해서 메타포의 언어로 대도의 한 면모를 표현한 시구이다. 성색을 언어로 조직화해서 시가 되었다. "끝내 어떠해야 하는가?"라고 묻고 산문이 아닌 시적 표현으로 스스로 답한 것은 성색언어 전체를 긍정하면서도 특히 선리(禪理)를 드러내는 시적 표현에 큰 가치를 부여한 것이다.

목전에서 보기 어렵다는 것이나 성색언어에 입각해서 도의 진체를 구하는 것이 부질없다고 한 것은 대혜가 새로 한 말인데, 특히 성색언어를 듣거나 읽는 사람에게 적용되는 말이다. 불을 헤쳐서 거품을 찾고자 하는 것(撥火覓浮漚)은 쓸데없는 노력이다. 당나라의 수도 장안에 있던 궁전

---

43) 乃云 大道只在目前 要且目前難覩 欲識大道眞體 不離聲色言語 若卽聲色言語求道眞體 正是撥火覓浮漚 若離聲色言語求道眞體 大似含元殿裏更覓長安 總不恁麽 畢竟如何 翡翠蹋翻荷葉雨 鷺鷥衝破竹林煙 [〈大慧普覺禪師住徑山能仁禪院語錄〉 卷第二, 『大日本校訂 大藏經』 352(支那撰述 諸宗部 禪宗), 23b-24a면]

인 함원전에서 장안을 물어 찾는 것(含元殿裏問長安)은 본래의 성품을 깨닫지 못하는 미혹이다. 성색언어를 듣거나 읽는 사람은 성색언어를 무시하거나 아니면 도리어 거기에 집착하거나 하는 두 가지 잘못을 저지르곤 한다. 선 수행의 긴장된 체험이 있어야 성색언어를 무시하지도 않고 또 거기에 집착하지도 않게 된다.

대혜는 시와 선이 함께 살아나는 길을 찾아야 한다고 강조한 것이다. 즉 시와 선의 긴장된 관계를 놓쳐 버리고 시에 쉽게 굴복하고 마는 폐단을 경계했다. 선리의 시적 표현이라는 점에서 시를 긍정하면서도 정통선(正統禪)의 입장에서 언어대도론의 긴장성을 다시 강조했다. 이처럼 언어대도론은 시마와 선장이 무매개적인 동일성을 갖는다고 하면서도 선장의 입장에서 시마를 포용하는 기본적인 논의를 전개함으로써 선리의 시적 표현이라는 점에서 시를 긍정한다. 따라서 선리 표현의 매체로서 시의 가능성을 인정하고 시적 표현을 시도할 때 받아들일 수 있는 시선 관계론이라고 할 수 있다.

시를 떠나 선에 참여할 수 없고 선을 떠나 시에 참여할 수 없다고 하는 시선일미론은 언어대도론과 상통하는 면이 있다. 성색언어라고 한 것을 시로 범위를 한정한 차이만 있다고 볼 수 있다. 언어대도론이 시로 기울어지는 자연스러운 흐름에 동조해서 완전히 시로 귀결시킨 것이 시선일미론이라고 할 수 있다. 그러나 양자 사이에 본질적인 차이가 있다는 것을 간과해서는 곤란하다. 언어대도론은 이치를 따지는 맥락에서 등장해서, 대도를 깨닫고 싶다면 성색언어를 버릴 수 없다고 하면서 대도를 더 중시했는데, 시선일미론은 시 창작을 합리화하는 맥락에서 등장해서, 시를 창작하는 것이 선 수행과 같다고 하면서 시 창작을 더 중시한 것이 결정적인 차이다.

시선일미론은 선장의 입장보다는 시마의 입장을 더욱 중시했다고 할 수 있다. 그 결과 시선일미론이 제기되는 문맥을 보면 시선 관계의 긴장감이 훨씬 덜하다. 서두에서 시마와 선장의 싸움으로 마음이 괴롭다고 했던 보우는 다음에 보는 시 〈숙상운암(宿上雲菴)〉에서 시마와 선장은 싸울 일이 본래 없다는 내용의 시를 썼다.

春山無伴獨尋幽　　홀로 봄 산 그윽한 곳을 찾으니
挾路桃花杖躝頭　　길가의 복사꽃 지팡이에 스친다.
一宿上雲踈雨夜　　부슬비 내리는 상운암의 하룻밤
禪心詩思兩悠悠[44]　　선심(禪心)과 시사(詩思) 함께 아득하구나.

청계산(淸溪山)에 있는 암자를 지팡이 짚으며 찾아 올라가며 봄 경치를 즐기노라니 선심과 시사가 조화되는 체험을 하게 된다. 시마와 선장의 긴장된 싸움이 더는 문제 되지 않는다. 시선일미론으로 시마와 선장의 화합을 모색한다.

시선일미론에 입각해서 많은 시를 썼고, 시로 높은 평가를 받는 젯카이가 한 말을 보아도 긴장감이 약화되었다는 것을 느낄 수 있다.

언어가 무미(無味)하면 사람들이 싫어하게 된다.[45]

〈산거십오수(山居十五首) 차선월운(次禪月韻)〉 중 세 번째 작품에 있는 구절이다. 언어가 맛이 있어야 한다는 주장, 그리고 사람들을 의식하는 태도에서 시선일미론의 기본적인 지향을 감지할 수 있다. 젯카이가 말한 바, 사람들이 싫어하는 무미한 말은 선리(禪理)가 압도하는 게송(偈頌)과 같은 부류일 것이다.[46] 게송이 아닌 제대로 된 시를 써야 하며 사람들의

---

44) 《허응당집(虛應堂集)》 卷下(『韓國佛教全書』 第七冊, 551면)

45) 원문은 "語言無味任人嫌"이고 시 전문은 다음과 같다. "壺中風景四時兼 山色溪光共一簾 淸白傳家隨分過 語言無味任人嫌 靈踪未到情何已 好句忽來吟不厭 幽鳥有期春已晚 半巖細雨草纖纖" (『五山文学全集』 2, 1914면)

46) 선가(禪家)에서 쓰는 말로 '몰자미(沒滋味)'라는 말이 있다. 아무런 맛이 없고, 이해를

호감을 사야 한다. 그래서 다른 사람의 시를 두고 "喜見詩多態(시가 여러 모습인 것을 기쁘게 본다)"라고 높이 사고 있다.[47] 하지만 사람들이 좋아할 만한 시를 시답게 쓰자면 이런저런 고민이 생기기 마련이다.

〈숙북산고인방(宿北山故人房)〉에서 젯카이는 시고(詩苦)로 촌장(寸腸)이 끊긴다고 고백하고 있다. 선고(禪苦)가 아닌 시고(詩苦)를 말하는 것은 시선 관계에서 시를 우위에 두고 있다는 분명한 증거가 된다.

擬訪北山友	북산(北山)의 벗을 찾아가려던 참이었는데
來書偶見招	마침 편지 보내 불러 주었네.
入門松日落	문에 들어서니 소나무에 지는 해가 걸려 있고
對榻夜燈燒	선탑(禪榻) 앞에는 야등(夜燈)을 켜 놓았구나.
詩苦寸腸斷	시고(詩苦)로 촌장(寸腸)이 끊어질 듯한데
鐘淸諸妄消	맑은 종소리에 온갖 망념 사라지는구나.
天明辭勝侶	날이 밝아 훌륭한 벗을 떠나려 하니
雲雪漲溪橋[48]	운설(雲雪)은 계교(溪橋)에 가득하구나.[49]

창작하는 처지에서는 시 쓰기가 고(苦)일 수 있다. 시를 짓기 위해서 고심참담(苦心慘憺)하는 것이다. 그런 시고가 망념일 수 있다는 암시를 하고 있다. 맑은 종소리가 그런 망상을 없애 준다고 했다.

시고는 왜 생기는 것인가? 그것은 표현의 어려움 때문에 생길 것이다. 〈도연서〉에서 젯카이가 "以道自樂"했다고 높이 평가했지만, 남들이 싫어

시도할 단서가 없는 표현을 가리킨다. 젯카이가 '유미(有味)'한 표현을 추구하는 것은 '몰자미'와 상반되는 것이다.

47) 〈화건두다운(和乾杜多韻)〉에서 요우켄 슈우켄(用健周乾, 1376－1431)의 시를 평가한 말이다. 전문은 다음과 같다. "昌期帝載熙 法運中興時 喜見詩多態 晴空百尺絲" (『五山文学全集』 2, 1926면)

48) 『五山文学全集』 2, 1907면. 첫 글자는 "儗"로 되어 있는데, 入矢義高 校注, 『五山文学集』을 참고해서 "擬"로 고쳤다.

49) 눈 녹은 물로 계곡물이 불어났다는 의미.

하지 않은 '유미(有味)'한 시구를 쓰고자 한 젯카이는 시가 요구하는 규칙을 따라서 수준 높은 의경(意境)을 갖추어야 했고, 그래서 시고가 생겨났다.

"맑은 종소리에 온갖 망념 사라지는구나"라는 구절은, 어떻게 표현할 것인가를 이리저리 고심하다가 맑은 종소리에 그런 고민이 한꺼번에 사라진 상황을 전한다. 그렇다고 해서 시를 버리고 오로지 선만 긍정한 것은 아니다. "詩苦"가 사라진 데서 이런 시를 얻었기 때문이다. 표면적으로는 시를 부정했다가 다시 긍정함으로써 시와 선이 함께 긍정되는 길이 있다는 것을 보였다고 본다. 그렇지만 이미 시와 선 사이의 긴장된 관계가 이완되어 있음도 분명하다.

참시와 참선이 일치한다는 것이 시선일미론의 요체다. 그런데 참선이라는 말은 좌선만으로 국한되지 않는, 대단히 넓은 의미를 갖는다. '선(禪)에 참여해서 깨달음을 추구하는 과정과 깨달음의 내용'을 포괄적으로 가리킨다고 보아야 한다. 그렇게 외연이 커진 데 선승이 시에서 다루는 제재의 영역이 확대된 변화가 대응한다. 선승이 쓴 시에 산사(山寺)에서의 삶, 운수(雲水) 체험, 도반(道伴)과의 관계, 좌선의 체험, 스승과의 관계, 선을 매개로 맺은 인간관계 등 대단히 폭넓은 제재가 다루어지는 것 자체가 시선일미론의 구체적 실현인 셈이다.

성정지정론은 시는 성정의 바름에서 나오는 것이어야 한다는 이론이다. "出於性情之正"이라면 누가 지었건 모두 긍정하게 된다. 선가의 시는 "出於性情之正"한 것의 일부일 따름이다. 선가의 시도 올바른 도리를 구현하는 문학의 일부로 인정해야 한다는 뜻이면서 동시에 선가 밖에서 이루어지는 작시와 상대적인 의의가 있을 따름이라고 한다. 누구나 할 수 있는 일을 선가에서도 한다. 그러므로 누구나 할 수 있지만 선가에서 더 잘할 수 있는 것이 무엇인가 말해야 했다.

선승의 작품 창작이 확대된 시대에, 그런 확대를 인정하고 이론적으로 뒷받침하면서도 유학을 익힌 문인들과 경쟁하기도 하고 대립하기도 하는 처지가 된 선승이 시를 써서 기여하는 바를 어디에서 찾아야 할 것인가를 말했다. 그런 점에서 선승의 시 창작의 폭이 확대된 단계에 선승시의 독자성을 확인하려는 인식을 대변하고 있다고 할 수 있다.

선을 우위에 두면서 시에 접근할 때는 언어대도론을 긍정하게 되고, 시 창작 활동을 왕성하게 해서 제재를 확대하고, 또 시의 의미를 긍정적으로 평가할 때는 시선일미론에 기운다고 볼 수 있다. 시승이 유학을 익히고, 유불교섭(儒佛交涉)이 확대된 상황에서 시 창작 활동을 유학의 시론에 입각해서 정당화시킬 필요를 느끼면서 성정지정론과 같은 유형의 이론을 선호하게 될 것이다. 성정지정론의 등장은 유불교섭 내지는 유불겸수(儒佛兼修)라는 엄연한 역사적 사실을 반영한 것이다.

6. 맺음말

시와 선의 관계에 대한 논의의 기본형으로 언어대도론, 시선일미론, 성정지정론의 세 가지가 있고, 각각은 시기와 관계없이 시승이 선택할 수 있는 시선 관계론의 기본형이기도 하고, 거시적으로 보아 시승의 '등장-융성-변모' 과정에 대응한다는 것이 이 글에서 얻은 결론이다. 세 가지 이외에 다른 이론적인 논의를 더 찾아볼 수 있을 것이지만[50] 세 가지 정도로 대체적인 방향을 짐작해서 작업가설을 마련하기에 충분하다고 본다.

세 가지 관계론을 전체적으로 살필 때, 시승들이 자신들의 작품 창작

---

50) 예컨대 유희삼매론(遊戲三昧論)[〈육조단경(六祖壇經)〉 돈점(頓漸)에서 "普見化身 不離自性 卽得自在 神通遊戲三昧 是名見性"이라고 한 데 기원이 있다.] 혹은 언어삼매론(言語三昧論)이 있고, '시언지(詩言志)'라는 전통적인 시론을 수용해서 변형한 사례도 발견된다.

을 합리화하기 위해서 점차로 선에서 멀어져 갔다는 것을 알게 된다. 종교와 문학의 긴장된 결합에서 출발했으면서도 종교의 범위에 포용하기 어려운 영역으로 확장되는 것으로 귀결되고 마는 것은 종교의 핵심을 표현해내면서도 그 밖의 것도 다 다루는 포용성이 문학에는 있기 때문에 그렇다고 생각한다. 종교와 문학이 만나서 이루어지는 일반적인 경로를 시승의 시 창작에서도 확인할 수 있다.

이 글에서는 시승 가운데 특히 선승에 주목해서 시선 관계론을 살폈다. 선승이 시승의 중심이라는 것은 분명하지만 선승이 아닌 승려에 의해 제기된, 시 창작에 대한 견해를 살피는 것도 소홀히 할 수 없다. 백거이가 말한 시마와 공문법의 갈등과 화해의 문제는 앞으로 지속적으로 탐구할 과제로 남아 있다.

03

김창흡(金昌翕)과 간 차잔(菅茶山)을 통해서 본 18·19세기 한일 한시의 한 면모

1. 머리말

이 글은 한국의 김창흡(金昌翕, 1653-1722)과 일본의 간 차잔(菅茶山, 1748-1827)[1]의 시론(詩論)과 한시 작품을 비교·검토하여, 18·19세기 한국과 일본 한시사(漢詩史)의 한 국면에 관한 이해를 심화하고, 나아가 동아시아 한문학사(漢文學史)를 서술하는 데 도움이 되는 것을 목표로 한다.

18·19세기 동아시아 한시사에서는 앞 시대에 창성했던 의고적(擬古的) 창작론(의고주의·복고주의 문학론)을 비판하면서 시풍(詩風)의 전환을 이루고,

1) 에도 시대의 유자(儒者). '간 차잔(かん ちゃざん)' 대신 '간 사잔(かん さざん)'이라고 읽기도 한다. 이름은 토키노리(晋帥). 호가 '茶山'인데 집 근처에 있는 '茶臼山'에서 따온 것이라고 한다. 지금의 히로시마현(廣島縣) 후쿠야마시(福山市) 간나베(神邊) 출신이다. 부친 스가나미 쵸헤이(菅波樗平)는 농업과 주조업(酒造業)에 종사하는 이였는데 간 차잔은 그의 장남으로 태어났다. 나바 로도오(那波魯堂, 1727-1789)의 문하에 나아가 염락지학(濂洛之學)(주자학)을 배웠다. 시를 좋아하고 잘 써서 시명을 떨쳤다. 번(藩)의 향교(鄉校)인 염숙(廉塾)(黃葉夕陽村舍)을 이끌며 유관(儒官)(儒員)에 상응하는 대우를 받았다.

작자의 개성 발현을 중시하는 동시에 각국 문학의 특성을 반영하여 전개 방향을 달리하는 움직임이 두드러졌던 것으로 파악된다. 한국과 일본으로 범위를 좁혀 보면, 18·19세기 두 나라에서는 주자학(朱子學)을 익힌 유자(儒者)가 소단(騷壇)의 주도권을 장악하고 있었다는 뚜렷한 공통점이 있음에도 불구하고 '한국 한시', '일본 한시'의 상대적인 차이가 노정되기에 이르렀다. 동아시아 한문학사는 그 점을 포착해서 서술해야 하겠는데, 그렇게 하기 위해서 의고주의 비판에 앞장서고 의고주의의 대안으로 개성적인 작품 세계를 펼쳐 보인 김창흡과 간 차잔에 주목할 필요가 있다고 본다.

한국에서 김창흡의 시론과 작품에 대한 연구는 풍부하게 이루어졌다.[2] 일본에서 이루어진 간 차잔의 시론과 작품에 대한 연구 또한 풍부한 편이다. 단행본도 여럿 나와 있다.[3] 다만 한국에서는 소략한 연구가 한 차례 이루어졌을 따름이다.[4] 그러다 보니 두 사람에 대한 비교 연구는 아직 이루어지지 않고 있다.

본 연구에서는 김창흡과 간 차잔의 시론과 작품을 비교하여 한일 한시사의 전개 방향을 확인하고자 하기 때문에 세부 사항에 대한 치밀한 고찰을 하기는 어렵다. 논의의 범위를 한정하고 핵심적인 자료를 취하여 간명하게 논의하면서 되도록 전체적으로 조망해 보고자 한다. 2장에서는 김창흡과 간 차잔이 제시한 의고주의 비판의 논리를 확인한다. 두 사람은 중국의 공안파(公安派)[특히 원굉도(袁宏道)]의 반의고주의(反擬古主義)

---

2) 김형술, 「白嶽詩壇의 眞詩研究」, 서울대학교 박사학위논문, 2013; 최유진, 「三淵 金昌翕의 哲學的 詩世界 研究」, 고려대학교 박사학위논문, 2015에 이르기까지 정밀한 연구가 이루어졌다.

3) 대표적인 저술로 富士川英郎, 『菅茶山』, 福武書店, 1990; 西原千代, 『菅茶山』, 白帝社, 2010을 꼽을 수 있다.

4) 최귀묵, 「菅茶山의 眞詩論 분석」, 『일본문화연구』 25, 동아시아일본학회, 2008. 이 글은 선행연구를 토대로 하여 한일 비교문학으로 관심을 확대한 것이다.

시론을 수용한 것으로 알려져 있는데, 그러한 면모를 간략하게 재확인한다. 3장에서는 공안파의 영향을 받고서 새로운 시학(詩學)['진시(眞詩)' 창작론]을 모색한 양상을 살핀다. 특히 창작의 본원(本源)과 방법에 대해서 어떤 논의가 이루어졌는지 고찰한다. 4장에서는 두 사람의 시론과 작품이 같고 다른 점을 살피고, 5장에서는 두 사람의 동이점을 한일 한시사의 전개 방향과 관련지어 해석해 보고자 한다.

2. 의고주의 비판의 논리

1

16세기 중국에서는 이몽양(李夢陽, 1472-1530), 하경명(何景明, 1483-1521)을 위시한 전칠자(前七子), 이반룡(李攀龍, 1514-1570), 왕세정(王世貞, 1526-1590)을 위시한 후칠자(後七子)가 잇달아 나와서 문학의 전범을 '고(古)'에서 찾으려는 의고주의, 복고주의를 창도했다. 이들 의고파(擬古派) 문인들(전후칠자)은 '문필진한(文必秦漢) 시필성당(詩必盛唐)'(산문은 선진양한을, 시는 성당을 모범으로 삼아야 한다)을 모토로 내걸었다. 의고파의 창작론은 한국과 일본에서도 수용되었는데, 한국에서는 16세기 말 수용되어 17세기를 거치면서 확산되었다.[5]

그런데 의고파에 대해서, 전범을 모의(模擬)하기만 해서는 창작의 활로를 열 수 없다는 비판이 곧 제기되었다. 우선 중국에서는 당송파(唐宋派), 공안파(公安派), 경릉파(竟陵派)에 의한 비판이 제기되었다. 이어서 이들의 문제의식은 한국과 일본에도 전해져 반의고주의가 동아시아에 확산하게

5) 강명관, 『공안파와 조선후기 한문학』, 소명출판, 2007, 7면.

되었다. 이렇듯 의고주의와 반의고주의의 대두 속에서 동아시아 한시사는 분명한 동조(同調) 양상을 보였다. 필자가 아는 한, 이 정도로 강한 동조를 보인 예가 흔치 않다. 동아시아 한시사를 서술하고자 한다면 이러한 동조 현상에 주목해야 할 것이다.

김창흡이 의고주의 비판에 동조하면서 자신의 시학(詩學)을 정립했다는 사실은 널리 알려져 있다. 〈하산집서(何山集序)〉를 통해서 의고주의에 대한 김창흡의 비판적 견해를 확인해 보기로 한다.

> (金-1)
>
> 우리나라는 시를 짓는 연원(淵源)이 얕은 데다 논할 만한 헌장(憲章)[법도(法度)]도 또한 없으면서도 유독 기휘(忌諱)에 소상하고 옛것을 답습하는 데 익숙하니 실로 삼백 년의 고질적 폐단이다. 하지만 선묘(宣廟) 이전에는 비록 교졸의 차이는 있었지만 그래도 각각 그 진태(眞態)를 드러내었다. 이후로는 점차 모두 아름다운 데로만 나아가 다듬고 꾸미는 버릇만 날로 불어나 기휘를 따지는 것은 갈수록 소상해지고 답습은 더욱더 익숙해졌으니 옛날의 작품을 법(法)으로 삼는 것이 아니라 마침내 법에 구속이 되어 버렸다.
>
> 그래서 명물(命物)을 하자면 반드시 휘부(彙部)에 의지하고 용사(用事)를 하자면 반드시 내력을 필요로 한다. 우리[권투(圈套)[6]] 속에 쪼그린 채 한 걸음도 옆으로 내딛지 못하여 마침내 진기(眞機)의 활용이 묶이어 움직이지 못하게 만드니 어찌 다시 중류(中流)를 끊고 진벌(津筏)을 뛰어넘어 위로 올라가는 사람이 있겠는가? 대개 합해서 논하자면 백가(百家)가 한 가지 격[一格]이요 한 사람의 작품이다. 경(境)과 사(事)는 뇌동(雷同)하고 정치(情致)는 뒤섞인 데다가 또 천편일률(千篇一律)이 되어 구별해 낼 도리가 없다.[7]

6) 框框, 固定的做法. (『漢語大詞典』)

7) 我東爲詩 淵源旣淺 無復憲章之可論 而獨其詳於忌諱 狃於仍襲 實爲三百年痼弊 然而宣廟以前 雖有巧拙 猶以各呈其眞態 以後漸就都雅 則磨礱粉澤之日勝 而忌諱愈詳 仍襲愈熟 非古之爲法 而終爲法拘也 故命物之 必依彙部 使事之 要有來歷 蹙蹙圈套之中 不敢傍走一步 遂使眞機活用 括而不行 豈復有截斷中流 超津筏而上者乎 蓋合以論之 百家一格 卽

선조(宣祖, 재위 1567-1608) 이전과 이후를 대비하고, 선조 이후의 시는 기휘를 더 따지고 답습에 더 익숙해져서 마침내 법에 구속되고 말았다고 했다. 선조 이후라고 언급한 데는 그러한 폐단은 의고파 창작론 수용 이후에 나타난 현상이라는 뜻이 들어 있다.[8] 의고를 주장하는 사람들이 말하는 법은 창작의 자유와 작품의 수준을 보장해 주지 못하고, 팔병설(八病說)과 같이 시 창작에서 기휘(忌諱)하는 바를 잘 알아서 이를 피해 가야만 한다거나, 시어는 앞 시대의 이름 있는 시인들이 사용하여 시어로 정착된 것을 구사해야 한다거나, 용사를 함에 있어서는 출처가 분명한 것을 써야 한다거나 하는 등의 구속에 지나지 않는다고 했다.[9] 의고를 주장하는 사람들 가운데 누구 하나 법의 굴레를 벗어던지고 성당시(盛唐詩)의 저 고원(高遠)한 경지를 보여주지 못했고, 도리어 개성을 잃은 천편일률적인 작품이나 양산하고 말았다고 했다.

전후칠자(前後七子)의 '시필성당(詩必盛唐)' 주장이 일본에 수용된 것은 17세기 중반기의 일이다. 명나라 의고파의 영향을 받은 오규 소라이(荻生徂徠, 1666-1728)가 등장해서, 규범이 될 만한 작품[고문사(古文辭)]을 모방하고 그러한 격조를 되살리려는 의고주의 창작 노선[고문사학(古文辭學)]을 주창했다. 의고시는 교호(享保, 1716-1735)로부터 호레키(寶歷, 1751-1763) 연간에 이르기까지 크게 유행했다. 그 필두에 핫토리 난가쿠(服部南郭, 1683-1759)가 있다. 오규 소라이의 고제(高弟)인 그는 이반룡(李攀龍)이 편집한 《당시선(唐詩選)》의 화각본(和刻本)을 1724년에 교정 출판하고, '고화웅혼(高華雄渾) 고아비장(古雅悲壯)'을 특색으로 하는 성당시를 작시상의 전

夫一人之作 而境事雷同 情致混倂 又是千篇一律 無可揀別矣 (〈何山集序〉, 《三淵集》 권 23)

8) 강명관, 같은 책, 158면.

9) 이종호, 「삼연 김창흡의 시론과 그 비평사적 의의」, 『동양한문학연구』 11, 동양한문학회, 1997, 395-396면.

범으로 삼았다. 그리하여 《난가쿠선생문집(南郭先生文集)》에 보이는, 일견 현실로부터 유리되었다고 할 수 있는 웅대(雄大)한 정경(情景)과 진폭(振幅)이 큰 감정을 노래하는 의고주의 시를 즐겨 창작했다. 하지만 18세기 후반에 들어서 의고주의 비판이 본격화되었고, 간 차잔도 그러한 비판의 대열에 합류했다.

간 차잔이 의고주의를 비판하는 논의를 보자.

(菅-1)

○ 근자의 명가(名家) 겐엔(蘐園) 일파(一派)는 웅위활대(雄偉闊大)하지만 그 폐단은 조호(粗豪)한 데 있다.[10]

○ 상국(上國)의 시는 쇼호(正保)·교안(慶安) 연간에 무라카미 도레이(村上友佺) 등 제현(諸賢)이 명나라 칠자(七子)의 시를 창도하여 사람들이 차츰 대성장어(大聲壯語)를 좋아하게 되었다.[11]

○ 기(木)·겐(蘐) 두 그룹의 시가 한 시절을 빛냈지만, 허식(虛飾)이 많고 실제(實際)가 부족하다.[12]

○ 무릇 시를 배우는 사람이라면 누군들 당(唐)을 모범으로 삼지 않겠는가. 하지만 대개는 형적(形迹)만을 닮고자 해서 자잘하게 얽매여 오로지 어구만을 볼 뿐이다. (…) [이백(李白)·두보(杜甫) 등 당대(唐代)의 시인들은 – 필자] 후인들이 어구(語句)를 모의(模擬)해서 천편일률로 하나같이 뇌동(雷同)하는 것과는 다르다. (…) 하물며 사람마다 얼굴 다르듯 마음도 다르고 하는 말도 다 다름에랴. 접한 바가 같다고 하더라도 반응은 다르다. 이제 만약 억지로 끌어다가 합치고 도습(蹈襲)한다면 흥(興)과 경(境)이 어그러지고 명(名)과 실(實)이 어긋나게 된다.[13]

---

10) 近日名家蘐園一派 雄偉闊大 其弊也粗豪 (〈刻聽松庵詩序〉, 《黃葉夕陽村舍文》 권3)

11) 上國之詩 村上友佺諸賢 唱明季七子於正保慶安之間 而人秒悅大聲壯語 (〈霞亭詩集序〉, 《黃葉夕陽村舍文》 권3) '상국(上國)'은 '상방(上方)'과 같은 말로, 교토(京都) 지역을 가리킨다. 正保(1644-1647), 慶安(1648-1651). 무라카미 도레이(村上冬嶺, 1624-1705)는 의사이자 유자.

12) 木蘐二社詩輝映一時 然率多虛飾 而乏實際 (〈寬齋先生遺稿書〉, 《黃葉夕陽村舍文》 권3)

13) 夫學詩者 誰不規於唐哉 然大抵求惟肖於形迹之間 拘拘乎 唯語句是視 (…) 大非如後人句模語擬 千篇一律翕然雷同也 (…) 況人心如面 吹萬不同 所遇雖同 所發有異 今若牽而合之

○ 말을 주워 모아서 시를 이루면(捃拾幇湊) 마음[心]에 어긋나고 정감[情]을 꾸며내게 된다. 가령 표일(飄逸)한 것이 이백과 흡사하고, 침울(沈鬱)한 것이 두보와 흡사하고, 고고(高古)·충담(沖澹)한 것이 왕유(王維)·맹호연(孟浩然)·위응물(韋應物)·유종원(柳宗元)을 닮았다고 해도, 이는 그저 분을 바르고 먹을 칠한 꾸밈새일 따름이지 미목(眉目) 본연의 자태의 아름다움은 아니다. 그것을 진시(眞詩)라고 말해서야 되겠는가? 그러므로 당인(唐人)을 배우지 않을 수 있는 사람이 곧 당인(唐人)을 배울 수 있는 사람인 것이다. 어째서 당인(唐人)을 모방하는 짓을 한단 말인가?[14)]

'겐엔(蘐園)'은 오규 소라이를 가리킨다.[15)] '기겐(木蘐)'은 기노시타 슌안(木下順庵, 1621-1699)과 오규 소라이를 함께 일컫는다. 두 사람은 공히 당시(唐詩)를 배울 것을 주장했다.[16)] 이들은 학당(學唐)에 열심이어서 "웅위활대(雄偉闊大)"한 작품을 창작했다. 하지만 "대성장어(大聲壯語)"를 좋아하고 "허식(虛飾)"을 일삼는 풍조를 낳은 끝에 '조호(粗豪)'한 폐단을 보였다는 것이 간 차잔의 평가다.

동아시아 한시의 전범으로 당시를 받들지만, 어구를 본받을 뿐 진정한 개성적인 성취를 보이지 못한다고 비판하고 있다. 사람마다 정감이 다 다를 수밖에 없는데 억지로 구절을 끌어오고 도습하다 보니 흥(興)과 경(境), 명(名)과 실(實)이 어긋나고 말았다고 했다. 그래서는 시다운 시일 수 없다는 평가다.

襲而取之 則興與境乖 名與實離 (〈六如庵詩第二抄〉, 《黃葉夕陽村舍文》 권3)

14) 捃拾幇湊 違心飾情 假饒飄逸似李 沈鬱似杜 高古沖澹似王孟韋柳 只是糚飾粉黛之假 非眉目姿態之美 謂之眞詩可乎 故能不學唐人者 乃爲能學唐人也 何必規模唐人之爲 (〈復古賀太郎右衛門書〉, 《黃葉夕陽村舍文》 권3)

15) '겐엔'은 오규 소라이가 중년 시절 학문 활동을 하던 곳이다. 오규 소라이의 호(號)이기도 하다. 겐엔파라는 명칭도 여기서 유래했다. 다자이 슌다이(太宰春台, 1680-1747), 핫토리 난가쿠(服部南郭), 다카노 란테이(高野蘭亭, 1704-1757) 등이 겐엔파 시인으로 손꼽힌다.

16) 기노시타 슌안과 그 문하의 시풍에 대해서는 이노구치 아츠시, 『일본한문학사』(심경호·한예원 역), 소명출판, 1999, 296-312면 참조.

(金-1)과 (菅-1)에서 의고파의 한시를 비판하면서 동원한 논리와 발언이 매우 비슷하다. 의고파는 법에 구속되고 도습을 일삼은 결과 개성을 상실했다고 한 점, 뇌동한 결과 천편일률적인 작품을 낳고 마는 병폐를 보이고 말았다고 한 점, 분식(粉飾)에 빠져든 결과 언어 표현이 대상과 정감에 합치하지 못했으며, 그 결과 경물과 정감의 표현이 진실하지 못했다고 한 점이 그것이다. 그리고 각각 '진기(眞機)'와 '진시(眞詩)'를 내세움으로써 의고주의를 '위(僞)'라고 규정하고 '진(眞)'을 회복해야 한다는 점을 강조한 점도 일치한다.

2

(金-1)과 (菅-1)은 공안파의 논리와 언어를 수용하고 있다. 다음에 원굉도(1568-1610)의 〈설도각집서(雪濤閣集序)〉에서 요긴한 대목을 가져왔다.

> 무릇 복고라는 것은 옳다. 그러나 심지어 초습(剿襲)(표절과 답습)을 복고라고 여겨서, 자구(字句)를 비의(比擬)하고 억지로 끌어다 붙이려고 하여, 목전(目前)의 광경(目前之景)을 버리고 썩고 맥락에 맞지 않은 어휘들을 긁어모았다. 그러자 재능이 있는 자는 법에 얽매여 감히 스스로 자신의 재주를 펼치지 못하고, 재능이 없는 자는 한두 마디의 부박(浮薄)하고 덤덤한 어휘를 한데 그러모아 시를 이루게 되었다. 지혜로운 자는 습속에 얽매이고 어리석은 자는 그 용이함을 좋아했으니, 한 사람이 주창하자 억만 사람이 화답하여, 배우나 종복들이나 똑같은 식으로 시의 도(道)를 이야기할 지경으로 되었다. 아! 시가 이 지경에 이르렀으니 너무나도 부끄럽도다! 17)

17) 夫復古是已 然至以剿襲爲復古 句比字擬 務爲牽合 棄目前之景 摭腐濫之辭 有才者詘於法 不敢自伸其才 無之者 拾一二浮泛之語 幫湊成詩 智者牽於習 而愚者樂其易 一唱億和 優人騶從 其談雅道 吁 詩至此 抑可羞哉 (〈雪濤閣集序〉) 번역은 심경호 외 역주, 『역주 원중랑집』 5, 소명출판, 2004, 163면. 이하 원굉도의 글을 번역할 때는 이 책에

복고의 참된 의미를 이해하지 못한 의고주의자들은 초습(剿襲)을 복고라고 여기고, 낡아서 맥락에 맞지 않은 어휘들을 긁어모으고 한두 마디의 부박(浮薄)하고 덤덤한 어휘를 한데 그러모아 시를 이룬다고 했다. 법을 따른다고 하고는 법에 구속당하고 말아 시도(詩道)가 크게 쇠퇴하고 말았다고 탄식하고 있다. 이는 곧 (金-1)과 (菅-1)에서 본 논리이고 어휘이다.

원굉도는 의고주의자들이 '목전지경(目前之景)을 버려두는' 잘못을 범한다고 했다. 시인은 지금 자기 목전에 있는 대상, 그것과 교감해서 생긴 정감을 실답게 표현하기 위해서 힘써야 한다. 하지만 의고주의자는 그 옛날 옛 시인이 자기 목전에 있던 대상을 표현하기 위해 사용한 언어(수사)를 빌려다 쓰기 때문에, 지금의 '목전지경'에 부합하지 않는 표현을 일삼게 되고 만다. 이렇듯 의고주의는 대상(목전지경)의 참모습을 담아내는 일도, 대상과 교감한 시인의 정감을 진실하게 표현하는 일도 방해하는 병폐가 있다. 따라서 의고주의를 넘어서고자 한다면, 목전지경의 실상과 시인의 정감에 부합하는 표현을 찾아야 한다.

원굉도는 '[왕세정(王世貞)을 본받아서 – 필자] 대성장어(大聲壯語)를 일삼아 천편일률이 되었다.'[18]고 하고, 격식에 매여 '익숙한 고사를 뇌동하여 반복하여'[19] 염증이 날 풍조를 이루었다고 비판했는데,[20] 이 또한 김창흡과 간 차잔이 의고주의를 비판하면서 말한 바이다. 이처럼 원굉도의 의고파 비판의 논리와 논리를 구성하는 데 소용된 어휘가 (金-1)과 (菅-1)에서 큰 차이 없이 계승되고 있음을 확인할 수 있다.[21]

의지했다.)

18) 近時學士大夫 頗諱言詩 有言詩者 又不肯細玩唐宋人詩 强爲大聲壯語 千篇一律 (〈答張東阿·又〉)

19) 眼前幾則爛熟故實 雷同翻復 殊可厭穢 (〈敍姜陸二公同適稿〉)

20) 김창흡이 원굉도의 영향을 얼마나 어떻게 받았는지는 강명관, 같은 책, 158면 이하에서 논의했다.

의고적 창작론을 비판한다고 해도 한시 창작에서 전범 학습은 여전히 불가결하다. 생문자(生文字)를 늘어놓고 시라고 할 수는 없다. '시필성당'이 잘못된 모토라고 하는 말은, 이제부터는 당시를 대신해서 송시(宋詩)를 배우자는 말이 아니라, 정감과 경물에 합당한 언어 표현을 위해서는 성당시든 중만당시(中晩唐詩)든 송시든 두루 배울 수 있다는 개방적인 태도를 갖자는 뜻으로 해석해야 할 것이다.

하지만 개방적인 태도를 표명하는 것만으로는 부족하다. 의고주의를 지양한 작시의 원리와 방법이란 무엇인지 말해야 비판이 완결된다고 보기 때문이다. 요컨대 의고주의 비판은 '진시(眞詩)'란 무엇인가를 설득력 있게 제시하는 시학의 정립을 요구한다고 볼 수 있다.

3. 새로운 시학의 모색

의고주의의 병폐를 극복하고, 정감과 경물을 진실하면서도 개성적으로 형상화한 시는 어떤 원리에서 어떤 방법으로 창작해야 하는가? 이 절에서는 이런 문제에 대해서 김창흡과 간 차잔이 어떤 견해를 가졌는지 살펴보기로 한다.

1

김창흡은 (金-1)에서 작시는 진기(眞機)의 발현이어야 한다고 했다. 다음 (金-2)에서 시는 물상(物象)을 빌려 성령(性靈)이 드러나는 것이라고 했

21) 굳이 비교해서 말한다면, 간 차잔 쪽이 상대적으로 동질성이 더 두드러진다고 하겠다. 아마도 간 차잔이 원매(袁枚, 1716-1798)의 영향도 크게 받았기 때문에 생겨난 차이라고 생각하는데, 이는 별도의 고찰을 요하는 문제이다.

다. 성령(性靈)·진기(眞機)가 작시의 본원(本源)이라고 한 것이다.

(金-2)

시를 짓는 데는 법이 없을 수 없지만 법에 얽매여서도 안 된다. (…) 무릇 시란 무엇인가? 성령(性靈)에 근원해서 물상(物象)에 가탁하는 것이다. 푸른색 노란색이 섞여 문채를 이루고, 궁상(宮商)의 소리가 번갈아들어 율조(律調)를 이루는 것이니 불변의 준칙[典要[22]]을 세울 수는 없고 오직 변화에 맞출 따름이다. 신(神)에 정해진 방소(方所)가 없고 역(易)에 일정한 틀이 없듯이 시 또한 그렇다. 그러므로 상(象)에 바뀌는 바가 있어 눈 속에 파초를 그리는 것도 가능하고, 경(境)에 빼앗기는 바가 있어 겨자씨 속에 수미산(須彌山)이 들어간다는 것도 가능하다. 이것이 어찌 안배하고 구애되어서야[拘滯] 할 수 있는 일이겠는가.[23]

풀이가 필요한 구절이 있다. '설중파초(雪中芭蕉)'는 눈 속의 파초라는 말인데, 일찍이 당나라 때 사람 왕유(王維)가 〈원안와설도(袁安臥雪圖)〉에서 눈 속에 파초를 그려 넣은 데서 유래했다. 열대 식물이 눈 속에 있을 리가 만무하지만 그림 속 인물의 정신세계를 표현하기 위해서 그러한 전변(轉變)(변형)을 거리낌 없이 했다.[24] 화가는 그렇게 화법(畵法)에 매이지 않는 자유를 누렸다. 시인도 마땅히 그럴 수 있어야 하지 않겠는가? 법에 구속되어서야 되겠는가?

이어지는 '경유소탈(境有所奪)' 역시 풀이가 필요하다. 이 구절은 아마도 선가(禪家)에서 말하는 '사료간(四料簡)'을 배경으로 하고 있다고 생각된다.[25] 사료간은 인식 주체와 인식 대상의 관계를 넷으로 나누어 설명한

---

22) 經常不變的准則、標准. (『漢語大詞典』)

23) 詩之爲道 不可無法 不可爲法所拘也 (…) 夫詩何爲者也 原於性靈 假於物象 青黃之錯爲文 宮商之旋爲律 不可爲典要 惟變所適 神無方而易無體 詩亦如之 故象有所轉 雪中芭蕉可也 境有所奪 芥裏須彌可也 是豈可以安排拘滯爲哉 (〈何山集序〉, 《三淵集》 권23)

24) 최유진, 같은 글, 148-149면.

다. 그중 두 번째가 '탈경불탈인(奪境不奪人)'인데, '경(境)'은 빼앗고 '인(人)'은 빼앗지 않는다, 즉 인식 대상[境]을 부정하고 인식 주체[人]를 긍정한다는 말이다. 그래서 '탈경불탈인(奪境不奪人)'은 깊은 삼매에 들어 일체 경계를 잊은 상태를 가리키는 말이며, 이어지는 '개리수미(芥裏須彌)'와 함께 시는 정신의 자유로운 발현의 소산이어야 한다는 뜻을 표현하고 있다고 생각된다.[26]

요컨대 이곳의 성령(性靈)은 자유롭고 창조적인 정신 작용이라고 해석할 수 있다. 이미 마련된 전범의 문채나 율조를 따르려 하고 어휘나 구절을 차용하는 데 얽매여서는 성령이 응체되어 유로되지 못한다. 그래서는 시 창작이 창조적이고 자유로운 활동일 수 없게 된다. 안배·구체, 기휘(忌諱)·도습(蹈襲)이 장애가 되어 진기(眞機)의 활용(성령의 발현)이 막혀 버리고 만다.

(金-3)

정주(程朱)가 모두 아(雅)가 풍(風)보다 낫다고 한 것은, 그 말이 모두 정당하기 때문이다. 그러나 천진(天眞)이 드러나고 안배를 하지 않음은 마을 아이들의 말투에 많다고 본다. 노련한 사대부가 붓을 적셔 초안을 잡고 누차 말을 다듬으면, 수식은 그럴듯할지 몰라도 천기(天機)와는 거리가 있다. 이런 까닭에 그런 흔적이 없는 아이들의 노래는 대개가 영험하니, 신(神)이 오는 대로 억지로 안배하지 않았기 때문이다.[27]

---

25) '사료간'은 중국의 禪僧 臨濟義玄(?-867)이 학인을 지도하기 위해 설한 네 가지 방법으로, '奪人不奪境·奪境不奪人·人境俱奪·人境俱不奪'이다. '人'은 주체로서의 자신, '境'은 대상, '奪'은 부정을 뜻한다. (李哲教·一指·辛奎卓, 『禪學辭典』, 佛地社, 1995, 319면)

26) 《維摩經》 〈不思議品〉에 '須彌入芥子中', '四大海水入一毛孔'이라는 말이 있다. 수미산이 겨자씨 속에 들어가고, 사대해의 물이 한 털구멍에 들어간다는 뜻이다. 보살의 불가사의 해탈의 경지를 표현한 말이다.

27) 程朱之說 皆云雅勝乎風 以其語皆正當 而竊謂 天眞露呈 不容安排 多在於街童巷女之口氣 若老成士大夫 濡毫起草 容或有累次點竄 則飾辭雖當 而稍與天機有間矣 以是之故 童謠沒巴鼻者 槪多靈驗 以其神來而不安排也 (〈日錄〉, 《三淵集》 권35)

사대부가 다듬고 수식한 시구보다 안배를 하지 않아 천기(天機)가 잘 드러나 있는 마을 아이들의 노래가 영험하기조차 하다고 했다. 여기에서는 작시의 내적 본원(本源)을 가리켜서 천기라고 했는데, 안배·도습(수식)과 대립시키기 위해 사용한 용어여서 의미상 성령과 상통한다고 본다. 김창흡은 시인은 '성령·천기·진기의 발현'을 통해서 진실[天眞]한 작품을 창작해야 한다고 했다.

간 차잔은 '지(志)'와 '정(情)'이 작시의 본원이라고 보았다.

(菅-2)

○ 무릇 시는 지(志)를 말하고 정(情)은 문(文)을 낳는다.[28]

○ 희노애락(喜怒哀樂)이 사람마다 다르고 산천원습(山川原隰)이 곳곳마다 다르니, 사람마다 다른 정(情)으로 곳곳마다 다른 경(境)을 그려내면, 그 언(言)이 어찌 같아지겠는가?[29]

○ 아름답고 빼어난 산수를 잊기 어려움, 좋은 시절 아름다운 경치의 즐길 만함, 머나먼 곳에서 친구를 그리워함, 술자리를 열어 애틋하게 이별함, 이러한 情이 文을 낳는데, 어느 때는 넘쳐흘러 스스로 그만둘 수가 없게 된다. 그러니 밖을 따를 것이 있겠는가?[30]

○ 말을 주워 모아서 시를 이루면(捃拾幫湊) 마음[心]에 어긋나고 정감[情]을 꾸며내게 된다.[31]

시는 뜻을 말하는 것이고 정감은 표현의 원천인데, 정감의 구체적인 내용인 희로애락은 사람마다 다르기 마련이다. 정감은 곧 개성적 정감을 말한다. 사람마다 다른 정감이 경물과 인사(人事)에 접하면서 마음에 가득

28) 夫詩言志 情生文 (〈復古賀太郎右衛門書〉)

29) 喜怒哀樂人人有異 山川原隰在在不同 以人人有異之情 寫在在不同之境 其言豈可齊乎 (〈復古賀太郎右衛門書〉)

30) 佳山勝水之難忘 良辰美景之可樂 戀友於天末 惜別于酒閒 情之生文 有時沛然不能自已 在狥於外乎 (〈復古賀太郎右衛門書〉)

31) 捃拾幫湊 違心飾情 ['군습(捃拾)'은 주워 모으는 것, '방주(幫湊)'는 병주(拼湊)와 같은 말로 자잘한 것을 한데 모으는 것]

차게 되면 표현(작품 창작)으로 이어진다. 남이 이미 사용한 말을 끌어다 쓰면서 내면에서 우러나오는 자연스러운 정감인 것처럼 가장해서는 안 된다. 그렇게 되면 거짓된 작품이 된다.

간 차잔은 위정(僞情)(거짓 정감)이 시인의 내면에서 싹튼다고 말하지 않는 대신에 자기 안에서 우러나온 정감을 다른 사람의 시구로 표현하는 모의(模擬)('捃拾幇湊')가 결과적으로 위정(僞情)을 초래한다고 말하고 있다. 시인의 내면에서 상황에 따라 그때그때 흘러넘치는 생생하고 다채로운 정감을[32] 이미 있는 시구로 표현해 낼 수는 없다. 모의는 정감을 왜곡한다. 그래서는 위시(僞詩)가 된다.

(金-1)~(金-3)과 비교할 때 (菅-1)·(菅-2)에는 한 가지 뚜렷한 특징이 있다. 그것은 간 차잔이 의고파를 비판하는 쪽에서 즐겨 거론하는 성령이나 천기에 대해서는 말을 아끼고 있다는 점이다. 이러한 면모는 여타 논설을 검토해도 크게 다르지 않게 나타난다. '지(志)'나 '정(情)'이라는 말로 충분하다고 생각해서일 수도 있고, 수립하고자 하는 시학의 초점이 마음(작시의 내적 본원)에 놓여 있지 않기 때문일 수도 있다.

2

김창흡은 "시수기실 화전진(詩須紀實畵傳神)"[33]이라고 했다. 그와 같이 사실성을 지향하는 작시 태도의 소산이라고 생각되는[34] 예로 다음과 같은 작품을 꼽을 수 있다.

(金-4)

朝來雨復作　　　아침에 비가 다시 내려

---

32) '情生文'은 이러한 뜻이라고 본다.

33) 〈拜送伯氏赴燕〉 其九, 《三淵集》, 권11.

34) 김남기, 「三淵 金昌翕의 詩文學 研究」, 서울대학교 박사학위논문, 2001, 85면.

閒坐愛浮漚　　한가로이 물 위의 거품 아끼네.
免漏茅茨靜　　띳집은 비가 안 새어 고요하고
含滋果藥稠　　과일과 약초 물기 머금어 살지네.
蛇窺穿屋雀　　뱀은 지붕 뚫는 참새 바라보고
鷄拾上階蜉　　닭은 섬돌 기어오르는 왕개미 주워 먹네.
懶意兼衰態　　뜻이 게으르고 몸도 쇠하여
詩從目下求　　시는 눈길을 따라 구하네.[35]

미련(尾聯)을 제외한 나머지는 경물(景物)을 묘사한 내용이다. 미련을 포함하면 이 작품은 시와 경물의 관계에 대한 논의로 읽을 수 있다. "詩從目下求"라는 구절을, 경물을 활용해서 시를 창작하는 자세에 대한 언급이라고 해석할 수 있기 때문이다.

"詩從目下求"는 무슨 말인가? 자기 정감을 발산하기보다는 눈에 들어온 경물을 사실적으로 그려내는 데 더 큰 관심을 기울였다는 말이라고 생각된다. 이 작품에서 묘사된 경물은 김창흡 당대 농촌에서 얼마든지 접할 법한 일상적인 경물이다. 시인이 시선을 높은 곳에 두고 장대한 경물을 읊고 있다거나 비감에 잠겨 강개하는 심사를 읊은 것과는 판연히 다르다. 시인은 생활 주변에서 발견한 일상적 경물을 아무런 과장 없이 그저 담담하게 노래하고 있다.[36] (金-4)는 '시수기실'의 실현이자 '대성

---

35) 〈檗溪雜詠〉 其二十九, 《三淵集》 권12. (김남기, 「金昌翕의 山水詩 硏究」, 서울대학교 석사학위논문, 1994, 30·55면 참조)

36) 안대회, 『18세기 한국 한시사 연구』, 소명출판, 1999, 70면. 여운필, 「東溟詩와 三淵詩의 距離」, 『韓國漢詩硏究』 14, 한국한시학회, 2006, 213면에서는 〈벽계잡영(檗溪雜詠)〉(其二十七)을 평하기를, "거처 주변의 심상하고 일상적인 경물을 형식에 구애받거나 용사(用事)에 힘쓰지 않고 있는 그대로 묘사하고서 범상한 정회로 마무리하고 있다. 이런 평범 속에서 드러난 진경(眞境)과 신정(新情)에서 참된 조선시를 볼 수 있다는 평가를 받는 작품이거니와, 일상을 송시(宋詩)처럼 평담하게 표현한 점 또한 삼연다운 특징이라 할 만하다."라고 했다. 본문에서 인용한 작품을 두고도 이런 평을 할 수 있다고 생각한다. 김창흡의 이런 작품이 '참된 조선시'라고 한 평가는 민병수, 『韓國漢詩史』, 태학사, 1996, 372면 참조.

장어'를 일삼지 않으면서 '목전지경'에 적실한 언어를 부여하자는 원굉도의 제안에 대한 김창흡의 대응을 잘 보여주는 예라고 보아도 좋을 것이다.

기실(紀實)과 성령(性靈)은 어떤 관계인가? 김창흡이 이에 대해 명시적으로 언급한 바는 없지만, 어렵지 않게 짐작해 볼 수 있다. 아마도 성령(천기·진기)은 기실(紀實)을 통해 발현되어야 하고, 또한 그럴 때 시는 진시(眞詩)가 된다고 했을 법하다.

간 차잔은 작시에서 실경(實境)을 그려내야 한다는 점을 강조해서 말했다.

(菅-3)

○ 옛사람은 패옥과 같은 사소한 것으로도 도리어 덕을 기르고자 했다. 하물며 시는 志를 말하는 것이니 선택함이 없어서야 되겠는가? 실사(實事)를 기술하고 실제(實際)를 그린다(述實事 寫實際). 앞 사람이 숭상하던 바를 본받지 않고 지금 세상의 장식을 배우지도 않는다. 이래야 비로소 위시(僞詩)가 아니게 된다.[37]

○ 가테이(霞亭)[38]의 시는 힘써 실경(實境)을 그려냈으며(力寫實境) 시대의 숭상하는 바를(의고를) 따르지 않았다. 나의 여러 작품에서 만족스럽지 못한 바가 있었는데, 가테이는 혹 능히 말할 수 있었다.[39]

작시는 언지(言志)하는 일임을 재확인했다. 그런데 시는 많은 경우 지(志)를 그 자체로 표출하기보다는 경물(景物)이나 인사(人事)를 매개로 해서 표현하게 된다. 그래서 언지하자면 경물과 인사를 "택(擇)"하지 않을 수 없다. 양덕(養德)을 위해서 합당한 패옥을 신중하게 고르듯이, 언지를 위

37) 古人佩玉之微 猶有以養其德 況詩之言志 其可不有擇乎 述實事 寫實際 不倣前人顰 不學時世粧 乃始爲非僞詩也 (〈復古賀太郎右衞門書〉)

38) 호죠 가테이(北條霞亭, 1780-1823).

39) 其詩力寫實境 而不逐時尙 余之所嗛於衆作者 子讓或能言之 (〈霞亭詩集序〉). '子讓'은 호조 가테이의 자(字).

해서 합당한 대상과 표현 방식을 선택해야 한다. 시에서는 그 합당한 대상이 "실사(實事)"이고 "실제(實際)"이다. "실사"는 실제 사실이나 경험, "실제"는 실제 경물[實景]이라고 보아도 좋을 것이다. 실제 사실, 경험, 경물을 택해야 위시(僞詩)가 아닌 진시(眞詩) 창작이 가능해진다.

패옥은 상징이지만 실사나 실제는 '실(實)'(실제의 것)이다. 패옥은 패용하는 집단의 관습적인 동의에 기반하고 있지만, 실사나 실제는 구체적 경험, 개별적인 물상(物象)이어서 도리어 관습을 거부한다. 실사나 실제를 표현하기 위해서는 "不倣前人轙 不學時世粧"하는 결단이 필요한 이유가 여기에 있다.40)

각도를 조금 바꿔 생각해 보자. 간 차잔은 외물인 경(景)과 사(事)를 어떻게 시 속으로 끌어들여야 진시에 합당한지 논의하고 있다. 구체적으로 "述實事 寫實際"가 끌어들이는 방식을 말하는 부분이다. 여기서 한 가지 생각해야 할 점은, 공통분모인 '실(實)'은 대상(事/景)의 특성을 말하면서 동시에 대상을 드러내는 표현 방식[述/寫]의 특성도 규정하는 말이라는 점이다. 상식적으로 생각해도 대상은 '실(實)'하건만 드러내는 방식이 실(實)답지 못하고 허(虛)할 수는 없는 노릇이다.

간 차잔은 다른 글에서, '실사'와 '실제'를 그려내되 '허식(虛飾)'41)이나 '대성장어(大聲壯語)'42)를 일삼아서는 안 된다고 했다. '虛飾'이나 '大聲壯語'는 바로 실다운 표현과 의경의 대척점에 자리하고 있다고 볼 수 있겠다. 헛된 수식이나 과장이 없이 '역사실경(力寫實境)'한다면 작품의 표현과 의경이 실답게 될 것이다. 이처럼 시적 대상, 시적 표현, 의경까지도 '실(實)'에 긴박시키는 점이 간 차잔 시론의 두드러진 특징이다.

시적 표현의 실다움은 독창성을 훼손하지 않을까? 간 차잔은 그렇다

---

40) 관습을 등진 결과 '實'이 때로는 '奇'로 이어질 수도 있다.

41) 〈寬齋先生遺稿書〉

42) 〈霞亭詩集序〉

고 생각하지 않았다. 그는 '力寫實境'함으로써 '독조처(獨造處)'[43]가 있는 작품을 써야 한다고 말했다. 물론 그런 작품이 쉽게 이루어질 리는 만무하다. 그런 만큼 '力寫實境'과 '獨造處' 사이의 긴장이 작품의 미학적 성취를 가름하는 열쇠가 된다고 볼 수 있다. 요컨대 '실(實)'에 기초하면서도 독창성을 발휘할 때 시가 진실하고 아름답게 된다는 것이다.

4. 비교 논의

1

김창흡과 간 차잔은 공안파(원굉도)로부터 받은 자극을 소화해서, 시는 목전의 경물을 사실적으로 형상화하고, 대성장어로 정감을 허식(虛飾)하지 말며 어디까지나 실다운 수사로 진정을 담아야 한다고 주장했다. 두 사람은 '기실(紀實)'을 작시의 요체로 삼아 실경(實景)과 실정(實情)[44], 그리고 실사(實事)를 형상화하고자 했다. 의고주의 비판에서 출발해서 내놓은 두 사람의 시론이 용어나 논리에서 상당히 유사한 양상을 보여주었다.

어째서 새로운 시학의 모색이 '기실(紀實)'로 귀결되었을까? 이제 더는 성당시가 법일 수 없게 되었기 때문이라고 답할 수 있겠다. 법이란 무엇인가? 그것은 창작과 평가의 객관적인 기준이다. '시필성당'은 작품의 창작 방법과 평가의 준거가 이미 '밖에' '객관적으로' 주어져 있는데, 그것이 성당시라는 말이다. 그런데 의고적 창작을 표절이라고 비판하는 입장에 서면 그러한 객관적 준거(규범)를 인정하지 않게 된다. 그렇다면 타당한 창작 방법은 무엇이며 훌륭한 작품이라고 평가하는 기준은 무엇

43) 〈刻聽松庵詩序〉
44) '紀眞情'이라고 해도 좋을 것이다.

이란 말인가? 아마도 작품 '안에' 표현된 경물과 경험의 사실성, 정감의 진실성이라고 답하는 수밖에 없을 것이다.[45]

2

이상 김창흡과 간 차잔의 공통점에 주목해서 살펴보았다. 약간의 견해차가 있다 해도 본질적인 차이라고 보기는 어려웠다. 그런데 조금 더 깊이 들여다보면, 시의 역할을 두고 두 사람의 견해는 결정적으로 갈라진다. 이하 두 사람의 차이점에 대해서 좀 더 살펴보고자 한다.

김창흡은 다음과 같이 말했다.

(金-5)

靑瓜著小圃	푸른 오이 작은 텃밭에 심으니
目下見延縈	이제 막 구불구불 뻗어가네.
冉冉登柴架	느릿느릿 버팀목을 올라가니
寧非有性情[46]	어찌 성정(性情)을 지닌 것이 아니랴.

오이 덩굴이 버팀목을 타고 올라가는 모습 - '목전지경(目前之景)'을 그려내고 있다. (金-4)에서 말한 '詩從目下求'의 또 다른 예라고 해도 좋을 것이다. 그런데 '목전지경'에 주목한 결과 오이의 '성정' 발견에 이르렀다. '기실경(紀實景)'은 '기실리(紀實理)'에 이르기 위한 디딤돌이라는 점을 암시한다. 다음 작품도 마찬가지다.

45) 표현 대상과 표현(된 것) 사이의 관계로 관심을 돌려야 한다는 뜻이다.

46) 〈葛驛雜詠〉 118(《三淵集》 권15). 이 절에서 논의하고 있는 작품의 인용과 번역은 최유진, 앞의 글에 의지했다.

(金-6)

物分羣品在	사물은 나뉘어 여러 종류 있지만
理就一源看	일원(一源)의 이치에 나아가 보아야 하리.
便覺頭頭是	이것도 저것도 옳음을 알고
眞成箇箇完	물물(物物)마다 완전함을 이루네.
蝶依菁葉舞	나비는 무 잎사귀 곁에서 나풀나풀
蚓傍莧根蟠	지렁이는 비름 뿌리 옆에서 꿈틀꿈틀.
莫厭池蛙閙	연못 개구리 시끄럽다 싫어 말자
陰晴爾自懽[47]	흐리거나 개이거나 저대로 기뻐서 그런 것이니.

두두물물(頭頭物物)이 모두 기실(紀實)의 대상이 되지만, 기실(紀實)은 '일원지리(一源之理)'를 드러내 주기에 가치가 있는 일이다. 시인이 경물을 접하면 감흥이 일어나는데, 주관적인 감흥이 함부로 발산되게 하지 말고 이리관물(以理觀物)해서 경물을 경물답게 하는 이치[소이연(所以然)]를 깨달아야 한다. 그리고 기실(紀實)에 충실한 작품을 읽는 독자는 개별적인 소재(경물) 너머에 있는 '이일(理一)'의 질서를 떠올릴 수 있어야 한다.

(金-7)

妙哉林下趣	오묘하여라, 산림의 정취는
心目有餘淸	마음에도 눈에도 청량함 가득.
造次天機値	매 순간에도 천기(天機)를 만나니
森羅物態呈	삼라만상의 물태(物態)가 드러나네.
觀仁雞稚嫩	병아리 품은 어미 닭에서 인자함 보고
比學雀飛輕	가벼이 나는 참새에서 배우고 익힘을 보네.
事事將心證	일마다 마음으로 징험할 수 있으니
陳編枉損精[48]	묵은 책에 매달리는 건 정신의 소모일 뿐.

47) 〈檗溪雜詠〉 13(《三淵集》 권12)
48) 〈檗溪雜詠〉 16(《三淵集》 권12) 최유진, 같은 글, 289면.

삼라만상의 물태는 천기의 발현이고 천리의 실현이다. 병아리를 품은 어미 닭, 가벼이 나는 참새, 이것들은 그저 심상한 경물인데, 시인은 그 속에서 천기가 발현되고 천리가 실현되고 있다는 것을 실감한다. 시인이 기실(紀實)의 태도와 방법으로 경물과 정감을 형상화한다지만 그것은 만물의 개별적 특성이나 개별 사물에 접하고서 일어난 그때그때의 정감을 그려내자는 것이 아니다. 기실(紀實)의 궁극적인 목표는 천기(天機), 천리(天理), 일원(一源)이라고 하는 것 - 바로 '이(理)'의 형상화에 있다. 이렇게 해서 두두물물이라고 하는 대상, 기실(紀實)이라고 하는 방법, 천기·성령의 발현이라고 하는 본원(원리)은 한 차원 높은 곳에서 새로운 통일을 이루게 된다.

어디 자연 경물뿐이겠는가? 김창흡은 세상사도 천리(天理)의 실현이라는 기준을 가지고 기실(紀實)의 방법으로 형상화해야 한다고 했다.

(金-8)

詩學硏窮四十年	시학(詩學)을 천착한지 어느덧 40년 성상
風花雪月竟茫然	바람과 꽃, 눈과 달에 망연자실하네.
男兒事業如斯止	남아의 사업이 머물러야 할 것은
禮樂兵刑萬理全[49]	예악병형(禮樂兵刑) 온갖 이치가 온전한 것이지.

"풍화설월(風花雪月)"을 한마디로 말하면 자연 경물이다. "예악병형(禮樂兵刑)"은 정치이자 이치의 사회적 실현이다. 유자(儒者)라면 마땅히 국가의 예악(禮樂)이나 국방, 형정(刑政)이 제 자리를 찾을 수 있도록 힘써야 한다. 시인은 풍화설월을 그리는 데 머물러서는 안 되고 예악병형과 같은 비시적(非詩的)인, 국가의 제도나 사회문제까지도 작품화해야 한다.[50] 산수시(山水詩)만이 아니라 인정시(人情詩)·기속시(紀俗詩)를 힘써 써야 하는 이유를 이렇게 밝혔다고 생각한다.

---

49) 〈葛驛雜詠〉 其三十六, 《三淵集》 권14.
50) 안대회, 같은 책, 74-75면.

간 차잔은 어떠한가? '역사실경(力寫實境)'해야 한다는 점을 거듭 강조했다. 자신의 작품은 기실(紀實)에서 도리어 모자란 점이 있다고 할 정도였다. 기실(紀實)해야 하는 이유는, 그래야 천편일률에 떨어지지 않고 개성과 독창의 보장되기 때문이라고 했다.

> (菅-4)
>
> 가테이(霞亭)의 시는 힘써 실경(實境)을 그려냈으며(力寫實境) 시대의 숭상하는 바를(의고를) 따르지 않았다. 내가 여러 작품에서 만족스럽지 못한 바가 있었는데, 가테이는 혹 능히 말할 수 있었다. (…) 나는 스스로 내가 된다. 시의 체재가 시속에 맞는지는 돌보지 않는다. 당송(唐宋) 제공(諸公)도 그러했다. 내가 능히 내가 될 수 없다면 남들을 따라 부침(浮沈)하게 된다. 시가 시답게 될 바가 어디 있겠는가.[51]

기실(紀實)의 결과로 '나는 스스로 내가 된다'라고 했다. 그런데 간 차잔은 기실(紀實)이 중요하다고 거듭거듭 강조하면서도, 기실(紀實)의 대상이 되는 경물이나 정감에 대한 철학적 논의를 힘써 하지는 않았다. 시에 대해 논하면서 성령이나 천기, 천리와 같은 말을 즐겨 사용하지 않았다. 다만 기실(紀實)은 개성을 보장해 주기 때문에 중요하다고 했다. 기실경(紀實景)하면 자연히 실정(實情)(眞情)이 드러나게 된다고 본 듯하다.

간 차잔은 '실(實)'을 창작 방법과 미의식의 근원으로 삼고서 진실하고 개성적이고 독창적인 시를 써야 한다고 주장했다. 그런데 좀 더 근본적인 의문이 있다. 그런 시는 왜 쓰는가? 시 창작의 동기나 효용은 무엇인가? 다음 인용문에 간 차잔의 답이 있다.

---

51) 其詩力寫實境 而不逐時尙 余之所慊於衆作者 子讓或能言之 (…) 我自爲我 而不省其體之入時 唐宋諸公爲然 我不能爲我 從人浮沈 安在其爲詩 (〈霞亭詩集序〉)

(菅-5)

후세(後世)의 시는 대체로 오락(娛樂)을 취하는 도구에 지나지 않는다. 밖을 따르는 자는 남이 자기를 칭찬하는 것을 기뻐한다. 이를 소요자적(逍遙自適)하며 밖은 신경 쓰지 않는 경우와 견주어 본다면, 어느 쪽이 참된 오락(娛樂)인지는 논변할 필요도 없이 자명한 일이다.52)

외부의 평가에 휘둘리는 것은 잘못이라는 말은 쉽게 납득할 수 있다. 그렇지만 시가 오래전부터 '오락'을 얻는 도구에 지나지 않게 되었다는 말은 의외의 발언이다. '오락'은 즐거움이다. 문맥상으로는 내면에서 느끼는 즐거움을 말한다고 보아도 잘못이 없겠다.

시로 '오락'을 취한다는 말은 〈서〉에 한 번 더 나온다.

(菅-6)

아름답고 빼어난 산수를 잊기 어려움, 좋은 시절 아름다운 경치의 즐길만함, 머나먼 곳에서 친구를 그리워함, 술자리를 열어 애틋하게 이별함, 이러한 정(情)이 문(文)을 낳는데, 어느 때는 넘쳐흘러 스스로 그만둘 수가 없게 된다. 그러니 밖을 따를 것이 있겠는가? 감흥이 일면 짓되 많이 짓고자 하지 않는다. 뜻이 다하면 그만두어 완성된 한 편을 이루려 하지 않는다. 곱고 밉고에 구애되지 않고 비방과 칭찬에 흔들리지도 않는다. 이른바 내가 법화(法華)를 굴리지, 법화가 나를 굴리는 것이 아닌 경지이니, 내가 오락(娛樂)을 취하는 바가 저절로 그 속에 있는 것이다. 어찌 다른 사람이 나를 칭찬하기를 기다리겠는가?53)

이곳에서도 역시 타인의 평가를 의식하지 말고 내면의 흥취에 따르라

52) 後世之詩 大抵不過爲取娛樂之具 狥於外者 以人之譽己爲悅 比之逍遙自適 無待於外者 其爲娛樂 何如也 亦自不待論辨矣 (〈復古賀太郎右衛門書〉)

53) 佳山勝水之難忘 良辰美景之可樂 戀友於天末 惜別于酒間 情之生文 有時沛然不能自已 在狥於外乎 興到而作 不務多 意盡而止 不必成篇 不拘拘乎姸媸 不屑屑乎毀譽 所謂轉法華不法華轉者 而我所以取娛樂自在於其中 夫豈待人之譽己乎 (〈復古賀太郎右衛門書〉)

는 말을 하고 있다. 내면의 흥감에 충실하면서 시를 짓다 보면 그런 가운데서 내가 '오락'을 취하게 된다고 했다. 이곳에서도 '오락'을 '즐거움, 자기표현이 가져다주는 만족감'이라고 바꿔 말해도 좋을 것이다. 시를 짓는 행위는 자기만족을 얻기 위한 즐거운 활동이다.

(菅-5)에서 '후세(後世)'라고 한 시점은 자기 시대를 포함해서 앞선 어느 시기를 말하는데, 필시 시가 '오락' 이외의 것을 함께 추구한다고 믿었던 시대를 가리킬 것이다. 명시적으로 말하고 있지는 않지만 그런 시대에 작시 행위에 결부되어 있던 바가 무엇인지 추측해 볼 수 있다. 아마도 그것은 관료가 되기 위한 능력의 발현, 시교(詩教)니 재도(載道)니 훈민(訓民)이니 해 온 작시 행위의 목적성, 그리고 내면수양에 도움을 준다는 도덕적 효용성 등등일 것이다. '오락'이라는 말은 그런 것들과는 다른 차원에서 쓰는 말로 보인다.

'오락'은 쾌(快)/불쾌(不快), 낙(樂)/불락(不樂)을 논의하는 범주(문제의식의 틀)여서 시를 논의할 때 들었던 전통적인 범주들, 예컨대 공자(孔子)가 '흥관군원(興觀群怨)'[54]을 말하며 강조한 시의 정치성과 사회성, 성리학에서 말하는 온유돈후(溫柔敦厚)는 물론이고 문이재도(文以載道), 도본문말(道本文末)이라는 말에 담긴 도(道)와 문(文)의 관계 등과도 다른 범주다. '오락'은 문학이 다른 무엇을 위해 쓰일 수 없으며 오로지 작가의 내면적인 즐거움을 위해서 기능해야 한다고 보는 탈정치적·탈이념적 입장에서 사용한 말이라고 본다.

여기에 이르고 보니 (菅-2)에서 한 말('아름답고 빼어난 산수를 잊기 어려움, 좋은 시절 아름다운 경치의 즐길만함, 머나먼 곳에서 친구를 그리워함, 술자리를 열어 애틋하게 이별함, 이러한 情이 文을 낳는데, 어느 때는 넘쳐흘러 스스로 그만둘 수가 없게

---

54) 공자는 《시경(詩經)》의 효용성에 대해 논하면서 시는 '감흥을 불러일으키고(興) 정치의 득실을 알게 하며(觀) 일체감을 높여 서로 함께 사는 데 도움을 주고(群) 원망하는 심정을 드러내기도 한다(怨).'라고 했다. 《논어(論語)》 〈양화(陽貨)〉 편에 나오는 말이다.

된다.')이 새롭게 보인다. 작시의 동기로 여러 가지를 언급했는데, 모두 '오락'에 해당하는 일이라고 이를 만하다.

실제 작품을 통해서 확인해 보기로 한다.

(菅-7)

蓮已摧殘菊未開	연꽃은 이미 시들고 국화는 아직 피기 전
此時秋物各爭才	이때는 가을 화초가 각기 재주를 뽐낼 때.
遮人敗醬堆金粟	사람을 막아서는 마타리는[55] 금속(金粟)을 쌓아 놓은 듯
沿路鷄腸捧玉杯[56]	길을 따라 핀 광대나물은 옥배(玉杯)를 받드는 듯.

〈추일잡영(秋日雜咏)〉(1)이다. 연꽃이나 국화를 노래한 것이 아니어서 소재 선택에 있어서부터 달라졌음을 느끼게 된다. 연꽃이나 국화가 내포하던 상징적인 의미도 벗어 버렸다. 식물의 실제 이름을 다수 등장시켜 사실적이라는 인상을 증대시킨다. 눈앞에 있는 풍경에 직접 접해서 그 속에서 아름다움을 발견해 내려 했기에 그럴 수 있었다.[57] 작품의 어조가 결코 '대성장어(大聲壯語)'가 아니요, 의경이 '웅위활대(雄偉闊大)'한 것도 아니다. 한가롭다고밖에 할 수 없는 농촌 풍물을 사실적으로 노래한 작품이 그럴 수는 없었다.

다음은 일곱 수의 연작시 〈형(螢)〉 가운데 네 번째 작품이다.

(菅-8)

一星橫迸度回塘[58]	별 하나가 휘익 회당(回塘)을 건너니
影落淸波上下光	그림자 맑은 물에 떨어지며 상하가 환하다.

---

55) '마타리'는 여랑화(女郎花)라고도 한다.

56)《黃葉夕陽村舍詩後編》권7.

57) 이 작품에 대해서는 Marguerite OYA, 「江戸時代の漢詩とリアリズム」, 『国際日本文学研究集会会議録』, 国文学研究資料館, 1989, 43-46면에서 자세히 살폈다.

58) '횡병(橫迸)'은 횡류(橫流)의 뜻. '회당(回塘)'은 둘레가 굽이진 연못.

飛漸低垂誤投水	수면 위를 날다가 점차 내려가 물에 빠졌는가 했더니
俄然蘋葉更高颺[59]	돌연 수초 잎 사이로 높이 날아오른다.

"일성(一星)"은 마치 유성처럼 하늘을 가르며 나는 반딧불이를 비유한 말이다. "상하광(上下光)"이라는 말로, 물 위를 나는 반딧불이의 빛이 수면을 비추고 있는 모습을 표현하고 있다. 반딧불이가 수면을 날아다니더니 한순간 빛이 사라져서 수중에 떨어졌는가 여기고 있었는데, 돌연 수초 잎 사이에서 날아올랐다고 했다. 반딧불이의 약동하는 모습을 잘 포착하고 있다.

반딧불이가 날아가는 모습을 섬세하게 포착해서 연작시 일곱 수로 그려냈다. '역사실경(力寫實境)'한 작품의 예로 들 만하다. 그런데 일곱 수의 연작시 가운데서 이취(理趣)가 느껴지는 작품을 발견하기는 어렵다. 김창흡이 그러했듯이 천기(天機)나 천리(天理)의 발현임을 알아야 한다는 언급도 보이지 않는다. 반딧불이의 움직임을, 배경이 되는 경물과 함께 그려냄으로써 당대 히로시마 지역 농촌의 경물을 사실적으로 형상화하는 것이 작시의 방법이자 지향점이 되고 있다.

간 차잔의 이런 작품들은 '전원생활(田園生活)을 묘사형(描寫型)'으로 읊었다고 평가된다.[60] 일상에서 벌어지는 심상한 일, 일상에 있지만 놓치기 쉬운 일들을 시의 제재로 하고 있다. 이처럼 일상의 작은 일에서 시적 감흥을 느끼고 일상경물의 사실적 묘사에 힘쓰는 것은 일본 시인의 특성이기도 하다. 간 차잔의 시는 송시(宋詩)에 기반하고 있으면서도 송시 그 자체는 아니고 일본인의 한시가 되고 있으며, 여기에 이르러서 진정한 의미의 일본 한시가 탄생했다고 하는 평가가 있다.[61]

---

59)《黃葉夕陽村舍詩後編》권7.

60) 小西甚一, 『日本文藝史』 V, 講談社, 1992, 29-30면.

61) 小西甚一, 같은 책, 31면.

5. 한시사의 향방

김창흡과 간 차잔은 앞 시대 문학의 주류였던 의고주의를 비판하고 기실(紀實)에 입각해서 개성적이고 독창적인 작품을 쓰고자 했다. 시는 실정(實情)을 담아야 하고, 실경(實景)을 실답게 표현해야 한다고 한 점에서 큰 차이가 없다. 의고주의를 비판하는 사람이라면 누구나 하는 말을 두 사람도 했다. 그러면서도 김창흡은 시는 철학이나 정치와 관련되는 일이라고 했다. 반면 간 차잔은 시는 철학이나 정치와는 거리가 있는 자기만족을 위한 일이라고 보았다.

김창흡과 간 차잔은 공안파의 논리를 수용해서 소화한 결과 각기 개성적인 작품 세계를 개척했다. 두 사람의 작품은 이미 당대에 열렬한 환영을 받았고, 두 사람은 시사(詩社)의 주역으로 활약했으며 후대에도 적지 않은 영향을 끼쳤다.62) 그래서 두 사람의 차이점을 두 사람의 개인차라고만 해석하기는 어렵다.

전범에 얽매이지 않고 개성적인 작품을 마음껏 써도 좋다고 하는 시대에 김창흡은 시와 철학, 시와 정치를 결합했다. 의고주의를 비판하고 기실(紀實)을 지침으로 삼아 과장 없는 정감을 표현하려 하지만 학문(철학)을 하고 정치를 담당하는 사대부의 입장을 의연히 견지하는 것이다. 문학은 학문의 다른 말이지 문예라고 할 수는 없다는 입장이다.

시는 감당해야 할 책무가 큰, 사대부의 사대부다움을 드러내는 중요한 활동이다. 김창흡은 주자학을 익힌 사대부로서의 자기 인식이 투철했기에 동지를 많이 모을 수 있었을 것이다. 시가 천리(天理)를 인식하는 활동과 무관하지 않다는 것, 시가 예악병형(禮樂兵刑)에 대한 관심사를 표현하는 수단이라는 것, 바로 이런 생각을 가진 것이 18·19세기 한국 시인의

62) 대표적으로 김형술과 富士川英郎의 논저가 그러한 점을 밝혔다.

전형적인 면모가 아니었던가 한다.

그런데 간 차잔은 달랐다. 간 차잔에 앞서서 의고주의를 고창한 것은 오규 소라이의 겐엔파(고문사파)였다. 그런데 오규 소라이의 고문사(古文辭)는 철학과 정치를 배제한 영역이었다. 만일 간 차잔이 주자학자로서 겐엔파의 의고주의를 근저에서부터 비판하고자 했다면 겐엔파의 고문사가 배제한 영역, 즉 문학에서의 철학과 정치의 영역을 복권해야 했다. 그런데 간 차잔은 의고주의는 비판하면서 철학과 정치 배제는 비판하지 않았다.

'역사실경(力寫實境)'하면서 자기만의 경물 인식을 자기의 언어로 표현하고자 한 결과 '전원생활을 묘사형'으로 노래한 작품 세계를 이루었다. 정(情)과 경(景)을 융회시켜 시를 창작하지만 주자학의 이치는 시에 직접 끼어들지 못하게 한다. 또한 정(情)과 경(景)을 융회시켜 시를 창작하지만 예악병형에 대한 관심이 직접 드러나는 것도 되도록 피한다.

18·19세기 동아시아 한시사에서는, 김창흡과 간 차잔에게서 뚜렷하게 나타난 이러한 양국의 특성을 어떻게 서술해야 할까? 지금까지의 논의를 토대로 다음과 같은 세 가지 작업가설을 세워볼 수 있을 것이다. 첫째, 18·19세기 동아시아에서는 의고주의를 비판하면서 정(情)·경(景)·사(事)를 기실(紀實)의 방법으로 담아내는 시 창작을 목표로 삼게 되었다. 그런 시가 진시(眞詩)라고 했다. 이런 점은 동아시아적인 보편성이라고 할 수 있다. 둘째, 작시의 이상을 실현하는 과정에서 각국의 특성이 드러나게 되었다. 다 같이 진시 창작을 목표로 삼았지만, 진시에서 무엇이 강조되어야 하는가 하는 점에서는 의견이 달라서, 정감(情感) 발산의 우위,[63] 이(理)의 우위, 사생(寫生)의 우위라고 요약할 수 있는 작품 세계가 각기 두드러지게 되었다. 한국에서는 거기에 예악병형에 대한 관심이

63) 앞서 중국에 대해서는 논의하지 않았는데, 예를 들어 원매가 정(情)·성정(性情)·성령(性靈)을 시론의 핵심 용어로 사용하면서 그 자체로 진실하고 개성적인 정감을 적극적으로 옹호했다는 사실은 잘 알려져 있다.

더해진 것도 특징으로 꼽을 수 있다. 셋째, 18·19세기 동아시아 한시의 동이점은 결국 '중국적 한시', '한국적 한시', '일본적 한시'가 무엇인가 탐구하는 데 소용될 단서가 된다고 본다. 예컨대 '일본적 한시'는 와카(和歌)를 빼닮았다고 한다. 아마도 담당층[儒者]의 처지, 문학사의 전통, 문학에 대한 기대를 반영해서 나타난 특성일 텐데, 깊이 탐구해 볼 문제가 아닌가 한다.

6. 맺음말

본론에서 얻은 결과를 요약하면 이렇다. 김창흡과 간 차잔 두 사람은 의고주의 비판에 동조했다. 고원(高遠)한 성당시를 일방적으로 모의하지 않는다. 목하(目下)의 (소소하기까지 한) 경물에 눈길을 주고, 거기서 유로된 차분한 정감을 담는다. 대성장어(大聲壯語)가 아닌 실다운 언어를 사용한다. 모름지기 시는 기실(紀實)해야 한다.

두 사람의 차이점 또한 주목된다. 김창흡은 정감과 경물은 천리(天理)를 매개로 하여 작품 안에서 만나게 되며, 둘을 매개하는 언어 표현은 철학적인 성격을 띠게 된다고 했다. 반면 간 차잔은 정감과 경물을 매개하는 천리를 상정하지 않았다. 간 차잔은 경물을 섬세하게 관찰하고 세밀하게 표현하는 데 작시의 이상이 있다고 했다. 요컨대 김창흡은 경물을 통해 이치를 표현하는 데까지 나아가려 하고, 간 차잔은 경물 자체를 표현하는 데 힘쓰고자 한 차이가 있다.

김창흡은 시는 천리(天理)의 표현이면서 예악병형(禮樂兵刑)에 대한 관심을 담아내는 고차원의 언어활동이라고 했다. 사대부로서 문학의 위상을 높이 두고, 문학이 할 수 있는 일이 많고 크다고 했다. 반면 간 차잔은 문학은 오락(娛樂)이라고 하면서 문학은 철학과 정치에서 멀리 떨어진 곳에 자기 고유의 영역이 있다고 보았다. 김창흡은 문학은 학문(유학)과 가까운 자리에 있다고 했다면 간 차잔은 문학은 문예여야 한다고 한 것이다.

김창흡과 간 차잔은 '시는 정감과 경물을 진실하게 표현해야 한다, 시는 마땅히 실경을 그려야 한다'라는 생각을 가지고 있었다. 의고주의 비판과 극복이라는 시대적 흐름에 보조를 맞추면서, 경물과 정감을 어떤 언어로 표현해 낼 것인가 하는 시학의 근본 문제를 탐구하여 자신만의 시학을 정립했고, 그 결과가 당대 시인들의 커다란 지지를 받았다. 18·19세기 한국과 일본에서 한시의 작풍이 달라지는 데 두 사람이 기여한 바가 크다고 하겠다.

김창흡과 간 차잔의 시학이 각자 개인의 성취라고 볼 것인가, 아니면 두 나라 한시사의 기저에 놓여 있던 특성이 두 사람을 만나서 표면화한 것인가 생각해 볼 수 있다. 필자는 두 사람의 시학이 좁게는 두 나라의 한시, 나아가 문학 일반의 특성을 표면화한 것이라고 생각한다. 전범에 매이지 말고 실경을 개성적으로 그리라는 요구는 오랜 기간 성장해 온 두 나라 문학의 특성이 드러나는 계기로 작용했다고 보는 것이다. 그래서 두 사람의 시학을 비교함으로써 두 나라 한시사, 나아가 두 나라 문학사를 총괄해서 이해하는 어떤 단서를 찾을 수 있을 것이라는 기대는 정당화된다고 생각한다.

4부 시가

01

차자표기와 민족어 시가

1

이 장에서는 차자표기와 차자표기로 기록된 민족어 시가에 대해서 논의하고자 한다. 차자표기란 한자를 이용해서 자국어를 온전히 표기한 표기체계(표기법)를 가리킨다. 한국의 향찰, 일본의 만요가나, 베트남의 쯔놈이 그런 차자표기다. 그리고 한국의 향가(鄕歌), 일본의 와카(和歌), 베트남의 터 놈(thơ Nôm, 喃詩)이 차자표기로 기록된 민족어 시가 양식이다.

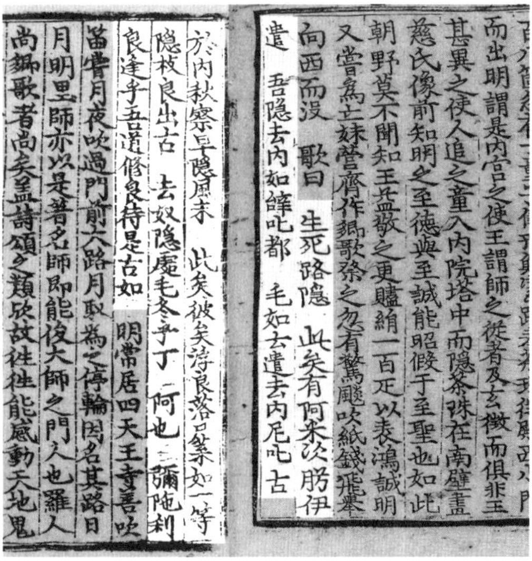

《삼국유사》〈제망매가〉 부분

2

먼저 향찰과 향가에 대해서 살펴보고자 한다. 향찰은 향가의 문장과 같이 한국어를 차자로 온전하게 표기한 문장이나 그 표기체계(표기법)를 가리킨다. 향찰이라는 말은 문헌상으로는 《균여전(均如傳)》(1075년)에 보이는데, '향(鄕)'은 향가(鄕歌)·향언(鄕言)·향명(鄕名)에서 보는 바와 같이 한국 고유의 것을 표현한 말이다.

향찰은 8세기경에 쓰이기 시작하여 9, 10세기에는 널리 보급된 것으로 추정된다. 향찰의 기록으로서 현재 전하여 오는 것은 주로 향가다. 《삼국유사(三國遺事)》에 삼국시대와 신라 시대의 향가 14수, 고려 초에 균여(均如, 923-973)가 지은 향가 11수가 《균여전》에 실려 전하고, 고려 예종이 1120년에 지은 〈도이장가(悼二將歌)〉 1수가 있어 모두 26수의 시가가 향찰로 기록되어 전한다.1)

향찰은 문장을 완전한 한국어의 어순으로 배열했다. 향찰은 조사나 어미의 표기가 정밀하여 자연스러운 한국어 문장을 표기하고 있다. 향찰의 표기 구조를 보면, 개념을 나타내는 부분은 한자의 본뜻을 살려서 표기하고, 조사나 어미와 같이 문법 관계를 나타내는 부분과 단어의 어말음 부분은 한자의 뜻을 버리고 표음문자로 이용하여 표기했다.

고려 시대에 들어와서는 한문에 밀려 향찰의 사용이 차츰 위축되어 간 것으로 보인다. 다만 《삼국유사》를 편찬한 일연(一然, 1206-1289)은 향찰 표기를 이해하고 향가를 싣고 있으며, 고려 후기에 처음 간행된 《향약구급방(鄕藥救急方)》의 한국어 표기에서도 향찰로 표기된 문장이 쓰인 것으로 보아 13세기까지는 존재하고 있었음이 분명하다.

---

1) 정서(鄭敍)가 고려 의종 때(1146-1170)에 지은 〈정과정곡(鄭瓜亭曲)〉도 고려속요로 전해 오지만 그 형태가 10구체 향가와 흡사하다고 보아 향가의 범위에 넣기도 한다. 〈도이장가〉와 〈정과정곡〉을 포함하면 현존 향가 작품은 27수다.

향가 작품의 예로 〈제망매가(祭亡妹歌)〉를 살펴보기로 한다. (ㄱ)은 향찰 원문, (ㄴ)은 해독문, (ㄷ)은 현대어 번역문이다.

(ㄱ)	(ㄴ)	(ㄷ)
生死路隱	生死 길흔	생사 길은
此矣有阿米次肸伊遣	이에 이샤매 머뭇그리고,	예 있으매 머뭇거리고,
吾隱去內如辭叱都	나ᄂᆞᆫ 가ᄂᆞ다 말ㅅ도	나는 간다는 말도
毛如云遣去內尼叱古	몯다 니르고 가ᄂᆞ닛고.	못다 이르고 어찌 갑니까.
於內秋察早隱風未	어느 ᄀᆞᅀᆞᆯ 이른 ᄇᆞᄅᆞ매	어느 가을 이른 바람에
此矣彼矣浮良落尸葉如	이에 뎌에 ᄠᅥ러딜 닙ᄀᆞᆫ,	이에 저에 떨어질 잎처럼,
一等隱枝良出古	ᄒᆞᄃᆞᆫ 가지라 나고	한 가지에 나고
去奴隱處毛冬乎丁	가논 곧 모ᄃᆞ론뎌.	가는 곳 모르온저.
阿也 彌陁刹良逢乎吾	아야 彌陀刹아 맛보올 나	아아, 미타찰에서 만날 나
道修良待是古如 道	닷가 기드리고다.	도 닦아 기다리겠노라.[2]

이러한 형식의 향가 작품을 10구체라고 하고, 또 사뇌가라고도 한다. 첫 구 "生死路隱"을 통해서 향찰 표기 방식을 살펴보자. '生死'는 한자어 '생사'다. '路'는 한자를 훈(訓)(뜻)으로 읽고 그 뜻을 살려서 사용한 차자이고, '隱'은 한자를 음(音)으로 읽고 그 뜻은 취하지 않는 차자다. '路'는 '길', '隱'은 조사 '은'을 각각 표기하고 있다. 그래서 전체적으로 "生死 길흔"으로 해독된다.

작품의 내용을 보면, 죽은 누이를 애도하면서 아미타불의 서방정토에

2) 김완진, 『향가해독법연구』, 서울대학교출판부, 1980, 123-127면.

서 만날 것을 기원하고 있다. '생사 길'은 누이를 머뭇거리게 하며, 간다는 말도 못다 이르고 가게 했다. 낙엽의 비유는 죽음에 따르는 이별의 서글픔을 잘 나타내주는 표현이다. 마지막 부분에서는 시상의 비약을 이루어, 생사의 나뉨을 겪더라도 재회할 수 있다는 종교적 확신을 표명했다.

3

일본의 만요가나는 한자를 이용해서 일본어를 표음적으로 표기하는 시스템이다. 8세기에 편찬된 《만요슈》의 와카(和歌)(일본어 노래) 표기에 다양하게 사용되었기 때문에 만요가나라고 부르게 되었다.

《만요슈》에 실린 작품을 예로 들어 살펴보기로 한다. 《만요슈》 제2권 208번 작품으로, 작가는 가키모토노 히토마로(柿本人麻呂)[3]이다.

秋山之黄葉乎茂迷流妹乎將求山道不知母

한자 18글자로 되어 있지만, 한문(한시)이 아니라 일본어 노래다. 그러면 18자의 만요가나를 어떻게 읽고 해석한 것일까? 《만요슈》에 수록된 노래는 주된 율격이 '5·7·5·7·7'의 음수율이다. 즉, 위의 노래는 18자의 한자로 일본어 31음절을 표기한 것이다.

"秋山之"가 첫 5음절이다. 'あきやまの'(아키야마노)로 읽다. 한자 '秋山'(아키야마)은 한자를 일본어 훈으로 읽은 것이다. '之'는 일본어 조사 'の'(-의)를 표기한다. 그래서 '秋山之'(아키야마노)는 '가을 산속의'라는 뜻이 된다.

---

3) 생몰 연대는 미상. 주요 작품은 689년에서 700년 사이에 창작된 것으로 보인다.

만요가나를 현대 일본어 표기로 바꾸고 해석하면 다음과 같다. (ㄱ)은 만요가나 원문, (ㄴ)은 해독문, (ㄷ)은 현대 한국어 번역문이다.

(ㄱ)	(ㄴ)	(ㄷ)
秋山之	あきやまの	가을 산속의
黃葉乎茂	もみちをしげみ	단풍잎이 무성해
迷流	まどひぬる	길 잃어버린
妹乎将求	いもをもとめむ	아내 찾으려는데
山道不知母	やまぢしらずも	산길을 알 수 없네

아내가 무성한 단풍 숲에서 길을 잃어버렸다는 말은 아내가 세상을 떠났다는 뜻에서 한 말이다. 그런 아내를 찾을 수 없다며 애통한 심정을 드러내고 있다.

4

쯔놈은 중세 시기에 베트남 사람들이 한자를 차용해서 만든 베트남어 기록 문자이다. 한자의 음과 뜻을 빌려 자국어 문장 전체를 적은 표기법이라는 점에서 한국의 향찰이나 일본의 만요가나와 상통한다. 쯔놈 표기를 '꾸옥 엄'(國音)[4]이라고도 하고, 쯔놈으로 표기한 시가 작품을 '꾸옥 엄 티'(國音詩)[5]라고도 불렀다.

쯔놈이 처음 등장한 것은 8세기 혹은 그 이전이라고 하는데, 시간을 두고 점차 정착하여 대략 13세기경부터 문학작품 창작에 본격적으로 사용되었다. 향찰이나 만요가나와 마찬가지로 한자를 알아야 쓸 수 있었기

4) 오늘날 베트남어 표기로는 'quốc âm'이다.
5) 오늘날 베트남어 표기로는 'quốc âm thi'이다.

에 상층 지식인들이 쯔놈 사용을 선도하는 것은 당연한 일이었다.

쩐(陳) 왕조 년 똥(仁宗, 1258-1308)의 작품 〈득취임천성도가(得趣林泉成道歌)〉[6]의 한 대목을 살펴보기로 한다. 4음절 행이 길게 이어지는 정형시다.

쯔놈을 현대 베트남어 표기로 바꾸고 해석하면 다음과 같다. (ㄱ)은 작품의 쯔놈 원문이고 (ㄴ)은 현대 베트남어로 옮긴 것이며 (ㄷ)은 한국어로 풀이한 것이다.

(ㄱ)	(ㄴ)	(ㄷ)
念悉域域	niệm lòng vặc vặc	망념 사라지니 마음은 빛나고
覺性光光	giác tính quang quang	본성을 깨치니 밝고도 밝구나.
庄群彼此	chẳng còn bỉ thử	피차의 분별이 없으니
争人執我	tranh nhân chấp ngã	네 것 내 것 다툴 일이 없네.

첫 줄 "念悉域域"에서 '念悉'은 베트남어 'niệm lòng'(마음)을 표기하며 '域域'은 베트남어'vặc vặc'(밝게 빛나다)을 표기한다. 그래서 "念悉域域"은 '번뇌가 사라지니 마음은 빛나고'라는 뜻이 된다. 인용한 부분에서는 본성을 깨달아서 부처의 경지에 이르면 일체의 차별과 다툼이 사라진다고 말하고 있다.

5

한국, 일본, 베트남은 한자를 수용해서 자국어를 표기하는 데 이용함으로써 민족어 기록문학을 이룩했다. 차자표기로 기록된 향가, 와카, 터놈에서 '향·와·놈'은 모두 자기 나라를 가리키는 말이다. 차자표기로 기록된 노래를 살펴봄으로써 한자와 한문을 수용한 것이 민족어 문학의

6) 베트남어로는 '닥 투 럼 뚜옌 타인 다오 까(Đắc thú lâm tuyền thành đạo ca)'가 된다.

발달을 저해한 것이 아니라 민족어 기록문학의 발달에 긍정적인 자극을 주었다는 사실을 확인할 수 있다. 한국·일본·베트남은 한문학과 민족어 기록문학을 수준 높게 발전시키고자 노력한 공통점이 뚜렷하다.

향가, 와카, 터 놈은 정형시다. 운율을 갖추지 않고서 길게 이어지는 차자표기 산문은 쉽게 정착하지 못한 것으로 보인다. 한국의 한글, 일본의 한자 가나 혼용문은 그러한 어려움을 극복하기 위한 노력의 산물이다.

02

민족어 시가의 운율

1

동아시아 한문문명권의 여러 나라는 한문을 사용해서 문학작품을 창작했다. 이를 한문문학 또는 한문학이라고 한다. 한문학 가운데 중심은 단연 한시였다. 중국·한국·일본·베트남에서는 중국의 한시에 비해 손색이 없는 수준의 한시를 창작하기 위해서 각고의 노력을 했다.

그런데 한시는 민족어 시가와 공존했다. 동아시아 각국에서는 한시와 민족어 시가를 둘 다 소중히 여기고 창작에 힘을 쏟았다. 여기서는 각국의 민족어 시가를 대표하는 양식인 한국의 시조, 일본의 와카, 베트남의 터 놈(thơ Nôm)의 형식과 운율에 대해서 살펴보겠다. 운(韻)은 시행의 일정한 자리에서 같은 소리가 되풀이되는 것이다. 율(律)은 짜임새가 비슷한 말의 토막이 이어지는 것이다. 시조, 와카, 터 놈은 정형시라는 공통점이 있다지만 민족어의 특성에 따라서 운율을 운용하는 방식은 달랐다. 이 장에서는 그 점을 확인해 보고자 한다.

2

먼저 베트남 민족어 시가인 터 놈을 보자. 터 놈은 차자표기인 쯔놈으로 기록한 시가라는 뜻이다. '터'는 시가, '놈'은 쯔놈이다. 쯔놈 표기를 꾸옥 엄(國音)이라고 하는 데 따라서 터 놈을 꾸옥 엄 티(國音詩)라고도 한다. 응우옌 짜이(阮廌, 1380-1442)의 작품집을 《국음시집(國音詩集)》이라고 한 것을 보면 꾸옥 엄 티라는 명칭이 일찍부터 정착되었음을 알 수 있다.

터 놈, 즉 꾸옥 엄 티에 속하는 하위 양식이 여럿 있는데, 이곳에서는 단형 서정시 양식인 터 놈 드엉 루엇(thơ Nôm Đường luật, 唐律體喃字詩, 唐律國音詩)(이하 편의상 '당률국음시'로 표기함)의 형식과 운율에 대해 간략하게 살펴보고자 한다. 당률국음시는 '쯔놈을 사용해서 당시(唐詩)의 형식으로 창작한 시'를 말한다. 다시 말해서 중국에서 창안되어 전해진 근체시(近體詩)의 작시 규칙을 그대로 따르면서 베트남어(쯔놈 표기)로 쓴 작품을 말한다. 영어로는 'Nom poetry of Tang rules'라고 번역한다. 베트남어는 중국어와 같이 고립어이며 단음절어가 많은 언어이고, 성조어라는 특성을 가지고 있기 때문에 베트남어 노래와 근체시 형식의 결합이 용이했다. 당률국음시는 8행시(5언 8행, 7언 8행)이거나 4행시(5언 4행, 7언 4행)이다. 이는 각각 근체시의 율시(律詩)와 절구(絶句) 형식에 각각 대응한다.

작품 한 편을 예로 들어서 살펴보겠다. 쯔놈 원문을 제시하기는 어려워, 현대 베트남어로 옮겨 적은 텍스트를 제시한다.

Ao thu lạnh lẽo nước trong veo　平平仄仄仄平平韻
Một chiếc thuyền câu bé tẻo teo　仄仄平平仄仄平韻
Sóng biếc theo làn hơi gợn tí　仄仄平平平仄仄
Lá vàng trước gió khẽ đưa vèo　仄平仄仄仄平平韻
Tầng mây lơ lửng trời xanh ngắt　平平平仄平平仄
Ngõ trúc quanh co chách vắng teo　仄仄平平仄仄平韻

Tựa gối ôm cần lâu chẳng được　　仄仄平平平仄仄
Cá đâu đớp động dưới chân bèo　　仄平仄仄仄平平韻

차가운 가을 못, 물 맑은데
한 척의 조그만 낚싯배 (떠 있네).
푸른 수면에는 바람 불어 잔물결 일고
단풍은 산들바람에 나부끼고 있네.
뭉게뭉게 구름은 짙푸른 하늘을 떠가고
구불구불 대나무 숲길에는 손님이 끊어졌네.
기대고 앉아 한동안 낚싯대를 잡지만 얻는 것 없고
어떤 물고기인지 수초 아래서 입질하고 있네.

응우옌 쿠엔(阮勸, 1835-1909)의 〈추조(秋釣)〉라는 작품이다. 제목은 '가을 낚시'라는 뜻이다. 한시(근체시) 가운데 칠언율시의 운율을 준용해서 평측을 안배하고, 1·2·4·6·8행의 마지막 글자에 압운(押韻)을 했다. 압운은 같은 소리를 체계적으로 대응시켜 반복함으로써 운율을 형성하는 일을 가리킨다. 1·2·4·6·8행의 마지막 글자는 'veo' 'teo' 'vèo' 'teo' 'bèo'인데, '운'에 해당하는 부분은 '-eo'로 같다.

베트남어에는 여섯 가지 성조가 있는데 이 가운데 1성(thanh ngang, 타인 응앙), 2성(thanh huyền, 타인 후이엔)을 평성(平聲)으로 분류하고 나머지 네 개의 성조는 측성(仄聲)으로 분류한다. 'veo'처럼 모음 위에 아무런 표시가 없는 경우가 1성이고, 'vèo'처럼 모음 위에 '＼'(huyền, 후이엔) 표시가 있는 경우가 2성이다.

평측을 보면, 1행 두 번째 글자 'thu'가 평성이니 평기식(平起式)이다. 각 행의 두 번째 글자와 네 번째 글자는 평측이 서로 반대가 되는 이사부동(二四不同) 원칙이 지켜지고 있다. 또한 2행과 3행, 4행과 5행, 6행과 7행의 두 번째, 네 번째, 여섯 번째 글자의 평측이 같아야 한다는 점법(粘法)의 원칙도 따르고 있다.

이렇게 한시의 글자 수, 평측 운용, 압운법을 그대로 받아들여 베트남어로 창작하고 쯔놈으로 기록한 것이 당률국음시이다. 칠언율시 형식의 당률국음시가 가장 널리 쓰였는데, 칠언율시 한시와 마찬가지로 유교를 익힌 사대부가 정감과 인식을 담아내기에 적합한 양식이었다.

3

와카(和歌)는 31음절로 된 일본어 노래를 가리킨다. 먼저 작품을 한 편 보기로 한다.

> 산등성마루도 사라져 겹겹으로 저녁놀 안개 자욱한 그 저편은 (안개가) 비가 되었네
>
> 山(やま)の端(は)も / 消(き)えていくへの / 夕霞(ゆふかすみ) / かすめるはては / 雨(あめ)になりぬる

후시미인(伏見院, 1265-1317)의 작품이다. 원문을 한 번 보자. 와카는 5·7·5·7·7의 음수율을 가지고 있다. 음수율에 따라 끊어지는 마디를 '/'로 표시했다. 한시나 베트남 당률국음시와 달리 압운을 하지는 않다. 짧은 길이, 고정된 음절 수가 특징이다.

4

마지막으로 한국의 시조를 보자. 시조의 하위 유형으로 평시조, 사설시조가 있는데, 여기서는 평시조를 살펴보겠다.

고즌 므슨 일로 퓌며서 쉬이 디고
풀은 어이ᄒᆞ야 프르눈ᄃᆞᆺ 누르ᄂᆞ니
아미도 변티 아닐슨 바회뿐인가 ᄒᆞ노라

윤선도(尹善道, 1587-1671)의 작품이다. 행마다 음절 수가 일정하지도 않고 압운도 하지 않았다. 하지만 이 작품은 일정한 정형성을 갖추고 있다. 행마다 일정한 호흡과 의미의 마디가 있다. 이것을 음보(音步)라고 한다. 음보 단위를 표시하면 다음과 같다.

고즌 / 므슨 일로 / 퓌며서 / 쉬이 디고
풀은 / 어이ᄒᆞ야 / 프르눈ᄃᆞᆺ / 누르ᄂᆞ니
아미도 / 변티 아닐슨 / 바회뿐인가 / ᄒᆞ노라

이처럼 시조는 한 행이 4음보인 율격, 즉 음보율을 가지고 있다. 위 작품에서 각 음보는 음절 수가 2음절에서 5음절이다. 음절 수가 고정되어 있지 않다는 것을 알 수 있다.

5

동아시아의 여러 나라는 한시의 운율을 의식하면서 한시에 손색이 없는 정형시를 마련하려고 했다. 베트남의 당률국음시는 한시의 운율을 그대로 받아들였다. 글자 수와 평측의 안배, 압운을 하는 방법이 정확히 일치한다. 베트남어가 중국어처럼 고립어이며 성조어이기 때문에 근체시 운율 차용이 가능했다.

일본의 와카는 음절 수가 일정한 율격을 가지고 있고 한국의 시조는 음보율을 가지고 있다. 한국 시조의 음보는 음절 수가 고정되어 있지 않고 가변적이다. 일본어와 한국어는 언어의 성격이 가깝지만, 민족어 시가의 정형성은 상이한 데서 찾았다.

03

시조와 와카

이 장에서는 한국과 일본의 민족어 시가 양식인 시조와 와카를 간략하게 비교해서 살펴보고자 한다. 시조와 와카를 여러 측면에서 비교할 수 있는데, 여기서는 자연을 제재로 삼은 작품을 들어서 비교해 보고자 한다. 자연을 제재로 한 와카나 시조 작품이 풍부하면서도 표현과 미감이 크게 달라서 주목된다.

1

와카의 율격은 5·7·5·7·7의 음수율이다. 31음절로 작품이 완결되기 때문에 와카는 한 개의 서정적 단편이라고 할 만하다. 와카에는 자연과 접해서 생겨난 시적 화자의 감흥을 표현한 작품이 매우 풍부하다. 자연을 제재로 한 작품의 특성을 시조와 비교해서 드러내기 위해서는, 자연의 어떠한 면모를 포착해서 어떤 감흥을 실어 노래하는가 하는 점을 따져 보아야 하겠다.

다음 작품에서 볼 수 있는 바와 같이, 와카는 짧은 시간 속에서 변화하는 자연의 개별적이고 구체적인 모습을 포착해서 작품화하는 경우가 흔하다.

> 산등성마루도 사라져 겹겹으로 저녁놀 안개 자욱한 그 저편은 (안개가) 비가 되었네
> 山(やま)の端(は)も / 消(き)えていくへの / 夕霞(ゆふかすみ) / かすめるはては / 雨(あめ)になりぬる

앞서 본 바와 같이 후시미인의 작품이다. 피어오르는 안개가 산등성이를 뒤덮어 마치 산등성이를 사라지게 하는 것처럼 보인다. 산의 끝자락에서는 안개가 비로 바뀌어 내리고 있다. 이렇게 자연은 정지한 모습으로 포착되는 것이 아니라 소용돌이치며 변화하는 것으로 제시되고 있다. 자연은 그야말로 변화로 출렁이고 있다. 자연에서 변화하지 않는 그 무엇을 포착하려 하는 것도 아니고, 역으로 자연에 불변성을 투영하는 것도 아니며 시인의 눈에 들어오는 자연의 변화 자체에 주목한다.

다음 작품을 보고도 같은 말을 할 수 있는데, 이 작품에서는 시적 화자의 섬세한 감각이 더욱 돋보인다.

> 흰 이슬이라고 남들은 말하지만 들판을 보면 내린 꽃잎마다에 빛깔 다르다네
> 白露と人はいへども野べみればおく花毎に色ぞかはれる [황후궁 히고(皇后宮肥後)1)]

흰 이슬이라고 같은 것이 아니라 빛깔이 모두 다르다고 한 말이다. 이슬이 어느 빛깔 들꽃에 내려앉느냐에 따라 빛깔이 달라진다는 것이다.

---

1) 헤이안 시대의 여성 가인(歌人). 후지와라노 사다나리의 딸(藤原定成の娘).

이처럼 자연물은 추상화되지 않고 구체적인 것으로 개체성이 유지되고 있다. 그러한 개체를 그 자체로 포착하기 위해서 세밀하게 관찰하는 섬세한 감각이 필요한 것은 당연하다고 하겠다.

와카를 모아 놓은 가집(歌集)을 보면 사계절에 따라 자연을 노래한 작품들을 묶어 놓는 것이 일반적이다. 계절의 순환이라는 지속성을 노래하기보다는 계절감을 선명하게 느끼게 해 주는 상황을 포착해서 계절 변화의 미묘한 국면을 즐겨 작품화하곤 한다. 작품을 더 보기로 한다.

> 저녁이 되면 들녘의 가을바람 몸에 스며서 메추리 우는구나 잡초 우거진 마을
> 夕されば野辺の秋風身にしみて鶉鳴くなり深草の里

> 가지 때리는 빗방울에 시들어 지는 꽃잎을 아쉬워하는 정을 그 무엇에 비기리
> こすゑうつあめにしをれてちる花のをしき心をなににたとへん

후지와라노 도시나리(藤原俊成, 1114-1204)[2]와 사이교(西行, 1118-1190)[3]의 작품이다. 각각 봄의 정경과 가을의 정경을 노래한 작품이다. 계절의 변화를 느끼게 하는 자연의 구체적인 경물을 한데 모아 놓았으며 그 자연물은 '시간의 추이(推移)' 속에 제시되어 있다. 짧은 시간에 일어나는 자연의 변화에 관심을 두고 있으며 시적 화자는 변화를 아쉬워하면서 무상감(부재감이나 상실감)을 느끼고 있다. 와카의 이러한 독특한 정감을 '일본적 계절감'이라고 부르기도 한다.

---

2) 귀족[公家], 가인(歌人).
3) 무사, 승려, 가인(歌人).

2

시조에서는 자연이 '어떤 보편적인 진리(眞理)의 구현체(具現體)'로 노래되는 경향이 강해서, 자연물의 구체성은 약화되고 이념적인 주제 의식이 두드러지는 경향이 있다. 다음 작품에서 그런 특성이 잘 드러나 있다.

국화(菊花)야 너는 어이 삼월동풍(三月東風) 다 지닉고
낙목한천(落木寒天)에 네 홀로 픠엿는다
아마도 오상고절(傲霜高節)은 너뿐인가 ᄒᆞ노라

이정보(李鼎輔, 1693-1766)의 작품이다. 따뜻한 바람 부는 봄날이 아니라 낙엽 지고 쌀쌀한 늦가을에 서리를 맞으며 피어 있는 국화를 보면서 시련에 굴하지 않는 기상을 발견하고 있다. 국화의 구체적인 모습을 그려내기보다는 국화를 통해서 군자의 기상이라고 하는 이념을 환기하고 있다는 점을 알 수 있다.

춘풍(春風)에 화만산(花滿山)ᄒᆞ고 추야(秋夜)애 월만대(月滿臺)라
사시가흥(四時佳興)ㅣ 사ᄅᆞᆷ과 ᄒᆞᆫ가지라
ᄒᆞ믈며 어약연비(魚躍鳶飛) 운영천광(雲影天光)이아 어늬 그지 이슬고

이황(李滉, 1501-1570)의 작품이다. 봄바람이 불자 산에는 꽃이 가득 피고, 가을밤에는 달이 떠서 누각을 환하게 비춘다. 물고기가 뛰어오르고 솔개가 날고 구름이 떠가고 햇빛이 비친다. 자연은 참으로 조화롭고도 생기가 있다. 그 조화로움을 관조하고 있는 인간은 자연 속에 어떤 불변의 이치가 작용하고 있다는 것을 깨닫게 된다.

이 작품에서는 순환하며 지속되는 시간 속에서 자연물을 세부보다는 전체상을 포착해서 하나의 전체 풍경 속에 녹여 놓고 있다고 할 수 있다. 이처럼 자연물을 그려내면서도 유교 이념을 투영함으로써 철학적

의미를 갖는 것으로 노래하는 것이 와카에서는 보기 어려운, 시조의 특징이다.

시조에서 자연은 위로와 치유의 공간이기도 하다.

구버ᄂᆞᆫ 천심녹수(千尋綠水) 도라보니 만첩청산(萬疊靑山)
십장홍진(十丈紅塵)이 언매나 ᄀᆞ렛ᄂᆞᆫ고
강호(江湖)애 월백(月白)ᄒᆞ거든 더옥 무심(無心)ᄒᆞ얘라

산두(山頭)에 한운(閑雲)이 기(起)ᄒᆞ고 수중(水中)에 백구(白鷗)이 비(飛)이라
무심(無心)코 다정(多情)ᄒᆞ니 이 두 거시로다
일생(一生)에 시르믈 닛고 너를 조차 노로리라

이현보(李賢輔, 1467-1555)의 작품이다. 첫 번째 작품에서 "십장홍진(十丈紅塵)"은 번거롭고 속된 세상을 비유적으로 표현한 말이다. 먼지가 자욱한 인간 세상과 달리 강호, 즉 자연은 맑고 투명한 공간이다.

두 번째 작품에서 화자는"一生에 시르믈 닛고" 무심하고 다정한 구름과 갈매기를 벗으로 삼고 살아가기를 원한다. 욕망이 들끓고 갈등이 가득한 인간 세상과 달리 자연은 무욕(無慾)하고 무심한 곳이다. 그러한 자연에서 살면서 위안을 받고 치유되어 선한 본성을 회복할 수 있다는 믿음을 드러내고 있다.

3

와카는 '변화하는 자연 속에서 느끼는 애상의 정서'를 즐겨 표현하고, 시조는 '자연에서 환기되는 이념'과 '자연에서 받을 수 있는 위안과 치유'를 즐겨 표현했다. 와카는 한 장면에 초점을 맞추고 순간적인 인상을 그려내어, 시조는 지속되는 전체상을 그려내어 각각의 주제를 뒷받침했

다. 와카는 변화 속에 놓인 자연을 그려내어 무상감을 드러내는 경우가 많고, 시조는 자연의 불변성을 강조하면서 충족감을 드러내는 경우가 많았다. 자연에서 불변하는 이념을 찾으려 했던 사대부의 성향이 시조 작품에 반영된 것이라고 할 수 있다.

04

시조와 당률국음시

1

이 장에서는 한국과 베트남의 민족어 시가 양식인 시조와 당률국음시를 비교해서 살펴보고자 한다. 시조와 당률국음시를 여러 측면에서 비교할 수 있는데, 여기서는 자연과 진퇴(進退)를 제재로 삼은 작품에 초점을 맞춘다. 시조와 당률국음시는 두 나라 사대부의 문제의식과 미감을 보여주는 양식인데, 작품 세계가 어느 정도 상통하는지 살펴본다.

앞서 시조에서는 자연이 '어떤 보편적인 진리(眞理)의 구현체(具現體)'로 노래 되는 경향이 강해서, 자연물의 구체성은 약화되고 이념적인 주제의식이 두드러지는 경향이 있다고 했다. 그렇다면 베트남 사대부가 주도해서 창작하고 향유한 당률국음시에서는 어떠했을까? 다음은 레(黎) 왕조의 타인 똥(聖宗)(재위 1460-1497)의 작품이다.

남주(南州)와 애주(愛州)를 가르는 신부산(神符山)
왕유(王維)라고 해도 그 경관을 그려내진 못하리라.

깊이 흐르는 강, 강둑에는 은빛 소금이 빛나고
멀리 보이는 산, 나뭇잎은 쪽빛으로 물들었구나.
주막의 연기, 숲의 구름 뭉게뭉게 피어오르고
시골의 장터, 사람 소리 물결 소리로 소란스럽구나.
누군가 속념(俗念)을 깨끗이 씻어낸 이는
낚싯배 한 척 추월(秋月) 아래 띄워놓았구나.

Phân cõi Nam châu đất Ái châu
Bút Vương khôn mạc cảnh Thần phù
Muối pha bãi bạc sông sâu hoáy
Chàm nhuốm cây xanh núi tuyệt mù
Khói quán mây ngàn tuôn ngụt ngụt
Chợ quê sóng bể rực ù ù
Kìa ai rửa sạch cong niềm tục
Một chiếc thuyền câu chở nguyệt thu[1)]

시선의 이동에 따라 경물을 마치 뛰어난 화가가 그린 그림처럼 펼쳐 보이고 있다. 강과 산, 숲, 주막과 장터 등 자연과 인간의 삶이 조화롭게 어우러져 있다. 아름다운 베트남 자연환경 속에서 백성들이 평화롭게 살아갈 수 있게 만들었다는 작가의 자부심이 드러나 있다고 할 수 있다. 그런데 눈에 보이는 경물을 구체적으로 그려내면서 보이는 것 너머에 있는 어떤 이념을 환기하려 하지는 않고 있다. 그래서 관념적이지 않고 생동감이 넘친다. 세 줄인 시조와 달리 여덟 줄인 당률국음시는 시선을 원근(遠近)으로 옮겨가며 경물을 묘사할 수 있는 여유를 가질 수 있어서 사실적인 특징을 좀 더 많이 가질 수 있었다고 이해할 수 있다.

자연을 휴식과 치유의 공간으로 그린 것은 당률국음시도 마찬가지다.

---

1) 《홍덕국음시집(洪德國音詩集)》 「풍경문(風景門)」에 수록되어 있다. 《홍덕국음시집》은 성종이 이끈 궁정(宮廷) 시단의 창작품을 모은 시집이다. 본래 쯔놈으로 기록한 작품이지만 편의상 현대 베트남어 표기로 바꿔 제시한다.

차가운 가을 연못 물 맑은데
한 척의 조그만 낚싯배 (떠 있다).
푸른 수면에는 바람 불어 잔물결 일고
단풍은 산들바람에 나부끼고 있다.
뭉게뭉게 구름은 짙푸른 하늘을 떠가고
구불구불 대나무 숲길에는 손님이 끊어졌다.
기대고 앉아 한동안 낚싯대를 잡지만 얻는 것 없고
어떤 물고기인지 수초 아래서 입질하고 있다.

Ao thu lạnh lẽo nước trong veo
Một chiếc thuyền câu bé tẻo teo
Sóng biếc theo làn hơi gợn tí
Lá vàng trước gió khẽ đưa vèo
Tầng mây lơ lửng trời xanh ngắt
Ngõ trúc quanh co khách vắng teo
Tựa gối ôm cần lâu chẳng được
Cá đâu đớp động dưới chân bèo

응우옌 쿠엔의 작품 〈추조(秋釣)〉를 다시 가져왔다. 이 작품은 칠언율시 형식으로 되어 있으며 마치 그림을 보는 듯한 느낌을 줄 정도로 경물 묘사에 중점을 두었다. 화자에 대한 직접적인 묘사는 절제하고 있는데, 화자는 분명 무심(無心)한 가운데 한가로운 정취를 느끼고 있을 것이다.

이 작품에서는 앞서 본 신부산(神符山)을 그려낸 작품에서처럼 자연은 세속적인 욕망("俗念")을 버린 공간이기 때문에 의지하고 살아갈 가치가 있다고 말하고 있다. 그런데 사대부의 자족적이고 한가로운 삶을 말하면서도 산수에 심각한 철학적 의미를 부여하지는 않고 있다. 이 점이 또한 시조와는 다르다.

2

진퇴(進退) 문제는 중세 시기 사대부의 기본적인 문제의식이었다. 《논어(論語)》에서 "나라에 도가 있으면 벼슬에 나아가고 나라에 도가 없으면 거두어 숨길 줄 아는 것이 군자"라고 했고[2], 《맹자(孟子)》에서 "옛사람은 뜻을 얻으면 백성들에게 은택을 베풀고 뜻을 얻지 못하면 자기 몸을 닦아 세상에 드러내며, 궁하게 되면 홀로 자기 몸을 선하게 하고 영달하게 되면 천하와 함께 선하게 했다"라는[3] 데서 이미 진퇴 문제가 거론되었다. 진퇴는 유학을 익힌 사대부가 지닌 기본적인 문제의식이고, 과거를 통한 관직 진출이 제도화되어 있는 사회에서 한층 강화되는 문제의식이라고 할 수 있다. 중세 시기 베트남의 사대부 또한 진퇴의 문제로 고심했다.

집 주위엔 대나무 심고 뜰에는 매화를 심고 사노라니
시비(是非) 따위는 연하(煙霞)에는 이르지 않는다네.
먹는 것이야 소금에 야채뿐이라도 그만이고
비단옷 입는 것은 바라지도 않는다네.
연못 맑게 하여 비친 달빛을 완상하고
땅을 갈아 울타리 아래에 꽃모종을 낸다네.
눈 내리는 밤이면 흥취가 일어
신묘한 시구 읊조리는 소리 낭랑하다네.

Am trúc hiên mai ngày tháng qua
Thị phi nào đến cõi yên hà
Bữa ăn dầu có dưa muối
Áo mặc nài chi gấm là
Nước dưỡng cho thanh đìa thưởng nguyệt
Đất cày ngỏ ải lảnh ương hoa

2) 君子哉 蘧伯玉 邦有道則仕 邦無道則可卷而懷之 (「衛靈公」)
3) 古之人得志 澤加於民 不得志 修身見於世 窮則獨善其身 達則兼善天下 (「盡心」上)

Trong khi hứng động vừa đêm tuyết
Ngâm được câu thần dặng dặng ca

응우옌 짜이(阮廌, 1380-1442)의 작품 가운데는 진퇴 문제를 다룬 시가 적지 않은데, 주로 은거한 삶을 노래하는 데 집중하고 있다. 위의 작품은 〈언지시(言志詩)〉의 세 번째 작품이다. 벼슬길에서 물러나서 세상의 시비를 멀리하고 고결한 내면을 지키는 한적(閑寂)한 삶이 값지다는 것이 작품의 주제다.

다음은 응우옌 빙 키엠(阮秉謙, 1491-1585)의 작품이다. 응우옌 빙 키엠 또한 진퇴의 문제를 두고 고심했던 사람이다. 응우옌 짜이와 더불어 진퇴 문제를 다루는 당률국음시의 전범을 확립했다는 평가를 받고 있다.

공명(功名)에 대해서는 팔짱을 끼고 돌보지 않으니
여러 번 불의의 재난에서 벗어날 수 있었네.
흰 매화는 달빛 아래 은빛으로 빛나고
대나무 그림자는 불어오는 바람에 야위어지네.
우애(憂愛)의 마음은 이전과 다름이 없지만
시비(是非)에 대해서는 말한 적 드무네.
온 산하(山河)를 다 돌아보고 나니
비로소 인생길에 험한 곳 많은 줄을 알았네.

Áng công danh sá cắp tay
Nhiều phen đã khỏi tiếng tai bay
Hoa mai bạc vi trăng tỏ
Bóng trúc thưa bởi gió lay
Ưu ái chẳng quên niềm trước
Thị phi biếng nói sự nay
Đã từng trải sơn hà hết
Đường thế nhiều nơi hiểm hóc thay[4)]

공명을 좇아 조정에 나아가 벼슬하는 것을 그만두고 물러나서 자연 속에서 유유자적하는 삶에 대해서 말하고 있다. 그러면서도 조정에서 벼슬할 때와 다름없이 임금을 생각하고 나라를 사랑하는 마음을 가지고 있다고 했다. "우애(憂愛)의 마음은 이전과 다름이 없지만"이라고 구절이 그 뜻이다. 욕망을 버리는 데서 물러남의 의미를 찾고 있는 것은 응우옌 짜이와 같고, 그럼에도 불구하고 선우후락(先憂後樂)해야 한다고 하면서 진출 자체를 완전히 부정하고 있지 않다는 점에서는 응우옌 짜이와 다르다고 할 수 있다.

3

시조에서 진퇴의 문제를 다루고 있다는 점은 잘 알려진 사실이다.

당시(當時)예 녀던 길을 몃히를 ᄇᆞ려두고
어듸가 ᄃᆞᆫ니다가 이제아 도라온고
이제나 도라오나니 년듸 ᄆᆞᅀᆞᆷ 마로리

이황의 작품이다. 벼슬에서 물러나서 학문과 수양에 전념하겠다는 오랜 소망을 이루었다고 말하고 있다. 벼슬길은 커다란 짐이고 방해물이니 물러나는 것이 바람직하다는 생각을 드러내었다.

그런데 다음과 같은 작품은 문제의식이 다르다.

---

4) 《백운국어시(白雲國語詩)》에 수록된 작품이다. 엄밀하게 말하면 당률국음시 가운데 변체(biến thể, 變體) 형식이다. Hồ Như Sơn 외, 『Thơ Văn Nguyễn Bỉnh Khiêm(응우옌 빙 키엠의 시문)』, nxb Văn Học, 1997, 161면에 원문과 주석이 있다. 작품 제목이 없이 70번 작품으로 나와 있다. Hữu Ngọc·Nguyễn Đức Hiền 편, 『(La Sơn Yên Hồ) Hoàng Xuân Hãn(호앙 쑤언 한 저작집)』 III(문학편), nxb Giáo Dục, 1998, 123면에 자세한 풀이가 있다.

강호(江湖)애 노쟈ᄒᆞ니 성주(聖主)를 ᄇᆞ리례고
성주(聖主)를 셤기쟈ᄒᆞ니 소락(所樂)애 어긔예라
호온자 기로(岐路)애 셔셔 갈ᄃᆡ 몰라 하노라

권호문(權好文, 1532-1587)의 작품이다. 성은(聖恩)을 갚는 것과 강호(江湖)에 노는 것 가운데 무엇을 선택할 것인가가 고민이라고 말하고 있다. 이와 유사한 구도를 관습적으로 되풀이하고 있는 작품이 자주 보인다. “우애(憂愛)의 마음은 이전과 다름이 없”다고 한 응우옌 빙 키엠을 떠올리게 된다. 이처럼 한국과 베트남의 사대부는 세상으로 나아갈 것인가 강호 자연으로 물러날 것인가를 두고 깊이 고심했다.

4

당률국음시와 시조는 자연을 형상화한 작품이나 진퇴에 대한 고민을 담아내는 작품의 비중이 크다. 이는 두 양식 모두 사대부가 문학적 실천의 주도자였다는 점과 관련이 깊다. 관료로서 진출하는 삶과 자연으로 물러나거나 은거하는 삶 사이의 긴장은 두 나라 사대부가 공통으로 가진 삶의 조건이었으며, 이것이 자연과 진퇴 문제를 주요 제재로 선택하게 하는 동인이었다.

그런데 이러한 공통점에도 불구하고 작품에 유교 이념을 투영하는 양상에서는 뚜렷한 차이가 나타난다. 당률국음시는 베트남 자연의 아름다움이나 사대부 시인이 자연과 더불어 살아가는 한가로운 흥취를 중심 내용으로 삼는 경우가 많았다. 시인의 눈 앞에 펼쳐진 경물을 전체적 조망 속에서 구체적으로 그려내되 그 경물 너머에 있는, 특정한 유교적 이념이나 도덕적 명제를 적극적으로 환기하려 하지는 않았다. 이 점에서 자연이나 은거에 유교적 의미를 적극적으로 부여하는 경우가 많았던 시조와는 차이를 보인다. 한국의 사대부는 유교적 수양과 철학적 탐구를 중시하는 지적 전통 속에서 시조를 이념적 성찰의 장으로 활용하는 경향이 강했으며, 그 결과 시조에서는 유교적 가치와 도덕적 지향이 상대적으로 두드러지게 형상화되었다고 추론할 수 있다.

05

압운이라는 과제

1. 머리말

운(韻)은 시행의 일정한 자리에서 같은 소리가 되풀이되는 것이다. 압운(押韻)은 같은 소리를 체계적으로 대응시켜 반복함으로써 운율을 형성하는 일을 가리킨다. 중세 한국어 시가는 압운은 하지 않고, 음보를 이루는 음절 수가 가변적인 단순 율격을 가졌다고 알려졌다. 중세 일본어 시가 역시 압운은 하지 않고, 음절 수가 5·7·5·7·7 또는 5·7·5로 고정된 음수율을 따랐다.

그런데 두 나라에서 수용한 외래 시가 양식인 중국의 한시(근체시), 유럽의 근대시(특히 프랑스 상징주의 시), 미국의 랩(rap)은 다양한 정형성(定型性)으로 자극을 주었는데, 특히 '압운'의 존재를 알려준 공통점이 있다. 한국과 일본의 시가사(詩歌史)에서는 자국어 시가의 율격에 대해 고심하는 한편, 외래 시가의 압운에 대응하고자 자국어 시가에서도 압운을 시도한 자취가 확인된다. 이 글에서는 그 자취를 더듬어가 보고자 한다.

외래 시가 양식과 같이 자국어 시가에서도 압운을 갖출 것인가 말 것인가 하는 선택은 일차적으로는 각국 언어의 성격에 영향을 받는다고 할 수 있다. 예를 들어 베트남어의 특징은 단음절어, 고립어, 성조어라고 요약되는데, 이는 그대로 중국어와 상통한다. 이러한 베트남어의 특성은 한시처럼 압운을 하는 베트남어 시가 양식을 창출하는 데 유리하게 작용했다. 반면 한국어와 일본어는 성조어가 아니며 교착어인 점에서 중국어와는 거리가 멀다. 한국과 일본에서는 한시의 운율을 잘 인식하고 있었지만, 언어적 조건이 상이해서 굳이 베트남과 같은 선택을 할 필요가 없었다. 실제로 한국에서는 언어적 조건을 이유로 그런 시도를 할 수 없다고 여러 차례 확인했다. 그런데 일본에서는 불리한 언어적 조건에도 불구하고 일본어 시구(詩句)에 압운하는 시가 양식이 고안되었다. 한시처럼 음수율에 더해서 압운까지 갖춘 것이다. 왜, 그리고 어떻게 해서 그렇게 할 수 있었는지 궁금하다.

압운의 전통이 없거나 단절된 한국과 일본에서 유럽의 근대시와 미국의 랩을 수용하면서 압운에 대해 인식하고 대응한 양상도 주목된다. 그 둘에 접하고 고심한 결과를 먼저 내놓은 일본의 사례를 우선 살펴보는 것이 적절한 순서일 것이다. 마사오카 시키(正岡子規, 1867-1902)는 산문처럼 되어가는 시의 운문성(韻文性)을 회복하기 위해서 압운을 시도할 필요가 있다고 주장하고 압운한 시를 창작했다. 힙합 밴드인 킹 기도라(キングギドラ)가 발매한 랩 앨범 《하늘로부터의 힘(空からの力)》(1995)은 다양한 방식으로 라임밍을 한 랩 곡을 선보여서 '일본어 랩의 교과서(日本語ラップの教科書)'라고 평가되고 있다.

한국의 김억(1896-?)은 산문과 다를 바 없어진 자유시에 '입체적 긴장미'를 주기 위해서 자수율과 압운을 도입하자고 했다. 자수율을 가진 정형시이면서 압운을 하는 '격조시(格調詩)'도 근대시일 수 있다고 주장했다. 버벌진트(Verbal Jint)의 앨범 《Modern Rhymes EP》(2001)는 다음절(多音節) 라임으로 한국어 랩을 새로운 경지로 끌어 올렸다는 평가를 받는다. 마사오카 시키와 김억, 킹 기도라와 버벌진트의 시도는 상당히 닮아 있어 흥미롭다.

이 글에서 필자는 한국과 일본의 시가에서 한시, 근대시, 랩의 압운에 대응해 온 역사를 한 번 정리해 보고자 한다. 압운을 하는 시가 양식을 만들어낸 경우는 물론이고, 압운에 대한 이론을 제시하고 실천한 개별 시인의 경우도 포괄해서 다룬다. 이를 통해서 압운이라는 과제를 어떻게 인식해 왔고, 자국어 시가에 압운을 도입하게 위해서 어떤 시도를 해 왔는지 통시적으로 해명할 수 있을 것이다.

2장에서는 압운의 문제에 관심을 두게 된 계기를 밝혔다. 3장에서는 중세 일본에서 한시와 민족어 노래를 결합한 간나렌쿠(漢和聯句, かんなれんく) 양식에 대해서 논의하고 한국의 향가 및 시조의 경우와 비교했다. 4장에서는 근대시와 랩에 대한 일본 시인(래퍼)의 대응, 5장에서는 한국 시인(래퍼)의 대응을 살다. 일본을 앞에 둔 것은 일본의 사례를 거울삼아 비춰보기 위함이다. 이 글에서는 베트남의 경우를 간략하게 다루고, 일본과 한국의 몇몇 사례를 살피는 데 그치지만 이를 단서로 동아시아 시가사에 대한 새로운 착상을 얻을 수 있게 되기를 바란다.

2. 베트남 당률국음시에서 발견한 문제

중세 베트남의 시가 양식으로 당률국음시(唐律國音詩)가 있다. '국음'은 차자표기인 쯔놈(Chữ Nôm)으로 기록한 베트남어를 가리킨다. 한시가 아닌데도 '시'라고 했다. 일차적으로는 베트남어 시가이면서 한시와 운율이 같다는 사실을 반영한 명명으로 보인다. 필자는 당률국음시를 알게 된 이후 민족어 시가의 압운 문제에 관심을 두게 되었다.

당률국음시는 '당률'(근체시)의 운율을 준용한다. 작품 한 편을 예로 들어서 살펴보기로 한다. 살펴볼 작품은 응우옌 짜이(阮廌, 1380-1442)의 《국음시집(國音詩集)》에 수록되어 있는데, 〈보경경계(寶鏡警戒)〉라는 소제목 아래 묶인 61수 가운데 열다섯 번째 작품이다. 쯔놈 원문과 현대 베트남어로 전사(轉寫)한 것을 제시한다. (원문에 한자어가 사용되었으면 번역문에 한자를 병기한다.)

同胞骨肉義强駢	Đồng bào cốt nhục nghĩa càng bền	○○●●●○◎
梗北梗南蔑檜𢧲	Cành bắc cành nam một cội nên	○●○○●●◎
田地渚貪欣補隘	Điền địa chớ tham, hơn bỏ ải	○●●○○●●
人倫馬𥙩𠁑爫𨖅	Nhân luân mựa lấy dưới làm trên	○○●●●○◎
蹎手思[1]油怛皮坤挼	Chân tay dầu đứt, bề khôn nối	○○○●○○●
䘮襖拯群謨易嗔	Xống áo chăng còn, mô dễ xin	●●○○○●◎
於世忍饒閒事業	Ở thế nhịn nhau muôn sự đẹp	●●●○○●●
剛柔共別歇𠄩邊	Cương nhu cùng biết hết hai bên	○○○●●○◎

(○: 평성, ●: 측성, ◎: 운자 - 필자. 이하 같음)

동포(同胞)는 골육(骨肉)으로 의(義)가 더욱 굳은 것이니
북쪽[北] 가지이든 남쪽[南] 가지이든 한줄기에서 생겨난 것이다.
전지(田地)를 필요 이상으로 탐(貪)하지 말며
인륜(人倫)을 뒤집어 아래를 위에 두지 말아야 한다.
손발이 잘리면 이을 수가 없고

1) 手(좌)+思(우)를 합해서 한 글자로 만들었다.

옷이 없다면 세상살이 어찌 쉽겠는가?[2)]
이 세상[世]에서는 서로 참아야 만사[-事]가 순조로워지나니
강유(剛柔)를 모두 아우를 줄 알아야 한다.

7언 율시의 압운법에 따라서 1·2·4·6·8구에 평성[3)] 운자 '-ên'을 놓고 있다. 여섯 번째 구의 마지막 음절은 'xin'인데, [en ên in iên uên uyên]은 통용되는 운(vần thông)이다. 첫 구의 두 번째 글자가 평성인 평기(平起)이고, '2·4·6 부동(不同)', '반법(反法)'과 '점법(黏法)'도 지키고 있다. '하삼련(下三連)'은 피하고 있다.

이 작품에서 볼 수 있듯이 당률국음시는 근체시와 운율이 일치하고, 정보량 또한 근체시와 큰 차이가 없다. 베트남어가 중국어와 상통하는 점이 많아서 베트남어와 근체시 형식의 결합이 가능했다. 또한 베트남의 민요가 6·8체로 음수율을 따르고 압운도 하므로 한시 운율이 낯설지 않았을 것이다.

베트남 상층 문인이 당률국음시가 한시의 운율을 준용했다고 해서 자존심이 상한다고 한 기록은 보이지 않는다. 명나라의 침입을 물리치는 항전에서 크게 활약한 응우옌 짜이도 시를 지을 때는 한시도 짓고 당률국음시도 지었다. 베트남 문인은 근체시 운율을 그대로 이용하는 것이 최선이라고 생각했고, 그럴 때 민족어 시가의 위상도 한시처럼 높아질 수 있다고 생각했을 것이다. 필자는 '민족어 시가의 운율을 근체시의 운율과 일치시켜 민족어 시가의 위상을 높이려 한' 당률국음시의 사례를 접하고, 동아시아 시가사에서 비교 대상을 찾아서 이해를 심화하는 연구를 시작하게 되었다.[4)]

---

2) 함련(頷聯)은 형제와 부부의 중요성을 말하고 있다.
3) 베트남어에는 여섯 가지 성조가 있는데 이 가운데 1성(thanh ngang), 2성(thanh huyền)을 평성(平聲)으로 분류하고 나머지 네 개의 성조는 측성(仄聲)으로 분류한다.
4) 베트남의 당률국음시와 민요에 대한 설명은 최귀묵, 『베트남 문학의 이해』, 창비,

3. 한시의 압운에 대한 대응

3.1. 일본의 간나렌쿠(漢和聯句)

일본 시가사에는 렌쿠렌가(聯句連歌)라고 하는 독특한 양식이 있다. '렌쿠(聯句)'는 여러 사람이 돌아가면서 시구를 짓고 이를 합해서 한 편의 작품을 이룬 것이다. '렌가(連歌)'는 5·7·5·7·7의 음수율을 가지는 와카(和歌)의 5·7·5(上の句)와 7·7(下の句)을 여러 사람이 나누어서 짓는 시가 양식이다. 렌쿠렌가는 헤이안 시대(平安時代)에 생겨났는데, 처음에는 두 사람이 창화(唱和)하여 한 수를 이루는 단렌가(短連歌)였다가, 5·7·5와 7·7을 교대로 길게 이어가는 쵸렌가(長連歌)가 발달했으며 무로마치 시대에 가장 성행했다.

렌쿠렌가가 성행하면서 와카의 5·7·5 또는 7·7 자리에 와쿠(和句)(이하 '와카구'로 함)와 5언 간쿠(漢句)(이하 '한시구'로 함)를 교대하면서 길게는 100구까지 이어가는 형식의 렌쿠렌가가 등장했는데[5], 이를 와칸렌쿠(和漢聯句)라고 부른다. 무로마치 시대로부터 에도 시대에 걸쳐서(대략 14-17세기), 상층 지식인들 사이에서 때로는 렌가를 능가할 만큼의 인기를 끌었다고 한다.

와칸렌쿠에는 두 종류가 있는데, 작품의 첫 구가 와카구이고 두 번째 구가 한시구인 양식을 (협의의) 와칸렌쿠라고 하고, 작품의 첫 구가 한시구이고 두 번째 구가 와카구인 양식을 간나렌쿠(漢和聯句)라고 구별해서 부른다. 둘의 가장 큰 차이는, (협의의) 와칸렌쿠는 짝수 구의 한시구에만 압운하지만, 간나렌쿠는 짝수 구의 한시구는 물론이고 짝수 구의 와카구

2010을 참조.

5) 만약 100구로 이루어진 작품이라면 한시구와 와카구가 각각 50구씩인 것이 원칙이었다.

에도 압운한다는 점이다. 일본어는 중국어나 베트남처럼 고립어도 성조어도 아닌데 어떻게 압운하는가? 예를 들어 설명하기로 한다.[6)]

다음은 1628년 3월 13일에 '光勝·慶純·東·梵崟' - 이들 네 명[연중(連衆)]이 함께 창작에 참여한 간나렌쿠 작품 〈참유화취우(僣踰花取友)〉(총 100구)의 첫머리다. 간나렌쿠이므로 첫 구는 한시구로, 둘째 구는 7·7의 와카구로 시작되고 있다. (숫자는 행 수)

1	僣踰花取友	光勝
2	袖わけて入門の春楊[7)]	慶純
3	すゑひろくかへす田面の明初て	東
4	啼鵶多遶塘	梵崟
5	江の波のかけて汀やさえぬらん	慶純
6	颭飋芦倒霜	光勝
7	滿圓無礙月	梵崟
8	雲にへだてぬ山の端の商[8)]	東[9)]

1 분수 넘게 꽃이 벗을 고르니[10)]
2 봄버들 소매(같은 가지)를 헤치고 문 안으로 들어가네.
3 널찍한 논바닥, 새벽이 막 밝아오고
4 울어대는 까마귀 가득 둑을 둘렀네.
5 강 물결 밀려와 물가마저 적셨을까
6 윙윙 (소리 내며) 바람 불고 갈대는 서리 맞아 쓰러져 있네.
7 원만하고 걸림 없는 달
8 구름에 가리지 않은 산마루의 가을 경치 (보이네).

---

6) 렌쿠렌가에 대해서는 최귀묵, 「화가(和歌)와 한시(漢詩)의 혼효(混淆) 양상과 특징」, 『고전문학과 교육』 39, 한국고전문학교육학회, 2018에서 논의한 바 있다. 이 글에서는 그 논문의 요점을 추리고 논의를 보충했다.
7) そでわけている　かどのあおやぎ (7·7)
8) くもにへだてぬ　やまのはのあき (7·7)
9) 深澤眞二, 『'和漢'の世界』, 淸文堂, 2010, 295-302면.
10) 꽃이 사람들을 불러 모았다는 뜻. 이 모임이 열리는 공간에 벚꽃이 일찍(또는 특별히 아름답게) 피어 있었다고 한다.

짝수 구에 한시구가 오면 압운을 하고 있다(4, 6의 '塘'과 '霜'). 한시의 압운법을 따른 것이다. 그런데 이 작품은 첫 구가 한시구이므로 짝수 구의 와카구에도 압운을 한다. 운을 밟는 부분만 다시 보이면 다음과 같다.

2 袖わけて入門の春楊		◎
4 啼鴉多遶塘	○○○●	◎
6 颶飋芦倒霜	○○○●	◎
8 雲にへだてぬ山の端の商		◎

와카구인 2와 8도 압운을 하는 자리라면 '楊'·'塘'·'霜'·'商'이 운자가 된다. 모두 106운[平水韻]의 평성(平聲) 양운(陽韻)에 속한다. 그렇다면 '(春)楊'과 '商'을 어떻게 읽을까? '春楊'은 봄버들이라는 뜻인데, 일본어로 '아오야기(あおやぎ)'라고 읽는다. 즉 '楊'을 '야기(やぎ)'라고 훈독(訓讀み)하지, 중국어 'yáng'에 가깝게 '요오(よう)'라고 음독(音讀み)하지는 않는다. '야기(やぎ)'로 읽어서는 운이 맞을 리가 없지만, 한자 '楊'의 운을 따져서 운을 밟은 것으로 간주하는 것이다.

8의 '商'은 어떠한가? '雲にへだてぬ山の端の商'은 'くもにへだてぬ やまのはのあき'로 읽어 7·7(짝수 구에 와카구가 올 경우의 음수율)이 된다. '商'은 '가을'을 뜻하기 때문에 '아키(あき)'라고 훈독한다. 중국어 'shāng'에 가깝게 '쇼오(しょう)'라고 음독하는 것이 아니다. 하지만 일본어 '아키(あき)'를 한자 '商'으로 표기하고 압운하는 글자로 인정하는 것이다. 가을을 뜻한다면 '秋'를 쓰는 것이 흔한 일인데 굳이 '商'을 쓴 것은 '秋'가 평성 우운(尤韻)에 들어 있다 보니, 같은 뜻이면서 평성 양운에 든 글자로 바꿔야 했기 때문이다. 작품 전체를 보면, 총 100구 가운데 짝수 구에는 그것이 한시구든 와카구든 평성 양운으로 압운하고 있다['일운도저(一韻到底)'].

궁금한 점이 하나 더 있다. 만일 훈독하는 글자이면서 한자에 오쿠리가나(送り仮名)[11]가 덧붙어 있는 경우는 어떻게 하는가? 그럴 때는 오쿠리가나가 붙은 한자의 운을 따져서 압운한다.

23 音希松立雪	梵崟	
24 こととふさとのみち茫なり	東	◎
25 幽邃同栖鳥	光勝	
26 山のあはひにしけ吳篁	東[12]	◎

23 희미한 송뢰(松籟)[13] 속에서 소나무는 눈 속에 서 있고
24 어느 마을을 찾아가는가, 거기 이르는 길 아득하구나.
25 깊은 산속에 새는 함께 깃들고
26 산과 산 사이에는 오죽(吳竹)(솜대)이 무성하구나.

24의 '茫(はるか)なり'가 압운하는 자리인데, 오쿠리가나가 붙어 있지만 '茫'을 운자로 간주한다.[14] 우리말에서 '버들, 가을, (공간적으로) 아득히 멀다'라고 읽는 한자는 없다. 한자를 쓰자면 '楊, 秋, 茫'이라고 쓰고 '양, 추, 망'으로 읽는다. 반면 일본어에서는 '버들, 가을, 아득히 멀다'로 읽는 한자가 있다. 한자 '楊, 秋, 茫'을 쓰고 '야기, 아키, 하루카'로 읽으면 된다. 일본어 고유어의 의미를 한자로 옮기고, 그 한자를 일본어 고유어로 읽는(훈독하는) 방식이다. 압운하는 자리에 일본어 체언이 오든 용언이 오든 그 체언이나 용언을 표기하는 한자가 있을 것이므로 그 한자의 평측을 따져서 압운이 되는 것으로 간주하게 된다. 간나렌쿠에서 와카구

11) 한자로 된 말을 분명히 읽기 위하여 한자 밑에 받치는 가나.
12) 深澤眞二, 같은 책, 313-316면.
13) 솔숲 사이를 스쳐 부는 바람.
14) 26의 '吳篁(くれたけ)'은 실은 '吳竹'이라고 해야 한다. '竹'이 아니라 '篁'을 쓴 것은 앞서 8에서 '秋'가 아니라 '商'을 쓴 것과 마찬가지로 평성 양운에 해당하는 글자를 쓰기 위함이다.

까지 압운하는 것은 차자표기 단계에서 고안한 훈독으로 읽기를 계속 유지한 덕분이라고 할 수 있다.

간나렌쿠는 한시도 아니고 와카도 아닌 '하이브리드[혼효(混淆)]' 양식이다. 와카구도 압운하므로 한시 운율이 주도하는 것처럼 보이지만 한시구가 5·7·5 / 7·7이라는 와카의 음수율 안에서 한 행의 역할을 하는 것이므로 와카 율격이 주도하는 면모도 보인다. 그렇다면 무엇 때문에 와카구까지 압운하는 간나렌쿠라는 양식을 만들어냈을까? 한시와 와카는 서로 대등하므로 결합해서 하나의 미적 구조물을 이루었다고 말하고 싶었을 것이다. 한시의 한시다움은 운율, 그중에서도 압운에 있는데, 만일 와카에서도 압운이 가능하다는 것을 보여준다면, 그것도 한시구와 와카구가 교대되면서 한 편의 완결된 작품을 이루는 형식으로 보여준다면 궁극적으로는 한시와 와카가 대등하다는 것을 입증하게 된다고 생각했을 것이다.15)

3.2. 한국의 향가와 시조

한시를 수용해서 창작하면서 우리말 시가의 율격에 대해 인식하게 되었다. 대표적인 예로 우선 최행귀(崔行歸)의 논의를 꼽을 수 있다. 최행귀는 967년에 균여(均如, 923-973)의 〈보현십원가(普賢十願歌)〉를 칠언율시로 번역했는데, 〈역가서(譯歌序)〉에서 번역의 동기를 다음과 같이 말했다.

> 그러나 한시는 중국어로 엮어서 오언칠자(五言七字)로 다듬고, 향가는 우리말로 배열해서 삼구육명(三句六名)으로 다듬는다. 그 소리를 가

---

15) 간나렌쿠를 창작한 담당층의 성격, 오산문학(五山文學)과의 관련성, 본지수적설(本地垂迹說)로 드러나는 민족심리 등 여러 측면에서 발생 요인을 따져 보아야 하지만 이 글에서는 논의의 초점을 분명히 하기 위해서 한시와 민족어 시가의 관계 측면에서 한정해서 논의한다.

지고 논한다면 삼성(參星)과 상성(商星)이 동서로 나뉜 것처럼 쉽게 식별할 수 있지만, 이치를 가지고 말한다면 창과 방패처럼 맞서고 있어 어느 쪽이 강하고 약한지를 분간하기 어렵다. 그러나 비록 서로가 시의 수준을 놓고 자랑한다고 하나 함께 의해(義海)로 들어가기는 마찬가지임은 인정할 수 있다. 각각 제 나름의 경지를 얻었으니(各得其所) 어찌 잘된 일이라고 아니 하겠는가?16)

한시와 향가는 '五言七字'와 '三句六名'으로 '엮음[搆排]'이 다르고, '소리'로 실현되는 운율이 삼상지격(參商之隔)이라고 할 만큼 현격히 다르다고 했다. 그런 만큼 향가가 한시와 같이 운을 맞추는 일은 하기는 어렵다. 그렇지만 "함께 의해(義海)로 들어가기는 마찬가지"(同歸義海)라고 하면서 한시와 향가가 불교의 이상을 언어로 표현하는 방편으로서의 의의는 같다고 했다. 한시와 향가는 서로 경쟁하는 관계이면서 목표가 같고, 각기 특성을 발현하는 것이 바람직하다고 했다.17) 서로 다른 운율을 그것대로 인정하면서 번역을 통해서 둘 사이의 거리를 좁힐 수 있다고 보았다.

이황(李滉, 1501-1570)도 한시와 우리말 노래 사이의 거리를 강조했다.

그러나 지금의 시는 옛날의 시와는 달라서 읊을 수는 있어도 노래 부를 수는 없다. 만약 노래로 부르려면 반드시 시속의 말로 엮어야 하니, 대개 우리나라 음절이 그렇게 하지 않고서는 안 되기 때문이다.18)

---

16) 然而詩搆唐辭 磨琢於五言七字 歌排鄕語 切磋於三句六名 論聲則隔若參商 東西易辨 據理則敵如矛楯 强弱難分 雖云對衒詞鋒 足認同歸義海 各得其所 于何不臧

17) 조동일, 「민족어시의 대응 방식」, 『하나이면서 여럿인 동아시아문학』, 지식산업사, 1999, 334면.

18) 然今之詩異於古之詩 可詠而不可歌也 如欲歌之 必綴以俚俗之語 蓋國俗音節 所不得不然也

우리의 악곡에 맞춰 노래할 수 있도록 "시속의 말로 엮어야 하"는 시조에 압운은 필요가 없다. 하지만 시조를 노래로 부르면 "비루하고 더러운 마음을 깨끗이 씻어버리고, 느낌이 일어나 두루 통하게 될 것"19)이라고 해서 한시를 노래하는 것과 마찬가지 효과를 기대할 수 있다고 했다. 이황은 최행귀와 마찬가지로 한시와 우리말 시가는 목표하는 바가 같다는 점을 확인하고 있다.

최행귀와 이황은 한시를 창작하면서 우리말 시가의 율격을 상대적으로 인식하게 되었다는 것을 보여준다. 한시와 우리말 노래는 운율이 현격히 다르다는 점을 확인한 공통점이 있다. 두 사람의 말이나 향가나 시조 작품을 보아도 우리말 시가에서 운을 맞추는 데는 관심이 없었다.

설령 압운을 하겠다고 해도 더 큰 어려움이 있었다. 가곡을 떠올려 보면 시조에 압운이 어울리지 않는다는 것을 실감할 수 있다. 압운의 효과는 '기억'과 '기대'에 기댄다. 압운이 의미 있으려면 앞소리를 '기억'하고 다음에도 같은 소리가 되풀이될 것을 '기대'하게끔 해야 한다. 하지만 유장한 가락, 느린 호흡으로 진행되는 가곡의 경우 가자(歌者)나 청자(聽者) 모두 특정한 소리의 '기억'과 '기대'를 염두에 두고 노래하거나 듣지는 않을 것이다.

4. 마사오카 시키, 그리고 킹 기도라

1

간나렌쿠는 대략 14세기에서 17세기에 걸쳐서 존속했다. 와카구까지

---

19) 庶幾可以蕩滌鄙吝 感發融通

압운하는 '하이브리드' 시가 양식이 일본 시가사에서 퇴장하고, 19세기 메이지 유신을 전후하여 일본 문학은 근대시를 모색하게 된다. 서양의 영향을 받고 중세 시가를 부정하면서 등장한 근대시는 일본 시가사의 주역으로 자리를 잡는 과정에서 적잖은 진통을 겪었다. 진통은 문인들 사이에서 논란으로 표출되었는데, 논란의 핵심은 근대시라는 것이 단카(短歌)(5·7·5·7·7)나 하이쿠(俳句)(5·7·5)와 달리 정형(定型)에서 이탈하여 산문(散文)처럼 되고 만 것이 아닌가 하는 것이었다. 예를 들어 문학 평론가 다오카 레이운(田岡嶺雲, 1870-1912)은 1897년 쓴 글에서, "오늘날 신체시(新體詩)는 그 시상에 있어서 산문이다(今日の新体詩は其想に於て散文なり)."[20] 라고 했다.

산문과는 다른 운문의 '운문성(韻文性)'은 무엇인지 확인하고, '운문성'을 실현하는 근대시의 시상(詩想)과 시형(詩形)은 어떠해야 하는가를 두고 토론이 활발하게 이루어졌다. 그러는 사이에 근대시는 시상은 물론이고 시형에서도 운문성을 확보해야 하며, 시형(시의 형식적 조건)에서 운문성을 확보하기 위해서 압운도 시도할 필요가 있다고 주장하고, 실제로 압운을 한 작품을 창작해서 발표한 시인이 나타났다. 그 사람은 다름 아닌 마사오카 시키(正岡子規, 1867-1902)다.[21]

시키는 단카나 하이쿠와 같은 단형 시가의 혁신을 주도한 인물로 널리 알려져 있다. 1898년 2월부터 〈일본신문(日本新聞)〉에 「歌人에게 주는 글(歌よみに與ふる書)」을 연재한 것이 혁신 운동의 출발점이었다. 그런데 시키는 단카 혁신가이기 이전에 신체시(新體詩) 이론가이자 작가이기도 했

20) 田部知季, 「正岡子規と新体詩 - 俳句と散文のあいだで -」, 『早稲田大学大学院文学研究科紀要』 62, 2017, 749(248)면에서 재인용.

21) 마사오카 시키의 압운론에 대한 연구는 풍부한 편인데, 다음 절에서 살필 킹 기도라와 관련지어 논의한 예는 드물다. 드문 가운데 「日本語と押韻」(https:// suzuroyasyoko.jimdofree.com/)가 있어 도움을 받았다.

다. 앞서 말한 바와 같이 시키의 신체시 이론과 창작의 초점은 압운에 두어졌다. 시키는 1897년(明治 30)에 발표한 「신체시 압운의 일(新體詩押韻の事)」에서 압운의 필요성에 대해서 다음과 같이 말했다.

> 나는 리듬 면에서 신체시에서 반드시 운을 밟아야 한다고는 말하지 않는다. 그러나 지금의 산문적(散文的)인 신체시를 운문적(韻文的)이도록 만드는 한 수단으로 운을 밟을 것을 권하는 사람이다. 운을 밟기 위해서 난해하고[佶屈聱牙], 앞뒤가 맞지 않게 되는[支離滅裂] 때도 있을 것이다. (하지만 나는) 그런 난해함이나 앞뒤가 맞지 않는 것조차도 자극제로서 필요하다고 믿는다.[22]

전체 글의 마지막 부분이자 결론에 해당한다. 정형의 중세 시가와 달리 '신체시(근대시)는 자유시'라고 하는 등식을 밀고 나간다면 신체시가 운문이 아니라 산문에 근접하게 될 것이라고 우려하고, 신체시를 운문답게 하는 작시법의 하나로 압운을 도입할 필요가 있다고 했다.[23] 운을 맞추기 위해서 비일상적인 어휘를 사용할 때도 있고 생략과 도치 등으로 말미암아 일상 어법에서 멀어져서 난해하게 되거나 매끄럽지 않게 될지라도 산문화의 위험에서 시를 구하기 위해서는 필요한 일이라고 했다.

그러면 신체시의 압운은 어떻게 해야 하는가? 시키는 같은 글에서 압운 방법에 대해서 세 가지 설(說)을 거론하고 있다.

---

22) 吾は調子の上より新體詩に韻を踏まざるべからずとは言はず。されど今の散文的新體詩を韻文的ならしむる一方便として韻を踏むことを勸むる者なり。韻を踏みたるがために佶屈聱牙ともならん、支離滅裂ともならん。佶屈聱牙も支離滅裂も刺激劑として必要なりと信ず。(明治三十年三月五日) [『子規全集』第十七卷, 改造社, 昭和五年(1930), 197-198면]

23) 마사오카 시키의 산문 또는 산문성에 대한 비판적 인식에 대해서는 田部知季, 「正岡子規と新体詩 - 俳句と散文のあいだで -」, 『早稲田大学大学院文学研究科紀要』 62, 早稲田大学大学院文学研究科, 2017을 참조.

일본어 어형은 모두 모음으로 끝나므로 중국어[支那], 영어[英國] 등과는 약간 다르다. 따라서 그 (운의) 양(量)에 대해서도 세 가지 설이 있다.

첫째, 마지막 모음만을 운으로 삼는 설이다. (あ, か, さ, た, な 등은 모두 같은 운이 된다. 이 설에 따르면 (운의 종류는) 겨우 여섯 가지에 불과하다. 즉 アイウエオン이다.)

둘째, 마지막 한 글자만을 운으로 삼는 설이다. ('い'와 'い', 'か'와 'か', 'ぶ'와 'ぶ', 'ん'과 'ん', 'きヨ'와 'きヨ'와 같은 경우. 이 설에 따르면 운의 종류는 팔구십 가지나 될 수 있지만 실제로 사용할 수 있는 것은 사오십 가지에 지나지 않을 것이다.)

셋째, 마지막 한 글자와 그 앞 글자의 모음을 함께 운으로 삼는 설이다. ('きん'과 'りん', 'つく'와 'すく', 'よる'와 'のる'와 같은 경우. 이 설에 따르면 운의 종류는 크게 증가한다.)[24]

첫 문장은 일본어 음절의 특징을 설명하고 있다. 일본어 음절은 CV(자음+모음)형의 개음절이 기본 구조로, 폐음절은 개음절에 비해 압도적으로 적다. 음절말에 올 수 있는 자음이 매우 제한적이다. 시키는 그런 사실을 지적함으로써 압운법의 핵심은 모음운 사용에 있다는 생각을 드러냈다. 또한 일본어 음절의 특성이 '중국어'와 '영어'와 다르다고 한 것으로 보건대 시키는 한시와 영시의 압운법을 의식했으며 일본어 시의 독자적인 압운법을 실험하겠다는 뜻이 있었다.

첫째 설에서 'あ, か, さ, た, な 등은 모두 같은 운이 된다'라고 했는

24) 日本の語は總て母音を以て終る者なれば、支那、英國などと稍ゝ異なり。故に其量に付きても三説あり。第一、最後の母音のみを韻とする者（あ、か、さ、た、な等皆同韻なり。此説に従へば僅に六種に止まる。卽アイウエオンなり）第二、最後の一字だけを韻とする者（「い」と「い」、「か」と「か」、「ぶ」と「ぶ」と、「ん」と「ん」、「きヨ」と「きヨ」の如し。 此説に従へば韻の種類八九十ある筈なれど実際に用ゐ得べきは四五十に上らざるべし）第三、 最後の一字と其前の字の母音とを韻とする者（「きん」と「りん」、「つく」と「すく」、「よる」と「のる」の如し。此説に従へば韻の種類は非常に増加す）（『子規全集』第十七巻, 193면）

데, 'a, ka, sa, ta, na'25)에서 마지막 모음인 '-a'를 운으로 삼는다는 말이다. 음절을 구성하는 CV 가운데 V를 운으로 삼는 경우를 가리키며 운의 양이 가장 적다. 둘째 설에서 '마지막 한 글자'는 시행의 마지막 음절을 가리킨다. CV 전체를 운으로 삼는 경우를 가리킨다. 셋째 설은 시행의 마지막 음절, 그리고 그 앞 음절의 CV 가운데 V까지 운으로 삼는 경우다. 운이 맞는다고 예로 든 'つく'과 'すく'를 보자. 영어로 음소를 밝혀서 적으면 'tsuku'과 'suku'가 되는데, 이때 '-uku'로 운이 맞는다고 하는 것이다. 세 가지 설 모두 '마지막'에서 압운을 한다고 한 것으로 보건대 시키는 시행 말미의 각운만을 상정하고 있었다. 운의 '양(量)'은 곧 각운의 양이다.

시키는 위에서 거론한 운의 양에 대한 세 가지 설(방식, 압운법)을 적용해서 작품을 창작했다. 처음으로 압운해서 발표한 작품은 잡지 《日本人》 제35호(1887년 1월 20일)에 실린 네 편의 작품이다. 그 가운데 하나인 〈어느 노파의 무덤을 참배하다(老嫗某の墓に詣づ)〉의 처음 네 행을 보이면 이렇다.

われ幼くて恩受けし	-shi	나 어릴 적 은혜를 입은
姥のなごりの墓じるし、	-shi	유모의 자취가 남은 묘비,
せめては水を手向けむと	-to	물 한 그릇이라도 올리려
行くや、湯月の村の外。	-to	길을 나서네, 유즈키 마을 밖으로.

(일본어 음을 로마자로 표기한 것은 필자. 이하 같음)

네 번째 행 마지막의 '外'는 'そと(soto)'로 읽는다. 두 행을 한 짝으로 하여 같은 음절('し=shi', 'と=to')('마지막 한 글자')을 반복하여 운을 맞추고

25) 일본어 문자인 히라가나는 음절문자이기 때문에 표기에서 음소를 갈라낼 수 없다. 그래서 영어로 음소를 밝혀서 적으면 이해에 도움이 된다. 이 글에서는 현대 개정 헵번식(Revised Hepburn) 표기법을 따랐다.

있다. 위 인용문에서 말한 두 번째 방식으로 압운한 작품이다.

이어서 1898년 작 〈억새가 늙어간다(芒老ゆ)〉의 처음 네 행을 보자.

芒老いて菊はつぼむ	-mu	억새는 늙어가고, 국화는 봉오리를 맺는다
萩を刈りて菊は開く	-ku	싸리를 베고 나니 국화는 피어난다
白き薔薇に晴るゝ小雨(こさめ)	-me	하얀 장미 위에 잦아드는 가랑비
葉鶏頭に散る夕栄（ゆうばえ）	-e	잎 맨드라미 위에 흩어지는 저녁노을

이 작품 역시 두 행을 단위로 하고, 행의 마지막의 모음(-u, -e)을 일치시키고 있다. 첫 번째 방식으로 압운한 작품이다.

이어서 볼 작품은 〈모습(おもかげ)〉(1894)이다.

指かゞなへて　十あまり	-mari	손가락을 꼽아보니 십 년도 더 되었구나
思へば夢の　昔なり	-nari	돌아보면 꿈같은 옛날이로구나
我まだ若き　花の顔	-kao	나는 아직 젊어, 꽃 같은 얼굴이었지
春に酔ひたる　心､猶	-nao	봄에 취했던 그 마음은 지금도 그대로
路の柳も　手折らまく	-maku	길가의 버들도 꺾어보고 싶었고
籬の桃も　かざすべく	-beku	울타리의 복숭아꽃도 (꺾어) 장식하고 싶었지
手の觸れ足の　踏むところ	-tokoro	손이 닿고 발이 머문 그 모든 곳에
いづれ情の　浮くそゞろ	-sozoro	까닭 모르게 마음 설렜다

처음 두 줄의 '十あまり(jū amari)'와 '昔なり(mukashi nari)'에서는 'ari'로 운을 맞추고 있고, 마지막 두 줄의 '踏むところ(fumu tokoro)'와 '浮くそゞろ(uku sozoro)'에서는 'oro'로 운을 맞추고 있다. 세 번째 방식에 따라서 압운하고 있다. 그런데 거기에 그치지 않는다. '踏むところ'와 '浮くそゞろ'의 음소를 다시 적어 보면, 'fumu tokoro', 'uku sozoro'가 되는데, '-u-u-o-oro'로 모음 'u'를 반복하고 마지막 음절을 일치시켰다. 애당초 시키가 상정한 각운은 '마지막 음절과 그 앞 음절의 모음'까지만 고려하는 것이었는데, 이 작품에서는 그보다 범위가 확대되었다. 이론화하지는 않았지만 새로운 시도를 한 것으로 보인다.

시키는 시적인 조어(措語)의 다양성을 살려서 시가 산문과 차별화된 운문이어야 한다는 의식을 가지고 압운을 실천했다.[26] 가히 압운 신체시(押韻新體詩)라고 부를 만한 작품을 창작했다.[27] 시키가 제시한 압운론은 각운에 초점이 맞춰져 있었지만, 창작 과정에서 압운의 범위를 확대하는 데까지 이르렀다. 그런데 이러한 시키의 압운론은 커다란 반향을 불러일으키지 못했다. 정작 시키 자신도 1898년 2월부터 단카 혁신에 나서게 되어 신체시 압운 실험은 막을 내리고 말았다.

2

시키의 이론과 창작에서 반짝 나타났던 근대시의 압운 실험은 이후로도 관심을 가지는 사람이 이따금 나타나서 명맥이 이어졌다. 명맥을 이은 것은 이와노 호메이(岩野泡鳴, 1873-1920), 구키 슈조(九鬼周造, 1888-1941), 이지마 고이치(飯島耕一, 1930-2013) 같은 이들인데, 일본에서는 이들에 의

26) 田部知季, 같은 글, 248면.
27) 田部知季, 같은 글, 258면.

해서 '4, 50년에 한 번씩' 정형시(압운) 논의가 회귀한다고 한다.[28] 4, 50년에 한 번씩이라면 압운은 단속적(斷續的)인 관심사였고, 압운이 꼭 필요한 것은 아니라고 하는 시인이 더 많았다는 뜻이라고 해석할 수 있다. 하지만 랩의 경우 압운은 감당하지 않아도 그만인, 회피할 수 있는 과제가 아니다.

압운이 시학(詩學)의 중심 과제로 부상한 것은 20세기 후반 미국에서 힙합을 수용하면서이고 래퍼들은 고심 끝에 새로운 압운(라임)의 장을 열었다. 그중에서도 두드러진 힙합 밴드가 킹 기도라(キングギドラ, King Ghidorah)였다. (랩의 경우에는 '압운'보다 '라임(rhyme)'이라는 용어를 사용하는 편이 자연스럽기 때문에, 이하에서는 '압운' 대신 '라임'을 사용하기로 한다. 또 문맥에 따라 '라임'과 '라이밍'이라는 용어를 병용한다.)

킹 기도라는 1993년에 결성된 일본의 힙합 그룹이다. 멤버는 K DUB SHINE(1968-)(기타)[29], Zeebra(1971-)(MC[30])[31], DJ OASIS(1972-) (DJ, MC)[32]의 세 명이다.[33] 이 그룹은 1995년 12월 10일에 앨범 〈하늘로부터의 힘(空からの力)〉을 냈는데,[34] 발매 당시부터 커다란 반향을 얻었고 지금

28) 君野隆久, 「九鬼周造 '日本詩の押韻' 覚え書」, 『文学における近代―転換期の諸相―』 22, 2001, 63면.

29) 케이 더브 샤인. 본명은 가가미 코타(各務貢太, 1968-).

30) Microphone Controller. 직접 가사를 쓰고 랩을 하는 사람. 래퍼.

31) 지브라. 본명은 히데유키 요코이 (横井英之, 1971-)

32) 본명은 사카가미 이사오(坂上 功, 1972-)

33) 이 중에서도 특히 Zeebra는 실력과 스타성을 모두 갖춘 래퍼였고 일본 힙합 최초의 '랩 스타'였다. 김봉현, 「일본 힙합 선구자에 영향을 준 '랩'이라는 보컬 양식」(2024. 07.05.)
(https://kcg.korea.kr/news/policyNewsView.do?newsId=148930853)

34) 이 그룹 멤버들은 '투철한 사회 비판 정신과 글로벌한 감각으로 중무장한 괴물급 실력자들'이며 '1995년 발매한 데뷔 앨범은 미국 힙합 그룹 Public Enemy'에게서 많은 영감을 받았다. 교육 현실을 지적한 〈진실의 탄환(真実の弾丸)〉을 비롯해 일본 사회가 당면한 문제를 날카롭게 다루며 일본 힙합 씬에 막대한 파급력을' 지녔다는 평가를 받는다.

은 '일본어 랩의 교과서(日本語ラップの教科書)'라고 높이 평가되고 있다.

〈하늘로부터의 힘〉에 수록된 곡을 통해서 일본어 랩의 '교과서적인' 라임에 대해서 살펴보고자 한다. 첫 번째 수록곡인 〈미확인비행물체접근중(未確認飛行物體接近中)〉(Mikakunin Hikou Buttai Sekkin Chu)의 중간 부분이다.

頭脳に栄養 バランス良く	두뇌에 영양, 밸런스 좋게
内容すごく強く濃く耳の奥に注入	내용은 강렬, 진하게 귓속 깊숙이 주입
すぐ吸収 超優秀 浮かぶ空中	바로 흡수, 초우수, 공중에 뜬 감각
究極のメニュー 注目のデビュー	궁극의 메뉴, 주목받는 데뷔
悪夢のように 潜在意識 制御不可能	악몽처럼 잠재의식, 제어 불가능
もう2000年 天然に厳選	벌써 2000년, 천연으로 엄선
洗練されてる面々	세련된 멤버들
変幻自在 俺の機材はAKAI	변화무쌍, 내 장비는 AKAI[35]
固定観念 確実に破壊	고정관념 확실히 파괴
若い才能 活発な大脳	젊은 재능, 활발한 두뇌
開放 まつで巨大な大砲	포문 개방, 발사 대기 중인 거대한 대포
ドーンと急ピンチの日本中心地	들이닥쳐, 일본 중심지 긴급 상황
向けて撃つ12インチ	향해 쏘는 12인치[36]
格段上の爆弾満載	차원이 다른 폭탄 풀 장전
次は北海道 九州 関西	다음은 홋카이도, 규슈, 간사이

"젊은 재능"을 지닌 창조적이고 혁신적인 힙합 아티스트로서 "12인치" 앨범에서 "차원이 다른" 라임을 선보여 힙합 씬("일본 중심지")에 충격을 주겠다고 선언하고 있다. 훗날 멤버인 K DUB SHINE이 당시를 회상

---

https://music.apple.com/us/album/%E7%A9%BA%E3%81%8B%E3%82%89%E3%81%AE%E5%8A%9B/266597048?l=ko

35) AKAI는 음악 장비 브랜드명이다.

36) 12인치는 보통 레코드의 크기를 의미한다.

하며, '재미있는 일을 하고, 그 전까지의 힙합 씬을 변화시키고 싶었다. 운을 맞추는 문화를 일본어로 발전시키고 싶었다.'라고 말한 것을 보면[37] 이 작품은 일종의 '출사표'였던 셈이다.

위에 인용한 가사 가운데 한두 줄을 택해서 라임의 양상을 살펴보자.

すぐ吸収 超優秀 浮かぶ空中
すぐきゅうしゅう ちょうゆうしゅう うかぶくうちゅう
sugu kyūshū chō yūshū ukabu kūchū

모음 'u(ū)'로 라이밍하고 있다. 한 행의 내부에서 같은 모음이 반복되고 있다.[38] 마사오카 시키가 잠시 실험했던 모음 운의 연쇄를 여기서는 "진하게 귓속 깊숙이 주입"되도록 훨씬 밀도 높게 조직해 놓았다.

究極のメニュー 注目のデビュー
きゅうきょくのメニュー ちゅうもくのデビュー
kyūkyoku no menyū chūmoku no debyū

'究極の(kyūkyoku no)'와 '注目の(chūmoku no)'에서는 'u, o' 음과 '-kuno'의 반복으로 라이밍하고, 'メニュー(menyū)'와 'デビュー(debyū)'에서는 'e, u'음의 반복으로 라이밍했다. 여러 음절에 걸쳐 유사한 모음군을 활용하여 라이밍하는 이러한 방식은 다음절 라임(multisyllable rhyme)에 해당한다.[39] 이처럼 킹 기도라는 행 내부의 모음의 반복, 다음절 라임과

---

37) Kダブシャインは当時を振り返り、面白いことをやり今までのシーンを変えたかった、韻を踏むというカルチャーを日本語で発展させたかったと述べている。 https://ja.wikipedia.org/wiki/%E7%A9%BA%E3%81%8B%E3%82%89%E3%81%AE%E5%8A%9B

38) 이를 내부 모음 라임(internal vowel rhyme)이라고 부를 수 있다.

39) 다음절 라임이란 다수의 음절에서 유사한 모음군을 이용하여 라이밍하는 것이다. 모음군이 압운 단위가 되는 것이어서 청자에게 라임으로 인식되게 하려면 가사와

같은 기법을 성공적으로 구사함으로써 래퍼들이 참조할 수 있는 중요한 선례를 제시했다.

5. 김억, 그리고 버벌진트

1

한국어 시가 작가는 중세 내내 운을 맞추는 데는 관심이 없었다. 그런데 근대에 들어와서 갑작스레 한국어 시가도 압운을 해야 한다고 주장한 사람이 등장했으니 바로 김억(金億, 1896-?)이다. 김억은 유럽의 상징주의 시, 특히 프랑스 상징주의 시인 뽈 베를렌(Paul Verlaine, 1844-1896)의 시를 번역하면서 시의 음악성을 중시하게 되었다고 알려졌다. 압운에 대한 관심도 거기서 싹텄을 것이다.

김억은 1930년에 〈매일신보(每日申報)〉에 연재한 글 「詩型·言語·押韻」에서 다음과 같이 말했다.

> 只今의 自由詩形에는 아모러한 拘束이 업고 詩人 그 自身의 內的律動만을 尊重히 보기 때문에 詩歌로의 當然히 업서서는 아니 될 立體的 緊張味가 업습니다. 그리하야 散文이라는 感은 禁할 수 업는 것이 自由詩로서의 特點인 同時에 그대로 忘却해 바릴 수 업는 커다란 弱點이외다.
>
> 그러나 定形詩에는 音節數와 押韻 가튼 拘束이 잇는 것만치 言語의 選擇과 함씌 어데까지든지 散文과는 混同할 수 업는 立體的 表現으로의 端的 緊張味가 잇습니다. 또 그러고 結局 詩歌라는 것이 가장 짤븐 形式에다가 가장 짤븐 要約 含蓄된 言語로 가장 놉게 가장 깁게 가장

리듬의 협응(플로우)이 중요하다. 랩의 라임에 대해서는 폴 에드워즈, 『하우 투 랩』(최경은 옮김), 한스미디어, 2009를 참조했다.

넓은 完全한 表現을 가진 데 지내지 아니하는 것이라 하면 形式으로는 반듯시 一定한 것을 가지지 아니할 수 업는 것이요 그 表現 手法으로는 詩想을 如實하게 살녀 노흘 만한 撰擇된 言語가 使用되지 아니할 수 업는 것이외다.40) (띄어쓰기와 문장부호 보충은 필자. 이하 같음)

시인의 내적 율동, 곧 내재율을 내세우는 자유시는 산문과 같게 되어 결국은 시(운문)답지 못하게 된다고 했다. 반면 정형시는 자수율과 압운과 같은 외적인 구속이 있지만, 함축적 언어 사용을 중시하니 시적 표현이 깊어지고 높아진다고 했다. 따라서 근대시로는 내재율을 가진 자유시, 자수율과 압운을 하는 정형시 둘 다 필요하다고 했다. 전체적으로 마사오카 시키의 글과 논지가 상통한다.

이어서 '朝鮮말'의 특징을 살펴본 다음에, '朝鮮말'이 정형시 형식과 압운에 적합하다는 결론에 이르렀다.

우에 말한 朝鮮말의 性質로 본다 하면 朝鮮말은 그 性質로 보아 定形詩形을 가지기에 가장 適當하고 또는 詩歌의 가지지 아니하여서는 아니 될 押韻 가튼 것에는 그야말로 注文감이라 할만한 只今까지의 다른 人士들의 主張과는 反對의 結果를 잇게 된 것은 나로서도 異常하다는 感을 禁할 수가 업습니다. 그러고 그 同時에 朝鮮 詩歌의 未來에 대한 約束 만흔 希望을 깃버하지 아니할 수가 업습니다.41)

압운의 필요성에 대해서는 다음과 같이 말했다.

押韻이란 結局 다른 것이 아니고 그것으로 因하야 詩歌를 音樂으로의 律動에 對한 效果를 좀 더 주자는 것에 지내지 아니하는 것이외다. 이 律動을 無視하고는 詩歌란 잇슬 수 없는 것이(니 - 필자) 만치 詩歌를 感情의 發露라고 보지 아니한 것이나 一般이외다. 임의 感情의 發露

---

40) 金岸曙, 「詩型·言語·押韻」, 『每日申報』, 1930년 8월 2일.
41) 1930년 8월 7일.

이니 엇더케 그곳에 律動이 업슬 수가 잇겟습닛가. 사람에게는 生理的 必然으로의 呼吸과 脈搏이 잇는 것이라 하면 詩歌의 律動이란 그것과 마찬가지 것이외다. 그런데 이것에다 좀 더 音樂的으로의 快感을 주라 교 함에는 押韻이란 업슬 수 업는 것일 뿐아니라 더욱 言語 藝術의 極致인 詩歌에서는 어데까지든지 그것을 無視할 수가 업는 줄 압니다 (…)

自由詩가 아니고는 詩歌로의 行世를 할 수가 없다 할만한 觀이 잇든 時代도 얼마 아니하야 다시 只今까지 밟아오든 押韻 그것을 採用하게 되었으니 (…) 『프랑스』의 『폴·포르』니 英國의 『아더·시몬스』가튼 詩人들의 詩作이 얼마나 이에 대한 好個 消息을 전해 준 것입닛가. 그들은 自由詩形을 採用하다가 얼마 아니하야 그것을 바리고 定形詩의 押韻을 하게 되엿습니다. 이것은 決코 偶然한 일이 아니요 詩作上 그럿케 되지 아니하면 아니 될 것을 詩人 그 自身의 內心에 깁히 깨달은 탓이라고 할 수 밧게 업는 일이외다.[42]

시는 율동이 생명인데, 율동의 효과를 높여서 음악적인 쾌감을 주고자 한다면 압운을 해야 한다는 것이 김억의 주장이다. 또한 자유시를 창작하다가 압운을 하는 정형시로 되돌아가는 것은 세계 문학의 자연스러운 현상이고, 시를 짓다 보면 그렇게 되돌아가게 되는 것이 필연이라고 했다.

그러면 어떻게 압운을 할 것인가?

나는 이곳에서 押韻의 實例로 아래와 가튼 것을 들어놋코 말하겟습니다.

『밤마다 찬 자리에 홀로 어든 쉼 깨고 보니 無心타 어리운 煙氣 銀河水 맑은 물에 써나가는 님을 어이나 멈출는고 속절이 없네』

이러한 詩가 잇다 하고 이것을 엇더케 하면 四行 슷 字를 全部 갓게 하든지 또는 二行식 그럿치 아니하면 한 行을 別로 하고 남아지 三行을 갓게 해 노하서 써 그 律動을 좃케 할 수가 잇는가 하는 것이외다.

『밤마다 찬 자리에 홀로 어든 쉼 깨고 보니 無心타 보람 업는 맘

42) 1930년 8월 9일.

銀河水 맑은 물에 어려도는 님 어이나 멈출는고 길은 없는가』

이렇케 押韻해 노흐면 첫 것과는 그 意味가 달나질 것은 勿論이외다 엇더한 文章을 勿論하고 文章을 고친다는 것은 結局 그 感情과 思想을 고처놋는 데 지내지 아니하는 것이외다만은 이러한 것에서는 그 뜻은 달나젓를만정 律動美는 훨신 조와젓다고 생각합니다.43)

예로 든 시구(왼쪽)와 압운을 한 시구(오른쪽)를 시행을 나누어 나란히 놓아 보면 다음과 같다.

밤마다 찬 자리에 홀로 어든 쑴	밤마다 찬 자리에 홀로 어든 쑴
쌔고 보니 無心타 어리운 煙氣	쌔고 보니 無心타 보람 업는 맘
銀河水 맑은 물에 써나가는 님을	銀河水 맑은 물에 어려도는 님
어이나 멈출는고 속절이 없네	어이나 멈출는고 길은 없는가

예로 든 시구와 달리 압운을 한 시구는 7·5조로 되어 있다. 4행시의 압운을 할 때, 모든 행의 끝 자를 같게 하든가, 두 행을 단위로 하여 끝 자를 같게 하든가, 아니면 한 행을 제외하고 나머지 세 행의 끝 자를 같게 하든가 할 수 있다고 했는데, 위에서는 세 번째 방식으로 압운했다. 압운 방식에 대한 설명이 다음과 같이 이어진다.

이것은 勿論 旣成 詩作을 다시 고처 押韻한 것이기 쌔문에 그 意味가 첫 것과 달나젓다고 볼 수 잇는 것이외다만은 그럿치 아니하고 直接으로 詩作을 하면서 押韻할 쌔에는 조곰도 그러한 것이 업는 것이외다. 첫 줄에 『홀로 어든 쑴』 하고 『쑴』일라는 『미음』으로 씃난 글字가 잇습니다.

그러면 『미음』에 關聯된 글字를 이것저것 探索해 보지 아니할 수가 업는 것이외다. 그 結果 『맘』이라는 글字를 發見하고 나는 『쌔고 보니 無心타 어리운 煙氣』한 둘재 줄을 『쌔고 보니 無心타 보람업는 맘』

43) 1930년 8월 9일.

하고 『어리운 煙氣』를 『보람업는 맘』으로 바꾸어 노흐면서 押韻해 바렷습니다.

그러고 셋재 줄에 『銀河水 맑은 물에 써나는 님을』은 좀 더 재간을 피우노라고 『써가는 님을』을 『어려도는 님』하고 고처 노핫습니다 『써나는 님을』 하는 것보다는 『맑은 물에 어려도는 님』 하는 것이 좀 더 조흘 表現이 되는 줄 압니다. 그리하야 結局은 『꿈』 『맘』 『님』하는 押韻 三行이 되야 나의 求하는 바는 完全히 成就되고 말고 押韻을 할 수가 있습니다 詩想을 어든 뒤에 그것을 表現으로의 押韻을 通해서 생각할 째에는 決고 어려운 일이 아니외다.44)

'꿈'·'맘'·'님'의 '미음'으로 각운을 맞추었다는 설명이다. CVC에서 마지막 C가 운자이니 자음운을 사용했다는 말이다. 이어서 다음과 같이 결론을 내리고 글을 맺는다.

대개 이러한 나의 押韻이나 定形詩를 反對하는 이들의 大部分은 그 째문에 自由롭은 詩想을 拘束해 노흘 必要가 업다는 데 그 意見이 一致되는 모양입니다. 그러나 그것은 그럿치 아니하외다 自由롭은 詩想이니 自由롭을사록 될 수 잇는데로 含蓄식혀 한만하게 表現해 놋치 아니할 必要가 잇는 것이외다 緊張味 업는 自由는 도로혀 사람의 맘을 倦怠에 싸지게 하는 것을 우리는 잘 아는 바외다 自由롭은 詩想을 拘束잇는 詩形에 담아 노흐되 가장 自由롭은 것을 일허바리지 아니하도록 努力하는 곳에 보다 더 自由로음이 있는 것이외다.45)

압운하는 정형시는 '긴장미'를 가지는 점에서 자유시보다 우위에 있다는 주장을 반복한다.

김억은 신문에 「詩型·言語·押韻」을 연재하기 얼마 전에 압운을 사용한 작품을 창작해서 보여주었다. 『大潮』 창간호(1930.3.15.)에 실은 「歲月

44) 1930년 8월 10일.
45) 1930년 8월 10일.

과함씌철은들거니(押韻)」라는 작품이다. 시 제목에 '押韻'이라는 말을 덧붙여서, 압운한 격조시(格調詩) 작품이라는 것을 명시했다.

지난해 첫새벽에 어린그림자
이해에도 외론맘 또비최준다.
저山넘어 五十里 길조타해도
난물으네, 오든길 어이바꾸노.

무엇에다 比길고, 나의그대를.
새캄할세 밤하늘 소낙이좔좔,
진흙물에 도는맘 方向몰을제
반갑고나, 밝은달 나를비최네.

시름만흔 이世上 어이보낼고
쓸쓸하다 뷘들엔 꼿조차업고.
가는歲月 덧업다 말슴을마오
갈사록 님의말은 맘에숨이네.

첫째 연과 둘째 연은 '두 행을 단위로 하여 끝 자'(자음과 모음)를 같게 했고, 셋째 연은 '한 행을 제외하고 나머지 세 행의 끝 자를 같게' 했다. 7·5조에 자음운과 모음운을 사용하고 있다.

김억 자신이 한 말대로 압운하는 정형시 형식에 적합한 "朝鮮말"을 구사하여 "自由롭은 詩想을 拘束 잇는 詩形에 담아 노흐되 가장 自由롭은 것을 일허바리지 아니하도록 努力"하여 창작한 작품일 것이다. 이 작품을 보고 7·5조는 단조롭고 압운은 '끝말 맞추기' 수준에 지나지 않는다고 하면 너무 박한 평가인가? 정형시는 음절 수와 압운 같은 구속이 있어서 긴장미를 형성한다고 했는데, 도리어 단순하다고 느끼게 하는 것은 아닐까? 과연 이러한 격조시가 근대에 어울리는 시 형식일까? 그런 의문이 해소되지 않아서일까? 한국의 근대 시인 누구도 하지 않았던 주장,

정형시를 부활시키고 압운해야 한다는 주장은 별다른 호응을 얻지 못하고 잊혔다.

마사오카 시키와 김억은 압운이 필요한 이유, 자국어의 언어적 특징을 파악하고 거기에 걸맞은 압운 방식을 제시하는 논리 전개, 각운 중심의 압운 실험에서 놀라운 일치를 보여주었다. 김억이 마사오카 시키의 영향을 받았을 수도 있다. 하지만 일본에서 잊힌 지 오래된 압운론을 30년 뒤에 다시 들고나온 것이라고 보기는 어렵다. 근대시는 운문성을 어떻게 확보하는가 하는 동질적인 고민 끝에 얻은 결론이 상통했다고 보아야 할 것이다.

2

랩은 라이밍을 한다. 그런데 한국어에는 강세 악센트가 없으므로 영어식 라이밍을 그대로 수용할 수는 없다. 한국어 랩에서 라이밍을 하여 리듬감을 만들고자 한다면 영어식 라이밍과는 다른 방식을 고안해야 한다. 라이밍을 수준 높게 구사하고자 하는 래퍼들은 한국어의 특성에 기초를 두면서 창조적 역량을 발휘해야 했다.

처음 한국어 랩은 단음절 라이밍이 주류였다. 한국 힙합 대중화의 물꼬를 튼 역사적인 그룹이라고 평가받는 드렁큰 타이거의 정규 1집 앨범 《Year Of The Tiger》(1999)에 수록된 〈너희가 힙합을 아느냐?〉에서 두드러지게 운을 맞춘 부분은 다음과 같다.

> 거기 갔자 거기 있어봤자
> 진짜를 보여줄께 우리가 거기 닿자마자
> 세상 이상 너무나도 괴상
> 너희가 최고라니 그건 너무 환상

'거기', '-자', '-상'의 반복으로 라이밍을 했다. 앞 절에서 본 〈歲月과 함씌철은들거니(押韻)〉의 각운와 비교해 보면, 운을 밟는 단위는 일치한다고 할 수 있다. 이른바 '끝말 맞추기 라임'이라고 폄하해도 반박하기 어려울 것 같다.

그런데 다음과 같은 랩에 이르러 라임의 면모가 일신된다. 한국어 랩을 새로운 경지로 끌어올렸다는 평가를 받는 버벌진트(Verbal Jint)[46]의 앨범 《Modern Rhymes EP》(2001.07)에 수록된 〈Overclass〉의 한 대목이다.[47]

> 90년대 말을 잘 기억해 난
> Hip-Hop을 말하던 대다수가 거센 말투와
> 어색한 허우대만 찾으려 하던 때
> 한 명의 fan으로서 제발
> 어서 그 저개발 상태를 벗어나서
> 크기를 바랐어, 그러나 이 문화는
> 덧없는 언쟁과 함께 무너져 갔어
> 우리들 안에서 분명히 누군가는
> 선구자가 되어야만 했어
> 온갖 모함과 방해가 사방에서
> 저질러졌네 하지만 승리는 진실 편에
> 몇 놈들이 우리에게 졸라 씹혔네 (밑줄 필자)

〈미확인비행물체 접근 중〉이 킹 기도라의 출사표였다면, 이 곡은 버벌진트의 출사표다. 힙합 씬에서 라임 방식을 두고 벌어진 싸움에 뛰어든 것이다. 이 곡에서는 라임이 모음군을 단위로 실현되고 있다. '(90)년대

46) 본명은 김진태, 1980년생.

47) 김학선, 『K·POP 세계를 홀리다』, 을유문화사, 2012, 307-310면, 361-365면에 드렁큰 타이거와 버벌진트에 대한 간략하게 소개했다.

말/(기)억해 난/(말하)던 대다(수가)/거센 말(투와)/어색한/허우대만/(찾으려하)던 때 한 (명의)/(으로)서 제발/저개발/언쟁과'는 'ㅓ, ㅐ, ㅏ'를 기본 단위로 하고 있다. 같은 방식으로 '어서 그/덧없는', '벗어나서/(무)너져갔어', '이 문화는/누군가는', '(되어)야만 했어/사방에서', '(진)실 편에/씹혔네'에서도 모음군을 단위로 압운하고 있다. 시각적으로 확인되고, 실제로 랩을 들으면 청각적으로도 확인된다. 한국 랩 연구자들은 이를 다음절 라임이라고 부르며, 버벌진트의 《Modern Rhymes EP》는 끝말 맞추기 라임의 시대를 끝냈다고 평가한다.48)

다음은 이 곡의 후렴구다.

Suckers can't feel my rhyming
어떻게 이런 놈들과 나란히
Hip-Hop을 얘기하니
아까워 내 시간이

어리바리한 자들은 운율을 느낄 수 없고, 예민한 감각을 지닌 청자라야 운율을 느낄 수 있다고 한다. 'my rhyming'과 '나란히'는 영어와 한국어인데, 라임이 맞는다. '얘기하니/내 시간이'도 라임이 맞는다. 노랫말에도 있듯이 90년대 말을 지나 21세기가 시작되면서 라임의 혁신이 일어났다.

다음은 같은 앨범에 수록된 〈사랑해 누나〉의 일부이다.

우중충했던 나의 아침 시간은 이제
그녀와 함께할 수없이 많은 일에 대한
설렘으로 가득하네, 한 사람을 향해

48) 김봉현, 「한국어 라임의 체계를 정립하다」(2019.02.11.) https://www.korea.kr/news/cultureColumnView.do?newsId=148858224

이토록 기쁘고 또 야릇하게
떨리는 마음을 가질 수 있다니
거리를 함께 거닐며 시간이
흐르는 줄도 모르고 긴 이야기 나누었네
누나 손 잡고 MP 가기 하루 전에

밑줄 친 부분을 보면 모음군을 단위로 운이 맞고 있음을 알 수 있다. 압운이 표현을 제약한다고, 노랫말이 산으로 가게 만든다고 말하기 어렵다. 도리어 그 반대로, 다음절 라임으로 라임에 대한 갈증을 해소하고, 랩을 랩답게 만들었다고 높이 평가할 수 있다.

이번에는 2021년 12월에 발매된 래퍼 화나(FANA, 1985-)의 정규 5집 《FANATIIC》에 수록된 〈발아〉의 일부를 보자.

맘대로 과대포장 되고 황폐로 바랜 저 판의 벽과 대면할 때면
낮게 더 아래로 향했던 나의 역할
계속 파 내려가
개척자의 손안에서 약했던 싹의 성장
사생결단
헤쳐가겠어
자생적 한계점 앞에서 강해져야 해
변화된 역사 패권 반대편 땅에 선 자의 열망

[맘대로] [과대포][장되고] [황폐로] [바랜 저] [판의 벽] [과 대면] [할 때면]

아래에 대괄호로 표기한 바에서 확인할 수 있듯이 다음절 라임('동일 모음 구조')을 활용하고 있다. 모음군을 단위로 해서 운을 맞추는 기법상 커다란 진전을 보이고 예술적인 성취를 이루었다고 평가할 수 있다. 베트남 근대 시인 쑤언 지에우(Xuân Diệu, 1917-1985)가 압운법을 평가한 말 - 시인의 정감과 뉘앙스를 좀 더 효과적으로 표현할 수 있는 실제적이고 유연한 창작 도구를 제공해준다.[49] - 을 한국어 랩에도 적용할 수 있다.

이제 라임은 듣는 이를 매혹한다. 한국 시가사에서 처음 보는 일이다.

킹 기도라와 버벌진트는 다음절 라임에 도달했다는 점에서 일치한다. 미국의 랩에서 고안된 라이밍 방법을[50] 서로 닮은 언어에 적용하다 보니 나타난 공통점일 것이다. 같아서 이상한 것이 아니라 같을 수밖에 없어서 올바른 길로 접어들었다고 평가해야 한다고 본다.

6. 맺음말

지금까지 민족어 시가에서 '운'을 맞추는 문제에 대해서 살펴보았다. 우리는 우리 말이 중국어와 달라서, 우리말 시가에 자수율, 고저율, 압운법을 도입할 수 없다는 점을 일찍부터 자각하고 있었다. 일본은 간나렌쿠를 창안해서 와카구도 압운을 할 수 있다는 것을 보여주었다. 일본어 고유어도 훈독을 통해서 한자로 표기할 수 있다는 점을 활용해서 압운하는, 일견 무리한 시도를 했다. 그렇게 해서 와카와 한시가 대등하게 융합할 수 있다고 주장했다.

마사오카 시키와 김억은 근대시는 반드시 자유시여야 하는 것은 아니며, 자유시가 산문이 되고 마는 위험에서 구하기 위해서 압운 정형시를 대안으로 제시했다. 하지만 '끝말 맞추기' 수준의 단순한 각운으로는 자유시 내재율의 물결을 거스른 성과로 시단의 인정을 받기는 어려웠다.

20세기 후반 랩이 주목받으면서 라임이 다시 관심의 대상이 되었다. '끝말 맞추기' 수준의 라임을 극복하고 다채롭게 라이밍을 하는 창의적인 시도가 나타나 호응을 얻으면서 자국어 노래 운율의 가능성을 확대했

---

49) 최귀묵, 같은 책, 556면.

50) 다음절 라임은 미국의 래퍼 Rakim(1968-)이 고안해서 사용했다고 한다.

다. 일본의 킹 기도라, 한국의 버벌진트 등이 주도해서 새로운 길을 열었다고 평가된다.

일본어와 한국어 랩에서 자리 잡은 다양한 라이밍 방법은 분명 두 나라 시가사의 새로운 면모라고 할 수 있다. 압운해야 시다울 수 있다고 한 마사오카 시키와 김억의 주장은 호응을 얻지 못했지만, 랩에서는 라임에서 주목할 만한 진전이 나타났다. 이런 변화를 시가사 연구에서 수용해서 정당하게 평가해야 한다.

압운은 동아시아 비교문학의 새로운 과제가 된다. 압운이 용이한 민족어 시가, 압운이 지난한 민족어 시가에서 압운에 대응해 온 역사에 관심을 가져야 한다. 민족어 시가를 한시와 대등한 자리에 두기 위한 공통의 노력이 번역으로, 운율의 전면적 수용으로, 압운하는 와칸혼효(和漢混淆) 양식의 창안으로 나타난 양상을 비교하고, 그 이면의 정신사적 배경을 해명해야 한다.

유럽의 근대시가 단순 율격(자수율)을 가진 일본 시가에 가한 충격을 살펴보고, 자유시 내재율을 당연하게 생각하지 않고 정형시를 새롭게 정립하고자 한 시도를 찾아서 밝혀야 한다. 중국의 근대시도 고찰의 범위에 넣어야 한다. 자유시는 무질서라고 보고 새로운 질서를 찾고자 한 시인은 없는지, 그런 시인이 있다면 어떻게 새로운 질서를 마련했는지 궁금하다.

동아시아 여러 나라에서 자국어 랩을 발전시켜 온 양상을 비교해서 살펴야 한다. 랩의 실험 정신과 성취를 평가해야 한다. 세계적인 범위에서 시가 운율을 비교·연구해야 한다. 유럽 시가에서 미국 시가로 주도권이 넘어간 양상을 확인하는 것도 중요한 일이다.

당률국음시와 와칸렌쿠, 마사오카 시키와 킹 기도라, 김억과 버벌진트는 직접적인 영향 관계가 확인되지는 않는다. 필자는 '압운'이라는 작다면 작은 주제를 택해서, 이면에 있는 관련성을 발견하여 새로운 문제를 제기하고자 했다. 하지만 이런 일들은 모두 필자에게는 분에 넘치는 일이다. 근근이 몇 가지 초보적인 논의를 편 데 불과하다. 이런 문제에 관심을 가지고 깊이 있는 연구를 해 줄 동학을 기다린다.

5부 소설

01

〈남염부주지(南炎浮洲志)〉의 지옥 형상에 관한 몇 가지 단상

1. 머리말

《금오신화(金鰲新話)》의 다섯 작품 중 하나인 〈남염부주지(南炎浮洲志)〉는 여러모로 독자를 당황하게 만드는 작품이다. 우선 별세계의 유무(有無)를 동시에 긍정해서 모순을 초래하고, 꿈과 현실의 경계를 허물고, 유불(儒佛)의 경계를 허무는 구조로 되어 있어 당황스럽다. 여러 선행연구에서 작품의 이와 같은 역설적 설정에 주목했으며 필자 또한 소략하게나마 역설적 구조의 의미에 대해서 논의한 바 있다.[1] 그런가 하면 〈남염부주지〉에서는 "백성들이" 지옥에서 벌을 받고 있으면서 "웃고 이야기하는 모습"(似有笑語之狀)을 보이고, "그다지 괴로워하지도 않는 듯했다"(而亦不甚

---

1) 최귀묵, 「김시습 글쓰기의 사상적 근거 연구」, 서울대학교 박사학위논문, 1997, 145-151면; 진경환, 「'탈주'와 '해체'의 기획: 매월당 김시습」, 『한국 고전문학 작가론』(민족문학사연구소 고전문학분과 편), 소명, 1998; 정출헌, 「15세기 鬼神談論과 幽冥敍事의 관련 양상 - 김시습의 〈귀신론〉과 〈남염부주지〉를 중심으로」, 『동양한문학연구』 제26집, 동양한문학회, 2008.

苦也)고 말하고 있어서 당황스럽다. 이 글에서는 이 점에 대해서 논의해 보고자 한다.

어째서 지옥에서 웃고 이야기할 수 있는지, 그다지 괴로워하지 않을 수 있는지 해명하기 위해서는 〈남염부주지〉의 주된 작품 공간인 지옥, 곧 염부주가 어떻게 형상화되고 있는지 살펴보아야 한다. 그래서 염부주는 어디에 있고, 공간 배치는 어떠하며 누가 가서 살게 되는지, 염부주에서의 삶은 어떠한지, 그리고 염부주의 수장인 염왕은 어떤 존재인지 하나하나 짚어 보고자 한다. 작품 속에 있는 작은 단서를 찾아내어, 불교의 지옥설에 상응하기도 하고 김시습의 독창적인 설정이 두드러지기도 하는 복합적인 면모를 드러내 보고자 한다. 나아가 염부주를 작품 공간으로 설정해서 김시습이 말하고자 한 바가 무엇인지 음미해 보는 기회도 가질 것이다. 커다란 논의에서는 미처 주목하지 못했던 바를 찾아내서 작품 이해를 정밀하게 할 수 있게 되기를 기대한다.

〈남염부주지〉는 《전등신화(剪燈新話)》 가운데 〈영호생명몽록(令狐生冥夢錄)〉의 직접적인 영향을 받은 작품으로 알려져 있다. 〈영호생명몽록〉 또한 지부(地府), 곧 지옥을 견문한 내용이 큰 비중을 차지하고 있다. 그런데 일찍이 "《금오신화》 가운데 〈남염부주지〉는 소설의 제일이다. 대개 구우(瞿佑, 1341-1427)의 《전등신화》를 본떴지만 출어(出語)가 훨씬 뛰어나니 어찌 청출어람(靑出於藍)에 그치겠는가!"[2]라고 한 평가가 있다. 과연 〈남염부주지〉는 〈영호생명몽록〉과 비교해서 얼마나 다르기에 청출어람이라는 평가가 가능한 것일까? 이에 대해서 여러 선행연구에서 해명한 바 있다.[3] 그런데 필자가 보기에는 〈남염부주지〉의 독자적인 면모는 지옥

---

2) 金鰲新話中南炎浮洲志 小說之第一也 大槩蹈襲瞿宗吉剪燈新話 而出語則過之 豈但靑出於藍而已哉 (『生六臣文集』 卷八 附錄 「摭遺」, 嶺南文化社, 1984, 443-444면)

3) 근년의 연구 성과로 이학주, 『동아시아 전기소설의 문학세계』, 북스힐, 2002, 108-120면을 들 수 있다.

이라는 공간의 설정에서도 잘 드러나고 있다. 그래서 지옥 공간 설정 양상에서 드러나는 차이점에 다시 한번 주목해 보고자 한다.

먼저 2장에서는 염부주의 외관을 보고자 한다. 염부주는 어떤 곳이고 거기에는 누가 살고 있는지 대체적 면모를 살핀다. 3장에서는 염부주의 심층을 들여다보고자 한다. 지옥으로서의 염부주의 위상, 지옥에서 받아야 하는 고통의 양상, 염왕의 역할에 대해서 살펴보기로 한다. 외관과 심층이라고 했지만 명확한 분류 근거가 있어서 그렇게 나눈 것은 아니다. 작품을 읽어서 쉽게 알아차릴 수 있는 염부주의 면모를 외관이라고 한 것인데, 작품의 표층에서 말한 바를 그대로 수용해서 파악할 수 있는 염부주의 면모에 해당한다. 이와는 달리 작품에서 말한 바를 토대로 잠시 곱씹어 보아야 알 수 있는 면모를 심층이라고 한 것인데, 작품에서 그렇게 말한 이유를 따져서 파악할 수 있는 염부주의 면모를 가리킨다. 비록 편의적인 구분이기는 하지만 논의의 층위를 구별하기에 유용하다고 본다. 2장과 3장에 각각 별도의 절을 두어 〈영호생명몽록〉과 견주는 논의도 짤막하게 덧붙인다. 4장에서는 2, 3장의 논의를 토대로 해서 염부주의 공간적 특성과 작가 의식의 관계에 대해서 생각해 본다.

2. 염부주의 외관

작품 전개를 따라 가면서 염부주의 외관을 살펴보기로 한다. 염부주는 어떤 곳인가, 염부주에는 누가 살고 있는가를 살피고, 〈영호생명몽록〉에서 형상화된 지옥의 외관과 비교해 보기로 한다.

2.1.

박생이 염부주를 방문하게 되는 첫 장면은 다음과 같다.

> [가] 어느 날 박생은 거처하는 방에 한밤중에 등불 심지를 돋우고 《주역》을 읽다가 베개를 괴고 옷을 입은 채 설핏 잠이 들었다. 그러다가 홀연 한 나라에 이르렀다. 이르고 보니 그곳은 곧 넓은 바다 가운데 있는 하나의 섬이었다.
>
> 그 땅에는 본디 초목도 없고 모래와 자갈도 없었으며, 발에 밟히는 것은 모두 구리가 아니면 쇠였다. 낮에는 거센 불길이 하늘까지 뻗쳐 땅덩이가 녹아내린다. 밤이 들면 차가운 바람이 서쪽에서 불어와서 사람의 살갗과 뼈를 쑤셔대니, 아픔을 견딜 수 없었다. 또한 쇠로 된 벼랑이 성처럼 서서, 바닷가를 따라 연하여 있었다. 거기에는 철문이 오직 하나만 있어, 굉장했다. 그 문에는 자물쇠가 아주 굳게 잠겨 있었다. 문지기는 주둥이와 송곳니가 튀어나오고 험상궂고 사납기 짝이 없었다. 그 문지기는 창과 쇠몽둥이를 쥐고, 바깥에서 오는 자들을 막고 있었다.4)

넓은 바다 가운데 있으며 구리와 쇠만 밟히는 섬, 그곳에는 낮에는 대지를 녹일 정도로 거센 불길이 치솟고 밤이면 살을 에고 뼈를 쑤시는 차가운 바람이 몰아친다. 섬 둘레로 쇠로 된 벼랑이 이어지고 있는데, 하나 있는 거대한 철문에는 자물쇠가 굳게 채워져 있고 험상궂고 사나운 문지기가 지키고 있다. 문이 열리기 전에는 벗어날 길이 없으며, 문밖을 나선들 사방이 끝 모를 바다다. 공포가 엄습하고 감당키 힘든 고통이

---

4) 원문은 "一日 於所居室 中夜挑燈讀易 支枕假寐 忽到一國 乃洋海中一島嶼也 其地本無草木沙礫 所履非銅則鐵也 晝則烈焰亘天 大地融冶 夜則淒風自西 砭人肌骨 吒波不勝 又有鐵崖如城 緣于海濱 只有一鐵門宏壯 關鍵甚固 守門者 喙牙獰惡 執戈鎚 以防外物"이다. 작품의 원문은 『梅月堂全集』, 成均館大學校 大東文化硏究院, 1973을 따르고, 작품의 번역은 심경호 옮김, 『금오신화』, 홍익출판사, 2000)를 이용하기로 한다. 다만 몇몇 곳은 필자가 손질했다.

짓누르는 絶島, 그곳이 바로 지옥 - 염부주다.

> [나] 잠깐 사이에 바람같이 빠르고 화려한 수레가 왔다. 수레 위에는 연꽃 모양의 좌대가 설치되어 있었다. 그리고 예쁜 동자와 시녀가 있어서 한 사람은 먼지떨이를 잡고 한 사람은 일산을 들고 있었다. 무예(武隸)와 나졸들은 창을 휘두르며 '물렀거라' 벽제 소리를 외쳐 대었다.
>
> 수레를 타고 가던 박생이 머리를 들고 바라보매, 눈앞에 쇠로 된 성이 세 겹으로 둘려 있고, 으리으리하게 높은 궁궐이 금으로 된 산 밑에 보였다. 그리고 화염이 하늘까지 닿을 만큼 이글이글 타오르고 있었다.
>
> 길가의 광경을 둘러보니, 사람들이 화염 속에 있으면서, 넘실거리는 구리와 녹아내리는 쇳물을 마치 진흙 밟듯이 하며 걸어 다닌다. 그러나 박생이 앞으로 나아가는 길은 수십 걸음쯤 곧게 나 있었으며 숫돌과 같이 평탄했다. 쇠를 녹이는 뜨거운 불도 없었다. 아마 신통력으로 바꾸어 놓은 듯했다.
>
> 왕성에 이르니 사방 문이 활짝 열려 있다. 못가의 누대와 본채의 건물들이 하나같이 인간 세계의 것과 같았다. 그때 아름다운 두 선녀가 나와서 인사하고는 박생을 이끌고 안으로 들어갔다.[5]

염왕이 거처하는 왕성으로 향하는 길에서 본 광경, 그리고 왕성의 모습을 그리고 있다. 박생은 수레를 타고 가고 있는데, 무예와 나졸이 벽제 소리를 외친다. 누구를 향해 벽제 소리를 외치는 것일까? 아마도 그곳 백성들을 향한 외침일 것이다. 그곳 백성들은 이글거리는 화염 속에서 녹은 구리와 쇳물을 밟으며 걸어 다니고 있다. 왕성은 세 겹의 쇠로 된 성이고, 궁궐은 금으로 된 산 아래에 있다. 궁궐 건물은 인간 세계의 그

5) 須臾飆輪寶車 上施蓮座 嬌童彩女 執拂擎盖 武隸邏卒 揮戈喝道 生擧首望之 前有鐵城三重 宮闕嶔峨 在金山之下 火炎漲天 融融勃勃 顧視道傍 人物於火焰中 履洋銅融鐵 如蹋濘泥 生之前路 可數十步許 如砥 而無流金烈火 盖神力所變爾 至王城 四門豁開 池臺樓觀 一如人間 有二美姝 出拜 扶携而入

것과 같았고, 선녀가 시중을 들고 있다.

다음은 염왕의 입으로 염부주를 소개하고 있는 대목이다.

> [다] 다과가 끝나자 왕이 박생에게 말했다.
>
> "선비는 이곳이 어딘지 모르시오? 이곳은 세상에서 말하는 염부주라는 곳이오. 궁궐의 북쪽 산이 바로 옥초산이라오. 이 섬은 하늘의 남쪽에 있으므로 남염부주라고 부르오. '염부(炎浮)'라는 이름은 불꽃이 활활 타서 늘 허공에 떠 있기 때문에 그렇게 일컫는 것이오. 내 이름은 염마(餤摩)라 하오. 온몸이 불꽃에 휩싸여 있다는 뜻이라오. (…)"6)

염부주는 하늘의 남쪽에 있으며 활활 타는 불꽃이 허공에 떠 있어서 남염부주라고 한다고 했다. 염부주도 염왕도 불길이 휘감고 있다. 불길과 열기는 염부주가 염부주라고 칭해지는 이유가 된다.

작품의 말미에 있는 염왕의 선위문[制]에서는 또 다음과 같이 묘사하고 있다.

> [라] 염부주 이곳은 실로 풍토병이 유행하는 곳이므로 우임금의 발자취도 이르지 못했고 목왕(穆王)의 준마도 이르러 온 적이 없었다. 붉은 구름이 해를 가리고 독한 안개가 공중을 막고 있다. 목이 마르면 김이 오르는 녹은 구리를 마셔야 하고, 배가 고프면 이글이글 불에 녹는 쇳덩이를 먹어야 한다. 그러니 야차나 나찰이 아니면 발붙일 데가 없고, 이매(魑魅)·망량(魍魎) 같은 도깨비들이 아니면 기운을 뜻대로 펼 수가 없다. 뜨거운 불의 성은 천리에 뻗어 있고 철로 된 산악은 만 겹이나 된다.7)

---

6) 茶罷 王語生曰 士不識此地乎 所謂炎浮洲也 宮之北山 卽沃焦山也 此洲在天之南 故曰南炎浮洲 炎浮者 炎火赫赫 常浮大虛 故稱之云耳 我名餤摩 言爲餤所摩也

7) 炎洲之域 實是瘴厲之鄕 禹跡之所不到 穆駿之所未窮 彤雲蔽日 毒霧障天 渴飮赫赫之洋銅 飢餐烘烘之融鐵 非夜叉羅剎 無以措其足 魑魅魍魎 莫能肆其氣 火城千里 鐵嶽萬重

우임금은 9년 홍수를 다스리기 위해 그 발자취가 구주(九州)에 이르지 않은 곳이 없다고 하고, 주나라 목왕은 즉위한 뒤에 팔준마(八駿馬)를 타고 천하를 돌아다녔다고 한다. 곤륜산(崑崙山)의 요지(瑤池)에서 서왕모(西王母)를 만났다고 하는 이야기가 기록에 전한다. 그런 우임금이나 목왕도 일찍이 이르지 못한 곳이 염부주다.

염부주는 붉은 구름과 독한 안개가 해를 막고 하늘을 가리고 있는 음산한 곳이며 풍토병이 창궐하는 곳이다. 끓는 구리, 녹는 쇠 이외에는 먹고 마실 것이라고는 없다. 달아날 수도 없어서 불길이 천리요 쇠 산이 만 겹이다. 작품에서는 벗어날 길이 없는 뜨거운 불의 성, 극심한 고통을 겪어야 할 곳이 염부주라고 일관되게 말하고 있다.

2.2.

염부주에는 그곳 백성, 염왕, 그리고 신하[귀졸(鬼卒), 동자, 시녀, 선녀]가 산다고 했다. 그런데 귀졸, 동자, 시녀, 선녀를 비롯한 신하들은 초점화된 대상이 아니므로 백성과 염왕에 주목해 보아야 한다. 먼저 염부주의 백성에 대해서 말한 대목을 찾아보았다.

> [마] (염왕이) 말했다. "(…) 지금 이 땅에 거처하면서 나를 우러르는 사람들은 모두 전세에 부모나 임금을 죽이고 간교하고 흉악한 짓을 한 무리들이오. 그들은 이 땅에 의지해 살며 나의 통제를 받으면서 장차 그 그릇된 마음을 고치려 하고 있소. (…)"8)

작품에서는 염왕의 입을 빌어 염부주에 사는 백성이 "皆前世弑逆姦兇之徒"라고 하고 있다. 죽어서 오는 곳이니 "전세(前世)"의 행적이 문제가

---

8) 曰 (…) 今居此地 而仰我者 皆前世弑逆姦兇之徒 托生於此 而爲我所制 將格其非心者也

되는 것은 당연한 일이다. "시역(弑逆)"은 신하가 임금을 죽이거나 자식이 부모를 죽이는 일을 뜻하는 말인데, 신하가 임금을 죽이는 일을 가리키는 경우가 흔하다. "간흉(姦兇)"은 간사하고 흉악하다는 말이다. "시역간흉(弑逆姦兇)"이라는 악업(惡業)을 지은 사람이 죽어서 오는 곳이 바로 이곳 염부주다.

전생에 "시역간흉"한 죄를 범한 백성을 다스리는 염부주의 왕이 염왕이다.

> [바] 내 이름은 염마라 하오. 온몸이 불꽃에 휩싸여 있다는 뜻이라오. 내가 이 땅의 군사(君師)가 된 지 벌써 만여 년이나 되었소. 수명이 오래되고 신령스러워서, 마음이 가는 곳마다 신통하지 않음이 없으며, 의지가 바라는 바에 뜻대로 되지 않음이 없소. (…)"[9]

"염마(燄摩)"라는 칭호는 본디 산스크리트어 '야마(Yama)'를 음차한 말이지만 이곳에서는 한자의 자의(字意)대로 해석해서, 불꽃이 온몸을 어루만지고 있다는 뜻이라고 풀이하고 있다.[10] 염왕은 만여 년이나 염부주의 왕 노릇을 하고 있다. 오래된 만큼 신령하기도 해서 마음먹은 대로, 뜻하는 대로 되지 않는 일이 없다고 했다.

> [사] 박생은 물었다.
> "왕은 무슨 인연으로 이 이국에 살면서 왕이 되셨습니까?"
> 왕은 말했다.
> "나는 인간 세상에 있을 때 왕에게 충성을 다 바치고, 발분하여 도적을 토벌했소. 그리고 스스로 맹세하기를 '죽어서 마땅히 여귀(厲鬼)

---

9) 我名燄摩 言爲燄所摩也 爲此土君師 已萬餘載矣 壽久而靈 心之所之 無不神通 志之所欲 無不適意

10) 그래서 심경호, 같은 책, 187면의 주석에서는 "望文生訓의 혐의가 있다."고 했다. '야마'를 '閻羅'나 '閻魔'로 표기하기도 한다.

가 되어 도적을 죽이리라' 했소. 그 소원이 아직 다 이루어지지 않았고 충성심이 사라지지 않았기 때문에 이 흉악한 곳[惡鄕]에 몸을 붙여 우두머리[君長]가 된 것이오. (…)"[11]

염왕이 된 인연을 말하고 있다. 살아서는 임금에게 충성을 다 바치고, 발분하여 도적을 토벌했다고 했는데, 문맥으로 보아 도적은 곧 역적을 가리킨다고 생각된다. 충성을 다하고 역적을 토벌하는 일을 죽어서도 하고자 해서 "시역간흉지도(弑逆姦兇之徒)"를 통제하는 우두머리가 되었다고 한다.

2.3.

앞서 〈남염부주지〉의 염부주가 어디에 있으며 누가 살고 있는지 살펴보았다. 이제 〈남염부주지〉가 직접적인 영향을 받았다고 인정되는 〈영호생명몽록〉을 보자. 그 작품에서는 지부(地府)라고도 하고 지옥이라고도 한 공간을 다음과 같이 형상화하고 있다.

영호선은 관부의 대문을 나와 북쪽으로 1리 남짓 들어갔다. 거기에는 쇠로 된 성이 높이 섰는데, 시커먼 안개가 하늘까지 자욱했다. 성문엔 지키는 사람이 매우 많았는데, 모두 소의 머리와 귀신의 얼굴에 푸른 빛 몸과 감색의 머리를 하고 있었다. 손에는 각기 창과 같은 무기를 가지고 성문의 좌우에, 혹은 앉아 있고 혹은 서 있었다. 두 사자가 발급 받은 공문서를 보여주니 곧 통과시켜 주었다.

안에 들어가 보니 죄인들이 수없이 많은데 껍질이 벗겨진 자, 찔려서 피가 낭자한 자, 심장이 도려내진 자, 눈알이 빼어진 자가 고통을 참지 못해 울부짖고 원통해 슬퍼하는데, 그 안을 돌아보니 곤장을 맞

---

11) 生曰 王何故居此異域 而爲王者乎 曰 我在世 盡忠於王 發憤討賊 乃誓曰 死當爲厲鬼 以殺賊 餘願未殄 而忠誠不滅 故托此惡鄕 爲君長

아 신음하는 소리가 땅을 진동시켰다.

(…)

마지막으로 한 곳에 이르렀다. 거기에는 나라를 그르쳤다는 '오국지문(誤國之門)'이라는 현판이 붙어 있었다. 그 안에 들어가 보니 수십 명이 철상(鐵床) 위에 앉아 있는데, 몸에는 쇠고랑을 채우고 푸른 돌로 형틀을 만들어 그들을 눌러 놓았다. 두 사자는 그 가운데 한 사람을 가리키며 영호선에게 말하기를,

"저 자는 바로 송나라 진회(秦檜)입니다. 충신과 어진 이를 모해하고 임금을 미혹하게 하여 그르쳤으므로 이런 무거운 형벌을 받습니다. 왕조가 바뀔 때마다 이들을 즉시 몰아내서 독사를 시켜 그들의 살을 물게 하고, 주린 매로 그들의 골수를 쪼게 하여 뼈와 살이 다 문드러진 후에 다시 신수(神水)로 씻고 업풍(業風)을 불어 다시 본 형체로 되돌려 놓습니다. 이들은 비록 억만 겁이 지나도 인간 세상에 갈 수 없을 것입니다."

라고 말했다.[12)]

이곳에 묘사된 지옥의 형상은 염부주의 외관과 상통하는 점이 많다. 첫째, 공포가 엄습하고 음산한 기운이 휘감고 있는 쇠로 된 성이다. 둘째, 무시무시한 鬼卒이 지키고 있다. 셋째, 전생의 악업에 따라 죗값을 치르며 고통을 받는 곳이다. 넷째, 나라를 망친 악업을 쌓은 사람이 가야 하는 별도의 장소가 있고, 그곳에서 극심한 고통을 받게 된다.

---

12) 번역은 이병혁 역주, 『전등신화』, 태학사, 2002의 번역을 따른다. 원문은 다음과 같다. 譔出府門 投北行里餘 見鐵城巍巍 黑霧漲天 守衛者甚衆 皆牛頭鬼面 青體紺髮 角執戈戟之屬 或坐或立於門左右 二使以批帖示之 即放之入 見罪人無數 被剝皮刺血 剔心剜目 叫呼怨痛 宛轉其間 楚毒之聲動地 (…) 最後至一處 榜曰 誤國之門 見數十人坐鐵床上 身具桎梏 以青石爲枷壓之 二使指一人示譔曰 此即宋朝秦檜也 謀害忠良 迷誤其主 故受重罪 其餘亦皆歷代誤國之臣也 每一朝革命 即驅之出 令毒虺噬其肉 飢鷹啄其髓 骨肉糜爛至盡 復以神水洒之 業風吹之 仍復本形 此輩雖歷億萬劫 不可出世矣

3. 염부주의 심층

조금 깊이 들여다보면 〈남염부주지〉의 염부주는 불교 교리에서 말하는 지옥과도 다르고 또 〈영호생명몽록〉에 형상화된 지옥과도 확연히 다른 면모를 가지고 있다. 특히 염부주의 위상, 염부주에서 겪게 되는 고통의 양상, 염왕의 역할에 대해서 작품이 말하고 있는 바가 독특하다. 이 장에서는 염부주의 독특한 면모를 살피고, 그러한 면모가 지닌 의미를 해석해 보고자 한다.

1

불교 교리에 따르면 지옥은 한 곳이 아니라 여러 곳이다. 지옥의 종류는 경전마다 차이가 있지만, 팔열지옥(八熱地獄)이나 팔한지옥(八寒地獄)이 대표적이다. 팔열지옥은 극히 뜨거운 불길로 고통을 받는 여덟 지옥이고[13], 팔한지옥은 몹시 추운 여덟 지옥이다.[14] 이들 지옥은 또다시 세분된다고 한다. 인간이 현생에서 짓는 죄업이 다양하므로 거기에 상응해서 지옥도 다양해진다고 볼 수 있다.

염부주에 사는 백성은 누구인가? 되풀이되지만 "시역간흉지도(弑逆姦兇之徒)"라고 했다. 그렇다면 죄목이 "시역간흉"은 아니지만 지옥에 가야 마땅한 자들은 어디로 가는가? 그들도 염부주에 오게 되는가? 그렇지는 않다고 보아야 할 것이다. 염부주는 지옥의 일종일 따름이고 전생에 시역의 죄를 범한 자들이 죽어서 오는 곳이기 때문이다.

이런 관점에서 다음 대목을 보자.

---

13) 《구사론(俱舍論)》, 《대비바사론(大毘婆娑論)》 등.
14) 《대지도론(大智度論)》 등.

[아] (문지기의 말이 끝나자) 검은 옷을 입은 동자와 흰 옷을 입은 동자가 손에 文卷을 가지고 나왔다. 한 문권은 검은 바탕에 푸른 글자로 쓴 것이고, 한 문권은 흰 바탕에 붉은 글자로 쓴 것이었다. 두 동자는 그것들을 박생의 왼쪽과 오른쪽에 펼쳐서 보여주었다.

박생이 붉은 글자로 쓰인 문권을 보니 거기에 자신의 이름이 적혀 있었는데, 이렇게 적혀 있었다.

'현재 아무 나라에 사는 박 아무개는 이승에서 죄가 없으므로 이 나라 백성이 될 수 없다.'

박생이 동자에게 물었다.

"저에게 이 문권을 보이는 이유가 무엇입니까?"

동자는 말했다.

"검은 문권은 악인의 명부이고 흰 바탕의 문권은 선인의 명부입니다. 선인 명부에 실린 사람은 왕께서 선비를 초빙하는 예로 맞이하시지요. 악인 명부에 실린 사람은 비록 처벌하시지는 않지만 천민이나 노예로 대우합니다. 왕께서 선비님을 보시면 마땅히 예를 극진히 하실 것입니다."

말을 마치고 동자는 그 명부를 가지고 들어갔다.[15)]

문지기는 박생이 "이승에서 죄가 없으므로 이 나라 백성이 될 수 없다"고 했는데, 여기서 말하는 "죄"는 우선 "시역간흉의 죄"를 가리킨다고 볼 수 있다. 하지만 "시역간흉의 죄"에만 한정시킨 것은 아닐 듯하다. 왜냐하면 바로 이어서 "악인의 명부"와 "선인의 명부"를 들고 있는데, 여기서 말하는 악은 "시역간흉"을 포괄하면서 더 큰 범위의 악을 말하는 것으로 보이기 때문이다. 박생은 악인의 명부에 실리지 않아서 어떤 지옥에도 들어가지 않을 것인데, "시역간흉"의 죄도 범하지 않았기 때문에

---

15) 有黑衣白衣二童 手把文卷而出 一黑質靑字 一白質朱字 張于生之左右 以示之 生見朱字 有名姓曰 現住某國朴某 今生無罪 當不爲此國民 生問曰 示不肖以文卷 何也 童曰 黑質者 惡簿也 白質者 善簿也 在善簿者 王當以聘士禮迎之 在惡簿者雖不加罪 以民隸例勅之 王若見生 禮當詳悉 言訖 持簿而入

당연히 염부주의 백성이 될 수 없다고 한 것으로 이해하는 것이 좋을 것이다.

2

지옥의 일종인 염부주는 전생의 악업에 상응하는 고통을 겪어야 하는 곳이다. 작품에서는 되풀이하여 염부주라는 "악향(惡鄕)"은 음산한 곳이고, "주열야한(晝熱夜寒)"한 곳이라고 했으며 녹은 쇠와 구리를 먹고 마셔야 하는 곳이라고 했다. 그런데 그저 이런 말을 되풀이하고 있을 뿐이다. 고통이 개인화(개별화)된 형태로 구체적으로 제시되지 않고 있다.[16]

> [자] 성문 안에 사는 백성들은 쇠로 집을 지어 살았다. 그래서 낮에는 불에 데어 문드러지고 밤에는 얼어붙어 갈라지고는 했다. 그들은 그저 아침과 저녁에만 구물구물 움직여서는 웃고 이야기하는 모습이었다. 그렇다고 그다지 괴로워하지도 않는 듯했다.[17]

박생의 시선을 따라 묘사된 지옥의 형상은 물론 끔찍하다. 그 끔찍함은 무엇보다도 시간에 따라 달라지는 '환경'이 조성하는 것이다. 낮과 밤[晝夜]으로 혹심한 고통을 주는 환경이다. 하지만 아침과 저녁[朝暮]으로는 숨 쉴 틈이 있다. 그래서 급기야 "그들은 그저 아침과 저녁에만 구물

---

16) 지옥도(地獄圖)를 떠올려 보아도 좋을 것이다. 거기서 죄인은 형틀에 묶여 있거나 귀졸(鬼卒)에게 끌려다니며 극심한 고통을 맛보고 있다. 〈영호생명몽록〉에서 "죄인들이 수없이 많은데 껍질이 벗겨진 자, 찔려서 피가 낭자한 자, 심장이 도려내진 자, 눈알이 빼어진 자가 고통을 참지 못해 울부짖고 원통해 슬퍼하는데, 그 안을 돌아보니 곤장을 맞아 신음하는 소리가 땅을 진동시켰다."라고 하고, "독사를 시켜 그들의 살을 물게 하고, 주린 매로 그들의 골수를 쪼게 하여 뼈와 살이 다 문드러진 후에 다시 신수(神水)로 씻고 업풍(業風)을 불어 다시 본 형체로 되돌려 놓습니다."라고 한 것이 지옥도의 내용에 상응한다.

17) 其中居民 以鐵爲室 晝則焦爛 夜則凍裂 唯朝暮蠢蠢 似有笑語之狀 而亦不甚苦也

구물 움직여서는 웃고 이야기하는 모습이었다. 그렇다고 그다지 괴로워하지도 않는 듯했다."라고 말하고 있다. 아침저녁으로 지옥에서 웃고 이야기한다? 그다지 괴로워하지 않는다? 지옥이 살만하다? 무슨 이런 지옥이 있는가? 불교 경전이나 논서에서 지옥의 속성을 지적해서 한결같이 "불가락(不可樂)" "불락가염(不樂可厭)"[18]이며 "무유희락(無有喜樂)"[19]이라고 하지 않았던가? 그런데 웃을 수 있는 지옥? 희락(喜樂)이 있는 지옥? 이것은 형용모순이 아닌가? 필자가 아는 지옥과 김시습이 그려낸 지옥 사이에는 커다란 간극이 있다.

〈남염부주지〉에서는 지옥의 고통이 개인화되어 있지 않고, 끔찍하거나 그로테스크하게 서술되어 있지도 않으며, 지옥은 웃고 이야기할 수 있는 여유가 있는 공간이라는 것을 보았다. 고통이 개인화되어 있지 않고, 웃고 이야기할 수 있다는 말은 여럿이 집단을 이루어 지옥의 고통을 함께 겪어낸다는 뜻이기도 하다. 다음 대목을 보면 과연 그러하다.

> [나] 길가의 광경을 둘러보니, 사람들이 화염 속에 있으면서, 넘실거리는 구리와 녹아내리는 쇳물을 마치 진흙 밟듯이 하며 걸어 다닌다.
> [마] 지금 이 땅에 거처하면서 나를 우러르는 사람들은 모두 전세에서 부모나 임금을 죽이고 간교하고 흉악한 짓을 한 무리들이오.
> [차] 백성들의 풍속은 드세고 사나우니, 정직한 사람이 아니면 그 간사함을 판단할 수 없다.[20]

[나][마]의 "사람(들)"이나 [차]의 "백성들의 풍속"이라는 말은 어떤 집단을 상정하고 있는 말로 해석하는 것이 자연스럽다. 특히 "백성들의 풍속"이라고 한 것은 원문의 "민속(民俗)"을 번역한 말이다. 인과응보에 따

18) 《大乘義章》
19) 《法華文句》
20) 民俗强悍 非正直 無以辨其姦

라서 개인의 악업에 상응하는 악과를 개별적으로 받고 있다면 이런 말을 하기는 어렵다고 본다. 지옥에서 고통을 함께 겪으면서 교류하고 있는 상대가 있기에 "웃고 이야기하는 모습"을 보일 수 있는 것이다.

3

지옥의 백성에게 염왕은 어떤 존재인가?

[마] (염왕이) 말했다. "(…) 지금 이 땅에 거처하면서 나를 우러르는 사람들은 모두 전세에서 부모나 임금을 죽이고 간교하고 흉악한 짓을 한 무리들이오. 그들은 이 땅에 의지해 살며 나의 통제를 받으면서 장차 그 그릇된 마음을 고치려 하고 있소.

[바] 내 이름은 염마라 하오. 온몸이 불꽃에 휩싸여 있다는 뜻이라오. 내가 이 땅의 君師가 된 지 벌써 만여 년이나 되었소.

[카] 뜨거운 불의 성은 천리에 뻗어 있고 철로 된 산악은 만 겹이나 된다. 백성들의 풍속은 드세고 사나우니, 정직한 사람이 아니면 그 간사함을 판단할 수 없다. 그리고 지세는 요철이 심해 험준하니, 신령하고 위엄 있는 사람이 아니면 교화를 베풀 수가 없다.21)

염왕은 염부주의 백성을 통제하면서 그들의 그릇된 마음을 고치는 존재다. "격기비심(格其非心)"을 하는 염왕은 스스로를 "군사(君師)"라고 칭하고 있다. 염왕은 "(통)제[(統)制]"하는 "君"이면서 "格"하는 "師"라는 두 가지 면모를 동시에 지니고 있다. 신령과 위엄을 가지고 풍속이 드세고 사나운 백성들을 "교화[化]"하는 존재인 것이다.

염왕은 죽어서 지옥에 온 사람의 죄를 판정하는 무시무시한 존재라는 것이 염왕에 대한 상식적인 이해라고 할 수 있다. 서릿발 같은 위엄, 공평무사함이 염왕에게 요구되는 덕목인 것은 물론이다. 그런데 〈남염부

---

21) 火城千里 鐵嶽萬重 民俗強悍 非正直 無以辨其姦 地勢凹隆 非神威 不可施其化

주지〉에서는 백성을 교화(敎化)하는 군사(君師)라고 하고 있다. 이는 다른 곳에서 보기 어려운 〈남염부주지〉의 독자적인 설정이라고 생각한다.[22)]

군사(君師)인 염왕은 드세고 사납고 간사한 염부주 백성들을 어떻게 교화하는가?

> [타] 아아! 그대 동국의 박 아무개는 정직하여 아무 사심이 없고 강직하여 과단성이 있으며, 덕을 품은 자질을 쌓아서 어리석은 자들을 깨우칠 재주를 가지고 있도다. 현달과 영화가 비록 생전에는 없었다고 하더라도, 기강을 바로잡는 공적이 실은 죽은 뒤에 있으리로다. 모든 백성이 영원히 의지할 분이 그대가 아니고 누구이랴?
>
> 마땅히 덕으로 인도하고 예로 통괄하여 백성들을 지선(至善)의 경지에 들어가게 해 주고, 몸소 실천하고 마음으로 깨달아 세상을 태평하게 하여 주시오. 하늘을 본받아 법을 세우고, 요임금이 순임금에게 선위하시는 일을 본받아, 내 이제 이 자리를 그대에게 드리나니, 아아, 그대는 삼갈지어다![23)]

염왕은 염부주 백성을 교화하여 염부주를 태평하게 해 주는 존재다. 염왕은 "덕(德)으로 인도하고 예(禮)로 통괄하여" 염부주 백성의 그릇된 마음을 바로잡아 주어야 한다. 교화가 효과를 내기 위해서는 "몸소 실천하고 마음으로 깨달아" 모범을 보여주어야 한다.

염왕의 교화(德化와 禮敎)가 염부주 백성에게 미쳐서 염부주 백성들은 그들이 전세에서 잘못한 바를 깨닫고 새로운 존재로, 지선(至善)한 존재로 거듭나게 된다. 물론 염왕의 교화는 염왕과 백성들 사이의 관계, 곧 군사

---

22) 허원기, 「'南炎浮洲志' 地獄 空間의 性格과 意味」, 『東아시아古代學』 제14집, 東아시아古代學會, 2006, 415면에서 "남염부주는 단죄와 심판의 공간이라기보다는 교화와 제도의 공간으로 형상화되어 있"다는 점을 지적한 바 있다. 이 글에서는 그 점을 좀 더 상세히 따져 보고 있다.

23) 咨爾東國某 正直無私 剛毅有斷 著含章之質 有發蒙之才 顯榮雖蔑於身前 綱紀實在於身後 兆民永賴 非子而誰 宜導德齊禮 冀納民於至善 躬行心得 庶躋世於雍熙 體天立極 法堯禪舜 予其作賓 嗚呼欽哉

(君師)와 백성들 사이의 '사회적 관계' 속에서 실행되는 것이다.

염부주는 마음을 잘못 먹었기 때문에 사회적 관계를 그르친 사람들이 오는 곳이다. 그들에게 몸소 모범을 보이며 덕화와 예교를 베풀어 그릇된 마음과 행위를 바로잡아 주고, 지선(至善)에 기반을 둔 바람직한 사회관계를 재정립하도록 하는 것이 군사(君師)의 책무다. 이러한 염왕이 있기에 지옥이지만 극심한 고통이 개인화되지 않는 것이라고 생각한다.

극심한 고통을 함께 겪으며 염왕의 인도 하에 마음을 바로잡고 덕(德)을 갖추고 예(禮)를 실천할 줄 알게 된 백성들은 염부주에 계속 머물러야 하는가? 작품에서는 이에 대해서 아무 말이 없다. 하지만 염부주에 영원토록 머물러야 한다고 보지는 않았을 것 같다. 죗값을 치르고 마음을 바로잡았다면 그때는 다음 생으로 넘어가야 하기 때문이다. 극심한 고통 속에서 죗값을 치르면서 선(善)을 회복해 간다는 것, 그리고 그러한 변화를 거쳐서 새로운 생으로 전생(轉生)하게 된다는 것을 〈남염부주지〉는 말하고 있다고 생각한다. 마음이 변화하고, 사회적인 관계가 바로잡히고, 다음 생이 가능하니 "웃고 이야기하는 모습"을 보일 수 있는 것이 아니겠는가? 다른 사람들과 함께 고통을 겪어내면서도 희망을 품을 수 있기에 "그다지 괴로워하지도 않는 듯"한 것이 아니겠는가?

불교에서는 중생은 육도윤회(六道輪廻)를 벗어나지 못하는 존재라고 한다. 육도윤회란 일체 중생이 선악의 업인(業因)에 의해, 지옥·아귀·축생·수라·인간·천상이라는 여섯 가지 세계를 윤회한다는 것이다. 지옥은 종착역이 아니라 순환하는 수레바퀴의 한 지점이라고 한다. 〈남염부주지〉는 지옥이 여럿이라고 하고, 지옥에서 응보를 다 받고 나면 또 다시 윤회전생의 길을 간다고 하는 불교의 관념을 받아들이고 있다고 생각한다. 염부주를 그저 지옥이라고만 이해하고, 지옥에서 영원히 벗어날 길이 없다고 하는 그릇된 통념을 바로잡아 준다. 그러면서 염왕은 지옥 백성을 교화하는 존재라고 한 점은 독자적인 설정이다. 덕(德)과 예(禮)로 교화를 이룬다고 말하고 있으니, 염왕의 형상 속에는 유교의 그림자가 짙게 드리워져 있다고 하겠다.

4

〈남염부주지〉의 염부주 백성은 "시역간흉"의 죗값에 상응하는 고통을 겪고 있다고 했는데, 그런 염부주 백성에 상응하는 존재가 〈영호생명몽록〉에서는 "오국지문(誤國之門)" 안에서 벌을 받고 있는 진회와 같은 인물일 것이다. 작품에서는 진회와 같은 자들이 겪어야 하는 고통이 어떠하다고 했던가? "왕조가 바뀔 때마다 이들을 즉시 몰아내서 독사를 시켜 그들의 살을 물게 하고, 주린 매로 그들의 골수를 쪼게 하여 뼈와 살이 다 문드러진 후에 다시 신수로 씻고 업풍을 불어 다시 본 형체로 되돌려 놓습니다. 이들은 비록 억만 겁이 지나도 인간 세상에 갈 수 없을 것입니다."라고 했다.

진회의 예에서 보듯이 우선 형벌과 고통이 개인화되어 있다는 점에서 〈남염부주지〉와 다르다. 또한 〈영호생명몽록〉에서는 육신에 가해지는 극심한 고통, 그리고 그 고통이 "억만 겁이 지나도" 끝나지 않는다고 했다. "시역간흉"은 영원한 고통을 받아야 한다고 했다. 육신에 가해지는 고통도 고통이지만 그 끝이 있을 수 없다는 것이 더 큰 고통이다. 육도(六道) 윤회의 한 단계로 지옥을 설정하고, 지옥의 백성도 선해질 수 있으며 지옥에서 벗어날 길이 있다고 한 〈남염부주지〉와는 이 점에서 결정적으로 다르다.

4. 염부주의 공간적 특성과 작가 의식

대체로 〈남염부주지〉의 염부주는 현실을 비추는 거울, 곧 우의(寓意)를 담고 있는 공간이라고 해석되어 왔다. 유학적 이성에 기초한 민본적 정치 체제를 구현해야 한다는 주장을 펴고 있다고 하거나[24] 환상의 지옥공간을 설정함으로써 현실세계의 의미를 반추하게 만드는 기능을 한다고 하는[25] 해석이 그러한 관점에 입각해서 제출되었다. 이러한 해석이 상당히 설득력이 있는 것이 사실이다. 하지만 작품의 공간 설정에 국한시켜서 보자면, "시역간흉"의 죄인이 죽어서 오는 염부주가 현세의 인간 세상에 곧바로 대응된다고 보기 힘든 측면도 있다. 아울러 박생이 죽어서 염왕이 된 것을 보면, 작자의 관심은 지옥으로도 향해 있는 것이 아닌가 한다.[26] 그래서 관점을 조금 달리해서 살필 필요가 있다.

아무리 죄질이 나쁜 "시역간흉의 무리"라고 하더라도 교화를 통해 바로잡혀질 수 있다고 믿는 곳이 염부주라는 공간이었다. 교화를 포기하지 않기에, "이들은 비록 억만 겁이 지나도 인간 세상에 갈 수 없을 것입니다."라는 말은 결코 하지 않는다. 아무리 극악무도한 죄인일지라도 "격기비심(格其非心)"하여 지선(至善)에 이르게 한다고 한다. 이는 인간 본성의 선함에 대한 믿음을 바탕에 깔고 있기에 가능한 생각이다. 인간의 본성이 본디 선하기에 "격기비심"하면 누구라도 본래의 지극한 선함을 회복할 수 있는 것이다.

한편 〈남염부주지〉에서는 유교의 덕과 예는 현세와 내세를 일관하는 지고(至高)의 가치라고 말하고 있다. 따라서 염왕도 덕과 예로 지옥의 백성을 교화하고 있다. 덕과 예는 언제 어디서나, 설령 그곳이 내세에 간다

24) 임형택, 『한국문학사의 시각』, 창작과비평사, 1984, 402면.
25) 허원기, 같은 논문, 같은 곳.
26) 이 점은 진경환, 같은 논문, 196면에서 지적한 바 있다.

고 말하는 지옥이라고 할지라도, 결코 훼손되지 않고 의연히 지속되는 가치가 된다고 말하고 있는 것이다. 시공을 초월한 절대적 가치에 대한 확신, 이것이야말로 유학자가 할 수 있는 신앙 고백이라고 할 수 있다.

염부주에서는 전생에 "시역간흉"의 중죄를 지은 자들이 모여 백성이 된다. 그런데 우리가 상식적으로 그리고 있는 지옥에서와는 달리 염부주에서는 백성과 백성 사이, 그리고 염왕과 백성 사이에 사회적 관계라고 부를 수 있는 관계가 형성되어 있다. 그 결과 악업에 상응하는 벌, 그리고 염왕의 교화가 이 사회적 관계 속에서 가해진다. 형틀에 매달린 고립된 개인에게 형벌만 가해지는 것이 아니라 사회적 관계망 속에서 형벌과 교화가 동시에 주어진다. 개인에게 가해지는 단죄와 처벌도 있지만[27] 그것만이 능사가 아니라 사회적 교화가 필요하다고 한다.[28] 그래서 처벌과 교화, 즉 형덕(刑德)을 겸용(兼用)하는 군사(君師)인 염왕이 이상적인 통치자로 그려진다.

요컨대 인성의 선함을 회복할 수 있다는 믿음, 덕과 예의 초월적 가치 인정, 군사(君師)의 형덕(刑德)에 따라 운용되는 사회를 이상화하는 점 - 이 세 가지는 작가 김시습이 가지고 있던 유교적 사고방식이라고 할 수 있을 것이다. 지옥을 설정하고, '설령 지옥에서라도' 이 세 가지는 변함없이 유지된다고 말하고 있다. 바로 이 점이 불교의 지옥설과는 다른 김시습의 독자적인 설정이고, 동시에 불교의 지옥설에 가까운 자리에 있는 〈영호생명몽록〉과도 구별되는 점이라고 생각한다. 염부주의 백성은 서로 어울려 군사(君師)인 염왕의 처벌과 교화를 받으면서 본성의 선함을 회복하고 있는 중이기 때문에 고통을 겪으면서도 때로 서로 웃고 이야기할 수 있는 것이다.[29]

---

27) 악행을 저지른 개인 내면의 동기를 살핀다는 말은 없지만 "격기비심"한다고 했으니 내면의 변화도 중시한다고 보아야 한다.

28) 사회에 대한 관심이 지대했던 김시습의 사유가 여기서도 드러난다고 볼 수 있다.

5. 맺음말

지금까지 〈남염부주지〉에 나타난 염부주(지옥) 형상의 특징에 대해서 살펴보았다. 논의를 요약하면 다음과 같다. 〈남염부주지〉에서는 염부주가 벗어날 길이 없는 뜨거운 불의 성(城), 극심한 고통을 겪어야 할 곳이라고 말하고 있다. 하지만 그와 동시에 염부주는 염왕이 군사(君師)로서 백성들에게 교화(덕화와 예교)를 베풀어 그들이 전생에서 잘못한 바를 깨닫고 새로운 존재로, 지선(至善)한 존재로 거듭나게 하는 공간이라고 했다.

〈남염부주지〉에서는 아무리 죄질이 나쁜 "시역간흉의 무리"라고 하더라도 교화를 통해 지선(至善)에 이르게 된다고 했다. 인간 본성의 선함을 확신한다는 말이다. 염부주에서는 유교의 덕과 예에 입각한 교화가 이루어진다고 했다. 덕과 예는 현세와 내세를 일관하는 지고(至高)의 가치라는 말이다. 한편 염부주에서는 고립된 개인에게 형벌이 가해지는 것이 아니라 사회적 관계망 속에서 형벌과 교화가 동시에 주어진다고 했다. 그래서 처벌과 교화, 즉 형덕(刑德)을 겸용(兼用)하는 군사(君師)인 염왕이 이상적인 통치자로 그려진다.

요컨대 인성의 선함을 회복할 수 있다는 믿음, 덕과 예의 초월적 가치 인정, 군사(君師)의 형덕(刑德)에 따라 운용되는 사회를 이상화하는 점 - 이 세 가지는 작가 김시습이 가지고 있던 유교적 사고방식이라고 할 수 있다. 지옥을 설정하고, '설령 지옥에서라도' 이 세 가지는 변함없이 유

---

29) 불교의 지옥도에서도 웃는 인물이 등장한다. 지옥도에 나타나는 웃음은 형벌을 가하는 인물의 냉소나 조소, 혹은 형벌을 받는 인물의 그로테스크한(기괴한) 웃음으로만 한정되지 않는다. 예를 들어 지장보살이 등장하는 장면에서는, 지옥에서 형벌을 받는(혹은 받으러 기다리고 있는) 인물이 구원의 가능성을 감지하고 웃는 모습이 표현되기도 한다. 이러한 점에서 '지옥과 웃음'의 관계는 좀 더 심층적으로 탐구할 필요가 있는 주제라고 할 수 있다.

지된다고 말하고 있다. 바로 이 점이 〈남염부주지〉의 독자적인 설정이다. 염부주의 백성은 서로 어울려 군사(君師)인 염왕의 처벌과 교화를 받으면서 본성의 선함을 회복하고 있는 중이기 때문에 고통을 겪으면서도 때로 서로 웃고 이야기할 수 있는 것이다.

〈남염부주지〉를 읽다가 눈이 멎은 한 구절, "그들은 그저 아침과 저녁에만 구물구물 움직여서는 웃고 이야기하는 모습이었다. 그렇다고 그다지 괴로워하지도 않는 듯했다."에 의구심을 가지고 있다가, 이 글을 쓰기에 이르렀다. 디테일에서 느낀 당황스러움을 해소하고자 하다가 의외로 논의가 작품 전체로 확대된 결과를 가져왔다. 그래서 중언부언하며 침소봉대(針小棒大)한 혐의가 있지만 생각해 볼거리를 하나 제시했다면 만족할 만하겠다.

02

〈서유기(西遊記)〉에 형상화된 여성의 정절(貞節) 문제

1. 머리말

이 글은 〈서유기(西遊記)〉를 통독하는 중에 주목하게 된 모티브 한 가지를 정리해 보고, 그 모티브가 어떤 의미를 담고 있는지 해석해 보는 것을 목적으로 한다. 필자의 주의를 끈 모티브란 바로 '약탈당하거나 추방되어 실절(失節)의 위기에 처한 여성의 수난과 귀환' 모티브다. 〈서유기〉에는 악한(惡漢)이나 요괴에 의해서 약탈당하거나 버려져서 실절의 위기에 처한 여성이 오랫동안 고난을 겪다가 손오공 일행의 도움을 받아서 원래 있던 자리로 귀환하기까지의 과정이 소상하게 그려지는 이야기가 다섯 번에 걸쳐서 나온다. 〈서유기〉가 중세 시기에 나온 소설이므로 그 여성이 정절(貞節)을 지킬 때에만 원래 자리로의 귀환이 보장될 것이라고 예상하는 것이 당연하다. 물론 작품에서도 그렇게 그려진다. 그렇지만 얼마나 곡절 있는 사연을 갖추어 그런 예측 가능한 귀결에 이르는지가 궁금하다.

필자의 과문의 소치이겠으나, 국내에서 〈서유기〉에 형상화된 여성의 정절 문제에 착목한 연구는 아직 이루어지지 않은 듯하다. 외국의 논저를 번역한 책을 읽어보아도 큰 관심거리는 아닌 듯하다.[1] 필자는 외국에서 이루어진 연구를 소상히 알기 어려운 한계를 가지고 있다. 다만 인터넷상에서 몇 건의 국외 논저를 찾아볼 수 있었는데, 아직은 단편적인 논의에 머물러 있는 것으로 보인다.[2]

이 글에서는 환상 공간에서 약탈되거나 내버려진 여성의 정절 문제를 형상화하고 있는 다섯 사례를 집중적으로 살펴보고자 한다. 다섯 사례에는 여성의 운명, 남성의 욕망, 유교 이념(정절 이데올로기), 삼교(三教)의 역할에 대한 논의 거리가 한데 얽혀 있다. 본론에서 그 점들을 하나하나 풀어 보기로 한다. 비록 심도 있는 논의가 되지는 못하더라도, 〈서유기〉를 통해서 판타지와 이념(이데올로기)의 관계를 되짚어 보는 기회가 되었으면 한다.

2. 여성의 수난과 정절

주지하다시피 〈서유기〉는 명말(明末) 오승은(吳承恩, 1500?-1582?)에 의해 완성되었다고 하는, 100회로 된 장회소설이다. 100회 가운데 약탈되거나 버려진 여성의 사연이 처음 알려지는 회와 사건이 마무리되는 회를 제시하고 내용을 요약하면 다음과 같다.

---

1) 〈서유기〉 연구에서 주류를 이루는 철학적이고 정치적인 주제에 대한 논의의 경과를 유용강 저, 『〈西遊記〉 즐거운 여행 - 〈西遊記〉 새로운 해설』(나선희 역), 차이나하우스, 2008에서 정리했다.

2) 대표적인 자료가 「女人失身怎麼辦? 《西遊記》中的貞節問題 (1)·(2)」이다. 짤막한 글이며, 은온교, 오계국 왕비, 금성 황후의 예를 검토했다. (http://big5.china.com)

(1) 제9회: 승상의 딸 은온교(殷溫嬌)는 남편 진광예의 임지(任地)로 함께 떠나는데, 이때 현장(玄奘)을 임신하고 있었다. 여행 도중에 횡액을 만나, 진광예는 뱃사공 유홍에게 죽임을 당하고 은온교는 유홍의 차지가 된다. 18년이 흐른 뒤, 절에 의탁하여 자란 아들 현장이 나라의 힘을 빌려 유홍을 처치한다. 진광예가 용왕의 도움으로 되살아나고 은온교는 구출된다. 하지만 은온교는 끝내 자결하고 만다.

(2) 제29회-제31회: 보상국(寶象國)의 셋째 공주인 백화수(百花羞)는 황포노괴(黃袍老怪)에게 납치된다. 백화수는 요괴와 13년을 함께 살면서 자식을 둘 낳아 기른다. 두 아이는 저팔계와 사오정에 의해서 죽임을 당하고, 황포노괴는 옥황상제의 도움을 받은 손오공에 의해서 제압된다. 백화수는 무사히 궁궐로 돌아오게 된다.

(3) 제37회-제39회: 오계국(烏鷄國) 국왕은 요괴에 의해서 죽임을 당하고, 왕비는 요괴와 함께 살고 있다. 왕비는 약탈당한 줄 전혀 모르고 있다. 손오공은 문수보살의 도움으로 요괴의 정체를 밝히고 국왕은 되살아난다. 국왕과 왕비와의 관계가 정상화된다.

(4) 제69회-제71회: 주자국(朱紫國)의 금성(金聖) 황후가 요괴 새태세(賽太歲)에 의해 납치된다. 요괴는 3년이나 금성 황후를 억류하지만, 관음보살의 도움을 받는 손오공에 의해서 제압된다. 금성 황후는 황후의 자리에 복귀한다.

(5) 제93회-제95회: 요괴가 천축국(天竺國) 공주를 바람에 날려 보낸다. 공주는 절에 몸을 의탁하는데, 한낮에는 미치광이 요괴 행세를 하고 밤이 깊어 아무도 없을 때면 부모님이 그리워 슬피 운다. 손오공 일행이 요괴를 퇴치하고 공주를 무사히 귀환시킨다.

이처럼 '실절의 위기에 처한 여성' 이야기는 실절 위기에 처한 여성이 거명되는 회부터 세어 보았을 때 모두 13회에 걸쳐 나오고 있다. 그만큼 이 모티브는 〈서유기〉 전체에서 적지 않은 비중을 차지하고 있다.

이제 다섯 명의 여성이 어떤 수난을 겪으며, 어떤 운명에 처하는지 하나씩 살피기로 한다. 여성 인물의 이름으로 사례를 지칭하기로 한다.

2.1. 은온교

은승상의 딸 은온교는 과거에 장원급제한 진광예와 혼인을 한다. 부부는 함께 임지로 가는 길에 홍강(洪江)에 이른다. 홍강에서 뱃사공 노릇을 하고 있던 유홍은 은온교의 미모에 반한다. 음심이 동한 유홍은 이표와 짜고 진광예를 때려죽이고 시신을 강에 버리고 은온교를 차지한다. 이 사건이 있기 얼마 전에 진광예는 어부에게 잡혀온 잉어를 살려준 일이 있는데, 그 잉어는 바로 홍강의 용왕이었다. 용왕은 보은의 뜻에서, 진광예의 시신에 정안주(定顔珠)를 물려줘서 시체가 상하지 않도록 하고 용궁의 벽 한쪽에 안치해 둔다. 진광예의 넋은 용궁에 머물면서 도령(都領)의 직분을 맡아 일하면서 복수할 날을 기다린다.

은온교는 남편이 죽는 것을 보고 남편의 뒤를 따라 물에 뛰어들려고 했으나 유홍의 제지로 그렇게 하지 못한다. 이미 임신한 몸이기에 어쩔 수 없이 유홍에게 순종하는 척한다.[3] 은온교는 아들을 낳지만, 유홍이 해칠까 두려워 강물에 떠내려 보내는데 다행히 금산사(金山寺)의 법명화상(法明和尙)이 구출하여 양육한다. 아이는 자라서 정식으로 출가하여 법명(法名)을 현장이라고 한다.

열여덟 살이 된 현장은 법명화상을 통해 자신의 기구한 사연을 전해 듣고 어머니 은온교를 찾아가 만난다. 자초지종을 전해 들은 현장은 은온교가 일러준 대로 은승상을 만나 사정을 설명한다. 은승상은 황제에게 아뢰었고, 황명으로 관군을 동원하여 유홍 일당을 처형한다. 일을 마친

---

3) "은소저는 유홍이란 놈이 뼈에 사무치도록 밉고, 살점을 뜯어먹고 그 살가죽을 벗겨 이불 삼아 덮고 잠을 자도 시원치 않을 만큼 원한이 맺혔으나, 죽은 남편 진광예의 씨를 받아 이미 임신한 몸이요, 더구나 뱃속의 아기가 아들인지 딸인지조차 모르고 있었기 때문에, 어쩔 수 없이 유홍에게 순종하는 척하고 있었다." (제1권, 285-286면.) 작품의 번역은 오승은 저, 『서유기』(임홍빈 역), 문학과지성사, 2003을 따르며, 권수와 면수를 밝히기로 한다.

은승상은 은온교를 만나보고자 하는데, 은온교는 자결하려 한다.

일을 마치자 승상은 강주 자사 관아 대청에 자리 잡고서 은소저를 불러냈다. 하지만 그녀는 아버지를 뵙고 싶은 마음은 간절했으나 이미 도적에게 몸을 더럽힌 처지라, 부끄러움을 견디지 못하고 스스로 목을 매어 자결하려 했다.

현장은 그 소식을 듣고 황급히 달려가서 어머니의 목숨을 구해놓고, 그 앞에 무릎을 꿇었다.

"어머니, 참으십시오! 제가 외조부님과 군사를 거느리고 여기까지 달려온 것은 아버님의 원수를 갚아드리기 위해서였습니다. 그 도적이 잡힌 마당에, 어머님께서 목숨을 끊으셔야 할 까닭이 어디 있습니까? 어머님께서 자결하신다면, 이 아들이 어떻게 살아남을 수 있겠습니까?"

승상도 황급히 사저로 달려와 간곡하게 달랬다.

은소저는 아버지에게 울며 말했다.

"제가 듣건대, '여인은 죽는 한이 있더라도 평생토록 일부종사(一夫從事)한다' 했습니다. 그런데 남편이 간악한 도적놈의 손에 원통히 죽임을 당한 것을 뻔히 보고도, 어찌 뻔뻔스럽게 그 도적놈을 따를 수 있겠습니까? 오로지 뱃속에 든 유복자 때문에 부끄러움을 무릅쓰고 구차스런 목숨을 이어왔을 따름입니다. 이제 다행스럽게 아들이 훌륭하게 장성했고, 늙으신 아버님께서 군사를 일으켜 원수를 갚아주셨습니다. 하오나 정조를 지키지 못하고 이미 절개를 꺾은 이 딸년이 무슨 낯으로 아버님을 뵈오리까? 단지 이 한 몸 죽음으로써 남편에게 용서를 구할 생각뿐이옵니다!"

승상이 말했다.

"얘야, 네가 부귀영화를 위해 절개를 꺾은 것은 아니지 않느냐. 그 모든 일이 어쩔 수 없는 처지에서 일어난 것인데, 무엇이 부끄럽단 말이냐?"

아버지와 딸은 서로 부여안고 목 놓아 울었다. 곁에서 아들 현장 역시 슬픈 눈물을 그칠 줄 모른다.[4]

---

4) 제1권, 301-302면.

은온교는 도적에게 몸을 더럽힌 일, 일부종사하지 못한 일, 정조를 지키지 못하고 절개를 꺾은 일이 수치스러워 자결하겠다고 한다. 하지만 어쩔 수 없는 일이었던 사정도 있다. 그래서 승상이 '부귀영화를 위해 절개를 꺾은 것이 아니고, 어쩔 수 없는 처지에서 일어난 일이니 부끄러워할 까닭이 없다'고 한 권고를 받아들여도 이상하지는 않다.

18년 전 진광예를 때려죽인 범행 현장에서 제사를 지내는데, 은소저는 또다시 강물에 몸을 던져 스스로 목숨을 끊으려 한다. 이번에도 현장은 기겁을 하면서 어머니를 만류한다. 이들 모자가 옥신각신 소동을 벌일 때 진광예의 시체가 떠오르더니 살아난다. 진광예와 은온교, 그리고 현장은 감격스럽게 상봉한다.

이렇게 해서 모든 시련이 끝난 듯했다. 하지만 독자의 입장에서는 18년 전 몸 그대로인 젊은 남편과, 이제는 많이 나이가 든 아내가 어떻게 다시 살아갈 것인가, 비록 실절했다고 아무도 비난하지 않았지만 18년 동안 유홍의 아내 노릇을 한 것이 문제가 되지 않을 것인가, 진광예는 어찌되었건 실절한 아내를 다시 받아들일 것인가, 무엇보다도 은온교는 수치심을 어떻게 치유할 것인가 몹시 궁금해진다. 후일담을 말하지 않고 넘어가도 그만이지만, 만일 그렇게 한다면 아마도 독자의 뇌리에 찜찜함이 계속 남을 것이다. 그걸 알았음인지 서술자는 후일담을 전했다.

> 이튿날 이른 아침, 당태종이 정전에 오르니, 승상 은개산은 반열 앞으로 나와 그 동안에 일어났던 전후 경위를 낱낱이 아뢰었다. 그리고 진광예를 천거하여 큰 인재로 등용할 것을 주청했다. 승상의 천거를 받아들인 태종은 진광예의 벼슬을 올려 한림원(翰林院) 학사(學士)로 영전시키고, 조정에서 국사를 다스리는 데 참여하게 했다. 그러나 현장은 불도를 닦겠다는 뜻이 굳어 등용하지 못하고, 장안 도성 서문 밖에 있는 홍복사(洪福寺)에 보내어 수행을 쌓게 했다.
>
> 얼마 후 은소저는 마음의 고통을 견디지 못하여, 끝내 조용히 목숨

을 끊고 말았다.

현장은 금산사로 돌아가 법명 장로에게 은혜를 갚았다.[5)]

"끝내 조용히 목숨을 끊고 말았다(畢竟從容自盡)." 대수롭지 않은 일이라는 듯이 짤막하게 은온교의 자결을 알리고 있다. 놀랍도록 간결하면서도 냉정한 서술이다. 하지만 은온교의 '조용한 자결'로 독자의 궁금증, 고민이 말끔하게 해소되었다. 독자 – 특히 남성 독자는 이제 마음이 편해졌다. 실절한 여인의 자살 – 이것이 독자의 마음을 편안하게 하고, 작품이 다음 회로 넘어갈 수 있게 해 준다. 실절했으면 응당 자살해야 한다는 확신이 더욱 강화되었다.

2.2. 백화수 공주

백화수 공주는 보상국 임금의 셋째 공주인데, 황포노괴에 납치당해서 13년 동안이나 강제로 아내 노릇을 해야 했다. 백화수 공주는 연금된 상태에서 탈출할 수도 자결할 수도 없었다. 그 사이에 사내아이를 둘 낳았다.

손오공은 공주가 요괴를 섬기고 어버이를 그리는 마음이 없으니 가장 큰 불효의 죄를 짓고 있다고 힐난한다. 이에 백화수 공주는 다음과 같이 답한다.

> "(…) 다만 황포 요괴가 저를 이 동굴에 가두어 놓고 가법(家法) 또한 엄격하기 짝이 없어 파월동 바깥으로는 한 걸음도 나서지 못하고 있습니다. 더구나 산길이 아득히 멀고 험하여 이 나약한 몸으로 걸어가기 어려울 뿐더러, 첩첩산중으로 가로막혀 있으니 소식을 전해 줄 사람조차 없는 실정입니다. 스스로 제 목숨을 끊으려고도 생각해 보았으나,

5) 제1권, 307면.

이 또한 부모님에게 야반도주했다는 의심을 끝내 풀어드릴 기회를 저버리는 짓이 아닐까 두렵고, 사실을 밝히지 못한 채 죽기도 싫어, 어쩔 수 없이 구차스럽게 잔명을 보전하고 있는 것입니다. 이러하니 저야말로 이 천지간에 가장 큰 죄인이 아닐 수 없습니다!"[6]

이런 처지의 백화수 공주 앞에 손오공 일행이 구원의 손길을 뻗치고 있다. 손오공 일행은 황포노괴를 제압하고 아이들은 죽여 없앴다. 요괴에 대한 정(情), 아이들에 대한 모정(母情)은 백화수 공주가 왕궁으로 돌아오는 데 장애가 되는 것들이었다. 요괴가 제압되고 아이가 죽임을 당함으로써 모든 정을 끊을 수 있게 되고서야 백화수 공주는 귀환하게 된다.[7]

백화수 공주는 귀환해서 새로운 삶을 살 수 있는가? 모든 정을 끊고 귀환했다고 한들 실절한 점, 몸이 오염된 점은 변함이 없지 않은가? 그렇다면 부모를 만나 해명하고 의심을 풀어드린 다음에 조용히 자결하는 '은온교식' 해결 방법을 예상해 볼 수 있다. 그런데 백화수 공주는 자결하지 않았다. 서술자는 백화수 공주가 궁궐로 귀환하여 아무 문제없이 살아가는 것으로 마무리 지었다.

백화수 공주가 은온교의 길을 따르지 않도록 하기 위해서는 별도의 설정이 필요했다. 그것은 바로 백화수 공주가 전생(前生)에 황포노괴를 연모했다고 하는 설정이다. 옥황상제에 의해서 두 사람의 관계가 밝혀지는 대목을 보자.

---

6) 제4권, 33면.

7) 백화수 공주 혼자서 자결한다고 해도 아이들이 남으면 문제가 해결되지 않는다. 요괴와 인간 사이에 난 아이는 인간인가 요괴인가? 그런 의문이 제기되는 것을 막으려면 죽여 없애야 한다. 하지만 요괴의 자식도 중생이다. 따라서 중생에 대한 폭력이라는 문제는 여전히 남는다.

옥황상제가 엄한 말로 꾸짖었다.

"규목랑! 이 천상에는 명승절경이 무한정으로 많은데, 그대는 이를 버리고 제멋대로 다른 곳에 도망쳐가다니, 이게 무슨 까닭인고?"

규수(奎宿)는 머리 조아려 사죄하면서 아뢰었다.

"폐하! 소신이 죽을죄를 저질렀으나, 너그러이 용서하소서. 저 보상국 공주는 속세의 보통 인간이 아니옵고, 본디 피향전(披香殿)에서 향불을 맡아보던 옥녀였나이다. 옥녀는 소신과 사통하고 싶은 마음이 있었사오나, 소신은 천궁의 승경을 더럽히게 될까 두려운 나머지, 옥녀에게 범심(凡心)을 일으켜 우선 하계로 내려가게 만들고, 보상국 황궁 내원(內院, 왕비)의 태중에 붙여 전생(轉生)하도록 했나이다. 그리고 소신 역시 전약(前約)을 어기지 못하고 마귀로 변신하여 하계로 뒤좇아 내려가, 완자산의 명승을 차지하고 공주로 다시 태어난 옥녀를 파월동 동굴로 끌어들인 다음, 그녀와 십삼 년 동안 부부의 인연을 맺었사온즉, '물 한 모금 마시는 것이나 음식 한 가지 먹는 것이나, 모두가 전생의 인과'로 정해짐이 아니오리까. 이제 손대성(손오공 – 필자)에게 잡히는 몸이 되어 결국 이 지경에 이르렀나이다."

규목랑의 변명을 다 듣고 나서, 옥황상제는 금패를 회수한 다음 그를 좌천시켜 두솔궁 태상노군에게 보내 일개 불목하니로 일하도록 명령했다. 그리고 녹봉도 차등을 두어 낮추고, 앞으로 공을 세우면 복직시킬 것이요, 공을 세우지 못할 때는 지은 죄를 더욱 무겁게 다스리기로 작정했다.8)

황포노괴의 정체는 이십팔수(二十八宿) 가운데 하나인 규성(奎星), 곧 규목랑(奎木狼)이었고 백화수 공주는 전생에 옥녀(玉女)였다. 백화수 공주가 지상에서 황포노괴에게 납치되어 십삼 년을 살면서 두 아이까지 낳게 된 것은 전생에 천상에서 범심을 품고 사통을 꿈꾸었기 때문이라는 것이 밝혀졌다. 규성은 천상에서 열사흘 동안 자리를 비웠는데, 천상의 열사흘은 하계에서는 십삼 년이었다.

---

8) 제4권, 49-50면.

백화수 공주와 황포노괴는 비록 떳떳하지는 않아도 이미 전생에 천상에서 부부의 인연으로 맺어진 사이였다. 지상에서 한바탕 소동이 벌어졌지만, 지상의 인간은 인과응보의 법칙을 거스를 수 없었기에 "백화수 공주와 황포노괴 사이에 연분이 다하"기를 기다리는 수밖에는 없었다. 둘 사이에 연분이 다했을 때 손행자(손오공)가 나타난 것이다.[9)]

백화수 공주가 전생에 맺어진 인연 소관을 어쩔 수 있겠는가? 연분이 다하여 헤어지게 되었고, 연분이 다하여 왕궁으로 귀환하게 되었다. 옛 인연이 다했으니 이제 훌훌 털어버리고 공주로서 새로운 삶을 살아가면 그만이다. 그렇게 해도 된다는 것을 인과응보의 교리가, 옥황상제를 비롯한 천상의 신들이 보장해 준다.

궁으로 귀환한 이후 백화수 공주가 어떻게 되었는지 작품은 말이 없다. 하지만 백화수 공주가 실절했으므로 자살해야 한다고 할 수는 없다. 왜냐하면 전생에 부부의 인연으로 맺어진 두 인물이 이 세상에서 만나서 십삼 년을 함께 살았기 때문이다. 따라서 독자는 불편해하지 않아도 된다. 떳떳하지 못했던 부부의 연분에 대해서는 옥황상제가 이미 합당하게 처결하지 않았던가? 누가 이의를 제기할 수 있겠는가? 납치, 감금이라는 형식은 문제 삼지 말고, 전생의 인연이 빈틈없이 실현된다는 인과응보의 도리를 받아들여야 한다.

2.3. 오계국 왕비

요괴가 몰래 오계국 왕을 죽이고 왕비를 취한다. 왕비는 그런 줄 알지 못하고 3년을 함께 부부로 살아간다. 살해당한 오계국 왕의 넋이 현장의 앞에 나타나 억울한 사정을 호소한다. 현장의 명을 받은 손오공은 태상

9) 제4권, 36면.

노군에게 구전환혼단(九轉還魂丹)을 얻어다가 왕을 살리고 문수보살의 도움을 받아 요괴를 제압한다.

그런데 아래에서 보듯이 요괴의 정체가 전연 뜻밖이다.

> 제천대성 손오공이 상광을 잡아타고 까마득히 높은 구소(九霄) 하늘 위로 솟구쳐 오르더니 한 바퀴 선회 동작을 취한 다음, 마치 사흘 굶주린 독수리가 먹이를 보고 덮쳐 내리듯 순식간에 곤두박질치면서 요괴를 겨냥하여 철봉으로 내리치려 했다. 바로 그때였다. 느닷없이 동북방 상공에 한 떨기 채색구름이 뭉게뭉게 피어오르더니 구름 속에서 엄하게 호통 치는 소리가 손행자의 귓전을 때렸다.
>
> "손오공아! 잠깐만 그 손질을 멈추거라!"
>
> 손행자가 후딱 고개를 돌려 바라보니, 그곳에는 문수보살(文殊菩薩)이 서 계셨다. 황급히 철봉을 거두어들인 그는 보살 앞으로 달려가 공손히 예를 올렸다.
>
> "보살님, 어딜 가시는 길입니까?"
>
> 문수보살이 대답한다.
>
> "너를 대신해 저 요괴를 수습하러 왔다."
>
> 손행자는 고마움을 이기지 못하여 사례했다.
>
> "폐를 끼쳐드려 송구스럽습니다."
>
> 문수보살은 이 말에 대꾸를 하지 않고 소맷자락에서 조요경(照妖鏡)을 꺼내더니 요괴를 비춰 꼼짝달싹 못 하게 만들었다. 요괴는 그제야 본상을 드러냈다.
>
> (…)
>
> "보살님, 이놈은 보살님께서 타고 다니시던 청모사자(青毛獅子)가 아닙니까? 그런 놈이 어째서 도망쳐 나와 요괴가 되었을까요? 그리고 사자란 놈이 보이지 않았으면 왜 당장 불러들여 다루지 못하셨습니까?"
>
> 손행자가 은근히 괘씸한 생각이 들어 투덜투덜 불만을 털어놓자, 문수보살은 이렇게 사정을 설명해 주었다.
>
> "오공아, 저놈은 도망쳐 나온 것이 아니다. 여래부처님의 뜻을 받들어 특별히 이곳으로 보내진 것이다."[10]

요괴의 정체는 문수보살이 타고 다니던 청모사자였다. 문수보살이 말한 “여래부처님의 뜻”이 무엇이었는지 설명이 이어진다. 문수보살에 따르면, 삼 년 전에 문수보살은 부처의 명으로 오계국 임금의 경지를 살피러 평범한 승려의 모습으로 오계국 왕을 만났다. 문수보살이 시험 삼아 몇 마디 언짢은 말을 건넸는데, 임금은 그런 문수보살을 알아보지 못하고 밧줄로 묶어서 강물에 빠뜨려 사흘 밤낮을 지내게 한 일이 있었다. 그래서 여래부처는 청모사자에게 명하여 오계국 왕을 우물 속에 밀어 넣고 삼 년 동안 물속에 잠겨두게 한 것이다. 결국 문수보살이 사흘 동안 수재(水災)를 당한 보복을 해 준 것이다. 하지만 청모사자는 여래부처의 명에 의해서 온 것이기에 나라 백성들을 해치지 않았고, 삼 년 동안 풍우가 순조로워 나라는 태평하고 백성들은 모두 평안하게 생업을 누리며 살 수 있었다.[11]

비록 여래부처의 명이라고는 해도 삼 년을 부부로 지냈으니 정절이 훼손된 것이 아닌가? 청모사자를 압송해 가면 그만인가? 백화수 공주처럼 전생에 연정을 품은 사이도 아니지 않은가? 그런데 작품은 이런 의심이 뻗어나갈 여지가 없도록 했다.

청모사자는 어찌 된 일인지 삼 년 내내 황후와 동침하려 들지를 않았다고 한다. 태자가 황후에게 동침 여부를 묻는 대목에서 그런 사실이 드러난다.

> “어머니, 이 아들의 불경죄를 용서해주신다면 여쭈어보겠습니다만, 용서치 않으신다면 감히 여쭙지 못하겠습니다.”
>
> “모자지간에 무슨 허물이 있겠으며 용서할 것이 또 무엇이 있겠느냐. 그래, 용서할 테니 무슨 말이든 어서 해 보려무나.”
>
> “그럼 어머님께 여쭙겠습니다. 어머니, 삼 년 전에 양친 두 분께서

---

10) 제4권, 327-328면.

11) 제4권, 328-329면.

침전을 함께 쓰셨을 때의 애정과 삼 년 뒤인 요즈음 부부간의 금실이 어떻습니까? 같습니까, 달라지셨습니까?"

이야말로 마른하늘에 날벼락을 맞아도 유분수지, 오랜만에 만난 아들의 입에서 부모의 애정 관계를 묻는 말이 노골적으로 나오다니! 정궁마마는 그만 혼비백산을 하도록 놀란 끝에 자빠질 듯 고꾸라질 듯 허겁지겁 정자 아래로 내려오더니, 두 팔로 아들을 와락 끌어안아 가슴에 품었다. 어느덧 그녀의 눈에는 눈물이 글썽글썽 맺혀 있었다.

(…)

(황후는) 눈물을 주르르 흘리면서 낮은 목소리로 속삭여 말했다.

"그 일을 …… 네가 묻지 않았더라면, …… 나는 죽어서 구천지하에 가서라도 그 까닭을 똑똑히 밝히지 못했을 것이다. 기왕에 물었으니, 말해 주마 ……."

삼 년 전에는 온화하고 따뜻하기만 하더니, 삼년 뒤에는 냉랭하기가 얼음장 같아졌다.

베갯머리에서 간곡히 말해 보아도, 그분은 노쇠하여 일에 흥이 나지 않는다 하는구나.

태자는 그 말을 듣자 손을 뿌리치고 어머니 품에서 빠져나오더니, 그 즉시 몸을 날려 말 위에 올라타려고 했다.[12]

아들이 어머니에게 부부관계를 묻도록 한 설정이 불편하게 느껴진다. 그런데 대답이 뜻밖이다. 남편(요괴)과 삼 년 동안 베개를 나란히 하고 잤지만 '일'은 없었다고 했다. 요괴의 정체가 밝혀지기 전에 나온 말이어서 독자는 왜 그랬는지 궁금해진다. 요괴가 왜 '일'에 흥이 나지 않는지는 한참 뒤에 밝혀진다. 그런데 그 이유가 또한 예상을 크게 벗어난다.

요괴를 제압한 다음에, 요괴가 삼궁의 황후 비빈의 몸을 더럽히지 않았겠는가 하는 손오공의 질문에 문수보살이 이렇게 대답한다.

---

12) 제4권, 265-266면.

"남의 몸을 더럽히진 못했을 것이다. 저놈은 애당초 거세한 수사자였다."

저팔계가 이 말을 듣더니, 선뜻 청모사자 앞으로 다가가 손으로 아랫도리를 더듬었다. 그리고는 껄껄껄 너털웃음을 터뜨렸다.

"이런 바보 천치 녀석! 제법 솜씨 있는 요괴인 줄 알았더니, 변변치 못하게도 제구실도 못하는 고자 녀석이었군 그래! 이놈아, 네 이름값이 아깝다, 아까워!"13)

요괴가 거세한 수사자, 고자였고, 그래서 동침을 요구한 적이 없다면 황후의 몸을 더럽힐 일도 없었다. 삼궁의 황후 비빈이 실절한 것이 아니라는 점이 분명해진 것이다. 물론 이 모두가 여래부처에 의해서 예비된 일이었다.

2.4. 금성 황후

금성 황후는 주자국의 황후인데, 요괴 새태세에 의해 납치되었다. 새태세가 금성 황후를 약탈한 까닭은 오로지 동침하기 위함이었다. 그런데 삼 년이나 동침 시도를 했건만 그 뜻을 이루지 못했다. 다음은 새태세의 부하인 졸개 요괴가 혼잣말하는 대목이다.

"우리 대왕님은 어지간히도 심보가 지독한 분이야. 삼 년 전에 주자국에 가셔서 금성 황후를 강제로 빼앗아 오신 것까지는 그렇다고 치고, 오늘날까지 무슨 연분이 그리도 없으시기에 몸을 한 번 건드려보지도 못하셨잖아! 공연히 애꿎은 궁녀들만 잡아다가 못살게 굴고 있으니, 이게 도대체 무슨 화풀이를 하시는 건지 모르겠네그려. 둘을 잡아와도 들볶다가 죽여 버리시고, 넷을 잡아와서 또 죽여 버리시고, 재작년에도 잡아 왔고, 작년에도 잡아 왔고, 올해도 또 잡아 왔고 ……

13) 제4권, 330면.

그래도 다 죽여 버리셔서 성미가 안 차니까 오늘 또 둘을 잡아 오게 하시려고 선봉장을 보냈더니, 이번에는 톡톡히 임자한테 걸렸지 뭐야. 그 선봉장인가 하는 친구, 데려오라는 궁녀들은 못 잡아 오고 손행자인가 뭔가 하는 녀석한테 혼뜨검이 나서 쫓겨 오고 말다니, 원! ……"14)

새태세는 금성 황후를 약탈해 와서 '몸을 한 번 건드려보려고' 하지만 뜻을 이루지 못하고 있다. 새태세의 정체가 무엇이관데 이런 악행을 저지르는가? 이번에는 관음보살이 새태세의 정체를 밝혀준다.

"저놈은 내가 타고 다니던 금빛 털을 가진 늑대[金毛犼]였다. 목동 녀석이 조느라고 방비가 허술해진 틈을 타서, 저 몹쓸 놈이 이빨로 쇠사슬을 물어 끊고 도망쳤는데, 그것이 도리어 주자국 왕의 재난을 풀어주는 결과를 가져왔구나."

이 말을 듣고 손행자는 깜짝 놀라 그 자리에서 벌떡 일어났다.

"보살님, 거꾸로 말씀하셨습니다. 저놈은 이 나라에서 국왕을 능멸하고 황후를 빼앗아 풍속을 어지럽히고 국왕에게 막심한 고통을 안겨주었는데, 도리어 임금의 재난을 풀어주었다 하시니, 이게 도대체 무슨 말씀이십니까?"15)

요괴는 관음보살이 타고 다니는 늑대였다. 손오공의 질문을 받고 관음보살은 이렇게 설명했다. 주자국 왕이 태자로 있던 시절에 서방불모(西方佛母)인 공작대명왕 보살이 낳아 기르던 공작새를 활로 쏘아 해친 적이 있는데, 서방불모는 왕자가 등극한 뒤에 금실 좋은 새의 목숨을 해친 벌로, 가장 아끼고 사랑하는 황후와 생이별하여 삼 년 동안 홀아비로 살아가며 근심 걱정과 질병에 시달리면서 참회하도록 했다. 관음보살이 금빛 털을 가진 늑대를 타고서 그런 말을 들었는데, 늑대가 그 말을 가슴

14) 제7권, 333면.
15) 제8권, 44-45면.

에 새기고 있다가 황후를 납치해 갔고, 그것이 도리어 임금이 재난을 풀어주는 계기가 되었다는 것이다. 모든 것이 인연의 소치라는 점을 다시 한 번 분명하게 해주고 있다.

새태세의 정체가 백일하에 드러나기는 했어도 문제는 남는다. 금성황후를 삼 년이나 붙잡아두지 않았던가? 그러니 새태세가 황후의 몸을 오염시켰지 않겠는가? 그런데 새태세가 황후의 몸을 더럽혔다는 것은 사실이 아니다. 앞서 졸개 요개의 입을 빌어 삼 년 내내 동침을 시도했지만 성공하지 못했다고 말한 바 있다. 왜 그랬던가? 그것은 황후의 몸에 손을 대고 싶어도 "황후의 몸뚱이에는 온통 지독한 가시가 돋쳐 있으니, 어떻게 건드려 볼"16) 수가 없었기 때문이다.

궁으로 돌아온 황후의 몸을 국왕도 만질 수가 없었다.

> 주자국 왕은 이들을 보자 굴러 떨어질 듯이 황급히 용상에서 뛰쳐 내려왔다. 지난 3년 동안 떨어져 살면서 가슴속에 서리서리 맺힌 그리움을 하소연하려고 금성궁 마마의 섬섬옥수를 덥석 부여잡던 국왕이 갑자기 바늘에라도 찔린 듯 펄쩍 뛰고 손을 움츠리면서 땅바닥에 엎어졌다.
>
> "아이고 아파라! 짐의 손바닥이 아파 죽겠다!"
>
> (손행자가 저팔계에게 말했다 - 필자) "(…) 저 마마의 몸에는 온통 지독한 가시다 돋아나 있고, 손에도 독을 쏘는 침이 나 있단 말이다. 그러니까 기린산에 끌려가서 마왕 새태세와 삼 년씩이나 함께 지내셨지만, 그 요괴는 마마의 몸을 한 번도 건드려보지 못했던 거야. 손을 댔다 하면 가시에 찔리고 손목 한번 잡아보려 해도 독침에 찔리곤 하니, 제 아무리 사나운 요괴 마왕이라도 그 지독한 아픔을 견뎌가면서 황후의 몸을 범할 엄두가 나겠느냐 말일세."
>
> 조정 신하들이 이 말을 듣고 보니 기쁨보다 걱정이 먼저 앞선다. 금성궁 마마께서 요괴 마왕의 독수 앞에 정조를 지켜왔던 것은 물론

---

16) 제8권, 25면.

다행스러운 일이지만, 앞으로 국왕 폐하 역시 황후 곁에 얼씬도 못 하게 되었으니, 세상 천지에 이렇게 송구스러운 일이 또 있단 말인가?[17]

금성 황후가 지난 삼 년 간 정조를 지켰다는 점을 국왕을 포함한 모든 사람들에게 알게 해주고 있는 장면이다. 정조를 지킬 수 있었던 것은 황후의 몸에 손을 댈 경우 독가시에 찔리게 되어 몹시 아팠기 때문이다. 그렇게 만든 것은 신선인 장백단(張伯端)이었다. 위의 장면에 바로 이어 장백단이 나타나 해명하는 대목이 이어진다.

"손대성, 소선(小仙) 장백단이 문안드리오."

손행자도 답례하며 다시 물었다.

"어디서 오시는 길이오?"

"소선이 삼 년 전 부처님의 법회에 참석하러 가는 도중 이곳을 지나다 보니, 주자국 왕께서 짝을 잃고 우울증에 걸리신 것을 보았소. 나는 그 요괴가 혹시라도 황후의 육체에 욕을 보이고 인륜을 그르쳐 훗날 다시 국왕과 결합하지 못할까 걱정한 끝에, 낡은 종려나무 잎사귀 옷을 한 벌 꺼내 가지고 오색찬란한 광채가 나는 새 치마저고리로 탈바꿈하여 마왕에게 선사했소. 황후에게 입혀서 새롭게 단장하라는 구실을 댄 거요. 황후는 그 옷을 입자마자 온몸에 독 가시가 돋았소. 물론 그 독가시는 종려나무 껍질이었고 말이오. 이제 손대성께서 공덕을 무난히 이루셨기에, 나도 그 무서운 주술(呪術)을 풀어드리려고 이렇게 찾아왔소이다."

"멀리 오시느라 수고 많으셨소. 그럼 어서 빨리 해탈시켜드리시오."

자양진인이 앞으로 나가더니 손가락으로 황후 마마를 한 번 가리켰다. 그러자 가시 돋친 종려나무 껍질 옷이 스르르 벗겨지고, 황후의 몸은 예전대로 돌아갔다.[18]

---

17) 제8권, 49-50면.
18) 제8권, 51-52면.

황후의 몸에 손을 댈 수 없었던 것은 자양진인(紫陽眞人) 장백단이 입힌 종려나무 껍질 옷 때문이었다. 장백단의 말은 몇 가지 점에서 주목된다. 우선 도교 쪽 인물인 신선이 황후의 정조를 염려하고 있다는 점이다. 그리고 "황후의 육체에 욕을 보이"면 "인륜을 그르"치게 되고, 그렇게 되면 "훗날 다시 국왕과 결합하지 못"하게 된다는 점이다. 몸이 오염되면 귀환해도 재결합이 불가능하다고 신선의 입으로 말하고 있다. 이렇듯 정절은 보살과 신선의 관심사이기도 했다.

2.5. 천축국 공주

천축국 공주를 바람에 날려 버린 것은 공주로 변신해서 삼장이 오기를 기다리기로 한 여성 요괴였다. 공주는 바람에 휩쓸려 급고포금사(給孤布金寺)라는 절까지 날아오는데, 마침 절의 노승[院主]에게 발견된다.

> 제가(노승 - 필자) 그녀에게 물었지요.
> '뉘 댁 규수이기에 이런 밤중에 여길 오셨소?'
> 그 여자는 이렇게 대답했습니다.
> '저는 천축국 임금의 공주입니다. 달빛 아래 꽃구경을 하다가 바람에 휩쓸려 여기까지 날아왔습니다.'
> 저는 그녀를 빈방에 가두어 놓고, 그 둘레를 마치 감방처럼 벽돌담을 쌓아 올린 다음, 문 위에 자그만 구멍을 하나 뚫어, 밥그릇 하나만 간신히 드나들 수 있게 만들었습니다. 그리고 여러 중에게 이런 사실을 전하면서 '요괴가 나타나서, 내가 잡아 가두어 놓았다'고 했습니다. 그러나 우리는 승려의 몸으로 자비심을 지닌 사람이라, 아무리 요괴라도 목숨을 해치지 않고 날마다 두 끼니 밥과 찻물을 되는 대로 주어서, 그것을 받아먹고 목숨을 부지하게 해주었습니다.
> 그 여자도 매우 총명한 사람이어서 내 말뜻을 알아듣고, 젊은 승려들이 혹시 집적대거나 몸을 더럽히는 일이라도 있지 않을까 하여, 일부러 미친 척하고 진짜 요괴처럼 발광을 떨면서 오줌 똥을 싸고 그

위에 드러누워 잠을 자기 시작했습니다. 대낮에는 횡설수설 알아듣지 못할 소리를 지껄이며 두 눈을 멀뚱멀뚱 뜨고 멍청하니 있다가도, 밤이 되어 조용해지기만 하면 부모가 그리워 날이면 날마다 저렇듯 슬피 울어대곤 해 왔습니다.

그동안에 저는 몇 번이나 성안으로 들어가 공주에 관한 일을 수소문해 보았습니다만, 전혀 그런 일이 없고 궁궐 안에도 공주가 멀쩡하게 그대로 계시다는 사실을 알았습니다. 그래서 이렇게 단단히 가두어 둔 채 놓아주지 않았던 것입니다.19)

천축국 공주의 노력이 눈물겹다. 왜 그토록 처참하게 양광(佯狂)을 하지 않으면 안 되었던가? 그것은 "몸을 더럽히는 일이라도 있지 않을까"해서다. 몸의 순결을 지키기 위해 유폐(幽閉)와 양광이라는 극단적인 상황을 선택했다.

뒤에 밝혀진 요괴의 정체는 광한궁(월궁)에서 선약(仙藥)을 절구에 찧던 옥토끼였다. 요괴가 공주의 자리를 대신 차지한 것은 삼장법사와 결혼해서 그의 원양(元陽)을 취하기 위함이었다. 그런데 천축국 공주도 사실은 범속한 인간은 아니었다. 다음은 옥토끼 요괴의 정체를 말해 주는 태음성군(太陰星君)의 말이다.

"(…) 이 나라 국왕의 공주도 사실은 범속한 인간이 아니라, 원래 섬궁(蟾宮)에서 일하던 궁녀 소아(素娥)였소. 십팔 년 전에 소아가 옥토끼를 손바닥으로 한 번 때린 일이 있었는데, 그 업보 탓에 당장 속세를 그리워하여 하계로 내려가고 말았소. 소아는 신령스런 빛줄기로 화하여 천축국 임금의 정궁인 왕후마마의 뱃속으로 들어가 잉태되어 그해에 탄생하게 되었던 거요.

옥토끼란 놈은 소아에게 따귀를 한 대 얻어맞은 것이 분하고 원통해서, 그 앙갚음으로 작년에 섬궁을 몰래 빠져나와 소아를 납치하여 황량한 들판에 내동댕이쳤고. 하지만 제 분수에 넘치게 당나라 스님까

---

19) 제10권, 90-91면.

지 유혹해서 배필로 삼으려 했으니, 그 죄 하나만큼은 실로 면할 수 없소. (…)”[20]

천축국 공주의 고난을 인과응보로 해명하고 있다. 납치되어 황량한 들판에 내동댕이쳐진 것이야 전생의 업보를 갚기 위한 고난이었다. 그런데 그런 상황에서도 정조를 지킨 것은 인간인 공주의 주체적인 선택이었고 처절한 노력의 결과였다. 앞서 본 네 사례와 이 점이 다르다고 할 수 있다.

3. 남성의 형상, 남성의 목소리

백화수 공주가 추방된 경우를 제외하고, 남성/남성 요괴에 의해서 자행된 네 번에 걸친 납치와 약탈은 중세적 혼인제도가 정립된 이후에 벌어진 원시적인 약탈혼(겁탈혼)의 모습을 보여준다고 볼 수 있다. 퇴행이라면 퇴행이고 시대착오라면 시대착오지만 요괴의 욕망이 곧 힘을 과시하고 싶고 성욕을 충족시키고 싶은 남성의 원초적 욕망이라고 볼 수 있으므로 퇴행이나 시대착오라고 밀어두기는 어려운 설정이다. 〈서유기〉는 힘에 대한 동경과 성욕이라는 남성의 욕망을 판타지의 세계에서 여성 약탈 사건으로 형상화했다고 보는 것이 타당하다고 생각한다.[21] 그래서 작품에 나타난 남성의 형상, 남성의 목소리를 살펴볼 필요가 있다.

여성을 약탈해 간 남성/남성 요괴는 의심할 여지 없이 악역을 맡은 인물이다. 반면에 여성을 빼앗긴 쪽 남성은 오로지 약탈당한 여성을 그

---

20) 제10권, 154-155면.

21) 〈서유기〉에서 그린 인물의 욕망은 단순하지 않다. 불사의 욕망이 있고, 궁극적 깨달음의 욕망도 있다. 필자는 그런 가운데 남성의 욕망도 있다는 점을 말하고자 함이다.

리워하는 인물로 형상화되어 있다. 요괴처럼 흉포하고 황음(荒淫)한 인물은 아무도 없다. 일례로 주자국 왕을 보기로 한다.

> "요정에게 빼앗긴 금성궁마저 되찾아 이 나라로 데려오실 생각은 없으신지요?"
>
> (손행자의, 인용자) 이 말에, 국왕의 눈에서는 또 한 차례 눈물이 주르르 흘러내렸다.
>
> "짐은 밤이나 낮이나 금성궁을 애타게 그리워하며 눈물을 흘려왔소. (…)"
>
> (…)
>
> 손행자는 이때서야 속내를 드러내고 은근히 국왕을 떠보았다.
>
> "이 손선생이 폐하를 위해서 요정을 잡아드린다면 어떻겠습니까?"
>
> 국왕은 정신이 번쩍 들어 그 자리에 무릎 꿇고 앉았다.
>
> "짐의 황후를 구해주시기만 한다면, 짐은 삼궁구빈(三宮九嬪)을 모두 거느리고 도성 밖으로 나가 평민이 될 것이며, 이 나라의 강산을 아낌없이 신승께 바치고 황제의 자리를 양위하리다!"
>
> 곁에서 저팔계는 국왕이 서슴지 않고 이런 말을 하고 대례까지 행하는 것을 보더니, 너무나 어이가 없어 껄껄대고 너털웃음을 터뜨리면서 비아냥댔다.
>
> "하하! 이 나라 황제께서 체통을 다 잃어버리시는군! 어쩌자고 마누라 하나 때문에 천하 강산을 헌신짝 내던지듯 저버리고, 하찮은 중녀석 앞에 비굴하게 무릎까지 꿇을 수 있단 말인가!"
>
> 손행자는 그 비웃음을 못 들은 척 무시해버리고 황급히 국왕에게 다가가서 부축해 일으켰다.22)

주자국 왕은 납치된 아내가 그리워서 눈물로 세월을 보내고 있으며, 만일 아내와 다시 만날 수만 있다면 황제의 자리까지 내놓겠다고 한다. 저팔계의 말대로 "마누라 하나 때문에 천하 강산을 헌신짝 내던지듯 저버리고", "비굴하게 무릎까지 꿇을 수" 있는 인물이다. 납치된 여인의

22) 제7권, 317면.

남편이나 가족은 모두 이러한 성품을 가진 것으로 되어 있다. 납치된 여성을 한결같이 그리워하고 안위를 염려할 뿐, 누구도 — 남편도 부친도 훼절을 염려하지는 않는다.

다섯 사례 가운데 세 곳에서, 고난에 처한 여성을 구원해 주는 중심인물이면서 동시에 여성의 행실이 인륜에 어긋난 것은 아닌가, 정조를 훼손한 것은 아닌가 하는 의문을 제기하는 역할을 하는 인물이 손오공이다. 백화수 공주에게는 “당신은 어째서 몸으로 요괴만 섬기고 어버이를 그리워하는 마음이 없으시오? 이게 가장 큰 불효의 죄가 아니고 무엇이겠소?”라고 힐난한다. 그러자 “백화수 공주는 손행자가 지적하는 바른말을 듣고서 얼굴이 새빨갛다 못해 귀뿌리까지 벌겋게 물들어, 한참 동안이나 부끄러움을 견디지 못하고 어찌할 바를 몰랐다.”23)고 한다.

오계국의 황후가 요괴와 삼년 동안이나 살았으니 정절을 훼손한 것이 아니냐고 묻는 것도 손오공이다. “삼궁의 황후와 비빈들과 날이면 날마다 동침하고 기거를 같이했으니, 남의 몸을 얼마나 더럽혔을 것이며, 삼강오륜 또한 얼마나 많이 깨뜨렸겠”24)는가를 묻고 있다. 새태세의 정체가 백일하에 드러난 상황에서 금성 황후의 정절 문제를 제기한 것도 손오공이다.

> “보살님, 지난날의 일은 비록 그렇다 치더라도, 저 못된 놈은 황후의 몸을 더럽혀 미풍양속을 문란하게 하고 윤리강상의 법도를 깨뜨렸으니 이 일은 어찌하시렵니까.”25)

영원이 살면서 부처가 될 몸인 손오공이 기껏 백년을 살 뿐인 속인이 정조를 지켰는지 그렇지 않은지 궁금해한다는 것이 선뜻 납득이 가지

---

23) 제4권, 33면.
24) 제4권, 329-330면.
25) 제8권, 46면.

않는다. 하지만 손오공은 '윤리강상'을 따지는 남성 속인 독자의 대변자라고 보면 납득할 수가 있다. 손오공은 훼절 의심 사건 공판이 열리는 법정에서 무죄를 입증해 줄 증인을 불러 증언을 하게 하는 존재라고 할 수 있다.26)

천축국 공주의 경우는 노승의 도움을 받아 스스로 미친 척함으로써 몸을 지킬 수 있었다. 이 경우는 노승이 여성의 정절 훼손을 염려하고 보호해 주는 역할을 하고 있다. 천축국 공주 스스로 "젊은 승려들이 혹시 집적대거나 몸을 더럽히는 일이라도 있지 않을까 하여" 미친 척하고 있었지만, 정절을 잃지 않았다는 것을 확인해 줄 증인이 필요했는데, 남성 노승이 그 역할을 하고 있다.

여성의 몸의 오염 여부는 윤리강상의 문제였고, 만일 오염되었다면 온전한 귀환이 불가능하고 끝내는 자결해야 했다. 오염되지 않았다면 귀환이 가능했는데, 몸이 오염되지 않았다는 사실을 증명해줄 수 있는 권위 있는 인물의 보증이나 증언이 필요했다. 손오공의 질문, 선불(仙佛)의 설명, 노승의 증언이 그런 요구를 충족시켜 주었다.

4. 판타지와 이데올로기

2장과 3장에서는 〈서유기〉에서 가려 뽑은 다섯 가지 사례에 나타난 여성 인물의 수난상과 손오공을 중심으로 한 남성 인물의 역할에 대해서 살펴보았다. 이를 통해서 〈서유기〉는 여성의 정절을 중시한다는 점을 확인할 수 있었다. 이는 남성의 욕망이 반영된 결과라고 보아야 하겠는

26) 유용강 저, 나선희 역, 같은 책, 355-360면에서 '손오공의 끈질긴 정절 관념'에 대해서 논의했다.

데, 〈서유기〉가 남성적인 작품, '양강(陽剛)'한 작품이라는 평가를 받는 데는[27] 이런 점도 작용하고 있다고 보아야 할 것이다.

이렇듯 분명한 사실을 확인하는 것이 이 글의 일차적인 목적이었지만 한두 가지 더 생각해 보고 싶은 문제가 남아 있다. 그것은 판타지 세계에서 작동하고 있는 유교 윤리의 양상, 불교 이념이 굴절되는 양상, 그리고 유불도 삼교의 관계 문제이다. 이들 문제는 하나로 얽혀 있지만, 논의의 편의상 하나씩 살펴보기로 한다.

먼저 유교 윤리의 문제를 생각해 보자. 다섯 가지 사례에서 유교 윤리는 여성 인물의 행실을 최종적으로 평가하는 척도 역할을 하고 있다. 손오공이 입에 올리는 '불효'니 '미풍양속'이니 '윤리강상의 법도'니 하는 말을 통해서도 이 점이 분명해진다. 따라서 〈서유기〉는 괴력난신(怪力亂神)의 판타지 공간에서 유교 윤리를 옹호하는 이야기를 들려주고 있다고 볼 수 있다.

작품에서는 실절했다면 자결해야 하고, 정절을 지키기 위해서는 양광(佯狂)하는 고난을 감내해야 한다고 했다. 그런데 그토록 절실하게 정절을 지켜야 한다고 했으면서, 정조를 지키고 있는 여성에게 교태를 부리게 한 설정이 있어 흥미롭다. 금성 황후는 손오공을 도와 거짓으로 교태를 부리며 새태세의 무기(방울 세 개)를 빼앗는데, 그 장면이 퍽 농염하다.

> 황후 마마가 생글생글 웃는 낯으로 서 있다가, 반색을 하며 마왕의 손을 잡아끌려고 섬섬옥수를 내밀었다.[28]

> "제가 알기로는 대왕님께 방울 세 개가 있다는데, 설령 그것이 보배인지는 몰라도 대왕께서는 왜 그걸 혼자 감추고만 계시는 겁니까? 어

27) 서정희, 「書評: 〈西遊記〉」, 『중국어문학』 제46집, 영남중국어문학회, 2005, 379-380면.
28) 제7권, 353면.

딜 가실 때도 몸에 지니고, 앉으나 서나 떼어놓지 않으시니, 이래서야 어디 금실 좋은 부부지간이라고 할 수 있단 말입니까? 저한테 맡겨 간직해 두게 하시고, 쓰실 때마다 제가 꺼내드린다고 해서 안 될 것이 무엇이겠습니까? 부부 사이라면 의당 그렇게 믿고 서로 의지할 줄 알아야 합니다. 지금처럼 저를 못 미더워 하신다면, 저를 남처럼 여기고 따돌리는 게 아니고 무엇이란 말입니까?"[29]

황후는 술잔을 가득 채워 건네고 간드러지게 교태를 떨어가며 요괴의 정신을 쏙 뽑아놓기 시작했다.[30]

금성 황후는 요괴를 속이기 위해서 요부가 되어 교태를 부리고 있다. 정조를 지킬 수 있다는 보장이 있으니 에로틱한 장면 연출을 통해서 흥미를 끌고자 했다. 부득이해서 권도(權道)를 택한 것이니 여성의 '정숙함'이라는 덕목은 잠시 잊어도 좋다고 한다. 결국 작품은 유교 윤리를 내세워 여성의 운명을 좌지우지하고 있지만, 여성이 '몸'을 더럽히지 않는 데나 관심을 둘 따름이지 여성의 품성이나 내면 심리를 진지한 탐구의 대상으로 삼지는 않았다는 점이 드러난다.

유교 윤리는 불교 이념을 굴절시키기도 했다. 〈서유기〉는 여성이 납치되어 고난을 당하는 것은 인과응보라고 해명한다. 전생에서 진 빚을 현생에서 갚는다는 상채(償債)사상이라고 할 만하다.[31] 작품에서는 인과응보를 되풀이해 말하는데 전형적인 예를 들어보면 다음과 같다.

---

29) 제7권, 354면.

30) 제7권, 355면.

31) 다만 첫 번째 사례인 은온교의 실절과 죽음은 전생에서 마련된 인연이 현생에서 실현된 것이라고 설명하지 않는다. 은온교의 죽음에 대한 설명은 막연해서 없다고 해도 좋을 정도다. 아마도 원래 〈서유기〉 밖에서 독립적으로 전승되던 이야기가 작품 속으로 편입되면서 나타난 결과일 것이다. 선행연구를 통해서 '강류화상(江流和尙)' 이야기의 원천과 변형에 대해서 다각도로 조명이 되었다.

'물 한 모금 마시는 것이나 음식 한 가지 먹는 것이나, 모두가 전생의 인과'로 정해짐이 아니오리까.[32]

'물 한 모금, 음식 한 가지, 아무리 하찮은 것이라도 전세에 정해지지 않음이 없다(一飮一啄 莫非前定)' 했으니, 이제 너희가(손오공 일행 – 필자) 이 나라에 와서 공덕을 쌓게 된 것도 인연이라 할 것이다.[33]

위는 황포 요괴(규목랑)가 한 말, 아래는 문수보살이 한 말이다. 현생에서 일어나는 일 어느 것 하나라도 전생에 예비 되지 않은 것이 없다고 강조하고 있다. 감당하기 힘든 세계의 폭력으로 말미암아 고난을 겪지만, 그 고난이 인과응보라고 하면 마음이 조금 편해지기는 한다. 현세에서 겪는 가혹한 시련이 우연이라거나 초월적인 신의 섭리라고 하면 선뜻 이해하기 어렵지만, 전생에 자신이 저지른 악업을 청산하기 위해서 겪지 않으면 안 되는 일이라고 하면 어느 정도는 납득할 수 있기 때문이다.

그런데 작품에서는 인과응보라고 하는 불교 논리를 제시하는 동시에 여성이 정절을 지킬 수 있도록 각별히 배려하고 있다. 여래부처가 문수보살이 타던 청모사자를 보내서 시련을 줄 때도 거세한 놈을 보냈다. 관음보살이 타던 금빛 털을 가진 늑대가 혹 금성 황후의 정조를 유린할까 염려하여 신선 장백단이 나서서 가시 옷을 선물했다.

이러한 선불의 지극한 '배려'를 보노라면 갖가지 의문이 생긴다. 왜 정절/훼절만은 인과응보에서 비켜나 있는가? 인과응보라면서 유독 정절은 지키도록 배려하는 이유는 무엇인가? 전생의 업이 정절을 훼손할 정도는 아니라는 징표가 있었던가? 필자는 발견할 수 없다. 의문은 또 있다. 오계국 왕이나 주자국 왕이 그랬듯이 전생의 악업은 남성이 쌓았는데[34] 왜 그 업보로 여성이 그토록 혹심한 고통을 겪어야 하는가? 작품에

32) 제4권, 50면.
33) 제4권, 329면.

서는 아무런 설명이 없다.35)

의문은 끝없이 생겨난다. 그런데 인과응보라는 설명은 남성이 만든 유교 윤리- 사회적·시대적 한계를 가지는 -를 종교적으로 추인하는 역할을 한다고 보면 납득할 수 있게 된다. 세속의 윤리를 합리화한다는 동기가 강해서 종교적인 설명의 일관성은 잠시 접어두어도 그만이라고 보는 것이 아닐까 한다.36)

〈서유기〉는 불교적 세계관이 드리워져 있는 작품이지만 대단히 폭력적인 작품이기도 하다. 백화수 공주와 요괴 사이에서 태어난 아이들을 죽이는 장면을 이렇게 그리고 있다.

> 손행자가 호언장담을 늘어놓았으나, 백화수 공주는 그래도 여전히

---

34) 이 점에 있어서는 삼장도 마찬가지다. 삼장은 전생에 여래불의 두 번째 제자인 금선자(金蟬子)였는데 불법(佛法)을 설명하는 자리에서 졸았다. 그래서 동쪽 땅으로 유배되면서 사람의 몸을 빌리게 되었다고 한다.

35) 이 글을 학회에서 발표했을 때 토론자는, 여성의 실절 문제는 수단이고 인과응보라는 불교 이치를 말하는 것이 작품의 목적이라고 볼 수 있으며, 인과응보설은 억압을 받는 여성(독자)에게는 커다란 위안이 될 수 있다고 했다. 그런데 필자의 생각은 조금 다르다. 본문에서도 논의하고 있듯이, 〈서유기〉에서는 은온교가 왜 고난을 겪어야 하는지, 전생에 잘못을 저지른 것은 남성(남편)인데 왜 오계국 왕비나 금성 황후가 수난을 당해야 하는지 납득할 수 있게 해명하지 않고 있다. 또한 선불이 여성 인물의 정절을 보호하지만 왜 그래야 하는지 인과응보의 이치로 설명하지 않고 있어서 선불이 도리어 인과응보의 도리에서 벗어난 일을 하는 것은 아닌가 하는 의문을 불러일으킨다. 요컨대 인과응보설로는 해석하기 어려운 설정이지만 정절을 중시한다는 점을 보이기 위한 설정이라고 보면 납득할 수 있는 경우가 많다고 본다.

36) 인과응보라고 했지만, 신에 의해서 예비 된 인과응보여야 한다. 인연설과 신의 섭리(작용) 사이의 균형을 그렇게 맞추고 있다고 생각한다. 신은 인과응보의 영역 밖에 있는 존재가 아니라, 인과응보를 만들어내면서 적극적으로 세상에 개입하는 존재다. 그런데 그 개입의 양상이 신의 욕망(원한 해소)을 충족시키는 방향인 것이 끝내 의아하다. 이 점은, 선행연구에서 지적한 바와 같이, 〈서유기〉에 등장하는 개별적 세계의 지배자들도 결국은 '개인'일 따름이며 무성격의 존재가 아니고 욕구와 감정을 지닌 존재, 약점을 가지고 있는 존재라는 점을 보여준다고 생각한다. (〈서유기〉의 선악의 문제, 인물 성격의 문제에 대해서는 서경호, 『중국소설사』, 서울대학교출판부, 2004, 395-404면 참조.)

마음을 놓지 못한다.

"공연히 섣부른 짓을 해서 나를 더 못살게 만들지는 마세요."

"절대로 당신을 못 살게 만들지는 않으리다."

"스님이 요괴를 잡을 수 있다고 치죠. 그럼 어떻게 그 사람을 잡으실 작정인가요?"

공주가 또 따져 물으니, 손행자는 대답 대신 이렇게 지시했다.

"공주님은 잠시 몸을 피해주시면 됩니다. 내 눈앞에 계시지 말고 어디 조용한 곳에 숨어 계시란 말입니다. 만약 내 곁에 그냥 계시면, 그 요괴가 여기 나타났을 때 내가 손을 쓰기가 매우 거북스럽소."

"왜 거북스럽다는 거예요?"

"공주님은 그 요괴와 오랜 세월 깊이 정 들어서 차마 뿌리치기 어려울 겁니다. 내가 걱정하는 것이 바로 그 점이지요."

"내가 무엇 때문에 그 사람을 뿌리치지 못하겠어요? 여기 이렇게 갇혀 사는 것만도 죽지 못해 하는 짓인데 말입니다."

공주는 딱 잡아뗐으나, 그리도 손행자는 꼭 다짐을 받아내야 직성이 풀리겠다.

"그 요괴와 십삼 년 동안이나 부부 생활을 해왔으니 어찌 정이 들지 않았다고 하겠소? 이건 어린애 장난질이 아니오. 나는 그놈을 보는 순간, 철봉이면 철봉, 주먹이면 주먹 한 대로 단숨에 가꾸러뜨릴 거요. 그래야만 공주님은 비로소 궁중으로 돌아가실 수 있게 된다, 이런 말씀입니다."

손행자의 말대로 공주는 과연 동굴 속 외딴 구석으로 몸을 피해 들어갔다.

(…)

한편 요괴의 자식들을 하나씩 안고 날아간 저팔계와 사화상은 보상국 도성 안 금란보전 상공에 다다르자, 손행자가 지시한 대로 아이들을 하늘 위에서 백옥 계단 섬돌 바닥에 내동댕이쳤다. 가련하게도 어린것들은 고기 떡이 되어 선지피를 쏟아내고 뼈마디가 모조리 으스러져 그 자리에서 죽고 말았다.[37]

---

37) 제4권, 35-36면.

저팔계와 사오정이 아이들을 죽이는 장면은 참으로 참혹하다. 그런데 이처럼 자비로운 구석이라고는 하나 없고 잔혹하기 그지없지만, 달리 생각해 보면, 공주의 귀환을 보장하기로 해 놓고 요괴의 자식들을 데려온다면 어떻게 되겠는가? 그렇게 아이들이 "고기 떡이 되어 선지피를 쏟아내고 뼈마디가 모조리 으스러져 그 자리에서 죽고 말"아야 백화수 공주가 귀환할 때 미련이 남지 않게 된다. 행여나 모정(母情)이 남아 온전한 귀환이 되지 못할까봐 서술자는 염려하고 있다고 생각한다. 서술자는 참으로 매정하다고 하겠다.

그런데 무고한 아이 둘을 '고기 떡'으로 만들어 죽인 손오공 일행은 결국 불보살이 되었다. 어째서 이들의 행위는 인과응보의 범위를 벗어나 있는가? 요괴의 자식이 사람은 아니라고 하더라도 중생이 아닌가? 불교가 중생에 대한 폭력을 용인하는가? 아마 그렇지는 않을 것이다. 급고포금사의 노승은 "우리는 승려의 몸으로 자비심을 지닌 사람이라, 아무리 요괴라도 목숨을 해치지 않"는다고 하지 않았던가? 끔찍한 폭력으로 자비의 교리를 뒤집으려 한 것은 아닐 것이다. 그러면 어떻게 생각해야 하는가? 악업을 온전히 갚았기에 이제는 더는 불효하지 않도록 가정으로 복귀해야 한다는 세속 윤리의 요구, 인간과 요괴의 피가 섞임으로써 세속의 질서를 어지럽혀서는 안 된다는 요구가 강해서 자비의 교리는 잠시 접어두었던 것이라고 생각한다. 자비의 이념도 유교 윤리에 의해 굴절된 것으로 본다는 뜻이다.

마지막으로 유불도 삼교의 관계에 대해서 살펴보자. 흔히 〈서유기〉는 삼교일치 사상이 보편화된 명나라의 시대적 산물이라고 한다. 삼교일치라고 할 때는, 유교와 불교·도교의 관계가 특히 문제가 된다.[38] 불교와 도교는 유교와는 상당한 거리가 있는 것처럼 보이기 때문이다. 그런데

38) 최한용, 「〈西遊記〉에 나타난 宗教要素」, 『중국어문논집』 제57호, 중국어문학연구회, 2009, 457-481면에서 〈서유기〉에 나타난 삼교의 요소를 검토했다.

적어도 다섯 가지 사례에서는 유불도가 조화로운 협력관계를 보이고 있다. 유교적인 가치를 옹호하기 위해서 불교의 불보살과 도교의 신선이 함께 나서고 있는 것이다. 이렇듯 삼교는 전혀 대립하거나 모순되지 않으면서 세속의 가치를 옹호하고 있다.

불보살과 신선이 등장하는 판타지의 세계에서, 인간의 고난은 인과응보라고 설명하면서, 아무리 힘든 고난이 닥치더라도 여성은 실신(失身)해서는 안 된다는 현실 윤리의 정당성을 불보살과 신선이 보장해 주고 있다. 삼교일치론이 종교적이고 철학적인 이상론에 그치는 것이 아니라, 작품을 향유하는 당대 독자의 마음속에서 실제로 벌어지고 있는 일이라는 점을, 삼교일치론이 서사 문학작품으로 표현될 때는 어떤 양상을 띨 것인지를 다섯 대목이 잘 보여주고 있다.39) 한 걸음 더 나아가 판타지가 이데올로기적 역할을 수행하고 있으며, 판타지만큼 작가의 정치적 의식이 잘 드러나는 장르가 다시없다는 점을 확인시켜준다고 할 수 있다.40)

초월적인 존재가 주도해서 펼쳐 보이는 판타지는 훼절의 위기를 헤치고 정절을 지킨 여성들에게 '무사 귀환'을 선물하는 장치가 된다. 그런데 아무리 판타지가 신비롭고 황홀할지라도 '여성은 육체가 오염되어서는 안 된다'는 메시지는 변함이 없다. 석가모니부처도 신선도 여성이 몸을 지킬 수 있도록 배려한다. 그런데 부처나 신선의 도움을 받지 못하는 현실 세계의 여성은 어떻게 해야 하는가? 판타지이기에 가능한 설정을 제외하고 나면, 부처나 손오공과 같은 초월적 존재의 도움이 없이 현실 논리대로만 진행된다면, 여성이 훼절의 위기에서 택할 수 있는 길은 '자결하거나 미친 척하거나' 둘 중 하나일 것이다. 그래서 〈서유기〉의 판타지는 여성을 억압하는 힘을 내장하고 있다고 해도 결코 과장은 아닐 것이다.

---

39) 〈서유기〉에 보이는 삼교일치론의 문학적 형상과 도교 사원의 신격 배치는 본질적으로 합치된다고 생각한다.

40) 박규태, 『애니메이션으로 보는 일본』, 살림, 2005, 81-83면.

5. 맺음말

〈서유기〉에는 악한이나 요괴에 의해서 약탈당하거나 버려져서 실절의 위기에 처한 여성이 오랫동안 수난을 당하다가 손오공 일행의 도움을 받아서 원래 있던 자리로 귀환하기까지의 과정이 소상하게 그려지는 이야기가 다섯 번에 걸쳐서 나온다. 이 논문에서는 〈서유기〉의 환상 공간에서 약탈되거나 내버려진 여성의 정절 문제를 형상화하고 있는 다섯 사례를 집중적으로 살펴보았다. 논의 결과를 요약하면 다음과 같다.

〈서유기〉에서는 여성의 몸이 오염되지 않는 것, 정절을 지키는 것을 매우 중시한다는 것을 확인했다. 여성의 몸의 오염 여부는 윤리강상의 문제였고, 만일 오염되었다면 온전한 귀환이 불가능하고 끝내는 자결해야 했다. 오염되지 않았다면 귀환할 수 있었는데, 몸이 오염되지 않았다는 사실을 증명해줄 수 있는 권위 있는 인물의 보증이나 증언이 필요했다. 남성의 시각을 대표하는 손오공의 질문, 선불의 설명, 노승의 증언이 그런 요구를 충족시켜 주었다.

또한 여성 정절 이데올로기를 옹호하기 위해서 판타지 공간에서 유불도 삼교가 화합하고 있다는 점도 확인했다. 〈서유기〉에서는 석가모니부처도 신선도 여성이 몸을 지킬 수 있도록 배려한다. 초월적인 존재가 주도해서 펼쳐 보이는 판타지는 훼절의 위기를 헤치고 정절을 지킨 여성들에게 '무사 귀환'을 선물하는 장치가 된다. 그런데 아무리 판타지가 신비롭고 황홀할지라도 '여성은 육체가 오염되어서는 안 된다'는 메시지는 변함이 없다. 요컨대 〈서유기〉는 남성 지배 사회의 유교 윤리를 옹호하는 판타지이며, 여성에게는 판타지 형식을 빌려 억압을 가하고 있다는 것이 이 글에서 얻은 결론이다.

03

〈홍루몽(紅樓夢)〉에 형상화된 귀족 여성의 삶과 문학

1. 머리말

〈홍루몽〉은 가씨(賈氏) 집안[이하 '가부(賈府)'라 함]에 속하거나 관련되는 수백 명의 등장인물이 서로 어우러지면서 일어나는 사건을 형상화한 작품이다. 수많은 등장인물 가운데서도 특히 삼각관계를 이루고 있는 가보옥(賈寶玉), 설보채(薛寶釵), 임대옥(林黛玉) - 이들 세 인물 사이의 애정과 비련을 중심에 두고, 그것과 맞물린 가부(賈府)의 영화와 몰락을 펼쳐 보이면서, 삶의 진정한 의미에 대한 진지한 고뇌와 성찰을 제시하고 있다는 평가를 받는다.[1] 장편 소설이니만큼 삶의 다양한 국면이 형상화되어 있는데, 그 가운데는 귀족 여성이 문학작품을 창작하고 향유하는 양상 또한 포함되어 있다.

---

1) 〈홍루몽〉에 대한 개괄적인 이해는 서경호, 『중국소설사』, 서울대학교출판부, 2004, 439-449면과 최용철·김지선·고민희, 『붉은 누각의 꿈』, 나남, 2009를 참조했다.

이 글에서 필자는 〈홍루몽〉에 형상화된, 가부의 귀족 여성의 삶과 문학의 관계에 대해서 살펴보고자 한다.[2] 〈홍루몽〉 속 귀족 여성은 어떤 갈래의 작품을 수용하고 창작했는가, 문학을 향유하면서 기대하는 바는 무엇이었는가, 문학을 향유하는 양상을 좌우하는 조건은 무엇이었는가 - 이러한 문제를 다루어 보고자 한다. 이를 통해서 가부의 '문화적 공간'[3]에 관한 이해를 심화하고, 나아가 18세기에[4] 상층 귀족 여성의 삶과 문학은 어떻게 연결되어 있었는지 작품의 구체적 장면에 근거해서 추론할 수 있는 단서를 발견할 수 있을 것이다.

주지하는 바와 같이 〈홍루몽〉에 대한 선행연구는 헤아리기 어려울 정도로 많다. 필자가 관심을 가진 테마에 대한 선행연구 또한 적지 않을 것이다. 하지만 중국을 비롯한 여러 곳에서 이루어진 연구를 소상하게 검토하고 연구에 반영할 만한 능력을 필자는 가지고 있지 못하다. 그래서 가능한 범위에서 국내외 연구사를 검토하고 조심스럽게 논의를 전개하는 것은 만부득이한 일이다. 다만 주어진 한계 내에서 연구사를 충실하게 검토해서 오류를 줄이고자 한다. 선행연구의 성과는 연극과 시사(詩詞)에 집중되어 있는데, 이 글에서는 소설 작품, 이야기꾼의 이야기에 대한 논의를 덧보태고, 각각의 갈래들 사이의 관계에 대한 논의로 확대해 보고자 한다. 2장에서는 연극의 향유 양상에, 3장에서는 희곡, 설서인(說書人)의 구연, 소설의 향유 양상에, 4장에서는 시사의 창작 양상에 집중해서 논의하고자 한다. 5장에서는 4장까지의 논의를 한데 모아 정리하고 음미해 본다.

---

2) 이하 오해의 여지가 없다면 '〈홍루몽〉 속 가부의 귀족 여성'을 '귀족 여성'이라고 약칭하기로 한다.

3) 문학적·정신적 공간이라고 해도 좋을 것이다.

4) 〈홍루몽〉은 작자인 조설근(曹雪芹, 1719?-1763)의 자전적 성격이 강한 작품이라고 하는데, 조설근은 청나라 초기의 인물이라고 할 수 있다.

2. 연극

귀족 여성의 문학 향유 활동으로 첫손에 꼽아야 할 것이 연극 관람, 곧 관극(觀劇)이다.

> [연극 1] {寧國府에서 열린 賈敬의 생일잔치 - 필자}[5] 희봉은 천천히 걸어가면서 또 물었다.
>
> "그래 연극은 몇 막이나 올랐는데?"
>
> "벌써 여덟이나 아홉 번째 막을 올렸어요."
>
> (…)
>
> 희봉은 형부인과 왕부인에게 인사하고 우씨의 모친께도 한마디 건넨 다음에 우씨와 함께 한 탁자에 앉아 술을 마시며 연극을 관람했다. 우씨가 연극 제목이 적힌 판을 가져오라 하여 희봉에게 하나 찍으라고 했다.
>
> "사돈 마님이 계시고 우리 마님들께서 저기 계시는데 제가 어찌 주제넘게 …."
>
> 희봉의 말을 듣고 형부인과 왕부인이 함께 말한다.
>
> "우리하고 사돈 마님은 벌써 여러 편을 지목하여 들었다. 좋은 작품을 골라서 우리도 들어보자꾸나."
>
> 희봉은 연극 제목 판을 건네받았다. 처음부터 죽 훑어보고는 〈환혼(還魂)〉[6] 한 대목과 〈탄사(彈詞)〉[7] 한 대목을 시키고 판을 건네면서 말한다.
>
> "지금 부르는 게 〈쌍관고(雙官誥)〉[8]인가요? 저거 다 듣고 이 곡을 부르게 하면 대충 시간이 다 될 거예요." (제11회)(1권, 254-255면)[9]

---

5) 이하 필자가 이해를 돕기 위해 덧보탠 부분은 '{ }'로 표시한다.
6) 명나라 탕현조(湯顯祖)가 지은 희곡 〈모란정(牧丹亭)〉의 한 대목.
7) 청나라 홍승(洪昇)이 지은 희곡 〈장생전(長生殿)〉의 한 대목.
8) 청나라 진이백(陳二白)이 지은 곤곡(崑曲) 작품.
9) 번역문은 최용철·고민희 옮김, 『홍루몽』 1-6, 나남, 2014(2판)에서 가져왔다. 앞으로는 이 번역본의 권수와 면수를 표시하기로 한다.

[연극 2] {秦可卿의 장례} 이날은 발인 전날이라 함께 영전을 지키며 밤을 새우는데 안에서는 간단한 연극 공연과 온갖 교예 놀이를 보여주어 친지 문상객들이 함께 밤을 지새우게 하고 있었다. (제14회)(1권, 305면)

[연극 3] {寧國府에서 열린 꽃등놀이} 그런데 가진(賈珍)의 정원에서 연출하는 {외부에서 초청한 극단의} 연극은 '정랑의 부친 찾아 삼만 리[丁郎認父]', '황백앙이 음혼진으로 손빈에게 대항하기[黃伯央大擺陰魂陣]', '손오공이 천궁에서 소란 피우기[孫行者大鬧天宮]', '강태공이 장수를 죽이고 신으로 봉하기[姜子牙斬將封神]'와 같은 작품이어서 온통 떠들썩하게 귀신이 출현하고 요괴가 나오는 것이었다. 배우들이 깃발을 높이 쳐들고 무대 위를 몰려다니며 염불하거나 향을 피우고 징과 북을 요란하게 두드리며 소리소리 고함을 질러 그 시끄러운 소리는 골목 밖에까지 울려 퍼졌다. (제19회)(1권, 406면)

[연극 4] {薛寶釵의 생일} 가모는 보차가 이곳에 온 이후로 그녀의 온화하고 진중한 됨됨이를 남달리 생각하고 있었다. 마침 보차의 첫 번째 생일을 맞게 된다고 하니 희봉을 불러 선뜻 스무 냥을 내놓으면서 생일에 술자리와 연극 공연을 준비하라고 일렀다. (제22회)(2권, 45면)

(…)

저녁 식사를 끝내고 창극 공연을 주문할 때가 되었을 때 가모는 보차에게 먼저 고르도록 일렀다. 보차가 굳이 양보했지만 어쩔 수가 없어 우선 〈서유기(西遊記)〉의 한 대목을 주문했다. 물론 가모는 좋아했다. 다음에는 희봉에게 고르라고 하니 희봉도 할머니가 떠들썩한 극 중에서도 해학적이고 웃기는 걸 더욱 좋아하신다는 걸 알고 있는지라 '유이당의(劉二當衣)'[10)] 대목을 주문했다. (제22회)(2권, 47면)

10) '당(當)'은 '전당포(典當鋪)'의 '당'이다. 이 극은 명대 극작가 심채(沈采)의 〈배도향산환대기(裵度香山還帶記)〉에서 나왔다. '유이'는 전당포 주인이다. 이 대목에서 왕희봉이 '유이당의'를 점극(點劇)한 데는 전당포를 하는 설씨 집안(설보채의 집안)을 비꼬려는 의도가 있다는 것은 널리 알려진 바이다.

[연극 5] {희봉의 생일잔치} 이날 공연의 제목은 〈형차기(荊釵記)〉11)였다. 가모는 설부인 등과 함께 마음이 쓰리고 아파 눈물을 흘리며 탄식하다가 비난을 퍼붓기도 하면서 연극을 관람했다. 사람들이 다 같이 〈형차기〉 공연을 관람할 때 보옥은 자매들과 함께 자리를 잡고 앉았다. 대옥은 마침 〈남제(男祭)〉 대목을 보다가 보차에게 말했다. (제43회)(3권, 86면)

[연극 6] {정월 보름} 마침내 보름날 저녁이 되었다. 가모는 대화청(大花廳)에 술자리를 마련하도록 했고 작은 연극을 공연하도록 했다. 그리고 다양하고 멋진 등불을 달고 영국부와 녕국부의 자제와 손자, 손녀, 며느리들을 다 불러 잔치를 열었다. (제53회)(3권, 325면)

(…)

이때 연극은 〈서루기(西樓記)〉의 〈누각에서의 밀회[樓會]〉 대목이 다 끝나가는 중이었다. (3권, 330면)

(…) 그때 시간은 아직 밤 열 시가 안 되었다. 연극 무대에서는 〈팔의기(八義記)〉 속의 여덟 번째 막인 〈등불구경[觀燈]〉 대목을 공연하는데 아주 시끌벅적한 장면이었다. (제54회)(3권, 334면)

[연극 7] 저녁 무렵 집으로 돌아온 왕부인은 다음 날 고급 요리를 준비하고 유명한 연극단도 불러 무대를 마련하여 진씨 모녀를 대접했다. 이틀이 지나 그들 모녀는 하직 인사도 없이 임지로 돌아갔다. (제57회)(3권, 411면)

[연극 8] {賈母의 팔순 잔치} 이처럼 번거로운 인사치레는 대략 한나절이나 지나서야 끝났다. 그러자 이번에는 많디많은 새장을 들고 들어와 정원 가운데서 날려 보내는 의식을 행했으며, 가사 등이 천지신명과 수성에게 소원을 비는 소지를 한 다음 연극 공연이 열리고 술 마시는 잔치가 시작되었다. 개장희(開場戲)가 끝나고 본 연극이 시작될 때 비로소 가모는 안으로 쉬러 들어{갔다}. (제71회)(4권, 302면)

11) 작자 미상의 남희(南戲) 극본.

여럿이 모이는 자리에서 뭔가를 함께 즐기고자 한다면 연극이 우선 선택되었다. 연극은 생일잔치에서, 정월 보름 잔치에서, 지방관으로 부임하는 것을 축하하는 자리에서, 장례식에서, 손님을 맞아 대접하는 자리에서, 도교 사원에 제사를 지내러 간 계제에 상연되었다. 축하, 위로, 환영, 석별 등을 위하여 여러 사람이 모여 베푸는 잔치(주연)에서 연극 관람이 빠져서는 아쉬웠다.

가부에서는 연회가 빈번하게 열렸고, 공연을 할 수 있는 무대를 마련하는 데 어려움이 없었다. 연극 공연을 자주 해야 해서 외부의 극단을 초빙하는 데 그치지 않고 가부 소속의 연극반[戱班, 家班]을 조직했으며, 그에 따라 연극 공연이 더더욱 빈번하게 이루어졌다. 이렇게 귀족 가문이 패트런이 되어 연극반을 운영하는 일은 당시 귀족층에서 드물지 않은 일이었다고 한다.12)

[연극 5]에서는 〈형차기〉를 비교적 길게 상연한 것으로 보인다. "마음이 쓰리고 아파 눈물을 흘리며 탄식하다가 비난을 퍼붓기도" 했다는 관객의 반응은 아무래도 멜로드라마적 성격의 작품을 길게 상연할 때 나타낼 수 있는 반응일 것이기 때문이다. 반면 [연극 1]에서 여덟이나 아홉 번째 막이 이미 상연되었고, 거기에 다른 대목 두세 막을 더한다고 한 것을 보면 여러 작품에서 흥미로운 대목을 뽑아서 병렬시켜 상연한 것으로 보인다. 공연의 실제 양상을 기술한 바를 종합해 보면, 한 작품을 길게 상연하는 경우는 드물고 여러 작품의 장면을 상연하는 것이 더 일반적이었던 것으로 보인다.

---

12) 한혜경, 「'홍루몽'에 표현된 전통 희곡 예술」, 『중국소설논총』 제22집, 한국중국소설학회, 2005에서 〈홍루몽〉에 표현된 희곡의 연출 배경, 배우, 무대 등에 대해서 자세하게 고찰했다. 이지은, 「〈紅樓夢〉에 나타난 배우의 삶 - 家庭 戱班의 12여배우에 대한 고찰」, 『中國語文學』 제49집, 영남중국어문학회, 2007에서는 희반의 여배우에 대해서 논의했다.

연극은 여성끼리, 남성끼리 관람하기도 하고 남녀노소가 어울려 감상하기도 했다. 배우는 연극 제목이 적힌 판을 관람객에게 보이고, 관람객은 그 가운데서 보고 싶은 대목을 선택했다. 마치 오늘날 채널을 돌려가면서 자기가 보고 싶은 드라마의 한두 에피소드를 감상하는 것과 흡사했다.

[연극 4]에서 볼 수 있는 것처럼 공연 작품을 선택하는 관객의 취향이 달라서 한 작품을 장시간 공연하는 것은 적절하지 않았다. 희반은 여러 사람의 취향(요구)에 응해야 했기 때문에 전편이 아닌 부분(장면)을 상연해야 했고, 가부의 관객이 좋아할 만한 레퍼토리를 연습하고 있어야 했다. 여러 사람의 취향에 맞추고자 여러 작품의 장면들이 일관성이 없이 선택되었기 때문에 전체적으로 연극 상연 시간은 길었지만 공연 전체의 통일성을 기대하기는 어려웠다.

3. 희곡, 설서인의 구연, 소설

3.1. 희곡

앞 장에서 보았듯이, 가부에서 그토록 연극을 애호했다면 희곡 작품 또한 즐겨 읽지 않았을까? 문자 해득 능력을 갖춘 귀족 여성이라면 희곡 작품도 즐겨 읽지 않았을까? “마음이 쓰리고 아파 눈물을 흘리며 탄식하다가 비난을 퍼붓기도” 할 정도였으니 독서를 통해서 그런 정감을 다시 느끼고자 하지는 않았을까? 다음 장면들을 보면 예상과는 달리 그렇지 않았다.

> [희곡 1] {명연(茗烟)은} 그러다 문득 어느 한 가지 생각에 미쳤다. ‘그래 바로 이거야! 도련님이 이런 것은 아직 한 번도 볼 기회가 없으셨겠지’ 하고 생각하며 곧장 길거리 책방으로 달려갔다. 고금에 이름

난 소설{小說}[13]과 조비연(趙飛燕)과 조합덕(趙合德) 자매 이야기, 측천무후(則天武后) 이야기, 양귀비(楊貴妃) 이야기 등의 야사{外傳}와 희곡 대본{傳記角本}을 수도 없이 사들여와 보옥에게 보여주었다. 보옥으로서는 과연 처음 보는 책들이었다. 그는 곧 보배를 만난 듯 귀하게 여겼다. 명연이 거듭 다짐을 받으면서 대관원에는 절대 갖고 들어가지 말라고 일렀다.

"누군가 알면 저는 밥그릇 싸 들고 줄행랑쳐야 할 거예요."

하지만 보옥이 어디 그럴 사람이던가. 안달이 나서 배기지 못하고 몇 번이고 주저주저하다가 문장이 좋고 짜임새가 있는 것을 몇 가지 골라 대관원에 갖고 들어가 침상 곁에 두고 아무도 없을 때 몰래 꺼내 보곤 했다. 그리고 너무 저속하고 노골적인 것들은 바깥 서재에 감춰 두었다.

그러던 어느 날 때는 바야흐로 삼월 중순경이었다. 아침 조반을 마친 뒤에 보옥은 〈회진기(會眞記)〉, 즉 〈서상기(西廂記)〉 한 질을 가지고 심방갑(沁芳閘) 다리 옆의 복사꽃 아래 놓인 돌 위에 자리를 잡고 앉았다. 그는 〈회진기〉를 펴고 처음부터 천천히 감상하기 시작했다. (제23회)(2권, 80면)

[희곡 2] 보옥은 대옥의 말을 듣고 뛸 듯이 기뻐하며 좋아했다.

"잠깐 기다려. 보던 책을 덮어놓고 쓸어 담는 걸 내가 도와줄게."

"무슨 책인데?"

대옥이 묻는 말에 보옥은 화들짝 놀라 미처 보던 책을 감추지도 못하고 그냥 얼버무리려고 했다.

"응, 그냥 〈중용(中庸)〉이나 〈대학(大學)〉 같은 거지 뭐. 별거 아니야."

대옥이 뭔가 이상하다고 벌써 눈치채고 웃으면서 다가왔다.

"오빠, 지금 나한테 뭔가 숨기려는 거지? 그러지 말고 나한테 고분고분 내놓고 보여주는 게 어때?"

"그래, 그래. 착한 누이야. 너라면 내가 뭐 겁나겠어. 자, 이걸 좀

---

13) 필요한 경우 馮其庸 等 校注, 『彩畵本紅樓夢校注』(一), 里仁, 1984에 의거해서 원문을 밝힌다.

봐. 하지만 보고 나서 남한테 얘기하면 절대 안 돼, 알았지? 이거 정말 기가 막히게 좋은 책이라고. 아마 보기 시작하면 밥 생각도 없어질 걸."

보옥이 책(〈서상기〉)을 건네주자 대옥은 꽃잎 묻을 도구를 한쪽에 내려놓고 책을 받아 처음부터 읽어 내려가기 시작했다. 그녀는 곧 읽은 재미에 푹 빠져 한달음에 열여섯 막을 모두 다 읽어버리고 말았다. 그 곡사의 아름다움이 정말 사람을 놀라게 할 만하여 가만히 읊조리니 입안에 그 여운이 가득 남는 듯했다. 대옥은 책을 다 읽었지만, 아직도 넋을 놓고 마음속에 아련히 다가오는 구절을 되뇌고 있었다. (제23회)(2권, 82면)

[희곡 3] 그 말을 대옥이 가로막고 나섰다.

"(…) 그래도 두 희곡(〈서상기〉와 〈모란정〉)은 늘 보았잖아요. 세 살짜리 애들도 다 아는 얘기인데 우리가 그걸 모른다고 할 수 있나요?" (제51회)(3권, 263면)

위 대목들을 보면 〈서상기〉와 〈모란정〉은 연극 공연으로 익히 알고 있었고, 또 희곡을 읽고자 하면 읽을 수 있었다. 그런데 가부 밖에서는 대단한 인기를 누리고 있던 희곡 〈서상기〉와 〈모란정〉을 가부 안에서는 찾아보기 어려웠다. 남성인 가보옥도 몰래 들여와서 비밀스럽게 읽어야 할 정도였다.

연극 공연은 늘 보아 온 것이지만 가부 안에서 희곡 작품을 읽는 것은 남녀를 떠나서 바람직한 일은 아니라고 했다. 무대에 올려 상연하는 것을 보는 것은 괜찮지만 희곡을 읽는 것은 안 된다는 것이다. 그 이유는 무엇인가? 그것은 희곡의 구절을 읽고 외웠다가 시사(詩詞)에 올려서 쓸 염려가 있었기 때문이다.

다음은 주령(酒令)14)에서 임대옥이 〈모란정〉의 한 구절을 인용하자 설

---

14) 술자리에서 참석자들이 지켜야 하는 규칙이나 놀이. 규칙을 어기거나 놀이에서 지게 되면 벌주를 마시게 되는 형식인 경우가 일반적이다. 〈홍루몽〉에서는 특히 여성 인물의 재치와 문학적 재능을 보여주는 경우가 많다.

보차가 의아하게 생각하고 있다가 훗날 따져 묻는 대목이다.

[희곡 4] 이번에는 대옥의 차례가 되었다. (…) "양신미경나하천(良辰美景奈何天), 멋진 순간 좋은 경치 이 순간을 어이하리."

그 순간 보차가 듣고 의아한 눈빛으로 대옥을 돌아보았다. 하지만 대옥은 벌칙을 받을까 겁이 나서 다른 건 생각할 겨를도 없이 그냥 지나치고 말았다. (제40회)(2권, 478면)

(…)

보차는 여전히 엄숙하게 냉소를 띠며 물었다.

"정숙하고 순결한 대갓집 아가씨! 규중의 문밖을 모르는 여자의 몸으로 어떻게 그런 말을 입에 담을 수가 있어? 솔직하게 말해 봐!"

대옥은 여전히 무슨 영문인지 몰라 그냥 웃고만 있었지만, 마음속으로는 무언가 짚이는 데가 있었다. 하지만 입으로는 여전히 발뺌을 했다.

"내가 무슨 말을 했다구 그래요? 그냥 무언가 꼬투리를 잡아보려는 거죠? 언니가 한번 말해 봐요. 어디 들어나 보게."

"너 여전히 시치미 떼고 바보인 척하지 마. 어제 주령(酒令)을 할 때 네가 말한 대목이 도대체 어디서 나온 거야. 난 그게 어디서 왔는지 모르겠네!"

대옥이 얼핏 생각해 보니 어제 주령할 때 미처 조심하지 못하고 〈모란정〉과 〈서상기〉에서 두어 구절을 댄 것이 기억났다. 대옥은 그만 얼굴이 홍당무처럼 빨개지며 보차에게 달려들어 웃으면서 통사정을 했다.

"언니! 난 정말 생각지도 못하고 아무렇게나 멋대로 말한 거예요. 잘 가르쳐주면 다음에는 절대로 말하지 않을게요, 응?"

(…)

보차는 대옥의 얼굴이 홍당무처럼 붉어지며 입으로 통사정을 하자 더 이상 깊이 캐려고 하지 않고 그녀를 붙잡아 앉히고는 차를 마시며 천천히 말했다.

"(…) 우리 집도 따지고 보면 선비 집안이었고 할아버지도 책을 많이 좋아하셨어. 전에는 식구가 많아 형제자매들이 한군데 모여 살면서 다들 경전 같은 책은 읽기 싫어했지. 남자 형제 중에는 시를 좋아하거나 사를 좋아하기도 해서 〈서상기〉나 〈비파기(琵琶記)〉 혹은 《원인백종(元人百種)》, 즉 《원곡선(元曲選)》 같은 희곡 작품 등 없는 게 없었다구. 오빠나 동생들은 우리 몰래 돌아앉아 그런 책을 읽었고 우리도 가끔은 몰래 읽어보곤 했었지. 나중에 어른들이 알게 되는 바람에 매도 맞고 욕도 먹고 책은 태워버려서 그다음부터는 그런 데서 벗어났지. 그래서 말인데, 우리 여자애들은 글을 모르는 게 더 나을 것 같아. (…) 사실 시를 짓고 글을 쓰는 일도 우리들이 꼭 해야 할 일은 아니야. (…) 우리 같은 여자들이야 바느질하고 베 짜는 일이 제 본분이지 공연히 글자 몇 개 알아서 뭐 하겠어. 또 글공부를 했다 해도 제대로 된 경전은 보지 않고 잡스런 책에 빠져들면 큰일이잖아. 일단 마음이 한 번 흔들리면 그야말로 구제할 방도가 없으니 말이야."

보차의 일장 연설에 대옥은 고개를 숙인 채 차를 마시며 속으로는 깊이 탄복하면서도 그냥 "응, 응"하고 가볍게 동의를 표시할 뿐이었다. (제42회)(3권, 52-53면)

설보차는 어릴 적에 각종 희곡 작품을 읽었기 때문에 임대옥이 〈모란정〉의 한 구절을 이용해서 주령을 내렸다는 사실을 알 수 있었다. 임대옥은 근래 가보옥을 통해서 〈서상기〉나 〈모란정〉을 알게 되었다([희곡2]). 너무나 아름다운 구절이라고 생각하고서 외우고 있던 임대옥은 주령에서 그만 그 구절을 인용하고 말았다. 설보차의 지적을 듣고 자기 잘못을 자각한 임대옥은 "얼굴이 홍당무처럼 빨개지며" "웃으면서 통사정을" 했다.

설보차는 일장 연설을 하면서 "규중 문밖"에서 유행하는 통속적인 희곡 작품 읽는 일을 경계하고 있다. 희곡 작품을 읽는 것이 바람직하지 않지만, 한때의 호기심에서 읽어 볼 수는 있다. 그러나 여러 사람이 있는 자리에서 인용한다거나 자신의 시문에 가져다 쓰는 일은 해서는 안 된다. 희곡 작품은 정전(경전)이 아닌 "잡스런 책"[15]의 일종이라는 것이다. 여

15) 작품의 원문도 '雜書'다. 馮其庸 等 校注, 『彩畵本紅樓夢校注』(二), 651면.

성은 글을 몰라도 좋으니 시문 창작은 부차적인데, 하물며 희곡 작품 따위를 읽어서 무엇하겠는가 하는 설보차의 말에 임대옥이 심복하고 있다.

그렇다면 통속적인 희곡 작품은 일절 거론해서는 안 되는가? 연극을 본 경험마저 의도적으로 배제해야 하는가? 다음 장면에서 그 문제가 논의되고 있다.

> [희곡 5] 이환도 거들었다. "(…) 지금 보금의 시에서 마지막 두 수가 비록 고증할 수 없다고 해도 설창이나 연극 심지어는 복을 비는 점괘에까지도 주석으로 들어 있으니 남녀노소를 불문하고 입에서 입으로 전해지면서 모르는 사람이 없게 되었지. 그리고 또 〈서상기〉나 〈모란정〉과 같은 못된 책을 보고 지은 것은 아니니까 그냥 두어도 괜찮을 거야." (제51회)(3권, 263면)

이환은 설보금이 창작한 〈회고시(懷古詩)〉 10수를 평가하고 있다. 설보금의 시 마지막 두 수라고 한 것은 〈포동사회고(蒲東寺懷古)〉와 〈매화관회고(梅花觀懷古)〉를 가리킨다. 그런데 시제(詩題)에 있는 '포동사'는 〈앵앵전〉에서 장생과 최앵앵이 처음 만났던 장소, 곧 보구사(普救寺)이고, '매화관'은 〈모란정〉에서 두여랑(杜麗娘)의 묘를 보호하기 위해 세운 도관(道觀)이다. 두 곳 모두 통속적 사랑 이야기의 배경이 되는 곳인데, 이환이 보기에는 만일 설보금이 이들 작품을 찾아 읽고서 회고시를 지은 것이라면 귀족 여성의 품위를 크게 훼손하게 된다.

과연 설보금은 〈서상기〉와 〈모란정〉을 읽고서 회고시를 씀으로써 귀족의 품위를 손상했는가? 이환은 그렇지 않다고 했다. 그 두 곳은 이미 연극 공연을 비롯해서 여러 경로로 들어서 알고 있는 장소일 뿐이지 희곡을 읽어서 알게 된 곳은 아니라고 했다. 설보금의 시는 결코 〈서상기〉와 〈모란정〉 희곡과 같이 "못된 책"16)을 읽고서 창작한 것이 아니니 용

16) 원문은 '邪書'다. 馮其庸 等 校注, 『彩畵本紅樓夢校注』(二), 787면.

납될 수 있다고 두둔했다. 이환 역시 설보차와 마찬가지로 〈서상기〉와 〈모란정〉 같은 희곡 작품은 읽어서는 안 되며 작시에 반영하는 일은 더더욱 용납할 수 없다는 뜻을 분명히 밝혔다.

3.2. 설서인의 구연

가모(賈母)를 위시해서 나이가 든 귀족 여성은 설서인(說書人)(이야기꾼)을 불러 이야기를 들었다.

> [설서인의 구연 1] 한편 눈 깜짝할 사이에 어느덧 구월 초이튿날이 되었다. 대관원 사람들은 모두 우씨가 왕희봉의 생일잔치를 멋지게 준비하고 있다고 들었다. 연극 공연은 물론이고 각종 연예인 백희(百戲)와 설서(說書)하는 남녀 맹인 만담꾼까지도 불러 한바탕 즐겁게 놀 수 있도록 했다는 것이다. (제43회)(3권, 77-78면)

> [설서인의 구연 2] 잠시 연극무대가 쉬고 있는 사이에 할멈이 이번에는 집안에 단골로 오가던 두 명의 여자 장님 이야기꾼을 데리고 들어와 걸상 두 개에 앉혔다. 가모는 이부인과 설부인에게 무슨 작품을 듣겠느냐고 물었다. 두 사람이 말했다.
> "뭐든 상관없이 다 좋아요."
> 가모가 이야기꾼에게 물었다.
> "요즘 새로 시작한 이야기가 뭐 있는가?"
> 두 여자 이야기꾼이 아뢰었다.
> "새 이야기가 있기는 있는데, 잔당오대(殘唐五代)의 이야기죠."
> "제목이 무엇이냐?"
> "〈봉구란(鳳求鸞)〉이라고 합니다."
> "제목은 그럴듯하구나. 무슨 까닭으로 그렇게 이름 붙였는지 우선 대강 줄거리를 얘기하고 나중에 자세히 풀어 나가보면 좋겠다."
> 한 여자 이야기꾼이 줄거리를 말했다.
> (…) "어느 해인가 왕 대감님이 공자를 경성에 보내 과거를 보게 했답니다. 왕 공자는 도중에 소나기를 만나 비를 피하느라 어느 집에

들어갔는데 마침 그 마을의 이 대감이 왕 대감과 서로 대대로 교분이 있던 터라 왕 공자를 자신의 집 서재에 머물게 했답니다. 이 대감의 슬하에 귀하게 자란 추란(雛鸞)이라는 무남독녀 외동딸 하나가 있었는데 그녀는 칠현금, 바둑, 서예, 그림에 능통하여 어느 것 하나 못하는 게 없었습니다."

그때 가모가 얼른 말을 받았다.

"어쩐지 제목을 〈봉구란〉이라고 했다더니, 더 말할 필요도 없네. 내가 다 알아냈으니까. 자연히 왕희봉 공자가 이추란 소저를 아내로 맞으려고 하는 얘기겠지."

여자 이야기꾼이 웃으면서 말했다.

"노마님께서는 벌써 이 얘기를 들으셨군요."

"노마님이 무슨 얘기인들 안 들어 보셨겠어. 설사 안 들어 보셨어도 알아맞히신다니까."

사람들의 말에 이어 가모가 웃으며 계속했다.

(제54회)(3권, 341-343면)

[설서인의 구연 3] {보옥의 생일날} 집에 늘 들락날락하는 여자 이야기꾼인 여선아(女先兒)도 와서 축수를 했다. (…) (4권, 46면)

맹인 이야기꾼인 여선아가 탄사(彈詞)를 공연하며 축수를 하겠다고 하자 사람들이 말했다.

"우리 중에는 그런 야담이나 들으려고 하는 사람이 없으니 대청에 가서 설씨 댁 마님이나 심심치 않으시게 들려 드려요."

그들이 가는 김에 몇 가지 요리도 골라서 함께 설부인에게 보냈다.

(제62회)(4권, 55면)

남녀 "장님 이야기꾼", 즉 설서인이 가부에 빈번하게 출입하고 있었다. 규방에 출입하기에는 맹인 여성 설서인이 제격이었을 것이다. 이들은 '이야기'를 구연하기도 하고 탄사를 공연하기도 했다.

설서인은 주로 어떤 이야기를 들려주었던 것일까? [설서인의 구연 1], [설서인의 구연 3]에서는 시답지 않은 이야기들이라고 한다. [설서인의 구연 2]와 다음에 볼 [설서인의 구연 4]에서 좀 더 구체적인 정보를 얻을 수 있다. [설서인의 구연 2] 다음에 가모의 말이 이어진다.

[설서인의 구연 4] 그런 얘기는 모두가 판에 박은 듯 한 가지 틀이거든. 어찌 되었든 가인재자(佳人才子)의 얘기일 뿐이야. 아무 재미도 없다니까. 남의 집 아가씨를 그렇게 못되게 그려놓고 그래도 말은 가인이라고 하니 눈곱만큼도 비슷한 구석이 없게 꾸며 놓는단 말이지. 입만 열면 글공부하는 선비 집안이라고 하면서 부친은 상서 아니면 재상이고 외동딸은 틀림없이 금지옥엽으로 장중의 보배처럼 아낀다고 하지. 그 아가씨는 필시 시서에 달통하고 예의범절 뛰어나며 무소불통으로 박학다식한데다 절세의 가인이 분명하겠지. 그러다 훤칠하게 생긴 멋진 남자를 보면 친척이든 친구든 막론하고 바로 종신대사를 생각하고, 그때가 되면 부모님도 다 잊고 시서예악도 다 잊어버리고 말지. 그게 도대체 뭐냔 말이야. 이것도 아니고 저것도 아니고 그걸 어떻게 가인이라고 할 수 있겠어. 설사 뱃속 가득 고상한 글공부를 했더라도 그렇게 행동하면 진정한 가인이라고 할 수가 없는 거지. 또 한 가지! 만약 대대로 학문하는 선비 집안에서 태어난 대갓집 아가씨라고 한다면 부인들까지도 시서예악을 잘 아는 사람일 테고, 설사 고관대작을 지내고 은퇴하여 집으로 돌아왔다고 해도 자연히 그런 집안이라면 식구들도 물론 많을 테지. 그러면 규중처녀 아가씨를 모시는 유모와 시녀들이 또한 적지 않을 텐데 어떻게 이런 책에서는 그런 일이 일어날 수가 있단 말이야. 규중의 아가씨를 따르는 시녀가 단지 하나일 수가 있단 말이야? 그걸로 보아서도 앞뒤의 말이 서로 안 맞는 게 분명해."

사람들이 모두 웃으며 대꾸했다.

"노마님께서 그렇게 한 번 해설해주시니 거짓 이야기가 분명하게 드러나는군요."

가모는 신이 났다.

"거기에는 그럴 만한 까닭이 있는 거지. 그런 얘기를 지은 사람은 남의 부귀를 질투하거나 제 뜻대로 되지 못한 사람들이 많지. 그래서 남의 집 사람을 욕되게 하려는 것이거든. 또 어떤 부류의 사람은 자기 자신도 그런 책을 너무 많이 보고 그것에 빠져 머릿속에서 그리던 가인을 만들어내서 얘기로 꾸며 즐겨보려는 것이다. 그런 사람은 진정으로 대대로 학문하던 선비 집안의 사정과 이치를 제대로 알 리가 없거든. 그러므로 그냥 대충대충 꾸며낸 얘기에 불과한 것일 뿐이야. 그래서 난 그런 허접한 얘기들은 절대로 하지 못하도록 했단다. 시녀들까지도 그런 얘기는 모르고 있어. 지난 수년 사이에 나는 점점 늙어가고 우리 손녀들과도 좀 떨어져 살고 있으니까 내가 가끔 심심하고 답답하면 우연히 몇 마디 들어보곤 했는데 그래도 저 애들이 들어오면 얼른 그치게 하곤 했지."

이부인과 설부인이 이구동성으로 말했다.

"그게 바로 대갓집 법도이지요. 저희 집안 같은데도 그런 잡스런 얘기들은 아이들한테 들려주지 않는답니다." (제54회)(3권, 343-345면)

가모는 당시 설서인의 레퍼토리 가운데 재자가인 이야기가 흔하다는 사실을 환기하고, 글을 배워 예를 안다는 재자와 가인이 사사롭게 만나서 결연한다는 설정, 대갓집 아가씨가 고작 시녀 하나를 데리고 다니면서 재자를 만난다는 설정은 최상층 귀족의 현실 감각에 비춰 볼 때 도저히 납득할 수 없다고 했다. 재자가인 이야기는 귀족 집안의 현실을 심각하게 왜곡하고 있는데, 그것은 작자의 질투심이나 좌절감에서 말미암은 것이라고 했다. 질투심이나 좌절감에 사로잡힌 작자는 예에서 벗어난 짓을 일삼는 젊은 남녀 이야기를 꾸며내어 귀족 집안을 욕보인다는 것이다. 게다가 이번에는 그런 이야기에 빠져든 독자가 작자로 변신하여 자신의 욕망을 투영시킨 가인을 등장시켜 새로운 이야기를 만들어내기까지 한다고 했다.

가모와 대화를 나누는 귀족 여성(이부인, 설부인)은 재자가인 이야기는 심심하고 답답해서 가끔 들어보기는 해도 손녀들에게는 듣게 할 수 없는, 사실성도 교육성도 떨어지는 이야기라는 데 동의했다. 설서인의 구연은 소일거리 이상일 수 없다는 생각을 드러냈다. 그렇다면 귀족 여성이 설서인의 구연에 진지하게 반응하고, 듣고 보는 데 그치지 않고 스스로 창작자가 되어야겠다고 나서는 전환을 기대하기는 힘들다.

3.3. 소설

〈홍루몽〉에는 소설에 대한 언급이 잘 보이지 않는다. 그런 가운데 다음과 같은 언급 정도가 확인된다.

> [소설 1 / 희곡1] 그러다 문득 어느 한 가지 생각에 미쳤다. '그래 바로 이거야! 도련님이 이런 것은 아직 한 번도 볼 기회가 없으셨겠지' 하고 생각하며 곧장 길거리 책방으로 달려갔다. 고금에 이름난 소설과 조비연(趙飛燕)과 조합덕(趙合德) 자매 이야기, 측천무후(則天武后) 이야기, 양귀비(楊貴妃) 이야기 등의 야사와 희곡 대본을 수도 없이 사들여와 보옥에게 보여주었다. 보옥으로서는 과연 처음 보는 책들이었다.
>
> (제23회)(2권, 80면)

> [소설 2] 가모가 고개를 절레절레 저으며 딱하다는 듯이 말했다. "그러면 절대 안 돼. 비록 간소한 것을 좋아한다고 하더라도 혹시 친척이라도 와 보면 그게 무슨 꼴이겠니. (…) 연극이나 소설에 나오는 {那些書上戲上說的} 소저들의 규방을 보면 얼마나 예쁘게 꾸미더냐. 저 애들이 비록 그들만큼은 못 된다고 해도 너무 격이 지면 안 되겠지. (…)" (제40회)(2권, 471-472면)

그다지 특별한 내용이라고 할 것은 없다. [소설 2]를 보면 가모는 "그런 책들(那些書)"을 읽은 듯한데, 이런 단편적인 언급만으로는 소설을 독서물로 삼았다는 말인지 판단하기는 어렵다.

앞서 살핀 바 있는 [설서인의 구연 4]에서 논란이 되고 있는 '재자가인 이야기'는 재자가인 소설을 두고 한 말이라고도 볼 수 있다. 하지만 여선아는 장님으로, 이야기나 탄사를 구연하는 일을 했다는 것을 고려한다면 독서물인 소설에 대한 언급으로 보기에는 어려움이 있다. 요컨대 귀족 여성이 소설을 읽는 장면은 잘 보이지 않는다.

4. 시사(詩詞)

귀족 여성 가운데 시사 창작에 열의를 가진 젊은 그룹이 해당시사(海棠詩社)를 결성했다.[17] 재녀(才女)라고 할 인물들이 시사를 주도하고 있으며 남성 주인공 가보옥은 시재(詩才)가 도리어 뒤처지는 것으로 되어 있다. 훗날 가부가 쇠퇴 일로를 갈 때, 해당시사가 활동할 때가 가부의 최절정기라고 회상하고 있는 것을 보면 해당시사의 작품들은 가부의 절정기를 화려하게 수놓고 있는 정화라고 할 수 있다.[18]

가탐춘이 시사의 결성을 제안하는 편지를 가보옥에게 보냈는데, 그 글에서 시사 결성의 취지를 다음과 같이 말하고 있다.

> [시사 1] 오늘 책상에 기대어 마음을 가다듬고 있을 때 지난날 사람들이 한 일에 대해 생각이 미쳤습니다. 고인들은 명리를 따지고 공명을 따야 하는 자리에 처해 있으면서도 자그마한 땅이라도 산수(山水) 좋은 곳을 마련하여 원근의 벗들을 불러 수레바퀴 부속을 우물 속에 던지고 끌채를 잡아당겨서라도 돌아가기를 만류하고 함께 어울렸습니다. 그리하여 두세 명의 동지들이 함께 그 속에서 결사하여 혹은 사단(詞壇)을 세우고 혹은 시사(詩社)를 일으켰으니 그것이 설사 일시적인 흥취로 만들어진 것이라고 해도 마침내 천고의 미담으로 남게 되지 않았습니까. 제가 비록 재주 없고 불민하오나 지금 천석(泉石)의 사이에 거처를 두고 있고 또 설보차와 임대옥 이 두 분의 재주를 사모해 오던 터이옵니다.
>
> 지금 우리 대관원 안에는 바람 부는 시원한 정원과 달빛 고운 아름다운 정자가 있음에도 불구하고 연회를 열어 시인들을 모이게 하지는

---

17) (제37회)(2권 396면)

18) 조미원, 「明清 시기 才女文化의 한 표상 - '紅樓夢' 속의 詩社와 여성 인물 小考」, 『中國語文學誌』, 중국어문학회, 2014에서 시사 활동에 대해서 논의했다. 또한 시사(詩詞) 작품에 대해서는 이계주, 『홍루몽 시사 간론(紅樓夢詩詞簡論)』, 다운샘, 2005에서 자세하게 살피고 있다.

못하고 있습니다. 술집 깃발 날리는 행화촌과 복사 꽃잎 흐르는 도화원에서 혹은 술잔을 주고받으며 한 번 취해 볼 수도 있지 않겠습니까. (…) 만일 오라버니께서 옛사람이 눈 오는 날 흥에 겨워 배를 저어 친구를 찾아가듯이 기쁜 마음으로 왕림해 주신다면 저는 꽃길을 깨끗이 쓸고 학수고대하며 기다리겠나이다. (제37회)(2권, 382-383면)

시재가 뛰어난 설보차와 임대옥을 중심에 두고, 젊은 여성들이 모여 시사를 이루고자 하니 가보옥이 참여해 주기를 기대한다는 내용이다. 위의 편지글에도 충분히 암시되고 있듯이 시사를 결성하는 목적은 대관원 안에서 술잔을 기울이며 산수를 노래하고 음풍농월(吟風弄月)하자는 데 있었다. 실제 시사의 활동도 거기서 크게 벗어나지 않아, 시사에 참여해서 시문을 수창하고 품평하는 즐거움을 나눈다는 내용이 여러 곳에서 소상하게 서술되어 있다.

시사를 이룬 다섯 사람은 아호(雅號)를 지어 부르기로 했다. 시사의 본격적인 활동은 국화를 노래한 작품을 여럿이 함께 창작하고, 서로 돌아가면서 작품을 평하는 일이었다. 가장 뛰어난 작품으로 뽑힌 임대옥의 〈영국(詠菊)〉과 여러 사람의 작품 평의 일부를 보기로 한다.

[시사 2] 〈국화를 읊으며〉 - 소상비자 (詠菊 - 瀟湘妃子)

無賴詩魔昏曉侵	아침저녁 스며드는 떨칠 수 없는 시흥
繞籬欹石自沉音	울타리에 맴돌고 돌에 기대 흥얼대니.
毫端蘊秀臨霜寫	붓끝에서 맺혀져 서리 기운 그려내고
口齒噙香對月吟	입가에 향기 물고 달을 보고 읊조리네.
滿紙自憐題素怨	스스로 애처로운 하소연을 적어 내니
片言誰解訴秋心	그 누가 한 가닥 가을 수심 풀어줄까.
一從陶令評章後	옛날에 도연명이 한 번 높게 읊은 후에,
千古高風說到今	천고의 높은 풍격 오늘까지 전해 오네.

(…)

"그건 나도 그렇게 생각해요. 소상비자(임대옥의 아호)의 '입가에 향기 묻고'라는 구절만 해도 그에 충분히 대적할 만하지요."

이환의 말에 탐춘이 나섰다.

"그래도 침착한 면에서는 형무군{蘅蕪君, 설보차의 아호}의 '가을 흔적 없고'(秋無跡)나 '꿈에라도 보이려나'(夢有知)의 구절은[19] 추억하는 의미로서 아주 잘 표현된 것이잖아요."

(…)

이환이 또 웃으며 말했다.

"침하구우{枕霞舊友, 사상운의 아호}도 '맨머리로 앉아도 보고'(科頭坐)라든가 '끌어안아 읊어도 보네'(抱膝吟)라는 구절도[20] 국화를 잠시도 떠나지 못하는 심정을 읊었으니 국화가 안다면 오히려 귀찮아했을걸요."

그러자 다들 웃음을 터뜨렸다. (제38회)(2권, 425-426면)

시구의 적의함과 공교함을 품평의 기준으로 삼고 있다는 것을 알 수 있다. 시평이 엄밀해야 한다거나 정밀해야 한다거나 하는 요구는 없었다. 비평이 날카롭다든가 경쟁심이나 승벽을 보였다든가 하는 일도 없다. "다들 웃음을 터뜨렸다"라고 했듯이 시를 창작하고 품평하는 일이 즐거운 일이 되고 있다. 시사 창작이라는 아취(雅趣)에 걸맞은 화락(和樂)한 분위기가 지배하고 있다.

한편 작품 중반부에서 임대옥과 사상운(史湘雲)이 오언배율(五言排律)(35韻)을 이어가는 장면이 길게 이어져 이채롭다.

[시사 3] 상운은 대옥이 또 가슴 아픈 얘기로 슬픔에 잠길까 봐 걱정이 돼서 얼른 말머리를 돌렸다.

"쓸데없는 말은 그만하고 우리 어서 연작시나 지어 보자."

그때 마침 철벽산장 쪽에서 유장한 피리 소리가 은은하게 들려왔다.

---

19) 설보채의 〈憶菊〉의 함련 "空籬舊圃秋無跡 瘦月淸霜夢有知(텅 빈 울안 텃밭엔 지난 가을 흔적 없고, 조각달 맑은 서리 꿈에라도 보이려나)"를 평해서 하는 말이다.

20) 상운의 〈對菊〉의 함련 "蕭疏籬畔科頭坐 淸冷香中抱膝吟(성긴 울타리 맨머리로 앉아도 보고, 맑은 향기에 끌어안아 읊어도 보네)"를 평해서 하는 말이다.

대옥이 말했다.

“오늘 노마님과 마님이 기분이 좋으신가 봐. 피리 소리가 아주 운치 있는데 그래. 우리 시흥을 돋우고 있으니 얼마나 좋아. 우리 두 사람은 오언시를 좋아하니까 오언배율(五言排律)로 지어 나가는 게 좋겠어.”

(…)

空剩雪霜痕	눈과 서리 자취 같은 달빛만 남았네.
階露團朝菌	계단 밑 버섯에는 아침이슬 서리고,

상운이 말했다.

“이 구절의 운은 어떻게 압운을 맞춘 거야? 내가 생각 좀 해봐야겠네.”

상운은 일어나 손을 뒷짐 지고 골똘히 생각에 잠겼다가 이윽고 웃으며 말했다.

“됐어요, 됐어. 다행히 한 글자가 떠올랐거든. 하마터면 질 뻔했네.”

庭煙斂夕棔	정원 안 자귀나무 저녁연기 자욱해
秋湍瀉石髓	가을의 여울물 하얀 종유석 씻고

대옥이 듣고 나서 칭찬을 마지않았다.

“요 깜찍한 것아! 좋은 구절을 남겨 놓았었구나. 이제야 ‘자귀나무 혼(棔)’자를 읊어 대다니 정말 기막힌 발상이야.”

상운이 말했다.

“다행히 어제 역대 문선(文選)을 읽다가 이 글자를 보았거든. (…)”

대옥이 이어서 말했다.

“이곳에 자귀나무를 쓴 건 아주 적절했어. ‘가을 여울물’ 구절도 좋은 생각이야. 그 한마디가 들어가면 다른 건 모두 쓰러질 판이지. 나도 정신을 차려 한 구절을 대구로 만들어야 할 텐데 그만하게 만들기가 어렵겠어.”

대옥은 잠시 생각에 잠겼다가 시구를 이어갔다.

(제76회)(4권, 440-447면)

길게 대구를 이어가는데, 승패가 어떻게 되었다는 말은 없다. 승패를 겨룬다고 말하지만, 그저 하는 말이다. 두 사람이 시구를 이어가면서 품평을 하는 즐거움을 형상화하는 것이 목적이다. 이렇듯 시사의 활동은 시를 매개로 친교를 나누고 즐거움을 나누는 것이 본령이었다.

시를 매개로 친교를 나누고 즐거움을 나누는 활동에 동참하기 위해서는 시를 지을 줄 알아야 했다. 〈홍루몽〉 제48회에서는 향릉(香菱)이 시를 배우는 과정을 보여주고 있다. 시를 가르치는 임대옥은 "형식이나 격률은 다 부차적인 것이"고, "기발한 생각으로 멋진 구절을 만드는 게 가장 우선"이며 왕유(王維), 두보(杜甫), 이백(李白), 도연명(陶淵明) 등의 시를 읽어야 한다고 했다.[21] 시를 배우는 향릉은 시는 "정말 생동하는 맛"이 있고, "이치에 닿지 않는 것 같으면서도 곰곰이 음미하면 이치에도 맞고 정리에도 맞는다"라고 했다.[22] 시 창작의 방법과 원리, 지향점에 대해서 길게 토론하고 있는 대목이어서 무척 인상적이다. 이런 대목으로 귀족 여성의 아취(雅趣)를 장식하고 있다.

작시는 친교와 오락을 위해서 하기도 하지만 내면 표현을 위해서 하기도 한다. 〈홍루몽〉에서는 예외적으로 비극적인 정조를 띠고 있는 임대옥의 시사가 있어 시가 개성적인 내면의 표현이기도 하다는 것을 보여주고 있다. 임대옥의 작품은 고독한 여성의 비극적 운명에 대한 인식과 탄식이다. 〈장화음(葬花吟)〉이나 〈추창풍우석(秋窓風雨夕)〉[23]과 같은 작품이 그러하다.

[시사 4] 〈장화음〉
(…)

質本潔來還潔去	깨끗이 태어나서 깨끗하게 가야 할 몸
不教污淖陷渠溝	더러운 시궁창에 어찌 그냥 버릴 수야.
爾今死去儂收葬	네가 지금 지고 나면 내가 묻어주지만

21) (제48회)(3권, 192-193면)
22) (제48회)(3권, 194면)
23) (제45회)(3권, 127면)

未卜儂身何日喪　　내 몸이 죽고 나면 어느 날 묻힐 건가?
儂今葬花人笑癡　　꽃잎 묻는 나를 보고 남들은 비웃지만
他年葬儂知是誰　　훗날 내가 죽고 나면 묻어줄 이 누구인가?
試看春殘花漸落　　봄날이 지나가가 꽃잎 점점 떨어지면
便是紅顔老死時　　그게 바로 홍안청춘 늙어가는 그때라네.
一朝春盡紅顔老　　하루아침 봄은 지고 홍안청춘 늙어가면
花落人亡兩不知　　꽃잎 지고 사람 가니 둘 다 서로 알 길 없네!

(제27회)(2권, 177면)

꽃을 묻는다고 했지만 실은 여성의 비극적인 운명에 대한 만사(輓詞)라고 할 수 있다. 〈홍루몽〉 전편을 통해서 임대옥은 가장 섬세하고 예민한 인물로 그려지고 있다. 그렇게 예외적으로 고독하고 섬세한 인물이기에 흥청거리는 시사의 분위기에서 나온 작품들과는 전혀 다른 풍격의 작품을 창작할 수 있었다.

〈추창풍우석(秋窓風雨夕)〉은 다음과 같다.

[시사 5] 〈가을 저녁 비바람 부는 창가에서〉(秋窓風雨夕)

秋花慘淡秋草黃　　가을꽃은 처량하고 가을 풀은 누렇나니,
耿耿秋燈秋夜長　　깊은 시름 등불 아래 가을밤은 길어라.
已覺秋窗秋不盡　　가을 창가 너머에는 아직도 가을인데,
哪堪風雨助淒涼　　비바람 몰아치면 그 처량함 어이하랴.
(…)
寒煙小院轉蕭條　　싸늘한 연기 속에 정원 안은 스산하고,
疏竹虛窗時滴瀝　　대나무 성긴 텅 빈 창가 빗소리만 주룩주룩.
不知風雨几時休　　몰아치는 비바람은 어느 때에 그치려나,
已教淚洒窗紗濕　　하릴없이 눈물 뿌려 창호지만 젖는구나.

(제43회)(3권, 127-128면)

임대옥은 죽음에 임박해서 시고를 태워버린다. 예외적인 여성의 예외적인 작품세계가 끝내 빛을 보지 못하고 마는 것이다.

한편 귀족 여성의 시사 창작에 대해서 유보적인 견해가, 시사의 구성원인 설보차에 의해서 제출되었다.

[시사 6] 보차가 한마디 했다.

"(…) 규방 아가씨 신분으로 시 짓는 일을 무슨 대단한 학문처럼 가르치려 한다면 오히려 본분을 못 지키는 사람이라고 비웃음을 받을 텐데 (…)" (제49회)(3권, 212면)

[시사 7] "(…) 자고로 '여자는 재주가 없는 것이 덕[女子無才便是德]' 이라고 했으니 어쨌든 정숙이 가장 중요하고 그 다음에 침선 재주가 둘째지요. 그밖에 시를 짓는 재주는 규방의 유희일 뿐이니 때문에 할 줄 알아도 그만이고 몰라도 그만인 거예요. 우리 같은 이런 대갓집의 아가씨라면 그런 재주로 이름나는 일은 마땅히 삼가야지요." (제64회)(4권, 128면)

귀족 여성이 책을 읽는다면 정전(正典)을 읽어야만 하고, 정숙한 품성에 살림살이 능력을 갖추는 것이 우선이라고 보차는 일관되게 주장하고 있다. "여자는 재주가 없는 것이 덕[女子無才便是德]"이라는, 널리 알려진 말이 설보차의 입에서 나왔다. 설보차가 보여준 우려의 시선 때문이 아니어도 여성의 시사 창작은 지속되기 어려웠다. 혼인한 다음 남녀 간, 여성 간 시문 창화에 대한 언급이 전혀 없는 것으로 보아도 혼인한 다음에는 시사 창작 활동을 이어가기가 어려웠던 것이다. 왕희봉이 해당시사를 두고서, "이런 시모임이 겨우 몇 해나 계속되겠어요. 머지않아 아가씨들 시집가고" 나면 더는 유지하기 어려울 것이라고 한 말이[24] 그릇되지 않았다.

24) (제45회)(3권, 113면)

5. 정리와 음미

지금까지 〈홍루몽〉의 곳곳에 나오는, 귀족 여성이 삶 속에서 문학을 향유하는 양상을 보여주는 장면을 한데 모아 보았다. 정리해 놓고 보니 독특한 면모랄 것도 발견되고, 언뜻 보기에 모순된 면모도 발견된다. 이 장에서는 문학 향유에서 보인 특징적인 면모를 요약하고, 그러한 면모를 어떻게 이해하는 것이 좋을지 생각해 보고자 한다.

첫째, 자주 연극을 관람했다. 연극은 대개 흥겨운 연회 자리에서 상연되었으며 남녀노소가 함께 감상할 수 있었다. 레퍼토리 선택권이 관객에게 있어서, 관객은 희반이 공연할 수 있는 레퍼토리 중에서 자신의 취향에 맞는 작품(의 어떤 대목)을 지정하여 감상할 수 있었다. 여럿이 그런 선택을 하다 보니 작품 전체가 아니라 몇몇 대목만 무대에 올려지는 경우가 흔했다.

연극을 관람하는 귀족 여성은 취향이 각기 다를 뿐만 아니라 수준(학식) 또한 일정치 않았다.

> 보차가 웃으면서 말했다.
>
> "세상의 모든 말들은 희봉 아씨의 입에 들어가기만 하면 죄다 끝이지요. 하지만 다행히도 희봉 아씨는 글자를 모르기 때문에 제대로 통하지 않고 모두 시정의 속된 우스갯소리일 따름이지요 (…)."
>
> (제42회)(3권, 55면)

왕희봉은 아름다운 외모에 남성적인 기질을 가진 인물이며 재치와 유머 감각이 뛰어나고 사무 처리 능력 또한 탁월하여 가부의 재정을 담당하는 실질적인 권한을 장악해 간다. 작중 인물 이환(李紈)에 따르면 왕희봉은 "대대로 시서(詩書)를 읽고 벼슬 살던 명문 대갓집의 귀하신 따님"이다.[25] 그런데 정작 왕희봉 자신은 문자에 약했다. 시문(詩文)은 관심 밖인 것이 당연해서 "난 원래부터 시 같은 것을 도통 모르는 사람"26)이라고 자인했다. 여럿이서 연구(聯句)를 지을 때는 "제발 비웃지 말아요. 내가 말할 수 있는 거야 제멋대로 된 구절 하나밖에 없으니까. 그 나머지는 난 몰라."라고 하면서 단순한 구절 하나를 짓고는 "술을 두 잔 마시고 나가버렸다."27) 물론 훗날 "집안 살림을 위해 매번 편지를 보내고 서류를 봐야 했기 때문에 이제는 글자를 상당히 알아볼 수 있게 되었다."28)라고 했지만 끝내 시문을 짓고 비평할 수준에 이르지는 못했다. 가부의 명운을 좌우한 인물인데 애초에 문해력(literacy)이 낮았다니 다소 뜻밖이다.

〈홍루몽〉에서 드러나는 귀족 여성의 문자 해득 능력은 글자나 알아보는 정도에서부터 '시인'에 이르기까지 스펙트럼을 보인다. 가보옥과 여러 젊은 여성들이 중심이 되어 시사를 결성했는데, 시사의 구성원으로는 시를 짓는 "네 분 시인"29)이 있었고 귀족 여성이지만 이환, 영춘, 석춘처럼 시를 지을 줄 모르는 여성도 있었다. 문자를 모르는 왕희봉은 시사 모임에 거의 나타나지 않았으며, 썩 내켜 하지는 않으면서 경제적인 후원을 맡았다.

귀족 여성의 문자 해득 능력에서 편차가 큰 것은 여성 문해력에 대한 사회적 인식과 관련이 깊을 것이다. [희곡 4]에서 설보차가 임대옥에게 훈계하는 말을 다시 보자.

> 그래서 말인데, 우리 여자애들은 글을 모르는 게 더 나을 것 같아. (…) 사실 시를 짓고 글을 쓰는 일도 우리들이 꼭 해야 할 일은 아니야. (…) 우리 같은 여자들이야 바느질하고 베 짜는 일이 제 본분이지 공연

25) (제45회)(3권, 113면)
26) (제45회)(3권 112면)
27) (제50회)(3권, 229-230면)
28) (제74회)(4권, 388면)
29) (제37회)(2권, 389면)

히 글자 몇 개 알아서 뭐 하겠어. 또 글공부를 했다 해도 제대로 된 경전은 보지 않고 잡스런 책에 빠져들면 큰일이잖아. 일단 마음이 한 번 흔들리면 그야말로 구제할 방도가 없으니 말이야.

(제42회)(3권, 52-53면)

설보차의 이런 말이 실상에 어긋난 말은 아니었다. 선행연구에 따르면 청나라 귀족 여성이 글자를 모르고 책을 읽지 않는 것이 보편적인 현상이라고 한다.30) [시사 7]에서 설보차가 "여자는 재주가 없는 것이 덕[女子無才便是德]"이라고 말하고 있는 것도 여성 교육에 대한 당대의 보수적인 인식을 반영한 것으로 보인다.31)

문자 해득 능력에서 큰 편차를 보이는 귀족 여성을 연극은 한데 아우를 수 있었다. 작품 이해의 심천(深淺)은 차이가 있을지라도 각자의 수준에서 감상하는 데는 아무런 지장이 없었다. 그것은 연극 공연이 제공하는 화려한 볼거리, 노래, 인물 간의 대화는 보고 들으면 되는 것이어서, 고도의 문자 해득 능력이 없더라도 얼마든지 즐길 수 있기 때문이라고 생각된다. 시문(한시문)을 읽고 쓰자면 큰 노력이 필요하지만, 연극을 보고 듣는 것은 그렇지 않았다. 남녀노소 할 것 없이 문자 해득 능력에 좌우되지 않고 주연을 베풀면서 흥성거리면서 연극을 보았다. 연회가 잦아 연극 관람 기회 또한 자주 있었는데, 연극을 보고 들으면서 감상 능력을 키울 수 있었다. "마음이 쓰리고 아파 눈물을 흘리며 탄식하다가 비난을 퍼붓기도" 하는 경험을 귀족 여성은 공유할 수 있었다. 그 결과 연극은 귀족 여성의 생활의 한 부분으로 확고히 자리 잡았고, 다른 문학 갈래와의 경합에서 압도적인 우위를 차지할 수 있었다.

둘째, 여자 맹인 설서인의 이야기나 탄사 공연을 즐겼다. 설서인은 나

---

30) 賴惠敏, 『但問旗民: 清代的法律與社會』, 中華書局, 2020.

31) 이계주, 「〈홍루몽〉에 나타난 여성 교양: 그 배경과 면모」, 『중국학보』 36, 한국중국학회, 1996.

이 든 쪽에서 자주 불러들인 것으로 보인다. 귀족 여성은 설서인에 대해서 우월한 지위에 있었기 때문에 - 연극 관람에서와 마찬가지로 - 자신의 취향과 수준에 맞춰 이야기를 들을 수 있었다.

연극과 설서인의 구연이 자주 언급되는 것은 그만큼 귀족 여성의 문학 수용이 '보고' '듣는' 활동 위주였다는 사실을 말해준다. 학식의 편차가 큰 귀족 여성들이 모여 한집안을 이루고 있었는데 이들이 함께 향유할 수 있는 문학이라면 듣고 보는 연극과 설서인의 구연물이 제격이었다. 연극 공연과 설서인의 구연물은 개인의 취향이 존중되면서도 희곡, 소설 '읽기'나 시 '쓰기'에 비해서 진입 장벽이 없거나 낮았다고 할 수 있다.[32)]

희반에서 연출하는 연극 작품, 설서인의 구연물은 가부 밖 - 저잣거리 - 에서도 상연되는 것이었고, 대개가 밖에서 만들어져 들여온 것이었다. 그래서 연극·이야기·탄사를 통해서 가부 안팎이 연결되었다고 말할 수 있다. 연극 관람과 설서인의 존재는 가부가 문학을 향유함에 있어서 외부 세계와 단절되어 있지 않았다는 것을 보여준다.

셋째, 연극은 애호하면서도 희곡은 되도록 읽지 않는 것이 좋다고 했다. 이는 일견 모순된 태도로 보인다. 그런데 자세히 살피면 그렇게 말하는 이유가 분명하다. 우선 18세기에도 여전히 여성은 글을 모르는 것이 더 좋다고 하는 완고한 의식이 널리 퍼져 있었다. 또한 글을 익혀서 시문을 창작할 수 있다고 해도 희곡 작품을 읽은 경험은 결국 글의 수준을 떨어뜨리게 된다고 우려했다. 〈서상기〉 〈모란정〉과 같은 작품을 읽고서 시사(詩詞)를 창작하게 되면, 즉 그런 작품에서 기인한 착상이나 구절을 가져다 쓰면 시사의 품격이 떨어지고 만다고 보았다. 희곡 작품은 전고(典故)의 원천일 수 없었다.

---

32) 한글이나 가나가 있어 여성의 독서물이 구비되어 있던 한국이나 일본과 다르고, 쯔놈이 어려워서 구비에 의존해야 했던 베트남과 상통하는 현상이 발견되는 점이, 동아시아 문학사의 관점에서 흥미롭다.

희곡을 "못된 책[邪書]"이라거나 "잡스런 책[雜書]"이라고 하는 것은 '아속(雅俗)'의 이분법에서 나온 말로 보인다. '雅'는 형식·표현·내용을 아우른, 고상하고 기품 있는 미감(美感)을 뜻한다. 한시문(漢詩文)이 '雅'라면 희곡(그리고 소설)은 '俗'이다. 주연 석상에서 떠들썩하게 감상하는 연극이야 '俗'이어도 되고, '俗'인 것이 당연하지만 귀족의 귀족다운 문학 행위인 시문 창작에 '俗'이 끼어들면 안 된다는 생각을 가졌다. 비속한 '희곡'='속'이 '시'='아'의 고귀한 자리에 들어오는 것은 참람한 일이기 때문이다. 시문을 애호한 귀족 여성은 정통문학·고급문학과 통속문학·저급문학은 둘이라고 하는 아속 이분법을 강하게 주장함으로써 혹시라도 통속문학에 마음을 둘까 경계하고 있다.

넷째, 귀족 여성은 연극의 관객이었지만 소설의 독자이었는지는 분명치 않다. 〈홍루몽〉에서는 소설에 대해서 언급한 바가 적은데, 이는 귀족 여성의 규방에서는 소설을 '읽는' 일이 그만큼 드물었다는 점을 말해준다고 생각한다. '이야기'를 향유하고 싶다면 설서인을 불러 구연하게 하면 되었다. 작품 어디에도 홀로 시간을 내서 소설 작품을 한장 한장 넘겨가며 읽는 즐거움을 누렸다는 말은 없다.

귀족 여성은 희곡의 독자이기는 했지만 드러내놓고 말하는 것은 꺼렸다. 탄사를 감상하지만, 탄사 작가로 나서려는 적극성은 보이지 않았다. 소설과 희곡은 조용한 곳에서 혼자서 하는 독서에 어울린다. 하지만 귀족 여성은 그런 독서를 즐겨 하지 않았다. 독서 경험이 축적되지 않으니 귀족 여성이 소설 작가로 나서기는 어려웠을 것이다.

다섯째, 시사(詩社)를 결성하여 시사(詩詞)를 수창하고 시평을 교환했다. 해당시사에서 창작된 작품이나 시평을 보면, '俗'이 아닌 '雅'를 지향하고 있다는 점이 분명하다. 귀족이기에 가능한 '雅'의 세계를 함께 나누는 즐거움, 그것이 시사 활동을 하게 하는 핵심 동력이었다. 하지만 시사 활동은 어디까지나 예외적인 여성들이 결혼 전에나 할 수 있는 예외적인 행위로 그려지고 있다.

'제영(題詠)' '연구(聯句)' '배율(排律)'을 함께 창작하고 서로의 작품을 품평하는 데서 드러나듯이 시사 활동은 귀족 취향의 고답적인 친교 활동이었다. 그러한 시사 활동에 하층 인물이 함부로 끼어들 수는 없었다. '雅俗·上下'의 구별을 확실하게 해 주는 것, 그래서 '俗'의 요소가 끼어들어서는 안 되는 것이 바로 시였다. '雅'를 '雅'답게 유지하는 일은 귀족의 존재 증명과도 같은 일이었다. 가부가 연극과 구연물을 통해서 '밖'과 일부 연결되어 있었지만, '밖'과는 전혀 섞일 수 없는 귀족적 세계가 별도로 있다는 점을 - 작시 활동을 통해서 - 분명히 하고자 했다고 이해할 수 있다.

여섯째, 문학은 친교와 오락의 수단이다. 그 점에서 연극, 설서인의 구연, 시사 창작 활동은 동질적이다. 또한 문학은 가문의 영광을 화려하게 장식하는 수단이기도 했다. 다만 예외적인 개인 - 임대옥이 있어 문학이 고독한 내면과 여성의 비극적인 운명에 대한 비감을 표현하는 수단이라는 것을 보여주었다.

귀족 여성은 문학은 친교와 오락의 수단을 넘어 자기표현의 수단이기도 하다는 점을 적극적으로 인정하려 하지는 않았다. 임대옥이 자기 시고(詩稿)를 전부 태워버리고 비극적인 죽음을 맞이한 것은 자기성찰, 자기표현의 문학이 좌절을 맞이한 것이기도 했다.

6. 맺음말

이상과 같이 〈홍루몽〉 속 귀족 여성들의 문학 향유 양상을 연극 관람, 희곡 독서, 설서인의 구연 청취, 소설 독서, 시사 창작하기의 측면으로 나누어 고찰했다. 얻은 결과를 5장에서 정리했는데, 다시 간추리면 다음과 같다. '글'을 익혀 쓰기 힘이 든 사정, 여성이 글을 익히는 데 대한 부정적인 시선, 그 때문에 나타나는 문해력의 격차, 귀족적인 '아(雅)'를 높이 평가하는 의식, 친교와 오락에 소용되는 문학을 높이 평가하는 전반적인 분위기가 〈홍루몽〉 속 귀족 여성의 문학 향유의 방향을 결정했다. 그 결과 〈홍루몽〉의 '문화적(문학적·정신적) 공간'에서는 '읽기'에 대한 '보고/듣기'의 우위, 희곡과 소설에 대한 연극 공연의 우위, 소설에 대한 시사의 우위, 내면 표현 기능에 대한 친교와 오락 기능의 우위가 나타나게 되었다. 또한 그러한 '문화적 공간'에서 귀족 여성은 시인이 될 수는 있어도 희곡이나 소설의 작가가 되기는 어려웠다.

이 글에서처럼 작품 안에 서술된 바를 일종의 '정보'로 활용하는 데는 일정한 한계가 있다. 〈홍루몽〉만의 특수한 사정이 있어서, 당대 귀족 여성 일반의 문학 향유 양상을 반영하지 않았을 수도 있기 때문이다. 따라서 이 글에서 얻은 결과는 어디까지나 장차 이루어질 탐구의 단서 정도로 받아들여야 할 것이다. 앞으로 작품 안의 '정보'와 작가 의식의 관계에 대한 탐구, 나아가 당대 문학의 실상과 비교하는 탐구가 필요하다. 동아시아 연극사, 소설사, 공연예술사의 관점에서 해석하는 작업도 필요한데, 많은 준비가 필요하다.

04

〈취교전(翠翹傳)〉의 문학적 성격과 의의

1. 작가

19세기 초반에 베트남의 문인 응우옌 주(阮攸, 1766-1820)가 명말 청초에 청심재인(青心才人)이 지은 소설 〈김운교전(金雲翹傳)〉을 베트남어(쯔놈)로 번역한 것이 〈취교전(翠翹傳)〉이다. 처음에는 〈단장신성(斷腸新聲)〉이라고 이름했는데 뒤에 팜 뀌 틱(范貴適, 1760-1825)이 〈김운교신전(金雲翹新傳)〉이라고 고쳤다. 필자는 주인공 이름을 따서 소설의 제목으로 삼는 관례를 따라서 〈취교전〉이라고 부르기로 한다.[1)]

〈취교전〉은 번역이되 산문·직역 번역이 아니라 6·8체 운문 형식으로 축약한 번역이다. 응우옌 주는 원작의 시대 배경이나 등장인물, 스토리 등은 유지하면서 각운과 요운을 맞춘 3,250여 행의 운문소설로 재창조했다. 응우옌 주 당대에는 베트남어 산문 형식이 아직 발달하지 않았던 시기

1) 베트남에서는 '翹傳' 또는 '翹'를 베트남어로 읽어서 '쭈옌 끼에우(Truyện Kiều)' 또는 '끼에우(Kiều)'라고 한다.

였기 때문에 중국소설을 번역하려면 불가불 운문을 택해야만 했다.[2)]

응우옌 주는 지금의 하노이 땅에서 태어났다. 젊은 나이에 과거에 급제하여 레(黎) 왕조에 출사(出仕)한다. 하지만 1788년에 레 왕조는 농민반란군인 떠이 썬(西山) 군(軍)에 의해서 멸망하고, 유신(遺臣)의 처지가 된 응우옌 주는 한때 레 왕조 부흥 운동에 가담했으나 실패하고 만다. 이후 오랫동안 은거하여 낚시, 시 창작 따위로 소일하며 지낸다. 서산 왕조가 멸망하고 응우옌(阮) 왕조가 들어서자 누차에 걸친 자 롱(嘉隆) 황제의 권유를 받아들여 1802년에 출사한다. 여러 벼슬을 역임하다가 1813-1814년에는 정사(正使) 자격으로 청(淸)나라에 다녀온다. 1820년에 재차 중국 사행 길에 오르려 했으나 불행하게도 전염병에 걸려 세상을 떠나고 말았다.

응우옌 주는 무척이나 섬세한 사람이었다. 성격이 차분하고 과묵하며 소극적인 사람이었다. 자 롱 황제가 그의 소극적인 태도를 못마땅하게 여기고, 조정에 있으면서 어째서 자기 뜻을 말하지 못하고 위축되어서 "예, 예!"만 할 뿐이냐고 책망하기까지 했다고 한다. 소극적인 태도로 일관한 데는 물론 섬세한 기질적인 특성이 작용했겠지만, 비단 그 때문만은 아니었을 것이다. 멸망한 왕조의 재상가(宰相家)의 후손이면서 서산 정권에 동조할 수도 없었던 처지였고, 새로 들어선 왕조에 의한 일종의 구세력 끌어안기의 차원에서 발탁되어 벼슬길에 오르기는 했지만 자기 뜻을 펼 수 없는 처지였다는 사정도 함께 작용했을 것이다. 그런 그가 심혈을 기울여 내놓은 〈취교전〉에는 자신의 섬세한 내면, 세상과의 대결에서 실패한 경험, 은거하고 출사하면서 발견한 세태에 대한 인식 등이 고스란히 녹아들어 있다.

---

2) 6·8체 형식의 운율, 중세 시기 베트남어 산문의 발달이 늦었다는 점은 앞서 1장과 2장에서 논의했다.

2. 작품의 내용

작품의 전개를 따라가면서 몇몇 부분은 번역문을 제시하면서 작품의 내용을 살펴보기로 한다. 〈취교전〉이야말로 베트남 사람 누구나 인정하는 베트남 문학의 정전(正典, canon)이니, 이 책의 체재와 균형을 고려하지 않고 번역문을 길게 인용하기로 한다. 번역문의 왼쪽에 나오는 숫자는 작품의 행수를 표시한다. 어려운 구절에는 간략한 주석을 붙여 두었다. 번역은 필자가 한 것이다.[3] 번역문이 길어 원문을 제시하지는 못한다.

작품의 서두에서 주요 인물을 다음과 같이 소개하고 있다.

화설(話說)[4] 명조(明朝) 가정(嘉靖)[5] 연간에
사방(四方)은 태평하고 양경(兩京)[6]은 안온(安穩)[7]하네.
[북경(北京)에] 왕원외(王員外)[8] 집안이 있는데
가자(家資)[9]는 그럭저럭 중간 정도.
막내 사내아이는
이름은 왕관(王觀)이며 유학(儒學)하는 가문의 계승자라네.
위로는 소아(素娥)[10] 같은 두 누이가 있으니
취교(翠翹, 투이 끼에우)가 언니, 취운(翠雲, 투이 번)이 동생.
매화 가지같이 우아한 자태, 눈같이 순결한 마음
각자의 모습 그대로 더없이 매력적이네.
취운을 보면 장중(莊重)[11]함이 남다르고

---

3) 작품의 번역이 최귀묵, 『취교전』, 소명출판, 2004로 나와 있다.
4) 고전소설에서 이야기를 시작할 때 쓰는 말.
5) 명(明)나라 제12대 황제인 세종(世宗)의 연호. 1522-1566년.
6) 북경(北京) 순천부(順天府)와 남경(南京) 응천부(應天府).
7) 조용하고 편안함.
8) 원외(員外)는 정원 외의 관직. 돈을 주고 이 관직을 사기도 했기에 소설에서는 흔히 부유한 사람을 통칭하는 말로 쓰인다.
9) 한 집안의 재산. 가산(家産).
10) 월궁(月宮, 달 속에 있다는 궁전)의 선녀. 항아(姮娥).

달같이 원만(圓滿)한 얼굴에 도톰한 와잠위(臥蠶位)[12].
꽃 같은 미소, 옥 같은 말소리, 단장(端莊)[13]한 기품
머릿결은 구름보다 윤기 있고 피부는 눈보다 희네.
취교는 더욱 총명하고 매력이 넘쳐
재색(才色)을 견주어 본다면 [취운보다] 더욱 뛰어나네.
추수(秋水)같이 맑은 눈, 춘산(春山)같이 어여쁜 눈썹[14]
꽃은 저보다 붉다고 시샘하고 버들은 저보다 푸르다고 토라지네.
일고경성(一顧傾城), 재고경국(再顧傾國)의 가인(佳人)이니[15]
재주[才]는 혹 짝할 이 있을지 몰라도 미모[色]는 홀로 출중하네.
타고난 천자(天資)[16]가 총명(聰明)하여
시화(詩畵)에 능해서 그림이며 가음(歌吟)[17]이며 두루 잘하네.
궁상(宮商)을 위시한 오음(五音)[18]에 정통하고
호금(胡琴)[19] 연주에 특출한 재능이 있네.
손수 악곡과 가사를 지어냈으니
〈박명원(薄命怨)〉 한 편인데, 듣는 이의 마음을 한없이 아프게 한다네.
풍류(風流)[20]는 홍군(紅裙)[21] 가운데 으뜸이요
계년(笄年)[22]이 거의 다된 청춘이네.
고요히 방장(房帳)[23]을 드리우고 지내면서

---

11) 위엄이 있고 중후함.
12) '와잠위'는 곧 '누당(淚當)'으로 관상(觀相)에서 눈 아래 오목하게 좀 들어간 곳을 이른다. 도톰하면서도 깊이 들어가지 않은 것이 좋은 상(相)이라고 한다. 이 행은 취운의 후복(厚福)한 용모를 표현하고 있다.
13) 단정(端正)하고 장중(莊重)하다.
14) '추수'는 맑고 명랑한 눈매를, '춘산'은 미인의 고운 눈썹을 비유적으로 이르는 말.
15) 한 번 돌아보면 성을 기울이고, 두 번 돌아보면 나라를 기울일 정도의 미인이라는 뜻.
16) 타고난 기품. 천품(天稟).
17) 노래하고 시를 읊는 것.
18) 궁(宮), 상(商), 각(角), 치(徵), 우(羽)의 다섯 음률.
19) 비파(琵琶)의 다른 이름.
20) 여기서는 청아(淸雅)한 품격을 뜻한다.
21) 붉은 치마란 뜻으로, 여인을 이르는 말.
22) '계년'은 예전에 여자가 처음 비녀를 꽂던 나이로 보통 열다섯을 말한다.
23) 방문이나 창문에 치거나 두르는 휘장.

동장(東墻)[24]으로 벌 나비 오가도 신경 쓰지 않네.

왕취교, 왕취운, 왕관 삼남매를 소개하고 있다. 취교와 취운은 재색을 겸비한 자매인데, 바깥출입을 즐겨하지 않고 있으며, 그래서 두 사람의 재주와 미모가 밖으로 알려지지 않고 있다고 했다.

열다섯 살의 취교는 청명절 답청 길에 김중(金重)과 만난다. 김중은 여러 대에 걸쳐 벼슬을 하는 집안 출신으로 외모와 재능이 출중한 재자(才子)였다. 평소 취교를 사모하고 있던 차에 취교를 직접 만나본 김중은 취교에게 더욱 매혹되었다.

김중은 공부할 장소를 마련한다는 구실을 대고 취교의 뒷집으로 이사를 왔다. 취교와 만나기를 간절히 바라고 있던 김중은 담장을 따라 걷다가 우연히 취교의 금비녀를 줍고, 그것을 기회로 삼아 취교를 만나게 된다. 금비녀를 돌려주면서 김중이 사랑을 고백하자 취교는 김중의 진정을 받아들인다. 날이 갈수록 두 사람의 사랑이 깊어간다.

김생이 말하네, "서로 오가는 이웃이니
가까운 사이이지 결코 낯선 사람이 아닙니다.
이제 만난 것은 떨어뜨린 잔향(殘香)[25] 덕이죠
여태껏 오랫동안 일편고심(一片苦心)[26]을 품어왔어요!
오래 기다린 끝에 하루를 얻었으니
잠시 걸음을 멈춰 주시면 제 속마음을 다 털어놓으렵니다."
[이렇게 말하고는] 급히 집에 가서 물건을 가져오는데
금팔찌 한 쌍, 명주 수건 한 장.
발끝으로 운제(雲梯)[27]를 딛고 담 머리를 넘어가니

---

24) 동쪽 담.
25) 남아 있는 향기. 취교의 비녀를 가리킨다.
26) 몹시 애를 태우는 마음.
27) 높은 사다리.

지난 날 만났던 사람[28]이 틀림없지 않은가?
부끄러워하고 조심스러우며 움츠린 모습[29]
그는 얼굴을 응시하지만 그녀는 수줍어 고개를 숙이네.
[김생이] 말하네, "우연히 만난 후로
남몰래 사모한 것이 오래어 지쳐버렸어요.
[몸은] 매화나무 가지처럼 여위고 쇠잔해지고
기다림에 지쳐버려 오늘껏 살아 있을 줄 누가 알았겠습니까!
몇 달 내내 마음을 월궁(月宮)[30]에 두고서
끝끝내 다릿기둥을 끌어안고서[31] 죽을 운명이래도 그만이려니 했지요.
이 기회에 한두 말씀 드리나니
장대(粧臺)[32]께서 평종(萍蹤)[33]을 비춰주지 않으시렵니까?"
(…)
감미로운 말을 잠자코 듣고 있자니
춘정(春情)[34]이 동하여 추파(秋波)[35]에는 부끄러운 빛이 감도네.
[취교가] 말하네, "처음 만남이어서 낯설지만
그대의 마음을 존중하려니 차마 거절하기 어렵군요.
군자(君子)께서 [저를] 사랑하신다니
그 말씀 따르고 시종(始終)[36] 금석(金石)에 새기겠습니다.[37]"
그 말을 듣고는 기쁨으로 마음이 탁 트이고
금비녀와 붉은 수건[38]을 꺼내어 건네주네.

---

28) 취교.
29) 이 행은 취교의 모습을 묘사하고 있다.
30) 달. 마음을 달에 두었다는 것은 월궁항아(月宮姮娥), 곧 취교를 그리워했다는 말이다.
31) 미생(尾生)이라는 사람이 다리 밑에서 여인과 만나기로 약속했는데, 그 여인이 오지 않자 물이 불어도 떠나지 않은 채 다리 기둥을 껴안고 죽었다고 한다.
32) 장대(粧臺)는 여인에 대한 존칭으로 쓰이는데 여기서는 김중이 취교를 높여서 가리킨 말이다.
33) '부평초같이 여기저기 떠돌아다닌 자취'라는 뜻이다.
34) 여기서는 끌리는 마음, 사랑하는 마음을 뜻한다.
35) 맑고 아름다운 미인의 눈길.
36) 처음부터 끝까지.
37) "금석에 새기겠습니다"는 쇠나 돌에 새긴 글이 변함없는 것과 마찬가지로 마음이 변함없을 것이라는 뜻이다.

[김생이] 말하네, "오늘부터 백년의 인연을 맺나니
작지만 이것을 신표(信標)[39]로 삼고자합니다."
[취교는] 가지고 있던 비단 수건과 금부채를
그 비녀와 즉시 바꾸네.
교칠(膠漆)[40]로 붙인 듯 굳은 맹세를 나누는데
뒤에서 소란스러운 사람 소리 들리네.
잎이 떨어지고 꽃이 흩어지도록 서둘러서[41]
그는 서재(書齋)로, 그녀는 장루(粧樓)[42]로 돌아가네.
이로부터 돌이 금의 순도를 알 듯[43]
정은 갈수록 깊어가고 마음은 갈수록 사로잡히네.

하지만 두 사람의 사랑은 이루어지지 못했다. 김중이 숙부의 상을 당해 멀리 떠난 얼마 후 취교의 아버지가 마적(馬賊)과 내통했다는 누명을 쓰고 감옥에 갇히게 된다. 취교는 아버지와 남동생을 구하기 위해 자기 몸을 팔아 마감생(馬監生)의 첩이 되고 동생 취운에게 김중과의 혼약을 대신하도록 부탁한다.

인근에 한 노파[44]가 있어
원객(遠客)[45]을 데리고 찾아 와서 문명(問名)[46]을 하네.
이름을 물으니 마감생(馬監生, 마 잠 싱)[47]이라고 하고

---

38) 금비녀는 주운 것을 돌려 주는 것이고 수건은 선물로 주는 것이다.
39) 뒷날에 보고 증거가 되게 하기 위하여 서로 주고받는 물건.
40) 아교와 옻칠이라는 뜻으로, 사귀는 사이가 매우 친밀하여 서로 떨어질 수 없는 관계를 이르는 말.
41) 화원에 있다가 서둘러 안으로 뛰어 들어가면서 부딪힌 잎과 꽃이 떨어진다는 말이다.
42) 여인의 거처.
43) 시금석(試金石)으로 금(金)의 순도를 잘 알 수 있는 것과 같이 두 사람이 서로의 마음을 잘 알게 되었다는 뜻이다.
44) 매파(媒婆)를 말한다.
45) 먼 곳에서 온 손.
46) 육례(六禮)의 하나. 신랑 집에서 사자(使者)를 보내어 신부 생모(生母)의 성씨(姓氏)를 묻는 예(禮). 여기서는 '청혼하다'의 뜻이다.

고향을 물으니 임청현(臨清縣)[48]으로 예서 가깝다고 하네.
나이는 들어 대략 사순(四旬)[49]은 넘겼을 것이고
눈썹과 수염 매끄럽고, 옷은 빼어나게 곱네.
주인은 앞서고 하인은 소란 떨며 뒤따르고
매파[50]는 손님[51]을 인도하여 장루(粧樓)로 드네.
[마감생은] 무례하게 상좌(上座)[52]에 냉큼 올라앉고
매파는 방에 들어가 취교에게 어서 나오라고 재촉하네.
자기 신세에 집안 형편에 가슴이 미어져
회랑(回廊) 한 걸음에 눈물 몇 줄기.
바람이 무섭고 서리가 두려운 신세[53]
꽃을 보니 그림자 부끄럽고[54] 거울을 보니 뻔뻔스러운 얼굴이.[55]
매파가 머리를 걷어 올리고 [얼굴을 가린] 손을 내리니
국화같이 슬픈 용모, 매화같이 여윈 몸.
재색(才色)을 신중히 살피기 위해서
월금(月琴)을 타게 하고 부채에 시를 짓게 하네.
매력적인 자태 어딜 보나 사랑스러워
흡족해진 객(客)은 기회를 보아 흥정을 걸어오네.
[객(客)이] 말하네, "옥(玉)을 사려고 남교(藍橋)[56]에 이르렀소
결혼 예물은 어느 정도면 되는지 자세히 알려주겠소?"

---

47) 이름은 부진(不進)이다. 감생(監生)은 국자감(國子監)에 재학하는 사람을 통칭하는 말. 처음에는 시험을 쳐야 했지만, 후에는 금품을 바치고 그 이름을 살 수 있었다.
48) 중국 산동성(山東省)에 있다. 실은 임치현(臨淄縣) 사람인데 거짓말을 하고 있다.
49) 마흔 살. 또는 사십 대의 나이.
50) 혼인을 중매하는 할멈.
51) 마감생을 가리킨다.
52) 윗자리.
53) 바람과 서리는 취교에게 닥친 고난과 불행을 비유하고 있다.
54) 꽃을 … 부끄럽고: 취교 자신도 꽃다운 몸인데, 꽃답지 못한 처지가 되고 말아서 부끄러운 생각이 든 것이다.
55) 이 행은 몸을 팔아야 하는 자신의 처지를 부끄럽게 생각하고 있다는 뜻을 표현하고 있다.
56) 아마도 '남전(藍田)'의 잘못으로 보이는데, '남전'은 지금의 섬서성(陝西省) 남전현(藍田縣) 동남쪽에 있는 산으로 옥산(玉山)이라고도 하며 미옥(美玉)이 나는 곳이다.

매파가 답하네, "천금 값어치는 되지만
집안이 불운하니, 가엽게 여겨 아량을 베풀길 바랄 뿐이지 [천금을] 고집할 수야 없죠."
깎자 더해라 흥정하기를
오랜 끝에 사백 금 넘는 가격으로 정해지네.

취교는 인신매매범인 마감생에게 정조를 유린당하고 청루(靑樓)에 팔리고 만다. 자살하려 하나 뜻을 이루지 못하고 수마(秀媽)와 초경(楚卿)의 함정에 빠져 결국 청루에서 몸을 팔게 된다.

오래 뒤에 취교는 속생(束生)을 만나 첩이 되어 청루에서 빠져 나온다. 하지만 속생의 본처인 환저(宦姐)에게 납치되어 하녀로 전락하고 만다. 속생은 취교가 집이 불탈 때 죽은 줄로만 알고 있었는데 고향집으로 돌아오니 뜻밖에도 취교가 그곳에 있었다.

연꽃은 시들고 국화가 다시 꽃을 피우고
슬픔은 길고 날은 짧아서 겨울 가고 봄이 왔네.
고인(故人)을 어디에서 찾을 수 있단 말인가?
운명(運命)이려니 생각하고 그리움을 점차 달래네.
가향(家鄕)의 경치가 보고 싶은 마음이 일어
고향 생각에 속생은 다시 고향 길을 찾아 나서네.
소저는 문에 나가 흔연히 맞이하고
안부를 묻고 원근(遠近)의 일들을 다 말하네.
향규(香閨)에 나위(羅幃)[57]를 높이 걸어 올리게 하고
규방(閨房)에[서 일하고] 있는 취교를 불러 머리 조아려 인사 올리라 하네.
한 걸음 옮기고는 한 번 멈춰 서네
멀리서도 취교는 분명히 알아볼 수 있었네.
'햇빛에 눈이 부시거나 등불에 눈이 흐려진 게 분명하구나

57) 얇은 비단으로 만든 장막.

저기 앉아 있는 것은 속생이 분명하지 않은가?
이제야 사정을 분명히 알겠네
아아! 덫에 걸려든 것이 틀림없구나!
무슨 이런 기묘한 계략이 다 있단 말인가?
무슨 사람이 이렇게도 교활(狡猾)할 수 있단 말인가?
참으로 분명하구나, 우리 부부가
하녀와 주인이 되어 둘로 나뉜 것이!
겉으로는 가식적으로 웃으며 말하지만
속으로는 음험(陰險)하게 칼 없이 사람을 죽이는구나.
이제 땅은 낮고 하늘은 높으니[58]
이제 어떻게 말을 해야 좋단 말인가?'
[속생의] 얼굴을 볼수록 아연(啞然[59])해지고
마음은 헝클어진 실같이 갈래갈래 엉키네.
[환저의] 위세가 두려워 감히 명을 거역하지 못하고
머리를 조아리고 매정(梅庭)[60] 한쪽으로 내려가 몸을 움츠리네.
속생은 혼비백산(魂飛魄散)하고 마네
'아니! 여기 있는 것은 취교가 아닌가?
어떤 연고로 이런 지경이 되었는가?
아아! 내가 누군가의 손에 걸려들었구나!'
처가 알까 두려워 입 밖으로 말을 내지는 못하지만
구슬 같은 눈물 막을 길 없어 흐느끼며 눈물을 흘리네.
소저가 얼굴을 보고는 캐묻네
"방금 돌아오셨는데 어인 일로 안색이 달라지시나요?"
속생이 말하네, "효복(孝服)[61]을 막 벗었잖소
척기(陟屺) 생각에[62] 평생토록 마음이 아픈 것이라오."
칭찬해서 말하네, "효자(孝子)가 되셨군요.

58) 취교와 속생이 하인과 주인 사이가 된 것을 말한다.
59) 너무 놀라거나 어이가 없어서 또는 기가 막혀서 입을 딱 벌리고 말을 못 하는 모양.
60) 매화를 심은 뜰.
61) 상복(喪服).
62) 척기 생각에: 돌아가신 어머니 생각에.

술잔을 들어 세진(洗塵)도 하고 가을밤의 수심도 달래도록 하세요."
부부는 술잔을 주고받으며
취교로 하여금 지호(持壺)하고[63] 곁에서 기다리게 하네.

달아날 것을 결심한 취교는 불경을 베끼는 일을 맡아 끝내고는 밤에 도망쳐 비구니 각연(覺緣)에게 의탁한다. 그러나 박파(薄婆)와 박행(薄倖)의 계략에 걸려 또 다시 청루에 팔리는 신세가 되고 만다. 얼마 후 청루에서 반란군의 우두머리인 서해(徐海)를 만나 부부가 되고 서해의 힘을 빌려 은혜와 원수를 갚는다.

환저는 혼비백산(魂飛魄散)하여
장하(帳下)[64]에서 고두(叩頭)하고 하소연하네.
말하네, "저는 보잘것없는 여자로서
투기(妬忌)[65]야 또한 인지상정(人之常情)이지요.
각(閣)[66]에서 사경(寫經)할 때를 생각하고
또 문을 넘어 달아났을 때 눈감아 주고 쫓지 않을 것을 생각해 보세요.
마음속으로는 언제나 존중하고 아꼈지만
같은 남편을 둔 처지에 상대에게 양보하기는 어려운 법이지요.
마음 한번 잘못 먹어 온갖 시련을 겪게 했지만
원컨대 해량(海量)[67]으로 동정을 베풀어 주지 않으시겠어요?"
칭찬하네, "실로 마땅히 말해야 하리라
극히 지혜롭게도 지당한 말만 한다고.
용서해 주면 운 좋게 살아나게 될 것이요
벌을 주면 [나는] 속 좁은 인간이라는 비난을 받을 테지.

---

63) 술병을 들고. 봉호(捧壺)하고.
64) 장막 아래.
65) 질투.
66) 관음각(觀音閣).
67) 바다처럼 넓은 도량. 또는 그런 마음으로 잘 헤아림. 주로 상대편에게 용서를 구할 때 쓴다.

마음으로 지과(知過)[68]했으니 되었소."
군령(軍令)을 전하여 장전(帳前)[69]에서 즉시 석방하게 하네.[70]
사의(謝意)를 표하며 운정(雲庭)[71] 앞에 머리를 조아리는데
원문(轅門)으로 다시 [한 무리가] 줄줄이 끌려 들어오네.
취교가 말하네, "천망(天網) 높고 크지만 [빠뜨리는 것 없어][72]
해인인해(害人人害)[73]라 하니 나를 탓할 게 무엇이겠는가?"
앞에는 박행, 박파요
한쪽 옆에는 응(鷹)과 견(犬), 또 한쪽 옆에는 초경일세.
수파와 마감생이 함께 있네
각자의 죄에 합당한 벌을 내리니 달리 무슨 할 말이 있겠는가?
군령(軍令)을 도부수(刀斧手)에게 전하여
[전에 그들이 했던] 맹세의 말에 의거해서 형을 집행하게 하네.[74]
피가 흐르고 살점이 으스러져 조각조각 부서지니
보는 사람 누구라도 혼경백산(魂驚魄散)[75]하네.
만사재천(萬事在天)[76]임을 비로소 알게 되나니
남을 저버리면 그 사람이 나를 저버릴 때는 만회할 수가 없다네.
박악(薄惡)하고 교활(狡猾)한 인간들
자작자수(自作自受)[77]니 울부짖은들 누가 동정하리요!
삼군(三軍)이 법장(法場)[78]에 운집(雲集)[79]하여

---

68) 잘못을 알다.
69) 장수(將帥)의 장막 앞. '처결이 이루어지는 바로 그 자리'를 뜻함.
70) 청심재인의 원작에는 이와 달리 환저의 옷을 벗기고 매를 일백 대 친 것으로 되어 있다.
71) 뜰. '운(雲)'은 미칭(美稱).
72) 천망은 높고 크지만: 이 구절은 《노자(老子)》 73장의 '天網恢恢 疏而不失'을 변용한 것이다. 하늘의 그물[法網]은 크고 성글어서 걸릴 것같이 보이지 않지마는 빠뜨리는 일이 결코 없다는 말이다. 천벌(天罰)이 반드시 미친다는 뜻.
73) 내가 남을 해치면 남도 나를 해친다. 죄과(罪科)는 모두 자기로 말미암아 생겨난 것이라는 뜻으로 말하고 있다.
74) 예컨대 905-906행에서 마감생은 '앞으로 만일 부부 사이가 그릇된다면, 일월이 환히 알고 귀신이 칼로 벌할 것입니다.'라고 말한 바 있다. 그 말대로 마감생을 처형했다.
75) 혼비백산(魂飛魄散).
76) 모든 일이 하늘에 달려 있음.
77) 자기가 저지른 죄로 자기가 그 과보(惡果)를 받음. 자업자득(自業自得).

청천백일(青天白日)[80] 하에 분명히 지켜보네.

조정에서 파견한 토벌군의 우두머리 호종헌(胡宗憲)은 초안책(招安策)을 쓰기로 하고 금옥(金玉)과 비단을 보내고 항복을 권유하고 또한 특별히 취교에게 예물을 보낸다. 호종헌의 간계에 속아 넘어간 취교는 서해를 설득해서 관군에게 투항하게 한다. 그러나 호종헌의 배신으로 서해는 비참하게 죽고 만다.

중신(重臣)[81]의 한 사람인 총독(總督)[82]이 있는데
경륜(經綸)[83]과 재능을 겸비한 호종헌(胡宗憲, 호 똔 히엔)이네.
추곡(推轂)[84]으로 특차(特差)[85]의 칙지(勅旨)[86]를 받잡으니
원수(元帥)[87]로 봉하여 편의(便宜)대로[88] 변방의 난을 진압하라 하네.
서해가 영웅(英雄)인 것을 알고
취교도 또한 군중(軍中) 회의에 참여한다는 것도 아네.
군대를 주둔시키고 초안책(招安策)[89]을 쓰기로 하고
관원을 통해 금옥(金玉)과 비단을 보내고 항복을 권유하네.
또한 특별히 취교에게 예물을 보내니
두 명의 채녀(采女)와 금옥(金玉) 천근(千斤)이네.
[관원이] 중군(中軍) 전(前)에 소식을 전해오니

78) 형장. 사형장.
79) 많이 모임.
80) 하늘이 맑게 갠 대낮. 맑은 하늘에 뜬 해.
81) 중요한 관직에 있는 신하.
82) 여기서는 군부의 수장(首長)을 뜻한다.
83) 일정한 포부를 가지고 일을 조직적으로 계획함. 또는 그 계획이나 포부.
84) 수레바퀴를 밀어서 수레를 나가게 한다는 말인데, '현재(賢才)를 천거(薦擧)한다'는 뜻으로도 쓰인다. 여기서는 반군을 토벌하라는 임무를 맡도록 천거되었다는 뜻이다.
85) 특별히 선발하여 보내는 사자.
86) 칙명(勅命). 어명(御命).
87) 사령관. 주장(主將).
88) 형편이나 조건 따위가 편하고 좋을 대로. 전권(全權)을 위임받았음을 뜻한다.
89) 투항하여 귀순할 것을 종용하는 계책.

서공(徐公)은 속으로 여전히 호도(糊塗)[90]하네.
'내 손으로 기도(基圖)[91]를 세워서
오랫동안 오초강해(吳楚江海)[92]를 종횡(縱橫)[93]하고 있지.
몸을 묶어서 조정(朝廷)에 귀복(歸服)[94]한다면
어쩔 줄 몰라 하는 항신(降臣)의 몸일 테니 내 처지가 뭐가 되겠어!
몸에 조복(朝服)[95]을 걸치고 속박되어
드나나나 굽실거려야 한다면 비록 공후(公侯)[96]가 된다 한들 할 짓 인가?
변수(邊陲) 한쪽을 따로 지배하는 게 낫지
[저들이] 내 위세를 쉽게 어찌 할 수 있겠어?
하늘을 찌르든 강물을 휘젓든 내 마음이니
종횡(縱橫)할 뿐 머리 위에 누가 있는지 알 게 무언가?'
취교는 남을 잘 믿는 성격인데다
많은 예물과 달콤한 말에 쉽게 마음이 기울고 마네.
생각하네, '수면을 떠도는 부평초 같은 이 몸
여러 번 유락(流落)하고 수많은 간둔(艱屯)[97]을 겪었지.
이제 만일 왕신(王臣)[98]이라는 이름을 얻게 된다면
청운(靑雲)의 길이 넓고 넓으리라!
공(公)과 사(私) 양쪽을 모두 온전히 하고
그 뒤 차차 고향(故鄕)에 돌아갈 생각을 해 보리라.
게다가 당당한 명부(命婦)[99]의 자리에 오를 테니

---

90) 풀을 바른다는 뜻으로 명확하게 결말을 내지 않고 일시적으로 감추거나 흐지부지 덮어 버림을 비유적으로 이르는 말. 여기서는 결정을 내리지 못하고 있는 상황을 표현하고 있다.
91) 기초가 되는 사업. '기업(基業)'과 같은 말로, 국가 정권을 뜻하는 경우가 많다.
92) 오(吳)나라와 초(楚)나라의 판도였던 중국 남부 지역 일대를 뜻한다.
93) 거침없이 마구 오가거나 이리저리 다님.
94) 귀순하여 복속(服屬)함.
95) 관원이 조정에 나아갈 때에 입던 예복.
96) 제후(諸侯).
97) 몹시 힘들고 고생스러움. 간난(艱難).
98) 임금의 신하.
99) 봉작(封爵)을 받은 부인을 통틀어 이르는 말.

[나는] 만면에 희색이 감돌 것이고 부모님은 영예를 누리시겠지.
위로는 나라를 위함이요 아래로는 집을 위함이고
첫째는 득효(得孝)[100]가 됨이요 둘째는 득충(得忠)[101]이 됨이지.
물결 속에 떠있는 백주(柏舟)[102]처럼
풍파(風波)를 두려워하고 헛것을 보고 놀라는[103] 것보다 낫지 않겠어?'
원근(遠近)의 일을 논의하는 차에
기회를 보아서 취교는 이렇게 저렇게 말을 꺼내네.
[취교가] 말하네, "성제(聖帝)의 은택(恩澤)이 넘쳐
사방을 두루 적셔 깊이 스며들었지요.
지평천성(地平天成)[104]한 공덕(功德)이 이미 오래여서
누구나 얼마나 많은 [공덕을] 머리 위에 이고 있는지 모릅니다.
생각건대 도병(刀兵)[105]의 일을 일으킨 때로부터
무정하변(無定河邊)[106]의 뼈 더미가 머리 높이에 이르렀지요.
어째서 후세에 오명을 남기려 하시나요?
천년 동안 그 누가 황소(黃巢)[107]를 기렸단 말입니까?
녹중권고(祿重權高)[108]에 비할 바가 아니지요
누가 공명(功名)의 길을 끊고 피해버린단 말이예요?"
성심을 다한 취교의 말을 듣고서
서해는 공세(攻勢)에서 항세(降勢)로 바꾸네.

---

100) 효를 다하게 됨.
101) 충을 다하게 됨.
102) 서해를 따라 전란의 와중에 있는 자기 처지를 비유한 말.
103) 헛것을 보고 놀라는: 부견(苻堅)이 팔공산(八公山)의 초목(草木)을 보고 적병인 줄 알고 놀랐다는 고사에서 유래한 표현으로, '초목(草木)'은 '허경(虛驚, 헛것을 보고 놀람, 괜히 놀람)'을 뜻한다.
104) 상하가 조화롭고 만사가 안정된 것.
105) 병기(兵器)와 군사를 아울러 이르는 말. 전쟁을 뜻함.
106) '무정하'는 황하의 중간 지류의 명칭으로 지금의 섬서성(陝西省) 북부에 있다. 흉노(匈奴)와 싸우다 전사한 군사들이 백골이 되어 무정하 변에 널려 있다는 진도(陳陶) 시의 시상을 빌려 온 것으로 보인다.
107) (?-884) 당말(唐末)의 역신. 희종(僖宗) 때 모반하여 장안(長安)을 함락하고 스스로 제제(齊帝)라 일컫다가 이극용(李克用)의 군에 패하여 자살했다.
108) 녹봉(祿俸)이 많고 지위가 높음.

정의(整儀)[109]하고 서둘러 사자(使者)를 접견(接見)하고
속갑(束甲)[110]할 날짜를 정하고 해병(解兵)[111]할 방도를 결정하네.
성하요맹(城下要盟)[112]하기로 한 약속을 믿고서
깃발은 나태해지고 야경 북소리는 느즈러지네.
병사(兵事)[113]를 버려두고 돌보지 않는 것을
왕사(王師)[114]가 염탐하여 허실(虛實)[115]을 소상히 알았네.
호공(胡公)은 이 기회를 이용할 계책을 세우는데
예물을 앞세우고 병사를 뒤에 숨기고 기습 공격할 때를 정하네.

서해를 제거한 호종헌은 취교를 추장(酋長)과 결혼시키려 한다. 절망한 취교는 전당강(錢塘江)에 몸을 던지고 만다. 때마침 예언에 따라서 전당강에서 기다리고 있던 각연(覺緣)이 취교를 구조한다.

얼마 후 취교는 가족과 김중을 다시 만난다. 김중과 취운 두 사람은 취교가 부탁한 대로 이미 결혼해 있었다. 동생 취운은 김중과 결혼하기를 간청하고 김중도 아내가 되어주기를 청하지만 육체관계를 갖지 않는 정신적 동반자로 지내기로 한다.

집에서 단원(團圓)[116]을 축하하는 잔치를 여니
화촉(華燭)은 꽃[117]을 비추고 비단 장막은 붉게 빛나네.
집안사람들 앞에서 함께 교배(交拜)[118]하고

---

109) 위의(威儀)를 정돈하다. 위의(威儀)를 갖추다.
110) 갑옷을 거두어들인다, 곧 귀순(歸順)한다는 뜻.
111) 무장을 해제하고 전쟁을 그만두다.
112) 성(城) 아래에서 요맹(要盟)을 맺다. '요맹'은 힘으로 위협하여 맺은 약정을 뜻한다. 서해의 군대가 패배한 것은 아니지만 투항(投降)하기로 결정했기 때문에 이렇게 말한 것이다.
113) 군대, 군비, 전쟁 따위와 같은 군에 관한 일.
114) 임금이 거느리는 군사. 여기서는 호종헌의 군대.
115) 허함과 실함.
116) 여기서는 혼인을 뜻한다.
117) 취교의 얼굴이 촛불을 받아 더욱 아름답게 보인다는 뜻을 담고 있다.

성대한 예(禮)를 마치니 한 쌍의 어엿한 부부가 되었네.
동방(洞房)[119]에서 대모(玳瑁)[120] 잔을 연달아 기울이니
새로운 인연에 얼떨떨하고 옛정 생각에 슬퍼지네.[121]
연뿌리 처음 나고 복숭아 아직 어릴 적[122] [만난] 이후로
십오 년이 지난 지금에야 여기에 있다니!
지난날 만나서 사랑한 일이며 헤어졌다가 이제 만난 일이며
비환(悲歡)[123]의 심정 말하노라니 밤이 깊어 달이 높이 돋았네.
늦은 밤 비단 장막을 드리우고
밝은 불빛 아래 있으니 홍안(紅顔)은 아름다움을 더하네.
정인(情人)[124]이 정인(情人)을 다시 만나
옛 꽃과 옛 벌이 [만난 것같이] 짙은 종정(鍾情)을 나누네.
취교가 말하네, "저는 어쩔 수 없이 되어 버렸어요.
망가진 몸인데 무얼 더 바라겠어요![125]
[그렇지만] 그대의 옛사람에 대한 의(義)와 마음에 새긴 정(情)을 생각해서
[그대의] 바람을 좇아 조금이나마 창수(唱隨)[126]하려는 거지요.
마음속으로는 참으로 부끄러웠으니
후안무치(厚顔無恥)[127]를 차마 두고 볼 수 없어요!
그런데 만일 사랑이 겉에서 그친다면[128]

---

118) 신랑과 신부가 서로 절을 주고받는 예.
119) 신방(新房).
120) '대모'는 바다거북의 일종. 등과 배를 싸고 있는 껍데기는 주로 장식품이나 공예품을 만드는 데에 쓴다.
121) 서로 처음 만난 때를 회상하며 슬픔에 잠긴 것이다.
122) 연뿌리 … 어릴 적: 취교가 나이가 어렸을 때.
123) 슬픔과 기쁨. 애환(哀歡).
124) 여기서는 사랑하는 사람이라는 뜻.
125) 혹 사랑이 남아 있다고 해도 이미 망가진 몸이니 당신과 어울리지 않는다는 말이다.
126) 부창부수(夫唱婦隨). 남편이 주장하고 아내가 이에 잘 따름. 또는 부부 사이의 그런 도리. 여기서는 김중의 뜻에 따라 혼례를 올리는 것을 말한다.
127) 뻔뻔스러워 부끄러움이 없음.
128) '겉보기에는 부부 사이니 당연히 육체적인 관계를 가져야겠지만 실제로는 육체적 관계는 갖지 않는다면' 정도의 뜻이다.

[부끄러움 없이] 얼굴을 들어 그대를 볼 수 있겠어요.
그렇지 않고 만일 남들 하듯이 한다면
땅바닥에서 [다된] 향(香)을 줍고 늦은 계절에 [시든] 꽃을 꺾는 격이지요.
또한 추하고 우스운 일이니
정(情)은 무슨 정이겠어요, 서로 원수가 되고 말 거예요!
그대가 저를 사랑하면 그만큼 저는 그대에게 부끄러울 것이니
서로 사랑하는 것이 도리어 서로를 저버리는 것이지요!
만약 가문의 후계를 생각한다면
동생이 있으니 제가 필요할 건 없지요.
보잘것없이 남은 정절(貞節)이기는 해도
굳게 지키지 않고서 짓밟아 부수어서야 되겠어요!
여전히 은애(恩愛)가 넘치는데
시든 꽃을 헤치며 놀아서 좋을 게 뭐겠어요?"
김중이 말하네, "굳은 맹세로 맺어졌지만
돌연 물 속의 물고기와 하늘의 새처럼 헤어지고 말았소.
오랫동안 유락(流落)하는 그대 때문에 상심했으며
무거운 맹세를 생각하며 또 많이도 가슴 아팠다오.
사랑했기에 생사(生死)를 돌보지 않고 [찾았고]
이제 서로 만났고 여전히 깊은 정이 남아 있소.
봄날 버들가지는 여전히 푸른데도[129]
어찌하여 은애(恩愛)를 끊으려고 한단 말이오?
명경(明鏡)[130]은 조금도 먼지[131] 끼지 않았고
[그대의] 분명한 말을 들으니 존중하는 마음 더하게 되오.
오랫동안 바다 속에 빠진 바늘을 [찾듯 그대를] 찾은 것은
금석(金石) 같은 약속 때문이었지 화월(花月)을 찾고자 함이었겠소?
한 집에 다시 모일 줄 누가 알았겠소
어찌 동금(同衾)[132]해야만 금슬(琴瑟)이 되는 것이겠소!"

---

129) 취교가 여전히 젊고 아름답다는 말이다.
130) 매우 맑은 거울.
131) 세진(世塵). 진구(塵垢).
132) '금침(衾枕)'을 뜻하는 말인데, 여기서는 '금침을 함께 하다', 곧 '동침(同寢)하다'의 뜻.

3. 작품의 주제

〈취교전〉에는 작품의 서두와 말미에 작가의 말이 나와 있다. 작가가 생각하는 주제가 무엇인지를 직설적으로 밝힌 부분이라고 생각된다. 다음에 차례로 제시해 본다.

사람이 이 세상 사는 백 년 동안
재(才)와 명(命)은 이상하게도 서로 미워한다네.
한바탕 상해(桑海) 속에서
여러 일들 보노라니 마음 아파 오네.
피색사풍(彼嗇斯豊)[133]은 이상할 것 없으니
창천(蒼天)[134]은 홍안(紅顔)[135]을 시기하여 괴롭히는 버릇이 있다네.

이처럼 응우옌 주는 〈취교전〉이 운명과 재능이 상충하는 한 여인의 기구한 일생을 다룬 내용이라고 소개했다. 그렇다면 〈취교전〉은 여성의 기구한 운명, 그 운명이 초래한 가혹한 시련, 그리고 그 운명에 맞서는 자세에 대해서 말한 작품이 된다.

작품의 결미에서 작가가 하는 말은 이렇다.

곰곰이 생각해 보니 만사재천(萬事在天)임을 알겠네
저 하늘이 억지로 이런 몸[136]으로 태어나게 한 것이라네.
풍진(風塵)[137]을 겪게 하면 풍진(風塵)을 겪어야만 하고
청고(淸高)[138]하게 하면 비로소 청고(淸高)하게 되는 것이라네.

---

133) 저것 인색하고 이것 풍부하다. '저것'과 '이것'은 각각 '명(命)'과 '재(才)'를 가리킨다.
134) 하늘. 조물주.
135) 미녀(美女).
136) 몸, 신분, 운명.
137) 여기서는 '빈궁(貧窮)', '고난'을 뜻함.
138) 깨끗하고 고귀함. 여기서는 '영달(榮達)'을 뜻함.

[하늘이] 어찌 누군가를 편위(偏爲)[139]해서
재(才)와 명(命)을 둘 다 풍부하게 하겠는가?
재능이 있다고 어찌 재능에 의지할 수 있으리오
재(才)와 재(災)는 같은 운(韻)인 것을!
각자의 업(業)을 걸머지고 가는 것이니
하늘이 가깝다 멀다 책하지는 말아야 하리.
선근(善根)[140]은 자기 마음속에 있나니
저 심(心)은 재(才)의 세 배에 해당한다네.

재능과 운명의 상충은 이미 정해진 이치이지만 마음을 다스려 수습하는 것이 바른 태도라고 했다. 재(才), 곧 탁월한 능력을 지닌 자아와 명(命), 곧 세계는 충돌하기 마련이어서 자아가 고난에 처하고 이겨내기 힘든 수난을 당한다고 했다. 그래서 때로는 좌절하기도 하고 절망하기도 하지만 진실한 마음을 잃지 않는 것이 현명한 처사라는 것이다. 이처럼 재(才)와 명(命)의 상충을 심(心)으로 아우르면서 내면의 진실을 잃지 않는 모습을 작품의 주인공인 취교가 보여주기 때문에 감동을 준다고 파악했다.

〈취교전〉의 주제에 대한, 서두와 말미에 있는 응우옌 주의 견해는 베트남에서 널리 수용되어 이른바 '교과서적인' 작품 이해의 근거가 되고 있다. '교과서적인' 작품 이해에 따르면 〈취교전〉은 한마디로 '자유로운 사랑과 정의의 실현에 대한 소망을 형상화한 작품'이라고 한다. 취교와 김중은 부모의 허락 없이 서로 진지하게 사랑하고 결혼을 약속했다. 이른바 '예교(禮敎)'의 굴레를 넘어선 것이다. 하지만 취교는 비록 청루를 전전했어도 김중에 대한 의(義), 부모에 대한 효(孝)를 저버리지 않았다.

139) 한쪽 편을 들다. 편단(偏袒).
140) 온갖 선을 낳는 근본.

응벽루(凝碧樓)[141]에서 방문을 걸어 잠그고[142]
원산근월(遠山近月)[143]을 벗으로 삼네.
드넓은 사방을 멀리 바라보니
해변의 금빛 모래 언덕, 붉은 먼지 날리는 길.
조운야등(朝雲夜燈)[144] 싫증이 나고
정(情)으로[145] 경(景)으로[146] 어지러운 마음.
달 아래에서 맹세의 잔을 나눈[147] 그 사람 생각하네
오늘내일하며 여전히 소식[148]을 기다리겠지만 헛일이네.
천애해각(天涯海角)[149]의 외로운 처지이지만
단심(丹心)[150]이 씻긴들 끝내 [그 색이] 바래리오!
아침저녁으로 문에 기대어 기다리실 부모님을 걱정하네
지금은 뉘라서 동온하청(冬溫夏凊)[151]을 살펴드릴까?
집 떠나온 뒤 많은 시간 흘렀으니
가래나무[152]는 어느새 아름드리가 되었겠지.[153]
저물 녘 해구(海口)[154]를 슬픈 마음으로 바라보네
누구의 배인가, 저 멀리 돛이 어른거리는 것은?
바다로 흘러드는 강물을 슬픈 마음으로 바라보네

141) 누각 이름.
142) 방문을 걸어 잠그고: 손님 접대를 하지 않고.
143) 달이 원산(遠山)을 넘어 돋는 장면을 묘사한 것이다.
144) 아침 구름, 저녁 등불. 매일 매일 변화 없이 반복되는 지루한 일상을 말한다.
145) 마음속에서 일어나는 여러 가지 생각으로.
146) 경치가 불러일으키는 여러 가지 감흥으로.
147) 맹세의 잔을 나눈: 701행에서 '사랑의 맹세 나누며 든 금배'라고 한 바 있다.
148) 김중이 기다리는 취교 소식.
149) 아득히 멀리 떨어진 낯선 곳.
150) 속에서 우러나오는 정성스러운 마음.
151) 여름에 시원하게 해드리고 겨울에 따뜻하게 해드린다는 뜻.
152) 재목(梓木). 여기서는 '부모님'을 비유한 말로 쓰이고 있다.
153) 부모님이 나이가 많이 들었다는 말이다. 1039-1046행은 1038행에서 말한, '정으로 어지러운 마음'을 자세히 말하고 있다.
154) 바다의 후미진 곳, 또는 항만으로 들어가는 어귀.

흩어져 떠가는 꽃은 어디로 가는 것인가?
풀이 이운 들판을 슬픈 마음으로 바라보네
하늘과 땅이 맞닿은 곳 담청색 한 빛이로구나.
바람이 수면에 부딪히는 것을 슬픈 마음으로 바라보네
요란한 파도 소리, 의자 옆에서 치는 듯.[155]

수마의 청루에서 깊은 시름에 잠긴 취교의 모습을 보여주고 있는 대목이다. 부모를 살리기 위해서 몸을 판 것이니 취교는 효를 온전히 하고자 한 것이다. 비록 청루에 팔린 몸이 되었어도 김중을 잊은 적이 없고 사랑하는 마음이 조금도 변하지 않았다. 취교는 희생정신, 고결함을 보여준 긍정적 인물이었다. 취교가 겪은 고난은 취교의 고결함을 도리어 돋보이게 한다.

응우옌 주가 애초에 이 작품의 제목을 '단장신성(斷腸新聲)'이라고 한 데서 드러나듯이 〈취교전〉은 선한 인물의 가혹한 운명을 동정하고 있다. 한없이 타락한 세상에서 선한 인물은 고난을 겪는다고 거듭거듭 말한다. 사회는 악이 넘쳐난다. 고난이 거듭된다는 것은 악이 구조화되어 있다는 말이기도 하다.

취교와 김중, 취교와 속생, 취교와 서해의 이루지 못한 사랑, 가족과 이산한 불행을 통해서 삶을 유린하는 사회의 악에 대해서 생각하게 한다. 장물(贓物)을 파는 마적, 첩을 구한다고 속여서 정조를 유린하고는 사창가에 취교를 팔아넘긴 마감생, 취교를 함정에 빠뜨려 어쩔 수 없이 몸을 팔게 만든 초경, 사창가의 포주(抱主) 수마, 질투심에 휩싸여 취교를 학대하는 환저, 천신만고 끝에 탈출한 취교를 다시금 사창가에 팔아넘긴 박파와 박행, 기만책을 써서 서해와 취교를 죽음으로까지 몰고 간 호종헌이 모두 간악하다. 작가는 권력과 금전이야말로 삶을 유린하는 악의

155) 1047-1054행은 1038행에서 말한, '경으로 어지러운 마음'을 자세히 말하고 있다.

원천이라고 말하고 있다. 이처럼 전편에 걸쳐서 악의 횡행을 그리고 있는 〈취교전〉은 '세상'을 알게 하는 작품이다. 일찍이 베트남 문인 까오바 꾸앗(高伯适, 1809-1855)이 〈취교전〉을 두고 "세상을 알게 되는 작품"(達世語)이라고 한 지적은 참으로 적절하다.

〈취교전〉은 '악의 현상학'이라 할까 다양한 '다크 사이드'에 대한 보고서라고 할 수 있는 내용을 갖추고 있다. 그런데 취교는 그러한 사회악 앞에 시종 무기력하기만 한 것은 아니었다. 취교는 영웅적인 인물 서해의 힘을 빌려 은원을 갚았다. 사회에 만연한 악을 징치하고 정의를 실현하고 싶은 소망이 서해를 빌어 표현된 것이라고 할 수 있다.

〈취교전〉은 어떤 예술적인 성취를 보였는가? 응우옌 주는 한문학 자산과 베트남어 표현을 성공적으로 결합했다. 〈취교전〉 속에는 중국의 고사나 문학적인 레토릭이 능란하게 구사되어 있는데, 이는 작가가 한문학에 정통한 문인이었기에 가능한 일이었다. 〈취교전〉에는 베트남 민중의 귀를 즐겁게 해 주고 고통을 어루만져 주는 요소가 갖추어져 있다.

응우옌 주는 민중들의 삶과 언어, 그리고 그들의 아픔을 배우고 느끼고자 했다. 〈청명우흥(淸明偶興)〉이라는 한시에서 "마을의 노래 소리에 처음으로 상마어(桑麻語)를 배운다."(村歌初學桑麻語)라고 했다. 응우옌 주는 은거한 15년 남짓 동안 벼와 황마와 뽕나무를 재배하는 사람들 속에서 살았다. 그러는 동안 민중의 삶과 언어, 그리고 노래에 접할 기회를 가졌다. 그리고 그런 체험이 〈취교전〉 속에 자연스럽게 녹아들어 갔다. 응우옌 주는 민중들의 고단한 삶에 깊은 연민을 느끼고 그들의 목소리를 대변하고자 한 것이다. 이처럼 〈취교전〉은 작가의 민요 체험을 바탕에 두고, 내면 심리 표현을 중시해 온 베트남 문학의 전통을 훌륭하게 계승하여 베트남 사람들의 영혼을 사로잡을 수 있었다.

응우옌 주는 압축적인 운문으로 인물의 특성, 성격을 생동감 있게 묘사했다. 인물의 심리묘사도 잘 되어 있다. 경물 묘사를 통해서 인물의 심리를 암시하는 기법, 서사적인 내용을 서정적인 문체로 전개하는 데 성공한 점도 높이 평가할 수 있다. 위에서 본 '응벽루' 장면도 좋은 예가 된다.

작품의 한 대목을 더 보기로 한다.

> 힘겹게 화장(花牆)을 타 넘어
> 서쪽으로 기울어가는 달빛을 따라 길을 더듬어가네.
> 어둑어둑한 밤중에 모랫길과 나무 언덕을 지나니
> 달빛 아래 모점(茅店)의 닭 울음소리, 서리 내린 판교(板橋) 위의 발자국.
> 깊은 밤 여자의 몸으로 장도(長途)에 나서니
> 한편으로는 길이 두렵고 한편으로는 비바람을 겪어야 하는 자신이 가엾네.
> 동쪽 하늘은 부상(扶桑)에서 밝아오건만
> 외로운 신세 어디가 인가(人家)인지 어찌 알겠는가?

扳緣上樹 引繩而下 月色朦朧 背了包往 向西而走 一路地僻人淨 行至天明 漸有人行 心中着慌[156]

번역문 아래의 한문은 원작인 청심재인(青心才人)의 〈김운교전〉의 해당 부분이다. 〈취교전〉에서는 원작의 마지막 구절 '심중착황(心中着慌)'을 네 줄에 걸쳐서 부연하면서, 주인공 취교의 현재의 고난과 앞날을 내다볼 수 없는 불안함을 느낄 수 있도록 서정적인 색채를 강하게 채색해 놓고 있다.

〈취교전〉 주석서의 하나인 〈취교전상주(翠翹傳詳註)〉에서는 〈취교전〉이 "정어(情語)에 특히 뛰어나다."고 했다.[157] 그리고 작품 가운데 경(景)을

---

156) 古本小說集成編委會 編, 『金雲翹傳』, 上海古籍出版社, 190면.

157) 瞻雲氏 註訂, 『翠翹傳詳註』 卷下, Bộ Văn Hóa Giáo Dục Và Thanh Niên 1973, 163면. 홍산(鴻山)은 응우옌 주의 호(號)다.

묘사한 부분은 동시에 정(情)을 함축하고 있어서 사람의 마음을 움직이게 한다고 했다.[158] 또한 경물을 묘사한 '외의(外意)'가 함축적 의미인 '내의(內意)'와 잘 조응하게 한 결과 얻게 되는 효과를 한마디로 '일어백정(一語百情)'이라고 했다.[159]

'장어정어(長於情語)'나 '일어백정(一語百情)'과 같은 말은 모두 경물을 묘사하는 것이 인물의 내면 심리를 드러내기도 하고 때로는 사건의 전개를 함축하기도 한다는 점을 지적한 것이다. 이처럼 함축적인 표현, 특히 사경(寫景)을 이용해서 상황에 어울리는 분위기를 적절히 표현하고 서사 진행을 용이하게 한 것이 〈취교전〉의 표현상 중요한 특징이자 예술적 성취다.

4. 작품에 대한 평가

〈취교전〉이 한때의 인기를 얻는 데 그치지 않고 고전(古典)의 반열에 오르게 된 것은 프랑스 식민지 시대에 국어 문학을 선양하려는 지식인들의 노력이 보태어졌기 때문에 가능한 일이었다. 특히 팜 뀐(范瓊, 1892-1945)은 〈남풍(南風)〉이라는 월간 잡지 발행을 주도하면서 〈취교전〉을 높이 평가하고 널리 알리는 데 힘썼다. 그는 "〈취교전〉이 존재하는 한 베트남어가 존재할 것이고, 베트남어가 존재하는 한 베트남 또한 계속될 것이다."라고 했다. 이렇게 국어를 보존하고 고전을 창출하려는 시대적 노력에 힘입어 〈취교전〉은 베트남 국혼(國魂)의 정수이고 베트남 민족 문학의 성전으로까지 받아들여지게 되었다. 한국에 〈춘향전〉이 있다면 베트남에는 〈취교전〉이 있다고 하겠다.

---

158) "傳中寫景之筆 率多暎帶事情 筆姿墨彩 最覺綽約動人 卽三百篇之比體也" (瞻雲氏 註訂, 『翠翹傳詳註』 卷上, 18-19면)
159) 瞻雲氏 註訂, 『翠翹傳詳註』 卷上, 57·132면.

그러나 작품을 긍정적으로만 보기는 어렵다. 관점을 조금 달리해서 작품의 내용을 비판적으로 검토해 보자. 취교는 김중과 사랑하는 사이가 된다. 고전소설에서 으레 그러하듯 둘의 사랑에는 시련이 따르는데, 독특하게도 이 작품에서는 연적(戀敵)이 없고 정절(貞節)이 문제 되지 않는다. 굳이 연적을 찾는다면 두 사람을 갈라놓은 타락한 세상이 그것이다. 사창가를 전전하는 취교에게 육체적 순결이나 정절은 오히려 부차적인 문제였다. 작품에서는 열(烈)은 문제로 삼지 않고 효(孝)를 다한 것과 내면의 순수함이 훼손되지 않은 것을 칭송한다.

작품은 세상이 한없이 타락했다고 거듭거듭 말한다. 세상의 타락상은 간악한 인물들을 빌어 형상화되고 있다. 그리고 이런 인물들은 상하 남녀 모두에 걸쳐 있다. 열다섯의 순결한 처녀가 집 밖에 나가 맞닥뜨린 세상은 인신매매, 매음, 교활한 술책이 난무하는 곳이었다. 김중만이 취교를 구원할 수 있었다. 김중은 취교의 첫사랑이고, 선하고 슬기로우며, 취교를 향한 사랑 또한 진실해서 구원자로서의 자격을 충분히 갖추었다. 취교가 김중과 재회하여 못다 한 사랑을 나누는 것은 타락한 세상으로부터의 구원이라는 의미를 가진다. 하지만 창기인 취교는 너무 '낮고' 김중은 너무 '높다' 보니 끝내 온전한 부부가 되기 어려웠다.

작품은 고전소설의 문법에 따라서 김중에 의한 구원을 최대한 지연시킨다. 취교는 정조를 유린당하고 끝내 죽음으로 내몰린 것은 운명이니 어쩔 수 없이 따라야 한다고 생각했다. 강물에 뛰어든 그 순간까지 취교를 사로잡은 것은 타락한 세상에서 벗어날 길이 없다는 절망감이었다. 더는 탈출 가능성이 없다고 체념하고 강물에 뛰어든 다음에야 재회의 길이 열린다.

취교가 김중으로 돌아오는 길이 왜 멀고 험했나? 그것은 취교가 세상의 '간교한' 악에 '순진함'만으로 맞섰기 때문은 아닌가? 내면의 순수함과 진실함이야 보존했다고 해도 그것은 사랑을 되찾는 데는 아무런 힘도 발휘하지 못했다. 타락한 시대의 사랑은 순수함을 지켜낼 수 있는 다른 무엇이 필요한 것이다. 사악함을 넘어설 수 있는 지혜, 슬기로움이 필요하다고 말하겠다. 이런 관점에서 작품이 세상에 나온 뒤로 취교의 어리석음을 비판하는 독자들 또한 적지 않았던 사정을 이해할 수 있다.

베트남에서는 서해를 높이 평가한다. 서해는 무력(힘)을 소유했고 취교를 대신해서 은원을 갚았다. 〈취교전〉을 읽은 뜨 득(嗣德) 황제(재위 1847-1883)는 서해에 대한 구절에 '작가는 태형(笞刑)을 받을 만하다.'라는 주석을 붙였다고 한다. 황제로서는 관(官)에 저항하는 집단의 우두머리를 용인할 수는 없었을 것이다. 그렇다면 관이 아닌 민(民)의 시각에서 볼 때 서해는 긍정적인가? 〈취교전〉의 독자는 서해가 악을 징치하는 대목에서 통쾌함을 느꼈을 것이다. 하지만 서해는 도적 떼의 두목이라는 점에서 정당성이 결여되어 있었다. 그 때문에 서해는 끝내 취교의 구원자가 될 수 없었다. 서해를 민중 영웅으로 해석하고자 하는 시도는 한계가 있다고 하겠다.

베트남의 고전 〈취교전〉을 우리의 고전 〈춘향전〉과 비교해 보는 것도 흥미 있는 일이다. 사랑 때문에 빚어지는 여성 수난을 매개로 해서 사회적 모순을 보여주는 점이 대체적인 공통점이다. 하지만 그에 못지않게 차이점도 크다. 〈춘향전〉은 춘향이 기생 신분을 벗어나기 위해서 벌이는 사회와의 대결이 작품의 중심축을 이루고 있는 반면에 〈취교전〉은 병든 사회의 추악한 인간들에 의해서 순진무구한 여인이 나락에 떨어져 창기가 되어 전전하는 이야기인 점이 다르다. 그래서 〈춘향전〉에서는 춘향의 적극적인 '의지'가 드러난다면 〈취교전〉에서는 운명이 부여한 가혹한 '시련'이 더욱 두드러진다.[160]

160) 〈취교전〉은 서두에서부터 운명론을 바탕에 깔아 놓았다. 작품에서는 자살도 운명의 일부라고 한다. 모든 고난이 전생의 빚을 갚는 일이라고 했다. 이런 작품의 운명론적 세계관은 응우옌 주에게 퍽 호소력이 있었을 것이다. 사신으로 가서 적지 않은 중국

〈춘향전〉이 사랑 이야기이면서 인간 해방의 욕구에 관한 이야기라면 〈취교전〉은 사회의 폭력에도 손상되지 않는 순수한 인간 내면에 대한 옹호라고 할 수 있다. 〈춘향전〉이 근대로 이행하는 시기의 민중의 소망과 역량에 대한 믿음을 바탕에 두고 있다면 〈취교전〉은 섬세한 내면을 지니고서 세상에서 패배한 사람들에게 따뜻한 시선을 보낸 작가의 지향에 바탕을 두고 있기에 생겨난 차이라고 말할 수 있겠다.

소설작품을 보았을 텐데 〈김운교전〉을 택한 데는 그만한 이유가 있었을 것이다.

6부 연극

01

일본 연극 노(能)의 연극 미학적 특성

1. 개관

노(能)는 노 무대라고 하는, 사방 6m의 간소한 특수 무대에서 피리, 북 등 네 종류의 악기 반주에 맞추어 주연(仕手, 시테)과 조연(脇, 와키)(일반적으로 탈을 쓰지 않음)을 중심으로 진행되는 일종의 가면악극(假面樂劇)이다. 이러한 연극 형식은 단기간에 성립한 것이 아니라, 장기간에 걸친 예능의 변화를 통해 형성되었다. 나라(奈良) 시대(8세기 무렵)에 중국에서 전해진 정악(正樂)을 비롯한 여러 음악과 무용이 일본 궁정에서 무악(舞樂)이나 아악(雅樂)으로 제도화되었고, 비슷한 시기에 유입된 가무·곡예·기술(奇術) 등을 포함하는 산악(散樂) 계통의 연희는 토착신을 제사 지내는 가무[田舞] 등과 영향을 주고받으며 11·12세기경에는 사루가쿠(猿樂)와 덴가쿠(田樂)로 전개되었다고 한다.

덴가쿠는 쇠퇴하여 상세한 면모를 알기는 어렵다. 13세기 말에는 덴가쿠와 사루가쿠가 한편에서는 신사(神社)의 제사와 연결되고 다른 한편으로는 대중적인 흥행거리의 구실을 하고 있었다. 어느 쪽이나 노 부분

(정제된 가면악극)과 교겐(狂言)(희극적 내용) 부분으로 분화되는 요소를 이미 포함하고 있었다.[1] 이러한 흐름 속에서 14·15세기에 들어서면서 이 대중적인 연극이 유행하고, 사루가쿠의 극단(座)[2] 중에는 배우이기도 하고 작가이기도 하고 연출가이기도 했던 간아미(觀阿彌)·제아미(世阿彌) 부자(父子)[3]와 같은 뛰어난 인물이 나와서 예술적인 수준을 높였다. 특히 제아미는 《풍자화전(風姿花傳)》·《화경(花鏡)》 등 연극론이라고 할 수 있는 저술을 남겨 노의 지침을 마련했다.

14·15세기에 이런 변화가 일어날 수 있었던 것은, 농·상업의 발달로 하층민 내부에서 전문적인 예술가가 나타날 기반이 형성되었고, 새로이 지배층으로 부상한 무사(武士)가 자신의 오락을 위해 전문적인 예술가를 필요로 했기 때문이라고 한다. 이 과정에서 사회적 지위가 낮은, 하층에 기반을 둔 사루가쿠의 배우(작가)들이 연희를 세련화했으며, 지배 계층과 하층민은 같은 장소에서 이를 함께 즐겼다. 그 결과 사루가쿠의 내용이

---

1) 노라는 호칭은 예능(藝能), 재능(才能), 능력(能力) 등의 '能'과 같은 뜻으로서 예전에는 사루가쿠 노(申樂能, 猿樂能), 덴가쿠 노(田樂能) 등으로 일컬어졌다. 그 후 사루가쿠 노만을 단순히 노라고 부르게 되고 사루가쿠(申樂, 猿樂)라는 호칭과 함께 사용되어 오다가 에도 시대(1603-1867) 이후로는 그저 노라고 부르게 되었다. 또 오늘날에는 노 외에 노가쿠(能樂)라는 말도 사용하고 있다.

2) 연희 집단은 흥행(興行)·경영(經營)을 안정화하기 위해 12세기 중엽부터 13세기 중엽에 걸쳐서 동업 조합적 성격의 조직을 갖추었는데, 이러한 조직이 좌(座)라고 불렸다.

3) 14세기 중반 무렵에는 덴가쿠의 노가 연희 세계에서 중요한 위치를 차지하고 있었다. 이 시기에는 덴가쿠의 노에서 잇추(一忠)나 기아미(龜阿彌) 같은 명인이 배출되어, 높은 수준의 예(藝)에 도달해 있었다. 이 형세를 뒤집고 사루가쿠의 노를 덴가쿠의 노 이상으로 갈고 닦아 마침내 노라고 하면 곧 사루가쿠의 노를 가리킬 정도의 유행 예능으로 만든 것이 간아미·제아미 부자이다. 간아미와 제아미는 노를 예술적으로 승화시켰다고 해서 병칭되지만, 두 사람 사이에는 또한 커다란 차이점이 있다. 간아미는 본래 서민 예술이었던 사루가쿠의 노가 점점 귀족적인 것으로 되어 가는 경계 역할을 했다. 그는 서민적 취향을 확실히 인식한 동시에 귀족의 높은 감식안도 감당할 수 있는 수준을 보여주었다. 반면 제아미는 유현(幽玄)을 제일로 했던 가무 중시의 방식을 택하여 극적인 요소가 상대적으로 적고, 대본도 고전적인 아름다움을 구현하는 데 철저했다. 그 결과 처음에 서민 예술로 출발했던 노가쿠(能樂)는 14세기 말부터 15세기 초에 걸쳐서 귀족적으로 완성되어 갔다.

한편에서는 헤이안(平安) 시대 이래의 귀족 문화와 이어지고, 다른 한편으로는 하층민의 일상생활과 밀접하게 맞닿게 되었다. 이러한 양면성은 노와 교겐의 대조적인 면모로 잘 드러난다.

노의 연희 종목은 보통 와키 노(神거리)·수라물(修羅物)·여인물(女人物)·귀축물(鬼畜物)·광녀물(狂女物)의 다섯 종류로 분류되어 상연 순서가 규정되어 있는데, 교겐은 그 사이사이에 공연된다. 노는 주역이 가면을 쓰고 가무와 대사 부분을 조화시켜, 악대와 합창대(地謠, 지우타이)가 함께 하는 호화로운 가면 연극이다.[4] 교겐은 일반적으로 가면을 쓰지 않고, 빠른 대화와 흉내 내기 동작을 주로 하고 반주도 합창대도 없는 희극이다.

노를 예술적으로 고양했다고 평가받는 제아미의 많은 작품에서는 주인공이 인간에서 망령(亡靈)으로 변신하고, 차안(此岸)에서 피안(彼岸)으로 옮기고, 자연적(사회적)인 세계에서 초자연적인 세계로 향한다[이를 '무겐노(夢幻能, 몽환노)'라고 한다]. 이러한 연극적 구성을 통해서 제아미는 차안과 피안에 걸친 인간에 주목하고, 이를 노의 중심적인 인물상으로 정립했다. 이렇게 한 사람의 인물에 집중하여 그 인물을 차안과 피안의 접점에서 파악하려는 것은 불교의 영향이라고 볼 수 있다.

2. 노의 연극 미학적 특성

2.1. 작품의 특성

노는 개인 창작의 완성된 각본에 따라 공연되며 관객의 개입에 의한 변개는 없다. 그런 의미에서 완성되어 닫힌 구조를 갖추고 있다고 할

4) 대본이 남아 있는 노의 종목은 1,700여 종에 달하며, 오늘날 상연 가능한 곡(曲)만도 약 240여 종을 헤아린다고 한다.

수 있다. 노는 화합에 이르는 결말 - 원만한 해결[해원(解寃)]을 갖추는 작품의 비중이 높다. 그런데 화합에 이르는 쌍방과 화합에 이르는 과정에 있어서는 독특한 면모를 보인다.

죽어 저승 세계에 속해 있으면서 마음에 무엇인가 맺힌 바가 있는 인물과 이승의 상대자가 화합을 이룬다거나(修羅物, 슈라모노), 뚜렷한 갈등은 없이, 죽은 넋이 승려와 만나 이승에서의 사연을 말하고 승려의 기도에 감사하고 사라진다(鬘物 또는 女人物: 가쯔라모노)는 설정이 자주 보인다. 적장(敵將)을 죽인 죄책감에 승려가 된 주인공과 살해된 장군의 넋이 화합을 이루는 작품인 〈아쯔모리(敦盛)〉(제아미), 승려가 무덤가에서 죽은 여인이 생전에 지은 시를 읊자 여인의 넋이 나타나 화답하고는, 승려가 넋을 위로하는 기도 속에 사라진다는 내용인 〈에구치(江口)〉(제아미)를 각각의 예로 들 수 있다. 둘이 만나는 장면이 먼저 있고 한쪽이 망령임이 밝혀지는 장면이 뒤따른다. 드물게 대립이라고 할 수 있는 것이 있더라도 이승에서의 대립은 과거의 일로 제시될 뿐이고 이승과 저승의 화합으로 극복된다. 그렇기에 축복하고 감사하는 데 이르러 끝난다.5)

노에는 다양한 극 형식이 있지만, 미학적 특징이 가장 응축된 유형으로는 망자의 넋이 출현하는 무겐노(夢幻能)가 손꼽힌다. 무겐노 가운데서도 전후(前後) 이장(二場)으로 구성된 작품을 복식(複式) 무겐노라고 분류한다. 그 내용은 '여행자나 승려가 꿈결에 고인(故人)의 영(靈)이나 신(神), 귀(鬼), 사물의 정령(精靈) 따위의 모습에 접하고 그 회고담을 듣고 춤추는 것을 보는' 것으로 되어 있다.

복식 무겐노의 대표작인 〈이즈쓰(井筒, 우물)〉(제아미)에서는 이루어지지 않는 연정에 거의 미치다시피 하며 연인을 줄곧 기다려 온 여성 인물의 격렬한 연모의 정을 그리고 있다. 살아서의 정념(情念)이 개인적 업(業)이

5) 망자를 위무하는 진혼(鎭魂)의 성격이 강하다고 할 수 있다.

되어 죽어서도 굴레가 된다는 생각을 나타낸다고 할 수 있다. 승려는 그녀의 넋이 말하는 사연을 듣고 공감하고 위로한다. 조연인 와키가 대부분 승려로 설정된 것은 개인적인 원한과 갈등을 해소하기에 적합한 인물이기 때문이며 토착화된 일본 불교의 성격을 반영한다고 할 수 있다.

노의 공연에서는 관객이 공연에 능동적으로 개입할 수 없는데, 그 점을 작품의 기본 구도와 연결 지어 설명할 수도 있다. 작품이 '이승-저승의 화합'이라는 구도를 갖기 때문에, 전적으로 이승에 속한 관객이 개입할 여지는 근원적으로 차단되는 것이다. 노의 공연 중에 저승 세계에 속한 인물이 관객에게 일반적인 경우보다 가까이 다가설 때, 관객은 당혹감을 느낀다고 한다. 신(神)과 인간의 거리가 그러한 당혹감의 원인이라기보다는 삶과 죽음의 거리가 초래한 것이라고 할 수 있다.6)

2.2. 공연 방식

노는 양식화된 동작으로 표현된다는 점에서 '본다'는 측면이 강조되는 연극이다. 그런 특성은 종교적인 춤과 노래에서 기원한 데서 기인한 것

---

6) 한편 '피안/저승' 세계에 대한 이야기가 관객에게 진실하다는 느낌을 주는 것은 와키라는 존재가 있기 때문이라는 논의가 있다. 요약하면 다음과 같다. '노의 경우 와키가 먼저 등장하고 다음에 시테가 나와서 약간의 문답을 한 다음에 와키는 그냥 가만히, 아무것도 하지 않고 옆에 앉아만 있는 것이 대부분이다. 그래서 흔히 가면을 쓰지 않는 와키는 관객의 대표자로서 무대에 나와 있는 것이라고 한다. 그러나 그것 이상의 의미가 있다. 지금 무대에서 행해지고 있는 것, 그것은 객석[見所]에 앉아 있는 관객에게는 비현실적인 것으로 보일 수 있다. 그것이 진실한 것으로 받아들여지는 것은 와키라는 장치(존재)가 있기 때문이다. 와키는 시테가 하는 모든 것을 진실하다고 받아들인다. 와키는 관객의 직접적인 대표자가 아니고, 무대 위에 있는 한 사람의 관객이다. 시테를 구경한다는 점에서는 객석의 관객과 같지만 단순한 대표자는 아니다. 무대에서 일어나는, 황당무계하다고 할 수 있는 일을 정말 진실하다고 생각하며 보는 와키의 실재성 때문에 와키가 진실하다고 느끼는 것이 관객에게도 진실하게 느껴지는 것이다.' [木下順二, 「複式 夢幻能를 중심으로」: 加藤周一 外著, 『日本文化의 숨은 形』(김진만 역), 소화, 1995, 42-52면]

이라고 할 수 있다. 각본은 짧아서 3,000자 내외에 지나지 않는다. 배우의 동작이 극도로 양식화되고, 특정한 몸가짐이 특정한 행동에 대응된다. 예를 들어 긴 여로(旅路)는 좁은 무대를 조용히 한 번 도는 것으로, 주인공이 소리 내어 우는 것은 가면을 약간 아래로 하고 그 앞에 한 손을 가리는 것으로 표현한다.[7] 큰 도구(무대장치)는 쓰지 않고, 작은 도구도 주인공이 가지는 부채 외에는 쓰는 일이 드물다.

배우의 태도나 말·무대장치도 대개 연극의 표현 수단을 최소한도로 억제하고, 관객의 상상력에 최대한 호소하고, 극적 세계를 만들어내려고 한다. 등장인물의 내면 심리를 철저한 경제적 표현 수단을 통해 전달하려는 것이다. 제아미가 눈으로 보는 데 그치지 않고, 마음으로 보는 데까지 이르러야 한다고 한 것도 이 측면에서 이해할 수 있다.

현실을 무대 위로 옮겨오는 것은 오히려 노를 파괴한다고 해도 좋을 만큼 이념미(理念美)에 철저한 표현이 특징이다. 그렇기 때문에 대본도 현실 묘사로 흐르는 것을 피하고 그것다운 분위기를 상징하는 아름다운 시로 되어 있다. 대사에는 노래로 부르는 부분과 말로 하는 부분이 있는데, 말로 하는 부분도 일상적 어투와는 다른 독특한 억양을 가지고 있다.

절제되고 정제된 동작과 시적 표현은 서로 상보적이다. 문학적인 측면에서 노의 미적 특질을 지적하여 유현(幽玄)[불교적인 무상관과 결합된 여정(餘情)의 미]라고 하는 것을 이런 측면에서 이해할 수 있다. 절제된 움직임, 시적 표현, 적은 수의 등장인물이라는 경제성의 원칙에 충실한 점이 공연 상의 특징이라고 요약할 수 있다.

---

7) 이를 '시오루'라고 한다.

2.3. 관객의 반응

노의 공연을 통해 이루어지는 관객과 배우의 관계를 표현하기 위해 제아미 이래로 사용된 용어가 '꽃(花, 하나)'이다. 꽃은 배우의 연기와 관객이 만날 때 생겨나는 것이다. 이 점을 두고서 제아미는 "꽃이라는 것은 특별히 (구체적인 수련의 대상으로서) 존재하는 것이 아니다"라고 했다. 꽃이 피어나기 위해서는 배우의 훌륭한 연기와 관객의 훈련된 감수성이 동시에 요구된다. 배우와 관객을 따로 떼어놓고서는 꽃이 성립할 수 없다.

꽃은 배우와 관객의 성공적인 만남의 결과물이다. 꽃은 공연이 대단히 재미있고 뜻밖에도 새로울 때 생겨난다고 한다. 꽃은 일시적인 것(時分の花, 지분노하나)[8]일 수도 있고, 진실하고 영원한 것(眞の花, 마고토노하나)[9]일 수도 있다. 꽃에는 여러 유형과 단계가 있을 수 있지만, 진실하고 영원한 꽃(眞の花)은 배우와 관객을 결합하여 절대적 완성의 경지를 공유하는 체험으로 이끈다.

일본 연극의 배우와 관객은 공연을 통해서 이미 잘 알려진 경험을 다시 하고, 이전에 했던 공연을 다시 한번 되살린다는 데 동의하고 있다고 한다. 그래서 관객은 완성된 결과로서의 작품의 주제보다는 잘 알려진 형태(型, 가타)를 재현하는 과정에 더 깊은 관심을 갖는다. 과정이 끝나면 즐거움도 끝난다. 노 공연에서 중요한 것은 무엇인가를 정제된 형식 속에서 모방하고 있다(物眞似, 모노마네)는 점이다. 관객에게는 그러한 과정을 즐길 수 있는 훈련된 감수성이 요구된다.

관객은 같은 형(型)의 공연을 몇 번이고 반복해서 볼 수 있다. 전체 공연을 전부 다 볼 필요가 없는 것은 그 때문이다. 한 장면이 전체 속에서 차지하는 위치를 이미 잘 알고 있다. 한 장면에서 직관적으로, 새롭고

---

8) 배우가 젊은 덕분에 드러나는 신선함이나 매력을 가리킨다.

9) 꾸준한 훈련과 궁리를 통해 형성된 예술적 완성미를 가리킨다.

신기한 무엇인가를 느낄 수 있으면 성공적인 관람이 된다. 전체성보다는 세밀한 부분을 중시한다. 관객은 거대한 규모의 구조나 극적 갈등에 의해서가 아니라 뉘앙스에 의해서 흥분하고 감동한다. 부분의 성공적인 재현을 위해서 고도로 행위를 절제하고, 동작을 느린 속도로 나타내는 공연 방식을 발전시켰다.

전체의 완성도나 주제가 갖는 무게에 의해서가 아니라 부분의 형식미를 중시한 결과, 관객은 잘 짜인 문학적 표현보다는 무대에서 배우에 의해서 실현되는 일련의 이미지를 중시한다. 인과율·일관성에 관한 관심은 오히려 관람을 방해할 뿐이다. 일본 전통극 공연은 일관성을 잘 갖추고 있다기보다는 파편화된 사건의 나열이 두드러지는 경우가 많은데, 이점이 관객에게 전달하는 흥미의 본질이라는 것은 핵심을 잘 지적한 것이다.

제아미는 그가 지은 노 이론서인 《풍자화전(風姿花傳)》에서 공연의 성패는 관객의 안목과 배우의 수준이 잘 맞아떨어지는 데 달려 있다고 했다.

> 대체로 노 연희로 인해 명성을 떨치게 되는 데는 여러 경우가 있다. 능숙한 연희자의 무대라도 보는 눈이 없는 관객의 마음을 사로잡을 수는 없으며, 미숙한 예(藝)로는 보는 눈을 가진 관객을 만족시킬 수 없다.
>
> 애초에 남의 노를 보는 데 있어서도, 노의 본질을 이해하고 있는 사람은 마음으로 보고, 그렇지 못한 사람은 눈으로 보는 것이다. 마음으로 보는 것은 체(體)이고, 눈으로 보는 것은 용(用)이다.[10]

능숙한 배우가 안목 있는 관객과 만나는 것이 이상적이다. 눈으로 보는 것은 용(用)이요, 마음으로 보는 것이 체(體)라고 했다. 눈으로 보는 것은 배우의 동작을 겉으로 보는 것이라면 마음으로 보는 것은 배우의

---

10) 제아미 지음, 『風姿花傳 외』(김효자 옮김), 시사일본어사, 1993, 128면.

동작을 통해서 등장인물의 내면을 꿰뚫어 보는 것이라고 이해할 수 있다. 이상적인 관객은 마음으로 보고, 노의 체(體)를 파악하는 사람이다.

3. 세계관의 근거

제아미는 노의 미감의 원천이 심(心)의 체(體)인 불성(佛性)이라고 하여, 심(心)이 공연·감상의 근본 원리라고 했다.

> (언제까지나 지지 않는 꽃을 피우는 - 필자) 이러한 도리를 깨닫기 위해서는 어떻게 해야 하는가? (…) 그 하나하나의 연희를 익히고 연구를 다해 가면 영구히 꽃을 잃지 않는 경지를 터득할 수 있을 것이다. 이 많은 예의 종류를 터득하는 마음이 곧 꽃을 피우는 씨앗인 것이다. 예술에서 꽃이라는 것은 마음에서 피어나는 것이며, 씨앗은 예의 모든 부분에 걸친 기술이라고 할 것이다. 그러므로 꽃이 무엇인가를 알기 위해서는 우선 씨앗이 무엇인가를 알아야 할 것이다. 옛사람도
>
> 心地含諸種　　　마음에 모든 종자 머금었으니
> 普雨悉皆萌　　　단비에 모두 싹이 피어나리라.
> 頓悟花情已　　　꽃의 마음 단번에 깨친다면
> 菩提果自成　　　보리의 열매 저절로 맺히네.
>
> 라고 말하고 있다.11)

옛사람의 말이라 하면서 인용한 것은 당나라의 승려 혜능(慧能, 638-713)의 게(偈)다. 마음에 머금고 있는 종(種)(종자)은 곧 불성(佛性)이다. 혜능의 게에서는 씨앗이 싹이 트고 꽃이 피어 열매 맺는 과정을 불성을

11) 제아미 지음, 김효자 옮김, 같은 책, 43면.

깨달아 부처가 되는 과정에 비유했다. 제아미는 이를 예술론으로 전환하여, 씨앗이 바로 기(技)(わざ, 와자)라고 해석했다. 배우가 기(技)를 완벽하게 익힌 연기(공연)로 보여주는 것이 꽃이고, 그 꽃이 관객과의 교감으로 맺는 결실이 과(果)라고 했다. 관객의 입장에서 말하자면, 공연을 통해서 꽃을 보고, 그 경험을 계기로 하여 자기의 마음속에 본래 있던 불성을 직관하는 데 이르러야 한다는 의미로 이해할 수 있다.

제아미는 꽃이 작품 속에 이미 존재하는 것이 아니라, 공연이라는 현장에서 배우와 관객이 만나 공통의 기반인 그 무엇을 발견하고 공유할 때 성립한다고 보았다. 이러한 만남이 가능하기 위한 세계관적 근거로 제시된 것이 바로 심(心, 고코로)이다. 주목해야 할 점은 제아미가 연극론을 전개하면서 심(心)을 체용(體用)으로 갈라 이해하고, 이를 불성(佛性)과 연관시키고 있다는 사실이다. 불성은 물론 '일체중생실유불성(一切衆生悉有佛性)12)'의 불성이다. 배우의 심(心)의 용(用)(the various facets of kokoro)은 다양하지만, 그 근본인 체(體)는 불변이다. 배우는 수련의 여러 단계를 거쳐 마침내 자기 안의 불성을 자각하는 경지에 이르는데, 이때 그의 연기의 처음과 끝을 관통하는 원리가 바로 불성이다. 무대 위의 모든 동작은 불성의 용(用)으로서 드러난다. 훌륭한 배우는 무대 위에서 불성을 드러내며, 동시에 말로 표현할 수 없는 방식으로 관객의 심(心)을 움직인다.

제아미가 제시한 꼭두각시와 줄의 비유 또한 같은 취지다. 꼭두각시는 스스로 움직이지 못하고 줄의 움직임에 따라 움직이듯 최고의 연기자도 마찬가지다. 그의 연기는 자의적 의지의 발현이 아니다. 그의 한 동작 한 동작은 불성의 작용이며, 심(心)은 모든 기법의 근본 원리이자 배우와 관객을 하나로 묶는 기반이 된다.

---

12) 모든 중생은 다 부처가 될 성품을 지니고 있다는 뜻.

꽃이란 배우의 심(心)과 관객의 심(心)이 불성을 근거로 해서 만나는 각성의 체험이라고 할 수 있다. 배우는 자신의 연기를 불성(佛性)의 용(用)으로 자각하는 경지에 이르기까지 수련해야 하며, 관객은 무대 위에서 펼쳐지는 불성의 용(用)을 통해서 자기 안에 이미 갖추어져 있는 불성의 체(體)를 자각하는 체험을 얻어야 한다. 이러한 상호 각성의 순간이 바로 노가 지향하는 궁극적인 예술적 성취라 할 수 있다.

4. 시대적 성격

노가 연극으로서 지위를 확고히 한 것은 14·15세기의 일이다. 헤이안 시대 이래의 귀족을 대신하여 무사(武士)가 정권을 잡게 되면서 상층과 하층의 사회적 거리가 좁혀지는 계기가 마련되었다. 무사는 정권을 장악하여 최고 상층에 올랐지만, 자신들의 독자적인 예술 전통을 갖지 못했다. 헤이안 시대 이래의 귀족 문화의 수준을 동경했던 그들은 그에 상응하는 예술적 완성도를 갖춘 새로운 연희를 요구했다. 이 요구에 부응한 것이 간아미·제아미 부자로 대표되는 하층의 연희 집단이었다. 무사와 하층 연희 집단의 만남으로 노가 탄생했다. 이러한 상층과 하층의 독특한 결합 방식은 노와 교겐을 함께 공연하는 형태에도 반영되어 있다.

노가 고도로 양식화된 용어를 사용하고, 와카(和歌)·불경(經典) 등을 인용하여 독특하고 복잡한 문체를 구사하는 반면, 교겐은 동시대의 구어를 써서 단순하고 명쾌하며 활기찬 대사를 사용하는 특징을 보인다. 노의 등장인물이 주로 초자연적인 존재나 전설적인 인물인 데 비해서 교겐의 경우는 맹인·도적·법사·농부·직공 등 일상적인 인물과 주변 여성이 중심을 이룬다. 교겐의 인물은 관객과 동시대를 살아가는 인물이기에 가면을 쓰지 않는다. 결과적으로 노가 지배층의 정신세계를 반영한다면 교겐은 하층의 일상생활에 뿌리를 두고 있다고 할 수 있다.

교겐은 차안적·일상적인 세계를 보여주며, 불교적 세계관과는 거리를 둔 토착적 세계관의 틀 안에서 종종 권위에 대한 야유와 풍자를 포함한다는 점에서 노와 대조된다. 이와 같은 노와 교겐의 차이는 단순한 언어·제재·연기 양식의 차이를 넘어 세계관의 차이라고까지 말할 수 있다. 이러한 두 측면이 같은 무대 위에 병존한다는 점은 일본 중세 연극의 특징적인 면모라고 할 수 있다.

5. 비교 연구의 과제

노, 특히 복식 무겐노는 망자(亡者)와의 원만한 관계를 회복하거나 망자를 위로하는 것이 이승에서 살아가는 사람에게 중요한 일이라는 생각을 독특한 구조를 통해 형상화하고 있다. 무속에서 풍부하게 찾을 수 있는 이러한 설정이 고도로 세련된 연극적 형태로 전환되고 있는 양상을 비교해서 논의할 수 있다. 삶과 죽음의 문제와 같은 무거운 주제를 양식화하여 공연할 때 동반하기 마련인 긴장을 교겐의 발랄함으로 이완하는 공연 방식상의 독특함도 주목해야 한다.

내면적 심리를 형식화되고 절제된 동작을 통해 전달한 점은 노가 이룩한 중요한 연극적 성취의 하나다. 관객과 배우의 관계를 불성의 체용(體用) 구조로 설명하는 제아미의 논의는 연극 일반 이론으로 심화시킬 가능성을 지니고 있다. 특히 연극이 주는 감명의 근거를 어디에서 찾을 것인가 물을 때, 심(心)과 꽃을 핵심적인 개념으로 받아들여 논의할 수 있다.

02

베트남의 전통극 짜오

1. 머리말

베트남의 전통극에는 크게 짜오(chèo), 뚜옹(tuồng), 무어 조이(múa rối)의 세 가지가 있다. 짜오는 농민이 창작과 향유의 주체가 된 하층 민속극이고, 뚜옹은 정제된 상층연극으로서의 특성을 보인다. 인형극인 무어 조이는 대사가 발달하지 않아 다른 둘에 비해서 문학적 성격이 적잖이 약하다. 근대 이전 베트남에서는 전통극이 대단히 성행해서 쯔놈으로 쓰인 소설작품 수보다 짜오나 뚜옹의 작품 수가 더 많았다고 한다.[1)]

베트남의 짜오와 한국의 탈춤은 공연예술로서의 공통점이 많다. 무엇보다 두 연극이 모두 다 관객이 연극 공연에 적극적으로 참여하고, 풍자를 통해 웃음을 불러일으키는 특성을 가진다는 점이 주목된다. 한국 연

1) Hoàng Ngọc Phác·Huỳnh Lý, 『Chèo và Tuồng(짜오와 뚜옹)』, nxb Giáo Dục 1958, 7면. 같은 곳에서 고전 짜오 작품은 대략 100여 편에 이른다고 했다. 뚜옹은 수백 편이 된다고 한다. 그러나 아직도 정리 작업이 끝나지 않아 짜오와 뚜옹 작품이 얼마나 되는지는 정확히 알 수 없는 형편이다.

극이 동아시아 연극에서 차지하는 위치를 넓은 시각에서 조망하기 위해서도 베트남 전통극에 관심을 가져야 한다. 이곳에서는 이 점을 염두에 두고서 째오의 전형적인 면모를 대표작을 거론하면서 개략적으로 살피고자 한다.

2. 기원과 발전

베트남 쪽 연구를 살펴볼 때, 13-14세기경에 이야기를 연출하는 본격적인 연극이 시작되었고, 거기에서 째오와 뚜옹이 점차 형성되었을 것이라고 보는 데는 큰 이견이 없는 것으로 보인다. 째오의 성행이 앞서고, 뚜옹은 17세기 이후에 형성되어 19세기에 정점에 이르렀다고 보는 데도 대체로 동의하고 있는 것으로 보인다.[2)]

째오는 베트남 북부지방에서 널리 공연된 가무악극(歌舞樂劇)이다.[3)] 째오는 다양한 예술양식, 즉 일상적인 말하기와 시적인 말하기, 노래, 춤, 음악 연주가 한데 어우러진 종합적인 공연예술이다. 이러한 째오의 발생에는 세 가지 원천이 작용한 것으로 보인다. 그것은 연극의 저층 노릇을 한 마을 제의(祭儀), 궁정에서 공연된 소학지희(笑謔之戲)[골계희(滑稽戲)], 그리고 중국 연극의 영향이다.

마을 제의를 예회(禮會, lễ hội)라고 부르는데, 엄숙한 종교적 제의인 '예(禮)'와 흥겨운 잔치에 해당하는 '회(會)'의 두 부분으로 구성된다. 엄숙한

2) 여러 사람, Vietnamese Studies Vol. 130, Thế Giới Publishers 1998과 Đình Quang 외, Vietnamese Theater, Thế Giới Publishers 1999를 통해 그 점을 확인할 수 있다.

3) 노래극이라는 뜻으로 '끽 핫(kịch hát)'이라고 한다. '끽 핫'은 'kịch(극)'과 'hát(노래하다)'을 합쳐 만든 말이다. 춤과 노래가 탈락한 근대 대화극은 'kịch(극)'과 'nói(말하다)'를 합쳐서 '끽 노이(kịch nói)'라고 부른다.

제사가 끝나고 신을 즐겁게 하려는 의도에서 놀이를 한 데 연극의 근원이 있다고 본다.4) 연극의 근원이라고는 해도 간단한 연극적 놀이에 지나지 않았을 것이고 소박하게나마 말, 춤, 노래가 복합된 형태인 것은 오늘날과 마찬가지였을 것이다.

마을 제의가 연극의 저층 노릇을 한 것은 분명한데 민간에서 공연된 초기 베트남연극의 면모를 알 수 있게 하는 자료는 찾아보기가 힘들다. 그 대신 궁정에서 광대에 의해서 한국의 소학지희나 중국의 골계희(滑稽戲)와 아주 흡사한 면모를 가진 짤막한 연극이 연행되었다는 기록이 있다.5) 그러나 그런 기록은 시사(時事)를 다룬 화극(話劇)의 존재를 알려주는 것이기는 해도, 그 연극이 이야기를 연출하는 가무악극이었다고 보기는 힘들다. 민간극이 궁정극에서 보는 바와 같이 시사를 위주로 연출했다고 볼 수는 없는 노릇이다. 민간극은 특정 시기에 국한되지 않는 보편성이 있는 소재를 반복해서 공연해야 했기 때문이다.

이야기를 연출하는 가무악극으로의 전환은 14세기로 접어들면서 중국 연극의 영향을 받아들이면서 나타난 변화였다. 《대월사기전서》(권7) 쩐(陳) 왕조 주 똥(裕宗) 5년(1362) 조에는 13세기 후반기에 쩐 왕조가 원나

---

4) Đình Quang 외, 같은 책, 43면에서 정리한 바를 따른다.

5) 《월사략(越史略)》에 따르면, 1182년 태사보정(太師輔政) 자리에 오른 도 안 투언(杜安順)이라는 자는 세도가 대단해서 당시 모든 사람이 두려워했는데, 우인(優人)이 형부상서(刑部尙書)로 분장하고 그를 풍자한 연극을 했다고 한다. 부하에게 죄인을 잡아다가 감옥에 가두라고 명했는데 잡아 오지 못하자, "왜 태사(太師)가 보내서 온 사람이라고 말하지 않았느냐? 그렇게 말했다면 바로 잡아 올 수 있었을 것이다."라고 말했다는 것이다. 이 기록을 통해서 12세기 말에 배역을 나누어 연극을 했다는 것과 그 내용이 위세를 부리던 세도가를 풍자한 내용이었다는 것을 확인할 수 있다. 그런 연극은 한국의 소학지희, 중국의 골계희와 아주 흡사한 면모를 가졌을 것이다[Hoàng Châu Ký, 『Sơ Khảo Lịch Sử Nghệ Thuật Tuồng(뚜옹 예술의 역사 初考)』, nxb Văn Hóa 1973, 27면에서 《월사략》의 기록을 인용하고 검토했다. 《대월사기전서》에는 도 안 지(杜安頤, ?-1188)로 나오는데, 1179년에 태사보정이 되었고 1188년에 죽은 것으로 되어 있어서 《월사략》의 기록과는 차이가 있다].

라 침입에 맞서 싸우는 과정에서 원나라 군영에서 연극을 하던 배우 이원길(李元吉)을 포로로 잡았는데, 그가 세도가에 소속된 연희자들에게 '북창(北唱, 중국노래)'과 '고전희(古傳戲, 연극)'를 가르친 내용이 기록되어 있다.[6] 또한 그 기록에 따르면, 이원길이 가르친 '고전희' 가운데는 〈서왕모헌반도(西王母獻蟠桃)〉라는 작품이 있었는데, 배역을 나누어 연기하는 인원이 열두 명이고, 복장과 음악 연주도 갖추었다고 한다. 배우들이 무대 안팎을 오가면서 관객을 슬프게도 하고 기쁘게도 했다는 것을 보면 관객을 끌어들이는 힘이 있었다.

이러한 '고전희'는 이야기를 연출한 본격적인 연극이어서 앞 시대에 있었던 시사를 위주로 하는 단편적인 연극과는 확연히 구별되었을 것이다. 《대월사기전서》에서 '전희(傳戲)'가 이때 시작되었다고 한 말은, 베트남에서 연극이 이때 최초로 탄생했다는 말이 아니고, 서서히 발전하고 있던 간단한 연극과 가무악(歌舞樂)에 원나라 잡극(雜劇)의 요소를 결합시키면서 본격적인 연극이 시작되었다는 뜻으로 해석해야 할 것이다.[7]

한편 15세기 말엽으로 접어들면서 레 왕조 타인 똥(聖宗)은 궁정에서 연극을 추방하고 배우를 억압하는 정책을 폈다. 연극은 유교 이념을 실현하고자 하는 자신의 의도에 반하는 것으로 판단했던 것이다. 성종은 더는 궁정에서 연극을 상연하지 못하도록 하고 여러 번 연극 상연을 제

---

6) "春 正月 令王侯公主諸家獻諸雜戲 帝閱定其優者賞之 先是 破唆都時 獲優人李元吉 善歌 諸勢家少年婢子從習北唱 元吉作古傳戲 有西方王母獻蟠桃等傳 其戲有官人朱子旦娘拘奴 等號 凡十二人 着錦袍綉衣 擊鼓吹簫 彈琴撫掌 鬧以檀槽 更出迭入爲戲 感人令悲則悲 令 歡則歡 我國有傳戲始此" [『校合本 大越史記全書』(上), 432면]. 같은 내용이 레 뀌 돈(黎貴惇)의 《견문소록(見聞小錄)》에서도 되풀이되고 있다. 이원길이 가르친 연극은 아마도 잡극(雜劇)이었을 것이다. 다만 남송(南宋)의 남희(南戲)였을 가능성도 완전히 배제하기는 어렵다.

7) 원 잡극의 형식은 뚜옹과는 크게 다르며, 극본의 구성이나 곡조의 안배 역시 크게 다르고, 도리어 명(明).청(淸) 연극과의 공통점이 발견된다고 한다[Hoàng Châu Ký, 같은 책, 36면].

한하는 교화령을 반포했다. 연극배우는 사회적인 차별을 받았다. 성종의 이러한 조치들은 궁정과 상층에서 자라나던 연극을 민간으로 돌리는 구실을 했을 것이다.

이상에서 살펴본 바가 곧바로 째오의 발전 과정을 보여주는 것이라고 단정지어 말하기는 어렵다. 이원길이 전한 '전희'가 바로 째오라거나 뚜옹이라고 단정할 수 있는 근거는 없다. 다만 대략 위와 같은 과정을 거치면서 오늘날 보는 바와 같은 연극 형태를 갖추었다고 추정해볼 수 있을 따름이다. 정리하자면, 마을 제의 가운데 단순한 형태의 연극이 있었고, 상층에서는 시사를 위주로 하는 연극을 가지고 있었는데 어느 쪽이나 본격적인 연극이라고 하기에는 미흡한 것이었다. 13-14세기에 중국 연극의 영향이 거기에 더해지면서 이야기를 연출하는 극적 전개를 갖춘 연극이 자리 잡았다. 그것이 성종 이후 민간으로 돌려짐으로써 베트남의 민속음악과 춤을 결합시킨 오늘날과 같은 가무악극인 째오로 발전하게 되었다.8)

3. 공연 방식

째오는 마을 공회당[亭, đình, 딘]이나 절의 앞마당에 5m×3m 정도 크기의 자리를 깔고 공연했다. 통상적으로 무대는 사면이 열려 있어 관객들은 무대를 둘러싸고 공연을 보지만, 경우에 따라서는 무대 뒷면에 막

8) 이런 정도의 거친 추정에도 이견이 있을 수 있다. 오늘날 베트남의 연구자들 가운데는 이원길이 전한 것이 째오라고 하는 연구자도 있고, 뚜옹이라고 하는 연구자도 있어 혼선이 빚어진다. 이렇게 견해가 엇갈리는 것은 13-14세기와 17-18세기 사이 약 2세기 동안 기록의 공백이 있기 때문이다. 15-16세기에 연극이 성행했는데 문인들이 기록으로 남기지 않았다고 보는 것보다는 그들의 주의를 끌 만큼 연극이 성행하지 않았다고 보는 편이 더 타당하다고 본다.

을 쳐서 배우들이 화장하고 옷을 갈아입는 곳으로 사용하기도 했다. 악사들과 출연 순서를 기다리고 있는 배우들은 자리의 좌우에 앉는다.

공연의 시작에 앞서 촌장(村長)은 보통 여섯 시간 정도 타도록 만든 향을 지핀다. 북이 울리면 배우들은 일제히 "예!"라고 말하고, 악사들은 모든 악기를 동시에 떠들썩하게 연주한다. 관객들에게 곧 공연이 시작된다는 것을 알리는 것이다. 이어서 두 명의 배우가 횃불을 들고 무대로 나와 무대 주위를 돌며 춤을 추면서 무대 위에 올라와 있는 관객들을 무대 밖으로 내보낸다. 이것이 처음 추는 춤이다. 배우들 모두 노래를 불러 목을 푼다. 남자 배우 한 사람과 여자 배우 한 사람이 처음 두 소절을 부른다. 이는 배우들 간에 서로 음조(key)를 맞출 수 있도록 하기 위함이다.

이어서 여자 배우 한 사람이 나와 국왕의 선정(善政)을 찬미하고, 관료들을 기리며, 국태민안(國泰民安)을 칭송하는 노래를 한다. 그리고 앞으로 공연하고자 하는 극의 줄거리를 요약하고 스토리와 인물에 대해 몇가지 논평을 노래로 한다.[9] 예를 들면 〈꽌 엄 티 낑(觀音氏敬, Quan Âm Thị Kính)〉은 다음과 같이 시작한다.

(vỉa[10])
오늘날 국운(國運)이 형통(亨通)하여
남북이 화순(和順)하고, 동서가 태평함을 경축합니다.
♪
두 글자 미타(彌陀)시여
남녀 모두 건강하고

9) 이를 '자오 더우(giáo đầu)'라고 하는데, 서막이라는 뜻이다.
10) 곡조 이름이다. 곡조 이름을 밝히는 것이 꼭 필요한 것은 아니어서 앞으로는 생략한다. 다만 곡조나 특별한 어조를 지시하는 부분에는 '♪' 표를 하기로 한다. 곡조에 대한 자세한 설명은 Hoàng Kiều, 『Sử Dụng Làn Điệu Chèo(째오의 곡조 사용법)』, nxb Văn Hóa 1974에 있다.

노소 모두 평안하게 하소서.
성심(誠心)으로 일주향(一柱香)을 사르고
시방(十方) 제불(諸佛)께서 보우(保佑)하시길 기원합니다.
옛말에 이르기를 선자선수(善者善隨)요
악자악보(惡者惡報)는 어긋남이 없다고 했습니다.
귀신(鬼神)이 양어깨에서 증명하고 있습니다.
덕(德)의 나무를 인(仁)의 땅에 심고 보살피면
누구라도 행복하게 될 것입니다.[11]

서두에서 국운이 형통하여 동서남북이 태평하다고 한 말이나 부처를 찬미하는 말은 째오와 제의와의 관련성을 보여주는 것이라고 생각된다. 행실이 덕과 인에 근거하면 그에 상응하는 업보(業報)가 따르게 마련이라고 했다. 작품이 선업(善業)을 쌓아 관음보살이 된 여인의 이야기이기 때문에 이런 말을 한 것이다. 이어서 작품의 줄거리를 요약하는 말이 나온다.

♪
나무불(南無佛)
출가자는 온갖 고난[苦海]을 넘어
행복[五福]을 얻게 될 것입니다.
불경(佛經)에 관음(觀音)의 고사가 보입니다.
고려국(高麗國)[12]에 사는 망(莽, Mãng)씨 부인은
일찍부터 인연(因緣)이 맺어져
숭(崇, Sùng)씨와 결혼한 지 막 반년이 되었습니다.
돌연 수염을 깎은 것이 운명을 바꿔서 인연이 끊어져
부모 곁을 떠나 절로 출가했습니다.

---

11) Hà Văn Cầu, 『Tuyển Tập Chèo Cổ(古典 째오 選集)』, nxb Văn Hóa 1976, 45면.
12) '까오 리 꾸옥(Cao li quốc)'. 이 작품은 한국을 배경으로 한 셈이다.

옷차림을 바꾸고 남자로 변장했습니다.
티 머우(氏牟, Thị Mầu)가 이야기를 꾸며 죄를 뒤집어씌웠습니다.
어린아이를 가슴에 안고 삼관문(三觀門)을 나와서
부처의 가호(加護)를 입어 억울함을 말끔히 풀었습니다.[13]

축원, 줄거리 요약에 이어서 본 공연이 시작된다. 공연 시간은 제한이 없다. 최소한 두세 시간 계속되며 밤새울 수도 있다. 향이 다 타야 공연이 끝날 수 있어서 배우는 그 시간을 채울 수 있을 만큼 충분한 레퍼토리(노래, 재담 등)를 보유하고 있어야 한다. 이 때문에 작품에 곁가지가 많이 붙게 되었고, 같은 작품이라고 해도 각 편마다 적지 않은 차이가 생겨나게 되었다.

무대배경이 없으며, 특별히 고안된 무대장치 또한 없다. 이동할 때 옷 따위의 물건을 넣는 옻칠한 붉은 상자를 무대장치로 활용하기도 한다. 이 상자를 활용해서 옥좌, 산, 책상, 침상 따위를 표현한다. 때에 따라서는 특별한 장치가 필요할 때가 있다. 예컨대 불상은 복장을 갖춘 사람을 앉혀놓는 것으로 대신한다. 그 사람은 그 장면이 끝나면 일어나서 퇴장한다.

배우들은 평상시에는 농부이지만 행사가 있을 때에는 째오 공연 팀의 우두머리를 중심으로 모인다. 한 마을에서 잔치가 열리면 이웃 마을에서 적어도 두세 팀이 함께 참여한다. 각 공연 팀은 밤낮으로 공연하면서 서로 경쟁한다. 이런 경쟁적인 공연 분위기 속에서 각 팀은 자신들의 능력을 최대한 발휘하기 위해서 애쓴다. 경쟁에서 이기기 위해서는 독자적인 연출을 발전시키면서 필요에 따라 즉흥적인 연기도 덧붙여야 했다. 이런 경쟁과정을 거치면서 서로의 장기를 배우게 되어 연극 발전이 이루어졌다.

---

13) Hà Văn Cầu, 『Tuyển Tập Chèo Cổ(古典 째오 選集)』, 45-46면.

전에는 글로 기록한 극본이 없었고,[14] 배우들과 관객들의 입을 통해서 작품 내용이 전수되었다. 정해진 극본에 따라서 정확히 연기해야 한다는 생각이 있을 수 없었다. 극 전개의 골자는 공통되지만, 관객의 요구나 배우의 능력과 취향에 따라 부분적으로 달라지기도 하고 새로운 부분이 덧붙여지기도 해서 한 작품에도 이본이 여럿 있게 되었다. 자유로운 변개가 가능했기 때문에 극본과 실제 공연 사이에는 큰 차이가 있을 수 있고 그 덕택에 연극의 내용이 시대에 뒤떨어지지 않고 갱신될 수 있었다.

흥미 있고 인기 있는 장면은 다른 작품을 창작할 때에도 단위장면으로 이용되었다. 예컨대 〈꽌 엄 티 낑〉에 티엔 시(善士)라는 청년이 청혼하러 가는 길에, "듣자 하니 망 노인(Mãng Ông)에게는 현숙한 딸이 있다지. 그렇다면 찾아가서 아내로 삼아야지"라고 말한다. 이어서 망 노인을 만나 결혼을 허락받고 아내 티 낑(氏敬)을 데리고 집으로 온다. 이 장면을 연극배우들은 '우귀(于歸)'라고 부른다.[15] 그런데 이 '우귀'라는 단위 장면은 〈쯔엉 비엔(張園)〉에도 수용되고 있다.[16] 등장인물의 이름은 바뀌었지만 유사한 상황이기에 받아들여졌다.

4. 관객

작품을 상연할 때 배우뿐만 아니라 관객과 악사도 공연에 참여한다. 우선 째오 공연에서 '끼어드는 소리(tiếng đế)'에 주목할 필요가 있다. 어

14) 현재 전하는 쯔놈으로 된 최초의 판본은 1896년에 하노이에서 나온 것으로 알려져 있다.
15) '우귀'는 결혼한 신부가 처음으로 시집에 들어간다는 뜻이다.
16) Hà Văn Cầu, 『Tuyển Tập Chèo Cổ(古典 째오 選集)』, 51면·87면에서 '우귀' 장면이 수용되어 있는 양상을 확인할 수 있다.

느 때는 관객이 배우의 노래나 대사 중간에 '끼어든다.' 어느 때는 배우가 물음을 던지면 관객이 '끼어들어' 대답한다.[17] 관객이 '끼어들어' 질문을 던지면 배우가 연기를 계속하면서 대답한다. 관객이 일제히 배우가 부르는 노래의 마지막 부분을 되풀이하는 것으로 '끼어드는' 경우도 있다. 흥겨워진 관객들이 무대 위로 올라오기도 한다. 배우가 관객들 가운데 한 사람을 무대 위로 끌어들여 농담을 주고받으며 관객을 즐겁게 하는 일이 드물지 않다. 이처럼 관객이 무대(자리)를 둘러싸고 관람하면서 '끼어들어' 극에 적극적으로 참여하고 배우 역시 관객의 참여를 유도함으로써 배우와 관객 사이의 명확한 경계선을 허문다. 관객이 이미 각 배역의 대사나 노래를 익히 알고 있기 때문에 배우와 관객 사이에 묵계가 성립되는 것이다.

극작법 상 '끼어드는 소리'가 꼭 필요한 경우가 있어 '끼어드는' 역할을 본격적으로 담당하는 무리가 필요했다. 그래서 '끼어드는 무리(dàn đế)'가 성립했다. 무대에 등장한 인물이 '끼어드는 무리'와 말을 주고받는 과정에서 스스로 가식적인 면을 폭로하고, 자신의 어리석음을 스스로 드러내어 풍자의 대상이 되는 경우가 흔한데, 그런 역할을 관객에게 맡겨둘 수는 없는 일이어서 극작법 상 '끼어드는 무리'가 꼭 필요하게 된다. 또한 장면이 바뀌고 나서 배우가 무대에 등장하도록 불러내는 일도 '끼어드는 무리'가 맡는다.

'끼어드는 무리'는 무대 주변에 앉아 있는데, 악사들과 무대에 출연할 배우들로 구성되어 있다. 이 경우 '끼어드는 무리'의 자리에 앉아 있는

---

17) 예를 들어 배우가 "그러니까 이런 시가 있거든"이라고 하면 즉시 무대 주위에 있는 관객들은 "시가 뭔데" 하고 끼어든다. 또 "마을 사람들 (…) 내가 여기 나왔는데 이름을 소개해야 하나"라고 운을 떼면, 관객들은 "이름을 소개하지 않으면 당신이 누군지 어떻게 알아"라고 대답한다(도 퐁 뚜이, 「째어와 탈춤에 나타난 익살의 비교: 베트남과 한국의 민속전통의 이해를 위해」, 『학생학술연구 논문집』 제13집, 계명대학교출판부 2007, 65-66면).

배우는 일차적으로는 관객이라고 할 수 있다. 그러면서도 동시에 자신이 연극에서 맡고 있는 배역 이외의 역할을 담당하고 있다는 점에서는 새로운 배역을 갖는 배우라고도 할 수 있다. 관객들이 구경하는 대상이 되는 것이다. '끼어드는 무리'는 등장인물에 대해 논평하기도 하고, 등장인물과 대화를 주고받기도 한다. 극이 진행되는 도중에 인물을 칭찬하기도 하고 비판하기도 한다. 베트남연극 가운데 이런 '끼어드는 무리'를 활용하는 것은 째오가 유일하다.

관객의 반응과 취향은 작품을 크게 바꿔놓기도 했다. 배우의 즉흥연기에 흥미를 가지고 해학적인 내용을 선호하는 관객 앞에서 공연할 때에는 노래는 대폭 생략하고 익살꾼(hề)[18]의 재담을 길게 연장한다. 심지어는 현재 상연중인 작품이 아닌 다른 작품 속의 우스개 대목을 끌어오기도 한다. 같은 이치로 노래를 선호하는 관객 앞에서 공연할 때는 여러 작품에서 노래를 가져와서 공연에 이용한다. 그래서 본래 어느 작품에 속한 노래와 재담인지 알 수 없게 된 경우가 흔하다. 관객의 기호가 지역에 따라서 달라지게 마련이어서 지역마다 다른 방향으로 발전하게 되었다.

이처럼 째오는 관객이 능동적으로 공연에 참여할 것을 기대하고, 관객의 반응과 요구를 수용하도록 열려 있다. 관객의 반응이 직접 공연에 반영되고 다음 번 공연에도 반영되어 작품이 달라졌다. 재미있는 부분은 극본에 덧붙여지고 그 반대로 흥미를 끌기 어려운 부분은 점차 도태되었다.

---

18) 쯔놈 극본에서는 '兮'로 표기한다.

5. 작품 내용

째오에는 술 취한 늙은이, 유생(儒生), 요부(妖婦), 익살꾼과 같은 유형화된 인물이 등장한다. 이들 유형화된 인물들은 필요에 따라 약간의 변개를 거쳐 여러 작품에 되풀이하여 나타날 수 있다. 비교적 초기에는 '익살꾼' '노인' '노파'(혹은 중년 부인), '젊은 남자'(혹은 하인), '아가씨' 같은 부류의 인물이 존재했다. 그러다가 유형화된 인물의 수가 증가하고 역할이 분화되었다. '노인'은 '술 취한 늙은이' '유생' '부자' '재상'으로 분화되었다. 또한 점쟁이나 촌장 등이 나타난 것과 '젊은 남자'가 '젊은 유생'과 '남성 주인공'으로 분화된 것도 그러한 추세에 상응하는 변화였다. '아가씨'도 '탕녀(蕩女)'와 '여성 주인공'으로 분화되었다. 인물 유형이 분화되긴 했지만 크게 긍정적 인물군과 부정적 인물군으로 나뉘는 것은 일관된다.

째오는 주로 농촌에서 경험하는 현실생활의 여러 국면을 다룬다. 째오가 다루는 내용은 민중이 현실생활에서 겪는 인간관계에서 생기는 갈등이라고 요약할 수 있다. 갈등이 일어나는 범위는 가족과 향촌사회 내부로 한정되며 국가대사(國家大事)와 같은 거대한 문제를 다루지는 않는다. 작품에서 다루어지는 제재는 다양하다. 효성스러운 며느리, 억울한 누명을 쓴 여인, 의로운 친구, 정조(貞操)를 지키지 못한 아내, 재물을 탐내 의(義)를 저버림, 혼란과 전쟁, 꼬투리를 잡아 뇌물을 요구하는 관가의 병사, 여인의 질투와 같이 폭넓은 제재를 가지고 있다.

째오는 통상 행복한 결말을 갖는다. 긍정적 인물군은 고귀한 인품의 소유자들이면서 고난을 겪는다. 그러나 비록 고난을 겪지만 선한 마음을 잃지 않는다. 이들은 결국 행복을 누리게 된다. 왕위에 오르고, 눈을 뜨며, 사랑하는 사람과 재회한다. 부처에 의해서 극락으로 인도되기도 한다. 악한 인물들은 보통 지배층이거나 부유한 인물들인데 한때는 세력을 얻을지라도 결국은 악행에 상응하는 징벌을 받는다.

여기서는 수많은 째오 작품 가운데 가장 대표작으로 꼽히는 〈꽌 엄 티 낑〉을 살펴보기로 한다.[19] 주인공 티 낑과 그녀의 남편 티엔 시는 부모 대에서 정혼한 사이이다. 둘은 결혼해서 티 낑은 살림을 하고 티엔 시는 공부를 했다.

티엔 시: (티 낑을 이끌고 집으로 돌아온다.)
자 이제 고향으로 돌아왔구나. 당신은 밖에서 바느질을 하구려.
나는 열심히 책을 읽으리다.
티 낑: 저는 당신이 이르시는 대로 하지요.
저는 옆에서 밤낮으로 부지런히 집안일을 꾸려 나가겠습니다.
집안일을 돌보는 것은 아녀자의 몫이니까요.
당신은 열심히 책을 읽으세요.
티엔 시: (공부한다)
관관저구(關關雎鳩)
재하지주(在河之洲)
요조숙녀(窈窕淑女)
군자호구(君子好逑)[20]
도지요요(桃之夭夭)
기엽진진(其葉蓁蓁)
지자우귀(之子于歸)
의기가인(宜其家人)
지자우귀(之子于歸)
의기가실(宜其家室)[21]

---

19) Hà Văn Cầu, 『Tuyển Tập Chèo Cổ(古典 째오 選集)』, 53-55면을 이용해서 번역한다.

20) '관관저구 - 군자호구'는 《시경》 〈관저(關雎)〉에 나온다. "구욱구욱 우는 물새는 황하의 모래섬에 있구나. 요조숙녀는 군자의 좋은 배필이로다"로 번역할 수 있다.

21) '도지요요 - 의기가실'은 《시경》 〈도요(桃夭)〉에 나온다. 전체 작품과 번역은 다음과 같다. "桃之夭夭 灼灼其華 之子于歸 宜其室家 / 桃之夭夭 有蕡其室 之子于歸 宜其家室 / 桃之夭夭 其葉蓁蓁 之子于歸 宜其家人 (어리고 예쁜 복숭아나무여, 화사한 꽃 피었구나. 시집가는 아가씨여, 온 집안을 화락하게 하리. / 어리고 예쁜 복숭아나무여,

티 낑: (노래한다)
소첩(小妾)은 앉아서 실을 잣고, 또 잣고
바늘에 실을 꿰고, 또 꿰고, 툇마루에 앉아 바느질을 합니다.

그러던 어느 날 오랜 시간 공부하다가 남편이 깊은 잠에 빠져들었다. 남편에게 부채를 부쳐주다가 티 낑은 살로 파고드는 수염을 발견하고는, 남편의 장래에 좋지 않은 징조라고 생각한다. 남편을 깨우고 싶지는 않았기 때문에 그녀는 조용히 칼을 남편의 목에 들이대고 그 수염을 잘라내려 했다.

티엔 시: 여보,
밤새도록 공부했더니
내가 좀 피곤하구려.
당신 베개를 주구려, 잠시 누워야겠소.
티 낑: (앉아서 남편에게 부채질해 준다)
부부의 도리는 결발(結髮)하고[22] 백 년을 함께 사는 것.
먼저 남편이 영예롭게 되면 나도 따라 영예롭게 된다네.
갑자기 어째서 수염 하나가 자라났나.
이상하게도 턱 아래에서 거꾸로 자라고 있네.
깨어났을 때에는 어떻게 자를 수 있으리오.
한참 꿈꾸며 자고 있을 때를 기다렸다가
멀리서 솜씨 좋게 해야지. 그렇지 않으면 그이를 건드리겠지.
날카로운 칼을 준비해서 한 번에 가지런하게 잘라버려야지.

그때 티엔 시가 갑자기 깨어나 티 낑이 자기 목에 칼을 들이대고 있는 것을 보고는 겁에 질려 큰 소리로 부모를 부른다. 부모가 와서는 티 낑이

많은 열매 열렸구나. 시집가는 아가씨여, 온 집안을 화락하게 하리. / 어리고 예쁜 복숭아나무여, 잎이 무성하구나. 시집가는 아가씨여, 온 집안 식구 화목하게 하리)."

22) 원문은 "kết tóc"이다. '결발(結髮)'은 성혼(成婚)하는 날 밤에 남자는 상투를 틀고 여자는 쪽찌는 일을 말한다. 곧 부부가 됨을 이른다.

남편을 죽이려 했다고 추궁한다.

티엔 시: (깜짝 놀라 일어나며)
아이고 아버지, 아이고 어머니! 아이고 동네 사람들, 아이고 마을 사람들!
밤중에, 그것도 한밤중에
무슨 이유로 상서롭지 못한 일이 일어났나?
이런 천지개벽할 일이! 아버지! 어머니!
(숭 노인과 숭 노파가 뛰어나온다)
숭 노파(Bà Sùng): 상서롭지 못한 일이라니 무슨 상서롭지 못한 일이지?
♪
티엔 시: 엎드려 아룁니다, 어머니
간밤에 조용히 깊이 잠들어 있었는데
문득 일어나보니 목에 칼이…….
숭 노인(Ông Sùng): 네 목에 칼이, 아니면 누구 목에?
숭 노파: 아이고 맙소사!
♪
세상에 이런 끔찍한 일이! 세상에 이런 끔찍한 일이!
대담하기도 해라, 대담하기도 해라!

티 낑은 변명해 보았지만 아무도 믿으려 들지 않았고 결국 집에서 쫓겨나고 만다. 쫓겨난 티 낑은 남자로 변장을 하고 절[雲字寺]에 가서 승려가 된다. 법명(法名)을 낑 떰(Kính Tâm, 敬心)이라고 했다.

티 머우라는 여인은 부유한 집 딸이었는데 절 근처에서 살고 있었다. 그녀는 새로 온 승려에게 반해서 그를 보기 위해서 자주 절을 찾는다. 그녀는 대담하게도 '그'를 유혹하지만 '그'는 넘어가지 않는다. 다음은 '티 머우가 절에 가다(Thị Mầu lên chùa)'라고 부르는 그 대목으로, 째오 가운데 가장 유명한 대목의 하나다.23) 극적 아이러니로 웃음을 불러일으킨다.

티 머우: 오늘은 열나흘 내일은 보름,
제사떡 먹고 싶은 사람은 종종 절에 가지.
어이, 여보게들! 노인들은 절에 며칟날 간다지?

끼어드는 소리: 보름, 열나흘!

티 머우: 그렇지만 음란하다는 악평을 듣고 있는 나 티 머우는,
뱃노래를 부르며 열사흗날 절에 가지!
열사흘, 나는 절에 가서 열사흘에는 사미(沙彌)를 보고,
열나흘에는 스님을, 보름에는 늙은 비구니를 본다네.
한 달에 보름날이 두 번 있으면 좋겠어.
먼저 예불에 참여하고 나서 절 경치를 구경하지.
절에 들어가 차를 따라 올리며 예불을 드리고,
삼세(三世)를 주관하시는 옥황(玉皇)께 예배한다네.
남자를 만나 인연을 맺을 수 있도록 기도한다네.
[향화(香火)를 올린다]
나 티 머우는 부옹(富翁)의 딸,
부모님은 일심(一心)으로 존경하기에,
돈과 쌀을 절에 바친다네.
절의 덕망 있는 스님이, 사미를 내보내서 예물을 받게 하면
나는 돌아간다네.

낑 떰: 아미타불! 삼보여래, 사람마다 (업에 따라) 복을 받는 문이라네.
(예를 마치고 앉아서 경전을 왼다)
불설구고진경(佛說救苦眞經).
나무구고구난영감관세음보살(南無救苦救難靈感觀世音菩薩).

티 머우: 저 여보게들, 어디로부터 이 절에 온 사람이지,
긴 목에 주름이 세 줄, 일자 눈썹.
(티 머우가 춤을 추고 있는 동안……)

끼어드는 소리: 어디로부터 이 절에 온 사람이지,
긴 목에 주름이 세 줄, 일자 눈썹.

---

23) Vũ Tiến Quỳnh 편, 『Phê Bình Bình Luận Văn Học(문학평론비평)』, TP Hồ Chí Minh: nxb Văn Nghệ TP Hồ Chí Minh 1998, 231-236면을 이용해서 번역한다.

저기 몇몇 사미님들, 입으로는 나무아미타불, 아미타불.

티 머우: 앉아서 불경[觀行經]을 읽고 계신 사미님,
저를 대나무 발 옆에 서 있게 하고도 마음이 편하신가요?
(티 머우가 다시 함께 춤을 춘다)

끼어드는 소리: 앉아서 불경[觀行經]을 읽고 계신 사미님,
저를 대나무 발 옆에 서 있게 하고도 마음이 편하신가요?
사미님들, 우리는 입으로 나무아미타불, 아미타불을 외고 있답니다.

티 머우: 사미님, 풋 빈랑 열매, 열매 속을 바칩니다.
봉황의 날개처럼 말아놓은 빈랑을, 저는 그대에게 드립니다.
(말을 마치고 함께 춤을 추며……)

끼어드는 소리: 사미님, 풋 빈랑 열매, 열매 속을 바칩니다.
봉황의 날개처럼 말아놓은 빈랑을, 저는 그대에게 드립니다.
사미님들, 우리는 입으로 나무아미타불, 아미타불을 외고 있답니다.

티 머우: 사미님은 정자 안뜰에 떨어진 사과 같고,
저는 신 과일을 노리는 임신한 여자 같아요.

끼어드는 소리: 사미님은 정자 안뜰에 떨어진 사과 같고,
저는 신 과일을 노리는 임신한 여자 같아요.
사미님들, 내 입은 나무아미타불, 아미타불을 외고 있답니다.
(티 머우는 춤을 추면서 티 낑에게 접근한다. 티 낑은 관심을 두지 않고 들어가버린다.)

티 머우: 사미님, 나를 절 문 앞에다 내버려 두시다니,
나는 사미님을 부르는데…… 대답하지 않으니 나는 슬프답니다.
절의 풍경은 한없이 아름답네,
아름다운 풍경은 절을 두르고 있네.
사원 옆에 피어 있는 모란꽃은,
누구라도 꺾어가기를 기다리고 있답니다.
봄은 다시 오지 않는다고들 하지 않던가요.
(티 낑이 나와서 다시 단정하게 앉아서 목탁을 두드리며 경전을 왼다)
한 줄기 대나무, 다섯 일곱 줄기 대나무,
인연이라면 바로잡아야 해요, 친척들 말은 들을 것 없이.

(티 머우가 다시 춤을 추고 티 낑이 있는 쪽으로 다가간다)

끼어드는 소리: 한 줄기 대나무, 다섯 일곱 줄기 대나무,
인연이라면 바로잡아야 해요, 친척들 말은 들을 것 없이.
(되풀이하는 말이 끝나자, 티 머우는 낑 떰 사미 옆에 앉는다)

티 머우: 목탁을 두고 가면 제가 누굴 위해 두드리라고요, 사람이 어째서 여자를 보고는 그렇게 달아나버리죠?
백 년도 안 되는 세월 하루 같지만,
저 거울은 여전히 빛나고…… 이 옷은 여전히 향기로운걸요.
앉아서 사미님의 향기를 조금만 맡게 해주세요, 네!
(티 머우가 낑 떰에게 다가가서 앉는다. 낑 떰은 일어나서 들어가 버린다.
티 머우는 따라잡으려 하나 그러지 못하자 주저하다가 거울을 들고 본다.)
아름다운 대나무는 정자 안뜰에 자라고,
아름다운 이 몸은 홀로 서 있으니 아름답지 않구나.
저 꽃은 틀림없이 저절로 핀다지만,
꽃(사랑)을 기다리네, 꽃(사랑)을 어떻게 피워야 한단 말인가.

끼어드는 소리: (씨)모, 당신은 안 돌아가는가?, (씨)모!

티 머우: 나는 안 돌아간다. 나는 꼭 기다릴 거야.
사미 아저씨가 나오면 나는 손을 잡고, 얼굴을 만져보고, 말소리를 들을 거야.
(티 머우는 한곳에 가서 숨는다. 티 낑은 나와서 티 머우를 보지 못하고 빗자루를 들고 쓸기 시작한다. 티 머우가 뛰어나와서는 빗자루를 잡는다. (…) 티 낑은 조용히 빗자루를 놓고 안으로 달려 들어간다. 티 머우는 그런 줄 알지 못하다가 몸을 돌렸을 때 티 낑이 보이지 않자 화를 내면서 빗자루를 던진다.)

티 머우: 푸른 양배추를 원했건만, 썩은 자주달개비가 대나무 울타리를 둘렀네.
여보게들, 그대들 듣게 내 말하지, 어째서 가까이 있는 사람을 취하지 않고 멀리 있는 사람을 원하는 거지?
우리 물소는 우리 들판의 풀을 먹는데.
왜 우리 쌀을 다른 사람의 닭에게 허비하지!

자, 내게 생각이 있어. 내 집에는 노(Nô, 奴)라는 하인이 있지.
내가 집에 가면 노는 나를 피할 수 없을 거야.

끼어드는 소리: 이 씨(모) 아가씨는 부끄러움도 모르고 음란하군. 밤에 밖에 나돌아다니다가 마귀를 만날 날이 있겠네, (씨)모 아가씨는!

티 머우: 그렇게 (음란한 짓을) 해도 잃을 것이 없지,
그렇게 음란해도 잃을 것이 없지,
정절(貞節)을 지킨다고 해서 정문(旌門)을 세워 숭앙하는 것도 아니잖아.
(티 머우 퇴장한다)
(막이 내린다)

이 탕녀 티 머우는 '그'가 거절하자 화가 나서 집으로 돌아와서는 자기 집 하인을 유혹하고, 급기야 임신하기에 이른다. 마을 이장이 결혼하지 않고 임신한 연유를 추궁하자 티 머우는 티 낑이 아이의 아버지라고 거짓말을 해버린다. 이렇게 되자 주지는 티 낑을 절 문 밖으로 쫓아낸다. 티 머우가 아이를 낳아 문 앞에 버린다. 낑 떰은 그 아이를 불쌍하게 생각하고는 거두어들여 젖을 동냥해서 키운다. 3년이 지난 어느 가을 저녁에 '그'는 죽었고 여자였다는 것이 밝혀진다. 모든 사람은 그녀가 억울했다는 것을 알게 되었다. 티 낑은 부처에 의해 인도되어 관음보살이 되었다.

6. 연극 미학적 특징

위에서 살핀 바와 같이 〈꽌 엄 티 낑〉은 여성 수난을 다룬 작품이다. 원래는 소설작품이었는데 연극으로 각색되었다. 여성 주인공 티 낑은 가정에서는 남편을 죽이려 했다는 누명을, 사회에서는 승려이면서 결혼하지도 않은 처녀와 사통했다는 억울한 누명을 뒤집어썼다. 티 낑의 고

난은 가정과 사회에서 이중으로 부당한 대우를 감수해야 했던 여성의 고난이었다. 가정에서는 남편과 시부모에 의해서, 사회에서는 마을사람들에 의해서 억울함을 겪어야 했다. 티 낑은 그런 부당한 대우에 적극적으로 맞서 싸우지 않고 조용히 모든 것을 감내해냈다. 티 낑은 인고(忍苦)하는 여성형상을 대표한다고 할 만하다.

그런데 이런 비극적인 내용을 비극으로 그리지 않았다. 관객을 눈물짓게 하는 것이 공연의 목적은 아니었던 것이다. 티 머우라는 여인을 등장시켜 웃음을 자아냈으며,[24] 촌장의 횡포에 슬기롭게 맞서는 해학적인 여인[Mẹ Đốp]을 등장시켜 상하의 갈등을 담아내면서 웃음을 자아내기도 했다. 〈꽌 엄 티 낑〉의 경우에는 해학적인 장면이 3분의 2를 차지할 정도라고 하니 공연에서 웃음이 차지하는 비중을 가히 짐작할 수 있다. 비통한 장면에서 관객은 가슴 아파하지만, 과도하게 괴로워하는 지경에 이르지 않는 것은 웃음이 있기 때문이다.

째오는 웃음을 불러일으키는 연극이다. '티 머우가 절에 가다'와 같이 극적인 상황이 웃음을 유발하기도 하지만 많은 경우 웃음은 익살꾼 배역 '헤'(hề)가 불러일으킨다. 익살꾼의 재담은 흔히 극의 전개와 밀접하게 연결되지 않고, 극의 전개에서 크게 벗어나기도 하며, 극의 전개와 모순되는 경우까지 있다고 한다. 익살꾼의 재담은 극의 뼈대에서 벗어나는 자유로움의 산물이다. 따라서 극의 전개를 요약해놓은 것만으로는 '헤'의 재담이 주는 즐거움에 참여하기 어렵다.

익살꾼 배역은 크게 둘로 나뉜다. 하나는 사회적으로 낮은 계층에 속하는 인물이다. 하인, 문지기, 순라군, 나무꾼 등이다. 이들은 상층에 속한 인물을 풍자하는 역할을 맡는다. 의도적으로 풍자에 참여하기 때문에 적극적인 익살꾼이라고 할 수 있다.

---

24) 쯔놈 소설 〈꽌 엄 티 낑〉에는 이 부분이 소략하지만 째오에서는 길게 부연되어 있다.

다른 하나는 정도의 차이는 있지만, 지배층을 대표하는 인물이다. 관리, 마을 지도자, 우유부단한 훈장, 점쟁이, 무당 등이다. 이들 가운데 '선생(thầy)'으로 묶을 수 있는 인물들(훈장, 점쟁이, 무당)은 헛된 권위의식에 사로잡혀 있는 인물들로서 무대 위에서 웃음을 불러일으키는 것이 주된 임무다. 관리나 마을 지도자가 언제나 익살꾼이 되는 것은 아니고 필요한 경우에 웃음을 불러일으키는 구실을 한다. 이 유형의 인물들은 보통 스스로 웃음거리가 된다. 자기가 의도하지 않았는데 웃음거리가 되고 만다는 점에서 소극적인 익살꾼이라고 할 수 있다.

째오 무대 위에서 익살꾼으로서 활약이 두드러지는 것은 적극적인 익살꾼인 '하인 익살꾼(hề gậy)'과 '병졸 익살꾼(hề mồi)'이다. 하인 익살꾼은 보통 주인을 따라 먼 길을 나선 하인이다. 병졸 익살꾼은 관저(官邸)나 주둔지를 지키는 병사다. 하인 익살꾼은 주인을 그림자처럼 따라다니며 주인[서생(書生), 공자(公子), 관리, 마을 지도자]과 대화를 나눈다. 이 과정에서 하인의 영리하고 활발함, 현실적인 사고방식, 소박한 마음과 주인의 유식한 척함, 비현실적인 사고방식, 헛된 명분에 사로잡힌 기이한 태도가 교묘하게 대비된다.

다음은 〈르우 빙(劉平)〉의 한 대목으로 하인 익살꾼이 자기 상전인 유평을 따라가는 대목이다. 르우 빙이 과방(科榜)을 보러 갔으나 이름을 발견할 수 없었다. 과거에 떨어진 것이다.

익살꾼: 모여든 많은 사람 가운데 얼마가 머리를 들고,
얼마가 고개를 떨어뜨리는가?
'작(作)'자를 '조(祚)'자로 쓰고,
'우(遇)'자를 '과(過)'자로 쓰고,
정자(亭子)를 지날 때 '하마(下馬)'라고 된 비석을 보고는
나리는 '일복위(一卜爲)'라고 쓰셨지.
내가 나리를 말리면서, 나리에게 하마(下馬)라고 되어 있다고 말했

는데도 나리는 '불언(不焉)' '불언(不焉)'이라고 고집을 피우셨지.
♪
나리는 아직 문장을 능숙하게 익히지 못하고
시험장에 나왔으니 이미 집에서부터 낙제한 셈이지
문장 글자의 뜻 무엇이던가
술이라면 한 동이, 크게 취한 얼굴
문장은 입을 열면 말이 되지 않고
하인이 말하면, 하나둘 부끄러워 꾸짖고
부(賦)는 알지 못하고, 시구(詩句)는 알기나 하는가[25]

서생인 자기 주인의 어리석음을 드러내놓고 웃음거리로 삼고 있다. 하인이면 글을 알 리 없을 터인데도 주인보다 더 유식하다. 표면적인 '유식 / 무식'의 대립이 뒤집히면서 상하관계의 역전이 펼쳐지는 것이다.

병졸 익살꾼이 관리와 대화를 나눌 때도 마찬가지다.

관리(Quan): 자 얘들아, 내가 산책 삼아 화원 경치 구경하러 나왔다. 얘들아, 재미있는 이야기가 있거든 해 보렴. 내가 상을 주마.
익살꾼: 예. 어르신께 아뢥니다.
(…)
나리께서 들어주신다면 '끝없는 궤변'에 대해 아뢰죠.
관리: 그래 말해봐라.
익살꾼: 나리께서 관리 노릇 할 때 나리는 누구를 무서워하십니까?
관리: 나는 관리 노릇 할 때 임금만 두려워하지.
익살꾼: 임금님은 누구를 두려워하시나요?
관리: 임금님이 누구를 두려워하시겠느냐?
익살꾼: 임금님 역시 하늘을 두려워하시겠죠.
관리: 그렇다면 하늘은 또 누굴 두려워하지?
(…)

25) Hà Văn Cầu, 『Hề Chèo(째오의 익살꾼 대목 선집)』, nxb Văn Hóa 1973, 90면을 이용해서 번역한다.

(하늘은 구름을, 구름은 바람을, 바람은 담장을, 담장은 쥐를, 쥐는 고양이를, 고양이는 자기 마누라를 두려워한다는 대화가 이어진다)

관리: 자네 집 첫딸을 낳은 부인은 누굴 두려워하나?

익살꾼: 예, 나리, 제 집의 첫딸을 낳은 마누라는 저를 두려워하죠……. 저는 다시 나리를 두려워하고, 나리는 임금님을, 임금님은 하늘을, 하늘은 구름을, 구름은 바람을, 바람은 담장을, 담장은 쥐를, 쥐는 고양이를, 고양이는 끝으로 제 집의 첫딸을 낳은 마누라를 두려워하고…….

관리: 그만두어라. 책에 있는 말로 해라. 그러면 내가 들으마.

익살꾼: 예, 나리, 제가 나리 들으시도록 책을 인용해봅죠. 관리가 임금을 두려워하는 것은 '신능사군(臣能事君)'이기 때문입죠.

관리: 그래, 그렇지.

익살꾼: 임금이 하늘을 두려워하는 것은 '천능입군(天能立君)'이기 때문입죠.

관리: 그래, 그 또한 그렇지.

익살꾼: 하늘이 구름을 두려워하는 것은 '운능암월(雲能暗月)'이기 때문입죠.

관리: 그래 그렇다고 치자.

익살꾼: 구름이 바람을 두려워하는 것은 '풍능산운(風能散雲)'이기 때문입죠.

관리: 옳다.

익살꾼: 구름이 담을 두려워하는 것은 '장능진풍(牆能鎮風)'이기 때문입죠.

관리: 그렇지.

익살꾼: 담장이 쥐를 두려워하는 것은 '서능천장(鼠能穿牆)'이기 때문입죠.

관리: 그렇지.

익살꾼: 쥐가 고양이를 두려워하는 것은 '묘능착서(猫能捉鼠)'이기 때문입죠.

관리: 그 또한 그렇지.

익살꾼: 고양이가 제 집 첫딸 낳은 마누라를 두려워하는 것은 '처능타묘(妻能打猫)'이기 때문입죠.

관리: 그래, 또한 일리가 있군.

익살꾼: 제 집 첫딸 낳은 마누라가 저를 두려워하는 것은 '부능ục[26]처(夫能ục[26]妻)'이기 때문입죠.

관리: 어, 그건 말이 안 되지. 어떤 책에도 그렇게 말하지 않았지.

26) '때리다'의 뜻인 베트남 고유어이고 한자로 바꿀 수 없는 말이다.

익살꾼: 나리, 책에 말하지는 않았지만, 경전에는 그렇게 쓰여 있는걸요.
관리: 어떤 경전?
익살꾼: 예, 나리, 제 집 첫딸 나은 마누라의 경전에 그렇게 쓰여 있어요. 아내가 저를 가르치고 저는 배웠는뎁쇼![27]

익살꾼이 관리를 두려워한다는 통념을 뒤집어 관리는 백성을 두려워하는 것이 당연하다는 말을 한 것이다. 상하관계를 역전시키는 데 한문 문구가 유용하게 쓰이고 있다. 동시에 상층에서 내세우는 경전보다 생활체험이 우위에 있다고 암시함으로써 관리가 존숭하는 한문경전의 위상도 격하시켰다. 앞서 살핀 〈르우 빙〉의 하인 익살꾼 대목이 유식한 척하는 서생을 풍자하는 대목에서 반복해서 등장할 수 있듯이 관리와 맞서는 위 대목 역시 다른 여러 작품에 반복해서 등장할 수 있다.

째오에서 풍자적 성격은 이들 두 부류의 익살꾼에 의해서만 드러나는 것은 아니다. 무대 위에서는 익살꾼에 속하지 않는 배역일지라도 또한 웃음을 불러일으키는 경우가 있다. 이런 인물들은 익살꾼에 동조하고 질문도 한다.

주목해야 할 점은 거의 모든 째오작품에서는 기회만 주어지면, 심지어는 비참한 장면에서조차 익살꾼들은 웃음을 불러일으킬 방도를 강구한다는 것이다. 이런 웃음은 종종 극중 상황이나 분위기와 상반되며 주제를 흐리기까지 한다. 또한 해학적인 요소를 기계적으로 남용한다고 볼 수 있는 면도 있다. 그래서 익살꾼의 재담은 작품의 주제와는 관련 없고, 상황에 맞지 않는 우스갯소리는 도리어 작품에 해가 된다는 평가도 있다. 그러나 익살꾼이 등장하는 대목이 많은 경우 작품 전개의 맥락에서 벗어나고 주제에서 동떨어지기도 하지만, 바로 그런 까닭에 작품의 비판

---

27) Hà Văn Cầu, 『Hề Chèo(째오의 익살꾼 대목 선집)』, 111면·114면, 120-121면을 이용해서 번역한다.

정신이 시대에 뒤떨어지지 않고 현실에 민감하며 풍자가 예리해질 수 있다.

짜오의 핵심적인 미의식은 바로 희극미에 있고, 관객은 웃고 즐기기 위해 짜오 공연을 보러 간다. 그 웃음은 주로 풍자에서 나온다. 그래서 '짜오'라는 말은 '짜오(trào, 풍자하다)'에서 나온 것이라고 보는 견해도 있다. 짜오의 미의식이 풍자적인 골계라는 데는 큰 이견이 있을 수 없을 것이다.[28]

28) 짜오의 골계는 한국 탈춤의 '신명'과 대단히 가까운 자리에 있다. 일상생활에서 빚어지는 갈등을 문제 삼으면서 풍자를 무기로 삼은 점, 관객을 수동적인 자리에 머물러 있지 않게 하는 점이 상통한다. 이에 대해서는 조동일, 『카타르시스 라사 신명풀이』, 지식산업사 1997을 참조.

7부 관심의 확대

01

레 흐우 짝(黎有卓)의 의업(醫業)과 〈상경기사(上京記事)〉

1. 머리말

이 글에서는 중세 시기 베트남 최고의 명의(名醫)라고 평가받는 레 흐우 짝(黎有卓, 1720-1791 혹은 1724-1791)을 소개하고자 한다. 필자는 연전에 간행한 『베트남 문학의 이해』에서 짤막하게 레 흐우 짝의 저술 〈상경기사(上京記事)〉를 소개한 바 있다. 하지만 지금껏 후속 연구를 하지 못했고, 국내의 다른 연구자에 의한 성과도 발견되지 않는다. 레 흐우 짝은 베트남에서 의조(醫祖)로 추앙받는 인물이건만 우리에게는 여전히 미지의 인물로 남아 있다.

이곳에서는 레 흐우 짝의 생애, 의업(醫業)에 대한 견해와 찬술한 의서(醫書), 〈상경기사〉에서 확인되는 의원이자 시인으로서의 면모 등에 대해서 개괄적으로 살펴보고자 한다. 2장에서는 레 흐우 짝의 생애를 요약한다. 3장에서는 레 흐우 짝이 찬술한 의서인 《해상의종심령(海上醫宗心領)》의 집필 동기, 체제, 내용상의 특징에 대해서 논의한다. 4장에서는 《해상의종심령》 권수(卷首)에 있는 〈의업신장(醫業神章)〉을 살핀다. 그곳에서 레 흐우 짝은 찰병(察病)의 요체를 제시하고 있다. 5장에서는 〈상경기사〉에 나타난 치병 관련 기사를 중심으로 살핀다. 비록 소략하게 논의하는 데 그치지만, 장차 누군가 '동아시아 중세 의학'에 대한 포괄적인 연구를 기획한다면 반드시 들어가야 할 한 인물에 대해서 소개한다는 의의가 있다고 생각한다.

2. 생애

레 흐우 짝은 1724년 지금의 흥 옌(興安) 성(省) 옌 미(安美) 현(縣) 리에우 싸(遼舍) 사(社)에서 태어났다. 문인 관료 집안('簪纓門第') 출신이다. 부친인 레 흐우 므우(黎有謨)는 과거에 급제하여 공부시랑(工部侍郎)에 올랐으며 사후에는 상서(尙書)로 추증되었다. 레 흐우 짝은 그의 일곱째 아들이었다. 서른 살 무렵에는 지금의 하 띤(河靜) 성(省) 흐엉 선(香山) 현(縣)에 있는 외가로 옮겨 살았다. 별호를 해상나옹(海上懶翁, Hải Thượng Lãn Ông, 하이 트엉 란 옹)이라고 했다.[1]

어려서부터 총명하고 시문에 능해서 과거를 거쳐 벼슬길에 오를 것으로 기대를 모았다. 그런데 과거를 준비하던 중 스무 살이 되던 해인 1739년에 부친이 세상을 떠났다. 게다가 그해 세모(歲暮)에는 인근에서 병란(兵亂)이 일어나 혼란스럽게 되었다.

전쟁이 벌어지고 있는 때에 책만 읽고 있는 것이 무의미하다고 생각하고 뜻을 같이할 벗을 찾아 방외(方外)로 나아갔다. 마침 처사(處士) 부(Vũ,

---

1) 레 흐우 짝의 출생지는 출생 당시 지명으로는 'làng Liêu Xá, huyện Đường Hào(唐豪縣), phủ Thượng Hồng(上洪府), trấn Hải Dương(海陽鎮)'이다. 별호의 '海上'은 'Hải Dương(海陽)'과 'Thượng Hồng(上洪)'에서 각각 한 글자씩 따온 것이라고 한다. '懶翁'은 명리(名利)를 초월한 은자(隱者)라는 뜻을 담고 있다.

武) 선생을 만나 음양술(陰陽術)을 전수받고 수년간 궁리를 더하여 어느 정도 경지에 이르렀다. 이에 칼을 차고 군대에 들어가 배운 바를 시험해 보고자 했다. 레 흐우 짝이 주도하여 미리 작전을 세우면 많은 경우 계합하여 거듭 승리를 거둘 수 있었다. 장군[統將]은 그를 발탁해서 높이 쓰려 했으나 레 흐우 짝은 공명에는 뜻이 없었으며 자신이 세상에서 해야 할 일은 다른 일이라고 여겼다.

1746년 다섯째 형이 외가인 흐엉 선(Hương Sơn, 香山)에서 모친을 봉양하다가 병으로 세상을 떠났다는 소식이 전해졌다. 이에 레 흐우 짝은 장례를 구실로 삼아 군대에서 나왔다. 외가에서 칠순 노모와 조카들을 돌보기로 했다. 그런데 외가에 와서 지내던 중 심력(心力)이 날로 약해져서 그만 중병(重病)에 걸리게 되었다. 병은 몇 해를 이어 차도가 없었다. 의사 쩐 독(Trần Độc, 陳讀)의 명성을 듣고 성산(城山)으로 찾아가 진료를 의뢰한다. 그곳에서 일 년 넘게 머물며 지병을 다스렸다.

하루는 한가로이 《풍씨금낭비록(馮氏錦囊祕錄)》[2]을 읽었는데, 의학 이론의 뼈대가 되는 음양(陰陽)·역리(易理)의 오의(奧義)를 능히 통효(通曉)할 수 있었다. 쩐 독이 이를 기이하게 여겨 자신의 모든 학문을 전수해 주고자 했다. 레 흐우 짝은 쩐 독과 대화를 나누는 동안, 그의 학문 전체는 아니었지만, 비지(祕旨)와 진기(眞機)를 전수 받을 수 있었다. 그 무렵 군(軍)에서 레 흐우 짝을 중용하려 했으나 명리(名利)를 좇아 떠도는 것이 허망하다고 생각해서 노모를 봉양해야 한다고 하고 흐엉 선으로 다시 돌아왔다.

흐엉 선에 와서는 본격적으로 의술을 익히고자 하는 뜻을 세웠다. 널리 백가(百家)의 서적을 구하여 밤낮으로 연찬(硏鑽)을 거듭했다. 하지만 궁벽한 곳에 살다 보니 섬길 만한 스승이 없고 도움을 받을 만한 벗도 없어 자문자답하며 스스로 궁리하는 수밖에 없었다. 다만 근읍(近邑)에

---

2) 49권. 청(淸)나라 의가(醫家) 풍조장(馮兆張)의 저술.

의원 쩐(陳, Trần)씨가 있어 자주 왕래했는데 덕분에 부족한 점을 일부 채울 수 있었다.

그렇게 이삼 년을 지내자 점차 눈이 떠지는 것 같았다. 하지만 다기망양(多岐亡羊)을 면치 못하여 1756년 가을에 상경하여 스승을 찾았다. 한스럽게도 고명(高明)한 스승을 만날 인연이 없었다. 다시 집으로 돌아와서 두문불출하며 거듭 책을 보았다. 몇 년을 거소(居所)에서 병자를 치료하니 군중(郡中)에서 의원으로 이름을 얻기에 이르렀다.

레 흐우 짝은 고금·내외의 의서를 진지하게 탐구하고 자신의 임상(臨床) 경험에 비추어 검증하고 보충하는 일을 계속했다. 전해 오는 의서에 잘못된 점이 있다면 바로잡았다. 성공한 치료와 실패한 치료 경험도 정리해서 기록으로 남기고자 했다. 오랜 분투 끝에 《해상의종심령》을 완성했다.[3]

1782년 정월에 쭈어 찐(Chúa Trịnh, 鄭主)[4](이하 '정주'로 표기함) 찐 썸(Trịnh Sâm, 鄭森, 1739-1782)은 레 흐우 짝으로 하여금 하노이로 와서 자신과 세자(世子) 찐 깐(Trịnh Cán, 鄭檊, 1777-1782)의 병을 치료하라는 명을 내린다. 레 흐우 짝은 혹시 《해상의종심령》을 간행할 기회를 얻을 수도 있지 않을까 하는 일말의 기대도 품고 있었다. 레 흐우 짝이 내놓은 처방이 어느 정도 효험이 있어 병세가 차도를 보였고 포상도 받았다. 하지만 여러 어의(御醫)의 질시를 받으며 조정에 오래 있는 것이 편치 않았다. 본래 소란스러운 것을 좋아하지 않고 예기치 않았던 일이 많았기에 되도

---

3) 이상은 《해상의종심령》 권수(卷首)의 〈나옹심령자서(懶翁心領自序)〉에 의거했다.

4) 레(黎) 왕조를 전후의 두 시기로 다시 나누어 보는 것이 통례이다. 전기(1427-1527)는 1407년부터 시작된 명나라 지배를 종식하고 새로운 독립 왕조를 세워 통일 국가를 유지한 시기이다. 후기(1533-1788)는 온 나라가 격렬한 내전을 치르고 남북으로 분열되어 북쪽은 찐(鄭) 씨가 남쪽은 응우옌(阮) 씨가 실질적인 통치권을 장악한 찐응우옌분쟁기(鄭阮紛爭期)이다. 북쪽의 실권자 찐씨를 쭈어 찐(Chúa Trịnh)이라고 불렀다.

록 빨리 돌아갈 구실을 찾았다.

고향으로 돌아와서 레 흐우 짝은《해상의종심령》을 보충하고 〈상경기사(上京記事)〉를 저술했다. 1783년 8월에 완성한 〈상경기사〉는 의사로서의 진료 경험, 여행 체험, 시문(詩文)을 수록하고 있는 독특한 교술 산문 작품이다. 현행 중등학교 〈어문(Ngữ văn)〉 교과서에 수록되어 있는 작품이기도 하다.5)

3.《해상의종심령(海上醫宗心領)》

1

《해상의종심령(Hải Thượng Y Tông Tâm Lĩnh)》은 레 흐우 짝이 찬술한 의서다. 모두 66권이다. 각권 머리에 붙인 '소인(小引)'을 통해서 1770-1780년에 걸쳐 저술되었음을 알 수 있다. 저술 동기에 대해서 다음과 같이 말하고 있다.

> 다만 생각건대, 의리(醫理)는 호한(浩瀚)하고 권질(卷帙)은 번잡하다. 부문[分門]과 포목(布目)은 산만하기 그지없다. 게다가 여러 현철(賢哲) 선배가 논의한바 병정(病情), 방지(方旨), 방약(方藥)이 아직 이르지 못한 곳이 많으니 반드시 백 권(百卷)을 융회(融會)하여 일서(一書)에 모아서 보기에 편하게 하는 것이 마땅하다.6)

---

5) 레 흐우 짝의 생애와 저술에 대한 해설은 여러 사람이 번역한『Hải thượng y tông tâm lĩnh』(Tập 1), nxb Y Học, 2005, 5-16면이 우선 참고가 된다. 영어로 된 베트남 전통 의학 개설서로는 Hữu Ngọc·Lady Borton chủ biên,『Y học cổ truyền: Traditional medicine』, nxb Thế Giới, 2016도 있다.

6) 祇謂醫理浩瀚 卷帙蝟冗 分門布目散漫無窮 及諸賢哲先輩所論病情方旨方藥 多有未到底處 必宜融會百卷 湊成一書 以便觀者 (〈나옹심령자서〉, 7-8면)

번다한 선인의 의서를 조리 있게 체계화하고자 한 것이 저술의 일차적인 동기라고 했다. 또한 여러 선행 의서는 저마다 미비한 점이 있어서 융회(融會)하여 병과 약에 관한 이해를 심화해야 한다고 했다. 이런 취지에 부합한 의서를 이룩해서, 과장된 말이라고 책할 사람도 있겠지만, 의장(醫場)에 '적치(赤幟)'(대장기)를 세우고자 한다고 포부를 밝혔다.7) 스스로 책 제목을 '나옹심령(懶翁心領)'이라고 했다.8)

레 흐우 짝은 의서에는 각별한 책임이 따른다고 했다. 잘못된 약은 한 사람에게, 잘못된 처방은 한 가정에게 해를 끼치지만 잘못된 저술은 두고두고 사람들을 해칠 수 있기 때문이다. 의서에 오류가 있어 후세에까지 해를 끼친 예를 여럿 들었는데, 그중 하나로 다음과 같은 예가 있다.

> 진월공(秦越公)은 의성(醫聖)이라고 칭해진다. 《난경(難經)》에서는 명문(命門) 혈이 우신(右腎)에 기거(寄居)한다고 잘못 지목했는데, 사람들은 지혜로운 사람의 한 가지 실수라고 말한다.9)

진월공은 다름 아닌 춘추시대의 명의 편작(扁鵲)이다. 《난경》은 《황제팔십일난경(黃帝八十一難經)》을 줄인 말로, 편작이 지었다고 하는 의서이다. '의성' 편작이 남긴 의서에도 잘못이 있다. 잘못은 당연히 고쳐야 한다. 그러자면 백 가지 의서에 두루 통효하고 자신의 임상 경험까지 더해야 한다. 레 흐우 짝은 그렇게 해서 한 개인의 역량으로 방대한 의서를 편찬했다.

---

7) 嘗欲畢其能事 廣爲著述 以樹赤幟於醫場 (〈나옹심령자서〉, 7면)

8) 〈나옹심령자서〉, 9면.

9) 秦越公稱爲醫聖 成難經八十一難 誤指命門一穴 寄居右腎 議者以爲知者之一失 (〈나옹심령자서〉, 8면)

2

현존하는 가장 오래된 《해상의종심령》의 판본은 1885년 박 닌(北寧) 성(省)에서 간행(刊行)한 《신전해상의종심령전질(新鐫海上醫宗心領全帙)》이다.10) 권별 제목과 핵심 내용을 소개하면 다음과 같다.

수권(首卷) 〈자서(自序)〉, 〈목차(目次)〉, 〈의업신장〉 등
권1 〈내경요지집(內經要旨集)〉: 음양(陰陽), 《맥경(脈經)》 등에 대한 논의
권2 〈의가관면집(醫家冠冕集)〉: 전대(前代) 명의(名醫)의 사적
권3-권5 〈의해구원집(醫海求源集)〉: 의학 이론
권6 〈현빈발미집(玄牝發微集)〉: 치병론(治病論)
권7 〈곤화채진집(坤化採眞集)〉: 의리(醫理)와 치병에 대한 논의
권8 〈도류여운집(導流餘韻集)〉: 의론(醫論)
권9 〈운기비전집(運氣祕典集)〉: 운기론(運氣論)
권10, 11 〈약품휘요집(藥品彙要集)〉: 본초(本草)의 약성론(藥性論)
권12, 13 〈영남본초집(嶺南本草集)〉: 남약(南藥)의 약성론
권14 〈외감통치집(外感通治集)〉: 외감병(外感病)과 치법에 대한 논의
권15-24 〈백병기요집(百病機要集)〉(권17, 18만 현존): 병인(病因)과 치법(治法)에 대한 논의
권25 〈의중관건집(醫中關鍵集)〉: 의학(醫學)의 요점(要點)
권26, 27 〈부도찬연집(婦道燦然集)〉: 부인과(婦人科)
권28 〈좌초양모집(坐草良模集)〉: 산과(產科)
권29-33 〈유유수지집(幼幼須知集)〉: 소아과(小兒科)
권34-43 〈몽중각두집(夢中覺痘集)〉: 두진(痘疹)(천연두)
권44 〈마진준승집(痲疹準繩集)〉: 마진(痲疹)(홍역)
권45 〈심득신방집(心得神方集)〉: 효험이 있는 약방(藥方)
권46 〈효방신방집(傚倣新方集)〉: 본인이 만든 처방

10) 간기(刊記)에 "海上懶翁黎有卓, 唐鄗武春軒拜題, 北寧省慈山府武江縣大壯社同人寺住持釋清高校刻拜引"이라고 했다. 이 간본을 Digital collections of the Vietnamese Nôm Preservation Foundation 홈페이지에서 볼 수 있다. 이 글에서 인용하는 자료는 이 간본의 해당 면수를 표시한다. (http://lib.nomfoundation.org/)

권47-49 〈백가진장집(百家珍藏集)〉: 선인(先人) 명의(名醫) 치법과 양방(良方)에 대한 논의
권50-57 〈행간진수집(行簡珍需集)〉: 상견병(常見病)의 치법과 처방
권58-60 〈의방해회집(醫方海會集)〉(권58만 현존): 의방집(醫方集)
권61 〈의양안집(醫陽案集)〉: 효험을 본 의안(醫案)
권62 〈의음안집(醫陰案集)〉: 효험을 보지 못한 의안(醫案)
권63 〈전심비지집(傳心祕旨集)〉[연주격언珠玉格言]: 의료의 심득(心得)과 치료 격언(格言)
권64 〈문책집(問策集)〉: 결(缺)
미권(尾卷) 〈상경기사〉11)

목차나 내용 요약만 보고도 금세 발견할 수 있는 특징이 있다. 우선 역대 의서의 내용을 효과적으로 요약하고자 했다는 점을 꼽을 수 있다. 동아시아 의서가 가지는 공통점을 《해상의종심령》도 가지고 있다고 하겠다. 권12, 13의 〈영남본초집(嶺南本草集)〉은 곧 베트남 토산 약재인 '남약(南藥)'의 약성에 대한 논의이다. 이 부분에는 앞 시대를 대표하는 의학자 뚜에 띤(慧靖, 14세기)12)의 '남약(南藥)으로 남인(南人)(베트남인)을 치료한다(南藥治南人)'는 관점을 충실히 계승하고자 하는 레 흐우 짝의 의식이 작용했다고 생각한다. 이로써 《해상의종심령》은 '남약집성방(南藥集成方)'이나 '남의보감(南醫寶鑑)'이라고 이를 만한 성격을 갖추게 되었다.

그뿐만이 아니다. 권61의 〈의양안집(醫陽案集)〉은 효험을 본 난치병 처방 17조(條)를 모은 것이고, 권62의 〈의음안집(醫陰案集)〉은 효험을 보지 못한 처방 12조를 모은 것이다. '양안'의 처음은 '소갈안(消渴案)'이고 음안의 처음은 '음망양갈안(陰亡陽渴案)'이다. 그리고 권46의 〈효방신방집(做

11) 眞柳 誠, 「ベトナム醫學形成の軌跡」, 2010, 第111回日本医史学会 発表論文, 70-71면과 《新鐫海上醫宗心領全帙》 수권의 〈권차(卷次)〉를 참고하여 정리했다. 眞柳 誠의 논문은 (http://hdl.handle.net/10109/1379)에서 얻었다.

12) 《남약신효(南藥神效)》의 저자로 알려져 있다.

倣新方集)〉은 본인이 만든 처방을 정리한 내용이다. 요컨대《해상의종심령》은 자신의 이해와 경험을 바탕으로 하여 동아시아 의학 이론을 체계화하고, 효과적인 처방을 정리하고, 남약의 특성과 효능을 기술한, 베트남 전통 의학의 정점이자 동아시아 전통 의학의 정수라고 평가할 수 있다.13)

4. 〈의업신장(醫業神章)〉

이 장에서는《해상의종심령》의 권수(卷首)에 나오는 〈의업신장〉을 살펴보고자 한다. 〈의업신장〉에는 레 흐우 짝이 생각하는 '찰병(察病)'의 요체가 기술되어 있다. 레 흐우 짝 의학 이론으로 들어가는 입구가 바로 여기라고 할 수 있다.

1

〈의업신장〉의 서두는 레 흐우 짝 자신의 사연으로 시작하고 있다.

> 무릇 의(醫)란 사람의 목숨이 달린 것이다. 그런데 세상에서는 의업(醫業)이 쉬울 것이라고들 생각한다. 내가 하는 의사 노릇을 나는 심히 어려운 일이라고 생각한다. 왜 그런가? 세상에서 병증을 논하는 사람은 다만 표증(標症)만을 모착(摸捉)할 따름이다. 왜 이러한 병증이 생긴 것인지 짬을 내서 돌이켜 방서(方書)를 찾아보지 않는다. 다만 고방(古方)에 얽매일 따름이지 왜 이 처방을 쓰는지 고구해 보지 못한다. 그래서 병증이 경한 사람을 만나면 다행이 혹 적중하는 경우가 있어 스스로를 신통하다고 하지만 병증이 허한 사람을 만나면 불행히도 사람을

---

13) 眞柳 誠, 같은 글, 71면에서《해상의종심령》의 위상을 잘 요약하고 있다.

그르쳐 목숨을 잃게 한다. 도도하게 모두 이익을 추구하는 마음이요 해독을 끼치는 손이니, 의사 노릇하기 쉽다고들 하는 것이 이상할 것이 없다.

나는 이와 다르다. 처음에는 내 몸이 당대 의사에 의해서 그릇될까 두려웠고, 끝내는 일가의 목숨이 당대 의사에게 해를 입을까 두려웠다. 그래서 분발하여 의업에 뜻을 두게 되었다. 널리 앞 시대의 방서를 구해서 보고, 내 자신의 뜻을 덧붙였다. 경락에 대해 알고자 할 때는 〈치요(治要)〉를 소상히 보았고, 맥결(脈訣)에 대해 알고자 할 때는 〈관면(冠冕)〉을 소상히 보았다 (…) 이렇듯 전심전력하여 정밀히 연구하여 헌기(軒岐)[14]의 오지(奧旨)를 알아내고자 했으나 열 가운데 겨우 한둘을 얻을 뿐이었다. 30에서 40까지 가서 비로소 '의(醫)'를 알게 되었고, 40에서 50까지 가서 겨우 잘못이 적게 되었다. 50에서 6,70까지 가서야 비로소 잘못이 없게 되었다. 그중에 불치의 병증이 있을 때는 모두 먼저 환자에게 말해 주고서 (치료해서) 비로소 후회함이 없게 되었다. 이렇게 의사 노릇하기가 어렵다는 것, 나는 그 어려움을 알고 있었다. 심히 어렵다고 생각하는 것이 당연하지 않은가? 어찌 근거 없는 말이겠는가!

나는 비록 의를 업으로 삼으나 사람 고치는 일을 좋아하지 않는다. 대개 사람을 고치는 일이 많으면 잘못도 많아지고 잘못이 많아지면 음보(陰報)가 많아진다. 복을 구하고자 하지만 화가 될 따름이다. 그래서 의대(醫臺)를 꾸미지 않고 의도(醫刀)를 장식하지 않으며 가벼이 걸음을 떼지 않고 손을 안일하게 내리지도 않았다. 다만 친족 이웃 제자 가운데 의리상 피할 수 없거나 도리상 부득이한 경우에만 대인 소아를 막론하고 혹은 약을 주고 혹은 처방을 주었다. 약값은 다소라도 족했다. 이것이 내가 의사 노릇한 것인바 나를 고치고 집안을 고친 것이지 생계를 위한 것이 아니요, 이익을 구하고자 의사 노릇한 것도 아니다.

다만 생각건대 나는 이미 의업의 어려움을 알고 있고, 어려움을 넘어설 방도에 대해서도 조금이나마 터득한 바가 있다. 그것을 어찌 나만 알고 있을 수 있겠는가? 이에 얻은 바를 기술하여 교훈이 되게 하

---

14) 《황제내경(黃帝內經)》을 지은 황제 헌원(黃帝軒轅)과 그의 신하인 기백(岐伯)을 함께 부르는 말. 일반적으로 의학을 뜻하는 용어로 사용함.

고자 한다.15)

의업에 투신하게 된 내력, 의사 노릇하는 자세, 의사로서 눈을 뜨게 된 경과, 《해상의종심령》을 저술한 의도에 대해서 말하고 있다. 한문 문장을 잘 쓰려고 특별히 노력한 것으로 보이지는 않는다. 그렇지만 질박한 문체로 써 내려간 진술한 내용에 깊이 공감하게 된다.16)

2

레 흐우 짝은 〈의업신장〉에서 환자를 진단하는 요체를 제시하고 있다. 글 제목에 '신(神)'이라는 말을 넣은 것은 그만한 뜻이 있다고 하겠다. 〈의업신장〉에서는 몇 가지 층위를 가지는 논의를 전개하고 있는데, 이 절에서는 그 내용을 개략적으로 살펴보고자 한다.

서두에서 말하기를 '무릇 의사 노릇하는 사람(大凡業醫者)'은 '표리한열허실(表裏寒熱虛實)'을 알아야 한다고 했다. 그것이 바로 찰병의 요체라고 했다. 그러기 위해서는 먼저 장부(臟腑)의 성격 및 장부 사이의 관계(가, 나), 선천적으로 타고나는 것과 후천적으로 육성되는 것(다), 기혈의 음양

15) 夫醫者 人之性命所懸也 但世間業醫常以爲易 我之業醫自以爲甚難 何則 世間論症者 只摸捉標症而已 其所以得此症者 不暇追檢方書 只執縛古方而已 其所以用此方者 不能舒究 故遇症之輕者 幸而或中 自以爲神 遇症之虛者 不幸而誤 人必歸之命 滔滔皆射利之心荼毒之手 無怪乎 醫以爲易也 我則異於是 始則恐己身爲時醫之所誤 終則恐一家之性命爲時醫之所陷 始奮志醫業 博求前古之方書 附以自己之意見 求諸經絡 則詳於治要 求諸脉訣 則詳於冠冕 (…) 凡若此類硏精殫思極力 搜求軒岐之奧旨 十分僅得其一二 自三十至四十 始能知醫 自四十至五十 僅能少誤 自五十至六七十 始得無誤 間有不治之症 皆先對人言之 方能無悔 此醫之難 而我知其難 宜乎以爲甚難也 豈無徵之言哉 況我雖醫業 而不好醫人 蓋恐醫人多 則誤多 誤多 則陰報多 求以爲福 適以爲禍 故不粧醫臺 不飾醫刀 不輕著足 不安下手 惟於族屬鄰里門弟之中 義之不可辭 理之不得已者 無論大人小兒 或賜之藥 或賜之方 其藥錢任還多少足矣 此我之業醫 身醫也 家醫也 非治生之醫也 非近洞之醫也 第念旣知之難 而有略得其難 豈可以自己而止哉 因述所得以爲訓 (〈의업신장〉, 32-33면)

16) 《해상의종심령》 어디에도 기발한 어구나 장식적인 표현은 보이지 않는 듯하다.

관계에 관한 이해(다)를 갖추고 있어야 하고, 환자를 대면해서 외관과 생활상을 살펴서 병의 원인을 알아내야 하며(라), 다시 진맥을 통해서 병증의 성격을 확정해야 한다고(마) 했다.

가. 內明臟腑之表裏
나. 外察臟腑之門竅
다. 如何先天 如何後天 如何表裏 如何水火 如何氣血陰陽
라. 又望形色 聞聲音 察起居 問原犯 以定其表裏寒熱虛實之分
마. 又參諸浮數沈遲四大脉 以决其表裏寒熱虛實之的

(가) 장(臟)은 내(內)에 있고, 부(腑)는 외(外)에 있으며 음양(陰陽) 관계를 이룬다. 음은 양에 근거하고 양은 음에 근거한다. 그래서 폐(肺)와 대장(大腸), 심(心)과 장(腸), 폐(脾)와 위(胃), 간(肝)과 담(膽), 신(腎)과 방광(膀胱)은 '표리(表裏)' 관계가 된다. 장부(臟腑)의 내외, 음양 관계를 이해하는 것이 장부의 표리를 아는 것이다.

(나) 예컨대 폐(肺)는 금(金)이고, 금생수(金生水)이므로 폐는 모(母)요 신(腎)은 자(子)가 된다. 그 관계를 '신자허 폐모곡[腎子虛 而肺母哭]'이라고 말할 수 있다. 폐는 안으로는 방광(膀胱)에 통규(通竅)하고 밖으로는 비관(鼻管)에 통규한다. 호흡을 통해서 청기(淸氣)가 신(腎)에 이르게 된다.

(다) 선천(先天)은 '명문(命門)'을 말한다. 명문은 좌우 신장의 가운데 있으며 몸의 태극(太極)에 해당한다. 신장의 좌우에는 일점(一點) 흑백(黑白)의 교(竅)가 있는데 진수진화(眞水眞火) 진음진양(眞陰眞陽)이라고 할 수 있다. 이는 모두 태어날 때 부모로부터 받은 것으로서 수요(壽夭)가 여기에 달려 있다. 그래서 선천이라고 한다.

태어난 이후가 후천(後天)이다. 선천지수(先天之水)가 후천지혈(後天之血)을 낳고 후천지혈(後天之血)은 선천지수(先天之水)를 배양한다. 이 수가 곧 혈이요 혈은 곧 음이다. 선천지화(先天之火)가 후천지기(後天之氣)를 낳고 후천지기는 선천지화를 배양한다. 이 화가 곧 기요, 기는 양이다.

(라) 형색(形色)의 홍적(紅赤)과 광량(光亮)을 살피고, 성음(聲音)의 향량빈장(響亮頻長)을 살핀다. 기거(起居)는 어떠한지 살피며, 형색 성음 기거의 양태를 종합하여 득병(得病)의 원고(原故)가 외감(外感)인지 내상(內傷)인지 판단한다.

(마) 앞서 (라)는 외부를 살피는 것이다. 그것으로는 대의를 겨우 얻을 수 있을 따름이다. 다시 안을 살펴야만 의심할 여지가 없어진다. 그래서 맥을 짚는 것이다. 부삭침지(浮數沈遲)의 사대맥(四大脉)을 살펴서 표리·한열·허실을 정확하게 판정해야 한다.

맥이란 사람의 기혈(氣血)이 숨(呼吸之息)에 깃들어서 양수(兩手)에 드러나는 것이다. "不沈不浮 不遲不數 往來和緩 意思悠悠"[17]한 것이 평상의 맥이요 병이 없는 것이다. 병이 생기면 기혈의 성쇠한열(盛衰寒熱)을 좇아서 맥이 변화되는 것이다. 기혈이 성(盛)하고 열(熱)이 있는 사람은 육음(六淫)의 사(邪)[18]가 밖으로부터 오기 때문에 그 맥은 변해서 수삭홍장활대현긴규실(浮數洪長活大弦緊芤實)[19]한 맥이 되는데 모두 양맥(陽脉)이다. 이는 모두 외감(外感)으로 말미암은 것인데 병이 겉에 있고 외사(外邪)가 성하기 때문에 생긴다. 기혈이 허(虛)하고 한(寒)한 사람은 칠정(七情)의 사(邪)가 안을 손상시키기 때문에 맥이 변해서 침지연약유색완복세허(沈遲軟弱柔濇緩伏細虛)[20]한 맥이 되는데 모두 음맥(陰脉)이다. 이는 모두 내상(內傷)으로 말미암은 것인데 병이 속에 있고 정기(正氣)가 허하기 때문에 생긴다.

이러한 표리·한열·허실의 육자(六字)야말로 '의가찰병제일활법(醫家察病

---

17) 대략 "맥이 깊지도 얕지도 않고, 빠르지도 느리지 않으며, 부드럽게 왕래하고 그 기운이 여유롭다."라는 정도의 의미다.
18) 風, 寒, 暑, 濕, 燥, 火의 여섯 가지 병인(病因).
19) 맥상(脈象)을 가리키는 말을 열거한 것이다.
20) 이 역시 맥상(脈象)을 가리키는 말을 열거한 것이다.

第一活法)'이라고 했다. 표리·한열·허실은 의원이 환자의 병세를 살필 때 가장 중요한 요소라는 뜻이겠다. 가장 핵심적인 내용을 말하고 난 다음에 부수적으로 알아야 할 것들을 덧붙였다.

又以四時六脈之宜忌[21]者言之
又有五行生克之理 經絡運行之序 陰陽同異之機

又以表裏寒熱虛實 而剖分之
又以用藥製藥之方法論之
方有七
火製四 水製三 水火共製 蒸煮二者而已

論五味所禁
論五味偏勝
論標本
論七情爲內傷
論六淫爲外感

'오행상극(五行生克)', '음양동이(陰陽同異)'라는 말에서도 잘 드러나듯이 레 흐우 짝 의학의 기초는 유학(儒學)에 있다. 권수에 있는 〈의훈격언(醫訓格言)〉('述古')의 첫 조항은 의학을 배우기 위해서는 유학을 잘 알아야 하는데, 유학의 이치를 알면 의학을 익히기가 쉬워진다는 말로 시작하고 있다.[22] 《해상의종심령》 곳곳에서 유학의 이치(음양, 역리)를 잘 알아야 한다고 강조하고 있다.

번거로운 것을 정리해서 핵심을 제시한다는 저술 방침이 이곳 〈의업신장〉에도 적용되고 있음이 확인된다. 예컨대 (마)에서는 왕숙화(王叔和)[23]의 〈맥결(脉訣)〉이 소상하기는 하지만 명칭이 번다하고 맥리가 미묘

---

21) '의기(宜忌)'는 적합함과 꺼림(금기).
22) 凡學醫 必參透儒理 儒理一通 學醫自易 (〈의훈격언〉, 21면)

하다 보니 짐작해서 활용하기 어려운 점이 있다고 했다. 그래서 번다함을 줄이고 핵심을 명확히 제시한다고 했다.[24] 자신이 의사 노릇을 하면서 탐구하고 치료하면서 얻은 바가 있기 때문에 당당히 그렇게 할 수 있었다.

5. 〈상경기사(上京記事)〉

이 장에서는 〈상경기사〉에 나타난 치병 관련 기사를 중심으로 살핀다. 지금껏 베트남에서도 《해상의종심령》과 〈상경기사〉를 병의 진단과 치료라는 관점에서 연결 짓는 논의는 활발하게 이루어지지 않은 듯하다. 〈상경기사〉의 교술 산문으로서의 특징을 도드라지게 하는 대목이 진단과 치료 기사라는 점을 중시하고자 한다.

1

정주(鄭主)의 명으로 하노이에 머물 때의 일이다. 해양(海陽) 참의관(參議官)의 부친('大官')이 한 달이 넘도록 병이 중하여 여러 의사를 두루 초치했으나 소용이 없었다. 몹시 위중한 지경에 이르자 사람을 보내어 레 흐우 짝을 초빙한다. '대관(大官)'은 양산진(諒山鎭)에서 관리 노릇하고 있는 형과 동년에 급제한 사이였기 때문에 레 흐우 짝은 사절하지 못하고 가서 병세를 살피게 된다. 다음 대목은 진단 기록부, 곧 의안(醫案)이라고 할 수 있다.

---

23) 3세기경 활동한 중국 서진(西晉)의 의학자. 〈맥결(脉訣)〉은 〈왕숙화맥결(王叔和脈訣)〉을 가리킨다. '脉'은 '脈'과 같은 글자이다.

24) 是脉有二十七類 叔和脉訣 其論詳識 亦已發諸脉訣矣 但脉名繁洪 脉理微玄 難於推測 今始約言之 (〈의업신장〉, 46a면)

손을 얹어 보니 그 맥이 좌(左) 삼부(三部)[25]는 매우 약하고, 우척(右尺)은 끊어질 듯했다. 우(右) 삼부는 왕성한 듯하나 가볍게 누르니 산란(散亂)했다.[26] 힘을 주어 누르니 맥이 짚이지 않게 되었다. 몸 가까이 가니 열기가 느껴지는데 손으로 만져보니 미온(微溫)이 있었다. 두 다리 아래는 차가웠다. 이따금 숨을 세게 내쉬었다. 병세를 물어보니 짙은 연기 속에 앉아 있는 것처럼 눈이 매우 따가워서 감게 되고 가슴 사이에 찌는 듯 열이 있어 숨을 세게 내쉬게 된다고 한다. 또한 대변은 굳고 소변은 붉고 시원치 않다. 가슴이 거북해서 먹지를 못한다고 한다.[27]

큰 병은 아니니 크게 염려하지 말라고 위로하고 밖으로 나오니 참의관이 병의 증세에 관해서 물었다. 레 흐우 짝은 진음(眞陰)이 안에서 고갈되어, 양(陽)(陽氣)이 의지할 바 없어져 빠져나가고자 하여 병세가 이 지경에 이른 것이라고 진단했다. 그리고 그간 써온 약이 무엇인지 기록을 보니 전부 '청화(淸火)[28] 화담(化痰) 제습(除濕)'에 쓰는 약들이었다. 겉으로 드러난 열·담·습에 따라 치료했기 때문에 병의 근본 원인인 진음 고갈을 더욱 심화시켰고 병세가 더욱 위중하게 되었다고 판단하게 된다.

저 대관은 나이가 많은데 희첩(姬妾)들이 가득하다. 이 노인의 진음(眞陰)은 이미 소모되었는데 또 호색[恩色]하여 그 정기를 내보내니 음기가 고갈되었다. 써 온 약을 보니 배보(培補)할 생각은 하지 않고 도리어 소패(消敗)케 했으니 어찌 위중해지지 않을 수 있겠는가? 위기(胃氣)

---

25) 촌(寸), 관(關), 척(尺) 세 부위의 맥을 통틀어 이르는 말.

26) 산맥(散脈)은 가볍게 누르면 맥이 부(浮)하고 산란(散亂)되며 힘을 주어 누르면 짚이지 않게 되는데, 정기가 산란되고 소모되어 장부의 기가 쇠갈되는 위험한 증후라고 한다.

27) 診卽見其脉左三部甚微 右尺如欲絶 右三部猶旺 但稍按 則散 重之全無 近之 則熱氣薰人 捫之 則微溫 足以下俱冷 時作呵氣 質之則曰 如坐濃煙中 目甚辛而閉 胸間鬱熱 故呵氣 大便燥結 小便赤澁 胸膈拒食 (《상경기사》, 55면)

28) 찬 성질의 약으로 열기를 제거함.

가 끊어지지 않아 맥이 화완(和緩)한다. 약을 잘못 써서 해가 된 것이지 괴로움이 전부 병 자체로 말미암아 온 것은 아니다. 어쩌면 내 힘으로 치료를 할 수 있을지 모르겠다. 이렇게 생각하고 말하기를,

"병세가 이미 심히 위중합니다. 감히 (치료를) 자신할 수는 없습니다만, 우선 약 한 제를 써 보도록 하지요. (…)"29)

그리고 앞서 치료를 맡은 의사들과는 달리 '대자음(大滋陰)'을 처방했다. 숙지(熟地)와 반룡(班龍)을 쓰고 진하게 달여 복용하게 했다. 곧장 차도를 보이자 인삼을 더했다. 다음날 다시 문진해 보니, 열에 일고여덟이 차도가 있었고 음식도 먹을 수 있게 되었다.

내가 보기에 허화(虛火)가 여전히 치성(熾盛)하여, 이에 보화(補火)·인화(引火)하는 약제를 쓰고, 위기(胃氣)를 북돋우는 약을 함께 썼다.30)

허화가 위로 떠오르는 것을 억제하여 근본으로 돌아가게 하는 약재(보화·인화하는 약제)를 처방했다. 하지만 레 흐우 짝의 이러한 처방과 치료는 무위로 돌아가고 말았다. '이' 의사가 신묘하다면 불러서 처방을 받고, '저' 의사가 뛰어나다면 또 불러서 다른 처방을 받아서 하룻밤에도 네댓 명의 의사가 드나들다 보니 병세가 걷잡을 수 없이 악화한 것이었다. 게다가 어의(御醫)까지 보내졌는데, 수일간 차도가 없자 의사들이 모여서 함께 치료하기에 이르렀다. 레 흐우 짝은 대관이 자기 몸을 내주어 약을 시험하게 하고, 의원들은 이견을 내세우면서 공을 다투는 지경에 이르렀음을 알고 개탄했다.

병세가 위중해지자 거듭 사죄하며 레 흐우 짝을 청했다. 레 흐우 짝은

29) 伊官年高 姬妾滿前 此老人眞陰已耗 又思色以降其精 則陰竭矣 藥又不知培補 反消敗之 不危何待 余思脉猶和緩 胃氣未絶 又爲藥之害 全非本病之能苦 余之力庶或可圖 乃曰 機已危甚 未敢逆料 請投一劑 (〈상경기사〉, 55면)

30) 余見虛火尙熾 乃繼用補火引火之劑與胃氣藥 (〈상경기사〉, 56면)

'위기(胃氣)'가 이미 쇠했기에 병세를 돌이킬 수 없다고 생각했다. 생명의 기반 자체가 무너졌다고 본 것이다. 그래도 거듭 청하므로 '구양(求陽)'을 처방해 주었다. 양기를 붙잡아 보려는 마지막 시도를 한 것으로 보인다. 하지만 며칠 뒤에 대관은 세상을 떠나고 말았다. 레 흐우 짝은 크게 탄식하고 고시(古詩) 한 수를 지어 그 일을 기록해 두고자 했다.

> 경상(卿相)의 목숨은 약으로 구제할 수 없었나니
> 마음 다해 응한 뜻을 귀신은 알리라.
> 세상에 남는 것은 향기로운 이름뿐
> 부귀는 뜬구름 같아서 본래 스스로를 속이는 것일 뿐.[31]

지금껏 살핀 진단과 처방에 관한 기사에서 비판과 풍자의 뜻도 읽을 수 있다. 중심을 이루는 의안에 더해, 호색과 부귀를 탐하다가 삶을 망친 환자에 대한 은근한 풍자가 담겨 있다. 산문으로 기록한 사연을 시로 마무리함으로써 시화(詩話)로서의 면모도 갖추고 있다.

2

이번에는 찐 썸(鄭森)을 진맥하는 장면을 보자.

> 답하기를, "신이 삼가 맥을 짚어 보니 좌우(左右)의 관촌(關寸)은 매우 홍삭(洪數)하고 현(弦)하며 좌척(左尺)은 침삭(沈數)하며 우척(右尺)은 세삭(細數)했습니다. 깊이 눌러 보니 모두 힘이 없었습니다."[32]

궁궐 문을 나와서 정당관(正堂官)과 한자리에 앉아 정주의 병에 관해서

31) 無藥可醫卿相命 有心應對鬼神知 世間惟有芳名在 富貴浮雲本自欺 (〈상경기사〉, 58면)
32) 余對曰 臣謹按脉 左右關寸甚得洪數而弦 左尺沈數 右尺細數 重按皆無力 (〈상경기사〉, 83면)

이야기를 나누었다 정당관이 비밀히 병증(病症)이 어떠한지를 묻기에 다음과 같이 답을 했다.

"몸은 수척하고 피부는 건조하며 소변은 누렇고 탁하고 대변은 소화되지 않은 채로 나옵니다. 가슴은 갑갑하고 때로 애기(噯氣)(트림)를 올리며 또한 조열(潮熱)[33]이 일어납니다. 입은 마르고 혀는 헐어 있으며 기침이 나고 목소리를 잃었습니다. 이런 여러 증상은 모두 정고혈갈(精枯血竭)의 증상입니다. 맥은 또 지나치게 급합니다. 위기(胃氣)가 극히 쇠한 것이 염려스럽습니다."[34]

이렇게 해서 자보(滋補)를 목표로 하는 처방을 내리고 치료를 시작한다. 다행히 정주는 차도를 보인다. 하지만 레 흐우 짝은 궁중에 오래 머물 수 없었다. 어의(御醫)의 질시가 심했고 궁중의 다툼에 휘말릴 염려도 있었기 때문이다. 레 흐우 짝은 집에 급한 환자가 있다는 구실을 대고 귀향하게 된다.

3

마지막으로 하노이에서 돌아오는 길에 고향마을을 방문하는 대목을 보기로 한다.

고향마을인 리에우 싸(遼舍) 입구에 이르러서는 와교(瓦橋)[35]를 건너서 마을로 들어갔다. [마을 앞에 강을 가로질러 와교가 놓여 있었다.] 선친(先親)의 고택(故宅)에 당도해서 쉬었다.

---

33) 일정한 시간을 두고 일어나는 신열(身熱).

34) 形體瘦削 肌膚乾枯 小水黃濁 大便完穀 胸滿 時發噯氣 又發潮熱 口渴 舌瘡 咳嗽 失聲 種種皆精枯血竭之症 脉又尤急 只恐胃氣衰極 (〈상경기사〉, 83면)

35) 기와를 얹은 다리.

그때 마을에는 랑 썬(諒山, Lạng sơn) 진수(鎭守)로 있는 형의 별영(別營)이 전부터 있었다. 맏형수[전 통일관(前統一官)의 아내이다] 혼자서 이곳에 살면서 가당(家堂)[36]의 제사를 받들고 있다. 나이는 일흔이 넘어 백발이 성성한데 정신은 여전히 맑았다. 나를 보고는 희비가 교차해서 눈물을 머금고 말을 건넸다. 나 또한 이곳에서 머무는 동안 비감(悲感)을 이길 수 없었다.

다음날 동산을 유람하면서 옛 집터를 자세히 살펴보았다. 큰 나무 아래에 이르러 그곳이 선친 침실이 있던 곳임을 알았다. 빈랑나무 동산 가운데가 객당(客堂)[37]과 청당(廳堂)[38]이 있던 자리인 듯한데, 그 뒤쪽으로 내실이, 왼쪽으로 주방이, 오른쪽으로 학사(學舍)가 있었다. 기와며 섬돌이며 남은 흔적들을 분명히 볼 수 있었다. 한 곳에 이를 때마다 한 번씩 멈춰 서게 되었다. 세월이 흘러 세상이 변했음을 보게 되니 서리지탄(黍離之嘆)[39]을 이길 수 없어 배회하며 차마 떠날 수 없었다. 반 시간 지나서 비로소 집에 돌아와서 친척들을 만났다.

생례(牲禮)[40]를 준비하여 사당에 제사를 지냈다. 고향 사람들이 다들 예물을 가지고 와서 축하해 주었다. 노인과 젊은이 수십 명이 왔는데, 그중에 내가 이름을 알고 얼굴을 알아볼 만한 사람은 몇 사람뿐이었다. 술 마실 돈을 답례로 주어 보내기도 하고 급한 대로 술과 안주를 장만해서 그들과 함께 마시기도 했다. 이때 나를 보러 온 사람 중에는 조부, 지파(支派), 아명(兒名)을 말하는 사람이 있었는데, 나는 한참을 생각하고야 누군지 알아볼 수 있었다. 오랜 이별 끝이라 나도 모르게 크게 소리 내어 울며 말했다.

"손꼽아 보니 내가 고향을 떠난 지 어느덧 30년이 되었구나. 이제 고향에 돌아와 보니 세월 따라 경관도 변하고 세상도 바뀌어 친척들이 눈앞에 가득하건만 이름이 아득하여 기억나지를 않는구나. 참으로 신선놀음에 도낏자루 썩는 줄 몰랐다는 그 사람과 같구나."

---

36) 조상의 신위(神位)를 모신 사당. 또는 조상의 신위.
37) 손님을 접대하는 곳.
38) 집무를 보는 곳.
39) 세상의 영고성쇠의 무상함을 탄식하며 이르는 말.
40) 희생(犧牲)(제사에 쓰는 가축)을 쓰는 제례.

그리고 짤막한 율시 한편에 감흥을 부쳤다.

고향에 한 번 돌아와 보니,
오랜 이별 끝이라 문득 벅찬 감흥이 일어나는구나.
지난날 뛰놀던 곳 분명하니,
이 마음 몹시도 느껍구나.
무덤[41] 있던 곳에는 새로 절을 지었고,
옛날 집이 있던 자리에는 화초가 나 있구나.
어린아이들을 만나보고서,
어렴풋이 아잇적 이름 떠올려 본다.

다음날 향등(香燈)[42]과 지전(紙錢)을 준비해서 선조의 묘소와 여러 사당에 가서 절을 올렸다. 그리고 마을 사당에도 가서 이 지방 신령들께도 예를 올렸다.[43]

앞부분에 이어서 여정을 기록한 점은 이 글이 기행문의 일부임을 말해 준다. 그날그날 있었던 일을 사실대로 기록하는 일기로서의 성격, 시 창작의 계기를 말해 주는 시화로서의 면모도 함께 지니고 있다. 오랜만에

---

41) 원문은 '松楸'로 소나무와 가래나무이다. 두 나무를 묘지에 많이 심기 때문에 '무덤'의 뜻으로 쓰인다.

42) 불전(佛前)이나 영전(靈前)에 켜 두는 등.

43) 將至遼舍家鄉 從瓦橋而入 (村前橫江有瓦橋) 來先父舊營歇住 那日 諒山鎭兄已有別營在鄉中 惟有長嫂 (前統一官之妻) 在此奉祀家堂 年七十餘 髮白如絲 神猶爽健 見余悲喜交集 含淚而言 余於此旅次間 亦不勝悲 明日遊覽園中 細看昔時基址 至一大樹下 知是先人寢室處 榔園中宛是客堂廳堂 後邊內室 左之廚房 右之學舍 瓦砌餘痕 歷歷可覩 每至一處則躊躇一番 事變時移 不勝黍離之感 徘徊不忍去 半晨間始來家 與諸親屬相見 備設牲禮 告祀祠堂 本鄉人備禮皆來謁賀 老少數十餘人 其中知名識面數人 乃餞荅酒錢 又草作盃盤與之共飮 自此 凡有來見者 或說祖父支派乳名 細思之 方能辯識 契闊中 不覺大哭曰 我辭鄉屈指纔三十年 于今歸省 則物換星移 親屬滿前 夢知姓字 誠爲爛柯人矣 乃敘感興一短律云 故鄉一歸省 契闊暗然生 歷歷嬉遊地 悠悠感動情 松楸新創寺 花草舊時營 相見兒童輩 含糊認乳名 次日 備用香燈紙錢 往拜先墳與諸祠堂 又來鄉廟 謁禮本境神靈 (〈상경기사〉, 75-76면) 이 대목은 최귀묵, 『베트남 문학의 이해』, 창비, 2010, 352-355면에서 살핀 바 있다.

고향을 찾아 어린 시절 추억의 흔적을 찾아보는 감회, 친척과 마을 사람들을 만나서 나눈 정겨운 대화를 전하고, 자기도 모르게 감흥이 일어 지은 시를 기록해 둠으로써 이 대목은 짙은 서정성을 띤다. 섬세하고 세밀한 감각, 마음 깊은 곳에서 우러나는 감흥이 느껴지는 독특한 품격의 저술이라고 할 만하다.

6. 맺음말

지금까지 논의한 내용을 요약하면 다음과 같다. 레 흐우 짝은 유가(儒家) 관료, 군사 전략가가 되고자 했다가 자신의 신병(身病) 치료를 계기로 의사가 되었다. 의업이 지난(至難)하다는 것을 깊이 자각하고, 명리를 얻고자 하지 않고 의학의 이치를 탐구하여 베트남 의학사에 남을 의서를 편찬하고자 했다. 다기(多岐)한 의서를 융회하고, 자신의 임상 경험을 토대로 종합적인 의서 《해상의종심령》을 찬술했다.

레 흐우 짝 의학의 기본 관점은 유학(음양학)이다. 《해상의종심령》에서는 의학의 대체를 제시하고, 처방을 집성하고(양안, 음안), 베트남 토산 약재[南藥]의 약성과 활용법을 기술했다. 권말에는 정주를 치료하러 상경한 경험을 기술한 〈상경기사〉를 수록했다. 〈상경기사〉에는 진단과 처방 기사가 수록되어 있어 《해상의종심령》의 기술 내용의 연장선상에서 읽을 수 있다. 고관대작의 병증과 치료 과정에 관해서 서술한 장면에는 음욕(淫慾)에 대한 풍자나 부귀를 남용해서 도리어 몸을 망치는 어리석음에 대한 비판의 뜻이 들어 있다. 의사의 저술로서는 남다르게 시를 싣고 있어서 시화로도 읽을 수 있다.

《해상의종심령》의 내용을 좀 더 심도 있게 살피는 것은 필자의 역량 밖의 일이다. 《동의보감(東醫寶鑑)》과 비교하는 작업을 해 보고 싶은데,

책 안으로 한 걸음 더 들어가기가 여간 어려운 것이 아니다. 레 흐우 짝에 관심을 가지고, 베트남 전통 의학을 망라해서 동아시아 의학을 체계화하고자 하는 포부를 가진 동학을 만나서 가르침을 받는다면 무척 다행이겠다.

02

미즈노 남보쿠(水野南北)의 '절식개운설(節食開運說)'의 요지와 의의

1. 머리말

'복록수(福祿壽)를 누리고 싶은가? 빈궁(貧窮)할 상(相)으로 태어났더라도 유복(裕福)해지고 싶은가? 그렇다면 식(食)을 절제하라. 대식(大食)·폭식(暴食)·미식(美食)을 하지 말고 소식(小食)·절식(節食)·조식(粗食)을 하도록 해라.' 이는 일본 에도 시대의 관상가(觀相家)('相者') 미즈노 남보쿠(水野南北, 1760?-1834)[1)]의 주장이다. 먹는 음식을 절제하여 좋은 운(運)을 불러올 수 있다고 하므로 '절식개운설(節食開運說)'이라고 불린다.

이 글에서는 남보쿠가 주창한 절식개운설의 요지를 소개하고, 그 학설의 의의를 밝혀 보고자 한다. 크게 일가(一家)를 이룬 관상가의 학설이기에 한 번 음미해 볼 만하고, 조닌(町人)[2)] 신분으로 생업(生業)을 영위하면

---

1) 남보쿠가 세상을 떠난 것이 1834년인 것은 분명하지만 태어난 해가 언제인지는 분명하지 않다. 여러 저술에서 남보쿠가 스스로 밝힌 바를 토대로 정리하면[역산(逆算)하면] 태어난 해가 1755년, 1760년, 1763년이 되어 일정치 않다.
2) 에도 시대(1603-1867)의 상인·수공업자를 칭하는 말.

서 발견한 근본적인 원리를 철학으로 정립하고 있다는 점이 독특해서 주목해 볼 만하다.

남보쿠는 여러 저서를 남겼다. 간행된 것으로는 《남보쿠상법(南北相法) 정편(正篇)》(5책)(1788), 《남보쿠상법(南北相法) 후편(後篇)》(5책)(1802)[3], 《남보쿠상법조인(南北相法早引)》[4](1책)(1803), 《남보쿠상법수신록(南北相法修身錄)》(4책)(1813) 등이 있다.[5] 이 글에서는 50세 무렵의 저작인 《남보쿠상법수신록》[6](이하 《수신록》으로 약칭함)을 집중적으로 살펴보고자 한다. 《수신록》의 표기는 한자·가나 혼용문으로 되어 있다. 〈자서(自序)〉(〈남보쿠상법극의발수자서(南北相法極意拔粹自序)〉)에 따르면 《수신록》은 상법(相法)의 '극의(極意)'를 내용으로 하고 있다. '극의(極意)'는 '핵심, 요체, 오의(奧義)'라는 뜻이다. 상법의 '극의'는 무엇인가? '누군가의 관상을 볼 때 그 사람이 먹는 음식의 양을 묻고, 그에 따라서 그 사람의 생애의 길흉을 판단하면 틀림이 없다.'라는 것, 다시 말해서 절식개운설이다.

2장에서는 남보쿠의 생애를 간략하게 정리한다. 3장에서는 절식개운설의 요지를 살피고, 4장에서는 절식개운설의 이론 구조를 살핀다. 5장에서는 시정(市井)에서 생업을 영위하면서 얻은 깨달음을 철학으로 정립한 일의 의의를 평가해 본다.

현재 우리나라에는 《수신록》 번역본이 몇 종 나와 있다.[7] 그런데 번역이

---

3) 오늘날에는 《남보쿠상법》 정편과 후편을 합하여 보통 《남보쿠상법》이라고 칭한다.

4) 《남보쿠상법》의 요약본이라고 할 수 있다.

5) 青山英正, 「近世日本觀相書版本目錄」, 『明星大学研究紀要 人文学部日本文化学科』 21, 2013에서 정리한 바를 참고했다.

6) 4권 4책. '相法修身錄'(外題), '南北相法極意'(尾題), '南北相法修身錄卷之二'(卷首題. 1책에는 권수제가 없음), '南北相法極意拔粹自序', '南北相法極意拔粹跋'. 1812년에 〈南北相法極意拔粹〉가 간행되었는데, 이 발췌본과 애초의 초고를 합해서 《남보쿠수신록》(1813)으로 간행한 것으로 보인다. 제명(題名)이 여럿 나타난 것은 그 때문일 것이다.

7) 권세진 옮김, 『절제의 성공학』, 바람, 2013; 화성네트웍스 옮김, 『마음 습관이 운명이다』, 유아이북스, 2017이 있다. 김현남 옮김, 『관상』, 나들목, 2015는 《남보쿠상

원전에 충실하지 않아 그대로는 연구 자료로 이용하기 어렵다. 본격적인 연구 성과라고 할 만한 것도 없는 듯하다. 그래서 가능한 대로 일본에서 이루어진 연구를 참고하면서 필자의 소견을 말해 보고자 한다. 남보쿠는 전혀 기특하지도 않고 난해하지도 않은 논의를 전개한다. 그런 평범함이 어떤 의미를 갖는지 거시적인 관점에서 해명하는 것이 최종적인 목표다.

2. 남보쿠의 생애

남보쿠는 오사카의 대장장이[단야(鍛冶)] 집안에서 태어났다. 조닌 신분인 것이다.[8] 《남보쿠상법조인》에서 스스로 회고하기를, 어린 시절에는 '불의불효(不義不孝)'한 삶을 살았다고 한다. 그런 그에게 상법(相法)에 밝은 한 승려가 말을 건네 왔다. 그 승려는 밀교(密教)의 고덕(高德)인 가이조(海常)였다. 가이조는 남보쿠의 잘못을 일깨워 주고 상법을 배우도록 권하고 상법의 길로 이끌어 주었다. 가이조는 《신상전편(神相全編)》[9]의 요체를 강의해 주었는데, 남보쿠는 강의를 불과 이삼일 듣고, 깊은 감명을 받았다. 이를 계기로 심기일전(心機一轉)하여 상법에 몰두하게 되었다. 이후 남보쿠는 한곳에 머물지 않고 전국을 두루 돌아다니며 상법에 관한 이해를

법》의 번역이다.

8) 남보쿠의 상세한 전기(傳記)는 牧野正恭, 田中一郎, 『(浪速の相聖) 水野南北とその思想』, 大阪春秋社, 1988에 잘 정리되어 있다. 제목에 있는 '浪速'은 '나니와'로 오늘날 오사카 지역을 가리키는 옛 이름이다. 최치현, 「개운법(開運法) 알려준 관상학의 아버지 미즈노 남보쿠」, 『월간 중앙』 201806호, 2018.05에서 미즈노 남보쿠를 소개하고 있는데, 남보쿠 사후에 만들어진 전설적인 내용을 실제 사실인 것처럼 서술하고 있다.

9) 중국의 도사(道士) 진단(陳摶. 872-989)[희이선생(希夷先生)]의 비전(祕傳)을 원충철(袁忠徹, 1377-1459) 이 정정(訂正)했다고 한다. 상서(相書)로는 최고(最古)의 포괄적인 문헌이다.

심화한다.

남보쿠는 문자를 읽고 쓰는 데 서툴렀기 때문에 책 읽기는 단념하고 실제 실습을 하겠다고 결심하고 전국을 돌아다니며 경험을 통해서 배운다.[10] 사람을 눈으로 관찰하고, 가르침을 귀로 들으면서 전국을 편력했다. 10년여에 걸친 수행과 훈련을 통해서 상법의 심오한 경지에 이르렀고[11] 1788년에 교토(京都)에서 관상가로서 제일보를 내디딘다.

남보쿠는 자신의 독자적인 상법을 정립해서 《남보쿠상법》을 이룩했다. 20대에 전국을 편력하며 얻은 성과를 집약시킨 저술이다. 상학(相學)의 고전인 《신상전편》을 수용하면서도 문답 형식을 사용하여 자신의 독자적인 견해를 천하에 내보였다.[12] 그런 남보쿠에게는 전국에 걸쳐 1천 명이 넘는 문인(門人)이 있었다.[13] 1803년에는 《남보쿠상법》의 요점을 추린 《남보쿠상법조인》 1천 부를 시본(施本)했으며 이전부터 교류하고 있던, 진언종(眞言宗)의 고승 지운 온코(慈雲飮光, 1718-1804)로부터 '거사(居士)'라는 칭호를 받는다. 남보쿠는 평생 불교계와 밀접한 관계를 유지했다.

《남보쿠상법》은 완성인 동시에 전환점이었다. '절식(節食)'의 중요성을 깨닫고 철저하게 실천하는 전환을 이룩한 것이다. 남보쿠는 한 저술의 〈자서(自序)〉에서 자신이 절식한 내력을 다음과 같이 밝혔다. '자신은 단명(短命)을 타고나서 서른을 넘기기도 어려운 처지였다. 그런데 스물다섯부터 음식을 통하여 수복(壽福)을 얻을 수 있다는 사실을 깨달은 이후로는

---

10) 훗날 '이발소 일 3년, 목욕탕 일 3년, 화장터 일 3년'을 하면서 상을 보는 실습을 했다는 전설이 생겨나기에 이르렀다. 물론 남보쿠의 저술에 그런 언급은 없다. 그런 전설이 기록으로 확인되는 것은 1934년 이후의 일이라고 한다. (若井朝彦, 『江戶時代の小食主義』, 花伝社, 2018, 164면)

11) 《남보쿠상법 후편》의 〈자서〉에서는 '10년간의 축적을 통해 相의 요결을 파악했으며 누구도 알지 못하는 새로운 발견을 해냈다'라고 자부했다.

12) 水澤 有 訳, 『(新修) 南北相法修身錄[全]』, 東洋書院, 2009, 4면.

13) 《남보쿠 상법 정편》에는 문인록(門人錄)이 있다.

절식을 실천해서, 매끼 밥 한 공기에 채소 반찬 한 가지만 먹었다. 맛있는 음식이나 날생선은 일절 먹지 않았다. 1812년부터는 아예 쌀밥도 끊고 하루 보리 1홉 반만 먹었다. 푸성귀도 거의 버려야 할 것 같은 것을 먹고 지속해서 절제하는 생활을 했다. 이렇게 해서 빈궁을 면하고 지금(1828) 69세까지 살아 있게 되었다. 이는 전적으로 음식을 절제해서 얻은 덕(德)에 의한 것이다. 술은 좋아해서 하루에 술 1홉(180㎖)에 물 1홉을 더해서 2홉으로 만들어 마시고 있다. 그렇더라도 맛있는 안주를 곁들이거나 하지는 않는다.'14)

이렇게 음식(식사)과 운명의 관계에 대해서 깨달음을 얻고, 자신이 몸소 실천하고, 수많은 사람을 관찰해서 얻은 바를 종합해서 1814년에 《수신록》으로 간행했다. 운명의 개척은 食에 의해서 결정된다는 내용을 일관되게 전개했다. 1814년에 오사카 시텐노지(四天王寺)의 부속 사찰인 아키노보(秋野坊)의 당주(當主) 에이준 법사(瑛順法師)로부터 '일본상도중조(日本相道中祖)'라는 칭호를 받았다. 상도(相道)의 원조가 쇼토쿠 태자(聖德太子)라고 하는데, 그 적통을 이은 '중조(中祖)'[중흥조(中興祖)]라고 칭해졌으니 관상가로서는 살아서 최고의 영예를 누렸으며, 오늘날 '오사카의 상성(浪速の相聖)'이라고 칭하는 사람도 있으니 죽어서도 영예를 누리고 있다고 하겠다.

---

14) 1828년에 낸 《상법역생기(相法亦生記)》(御本文第六之巻)의 〈자서(自序)〉에서 한 말이다. 《상법역생기》는 쇼토쿠 태자(聖德太子, 574-622)의 저서라고 하는데, 남보쿠는 시텐노지(四天王寺)의 아키노보(秋野坊)에 소장되어 있던 이 책을 1819년에 보았다고 한다. 시텐노지는 쇼토쿠 태자가 창건했다고 한다.

3. 절식개운설의 내용

《수신록》에서 남보쿠가 가장 강조한 것이 食의 절제였다. 이를 단상(斷想) 형태로 제시하거나 문답 형식으로 부연하고 있는 것이 《수신록》의 중심 내용이다. 다음에 각 권에서 한 대목씩 뽑아 소개해 본다.

(1)

권1에서

50세가 안 된 병자가 사상(死相)을 보이더라도 소식(小食)으로 규칙적으로 식사를 해 온 사람이라면 죽을 것이라고 말해서는 안 됩니다. 반드시 살 수 있습니다. 이것은 병이 아니라 방재(方災)[15]가 원인입니다. 命은 食을 근본으로 하고 있습니다. 언제나 소식으로 규칙적으로 식사를 하는 사람은 병에 걸리는 일이 없습니다. 이 병자는 방재 이외의 어떤 것도 아닙니다. 그 때문에 이 병자에게 약의 효과는 없습니다. 또한 소식하는 사람은 곡물을 줄인(소비한) 것이 적어서 의식하지 않았어도 천지(天地)의 덕(德)을 쌓은 것이 됩니다. 그래서 방재는 있어도 죽는 일은 없습니다. 이것은 내가 관상으로 보아 왔습니다.[16]

(2)

권2에서

문: 입은 먹기 위해 사용하는 것입니다. 먹고 싶은 것을 먹지 않고 있으면 이 세상에 살아 있는 보람이 없습니다. 먹는 것은 가장 큰 즐거움입니다. 이밖에 큰 즐거움이란 없습니다.

---

15) 일시적인 재액(災厄). 나쁜 방위[惡方位]를 범함으로써 받는 재앙.

16) 《남보쿠상법》의 원문은 《修身實驗錄》, 출판사 미상. 1893과 《南北相法 極意祕傳集》, 兩輪堂, 1894에서 얻었다. 일본 국립 국회도서관 디지털 컬렉션(dl.ndl.go.jp)에서 확인할 수 있다. 《수신록》을 우리말로 옮길 때는 水澤 有 訳, 같은 책의 현대 일본어 번역문을 참고했다. 水澤 有의 역서에는 서(序)나 발(跋)이 생략되어 있고 남보쿠의 내력 설명에 전설적인 내용이 포함되어 있어 주의를 요한다. (若井朝彦, 같은 책, 182면) 이하 水澤 有의 《수신록》 현대 일본어 번역문의 해당 면수만 밝히기로 한다. 260-261면.

답: 사람은 천차만별로, 무사(武士)는 대록(大祿)을 받게 되는 것을 즐거움으로 삼고 농민은 전록(田祿)을 늘려 부모나 선조를 능가하는 것을 즐거움으로 삼고 직공(職工)은 자신의 기능이 만인보다 뛰어난 것을 즐거움으로 삼으며 상인(商人)은 장사가 번영하여 유복하게 되는 것을 즐거움으로 삼고 있으니, 이것과 달리 더 큰 즐거움이란 없습니다. 이런 즐거움을 바라지 않는 사람이라면 음식을 즐거움으로 삼는 것은 어쩔 도리가 없습니다만 미식(美食)을 즐기는 사람은 끝내는 빈궁한 신세가 되어 입신출세를 즐기는 일이 가능하지 않게 됩니다. 우선 먼저 입신출세를 즐기고 그에 상응하게 유복하게 된 후에 음식을 즐기는 것입니다. 처음부터 음식의 즐거움을 추구한다면 하늘로부터 빈궁의 고통을 받게 됩니다.

입은 '입구(入口)'입니다. 변소(便所)의 입구입니다. 여기에 한 번 들어간 것은 토해낼 때 그 형태가 변화하지 않았어도 똥과 같이 더러운 것입니다. 따라서 배가 꽉 찰 때까지 먹고 싶을 때는 우선 음식을 변소에 버리는 모습을 상상해 보세요. 그래도 먹고 싶을 때는 밥 한 그릇을 변소에 버려 보세요. 인면수심(人面獸心)의 인간이라도 음식을 변소에 버릴 수는 없을 것입니다. 절제할 수 없는 사람은 매일 음식을 변소에 버리는 것과 같으니, 무서운 일입니다. 그래서 미식(美食)을 만족할 때까지 먹는 것은 수명을 단축합니다. 미식은 단명하게 하고 조식(粗食)은 장수하게 합니다.17)

(3)

권3에서

문: 저는 젊어서부터 食을 절제해 왔습니다만 아직도 빈핍(貧乏)하여 가까스로 처자(妻子)를 양육하며 살고 있습니다. 과연 食을 절제하는 효과가 있는 것입니까?

답: 相을 모르는 사람은 어리석습니다. 당신의 상을 보면 천록(天祿)이 박(薄)하여 세간(世間)에서 食을 빌어먹을 상입니다. 그러나 젊어서부터 食을 절제하고 다식(多食)(大食)을 하지 않았기 때문에 천록이 연장되어 살면서 食을 구걸하는 일이 없습니다. 그러나 이러한 相이 있어도 다식하

---

17) 285면.

는 사람은 재산가라고 해도 천록이 다하여 끝내는 다른 사람들에게 食을 구걸하는 신세가 되는 것은 틀림이 없습니다.
또한 당신에게는 고독(孤獨)할 相이 있습니다만 훌륭한 자식이 있습니다. 자식은 만년(晚年)이 되었을 때의 식록(食祿)입니다. 예컨대 유복하게 살고 있어도 자식이 없는 사람은 만년에 빈궁하게 된 것과도 같은 것입니다. 당신은 젊어서부터 食을 절제하고 있었기 때문에 늙어서는 자식에게 의지하여, 食을 빌어먹을 일은 없습니다. 그러니 유복하지 않아도 한탄할 일이 아닙니다. 족함을 알고서 한층 食을 절제하여 자신의 천록을 연장시키고 자손이 번영하도록 천지에 그 덕(德)을 쌓아 두는 것입니다. 당신이 쌓은 덕은 당신의 것이기도 하고 자손을 위한 것이기도 합니다. 다른 것이 아닙니다.[18]

(4)
권4에서
문: 저는 자손(子孫)의 장래를 위해서 가독·재산(家督財産)[19]을 물려줄까 생각하고 있습니다. 제가 살아 있는 동안에 이 소원이 이루어질까요?
답: 당신은 큰 잘못을 저지르고 있습니다. 그것은 부모의 자비(慈悲)가 아니라 자식과 큰 원수가 되는 것입니다. 재산이 있으면 자식은 언제까지나 있을 것으로 생각하면서 헛되이 시간을 보내면서 가업(家業)을 소홀히 할 것이니 끝내는 집안을 몰락시켜 버릴 것입니다. 또한 아무리 재산이 많아도 절제가 없다면 끝내는 재산을 잃고 집안을 붕괴시킵니다. 자손의 번영을 바란다면 부모다운 자세를 보여 정직(正直)을 근본으로 삼고 늘 절제하며, 이것을 엄격히 지키고 그 모습을 자식에게 늘 보여주어야 합니다. 또한 자손을 위해서 만물을 소홀히 하지 않고 적더라도 버릴 것을 다시 사용하여 나날이 덕을 쌓고, 이것을 가훈(家訓)으로 삼아 자손에게 넘겨주도록 하세요. 이것이 만대(萬代)에 이르기까지 다함이 없는 재산으로, 선조의 공덕과 부모의 자비를 전해 가는 것입니다.[20]

---

18) 299면.
19) '가독(家督)'은 가장권(家長權).
20) 312면.

이상 인용한 대목들을, '부귀빈천(富貴貧賤), 수요(壽夭), 궁락(窮樂), 입신출세(立身出世), 발전(發展)은 모두 절제에 달려 있는데, 절제의 근본은 食의 절제다.'라고 요약할 수 있다. 이렇게 요약된 명제가 바로 절식개운설이다. 《수신록》에서 食의 절제란 좁게는 규칙적인 시간에 적은 양의 거친 음식을 먹는 것을 뜻하면서[21], 넓게는 음식을 소중하게 생각하고 아끼는 태도, 음식을 매개로 하여 만물과 사람, 그리고 신불(神佛)과 맺는 관계를 신중하게 하려는 태도를 가리킨다.

4. 절식개운설의 구조

어째서 '절식'이 '개운(開運)'으로 이어지는가? 운이 좋아지기 위해서는 어째서 절식을 해야 하는가? 이 장에서는 이 문제에 대해서 논의해 보고자 한다.

먼저, 食이 왜 그렇게도 중요한가? 食은 생명을 유지하기 위해서 불가결한 요소이기 때문이다.

> (5)
> 사람은 食을 命의 근본으로 합니다.[22]
> 그런데 食은 사람마다 부여된 몫이 다르다. 하늘은 사람마다 서로 다른 양의 食을 부여했다. 하늘이 부여한 이 食을 천록(天祿)이라고 부른다.

21) 노진섭(의학 전문 기자), 「'삼시 세끼' 무시하지 마라! 운명 바꾼다」, 『시사저널』 1557호, 2019.08.17에서 남보쿠가 강조한, '적은 양의 음식을 정한 시간에 먹는 일'이 어째서 건강에 이로운지 과학적 근거를 들어 설명하고 있다.

22) 256면.

(6)

옛사람이 말하기를 '하늘에 녹(祿)이 없는 사람은 태어나지 않는다.' 라고 했습니다. 귀하든 천하든 제각각, 그 사람의 그릇[器]에 상응하여 하늘로부터 부여된 식물(食物)에 정해진 양이 있습니다. 이렇게 정해진 양, 분한(分限)을 녹[천록(天祿)]이라고 합니다. 분한에 따른 자신의 食이기 때문에 하늘은 녹이 없는 사람을 낳지 않는다고 합니다. 그러나 이것을 함부로 먹어 없애는 사람은 하늘로부터 부여받은 법칙을 파괴하는 것이 됩니다. 생명이 있는 존재로 食의 분한이 없는 경우는 없습니다. 命과 함께 食이 있고 食이 있으면 命이 있습니다. 그러니 命은 食을 따릅니다. 食은 命을 기르는 근본이기 때문에 생애의 길흉은 모두 食으로 말미암아 일어납니다. 두려워해야 할 것은 食, 절제해야 할 것은 食. 오호(嗚呼)라 食이여![23]

일생 먹을 양을 하늘에서 정해 주었다는 생각을 천량론(天糧論)이라고도 부른다. 왜 절식이 중요한가? 먹는 것을 줄이면 자신의 천량(천록)을 아껴 소진되는 시기를 늦추게 되니[24] 목숨이 길어지게 되기 때문이다. 그렇다 치더라도 목숨이 길어지면 길운이 저절로 닥쳐오는가? 결론부터 말하자면, 절식하면 만물을 아끼게 되고, 만물을 아끼면 천지간에 음덕을 쌓게 되고, 음덕을 쌓으면 하늘·만물·신으로부터 보호를 받고 보응을 받게 된다고 한다.

(7)

문: 천지가 개벽하여 처음 생겨난 것이 구니노토코타치노미코토(國常立尊)라고 듣고 있습니다만, 만물이 처음 생겨난 것이 아니겠습니까?

답: 구니노토코타치라고 해도 형체(形體)가 있는 것은 아닙니다. 만물의 덕이 존귀하다는 것을 구니노토코타치라고 칭했습니다. 모두 천(天)으로부터 부여된 명덕(明德)으로, 영겁(永劫)[25]입니다. 또한 천지가 개벽하여

23) 257-259면.
24) 남보쿠는 '延(の)ばす'라는 말을 자주 사용했다.

처음 생겨났다고는 하지만 만물이 없다면 신(神)의 명(命)을 기를 수도 없습니다. 그러므로 만물이 근본이고 구니노토코타치이기도 합니다. 이 은덕(恩德)은 위대하여 한량이 없습니다. 만물의 덕을 이해하는 사람은 일체의 진리를 궁구하여 저절로 만물을 공경하는 것입니다. 만물을 소홀히 하지 않고 검약(儉約)을 지키기 때문에 신(神)으로부터 보호를 받는 것입니다.[26]

《일본서기(日本書紀)》에 따르면 천지개벽할 때 처음 태어난 신이 구니노토코타치라고 한다. 질문자는 구니노토코타치가 천지 창조의 주체가 아니라 천지개벽의 소산이라면, 구니노코타치와 만물의 관계가 무엇인지(하나인지 둘인지) 묻고 있다. 이에 남보쿠는 구니노코타치가 천지개벽 이후 출현한 '형체를 가진 신'이라고 보지 않고, 만물이 생명을 길러내는 덕의 다른 명칭이라고 해석한다.

천지개벽 이후 모든 존재는 만물의 덕에 의지해서 살아간다.[27] 신(神) 역시 예외가 아니다. 천지간에 살아가는 인간은 만물의 덕을 이해하고, 만물을 공경해야 하며 만물을 아껴야 한다. 이렇게 만물을 아끼는 태도[검약(儉約)]는 천리(天理)에 부합할 뿐만 아니라 신이 인정해 주어서 만물을 아끼는 사람을 신은 보호해 준다. 신을 통해서 복을 받고자 하면 만물을 아껴야 한다. 만물을 아끼는 생활을 하면서 신에게 복을 기원하면 신은 당연히 복을 베풀 것이다.

만물이 생명을 기르는 덕을 훼손하지 않고, 만물을 아껴서 만물이 생명을 기르는 덕을 잘 발현하도록 하는 것이 인간의 역할이다. 만물의 덕이 어떤 것인지 알았으면 '애물(愛物)'을 실천해야 한다. 그리고 '애물'을 실천하는 구체적인 방법이 절식이다.

---

25) 영원한 것.

26) 314면.

27) "만물은 천지의 덕의 구극(究極)이다."라고도 했다. (314면)

(8)

매일 자신의 밥그릇 속에 있는 것을 먹으면 분변(糞便)이 되고 맙니다. 조금이라도 이것을 그릇 바닥에 남겨서 자신이 믿는 신불(神佛)에게 바치고, 살아 있는 것에게 베푸는 일은 큰 음덕이 되고 성(誠)입니다. 신불은 기뻐하게 될 것입니다. (…) 자신이 먹을 것 가운데 베푸는 것이야말로 참으로 음덕(陰德)이 됩니다. 스스로 정성스러우면 구태여 신에게 기도하지 않더라도 신은 지켜 주는 것입니다.[28]

(9)

(절식하는 것 - 필자) 이것이 그날의 음덕이 되고 큰 자비인 것입니다.[29]

천(天)의 덕은 사람들을 위해서 만물을 낳았습니다. 이것을 소홀하게 여기는 사람은 천을 가볍게 여기는 것이며 천리에 합당하지 않습니다. 만물의 덕을 이해하고 매일 삼가 음덕을 쌓는 사람은 덕자(德者)가 되는 것입니다.[30]

자기 몫의 먹을 것을 덜어서 다른 생명을 살리는 것이야말로 누구나 쌓을 수 있는 음덕이다. 절식함으로써 누구나 천리에 합당한 삶을 살 수 있고 유덕자(有德者)가 될 수 있다. 일상에서 출발해서 이상적인 인간이 되는 길을 제시하고 있다.

이치가 이럴진대 관상가의 임무는 무엇인가?

(10)

관상가는 이러한 덕을 이해하고, 자신이 먼저 덕을 쌓아서 세상에 영향을 끼치고, 사람들이 수신(修身)하도록 하는 것을 임무로 삼습니다. 이 덕을 몸에 갖추지 못한 관상가는 최고의 이치를 궁구하는 것이 불가능해서 만물이 날로 새롭게 변화해 움직여 가는 것을 알지 못합니

28) 287면.
29) 292면.
30) 293면.

다. 그러니 相을 보아도 사람을 불행하게 할 뿐이니 두려운 일입니다.31)

'이러한 덕'은 만물이 양명(養命)하는 덕이라고 할 수 있다. 생명을 기르는 덕이다. 관상가는 솔선해서 만물이 양생(養生)하는 덕을 쌓고, 사람들에게 그런 덕을 쌓는 수신의 길을 안내해 주어야 하는 사명을 가지고 있다. 가히 일대(一代)의 스승을 자임하고 있다고 할 수 있다. 말기(末技)라고 할 수 있는 관상술(觀相術)을, 궁극의 이치를 탐구하여 밝혀내는 상도(相道)로까지 높이고 있다고 평가할 수 있다. 생업에서 발견한 원리를 도(道)로 높이는 일본적 전통이 작용하고 있음을 본다.

5. 절식개운설의 의의

1

《남보쿠상법 정편》 제5권에 다음과 같은 질문이 나온다.

(11-1)
문: 장수(長壽)할 相을 가졌어도 조사(早死)하는 사람이 있는 것은 왜 그렇습니까?

《수신록》 〈자서〉에 다음과 같은 고백이 나온다.

(12-1)
빈궁단명(貧窮短命)의 相인데도 유복(裕福)하고 장수하는 사람이 있는가 하면 부귀연수(富貴延壽)의 相인데도 빈궁(貧窮)하고 단명(短命)한

31) 314-315면.

사람이 있었습니다. 나는 이 때문에 관상에 따라 운명의 길흉을 명백히 말할 수가 없었습니다.

관상을 보다 보면 타고난 相과 수요장단(壽夭長短)이 어긋나는 일이 이따금 관찰된다. 그런 예외적인 사례를 어떻게 해석해야 하는지를 (11-1)에서 물었다. (12-1)에서는 예외적인 사례 때문에 남보쿠 자신도 길흉화복을 말하는 상자(相者)의 역할을 제대로 할 수 없었다고 고백하고 있다.

예외적인 사례들은 남보쿠 상법의 체계를 뒤흔들 들어 무너뜨리는 실질적인 위협이 된다. 예외들을 그대로 두면 남보쿠의 상법은 불신을 받고 말 것이다. 아니, 남들이 불신하기 전에 스스로 확신하지 못했다고 했다. 스스로 확신하고 세상에 나아가 일대의 스승 역할을 다하기 위해서는 이치의 근본으로 되돌아가서 보편적인 이론을 다시 세워야 했다. 남보쿠는 자신의 삶(경험)을 되돌아보고, 실제로 여러 사람에게 검증해 보기도 하면서 새로운 이론을 수립했다.

(11)

문: 장수(長壽)할 相을 가졌어도 조사(早死)하는 사람이 있는 것은 왜 그렇습니까?

답: 사람의 수명은 하늘로부터 부여받은 것(天命)이니 상자(相者)의 힘이 미칠 바가 아닙니다. 하지만 천명이라고 말하더라도 근본은 자기 자신에게 있습니다. (…) 수명을 길게 보존하기를 바란다면 음덕(陰德)을 쌓고, 호색(好色)과 주식(酒食)을 절제하고, 천지간에 존재하는 모든 것을 허비하지 않고 날마다 절약을 제일로 하며 살아가야 합니다. 이렇게 하면 하늘의 이치에 합하게 되어 수명을 길게 보존할 수 있는 것입니다. 이와는 완전히 반대로 해서, 절제가 없는 사람은 단명하게 됩니다. 만약 장수한다고 해도 노경(老境)에는 크게 고생하게 되고 빈핍(貧乏)하게 될 것입니다.[32]

---

32) 147면.

(12)

나는 수년간 관상을 업으로 삼아 왔지만, 食이 중요하다는 것을 몰랐습니다. 그 때문에 빈궁단명(貧窮短命)의 相인데도 유복(裕福)하고 장수하는 사람이 있는가 하면 부귀연수(富貴延壽)의 相인데도 빈궁(貧窮)하고 단명(短命)한 사람이 있었습니다. 나는 이 때문에 관상에 따라 운명의 길흉을 명백히 말할 수가 없었습니다. 마침내 食을 절제하는[愼む] 사람인가 절제하지 않는 사람인가에 따라서 운명의 길흉이 나뉜다는 것을 깨달았습니다. 그 후로 관상을 볼 때는 맨 처음으로 食의 다소(多少)를 묻고서 이에 따라 생애의 길흉을 판단하면 틀림이 없게 되었기 때문에 이것을 나의 상법(相法)의 오의(奧義)로 삼았습니다.

근래 수년간 나는 食을 절제할 것을 사람들에게 일러줘 왔는데, 이를 실천한 사람의 관상을 보니, 일 년 후에 대난(大難)을 당할 상이 보여도 그때부터 食을 엄중히 절제한 사람은 반드시 이 난을 면하고, 도리어 그해에 예상 밖의 길사(吉事)가 오는 경우가 많았습니다. 혹은 생애(生涯) 빈궁할 相이 있어도 한층 食을 삼가 실천하는 사람은 거기에 상응하여 유복하게 되어 세간에 알려질 정도로 활약을 하는 일도 많았습니다. 또한 수년을 병을 앓고서 단명의 상인 사람이라고 해도 食을 삼가는 일로 심신(心身)이 건강하게 노경에 이른 일도 많았습니다. 이러한 예는 셀 수 없습니다.33)

食의 다소를 보고 그 사람의 길흉을 점칠 수 있으며, 길상을 타고났다고 해도 食을 절제하지 않으면 운이 나빠지고, 악상(惡相)을 타고났다고 해도 食을 절제하면 운이 좋아진다고 했다. 좋은 운을 맞이하고 싶다면 食을 절제하라고 권하고 있다. 요컨대 "食은 모든 것의 근본이다. 기쁨도 食, 슬픔도 食, 만선만악(萬善萬惡) 모두 食을 근본으로 한다."라는 것이다.34)

33) 256면.
34) 277면. 《수신록》에는 사례와 문답이 이어지기 때문에 비슷한 내용이 반복되는 것은 어쩔 수 없는 일이었다.

남보쿠는 타고난 相과 일치하지 않는 삶을 사는 사람이 있는 것이 당연하다고 보았다. 누군가의 상이 가리키고 있는 운명은 그 사람이 맺는 관계 속에서 얼마든지 변화할 수 있기 때문이다. 남보쿠는 모든 사람에게 적용되는 보편적인 원리 - 운명을 변화시키는 힘, 관계[사람과 만물, 사람과 사람, 사람과 신불(神佛)]를 관통하는 근본 원리 – 가 무엇인지 묻고, 그것이 食이라고 답했다.

'食의 절제'는 모든 사람에게 적용되는 변화의 원리이자 누구나 실천할 수 있는 실천 방안이며 특정 종교의 교리가 아니라 천지자연의 운행 원리에 입각한 일반적 원리이다. 相과 삶이 어긋나는 예외를 해명하고, 예외를 포괄하는 보편적 이론을 제시하고, 누구나 행할 수 있는 구체적 실천 방안을 제시함으로써 남보쿠는 중세 시기 동아시아 어디에도 없던 '食[절식(節食)]의 철학'을 제시했다. 상술(相術)을 넘어 상학(相學)으로, 상학을 넘어 상도(相道)에 이른 데 남보쿠 절식개운설의 일차적 의의가 있다.

2

남보쿠는 《수신록》에서 난해한 철학의 용어를 사용하지 않고 있다. 예를 들어 이기심성론(理氣心性論)에서 사용되는 전문적인 개념과 용어는 일절 등장하지 않고 있다. 평생 불교와 가까운 자리에 있었지만 불교 철학의 전문적인 용어 또한 보이지 않는다. 경전(불경)도 인용하지 않고, 그저 이름을 드는 정도에 그치고 있다. 당시 성행하는 신도가(神道家)의 용어도 보이지 않는다. 놀라울 정도의 평이함이 특징이다.

남보쿠는 생업에서 출발해서, 이기철학이든 불교학이든 신도학이든 어느 철학이나 종교의 분파에서 기득권을 주장하지 않을 평이한 용어를 두루 사용하면서 독창적인 자기 철학을 수립하고 있다. 에도 시대는 이같이 생업에서 출발해서 철학을 수립하는 일이 자주 목격되는 시대였다.

일본적 독창성이 바로 여기에 있다는 사실을 가장 잘 보여주는 사례가 남보쿠의 절식개운설이라고 할 수 있다.

기존 철학의 중심 테마인 이(理)와 기(氣), 도(道)와 기(器) … 로 돌아가지 않고, 누구도 철학의 중심에 둔 적이 없는 만물(萬物) 그 자체에 주목해서 독창적인 논의를 전개했다. 사람을 위하는 일도[애인(愛人)], 신을 섬기는 일도 모두 애물(愛物)에서 출발한다고 했다. 애물의 의의를 이처럼 높인 예를 달리 본 적이 없다.

남보쿠는 누구나 행할 수 있는 실천 방안 하나를 제시하고, 오로지 거기에 집중할 것을 권하고 있다. 또한 그 실천 방안이 근본적인 이치에 부합한다는 것을 입증하는 논의를 다소 지루할 정도로 되풀이하고 있다. 상도(相道)라고 할 만한 철학을 수립하고, 비근한 데서 이루어지는 작은 실천이 얼마나 큰 결과를 가져오는지 실증하고자 한 것이다. 이처럼 비근한 데서 출발하는 실천 철학을 제시하는 점이 남보쿠 철학의 특징이자 일본의 특징이라고 할 수 있다고 생각한다.

3

남보쿠는 역사적 무게가 상당한 용어나 개념을 사용하지 않으면서 구체적인 일상에서 실천할 수 있는 바를 제시하면서 이치의 근본을 다시 따지는 논의를 전개했다. 이렇게 해서 중심이 아닌 주변에서, 책상머리가 아닌 삶의 현장에서(생업에서) 출발하는 철학의 길을 열었다.

글쓰기는 또 어떠한가? 남보쿠의 저술은 모두 한자·가나 혼용문으로 표기되어 있다. 민족어 글쓰기인 것이다. 민족어로 생기 있는 철학 글쓰기를 하고 있다. 또한 책으로 인쇄하여 시본(施本)하든가 판매함으로써 수많은 독자와 만났다. 관상에 관심을 가지고 읽다가 근본적인 이치를 깨치게 했다.

동아시아 철학사에서 일본의 기여는 무엇인가? 남보쿠를 살핌으로써 하나의 가설적인 답을 제시할 수 있게 되었다. 중심이 아닌 주변에서, 생업에서 출발해서, 기성의 용어나 개념을 벗어나는 논의를 하면서, 독자와 만나 영향력의 범위를 넓히고, 민족어 글쓰기의 수준을 높인 것이 일본의 기여다.

6. 맺음말

이 글에서는 동아시아 철학의 변방이라고 할 수 있는 일본에서, 흔히 잡술(雜術)로 평가되어 온 상학(相學) 속에서 볼 만한 철학이 구성되는 양상을 살펴보았다. 동아시아 철학사를, '이기심성(理氣心性)', '중관유식(中觀唯識)'과 같은 체계의 정교함과 심화 정도라는 기준에서 바라본다면 일본이나 베트남은 두드러진 진경(進境)을 보여주지 못했다고 말할 수 있을 것이다.

그러나 질문을 바꿔서, 중심부에서 마련된 개념과 용어의 위세가 미치지 않는 자리에서, 생업으로부터 출발해서 자기 나름의 깨달음을 얻고, 그것을 철학의 형태로 정립한 성과가 보이느냐고 묻는다면 아마도 평가가 달라질 것이다. 일본에는 다양한 생업을 가진 사람들이 각기 일가를 이루면서 유파를 형성하고, 그 과정에서 독자적인 사유를 창출한 사례가 풍부하게 확인된다. 이것이 일본 에도 시대의 철학적 활력이라고 말할 수 있다고 생각한다. 잗다랗다고 보면 잗다랗지만 새롭다고 보면 새롭다.

남보쿠의 저술은 당대 일본 민중의 관심사와 소망이 무엇이었는지 잘 말해 준다. 민중이 살면서 맞닥뜨리는 문제를 묻고 답한 기록이기 때문이다. 민중의 물음에는 신도(神道)를 비롯한 종교에 대한 것도 적지 않게 포함되어 있다. 더 나아가 이렇게 생업에서 이룬 철학적 성과는 곧바로 출판으로 이어졌다. 그 결과 민족어로 쓰인 교술 산문 출판이 크게 융성했다. 생업의 다양성이 출판의 다양성을 보장하고, 그렇게 다양한 출판물 속에 생업 철학의 성과들이 축적되고 유통되었다. 이러한 면모까지 포함해서 민중의 삶과 의식을 철학의 차원으로 이론화하고 종합하고 유통한 '생업 철학'의 전모에 관한 본격적인 탐구가 필요하다.

동아시아 문학사에 철학 글쓰기의 역사가 포함되는 것은 당연하다. 필자는 일본은 '생업 철학'에서 두드려졌다는 가설을 가지게 되었다. 관상학에 그다지 관심이 없고, 절식이 운명을 좌우한다는 환원론에도 쉽게 동의하기 어렵지만, 남보쿠에 관심을 기울이지 않았더라면 아마도 '생업 철학'의 존재를 상정하기는 어려웠을 것이다.

03

류큐(琉球) 시인 사이타이테(蔡大鼎)의 연행시(燕行詩)

1. 머리말

한국사의 여말선초(麗末鮮初) 시기에 해당하는 14세기 후반, 오늘날 일본의 오키나와현(沖繩縣) 본도(本島)에는 중산(中山)·산남(山南)·산북(山北)이라는 세 개의 소국(小國)이 자리 잡고 있었다.[1] 이 세 나라는 명나라 홍무제(洪武帝)의 초유(招諭)에 응하여 입공(入貢)한다.[2] 1372년에 먼저 중산왕(中山王) 삿토(察度, 1321-1396)가 동생을 보내서 입공하고, 이후 산남, 산북도 잇따라 명나라에 입공한다. 1396년에 삿토의 뒤를 이어 왕위에 오른 부테이(武寧, 1356-1406)는 1404년에 처음으로 책봉을 받는다. 1429년에

---

1) "洪武初 其國有三王 曰中山 曰山南 曰山北 皆以尙爲姓 而中山最强"(《明史》 卷323 列傳 第211 外國4) 이들 세 왕조가 정립(鼎立)하고 있던 시기를 류큐 역사에서는 삼산시대(三山時代, 1322-1429)라고 일컫는다.

2) 《명사(明史)》「열전(列傳)」에 따르면, 홍무(洪武) 5년(1372) 정월에 행인(行人) 양재(楊載)에게 명하여, 황제가 등극하고 새로 연호를 정했음을 조서(詔書)를 내려 통고하자 중산왕 삿토가 동생 다이키(泰期) 등을 양재에 딸려 보내 입조(入朝)하여 방물(方物)을 바쳤다고 한다. (《明史》 卷323 「列傳」 第211 外國4)

중산이 삼산을 통일하여 류큐국(琉球國)을 건국한 이후에도, 그리고 1609년 사쓰마군(薩摩軍)의 침략을 받고 항복하여 이른바 '양속(兩屬)' 관계에 처한 이후에도 책봉·조공 관계는 19세기 후반까지 지속된다.[3]

500여 년간 지속된 사행의 역사 속에서 한국이나 베트남의 문인과 마찬가지로 류큐의 문인 또한 연행(燕行) 경험을 담은 한시문을 남겼다. 류큐의 문인 중에서 가장 많은 수의 연행시(燕行詩) 작품을 남긴 이가 바로 사이타이테(蔡大鼎, 채대정, 1823-?)[4]이다. 이 글에서는 류큐 사행 문학 연구의 일환으로 사이타이테의 연행 한시를 살펴보고자 한다. 사이타이테의 생애, 세 차례에 걸친 중국 사행의 여정(旅程), 세 번째 사행의 소산인 《북연유초(北燕游草)》에 수록된 작품의 특성을 밝히고, 《북연유초》 간행과 관련된 한두 가지 문제를 논의해 보고자 한다.

사이타이테는 한국에 아직은 널리 알려지지 않은 인물이기에 우선 생애를 간략하게 정리한다(2장). 사이타이테는 통사(通事)로 세 차례에 걸쳐 중국 사행을 다녀왔는데[5], 그 여정을 정리해 본다(3장). 사이타이테는 1872년 3차 사행 때는 북경(北京)까지 다녀왔다. 《북연유초》에는 복주(福州)와 북경을 왕복하는 길에 창작한 연행시 작품이 수록되어 있다. 시제(詩題)와 제재, 작품에 담긴 정감에서 어떤 특징을 보이는지 살펴본다. 한편 사이타이테는 자신의 시문집을 자못 성대하게 간행하고 있는데, 그렇게 한 의도에 대해서도 생각해 보고자 한다(4장).

이 글은 전체적으로 사이타이테의 《북연유초》에 대한 예비적 고찰에

---

3) 『沖繩大百科事典』(上·中·下), 沖繩タイムス社, 1983; 沖繩県教育委員会 琉球王国交流史·近代沖繩史料 デジタルアーカイブ에서 제공하는 '歷史年表'를 참고했다. (https://ryuoki-archive.jp/chronology/)

4) 『沖繩大百科事典』(中), 178면에서는 표제어 '蔡大鼎'을 'さいたいて(사이타이테)'로 읽고 있다.

5) 공식적 사행은 세 차례이지만 밀사(密使)로 파견되어 중국에 간 것까지 포함하면 네 차례가 된다.

그친다. 류큐 연행 시문집 전반을 차분히 음미할 겨를을 얻지 못했다. 동아시아 각국에서 이루어진 연구 성과도 빈약한 편이며 아직은 심도 있는 작가론이나 작품론이 나오지 않고 있다. 필자의 한계가 분명하지만, 한국의 연구자에게 류큐 연행시를 소개하고 동아시아 사행 문학 연구에 관심을 가진 연구자에게 조금이나마 도움이 되는 정보와 시각을 제공할 수 있게 되기를 기대한다.

2. 생애

사이타이테는 지금의 일본 오키나와현 나하시(那覇市) 시내인 구메(久米)에서 출생했다. 구메는 예전에는 구메무라(久米村) 또는 도에이(唐營, 唐榮)라고 불리던 곳이다. 삿토의 입공 이후 주로 중국 복건(福建) 지역[별칭은 '민(閩)']에서 사람들이 이주해 와서[6] 거주한 지역인데, 그곳 구메무라 출신의 사족(士族)은 출신지의 특성을 잘 살려서 중국과의 교류 분야 - 외교와 무역- 에서 대대로 활약했다.[7]

사이타이테는 한 편의 글에서 자신이 사이초코(蔡肇功, 채조공, 1656-1737)의 7세손이라고 밝혔는데[8], 《채씨가보(蔡氏家譜)》에 의하면 채조공

6) 이들 이주민 집단을 '민인삼십육성(閩人三十六姓)'이라고 부른다.

7) 사이타이테가 살았던 시대의 류큐 사회에는 네 갈래의 士族 - 首里士族, 那覇士族, 泊士族, 久米村士族 -이 존재했다고 한다. (高津孝, 「楚南家文書解說」, 『法政大学沖縄文化研究所蔵 琉球関係史料目録』, 法政大学沖縄文化研究所, 2023, 80면)

8) 사이타이테는 사이초코의 시집 《한창기사(寒窗紀事)》를 복주(福州)에서 간각(刊刻)했는데, 1856년에 쓴 〈한창기사발(寒窗紀事跋)〉에서 "粤溯我七世祖紹齋公"이라고 했다. 참고로 채조공의 〈한창기사자서(寒窗紀事自序)〉는 1705년에, 정영헌(鄭永憲)의 〈한창기사서(寒窗紀事序)〉는 1873년에 쓰인 것으로 되어 있다. 《한창기사》는 高津孝·陳捷 主編, 『琉球王國漢文文獻集成』 第25冊, 復旦大學出版社, 2013에 수록되어 있다.

은 류큐 왕의 명에 따라 중국으로 건너가 역법(曆法)을 배웠으며, 1682년에 대청시헌력(大淸時憲曆)을 류큐에 도입했다고 한다. 한편 사이타이테의 한시집 《속민산유초(續閩山游草)》를 간행하면서 저자를 밝히기를 "球陽唐榮蔡大鼎汝霖氏著"라고 했는데, '球陽'는 류큐의 이칭(異稱)이고[9] '唐榮'은 구메무라의 이칭이다. 그리고 '汝霖'은 사이타이테의 자(字)이다.[10]

중국과의 외교·무역 업무를 담당하고 있던 한인(漢人) 이주민의 후예로서 사이타이테 역시 중국어를 능숙하게 구사했다. 어려서부터 유학의 경전을 공부했으며 작시(作詩)에 남다른 재능을 보였다고 한다. 한시 작품에 《시경(詩經)》의 구절을 인용한 대목이 많은 것으로 보아 특히 《시경》을 애독한 것으로 보인다. 사이타이테는 지금까지 확인된 바로는, 연행 한시 분야에서만이 아니라 류큐의 문학사에서 가장 많은 한시 작품을 남긴 작가라고 한다.[11]

중국어 능력과 한문 글쓰기 역량을 갖춘 사이타이테는 1860년(37세)에 존류통사(存留通事)[12]에 임명되어 진공사(進貢使)의 일원으로서 처음 중국을 방문한다. 사절은 나하항(那覇港)을 출발하여 게라마(慶良間), 야에야마(八重山)를 거쳐 중국 복주(福州)에 도착한다(1861년). 사이타이테는 존류통사였기에 북경으로 올라가는 사절단과 헤어져서 유원역(柔遠驛)[13]에 머물렀다. 장차 통역관으로서 본격적인 활동을 하는 데 필요한 언어 능력과

---

9) '球陽'은 '규요'로 읽는다. '球'는 류큐(琉球)를 가리키고, '陽'은 류큐를 높여 부르는 접미미칭(接尾美稱)으로 쓰였다. 長崎(나가사키)를 崎陽(기요)라고 하는 것과 같다. 『沖繩大百科事典』(上), 880면.

10) 사이타이테의 생애는 특히 輿石 豊伸 訳注, 『蔡大鼎集(北燕游草·閩山游草·続閩山游草)』, オフィス·コシイシ, 1997에서 『北燕游草』 부분의 105-126면을 참고해서 정리했다.

11) 紺野達也, 「蔡大鼎『漏刻樓集』序譯注稿」, 『神戸外大論叢』 75(2), 神戸: 神戸市外国語大学研究会, 2022, 103면.

12) 복주에 체재하는 통역관. 다음 진공선(進貢船)이 올 때까지 통상적으로 1년 반 정도를 복주에 머물렀다.

13) 유구관(琉球館)이라고도 불리며 명청 시대에 류큐 사절의 거점으로 이용된 곳이다.

실무 능력을 끌어올릴 기회가 주어진 것이다. 복주에 머물면서 현지 중국어도 익히고 정영헌(鄭永憲)과 같은 중국 관리에게 한시 지도를 받기도 하고 한시를 주고받기도 했다. 이 사행 때 창작한 작품을 모아 《민산유초(閩山游草)》(1873)로 간행했다.14)

1866년(43세)에 류큐 상태왕(尙泰王, 재위 1848-1872)을 책봉하기 위해 책봉사 조신(趙新)(正使) 등 중국 측 사절이 류큐를 방문한다.15) 이때 사이타이테는 사절을 맞이하는 실무를 담당했다. 책봉 의례를 마치고 사절이 중국으로 돌아갈 때, 류큐에서는 관례에 따라서 사은사(謝恩使)를 파견했다. 이듬해인 1867년에 사이타이테는 접사은사신(接謝恩使臣), 대통사(大通使)에 임명되어 두 번째로 중국을 방문하게 된다. 1867년 11월에 나하항을 출항해서 게라마를 거쳐 1868년에 복주로 들어간다. 복주에서 사이타이테는 사은사를 맞이하는 동시에 슈리성(首里城)에 있는 세자궁의 이전[改遷]과 왕릉의 수리 방법(풍수 등)을 배우는 중요한 임무 또한 수행해야 했다. 이 두 번째 사행에서 창작한 작품을 모아 《속민산유초(續閩山游草)》(1873)로 간행했다.

1872년(49세)에 사이타이테는 진공 사절의 도통사(都通事)(통역관)에 임명되어 세 번째로 중국을 방문한다. 이번에는 북경까지 다녀오는 긴 여정이었다. 2월에 왕명을 받고 9월에 복주를 향해 출발했다. 11월에 복주를 출발해서 북경에 갔다가 이듬해 7월에 복주로 돌아왔다. 이 세 번째 사행에서 창작한 작품을 모아 《북연유초》로 간행했다(1873년). 한 가지 덧붙여 말하자면 한국과 베트남의 사신이 북경에 당도한 것은 1871년의 일이었다. 그래서 사이타이테가 한국과 베트남의 사신과 만날 기회는 없었다.16)

---

14) 정영헌(鄭永憲)이 《민산유초》의 서문을 써 준 것은 1861년이다.

15) 류큐의 마지막 왕. 즉위 후 19년째인 1866년에야 책봉이 이루어진 것이다.

16) 1871년 한국과 베트남의 사절이 북경에서 만나 시문을 수창한 기록이 전한다. 베트

사이타이테가 세 번째 사행 길에 오를 무렵 류큐는 격변하는 국제 정세의 소용돌이에 휘말려 들어가고 있었다. 일본은 류큐국을 류큐번(琉球藩)으로 삼았다가(1872), 오키나와현으로 삼아서 일본의 영토로 편입했다(1879). 1875년에는 내무대승(內務大丞) 마츠다 미치유키(松田道之, 1839-1882)를 파견하여 중국과의 관계를 끊도록 류큐를 강박했다. 이 난국을 타개하기 위해서 이듬해 연말(1876년 12월)에 상태왕은 밀사를 파견하여 청나라의 도움을 얻고자 한다. 이때 사이타이테는 쇼토쿠코(向德宏, 1843-1891), 린시코(林世功, 1842-1880) 등과 함께 파견된 밀사의 일원이었다. 1877년 3월 복주에 도착한 사이타이테는 복주의 유원역에 머물면서 북경과의 연락을 맡았다. 하지만 청나라 조정으로부터 아무런 반응이 없었다.

1879년 류큐번을 폐지하고 오키나와현으로 하는, 이른바 제2차 류큐 처분(琉球處分) 단행된 후, 밀사 일행은 복주를 떠나 대형 윤선(輪船)을 타고 북경으로 간다. 군대를 파견하여 일본을 몰아내 줄 것을 요청하고자 함이었다. 요로(要路)에 직소장(直訴狀)을 제출했지만 아무런 소득이 없었다. 청나라에서는 류큐에 구원군을 파견할 뜻이 전혀 없다는 것을 알고 신시코는 분노와 항의의 뜻을 보이고자 자결한다.[17] 이후에도 사이타이테는 북경에 계속 머물면서 구국을 위해 힘썼는데, 언제 어디에서 삶을 마쳤는지는 알려지지 않고 있다. 아마도 동아시아 해양 교류의 한 축이었던 조국이 멸망하고, 동아시아 문명권이 해체되는 광경을 객지에서 지켜보면서 삶을 마감했을 것이다.

남 팜 히 르엉(范熙亮, 1834-1886)의 《北溟雛羽偶錄》에 고종(高宗) 때의 역관 이용숙(李容肅, 1818-?)과 수창한 시문이 수록되어 있다. [復旦大學文史研究院·漢喃研究院合編, 『越南漢文燕行文獻集成(越南所藏編)』 21冊, 上海: 復旦大學出版社, 2010, 84-87면]

17) 사이타이테와 린시코는 인척(姻戚) 관계였다. 사이타이테는 밀사의 활동을 기록하여 《북상잡기(北上雜記)》(1884년 간행)를 남겼다. 총 5권인데, 권3-권5는 산일(散逸)되어 1883년 이래의 행적은 알 수 없다. 이성혜, 「亡國과 絶命, 동아시아 지식인의 忠義의 일면 - 조선의 黃玹과 류큐의 林世功을 중심으로-」, 『退溪學論叢』 제41집, 사단법인 퇴계학부산연구원, 2023에서 린시코의 행적과 사세시(辭世詩)를 살폈다.

3. 여정

이 장에서는 세 차례에 걸친 중국 사행 여정을 정리해 보기로 한다. 먼저 《민산유초》, 《속민산유초》에 기록된 여정은 다음과 같다. 동중국해를 횡단하는 여정이다.[18]

那覇(나하) - 慶良間(게라마) - 八重山(야에야마) - 福州(柔遠驛)

《북연유초》에 기록된 여정은 다음과 같다. 《북연유초》의 여정은 복주에서 시작한다.

福州 - (閩江) - 延平(지금의 南平) - 仙霞嶺 - 杭州 - (대운하) - 蘇州 - (대운하) - 揚州 - (대운하) - 山東 - 黃河(〈渡黃河〉) - 北京 - (…) - 福州

복주에서 북경까지의 여정은 베트남 사신의 연행(燕行) 여정과 일부 겹친다.[19] 이 길은 오랜 세월 동안 류큐와 베트남의 사신이 중세 문명의 역사적·문학적 유산을 '기억'하는 길이었다. 다시 말해서 이 길은 중세 문명의 공유 재산을 재확인하고, 중세 문명권의 일원이라는 동질감을 강화하는 길이었다. 동아시아 문인이라면 누군들 서호(西湖)나 소상(瀟湘)을 마음속에 그려보지 않았겠는가? 그런데 유서 깊은 이 길을 가는 사이타이테는 몸이 힘들고, 기쁨이나 감격보다는 수심이 앞선다고 말하고 있어 주목된다. 《북연유초》에 수록된 작품에 표현된 정감에 주목하고자 하는 것은 바로 그 때문이다.

---

18) 구글 지도에서 대략 직선거리로 측정해 보니 900km가 넘는다.

19) 《표해록(漂海錄)》(崔溥), 〈표해가(漂海歌)〉(李邦翼)에서 볼 수 있는 여정, 곧 조선 사람이 표류했다가 귀환하는 여정과도 일부 겹친다.

《북연유초》에 말미에 왕반(往返)의 일수와 시고(詩稿)(의 수)를 기록해 두었다.

> 동치 11년(1872) 임신년 11월 27일 민(閩)(복주)에서 출발하여 계유년(1873) 3월 6일에 북경에 도착했다. 소요 일수는 97일이며 북경에 73일을 머물렀다. 공무(貢務)를 완수하고 5월 21일에 북경을 출발해서 7월 19일에 민으로 돌아왔다. (이때는 윤유월이었다) 소요 일수는 88일이다. 모두 합하면 전체 기간은 258일이다. 수로와 육로로 오가면서 창작한 시는 모두 여기에 실었다. 모두 318수다.[20]

그런데 필자가 직접 세어 본 바로는 수록 작품이 모두 309수여서 위의 기록과는 다소 차이가 있다. 자세한 사정은 알 수 없지만, 실제 간행할 때 산삭(刪削)을 했을 것으로 보인다.

4. 《북연유초》의 작품 세계

4.1. 여정의 충실한 기록

《북연유초》의 목록에 오른 시제(詩題)와 수록된 작품의 수를 세어 보니 298제(題) 309수에 이른다. 북경에 도착하기까지 지은 작품이 172제, 북경에 체재하면서 지은 작품이 25제, 다시 복주로 돌아오기까지 지은

---

20) 《북연유초》 말미에 덧붙인 글 〈往返日數並詩稿記〉이다. 원문은 다음과 같다. "同治十一年歲次壬申十一月二十七日 自閩起程 癸酉年三月初六日入都 其日數凡九十七日 留都凡七十三日 貢務完竣 五月二十一日 自都起程 七月十九日回閩 (時有閏六月) 其日數凡八十八日 以上共計二百五十八日 往來水陸詩稿悉載此集 計三百十八首" 사이타이테 작품의 원문은 高津孝·陳捷 主編, 『琉球王國漢文文獻集成』 第25冊, 上海: 復旦大學出版社, 2013에 수록된 것을 이용했다. 이하 작품 원문의 출처는 이 책의 면 수만 표시하기로 한다. 작품을 번역과 해석에서는 輿石 豊伸 訳注, 『蔡大鼎集(閩山游草·続閩山游草·北燕游草)』도 참고했다.

작품이 101제가 된다. 작품을 구체적으로 살펴보기 전에, 시제를 일별해 보는 것도 시집의 개략적인 면모를 짐작하는 데 도움이 된다. 작품의 제목을 보면 '過, 舟(船), 驛, 泊(宿)'이 빈번하게 사용되었다. 구체적으로 세어 보니 빈도가 높은 순으로 '過'가 39회, '舟(船)'가 37(4)회, '驛'이 30회, '泊(宿)'이 21(3)회[21], '橋'가 13회 사용되었다. 이들 시제가 사용된 작품은 그대로 사행의 여정에 대응된다.

사이타이테 일행은 육로로도 수로로도 이동했다. 먼저 육로를 이용하는 길에 들른 숙소에서 지은 작품을 보자. 다음은 〈금사역청우(金沙驛聽雨)〉라고 한 작품이다.

蕭蕭暮雨恰三更	주룩주룩 저녁 비는 한밤중으로 이어지고
古驛高樓有柝聲	오래된 역의 높은 누각에는 딱딱이 소리 울린다.
知覺夜深寒氣重	밤 깊어가며 찬 기운에 몸이 으슬으슬해지는데
不知窗外曙烟生[22]	어느새 창밖으로 새벽안개가 피어오르고 있구나.

이 작품은 복건(福建)에서 북경으로 가는 연도(沿道)에 있는 관역(官驛)인 금사역(金沙驛)에서 지었다. 저물녘부터 내리기 시작한 비가 한밤중까지 내리고 있다. 비가 내려 체감온도가 낮은 12월의 한밤, 한기가 느껴져 잠을 이루지 못하고 있는데 창밖을 보니 어느덧 날이 밝아온다. 아열대 기후에서 살던 사람이 이국에서 쌀쌀한 12월 추위를 견뎌내야 하는 것이 새로운 경험이었다.

사이타이테 일행은 배를 타고 가다가 배를 정박시키고 머물기도 했다. 이번에는 〈전당박주(錢塘泊舟)〉라고 한 작품을 보자. 전당은 곧 항주(杭州)다.

---

21) '泊(宿)'과 상통하는 '次'는 6회 사용되었다.
22) 225면.

江口揚波凛冽風	강어귀에는 불어오는 찬 바람에 물결이 일고
錢塘道路達東西	전당(錢塘)의 길은 널리 동서로 통한다.
鄉心乍向滄溟動	고향 생각이 문득 푸른 바다 너머로 향하지만
望斷晴空不見鴻23)	맑은 하늘 어디에도 소식 전해주는 기러기는 뵈지 않는구나.

사이타이테 일행은 항주에 배를 대고 며칠 동안 머물렀다. 번화한 항주, 볼거리도 많은 항주에서 쌀쌀한 바람 맞으며 고향을 생각하고 있다. 고향 생각이 간절하지만 전해지는 소식이 없어 답답하기만 심정을 토로했다.

복주에서 북경까지 가면서 많은 역사 유적을 만나게 된다. '過'는 그러한 경험을 담은 작품에 주로 쓰였다. 일례로 엄자릉 조어대(嚴子陵釣魚臺)를 보고서 노래한 작품을 보기로 한다. 지금의 절강성(浙江省) 동려현(桐廬縣) 부춘산(富春山) 기슭에 엄자릉이 은거하여 낚시했다는 곳이 있다. 사이타이테는 이곳을 오가며 두 수를 창작했는데, 여기서 볼 작품은 북경으로 올라가는 길에 지은 〈과엄자릉조대(過嚴子陵釣臺)〉다.

乘興欣過七里灘	흥에 겨워 들떠 칠리탄(七里灘)을 지나니
客星長在鏡中寒	객성(客星)은 오랜 세월 찬 물결에 비추었다.
江山此日非光武	오늘은 광무제(光武帝)의 강산 아니지만
猶記高臺一釣竿24)	고대(高臺)에서 낚시 드리운 사연 지금껏 전해온다.

'객성(客星)'은 '혜성과 같이 일정한 곳에 늘 있지 않고 일시적으로 나타나는 별'이다. 이는 후한(後漢) 광무제(光武帝)와 그의 벗 엄자릉(嚴子陵)(嚴光)의 고사에서 나오는 '客星犯帝位'에서 취한 말이다. 엄자릉은 광무제와

23) 241면.
24) 239면.

동학(同學)한 사이였는데, 광무제가 황제가 된 뒤에는 성과 이름을 바꾸고 숨어 살았다. 광무제가 엄자릉을 찾아내어 조정으로 불렀으나 응하지 않다가, 세 번을 부른 뒤에야 비로소 나왔다. 광무제와 엄자릉이 함께 잠을 자던 중에 자릉이 광무제의 배에 다리를 올려놓았다. 다음 날 태사(太史)가 아뢰기를, "어젯밤 객성이 어좌(御座)를 범했습니다." 하니, 광무제가 웃으면서, "짐이 옛 친구인 자릉과 함께 잤을 뿐이다."라고 했다고 한다.[25]

동강(桐江) 칠리탄의 수면에 부춘산(富春山)이 비치는데, 그 안에는 엄자릉 조대도 자리하고 있다. 광무제의 치세는 이미 지나갔지만 '객성'에 견주어졌던 엄자릉의 지조 높은 행적은 지금껏 전해진다. 시인은 모처럼 들뜬 마음으로 칠리탄을 지나다가 엄자릉을 '기억'하며 마음을 가다듬고 있다.[26] 사행 길에 역사 유적을 직접 찾는 보람이 이런 데 있다고 하겠다.[27]

앞서 '橋'를 시제로 가진 작품도 사행 여정에 대응한다고 했는데, 여정 중에 지나는 다리를 표시하는 동시에 그곳에 있는 숙장(宿場)(숙소)에 머물렀다는 사실을 말해 주기 때문이다. 한편 '舟'가 사용된 시제 중에는 '舟中' 형태로 19회 사용되었는데, 이 또한 수로(대운하)를 이용해서 이동하면서 배에서 숙박한 일을 반영하고 있다. 그리고 북경에서 복주로 돌아오는 길에 창작한 작품도 여정과 밀착된 것은 마찬가지인데, 제재로 삼는 장소가 반복될 때는 '重-'나 '再-'라는 시제로 표시했다.

한편 시제에 여러 번 사용되기는 했지만 사용된 빈도가 상대적으로

25) 〈嚴光列傳〉, 《後漢書》 권83.

26) 일찍이 테이준소쿠(程順則, 1663-1735)가 사행 길에 이곳 부춘산(엄자릉 조대)을 읊은 작품 〈過釣臺〉가 있다.

27) 황하를 건너면서 읊은 작품 〈도황하(渡黃河)〉에서는 사행의 보람을 직접 말하고 있다. "若不觀光來上國 如何孤棹渡黃河 源頭本自從天外 禹蹟千年不可磨"(상국에 와서 문물을 볼 기회 없었더라면, 어찌 작은 배로 황하를 건널 수 있으리. 원두는 본디 하늘 밖에 있다고 하지만, 우임금의 치수 공적 천년이 지나도 사라지지 않네) (270면)

적은 어휘가 있는데 이들 어휘가 사용된 작품 또한 여정을 드러내는 것은 마찬가지다. 예를 들어 '書懷'가 14회, '卽景'이 8회 사용되었다. '書懷'라고 한 작품은 〈二月朔書懷〉나 〈朝京埠書懷〉[28]처럼 사행 중 특별한 날이나 특정 장소에서 촉발된 정감을 담고 있다.[29] '卽景'은 〈杭州長江卽景〉[30]처럼 특정 장소에서 느낀 감회를 담은 작품에 사용되었다. '游'가 13회 사용되었는데, 작품을 보면 대개 승지(勝地)를 들른 여행자의 경험을 여유롭게 표현해 놓고 있다. 날씨에 주목한 시제도 적잖이 보이는데, '雨'가 12회(기우제 제외), '風'이 4회, '雪'이 3회 사용되었다. 날씨는 사행길을 힘들게 하는, 여정 상의 '어느 곳'의 날씨였다. 여러 번 반복해서 사용된 어휘를 갖지 않은 시제라고 할지라도 여정을 드러내는 경우가 많다. 〈瓊河發棹〉, 〈出七星橋〉[31]가 좋은 예다. 시제로 수로나 육로의 출발점을 명시했다.

이상 시제와 작품을 개괄적으로 살펴본 결과, 《북연유초》에 수록된 작품은 복주와 북경을 왕복하는 과정에서, 어디 어디를 거쳐 갔으며, 그곳 날씨는 어떠했으며, 그곳에서는 어떤 감회를 느꼈는지 말하는 데 집중하고 있음을 확인할 수 있었다. 작품 창작의 계기는 공간의 이동에서 마련되었다. 이동 중에 즉흥적으로 창작하는 일은 드물었고, 숙소(역이나 정박지)에 도착해서 틈을 얻게 된 이후에, 그곳에서 품게 된 생각을 차분히 시화한 경우가 많았다. 요컨대 《북연유초》에 실린 작품은 여정을 '촘촘하게' 반영하고 있다. 시제를 늘어놓으면 곧 여정이 된다.

---

28) '朝京埠'는 복건과 절강(浙江)의 성(省) 경계에 있는 곳.

29) '卽事'는 3회 '卽興'은 2회 사용되었다. 특히 '卽興'이 두 번뿐인 것으로 보아 순간 느낀 감회를 시로 표현하는 일은 적었다고 판단된다. 여정을 소화하면서 맞이한 절기나 부모의 기일을 특기한 작품이 있는데, 그런 작품은 수가 많지 않다.

30) '杭州長江'은 항주 성 앞을 흐르는 전당강(錢塘江).

31) 항주에서 긴 여행의 피로를 푼 사이타이테 일행은 다시 대운하를 통해서 소주(蘇州)로 향한다. 칠성교(七星橋)에서 배를 탔다.

《북연유초》가 사행 시집인 이상 거기에 실린 작품의 창작 계기와 내용, 그리고 작품에 담긴 정서가 여정과 밀착되는 것은 당연한 일이다. 그렇지 않다면 도리어 이상한 일일 것이다. 그런데 《북연유초》는 여정과 밀착된 정도가 각별하다. 사이타이테는 당시 사행의 여정을 충실히 '기록[詩化]'해 두고자 의도했기 때문에 나타난 특징이라고 생각된다.32)

그렇게 생각하는 근거가 더 있다. 《북연유초》에 중간쯤에 〈의과동중서고리(擬過董仲舒故里)〉를 비롯해서 '擬-'라는 시제를 가진 작품이 네 편 있다.33) 이들 네 작품으로 시화한 장소는 북경 가까이 있는 곳인데, 애초에는 거쳐 갈 것으로 예상되었지만 때마침 황하(黃河)가 범람한 탓에 길을 돌아가야 해서 들르지 못한 곳이다. 가보지 못했으면 시를 지을 이유가 없는데도 '擬'자를 붙여서 굳이 시를 지어 시집에 넣었다. '공식(公式)' 여정을 강하게 의식하고 있었고, 여정을 충실히 따라가면 시를 짓겠다는 뜻이 있었기에 가능한 일이었을 것이다. 사이타이테는 복주 유원역에서 북경으로 가는 '공식' 루트는 어떤지 충실히 '기록[詩化]'하겠다는 뜻을 가졌다고 생각한다.

사이타이테는 여정을 '촘촘하게' 시화하면서 작품에 담는 내용을 한정한 것으로 보인다. 《북연유초》에는 함께 사행 길에 나선 동료와 수창(酬唱)한 작품이 보이지 않고, 동료의 행동과 말이 작품에 반영된 예도 드물다.34) 작품에는 친근하게 말을 걸어오는 동료도 보이지 않고, 누군가와 심각하게 논의한 내용도 들어있지 않다. 고생을 함께 하는 동료의 모습도 담아내려 하지 않았다. 가장 자주 대화를 나눈 말 상대가 동행한 아들

---

32) 사이타이테는 연행 체험을 '日記'이나 '錄'과 같은 산문으로 기록하지는 않았다.

33) 〈擬過石門〉, 〈擬過桃園〉, 〈擬過廬溝橋〉. 작품의 원문은 270-272면에 있다. '廬溝橋'는 보통 '蘆溝橋'로 적는다.

34) 한편 '謝'가 6회나 된다. '謝'는 중국 측 인물이나 황제에게 감사한다는 내용의 작품 제목으로 사용되었다. 류큐의 사신단 일원과 증답한 작품은 없는 대신에 중국 측 인사와 증답한 작품이 몇 편 있다.

일 텐데[35], 둘이 어떤 이야기를 나누었는지 말하지 않았다. 사행 길에 중국 사람들이 살아가는 모습을 보기 마련인데, 스치듯 지나가면서 멀리서 바라볼 뿐 신중하게 관찰하려고 하지 않았다.[36] 그래서 오래 관찰하고 숙고한 결과를 길게 풀어낸 작품은 보이지 않는다. 여정을 벗어나 자유롭게 상상력을 발휘한 작품은 더더욱 찾기 어렵다. 그 결과 류큐 사신의 사행이라면 어느 길로 가서 어떤 경험을 했을 것이라는 점은 알려 주지만 당시 사행만의 생동하는 면모, 개성적인 면모를 보여주기에는 부족하다. 없거나 부족한 면모여서 작품을 들면서 논의하기는 어렵지만, 이러한 점이 《북연유초》의 특징이라고 할 수 있다.[37]

4.2. 고단함, 그리고 깊은 수심(愁心)

사이타이테는 마치 여정을 빠짐없이 기록하기라도 하려는 듯이 지나는 곳마다 시를 썼는데, 주변으로 시선을 돌리고 시적 상상력을 개방함으로써 시의 내용을 풍부하게 하려고 하지 않았다. 관심을 확대하기보다는 자신의 내면에만 집중하고자 했다. 그런데 작품에 표현된 화자의 내면 정서는 밝기보다는 어둡고, 기쁘기보다는 슬프다. 《북연유초》에서 화자의 마음을 사로잡고 있는 것은 고단함과 수심이라고 할 수 있다. 이 절에서는 그 점에 대해서 논의하고자 한다.

---

35) 〈黃田驛夜雨〉의 협주에서 장남과 동행한 사실을 밝혔다. "時攜長男錫書赴京"(223면) 장남 (이름은 錫書)는 1876년 사이타이테가 밀사로 파견될 때도 동행했다.

36) 〈舟中聽童子歌〉(237면), 〈江山船偶題〉(235면), 〈佳人倚樓〉(308면), 〈佳人摘茶〉(312면), 〈佳人洗衣〉(308면)와 같은 작품이 있지만 사이타이테가 중국인을 신중하게 관찰하려 했다고 말하기는 어렵다.

37) 《북연유초》의 이러한 면모는 안순태, 「연행시(燕行詩)의 양식적 특성에 대하여 – 여행 문학으로서의 연행시의 보편성과 특수성 –」, 『국문학연구』 제44호, 국문학회, 2021에서 논의한 연행시의 일반적인 면모와 비교할 때, 매우 독특하다는 것을 알 수 있다.

사이타이테는 동짓달에 복주를 출발해서 겨우 내내 길을 달려 늦봄에 북경에 도착했다. 다시 여름이 한창일 때 길을 나서서 초가을에 복주로 돌아온다. '한서(寒暑)'를 모두 경험하며, '유왕설래(柳往雪來)'했다고 할 만하다.[38] 그래서 추위와 더위, 비와 눈을 제재로 삼은 작품이나 이국땅에서 험한 날씨로 잠을 이루지 못하고 시름이 많다고 하는 작품이 많다. 다음은 〈여중구호(輿中口號)〉라고 한 작품이다.

水態山容畵不成	산수의 모습 그리려도 그릴 수 없는 것이
煙雲聚散幾陰晴	안개구름 모였다 흩어져 흐렸다 개기를 몇 차례.
雪深寒氣侵肌骨	눈 쌓여 차가운 기운, 살과 뼈를 파고드니
歷遍關河萬里程[39]	거쳐온 험한 길 어느덧 만 리로구나.

일기가 불순하고 눈 쌓인 길을 가다 보니 한기가 엄습해서 괴로운데, 아직 항주(杭州)에도 이르지 못했다. 이미 고난의 길을 만 리 넘게 왔지만, 더 가야 할 여정을 생각하니 아득하기 그지없다. 어찌 근심스럽지 않겠는가? 한겨울, 한여름에 길을 나섰으니 위와 상통하는 시구를 가진 작품이 많은 것은 당연하다.

북경으로 갈 때 추위에 떨며 머물렀던 곳에 다시 오니 이번에는 무더워서 견디기 어렵다. 〈곤릉중박(昆陵重泊)〉이라고 한 작품이 다음과 같다.

耐寒昔日宿江中	추위를 견디며 전에는 강 가운데서 묵었고
苦熱今宵淺渚東	더위로 괴로운 오늘 밤은 얕은 물가의 동편.
酷暑逼人危坐處	무더위에 몰려 배 끝에 올라앉아 있는데
船牕水月色玲瓏[40]	선창에는 물에 비친 달빛이 영롱하여라.

---

38) "柳往雪來征戍苦"(〈朝京埠書懷〉, 309면)

39) 234면.

40) 292면. '昆陵'은 대운하를 따라서 가다가 만나는 단양(丹陽)의 근교 있는 작은 거리.

아열대 기후의 류큐 태생이고, 이전의 중국 사행 때는 복주에서 머물렀으니, 이번에 처음 겪는 차가운 비, 비바람, 눈바람으로 고생이 이만저만이 아니었을 것이다. '정수고(征戍苦)'[41]를 겪었다고 해도 과장이 아닐 것이다. 그래서 《북연유초》에 수록된 작품의 정서상 특징을 말할 때 첫손에 꼽아야 할 것이 바로 날씨로 말미암은 여행의 고충을 토로했다는 점이라고 본다. 과문의 소치인지는 모르겠으나 동아시아 사행시 작품집 가운데서 기후로 말미암아 괴롭다는 사연을 이렇게나 많이 담은 작품집을 필자는 아직 접하지 못했다.

날씨로 인한 어려움을 말한 시구를 더 뽑아보면 다음과 같다.

"天暗風寒眠不穩"[42]
"異地天寒眠不穩"[43]
"枕簟寒侵夢不成"[44]
"春寒不似故鄉天"[45]
"酷暑薰蒸夜不眠"[46]

류큐 사람이 고향에서 겪어보지 못한 추위로 잠을 이루지 못한다는 말을 이해할 수 있다. 《북연유초》 전반부에 수록된 〈황전역야우(黃田驛夜雨)〉나 〈건녕고붕우우(建寧考棚遇雨)〉 같은 작품에는 "客愁", "寒", "雨"가 공통으로 들어 있다. 날씨로 인한 고단함 때문에 고향 생각이 간절해진다고 했다.

그런데 험한 날씨 탓을 하지 않는 자리에서도 근심을 토로하고 있다.

---

41) "柳往雪來征戍苦"(〈朝京埠書懷〉, 309면) 국경을 지키는 일처럼 괴롭다는 뜻이다.
42) 하늘은 어둡고 바람은 차가워 잠을 이루지 못한다. (〈次白沙〉, 222면)
43) 타향의 차가운 날씨에 잠을 이루지 못한다. (〈夜坐口占〉, 227면, 〈泊黃浦汛〉, 263-264면)
44) 대자리에 스며드는 한기에 꿈을 이루지 못한다. (〈舟中遇雨〉 其一, 244-245면)
45) 봄 추위가 고향의 날씨와는 사뭇 다르다. (〈舟中春寒〉, 262면)
46) 무더위가 찌는 듯해 밤새 잠들지 못한다. (〈姑蘇苦熱〉, 296면)

필자는 《북연유초》 작품을 한 편씩 읽으면서 근심스럽다는 말이 지나치다고 할 정도로 많다는 인상을 받았다. 실제로 《북연유초》에는 유독 '愁'자가 많이 보인다. 작품집 초두부터 쓰여서 작품집 말미에 이르기까지 빈번하게 등장한다. 그뿐만이 아니다. '愁'와 상통하는 '煩惱', '不眠', 그리고 괴로움의 정도가 더욱 크다고 할 '斷腸'도 여러 차례 쓰이고 있다. 《북연유초》는 전체적으로 '수심, 근심과 걱정'이 지배하고 있다고 할 만하다. 일찍이 사행 시집에 이토록 침울한 정감이 전편을 물들이고 있는 사례가 있었던가? 아마도 찾기가 쉽지 않을 것이다. 그래서 필자는 《북연유초》가 동아시아 사행 한시집 가운데 그 정감이 가장 침울한 작품집이라는 위상을 차지한다고 평가하고자 한다.

그렇다면 《북연유초》에서 토로하고 있는 수심의 정체는 무엇인가? 사이타이테가 사행에 나설 때 류큐가 처한 상황이 어떠했는지 생각해 보면, 망국의 위기에 처한 나라를 생각하면서 생겨나는 근심이라는 것을 어렵지 않게 짐작할 수 있다. 작품에서 험한 날씨와 수심을 함께 말하는 경우가 많은 것은 몸의 고단함(감각)과 마음속 근심(심리)이 서로를 강화하고 있기 때문이다. 심리가 몸의 감각으로 표현되는 독특한 작품 세계를 구축하고 있다.

다음은 〈박과주(泊瓜洲)〉, 〈여회십수(旅懷十首)〉(其四)라고 한 작품이다. 아래에는 두 작품과 상통하는 정감을 표현한 시구의 예를 들었다.

微茫極浦分南北	아득한 물결은 남북으로 끝없이 이어지고
多少雲帆去不留	수많은 돛배가 쉬지 않고 떠가는구나.
回首球陽何處是	고개를 돌려 보네, 규요(球陽)[빛나는 류큐]는 어느 쪽에 있는가?
山長水遠不勝愁[47]	산은 길고 물은 멀어 이 내 수심 이길 수 없구나.

47) 255면.

墻外寒梅幾度香	담 밖의 매화는 몇 번이나 피었던고?
月明掩映樹千章	천 그루 나무가 달빛에 은은하게 빛난다.
四夷舘裏東溟客	사이관(四夷舘) 안에 든 동명(東溟)의 객은
不聽猿聲也斷腸[48]	원숭이 울음소리 들리지 않아도 애끊는구나.

"愁見天寒月滿舟"[49]
"愁倚船窗望斗牛"[50]
"行路愁看落潮來"[51]
"愁懷縱飮酒中豪"[52]
"征人無日不愁縈"[53]
"應使征人夜不眠"[54]
"背井離鄕易斷腸"[55]
"今宵總是斷腸時"[56]

전편을 인용한 위의 두 작품은 근심의 근원이 '球陽'이고 '東溟'이라는 점을 잘 보여주고 있다. '규요'과 '동명'은 곧 류큐를 가리킨다. 류큐를 생각하거나 류큐 쪽을 보면 왜 근심스러운가? 그것은 류큐의 현실이 우려스럽기 때문이 아닐까? 전편을 지배하는 근심은 결국 류큐가 처한 운명에 대한 걱정으로 말미암은 것일 것이다. 그것은 앞서 언급한 바 있듯이 당시 점차 노골화하고 있던 일본의 침략이라는 역사적 상황 - 망국의 어두운 그림자 - 과 맞물려 이해될 수 있을 것이다.

사이타이테가 연행 길에 오를 당시 일본과 중국의 관계는 긴장 상태에

---

48) 279면.
49) 하늘 차갑고 달빛이 배에 가득하니 시름이 인다. (〈舟中遣興〉, 237면)
50) 시름에 잠겨 선창에 기대어 두우성(斗牛星)을 바라본다. (〈過胥口江〉, 237-238면)
51) 길 떠난 나그네, 시름에 잠겨 썰물을 바라본다. (〈羞墓亭懷古〉, 246면)
52) 시름에 겨워 호방한 척 술을 들이켠다. (〈歸杭州碼頭〉, 301면)
53) 길 떠난 사람은 하루도 시름겹지 않은 날이 없다. (〈山下行舟〉 其一, 307면)
54) 이러하니 길 떠난 사람 밤잠을 이루지 못한다. (〈元宵蘭溪泊舟〉, 238면)
55) 고향을 등지고 타향에 있으면 애끊기 쉽다. 〈聞笛〉(277면)
56) 오늘 밤은 그저 애끊는 때로다. (〈旅懷十首〉 其二, 278면)

돌입해 있었다. 1871년 10월에 미야코지마(宮古島)에서 류큐 왕국의 슈리왕부(首里王府)에 연공(年貢)을 바치고 돌아가던 선단 가운데 한 척이 대만 근해에서 조난하여 대만 동남 해안에 표착한다. 그런데 생존자 가운데 54명이 대만 원주민에 의해서 살해되고 만다. 이른바 류큐 표류민 살해 사건이[57] 발발한 것이다. 메이지 정부는 청나라에 항의하고 배상을 요구했지만 청나라 조정은 대만 원주민은 '화외(化外)의 민(民)'(국가의 통치가 미치지 않는 자)이라는 이유로 거부했다. 1872년 일본 내에서는 대만을 공격하자는 논의가 대두되었고 1874년에 이른바 '대만 출병(出兵)'이 이루어진다.

청나라의 약세를 확인한 메이지 정부는 류큐의 귀속 문제도 분명히 해 두고자 했다. 그러자면 류큐를 사쓰마번이 아닌 메이지 정부의 직접 지배하에 두어야 했다. 1872년 3월 메이지 천황은 경하사(慶賀使)를 도쿄(東京)에 파견하게 하여 류큐 국왕 쇼타이(尙泰)를 번왕(藩王)에 봉하고, 일본 화족(華族)(侯爵)의 일원이 되게 한다는 조칙을 내린다. 이와 함께 쇼타이에게 하사금을 지급하고, 류큐가 사쓰마번에 진 부채를 메이지 정부가 승계하기로 결정한다. 또한 류큐의 외교권을 박탈하여 일본 외무성의 관할로 귀속시켰다. 이렇게 해서 류큐는 류큐번(琉球藩)이 되어 메이지 정부의 직접 지배하에 놓이게 되었다.[58]

이러한 일련의 조치는 류큐 왕국이 멸망의 길로 접어들었다는 것을 말해 준다. 다만 아직은 일본이 중국과의 관계를 단절시키지는 않았기 때문에, 일본의 묵인하에, 사이타이테가 참가한 진공(進貢) 사절은 파견될 수 있었다. 사이타이테는 이러한 파란의 시기에 도통사로서 중국으로 향했던 것이다.

---

57) '宮古島民臺灣遭難事件', '八瑤灣事件' 등으로도 불린다.

58) 병합 과정에 대한 상세한 사정은 다음 책을 참조하여 알 수 있다. 나미히라 쓰네오, 『근대 동아시아 역사 속의 류큐 병합』(윤경원·박해순 옮김), 진인진, 2019.

사이타이테는 류큐 왕국과 일본의 관계가 크게 변화하고, 중일 관계가 복잡하게 전개되는 국면을 직접 목도하고 중국으로 향했으며 일본과 중국의 긴장감이 감도는 시기에 중국에 체류하고 있었다. 사이타이테는 류큐의 국운, 중일 관계의 향배라고 하는, 당시 류큐 관료(도통사)의 존재 기반 자체를 뒤흔드는 변화가 진행되는 와중에 타국에 있었던 것이다. 이런 상황을 고려할 때, 사이타이테가 시종 음울한 기분에 휩싸여 있었던 사정을 이해할 수 있다.

물론 류큐 왕국이 류큐번이 되고, 상태왕이 번왕에 봉해지고, 중일 관계에 긴장이 감도는 일련의 사태가 얼마나 심각한 일인지 당시 류큐 왕국 사람들은 분명히 알지 못했을 가능성도 있다. 그런데 대대로 중국과의 교류에서 활동해 온 가계 출신의 사이타이테라면 자신은 물론이고 가계 전체의 기반을 흔드는 변화를 맞이했음을 느꼈을 것이다. 류큐가 일본에 직속되어 일본의 영향력이 커지고, 중국이 일본의 류큐 지배를 인정한다면 사이타이테의 사회적 활동은 크게 위축될 것이다. 이렇게 일본의 영향력이 커지고, 이른바 '양속(兩屬)' 체제가 해체될 수도 있다는 예상을 하게 된 사이타이테가 근심에 휩싸이는 것은 당연한 일이었을 것이다. '愁'는 불안감이자 위기의식이었다는 해석이 가능하다고 본다. 류큐 국왕을 떠올리거나[59] 청나라 황제의 은택에 감사한다는 말을[60] 더러 한 것도 그러한 불안감이나 위기의식의 연장선상에서 이해할 수 있다.

那堪離思向東州	어찌 감당하랴, 고향 생각이 동쪽으로 내닫는 것을
夜半灘聲亂客愁	한밤의 여울물 소리는 나그네의 마음을 더욱 어지럽히는구나.
共對寒燈談往事	홀로 타는 등불 앞에 두고 지난 일을 말하고 있자니

59) "何難釋褐侍君王"(〈舟中書夢〉, 262면), "勤勞王事展丹忱 夢寐猶懷報國心"[〈旅懷十首〉(其八), 279면]

60) "欣敘皇恩雨露深"(〈歸柔遠驛誌喜〉, 315면)

五更風雨逼江樓[61]　새벽녘 비바람이 강상(江上) 누각으로 들이치는구나.

〈황전역야우(黃田驛夜雨)〉인데 전체 작품 가운데 여덟 번째 작품이다. 협주에 따르면 사이타이테는 장남 석서(錫書)와 동행했다. 그래서 전구(轉句)는 등불을 켜놓고 마주 앉아 담소를 나누는 장면이라고 보아야 한다. 복주를 나선 지 얼마 되지 않아서 벌써 '客愁'를 말하고 있다. 밤중에 듣는 여울물 소리며 들이치는 비바람이 근심을 증폭시킨다.

가늘게 타오르는 등불을 앞에 두고 아들과 함께 '비바람'에 시달리는 류큐의 운명에 대해서 말하고 있는 장면이 눈에 선하다. 《북연유초》에서 자주 만나는 "客愁"라는 시어, 타향에서 "百感이 생겨난다"[62]라는 고백, 모두가 동아시아 한문문명권이 해체되는 격변에 처한 류큐에 대한 근심에서 말미암는 것이었다.

불안한 나라의 장래를 염려하면서 역사 유적을 대하니 마음이 무겁다. 사이타이테가 작품에 올린 역사 유적으로 어떤 것들이 있는가? 남송(南宋)의 충신으로 평가받는 사방득(謝枋得, 1226-1289)의 유적[63], 관제묘(關帝廟)[64], 서호(西湖)의 여러 곳[65], 오자서(伍子胥) 관련 유적[66], 호구(虎邱), 손권(孫權)의 묘, 공자가 정자(程子)를 만난 곳이라고 하는 경개정(傾蓋亭)[67], 맹강녀(孟姜女) 유적[68], 옹화궁(雍和宮)[69] 등이 시제에 올라 있다. 다음은

61) 223면.
62) "作客他鄉百感生"(〈阻雨留邸〉, 230면)
63) 〈題謝疊山賣卜處〉(229면)
64) 〈仙霞嶺關帝廟〉(232-234면)
65) 〈過蘇小墓〉(244면), 〈游三潭亭〉(302면), 〈游湖心亭〉(302-303면), 〈游鳳林寺〉(303면), 〈謁岳王墓〉(303면)
66) 〈胥門弔古〉(248면)
67) 〈過傾蓋亭〉(267면) 시제 아래에 "卽孔子遇程子處"라는 주서(注書)가 있다.
68) 〈過孟姜女故里〉(269면)
69) 〈謁雍和宮〉(282면)

〈서문조고(胥門弔古)〉라고 한 작품이다.

怪他賜劍死英奇	명검을 내려 뛰어난 인재를 자결케 한 탓이리라
頓使胥門駭浪馳	문득 서문(胥門) 앞 강물에 거친 파도가 일어난다.
兩岸棲鴉啼古樹	양안(兩岸)에 깃든 까마귀는 고목에서 우는데
可憐寒月照荒祠[70]	차가운 달은 황폐한 사당을 쓸쓸히 비추는구나.

오왕(吳王) 부차(夫差)와 오자서가 사이가 벌어지게 되자 부차는 오자서에게 검을 내려 자결을 명했다. 오자서는 유언을 남기기를 훗날 부차의 관을 짤 가래나무를 심게 하고, 두 눈을 뽑아 월나라 방향의 성문에 걸어두라고 전했다. 죽고 나서 월나라가 오나라를 없애는 것을 두 눈으로 보겠다는 저주를 남기고 자결한 것이다. 그 말에 격노한 부차는 오자서의 시신을 가죽 자루에 넣어 강물에 버리지만, 사람들은 그를 불쌍히 여겨 근처에 사당을 지어주었다. '劍', '駭浪', '古樹'는 이러한 전승을 의식해서 사용한 시어로 보인다.

이 작품은 앞서 살핀바 있는 〈과엄자릉조대(過嚴子陵釣臺)〉와는 사뭇 다르다. 쓸쓸한 분위기에서 깊은 상념에 젖은 화자의 모습을 담고 있다. 오자서처럼 사이타이테도 망국을 예감하고 있는지도 모른다. 이렇게 역사상의 인물을 시제로 한 작품에 격한 감정을 투영한 작품이 많이 보인다.[71]

지금까지의 논의를 정리해 보기로 한다. 사이타이테의 《북연유초》는 시름겹다는 말을 거듭거듭 되풀이하고 있다. 날씨가 견디기 괴롭다고 한 것은 표면적인 이유다. 마음 깊은 곳에 시대 변화에 대한 불안감과 위기의식이 자리 잡고 있어서 괴로움과 수심을 증폭시켰다. 숙소에 앉아서 생각을 가다듬자 더욱 큰 수심이 밀려왔다. 역사 유적을 만나도 기쁨

---

70) 〈胥門弔古〉(248면)
71) 輿石 豊伸 訳注, 같은 책, 191면.

보다는 격한 감정이 앞선다.[72] 중국과의 우호적인 관계 하에서 통역을 맡은 한 사람의 류큐인, 민인(閩人) 36성의 후예인 가문, 중국과 책봉조공 관계를 맺고 있는 류큐가 모두 위기를 향해 가고 있었다. 동아시아 책봉조공 체제의 한 축이 무너지고 새로운 단계로 넘어가는 시기에 한 시인이 감지한 불안감의 형상화 – 이것이 《북연유초》가 갖는 동아시아 문학사에서의 위상이라고 할 수 있다.

사이타이테는 1873년 한 해에 《민산유초》, 《속민산유초》, 《북연유초》를 발간했다. 3종의 시문집을 간각(刊刻)할 수 있는 경제력이 있었기 때문에 가능한 일이었을 것이다. 그런데 왜 이때 한꺼번에 간각한 것일까? 1860, 1867년 사행은 복주에 머무른 것이었고, 북경까지 가는 사행을 충분히 기약할 수 있는 상황이었기 때문에 《민산유초》나 《속민산유초》를 출간하지 않았을 것이다. 3차 사행에서는 북경까지 다녀왔으니 더 미룰 일이 아니었을 것이다.

한 걸음 더 나아가 1873년의 간행을 시대적 상황과 결부시켜 해석해 볼 수도 있다. 실제로 이런 해석을 한 선행연구도 있다. 1873년의 간행은 비록 강렬하지는 않아도 '메이지 정부의 압력에 의해서 점차 일본의 속국이 되어가고 있는 상황에 대한 저항'이었다고 해석하는 것이다.[73]

한 가지 더 고려해야 할 점이 있다. 그것은 《민산유초》나 《북연유초》에 서문을 써준 문인들의 존재다. 세 시집에는 복주의 관료 문인, 류큐의 문인, 북경의 중국 문인이 써 준 서문과 송시(送詩) 등이 수록되어 있다. 그 편 수가 적지 않다. 이렇게 많은 문인의 서문과 시를 수록하는 데는

72) 사이타이테는 어째서 시대에 대한 고민을 직설적으로 토로하지 않았을까? 도통사라는 (상대적으로 낮은) 지위에 있었기 때문에 말하기 조심스럽지 않았을까? 중국과 일본 사이에서 균형을 잡아야 했던 류큐 지식인의 글쓰기 방식이지 않았을까? 위기의식은 가지고 있으나 그 실체에 대해서 명확한 인식을 갖지 못한 것은 아닐까? 이와 같은 여러 측면에서 탐구해 볼 수 있을 것이다.

73) 輿石 豊伸 訳注, 같은 책, 117면에서 그런 해석을 제시했다.

분명 유대를 내외에 보이려는 의식이 작용했을 것이다. 중국과의 관계가 변화될 조짐을 보이기 시작했으니 전통적인 유대를 재확인하려는 욕구도 그만큼 커졌을 것이라고 생각한다.

5. 맺음말

사이타이테는 동아시아 한문문명권이 해체되는 시기, 류큐가 편입되어 있었던 책봉조공 체제가 종언을 고하는 시기에 살았다. 1872년 연행 체험을 《북연유초》에 담아 놓았는데, 여정에 밀착된 작품 내용, 작품화하는 제재와 내용의 제한, 몸의 괴로움(감각)과 수심(심리)의 표명이 두드러진다. 동아시아 한문문명권이 해체되는 격변기에 처한 시인이 남긴 수심 가득한 작품 세계 - 사이타이테에게 동아시아 문학사에 한 자리를 내어 주어야 할 이유가 될 것이다. 또한 동아시아 사행 시문의 역사에서 《북연유초》의 위상을 자리매김하고자 한다면, 그 (몸의 감각으로 표현되는) '깊은 수심'을 반영해야 할 것이라고 믿는다. 사이타이테의 밀사 경험까지 고찰의 범위에 넣고, 사이타이테의 시문을 류큐 왕국과 중국의 해양 교류가 막을 내리는 과정과 연계하는 논의가 이어지기를 바란다.

색인

1. 사항

2. 작품

3. 작가(作家)

동아시아 한문문명권 문학의 이해

초판 인쇄　2026년 2월 20일
초판 발행　2026년 2월 27일

지은이　최귀묵
펴낸이　박찬익
편집　이기남
책임편집　권효진
펴낸곳　㈜박이정　| 주소 경기도 하남시 조정대로 45 미사센텀비즈 F827호
전화　031-792-1195　| 팩스 02-928-4683
홈페이지　www.pijbook.com　| 이메일 pijbook@naver.com
등록　2014년 8월 22일 제2020-000029호
ISBN　979-11-7497-027-5 (93800)

책값　24,000원

나는 이기적 스님이다

나는 이기적 스님이다

초판 1쇄 발행 2026년 2월 24일

지은이 쿠바 탐디
펴낸이 윤재승

주간 사기순
기획·홍보 윤효진
영업관리 김세정, 백지영
표지 디자인 강초원
본문 디자인 미들하우스

펴낸 곳 민족사
등록 1980년 5월 9일 제 1-149호
주소 서울 종로구 삼봉로 81 두산위브파빌리온 1131호
전화 02)732-2403, 2404
팩스 02)739-7565
홈페이지 www.minjoksa.org
블로그 blog.naver.com/minjoksabook
페이스북 www.facebook.com/minjoksa
이메일 minjoksabook@naver.com

ISBN 979-11-6869-091-2 (03220)

나는 이기적 스님이다

— 깨어 있는 이기심이 길이 되다

쿠바 탐디 지음

민족사

일러두기

표기 원칙

- 빨리어*는 기울임체로 표기한다.

  * 빨리어(*Pāli*): 초기 불교 경전이 기록된 고대 인도-아리아어. 산스끄리뜨어와 가까운 언어이며, 초기불교 연구의 기초가 된다.

- 라오스: 나라 이름은 '라오스'로 표기하고, 라오스 사람이나 언어 등을 지칭할 때는 '라오'를 붙여 '라오 사람' '라오 불교' 또는 '라오어'로 쓴다.
- 출판물 표기: 단행본은 《 》, 논문과 유튜브 채널은 〈 〉로 표기한다.

경전 인용 방식

- 이 책에서 인용하는 불교 경전은 주로 초기불교의 빨리어 니까야(경전집)를 따른다.
- 니까야를 인용할 때, 간결성을 위해 국제적으로 통용되는 PTS(*Pāli Text Society*) 약어를 사용한다.

  DN: Dīgha Nikāya –《디가 니까야》(아함경의 장부에 해당)

  MN: Majjhima Nikāya –《맛지마 니까야》(중부)

  SN: Saṁyutta Nikāya –《상윳따 니까야》(상응부)

  AN: Aṅguttara Nikāya –《앙굿따라 니까야》(증지부)

Sn: Sutta Nipāta -《숫따 니빠따》

예: SN 36.6 →《상윳따 니까야》36권 6번째 경

인물과 장소

- 쿠바 분펫: 탐디의 도반으로 순례와 법담을 함께 나눈 라오스 스님. 인도에서 불교와 철학을 공부하고 있다.
- 쿠바: 라오스에서 스님을 부르는 말. '쿠바 탐디'는 '탐디 스님', '쿠바 분펫'은 '분펫 스님'이라는 뜻.
- 꾸띠: 숲속 절에서 스님 한 명이 머무는 작은 숙소.
- 왓 빠 나쿤노이: 탐디가 출가한 라오스의 숲속 절.

불교 용어

- 사두(*sādhu*): '좋습니다, 훌륭합니다, 옳습니다'라는 찬탄·동의의 표현(한역: 선재 善哉). 보통 스님의 법문을 듣거나, 누군가 공덕이 되는 선한 행동을 했을 때, 그 말이나 행동에 깊이 동의하고 기뻐하는 마음으로 외치는 말이다. 라오스에서는 "사투!"라고 하며 일상에서 늘 찬탄과 축하의 마음을 나눈다.
- 연기(*paṭiccasamuppāda*): 모든 것은 조건에 따라 생겨나고 사라진다는 법칙. 아무것도 홀로, 개별자로 존재하지 않고, 서로에게 기대어 존재한다는 관계의 법칙.

- 중도(*majjhimā paṭipadā*): 쾌락과 고행의 두 극단을 피하고 균형을 지키는 길. 붓다가 깨달음을 얻은 실천 방법. 이분법적 사고를 극복하는 지혜의 원리이기도 하다.
- 사띠(*sati*): '잊지 않고 지켜봄'. 지금 일어나는 것을 놓치지 않고 지혜로 챙기는 마음. 흔히 마음챙김이라 번역되는데, 그것보다 더 넓고 깊은 뜻이다. 본문에서 자세히 다룬다.
- 우뻭카(*upekkhā*): 세상의 좋고 싫음에 흔들리지 않는 평온하고 담담한 마음.
- 알아차림(*sati + sampajañña*): 사띠로 지켜보는 데 그치지 않고, 그것이 무엇이며 왜 그런지 분명히 아는 것.
- 위빳사나(*vipassanā*): '있는 그대로 보기'. 몸과 마음에서 일어나는 현상을 관찰하여 무상·고·무아의 진리를 꿰뚫는 통찰 수행.
- 통찰: 사물의 본질을 직접 꿰뚫어 보는 능력. 무상·고·무아의 진리를 실제로 체험하는 것. 위빳사나 수행을 통해 얻을 수 있다.
- 삼매(*samādhi*): 산란하지 않고 한 대상에 고요히 집중된 상태.
- 삼법인(*ti-lakkhaṇa*): 붓다의 세 가지 중요 가르침인 무상·고·무아.
- 무상(*anicca*): 형성된 모든 것은 변한다.
- 고(*dukkha*): 형성된 모든 것은 만족스럽지 않다/괴로움의 성질을 지닌다.
- 무아(*anattā*): 고정된 자아는 없고, 존재는 조건적 결합일 뿐이다.

- 사성제(*cattāri ariyasaccāni*): 성스러운 네 가지 진리-고·집·멸·도.
- 팔정도(*Ariya Aṭṭhaṅgika Magga*): 괴로움의 소멸을 향한 여덟 가지 길. 바른 견해·사유·말·행위·생계·노력·사띠·삼매.
- 삼학(*ti-sikkhā*): 수행을 세 범주로 나눈 것. 보통 팔정도를 계(윤리)·정(삼매)·혜(지혜)로 나눈다.
- 갈애(*taṇhā*): 목마름처럼 끊임없이 채우려는 욕망. 괴로움의 근원.
- 무명(*avijjā*): 진실을 보지 못하는 무지.
- 번뇌(*kilesa*): 마음을 더럽히고 괴롭게 하는 것들로, 탐욕·성냄(분노)·망상(정신 못 차림)이 대표적이다.
- 업(*kamma*): 의도(*cetanā*)에 기반한 말·행위·생각. 좋은 업은 좋은 결과를, 나쁜 업은 괴로움을 낳는다.
- 오온(*pañcakkhandha*): 인간을 이루는 다섯 요소의 묶음. 색(물질)·수(느낌)·상(인식)·행(의지적 형성/심리적 형성)·식(의식).

시작하기에 앞서

- Buddha, Dhamma, Sangha

불교를 한마디로 요약하면 '불·법·승(佛法僧)', 즉 삼보(三寶)다. 이 책의 이야기도 이 세 가지를 중심으로 펼쳐진다.

붓다 - 친절한 스승

'붓다(*Buddha*)'는 '깨달은 자'를 뜻한다. 이론적으로는 붓다가 여럿일 수 있지만, 여기서 말하는 붓다는 고따마 싯닷타, 즉 석가모니 부처님이다. 붓다는 경전 속에서 때로 신적 존재처럼 묘사되지만, 내가 만난 붓다는 무엇보다도 자상하고 친절한 스승이다. 진리를 전할 때는 단호했으나, 늘 자비로운 마음으로 사람들의 고통에 귀 기울였다. 신이 아닌, 가르침을 남기고 떠난 한 인간. 나의 삶을 밝게 만드시는 분. 그래서 더욱 그립다.

담마 – 붓다의 지혜

'담마(*Dhamma*)'는 빨리어로, 산스끄리뜨어 '다르마(*Dharma*)', 한자어 '법(法)'과 같은 말이다. 붓다의 가르침인 담마를 담은 불교 경전은 방대하다. 8만 가지에 이른다는 말이 있을 정도다. 그러나 내가 좇는 담마는 그 방대한 텍스트가 아니라, 붓다의 숨결이 남아있는 가르침이다. 그의 말과 삶에서 우러나온, 지금 여기 여전히 살아 있는 지혜다. 이 책은 왜 우리가 담마를 알아야 하는지, 그리고 어떻게 지금의 삶 속에서 담마를 실천할 수 있는지 묻고 답한다.

상가 – 살아 있는 공동체

'상가(*Saṅgha*)'는 전통적으로는 승려들의 모임을 가리키지만, 제도나 형식을 넘어선다. 담마를 함께 배우고 실천하는, 살아 있는 수행공동체를 뜻한다. 이 책을 쓴 이는 하나의 몸에 깃든 여러 마음이다. 한국에서의 나(선재), 라오스에서 아이들과 지낸 나(탐디), 출가 이후의 나(쿠바 탐디), 그리고 이 모든 이름을 넘어서는 '나'. 서로 다른 조건 속에서 살아온 이들의 모습이 하나로 모여 이 책을 만들었다. 그리고 독자인 당신도 담마를 실천한다면 이미 상가의 일원이다.

네 개의 길 – 연기, 중도, 사띠, 우뻭카

이 책을 관통하는 네 개의 핵심 언어다. 이들은 단순한 불교 용어가 아니라, 붓다의 지혜를 오늘 우리의 삶으로 끌어당기는 구체적인 길잡이다. 우리가 서 있는 자리는 혼자만의 섬이 아니다. 연기는 나와 타자, 자연이 서로를 빚어내는 연결의 법칙이고, 중도는 그 연결을 해치지 않는 균형의 태도다. 흔들리는 마음을 다잡기 위해 우리는 사띠로 마음을 세우고, 그 결과이자 길 위의 품성인 우뻭카라는 담담한 마음에 이른다. 이 네 단어가 당신의 여정을 밝히는 나침반이 될 것이다.

목차

3부 변화를 만드는 힘

프롤로그

왜 지금, 다시 붓다인가?

인류의 미래에 대한 깊은 비관을 안고, 인도 순례를 떠났다. 개인은 욕망에 잠식되고, 세상은 경쟁과 이기심이 집어삼키고 있었다. 숲속에서 5년을 지내는 동안 세상은 나아질 기미가 보이지 않았다. 나 역시 점점 '이기적 스님'이 되어가고 있었다. 세상의 고통은 외면한 채, 나만의 해탈을 좇았다. 그러나 그 이기심의 끝에서, 새로운 질문이 나를 기다리고 있었다.

인류는 왜 자멸로 향하는 길을 택했을까? 이건 진화의 길이 아니라, 착각의 질주다. 호모 사피엔스는 척박한 환경에서 어려움을 극복하며 여러 경쟁자를 물리치고 지구에 우뚝 섰다. 이제는 생존의 문제를 넘어서서 지구의 주인이 되었다. 80억 인구 모두가 풍요로울 정도는 아니지만, 먹고 살 만큼의 생산력을 갖게 됐다. 조금만 마음을 내면

모두 굶주림을 벗어날 수 있다.

하지만 인도 순례에서 마주친 가난은 문명 발전의 찬사를 무색하게 한다. 지구 곳곳에는 기본적인 의식주와 기초 보건의료를 갖지 못한 사람들이 아직 많다. 부족한 것은 자원이 아니라, 나누려는 의지다. 지금도 힘들지만, 내가 보기에 미래는 더 불확실하다. 문명은 방향을 잃은 채, 속도만을 키워가는 것처럼 보인다. 왜 이렇게 됐을까? 어디부터 잘못된 걸까? 길 위에 서면 알 수 있을까?

나는 무엇인가?

인도를 순례하며 시장과 터미널, 그리고 사원에 주저앉아 사람들을 바라봤다. 인간은 왜 사는가? 믿음은 무엇이며, 행복은 어디에 있는가? 마음의 정체는 무엇이고, 어떻게 서로의 마음을 연결할 수 있을까?

순례를 이어가던 어느 날, 내 안의 질문이 바뀌었다. '나는 누구인가?'에서 '나는 무엇인가?'로. 생명은 어디에서 왔을까? 인간은 어떻게 진화했고 다른 생물과 무엇이 다를까? 왜 인간은 이기적으로 살고, 늘 싸우는 걸까? 그렇게 진화의 흐름을 따라가던 중, 리처드 도킨스의《이기적 유전자》를 만났다. 유전자는 정말 대단하다. 생존과 번식만을 목표로 인간을 조종하고, 그 과정에서 이기심과 경쟁이 생겨난다. 이 얼마나 현대 문명의 부정적 모습을 잘 설명하고 있는가?

스리랑카의 담마 꾸타 명상센터. 위빳사나 명상 수행 7일 차다. 아침 공양을 마치고 꾸띠에 앉아 있을 때, 하나의 생각이 번쩍 떠올랐다. 인간을 경쟁과 투쟁으로 몰아세우는 유전자의 본능이, 붓다가 말한 '갈애'와 놀랍게 닮았다는 것. 갈애는 더 갖고 싶고, 더 되고 싶고, 피하고 싶은 마음이다. 이기적 유전자와 갈애, 둘 다 인간을 속박하고, 고통으로 몰아넣는 강렬한 힘이다.

이기심이 우리의 본능이라면, 어떻게 마주해야 할까? 무엇보다 이기심을 변하지 않는 상수로 놓고 생각해야 한다. 애초부터 없앨 수 없는 상대라면 그것을 이해하고 받아들이는 것이 현명할지 모른다. 혹시 그 성격을 바꿔 열린 이기심, 따뜻한 이기심 같은 이웃으로 만들 수는 없을까? 갈애를 다루는 붓다의 가르침이 바로 이 지점에 닿아 있다는 것이 떠올랐다. 그래, 이기적 유전자와 붓다를 연결해 보자. 그 순간부터, 유전자와 담마가 내 안에서 뒤엉키기 시작했다. 일단 마구 섞어 놓고, 다시 하나씩 풀어보자.

유전자가 아니라 인간

마음공부를 하며 든 의문이 있었다. 붓다시대 사람들의 마음은 어땠을까? 아주 오래전이니, 지금과 매우 달랐겠지? 뜻밖에도, 너무나 닮아 있었다. 지난 2500년 동안 마음은 크게 달라지지 않았고, 탐욕·성냄·망상이 늘 인간을 지배해 왔다. 오랜 세월이 흘렀는데, 왜 마음은 그대로일까? 과학자들은 지금 우리 유전자는 수만 년 전인 수렵-채집 시대와 크게 다르지 않다고 설명한다. 오랜 진화의 역사에서 2500년은 미미한 시간이다. 이기적 유전자는 그때나 지금이나 기세등등하게 인간을 투쟁으로 몰아세우고 있다.

지금은 예전보다 감정은 과잉되고, 반응은 더욱 치우친다. 행복도 불행도 극단으로 쏠린다. 좋아하는 것이 생기면 미치도록 좋아해 꽉 잡고 놓지 못한다. 싫어하는 것이 생기면 한없이 밀어낸다. 우리는 좋고 싫음에 휘둘리는 감정의 노예가 되어간다. 이렇게 개인은 이기적인 유전자를 숙명으로 받아들이고, 세상은 개인들이 저항을 포기하거나 스스로 합리화하도록 세뇌한다.

이대로는 안 된다. 이기적 스님으로만 남아있을 수는 없다. 유전자가 만만치는 않지만 그렇다고 극복 못 할 리도 없다. 우리는 유전자의 명령에만 따르는 존재가 아니다. 더 행복한 삶과 더 정의로운 세상을 만들기 위해 우리는 얼마든지 이기적 본성을 거역할 수 있다. 사려 깊은 이성적 추론 능력도 진화된 인간 본성이다. 우리에게는 고도로 발달한 의식과 이성, 그리고 연민의 능력이 있다. 우리는 유전자가 아니라 '인간'이다.

탐디의 유전자는 이기적 본능을 따르도록 명령하지만, 탐디라는 인간은 그 본능을 거슬러 이타적인 선택을 할 수 있다. 나는 이기적 스님이지만, 그 사실을 부끄러워하지 않는다. 이기적인 인간으로 태어났지만, 깨어 있는 인간으로 죽을 수는 있다.

왜 붓다의 지혜인가?

종교가 사라지고 있는 시대, 불교가 무슨 의미가 있을까? 불교가 지금 등불이 되어 세상을 구할 수 있는지는 모르겠다. 그렇지만, 적어도 너와 나는 붓다의 가르침을 통해 마음의 무게를 덜어낼 수는 있다. 이 책의 주제는 불교가 아닌 붓다의 '지혜'다.

수행자는 고요한 숲속에서 혼자만의 시간을 보내며 마음을 다스린다. 하지만 나는 라오스의 사찰에 앉아 세상의 뉴스에 귀 기울인다. 뉴스에는 분노와 혐오, 관계의 단절과 고립의 이야기가 가득하다. 어떻게 이 문제를 풀어가야 할까? 나는 불교의 현대화가 아니라, 현대를 붓다의 언어로 읽으며 답을 찾으려고 한다. 인간 욕망의 구조를 흔들어 세상을 바꾸는 붓다의 가르침, 그 지혜가 지금도 여전히 유효한 고통의 해법이기 때문이다. 묻는다. 왜 지금, 다시 붓다인가?

하나. 담마는 존재의 불완전함을 꿰뚫는 통찰이다.
인간은 허점투성이이며 착각 속에 산다. 무상과 무아의 지혜는 허상을 벗기고 세상을 있는 그대로 보게 한다.

둘. 담마는 내 안을 살피는 수행이다.
물질은 발전했지만, 마음은 병들었다. 행복은 밖이 아니라 내 안에서 시작된다. 욕망·분노·망상을 다스리는 수행이 절실하다.

셋. 담마는 벗어남의 행복이다.
탐욕과 혐오, 극단을 넘어서는 길이 중도다. 움켜쥔 손을 펴는 순간에 해방이 있다. 적게 갖고도 행복한 길이 여기에 있다.

넷. 담마는 공생이다.
우리는 연기적 관계로 얽혀 있다. 협력과 공생은 선택이 아니라 생존의 조건이며, 나와 너의 행복을 함께 이루는 길이다.

다섯. 담마는 세상을 바꾸는 힘이다.

붓다는 욕망의 구조를 흔들어 세상을 바꾸었다. 굳어진 틀을 넘어서는 '경계를 넘는 불교'로 지금 세상을 바꿀 수 있다.

여섯. 담마는 대자유를 향한 길이다.

붓다는 신이 아니라 깨어난 인간이었다. 누구나 속박과 욕망을 벗고, 자기 삶의 붓다로 서는 길이 여기 있다.

세상에는 도덕과 윤리를 얘기하는 책이 많은데, 굳이 탐디까지 나선 이유는 무엇인가? 인류 문명은 물질의 발전에서 제도의 발전으로, 이어 의식의 발전으로 이어진다고 말한다. 탐디가 보기에는 물질적 성장과 비교했을 때 의식의 성장은 매우 더디고, 소위 '기술은 초지능, 마음은 미성숙'의 위험한 불균형 상태이다. 붓다의 가르침이 의식의 발전에 이바지한다면 지혜나 진리로서가 아닌, 그 실천의 힘에 있다. 붓다는 진리를 깨달으라고 하지 않고 '와서 보라'고 선언했다.

담마는 삶의 현장에서 어떻게 살아야 할지를 묻는 일종의 삶의 기술이다. 탐디가 담마를 불러내며 여기 소개하는 이유가 바로 여기에 있다. 담마의 길을 따라 걷다 보니 불안이 줄고 편안해지는, 지금 여기에서 누릴 수 있는 혜택이 있다. 자신에 대한 이해와 마음의 균형감이 커짐으로써 얻게 되는 행복과 만족감이 따른다. 자멸을 향해 폭주하는 열차에서 뛰어내리기 위해 너와 나에게 필요한 생존 전략이기도 하다.

너와 내가 같이 산다

세상은 점점 내 편, 네 편으로 갈린다. 강한 신념과 자본의 논리가 서로를 밀어내고 있다. 물신주의의 나라, 한국은 모든 것을 돈으로 환산한다. 세상에는 진리는 넘쳐나고, 답은 없어진 시대. 우리는 여전히 길을 잃고 있다. 내가 설 자리는, 내가 가야 할 길은? 질문 없는 학교 교육과 한 방향으로만 얘기하는 유튜브도 답을 주지 않는다. 그렇다면 '어떻게' 해야 하나?

누군가 말한다. '나도 세상 문제 많은 거 알아. 하지만 내가 뭘 어떻게 할 수 있겠어?' 이 익숙한 말이 우리를 무기력하게 만든다. 세상을 휩쓸고 있는 잘못된 개인주의, 아니 이기주의가 앞으로도 지속될까? 개인이 삶의 중심이 되었다지만, 우리는 여전히 함께 살기를 버릴 수 없다. 인류 역사에 혼자 살기는 없었다. 무리를 떠난 인간은 사자에게 잡아먹히거나, 후손을 남기지 못해 모두 사라졌다. 협력하지 않았다면 이렇게 거대한 문명을 만들고 수백만, 아니 수천만이 무리 지어 살 수 있나?

붓다는 출가를 장려하고 숲속에서 수행했지만, 세상을 완전히 등질 수는 없었다. 소유와 집착을 낳는 생산을 금지했기 때문에 살기 위해서는 재가자에게 의지할 수밖에 없었다. 이것은 출가수행자의 한계이자 어려움이었지만, 동시에 세상과의 연결을 유지할 수 있었던 이유이기도 했다. 인간도 역시 같은 상황이다. 이기적이지만 세상을 등지고 살 수는 없다. 나는 자유롭고 독립적으로 살고 싶었다. 그래서 가출했었고, 이제는 출가해서 스님이 됐다. 그렇지만 세상에서 벗어나지 못했다. 로빈슨 크루소를 가슴에 품었지만, 그가 떠밀려 간 고독한 섬은 현실 어디에도 없었다. 나는 관계 속에 사는 존재, 철저히 의존적인 생명체였다.

탐디와 함께 성찰의 길을

'스님이 이기적이다'라는 표현은 불자에게는 불편하게 들릴 수도 있다. "어떻게 수행자가 이기적일 수가 있나?" "스님이 이런 단어를 제목에 쓴다고?" 나는 출가수행자지만, 내 안에도 여전히 이기심이 있다. 그러나 여기서 말하는 '이기심'은 남을 해치고 빼앗는 욕망이 아니다. 나로부터 시작하지만, 너와 현명하게 연결되는 길이 될 수 있다. 붓다도 '나부터 고통에서 벗어나야 한다'라는 마음에서 출가했다. 그 길이 결과적으로 세상과 타인에게도 이로운 길이 되었다. 나부터 살피지만 세상을 살리는 길, 바로 그 '깨어 있는 이기심'이 이 책의 출발점이다. 중생의 고통을 덜기 위한 현명한 이기심을 찾아보려는 출가수행자의 발심이기도 하다.

탐디는 테라와다 불교의 수행자이지만, 이 책에서는 특정 종파의 교리에 얽매이지 않고 붓다의 근본 가르침을 바탕으로, 동서양 불교의 지혜와 현대 과학의 통찰을 아우르려 노력했다. 이는 탐디가 추구하는 '공생'의 가치처럼, 불교의 지혜가 특정 '경계'를 넘어 모든 존재에게 이로움을 줄 수 있기를 바라는 마음에서 비롯됐다.

이 책은 세 부분으로 구성되어, 공부 – 수행 – 실천으로 이어진다. '이해하고 내려놓기, 마음은 적인가 친구인가, 변화를 만드는 힘'이 그 내용이다. 인도와 이웃 나라들을 순례하며 쓴 이야기 속에 한국과 라오스가 겹치고, 오늘과 어제를 오가며 내일에 대한 푸념과 희망이 섞여 있다. 세상과 수행, 그리고 탐디의 삶이 한길로 흐른다. 이 여정을 따라가다 보면, 당신은 어느새 자기만의 길 위에 서 있을 것이다. 당신의 삶을 변화시킬 구체적인 방법과 통찰을 찾는 길 위에.

나는 이기적 스님이다. 그러나 그 이기심을 성찰하는 길에서, 나는 당신과 이 책을 만나려 한다. "사투!"

1부

이해하고 내려놓기

1장
그래,
나는 이기적이야

"너는 왜 그렇게 이기적이니?"

누군가에게 이런 말을 들어본 적이 있을 것이다. 내가 이렇게 말한 적은? 입 밖으로 내진 않았지만, 속으로는 수도 없이 되뇌었을지 모른다. 그렇다, 우리는 이기적이다. 왜? 우리의 생존본능과 번식 욕구가 그렇게 설계된, 진화의 산물이다. 인간으로 태어난 이상 나의 생존과 번식을 위해 살기 마련이다. 하지만 생존을 위한 협력도 필요해서, 우리는 이기심과 이타심 사이를 오가며 살아간다.

그런데 어느 순간부터 무한경쟁과 자본주의가 이기적 유전자에 불을 지폈고, 그 불길은 지금 거세게 타오르고 있다. 불교는 이런 이기적 성향이 일으키는 갈등과 괴로움을 오래전부터 다루어 왔다. 수행의 목표인 열반은 번뇌의 불이 꺼진 상태다. 그런데 현실은 그 불을 끄기는커녕, 장작을 넣어가며 불을 키워 열반과는 반대의 길로 가고 있다.

왜 이 책에서 붓다의 가르침보다 유전자 이야기를 먼저 꺼낼까? 인간의 고통은 단지 마음의 문제가 아니라, 진화적 조건에 뿌리를 두고 있기 때문이다. 불교에서 다루는 괴로움, 행복, 깨달음, 마음, 번뇌 등은 유전자, 특히 이기적 유전자로 어느 정도 설명할 수 있다. 유전자에 기반한 우리의 생물학적 특성은 가정·사회·경제·정치·종교 등 너와 나의 삶에 깊이 영향을 미치고 있다. 곰곰이 보면, 붓다의 가르침은 이기적 유전자의 본성을 꿰뚫고 그것을 다루는 길처럼 보인다.

이 책에서는 진화론과 이기적 유전자 이론을 다루지만, 그 목적은 생물학을 해석하거나 과학적 논쟁에 참여하려는 것이 아니다. 이 책 전반에 걸쳐 과학, 철학, 종교, 생물학 등 다양한 분야의 개념을 인용하는 이유는 오직 붓다의 가르침을 보다 깊이 이해하기 위한 비유적 틀을 제공하기 위함이다.

예를 들어 '이기적 유전자'라는 개념은, 인간의 이기심·탐욕·성냄·집착과 같은 번뇌를 '유전자적 자동 반응'으로 이해해 보려는 시도에서 비롯된다. 그것은 생물학적 설명이 아니라, 그 무의식적 흐름을 알아차리고 수행으로 전환하는 통로를 찾기 위한 하나의 도구이다.

과학은 질문을 주고, 수행은 그 질문에 깨어서 응답하는 방식이다.

이기적 스님이라니?

'나는 이기적인 스님이다!'라는 말이 낯설고 불편하게 들릴지도 모른다. 나는 지금 이 순간에도 이기적이다. 부끄럽지만, 인정하지 않을 수 없는 사실이다. 유전자가 시키는 대로, 두려워하고, 움켜쥐고, 더 가지려 한다. '스님'이라면 이타적인 존재여야 한다고 기대하는 이들도 있을 것이다. 하지만 이기성은 인간의 조건이며, 수행자라고 예외일 수 없다. 이기적이라는 생물학적 관점과 인간의 존엄성은 구분해야 한다. 우리가 겪는 괴로움에서 벗어나려면, 먼저 우리 안에 각인된 생물학적 특성을 알아야 한다.

우리는 흔히 남의 이기심을 비난하지만, 정작 자신의 이기심에 대해서는 당혹감을 느끼며 부정하려 한다. 그런데 유전자를 이해하게 되면 오히려 마음이 편안해질 수도 있다. 나만 이기적이지 않구나, 나만 두려워서 움츠리는 게 아니었구나, 나만 죽도록 달리는 줄 알았는데 모두 그렇구나, 나만 못난 게 아니네! 이것은 인간이 진화해 온 방식이었다.

그렇지만 나의 이익을 좇을 권리는 있지만, 너에게 손해 끼칠 권리는 없다. 나의 욕망이 타인의 삶과 어떻게 충돌하는지를 알아차리고 조절할 수 있는가는 아주 중요하다. 이런 노력은 인류의 숙명이다. 붓다의 가르침이 바로 여기에 닿아 있다. 욕망은 생존의 흔적이지만, 수행자는 그 욕망이 일으키는 고통과 충돌을 알아차리는 사람이다. 붓다의 가르침은 욕망을 억누르는 것이 아니라, 그것과 공존하면서도 휘둘리지 않는 길을 제시한다.

이 책은 인간이 이기적이라는 관점에서 시작한다. 조금만 들여다보면, 생존본능에 충실한 나의 모습을 금세 발견하게 된다. 그런데 궁금해졌다. 이렇게 극단으로 이기적이기만 하면 인류가 어떻게 '함께' 살아왔을까? 인류는 협력을 통해 진화했고, 지금도 그 방식으로 살아간다. 이기와 이타를 넘는 생존 전략, 바로 그것이 협력이다. 협력은 본능인가, 선택인가? 이 질문을 기억하며 이야기를 이어가자.

자연선택과 이기적 유전자

이기적 유전자는 진화론에서 나온 용어다. 학교에서 배웠던 진화론을 잠시 떠올려보자. 진화론에는 '자연선택'이라는 용어가 자주 등장한다. 찰스 다윈은 1859년에 쓴《자연선택에 의한 종의 기원》에서 "자연선택이란, 환경에 적응한 생물이 살아남고 그렇지 못한 생물은 도태되는 원리다."라고 했다. 다시 말해, 자연선택이란 환경에 잘 적응한 종이 살아남아 더 많은 자손을 남긴다는 원리다. 그렇다면 자연

선택은 어떻게 작동하나?

동식물의 진화는 세대 간에 유전자 전달을 통해 이루어진다. 영국 학자 리처드 도킨스는 논란의 책《이기적 유전자》에서 주장했다. "유전자는 우리의 몸과 마음을 창조했다. 유전자를 보존하는 것이야말로 우리가 존재하는 궁극적인 이유다. … 우리는 유전자의 생존 기계다." 기존에는 인간의 본능을 '종족 보존'이나 '부모의 본능적 사랑' 등으로 설명하곤 했다. 하지만 도킨스는 유전자를 중심에 둔다. 진화의 주체는 인간이 아니라 '유전자'다. 자연선택은 개체나 집단이 아닌 유전자를 단위로 작동한다. 이 선언은 인간 중심의 시각을 흔들었다.

많은 사람들은 이러한 주장에 당혹하거나, 인간의 존엄성에 대한 위협으로 느꼈다. 정말 유전자가 나를 조종하고, 나는 단지 유전자의 도구에 불과하고, 유전자가 나의 모든 선택과 감정, 삶의 경로까지 결정한다는 말인가? 인간의 어두운 본성을 본능으로 정당화하는 도구가 될 수 있다는 우려도 제기되었다. 이기적 유전자가 우리 악행을, 남자들의 바람기를 합리화하는 이데올로기로 적용될 우려가 있다!

유전자(gene)는 유전의 기본단위로, 지구상의 모든 생명체가 지닌 생물학적 정보다. 유전자에는 생물의 세포를 구성하고 유지하고, 이것들이 유기적인 관계를 이루는 데 필요한 정보가 담겨 있으며 생식을 통해 자손에게 유전된다.

《이기적 유전자》에서 도킨스는 자연선택의 단위는 유전자이고, 생물의 다양한 형질은 유전자의 생존이나 증식에 유리하도록 진화했다고 주장한다. 자기 유전자를 최대한 많이 퍼뜨리는 방향으로 진화한 특성을 '이기적'이라는 말로 은유한 것이다. 유전자가 이기적이라는 것이 아니라, 살아남기 위한 행동이 이기적으로 나타난다. 결국 이기심은 유전자의 생존 전략에서 비롯된 행동 양식으로 해석할 수 있다.

진화와 생물학, 심리학을 공부하며 나는 다시 붓다를 떠올렸다. 불교 밖에서 보니 붓다의 가르침이 더욱 흥미로웠다. 과학의 눈으로 무상·고·무아를 바라보니, 새삼스레 고개가 끄덕여진다. 이해하기 어렵던 인간의 마음, 감정, 느낌에 한 발짝 다가간다. 현대 과학이 이제야 밝혀낸 통찰을, 붓다는 어떻게 꿰뚫어 보았을까? 붓다는 오늘날 우리가 말하는 '유전자'의 본질을 알았을까?

오작동하는 유전자의 잔재

본능은 태어날 때부터 우리 안에 각인된 자동 반응이다. 숨을 쉬고, 단맛을 좋아하며, 뱀을 무서워하는 것처럼 말이다. 우리는 그것이 본능이라는 사실조차 인식하지 못한 채 살아간다. 이 본능의 정체는 유전자다. 어떤 작용을 하는지 몇 가지 알아보자.

- 날이 추우면 몸을 떨거나 발을 동동 굴러 열을 낸다.
- 돌이 날아오면 반사적으로 피한다.
- 달면 삼키고 쓰면 뱉는다. 단것은 몸에 이로운 당분이고, 쓴 것은 독이 있을 가능성이 높기 때문이다.
- 틈만 나면, 소파에 누워 뒹군다. 가능하면 에너지를 절약하려는 본능이다.

지금 우리의 유전자는 가까운 시대가 아닌, 수십만 년 전 수렵-채집 시대에 최적화된 것이다. 우리는 여전히 수렵채집인의 습성대로 먹고, 싸우고, 비교하며 살아간다. 100명 내외의 작은 집단에서 살아남기 위해 했던 행동들이 지금도 유전자에 남아, 거대하고 복잡한 오늘날 세상에 일상적으로 나타난다. 어떤 진화적 본성들은, 지금 현대인들에게 환경과 부조화를 빚기도 하고, 현실을 왜곡해 반응하며 여러 불행의 근원이 되기도 한다. 이 '시대착오적인 본능'의 잔재를 들여다보자.

- 위계와 분노의 본능: 지위와 서열 때문에 단순한 일에도 과격하게 반응한다. 도로 위의 분노(서행운전 했다고, 내 앞에 끼어든다고 급제동으로 위협), 길 가다 어깨 부딪히는 경우나, 시선이 마주치면 뭘 봐! 그리

고 이웃 간 주차 시비도 종종 일어난다. 사람들 앞에서 내가 꼬리를 내리면 낮은 지위의 사람으로 봤고 이는 생존에 불리했기 때문이다. 타인의 도발에 내 명예, 체면을 지키려는 의도와 능력이 있음을 과시하는 행동이다.

• 비교하게 만드는 유전자: '나 빼고 다 행복해.' SNS를 보며 우울해진다. 나를 바보, 못난이로 만드는 비교 유전자다. 내가 SNS에서 비교하는 대상들은 그 분야나 그 순간에 잘난 것을 뽑아 모아놓은 것들이지 진짜가 아니다. 누구나 제일 멋진 모습을 올린다. 그런 허상을 보고 좌절하고 배 아프면 나만 바보 되고 불행해진다. 열등하다는 허상, 잘났다고 하는 우월감 모두 괴로움을 가져온다. 비교 본능은 생존 경쟁 속에서 자신의 위치를 파악하기 위한 전략이었을 뿐이다.

이처럼 본능은 우리가 알기도 전에 작동하지만, 우리는 그것을 알아차릴 수 있다. 이 점이 인간의 가능성이고, 붓다의 가르침이다. 본능은 멈출 수 없지만, 그것에 휘둘리지 않는 길은 분명히 있다.

본능의 거부

한국의 저출산 이야기를 들을 때마다, 나는 '종족 보존의 본능'이 떠오르곤 했다. 참 대단하다, 어떻게 이 본능을 거스를 수 있지? 한 신문에는 종족 보존의 본능을 자극해서 애를 낳도록 하자는 칼럼도 있었다. 잘못된 상식이었다.《이기적 유전자》를 읽고 그런 본능은 없다는 걸 알았다. 우리는 민족중흥의 사명을 띠고 태어난 존재가 아니다. 자식을 낳아야 자기 유전자가 이어지는데 그걸 거부한다고? 사람들은 말한다.

'지금은 아이를 책임질 수 있는 조건이 아니다.'
'계산해 보면 손해다.'
'내 유전자를 잇는 것보다, 지금 나의 생존이 더 급하다.'
'꿈, 직업, 여가를 모두 포기해야 한다면, 왜?'

대한민국이 사라진다고 온통 난리다. 너희들이 책임질 거야? 어쩌려고 결혼도 안 하고 아이도 안 낳는 거냐? 저출산은 세계적인 현상이고, 다이나믹코리아가 앞서간다. 나라 걱정하는 사람들에게 여성들이 소리 낮춰 말한다. '아이 낳지 않아 국가가 망하는 게 아니라, 국가가 망할 것 같으니까 아이 낳지 않는 거다.' 저출산은 무책임한 개인의 문제도, 미래를 생각하지 않는 세대의 방종도 아니다.

불교는 존재를 고립된 자아로 보지 않는다. '나'는 연기되어 있다. 관계 속에서 살아간다. 출산은 단순히 개인의 결정이 아닌, 관계망의 작용이다. '아이를 낳을 수 없는' 사회란, 함께 살아갈 수 없는 사회라는 뜻이다. 또 다른 불교적 관점에서 본다면, '출산 장려'가 아니라 '괴로움의 해소'가 먼저다. 괴로움이 줄어들면, 삶은 자연스럽게 흘러간다. 욕망을 억지로 줄이는 것도, 출산을 억지로 늘리는 것도 지혜가 아니다.

아이 낳지 '않을' 결심

'○○하지 않을 결심'이라는 표현이 유행이다. 아이를 낳지 못하는 현실이 아니라, 낳지 않겠다는 결심에 가깝다. 포기가 아니라 '선택'이다. 한 나라의 출산율을 알기 위해 보통 합계출산율을 사용한다. 합계출산율은 가임기 여성(15~49세) 1명이 가임기간 동안 낳을 것으로 예상되는 평균 출생아 수를 말한다.

2023년 한국의 합계출산율은 0.72, 내가 사는 라오스는 2.42다. 한국의 사정은 모두 알 테고, 라오스는 얼마 전만 해도 네댓 명씩 낳았는데 급속도로 줄고 있다. 특이한 것은 태국이다. 일본의 합계출산율이 1.20인데, 아직 부자가 아닌 태국이 그보다 적은 1.08이다. 웬일일까? 세 나라의 사정을 들여다보자.

1. 세계에서 가장 우울한 나라

한국은 동양도 서양도 아닌 어정쩡한 나라가 됐다. 동양의 장점을 잇지 못하고 서양의 장점도 배우지 못해, 자본주의도 유교도 아닌 이상한 나라가 됐다. 머리로는 건강한 개인주의를 그리지만 현실은 못난 이기주의로 갔다. 마크 맨슨이라는 미국 작가가 2023년 한국을 방문하고 대한민국을 세계에서 가장 우울한 나라라고 불렀다. 그가 본 대한민국이다. "슬프게도 한국은 유교의 가장 나쁜 부분인 수치심과 남을 판단하는 부분을 극대화하는 반면, 가족이나 지역사회와의 친밀감을 저버렸다. 그들은 자본주의의 최악의 단면인 현란한 물질주의와 돈벌이에 대한 집착을 강조하는 반면, 가장 좋은 부분인 자기표현과 개인주의는 무시했다. 상충하는 가치관이 엄청난 스트레스와 절망으로 이어졌다."

2. 꽉 막혀 희망이 없어요!

고개를 갸웃했다. 태국은 선진국이 아닌데 왜 아이를 낳지 않지? 가족과 공동체가 한국처럼 해체되지 않았고, 미소가 일상인 태국에서? 태국에서 출산 기피가 늘어나는 중요한 요소는, 사회 구조의 경직과 미래에 대한 불확실성 때문이다. 경제력과 권력을 가진 계층이 부를 독점하고, 자산 불평등이 심한 나라 중 하나다. 태국 상위 5개 재벌 그룹은 GDP의 약 20~25%를 차지하고, 상위 1%가 국가 전체 자산의 66.9%를 소유한다. 계층 고착과 기회의 불균형으로 계층 간 이동과 신분 상승이 거의 불가능하다.

쇼핑몰, 부동산, 음료, 유통, 편의점, 맥주, 호텔, 백화점, 프랜차이즈는 뭘 나타낼까? 태국의 손꼽히는 대기업들의 투자 분야다. 공업이나 제조업 투자를 꺼리고 빠르게 수익 회수가 가능한 소비재 및 서비스 분야에 집중한다. 그러니 양질의 일자리가 없고 단순 노무직, 서비스업이 대부분이고 대학을 졸업해도 갈 곳이 마땅치 않다. 세상은 불공평하고 내일은 기약이 없다. 태국 청년들은 한숨짓는다. "희망이 없어요. 결혼과 출산, 내 얘기가 아니에요."

3. 개발이 시급한 라오스는?

최근 라오스국립대학교 신입생이 줄고 있다. 고등교육이 활성화돼서 하루빨리 최빈국을 벗어나야 할 라오스에 무슨 일이 일어난 걸까? 4~5년 전만 해도 교육열이 뜨거워 국립대학 입학경쟁률이 아주 높았는데, 지금은 거의 반토막이 났다. 대학에 가려는 사람이 줄어들고, 중고등학생들도 학교를 자퇴한다. 학교 가지 않아도 괜찮은 세상이 된 거라면 얼마나 좋은 일인가? 그게 아니라서 문제다.

코로나19 사태가 끝나고 갑자기 라오스의 환율이 폭등했다. 대부분의 생필품을 수입하니, 환율이 올라가면 당연히 물가가 뛴다. 물가는 올랐는데 월급은 그대로다. 온 나라가 난리가 났다. 비싼 오토바이 기름을 넣을 수 없어 학교 못 간다는 대학생이 생길 지경까지 갔다. 조금 숙련된 사람은 월급이 몇 배로 뛰는 이웃 태국으로 가니 여기저기 일할 사람 없다고 아우성친다.

정부는 부랴부랴 긴급 조치를 취했지만, 불균등 개발, 부패, 기회 격차는 하루아침에 해결할 수 있는 문제들이 아니었다. 바로, 내가 마음 붙이고 살아가려 한 라오스의 오늘이다. 이제 어떻게 하나? 그동안 아이들 학교 보내야 한다고 마을 사람들에게 세게 말하던 탐디는, 이제 입을 닫았다. 당장 입에 풀칠하기도 어려운 사람들에게….

4. 반란인가, 혁명인가?

한국은 민주주의, 태국은 입헌군주제, 라오스는 공산당 일당 지배체제다. 한국은 부자나라, 태국은 웬만큼 사는 나라이고, 라오스는 아직 물질이 많이 필요한 나라다. 정치 체제와 경제 수준이 다른 세 나라에서 하나같이 말한다. "사는 게 너무 힘들다." 뭔가 공통의 문제가 있는 걸까? 왜 서로 다른 환경에서 이토록 닮은 고통을 겪고 있는 걸까?

속도는 다르지만 세 나라는 모두 한 방향으로 내달리고 있다. 무한 경쟁, 무한 자본, 무한 소비, 무한 성장. 그리고 그 속에서 인간은 점점 파편이 되고 있다. 욕망은 부풀었지만, 공동체는 줄어들었고 불안은 일상이 되었다. 이기적 유전자는 지금의 구조 속에서 더욱 강력해진다. 협력과 공존을 가능케 했던 유전자는 점차 위축되고, 경쟁 · 과시 · 서열 중심의 유전자 표현이 지배력을 높여 간다. 세 나라 모두 구조적 문제로 인한 마음의 변화가 관계망을 무너트리고, 인간의 진화를 역행시키고 있다.

저출산은 조용한 거부로 시작해, 세상을 뒤집는 반란이 되었고, 이제 소리 없는 혁명으로 가고 있다. 아이를 낳지 않겠다는 선택은 이 체제를, 이 문명을, 이 방향을 믿지 않겠다는 선언이다. 혹시 근본 혁명, 근본 변화를 요구하는 것 아닐까? 스스로 인구를 조절하며 지구환경과 공존하기 위한 노력인가, 이대로는 안 된다는 통찰의 결과인가? 붓다의 가르침인 '집착하지 않음'을 실천하는 중인가? 대체 뭘까?

고무줄을 너무 세게 당기면?

끝없이 당겨진 고무줄은 결국 끊어지거나, 놓아야 한다. 무한경쟁의 고무줄이 끝없이 당겨진 지금, 인류의 미래는 어떤 모습일까? 탐디의 상상을 함께 나누며, 우리의 선택을 고민해 보자.

1. **고요한 퇴장**(평화적 소멸): 인류는 저출산이라는 조용한 결심으로 스스로 인구를 조절하며 지구의 환경과 조화를 택한다. 고통과 파괴 없는 우아한 소멸이다. 붓다의 가르침처럼 모든 것은 소멸한다는 진리를 받아들이는 현명한 선택일지도 모른다.

2. **탐욕의 주먹**(파멸의 길): 좁은 구멍 안에 먹을 것에 넣어 놓으면 원숭이가 와서 손을 넣어 잡는다. 손을 빼려 해도 주먹을 펴지 못해 잡히듯, 인간은 탐욕을 버리지 못해 파멸의 길로 치닫는다. 기근, 전쟁, 전염병이 잇따르고, 고통 속에서 소멸하는 비극적인 미래로, 탐진치에 지배된 어리석은 유전자의 결과다.

3. **통제와 생존**(자유 없는 삶): 혼란을 막는다는 명분으로 모든 것이 통제되는 사회가 도래한다. 자유는 무거운 짐이 되어 스스로 포기하게 되고, 그저 생명만 유지하는 무기력한 삶이 지속된다. 인간은 AI의 감시 아래 무감각한 생명체로 전락한다.

4. **호모 데우스**(인간성의 종말): 생산 없이 돈만 들어가는 노령 인구가 전 세계를 덮고 있다. 일본 영화 〈플랜75〉처럼 국가가 나서서 조직적으로 가난한 노인들을 제거한다. 소수의 부자는 수명을 늘리고 자원을 독점하며 신(Deus)과 같은 존재가 된다. 그러나 교감과 공감 능

력을 상실한 인간성의 종말로, 서로를 의심하고 적대하며 고통 속에 살아가는 투쟁 유전자만 끝없이 확장된다.

5. **이야기로 남은 인간**(작은 가능성): 다수는 아닐지라도, 소수의 사람이 탐욕의 주먹을 펴고 욕망을 줄이며 연대의 삶을 실천한다. 이들은 새로운 지혜의 공동체를 이루고, 마지막 페이지에 희망의 이야기를 남긴다. 불멸을 꿈꾸던 이기적 유전자는, 인간이 남긴 이야기 속의 교훈으로 남게 될 것이다.

이 다섯 가지 상상 중 어느 것도 명쾌한 해답은 아니다. 하지만 나는 이기심을 다스리고 연대하며 희망의 불씨를 지피는 마지막 상상이 단순히 망상이 아니기를 바란다. 우리 인간은 본능을 넘어, 새로운 길을 개척할 수 있는 존재이기 때문이다. 그 길은 무엇일까?

6. **당신의 미래 상상은 무엇인가?**

이기적 유전자에 반기 들기

이기적 유전자는 인간을 생존과 번식의 도구로 설계했지만, 인간은 단순한 도구로 남지 않았다. 어떤 이는 인간은 유전자에 조종당한다고 말하고, 어떤 이는 인간은 그것을 넘어설 수 있다고 믿는다.

'우리는 유전자의 기계다'라는 선언은 우리가 유전자에 일거수일투족을 조종받는다는 의미가 아니다. 유전자가 설계한 본능은 과거에는 유용했지만, 지금 시대에는 부적절한 경우가 많다. 우리는 부당한 관습에 저항하고, 불의한 체제에 맞서 싸우듯, 유전자의 낡은 명령에 반기를 들 수 있다.

붓다는 이기적 유전자가 맹목적으로 추구하는 '갈애(*taṇhā*)'가 고통의 근원임을 꿰뚫어 보았다. 그리고 그것을 극복하는 길을 제시했다. 더 많이 갖는 대신 조금 덜 갖는 연습, 이기려는 욕망 대신 함께 가는 길, 그리고 고통을 나누는 자애와 연민의 수행. 이기심의 진화는, 그렇게 깨어 있는 삶으로 바뀌어 간다.

인간의 본능과 욕망	붓다의 가르침과 수행 원리	일상의 모습들
악착같이 생산하기	무노동, 출가자 생산활동 금지	히키코모리, 멈춤
더 많이 갖기	무소유(덜 갖기, 욕망 줄이기)	미니멀리즘, 과소비 줄이기
쾌락 만들기	담담한 마음(우뻭카), 사띠 세우기, 음악과 연극 멀리하기	탈도파민, 디지털 안식일
싸워 이기기/서열	비폭력, 평화 사상	갈등 회피, 자비로운 소통
이기적으로 살기	자애, 연민, 함께 기뻐함, 담담하게 대함	기부, 자원활동, 타인과의 연대
자손 많이 남기기	출가, 은둔, 해탈, 열반	무자식 상팔자, 무욕의 추구

'이기적 유전자'의 맹목적인 작용을 넘어 '깨어 있는 이기심'으로 나아가는 것은 괴로움을 줄이고 행복과 자유를 얻는 길이 될 수 있다. 우리 인간에게는 그런 가능성이 있다. 그리고 그 가능성은 이미 2500년 전, 붓다의 가르침에 담겨 있었다.

2장 인간은 왜 착각하는가?

왜 이 장에서 '착각'을 다루는가? 첫째, 착각은 우리의 판단·관계·수행을 좌우하므로 삶에 직결된다. 둘째, 착각의 구조를 이해하면 무명·오온·연기·여실지견 등 담마의 핵심이 선명해진다. 이 장의 설명은 담마를 이해하기 위한 잠정적 틀이며, 인지과학·진화심리학의 최신 합의와 완전히 일치하지 않을 수 있다. 더 깊이 알고 싶다면 관련 자료를 직접 찾아 공부하길 권한다. 흥미로운 이야기가 무궁무진하다.

우리는 본능적으로 '내가 본 것이 전부'라고 믿는다. 하지만 그것은 진실이 아니라, 착각이다. 착각은 오해를 낳고, 오해는 잘못된 판단으로 이어진다. 이 모든 착각의 출발점은 인간 마음의 오류에 있다. 확증편향, 선택적 지각, 기억 왜곡, 직관적 추론… 이런 것들은 단순한 실수가 아니다. 인간이라는 존재의 구조에 깊이 박힌, 피할 수 없는 한계다. 하지만 우리는 이 불완전함을 외면하려 한다. 무지하거나 부족하다는 낙인을 두려워하기 때문이다.

그런데 붓다는 말한다. 고통에서 벗어나는 첫걸음은 바로, 그 한계를 정면으로 바라보는 것에서 시작된다고. '존재 자체가 괴로움이다', '오온이 곧 괴로움이다.' 이 가르침은 인간이 본래 불완전한 존재임을 드러낸다. 담마는 괴로움(*dukkha*)의 자각에서 시작된다. 그 괴로움은 삶이 어긋나는 상태, 수레바퀴의 중심이 맞지 않아 덜컹거리는 느낌이다. 무상·고·무아는 단지 철학이 아니라, 인간 존재의 불완전함과 제약을 드러내는 키워드다. 무지와 번뇌, 그 뿌리는 인간이 본래 가지고 있는 이 '착각하는 특성'에 있는지도 모른다.

인간 – 불완전한 존재

불교는 '여실지견(如實知見)'을 강조한다. 여실지견은 '있는 그대로 알고 보는 지혜'를 뜻하며, 깨달음으로 가는 데 필요한 통찰이다. 눈으로 보고, 귀로 듣고 있는데, 왜 우리는 있는 그대로의 '실상'을 알지 못한다는 걸까? 여실지견이 왜 수행의 핵심 목표가 됐나?

불자들 사이에 유명한 이야기가 있다. 한 사람이 깜깜한 밤에 산비탈 길을 걸어가다가 비탈 아래로 떨어졌다. 떨어지며 용하게 나뭇가지 하나를 잡았다. 나뭇가지를 잡고 벼랑에서 버티다 결국은 힘이 빠져 손을 놓고 말았다. 밑으로 떨어졌는데 알고 보니 자신이 매달려 있던 나뭇가지와 땅바닥까지는 겨우 몇십 센티미터밖에 되지 않았다. 이 사람이 '실상'을 볼 수만 있었다면 그런 고생을 하지 않고 일찌감치 자유를 얻었을 것이다.

그대로 보는 게 '왜' 어려울까? 장애물은 바깥에 있는 것이 아니라, 바로 내 인식 방식에 숨어 있다. 인간은 본질적으로 실상(實相) 자체를 인식하지 못하는 존재이기 때문이다. 인간이 보는 것은 감각과 기억, 판단이 구성한 상(像)일 뿐이다.

인간의 태생적 한계

그간 인간은 지혜로운 존재(호모 사피엔스)라고 스스로 칭했지만, 사실은 감각기관과 뇌가 만들어 내는 것만 믿으려는 어리석은 존재라고 할 수 있다. 우리는 진리를 인식하기보다, 조건이 만들어 낸 착각의 이미지를 신념으로 여기는 존재다. 착각은 어떤 사물이나 사실을 실제와 다르게 지각하거나 생각함이다. 착각과 오해는 인간의 대표적인 특징 중 하나일 것이다.

착각은 특별한 사람만의 일이 아니다. 누구나, 지금 이 순간에도 자기가 만든 세계 안에서 반응하며 살고 있다. 혹시 지금 나는 뭔가를 착각하고 있지 않을까? 그 질문을 품은 채, 우리가 세상을 제대로 보지 못하는 여섯 가지 이유를 살펴보자.

1. 접촉이 없으면 세상도 없다

붓다의 가르침을 공부하며 놀라고 감탄하는 것들이 참 많다. 그중 하나를 꼽자면 접촉·주의가 없으면 '나에게' 세계가 나타나지 않는다는 통찰이다. 바깥에 있는 모든 대상은 항상 그곳에 있는 게 아니다. 소리는 내가 들을 때만 존재하고, 냄새는 내가 맡을 때만 거기에 있다. 내가 인식해야만 세상이 있고, 내가 없으면 세상도 없다.

세상은 조건이 맞을 때 경험으로 드러난다. 드러나는 것을 우리는 '안다.' 우리는 몸의 6개 감각기관이 대상과 '접촉'해 세상을 만난다. 즉 안·이·비·설·신·의라고 부르는 눈·귀·코·혀·몸·의식을 통해 세상이 일어난다. 그러나 감각기관을 통해 대상이 들어와도 주의(*manasikāra*)가 없으면 뇌가 처리하지 않는다. 즉 '의식'이 일어나지 않으면 나에게는 그 세계가 드러나지 않는다.

길을 걸어가며 골똘히 생각에 잠겼다. 누군가 부른다. "탐디!" 바로 코앞에 친구가 다가와 있다. 그러도록 나는 앞을 보고 걸어갔지만 주의하지 않아 그를 인식하지 못했고, 그는 거기에 없었다. 사물은 그 자체로 존재할지 몰라도, 나에게는 그것을 접촉(*phassa*)하고 인식할 때만 존재한다. 그는 있었지만, 나는 그를 몰랐다. 그 순간, 나의 세상에는 그가 존재하지 않았다. 만약 그가 나를 부르지 않고 부정적인 생각을 한다면? "저 친구는 나를 보고도 왜 아는 척을 안 하지? 나를 무시하는 건가, 내가 뭘 잘못했나?" 어떤가? 그때부터 너무나 흔한 오해의 이야기가 시작된다.

2. 세상은 조건으로 일어난다

세상은 조건과 원인에 의해 발생하며, 조건이 사라지면 소멸한다. 불교는 이것을 연기라 부른다.

사람을 구성하는 오온, 즉 색·수·상·행·식 또한 그렇다. 불교식으로 표현하면, 모든 것은 조건 지어진다. 일묵 스님은《이해하고 내려놓기》에서 "물질은 업·음식·마음·열을 조건으로 생깁니다. 정신, 즉 느낌·인식·의도·의식 역시 감각 접촉을 조건으로 생겨납니다. 이처럼 오온은 조건에 의지해 생기므로, 조건이 사라지면 당연히 소멸합니다."라고 설명한다.

우리는 흔히 삶이 내가 선택한 것이라 믿지만, 착각일 수 있다. 우리의 감각, 지각, 결정, 행동의 많은 부분은 이미 주어진 조건들에 의해 유도된 반응일 뿐이다. 우리의 감각과 지각은 문화의 산물이며, 색깔, 소리, 냄새, 맛 등에 대한 인식과 분별은 언어와 문화의 영향을 절대적으로 받는다. 나 혼자 생각하고, 말하고, 행동하기보다 조건에 의해 반응하고 움직이기 쉽다. 그렇다면 좋은 결과를 위해서는 좋은 조건을 만드는 것이 중요하다. 그 조건이란 지식, 경험, 그리고 삶을 통찰하는 지혜다. 그 조건을 만드는 길이 바로 수행이다.

3. 감각의 한계: 보는 대로가 전부가 아니다

무지개는 일곱 빛깔이 아니라, 일곱 빛깔로 보일 뿐이다. 실제로는 연속된 빛의 파장이 그러데이션처럼 이어지며, 색의 경계는 존재하지 않는다. 그런데 우리는 언어와 문화에 따라 그것을 다섯, 여섯, 일곱 색으로 나눈다. 한국의 옛 기록에는 다섯 색깔이라고도 했다. 인간에게 붉은 꽃은, 개에게는 붉지 않다. 박쥐는 눈이 아니라 초음파를 사용하기 때문에 꽃이 아니라 다른 물체로 보일 것이다. 사실이란 과연 존재하는가?

시각은 사물을 부분적으로만 포착하고, 포착한 것조차 오인할 수 있다. 그래서 착각을 하기도 하고, 이따금 뇌가 해석, 편집, 왜곡할 수도 있다. 내가 인식하는 세계는 나의 생존에 필요하게 진화된 감각 기능의 한계 내에서 인식된 세계일 뿐이다. 이런 인간 능력의 한계를 알면 내 눈에 보이는 게 전부가 아닌 줄 알고, 세상에 관한 관심과 궁금증이 커질 수 있다. 그리고 확신하기 전에 사실을 확인하려고 노력할 것이다. 따라서 "내가 봤어.", "내가 확실히 알아." 이런 말의 위험을 알아야 한다.

4. 인지의 함정: 빠른 오류와 해석의 편향

우리는 정확성을 위해 설계되지 않았다. 시간과 정보가 부족하면 뇌는 생존에 유리한 쪽으로 서둘러 결론을 낸다. 숲길에서 '부스럭' 소리가 나면 바람보다 맹수를 먼저 떠올리게 하는 편향이 그렇다. 이처럼 인간의 지각 체계는 모호한 자극을 위협으로 과잉 해석하도록 설계되었다. 이런 즉각적 오판은, 우리의 조상들을 살려냈지만, 오늘의 일상에서는 오해와 갈등을 키운다.

문제는 정보가 충분할 때조차도 각자가 지닌 언어, 기억, 신념, 감정의 틀이 현실 위에 덧칠한다는 점이다. '부처 눈의 부처, 돼지 눈의 돼지'라는 말이 있다. 부처 눈에는 부처만 보이고, 돼지 눈에는 돼지만 보인다는 뜻이다. 불교의 비유로 말하면 일수사견-하나의 물도 보는 존재에 따라 전혀 다르게 보인다. 인간은 물로, 물고기는 보금

자리로, 천상의 존재는 보배로, 아귀는 피고름으로 본다. 마음이 탐욕과 성냄으로 '끓거나' 불안으로 '일렁이면', 통 속의 물이 사물을 왜곡하듯 세계는 정확히 비치지 않는다. 그래서 우리는 '있는 그대로'가 아니라 '아는 만큼'과 '원하는 만큼'을 본다.

내가 본 사실이 타인에게는 전혀 다른 해석이 될 수 있다. 상대방이 내 생각의 방식대로 생각하지 않을 수 있다는 걸 알면, 갈등과 괴로움을 조금씩 줄일 수 있고, 조금 더 '겸손'해진다. 수행의 길은 확신을 늦추는 아주 짧은 틈을 만드는 일이다. 멈추어 숨을 고르고, 눈과 귀의 단서를 하나 더 확인하고, '사실-해석-감정'을 구분해 본다. "다른 설명은 가능할까?"라는 질문을 덧붙일 때, 오해는 줄고 마음은 조금 더 잔잔해진다.

5. 느낌은 '방향'일 뿐이다

느낌 좋은데! 이런 생각이 들면 다음에 어떤 일이 일어날까? 좋다는 생각이 일어나고, 갖고 싶은 마음으로 발전하기 쉽다. 더 심해지면 집착이 된다. 느낌은 행동을 유도하는 심리적 방아쇠다. 우리는 생각보다 훨씬 '덜' 이성적이며, 대부분의 결정은 느낌의 방향에 따라 이루어진다. 우리는 왜 느낌이라는 것을 갖게 됐나?

로버트 라이트의 《불교는 왜 진실인가》를 보자.

> "생명체의 탄생과 더불어 생명 세계에 처음 생겨난 느낌의 임무는 무엇이었을까? 그것은 생명체를 보살피는 일이었다. 음식 등 생명체에게 유익한 사물에는 다가가게 하고, 독소 등 해로운 사물은 피하게 만드는 것이었다. 그런데 시간이 지나 생명체가 점점 복잡해지면서 느낌이 유도하는 행동도 단순 접근과 단순 회피를 넘어 더욱 복잡해졌다. 나에게 좋은 일을 해 주는 사람에게는 아첨을 떨고, 나에게 해를 입히는 사람에게는 고함을 지르는 식으로 말이다."

불교 수행의 핵심은 '느낌'이다. 담마에서 느낌(*vedanā*)은 '대상을 느끼는 특성이 있는 심리 작용'을 말하는데, 크게 세 가지로 나눈다. 즐거운 느낌, 괴로운 느낌, 즐겁지도 괴롭지도 않은 느낌이다. 우리 삶의 행복과 불행은 느낌과 매우 밀접하게 관련돼 있다.

느낌은 우리에게 사실이 아니라 방향을 보여줄 뿐이다. 수시로 일어나는 느낌의 왜곡과 거짓을 어떻게 가려내나? 즉각적인 반응을 멈추고 마음을 알아차려야 한다. 어리석은 유전자를 가려내고, 휩쓸리지 않고, 조용히 지나가도록 한다. 수행자는 느낌을 믿지 않는다. 느낌은 단지 감각과 조건의 부산물일 뿐, 진실도 아니고, 지혜도 아니며,

해탈도 아니다. 순간의 느낌에 휘둘리지 않고, 그것의 본질을 이해하는 힘이 우리에게 평온함을 가져다준다.

6. '나'라는 착각에 지배당하는 마음

에스컬레이터가 고장나 걸어 내려가려는데 몸이 기우뚱거린다. 걸어가려는 뇌와 에스컬레이터에 익숙한 뇌가 서로 충돌하며 몸의 균형을 잡지 못한다. 우리는 내가 이성적이고 자율적으로 생각하고 행동한다고 믿지만, 사실 우리의 마음은 단일한 통치자가 없는 복잡한 시스템에 가깝다. 뇌는 통일된 사령탑 없이 다양한 모듈의 협업으로 작동하며, 그 결과 일관성이 없거나 충돌하는 반응을 보이곤 한다. 나를 통제하는 '나'가 있다는 착각 때문에 우리는 괴로운 생각을 멈추지 못하고, 심지어 본능에 휘둘리면서도 자신이 자유롭다고 믿는 모순 속에 살아간다.

붓다는 인간이 본능에 따라 살아가는 존재임을 직시했다. 그렇기에 내가 나를 통제한다는 환상에서 깨어나야 한다고 말했다. 나를 가로막고 실행하지 못하는 이유는 '무능'하거나 '의지 부족'이 아니라, 유전적으로 각인된, 오래된 경고 시스템 때문일 수 있다.

따라서 문제를 개인의 결핍으로만 돌리기보다, 본능적인 반응을 멈추고 알아차림으로 대응하는 수행이 우리의 착각을 걷어내는 시작이다. 이기적 유전자는 반응을 원하지만, 수행자는 멈춤으로 응답하고 수행으로 제자리를 찾아간다.

눈 밝은 독자는 눈치챘겠지만, 위에서 살펴본 인간의 여러 한계들은 오온에 관한 이야기이기도 하다. 우리는 색·수·상·행·식이라는 다섯 가지 요소, 즉 오온으로 이루어져 있다. 그리고 우리가 본 것처럼, 이 오온 각각은 믿을 수 없는 것들이다. 감각[色]은 한계가 있고, 느낌[受]은 거짓된 방향을 가리키며, 인식[想]은 착각에 기반하고, 심리작용[行]과 의식[識]은 통제되지 않는다.

그렇다면 우리가 이처럼 한계를 가진 오온으로 이루어진 '나'를 믿을 수 있을까? 붓다의 가르침인 '오온이 괴로움'이라는 이유를 이제 조금 이해할 수 있을 것이다. 우리는 '나'라는 주인을 만들려 하지만, 붓다의 길은 나 대신, 이 다섯 흐름을 자각하고 그 흐름을 바르게 조정하는 길이다. 선한 흐름, 바른 조건을 쌓는 것이 바로 붓다의 수행이다.

내가 틀릴 수도 있다

모든 존재는 결핍, 결여, 불완전함을 안고 있다. 인간은 제대로 보지 못하는 존재이다. 우리는 외부의 결핍보다 오히려 인식의 왜곡과 착각 속에서 괴로워한다. 존재의 한계를 받아들임으로써 우리는 앎의 세계로 다가갈 수 있다. 삶의 괴로움은 착각에서 오고, 착각은 한계에서 온다. 있는 그대로의 세계가 없는 것이 아니다. 내가 있는 그대로 보지 못하도록 가로막는 것들—감각, 인지, 느낌, 개념, 자아, 본능—을 걷어내야 가능한 것이다. 여실지견은, '보는 것'이 아니라 '착각하지 않는 것'에서 시작된다. 알아차림이란, 그 왜곡된 인식 틀을 하나씩 알아차려 착각에서 벗어나는 일이다.

착각과 오류로 일어나는 이분법적 사고, 확증편향, 극단 추구, 분노 정치, 자기 확신 등을 어떻게 극복할까? 붓다의 지혜는 어떻게 이런 조건을 넘어서는가? 한가지 길이 있다. 내가 나의 무지를 알면 겸손해진다. 비욘 나티코 린데블라드 스님이 나의 길을 알려 준다. 겸손은 진실을 늦추지 않는다. 오히려 착각을 걷어내는 가장 빠른 길이다.

내가 틀릴 수 있습니다.
내가 틀릴 수 있습니다.
내가 틀릴 수 있습니다.

인간은 무엇을 더 사랑하나 –
전쟁인가, 평화인가?

늦은 오후 아므릿사르의 잘리안왈라 바그(Jallianwala Bagh) 공원에 들어섰다. 1919년 4월 13일, 영국군이 비무장 군중을 무차별로 살해한 참극의 현장이다. 지금은 기념관과 전시관이 잘 꾸며져 있다. 건물 벽의 총알 자국, 사람들이 빠져 죽은 우물이 있다. 방문객들은 숙연한 표정으로 과거를 그린다.

그곳을 나와, 가까이 있는 황금사원 안의 시크박물관(Sikh Museum)에 갔다. 죽고 죽이는 전쟁, 고문과 학살 사진으로 꽉 차 있다. 여기도 전쟁 영웅들의 사진이 벽에 가득하다. 왜 이토록 죽고, 죽이는 사진뿐일까. 기억하라고, 복수하라고, 영웅을 추앙하라고? 왜 세상에는 평화박물관보다 전쟁기념관이 더 많을까. 인간은 평화보다 전쟁을 더 사랑하는 걸까?

스리랑카 해안 마을 깟딴꾸디(Kattankudy), 무슬림들이 사는 마을이다. 아침 시장에 갔더니 상인도 손님도 와글와글, 토요일이라 그런가? 한 노점상 아저씨가 작은 의자를 주며 앉으라고 권한다. 오가는 사람들이 나에게 눈길을 보내고, 미소 짓고, 어떤 이는 손을 내밀거나 말을 건넨다. 탐디는 반갑고 기쁘다. 이방인에 대한 경계심이 있을 텐데, 어떻게 스스럼없이 말을 거는 걸까? 이렇게 다정한 인사가 가득한 세상, 어디에 나쁜 사람이 있는 걸까? 오늘만큼은, 친절과 환대는 언제나 우리 안에 가득하다고 말하고 싶다.

카트만두의 파탄 광장(Patan Durbar Square), 박물관 앞에 놓인 긴 의자에 앉으니, 광장의 풍경이 한눈에 들어온다. 한쪽에서 소박하게 전통의상을 입은 네팔 여자들과 서양 관광객이 어울려 사진을 찍는다. 환한 웃음, 반가운 몸짓, 환대의 어깨동무. 참 신기하다. 처음 만난 사이일 텐데, 어떻게 이토록 반갑고 즐거울까? 나이가 지긋해서? 여자라서? 무기를 들지 않아서? 같은 지구인, 생명체, 우주의 티끌이라서?

인간은 전쟁과 평화 중 무엇을 더 사랑할까? "에이, 그런 걸 뭘 따져. 그냥 되는 대로 살면 되지." 정말 그럴까? 우리는 그렇게 체념하며 살아가고 있는 걸까? 아니다. 지금 이 순간에도 누군가는 이웃에게 손을 내민다. 마음속으로, 보이지 않는 다리를 놓고 있다. 전쟁의 기억이 아니라, 평화의 습관이 세상을 바꾼다.

우리가 전쟁을 택하는 것은 진정한 본성이 아닌, 집착과 두려움에 기반한 착각 때문이며, 평화와 친절은 착각을 걷어냈을 때 드러나는 진실이다.

3장
중도 –
알고리즘과 확증편향을 넘는 지혜

헷갈리는 세상, 길을 잃다

'아는 게 병이다'와 '아는 게 힘이다', 과연 어느 쪽이 옳을까? 나는 이 세상에서 가장 귀한 존재일까, 아니면 들풀처럼 스쳐 지나가는 존재일 뿐일까? 이처럼 서로 다른 목소리들이 넘쳐나는 세상, 깨어 있지 않으면 쉽게 휩쓸리고 만다.

세상은 쏜살같이 달려가고 있는데, 라오스에서 천천히 사는 탐디는 그 변화를 온전히 체감하지 못했다. 붓다의 가르침과 오늘날의 윤리, 규범, 상식을 함께 살피며 글을 쓰다 보니 자꾸 충돌하는 지점이 있다. 자존감을 지키려다 오히려 자기기만에 빠지고, 공감을 강조하다가 불공정한 판단을 내리고, 친절을 베풀다 상처받고, 수치심을 버리라 외치지만 결국 양심은 무너지는 세상이 됐다. 우리는 왜 이토록

가치관의 늪에서 헤매고 있나?

1. 자존감 vs. 자기기만

법륜 스님의 즉문즉설 자리에서 한 사람이 이렇게 물었다.

> "자존감이 중요하다고 하던데, 이런 식으로 생각해도 괜찮을까요? 예를 들어 상사에게 꾸중을 들었을 때, '나는 괜찮은 사람이니 저 사람 말에 신경 쓸 필요 없어.' 혹은 실수나 잘못을 저질렀을 때도 '나는 괜찮은 사람이니 남들이 뭐라 해도 괜찮다'라고 말입니다."*

사람들은 '자존감'이라는 말을 수없이 외치지만, 정작 그 의미를 명확히 이해하지 못한다. 그러다 보니 자존감을 이유로 책임을 회피하거나, 반대로 자기 비난으로 빠지기도 한다. 자존감이 유행하면서, 이를 우월감으로 착각하는 부작용도 나타나고 있다. 사회 안에서, 그리고 너와 나의 관계에 쓸모가 있을 때 자존감이 생기고, 쓸모가 없으면 자존감이 없어진다고 잘못 생각한다. 쓸모는 남과 비교해서 생기는 게 아니라, 공동체 속에서 나의 역할과 가치를 발견하며 생긴다.

자존감을 지키려면 타인의 인정에 휘둘리지 않아야 한다. 사치품으

---

* 유튜브 채널, 〈법륜 스님의 하루〉

로 자신을 치장하는 것은, 때때로 자존감을 외부에서 구하려는 무의식의 표현이기도 하다. 자존감은 외부가 아니라 오직 자기 내면의 성찰에서 비롯된다. 자존감에 앞서, 나는 어떻게 살아야 하는가를 먼저 물어야 한다. 자신에게 진실한 삶, 그것이 자존감의 뿌리다.

2. 공감 vs. 냉정함

공감이 중요하다는 사실을 부정하는 사람은 거의 없다. 그러나 공감은 과연 언제나 선한 것일까? 자밀 자키는 《공감은 지능이다》에서 말한다. 공감은 "타인의 감정을 공유하고, 그 감정에 관해 생각하고, 그 감정을 배려하는 것을 포함하며, 사람들이 서로에게 반응하는 다양한 방식을 묘사하는 포괄적인 용어다." 그러면서 공감은 타고난 능력이 아니라 연습을 통해 키우고, 목적과 필요에 따라 높이거나 낮출 수 있는 기술이라고 한다.

그런데 폴 블룸은 《공감의 배신》에서, 공감에 반대하는 도발적인 주장을 펼친다. 그가 반대하는 이유는 첫째, 편파적이고 편향된 시각일 수 있어서, 둘째, 공감은 폭력 충동을 일으킬 수 있기에, 셋째, 잘못된 편견에 공감하면 악행을 유발하기 때문이다. 심지어 그는 "우리는 공감이 없을 때 더 공평하고 공정한 도덕적 판단을 내릴 수 있다."라고 주장한다.

3. 베풂 vs. 권리

탐디는 "친절하면 좋은 일이 생긴다!"라고 알고 살았다. 그게 아니란다. 요즘은 "호의가 계속되면 권리인 줄 안다."라는 말이 현실의 격언처럼 들린다. 내가 건넨 친절이 오히려 나에게 해가 되는 일이 벌어지고 있다. 얼핏 말도 안 되는 일 같지만, 현실에서 자주 일어난다.

핵심은, 친절과 호의조차도 그것을 악용하는 이들이 있다는 점이다. 당연히 이기적 유전자의 소행이다. 자신의 편안함이나 작은 이익, 혹은 명예를 위해 양심을 외면하고 염치를 내려놓는 일이 빈번하다. 예전 식 표현대로라면, '양심에 털 난 사람들'일지도 모른다.

4. 수치심 vs. 자아의식

한 신문 칼럼에 수많은 목소리가 쏟아진다.

"연인과 싸웠는데 제가 성격에 문제가 많다 보니… 아무래도 제 탓 같아요."
"점심시간에 부서가 함께 식사하는데 그때 뭔가 실수를 저지를 것 같아서 긴장되고 밥도 잘 못 먹어요."
"스스로 결함이 있고 무가치하다고 느끼는 자아의식에서 비롯된 고통스러운 감정인 수치심이 만연해 있다."

본래 수치심은 잘못된 행위에 대한 부끄러움이며, 자신을 성찰하여 더 나은 존재로 나아가게 하는 내면의 감시자다. 수치심이 있으면 타인의 눈을 의식하여 나쁜 행위를 하지 않는다. 예전에는 수치심 없이 뻔뻔한 사람이 많아 문제였는데, 요즘은 수치심이 과도해 문제가 된다. 수치심은 여전히 우리에게 필요한 덕목인가, 아니면 시대를 지나온 감정일 뿐인가?

매일 먹고살기 위해 죽어라 달리기도 힘든데, 이렇게 골치 아픈 선택들이 늘 나에게 닥친다. 수치심, 자존감, 공감, 친절… 참으로 헷갈린다. 문제는 이런 갈등이 개인의 내면에만 머물지 않고, 사회 전체의 위기로 번질 수 있다는 점이다. 옳고 그름에 대한 경각심이 낮아지고, 사회적 긴장감이 올라가고, 다른 사람 피하고, 적대감이 커지고, 청년들은 집에 처박힐 수 있다. 이런 문제를 피하기 위해서는 우리가 반드시 숙고해야 할 것들이 있다. 논의를 이어가 보자.

이분법적 사고의 함정

우리가 이토록 많은 가치관의 충돌 속에서 헷갈리는 이유는 무엇일까? 그 근본적인 답은 우리 뇌의 작동 방식에 있다. 인간은 어떤 것이 좋은지 나쁜지, 옳은지 그른지를 놀랄 만큼 '빠르게' 판단한다. 왜 그렇게 하는 걸까?

1. 뇌는 단순함을 좋아한다

인간이 이분법적 사고를 선호하게 된 데에는 여러 가지 이유가 얽혀 있다.

첫째, 인간의 뇌는 복잡한 정보를 빠르게 처리하기 위해 이를 단순화하는 경향이 있다. 흑백처럼 단순화된 판단은 생존 상황에서 신속히 반응할 수 있도록 도운 진화적 전략이었다. 세상을 선/악, 안전/위험, 우리/그들로 이분화해 인식하는 방식이 자연스럽게 발달했다.

둘째, 인간은 상충하는 정보를 받아들이는 데 본능적인 불편함과 스트레스를 느낀다. 그래서 양면성을 이해하기보다는 한쪽을 선택해 안정을 찾으려는 경향이 있다.

셋째, 인간의 언어는 빛과 어둠, 선과 악 같은 대립한 개념을 중심으로 형성되어 왔다. 이처럼 언어의 대립 구조는 우리의 사고방식에도 영향을 미쳐, 세상을 이분화하여 인식하도록 만든다.

넷째, 서양 철학은 정신과 육체, 이성과 감성, 주체와 객체처럼 이분법적 구조에 기반하여 전개됐다. 현대 교육 또한 옳고 그름, 성공과 실패처럼 이분법적 기준에 따라 사람을 평가하는 경향이 강하다.

그런데 현실을 보면, 무엇이 옳은지 명확히 구분되는 경우보다 그렇지 않은 일이 더 많다. 또한 같은 일도 상황과 조건에 따라 전혀 다르게 받아들여질 수 있다. 모든 것은 서로 연기하며 상호작용을 하기에, 무엇이 옳은지 그른지를 단정하기 어려운 경우도 빈번하다.

이분법적 사고는 빠른 판단을 가능케 한다는 장점도 있지만, 오판과 갈등을 불러일으키는 원인이 되기도 한다. 사회는 혐오와 분열이 생기고, 종교는 배타성과 광신이 지배하고, 정치는 극단주의와 대화의 단절이 일어난다. 아이러니하게도, 다양한 관점이 요구되는 이 복잡한 시대에 사람들은 오히려 시대가 요구하는 방향과는 정반대로 가고 있는 셈이다.

2. 알고리즘과 이분법적 사고

매일 새로운 말들과 개념들이 쏟아진다. 그 가운데 요즘 요물처럼 작동하는 것이 바로 '알고리즘'이다. 소셜미디어, 검색, 유튜브, 쇼핑 앱 등은 알고리즘을 기반으로 사용자의 행동 패턴을 분석해, 취향에 맞는 콘텐츠를 자동으로 추천한다. 본래는 중립적 기술이지만, 문제는 이 알고리즘이 이제 인간의 관심과 감정, 관계, 나아가 세계를 인식하는 방식에까지 영향을 미치고 있다는 데 있다.

알고리즘이 골라주는 뉴스와 정보만을 무의식적으로 접하게 된다면, 어떤 일이 벌어질까?

첫째, 즉각적인 만족을 주는 자극적인 콘텐츠를 우선으로 보여 주면서 감각적 갈애, 즉 탐욕을 더욱 강화한다.
둘째, 보고 싶은 것만 보게 되어 분별심과 이분법적 사고가 강화된다.
셋째, 선택하고 관찰하며 질문하는 능력이 점점 무뎌지면서, 결국 '알아차림'이 약해진다.

3. 알고리즘이 만든 미얀마 폭력

미얀마 사람들은 페이스북을 마치 인터넷 전체처럼 사용한다. 그들에게 소셜미디어는 정보를 얻고 공유하는 거의 유일한 수단이 되었다. 라오스 역시 페이스북은 세상과 연결되는 창구로 작동한다. 공공기관과 기업은 홍보에, 개인은 소통에 활용하며, 일상에 없어서는 안 될 플랫폼이 되었다. 메신저 기능은 전화를 대신해 사용한다. 그러나 이처럼 익숙한 플랫폼이 인권침해를 조장하고 폭력의 통로로 작동할 수 있음을 우리는 미얀마의 사례에서 확인했다.

미얀마는 다수 불교도와 다양한 소수 민족이 공존하는 나라다. 그러나 2012년 라카인주에서 불교도와 로힝야 무슬림 간의 갈등이 격화되며, 긴장은 점차 폭력으로 치달았다. 2017년에는 미얀마 군부가 로힝야 마을에 대한 '정화 작전'을 수행하면서 대규모 학살, 강간, 방화 등이 발생했다. 이에 따라 70만 명 이상의 로힝야인이 방글라데 시로 피신하였으며, 유엔은 이를 집단학살로 규정했다.

이 폭력의 뒤에는, 페이스북이 있었다. 사람들은 페이스북을 통해 가짜뉴스를 퍼트리고, 끔찍한 사진을 올리고, 폭력을 선동했다. 사람들은 분노와 확신, 그리고 '우리 편'이라는 소속감에 사로잡혀, 사실 확인도 없이 혐오와 폭력에 가담했다.

이 사태를 수수방관한 페이스북은 여러 면에서 비판을 받았다.
첫째, 페이스북 알고리즘은 사용자 반응을 끌어내기 위해 자극적이고 분노를 유발하는 콘텐츠를 먼저 노출했다. 로힝야에 대한 혐오와 허위 정보가 급속히 퍼졌다.
둘째, 버마어에 대한 콘텐츠 검토 인력이 부족하여 혐오 발언이 방치되었다. 2018년까지 버마어 검토자는 거의 없었다.
셋째, 미얀마 군부와 일부 승려들은 페이스북을 조직적으로 이용해 허위 정보와 증오를 퍼뜨렸다. 아신 위라투 승려(Ashin Wirathu)가 대표적이다.

2018년, 유엔은 페이스북이 로힝야에 대한 증오 확산에 '유용한 도구'로 악용되었다고 지적했다. 이에 페이스북의 모회사인 메타는 2018년에 독립적인 인권 영향 평가를 시행하였고, 메타는 자사의 플랫폼이 증오 발언을 충분히 통제하지 못했고, 그로 인해 미얀마 폭력 사태에 일정 부분 영향을 미쳤음을 인정했다. 미얀마 사례는 소셜미디어가 적절한 관리 없이 운영될 경우, 기술이 인권을 침해하는 위험한 도구로 전락할 수 있음을 뼈아프게 증명한다. 통제되지 않은 알고리즘은 결국 현실의 피와 눈물로 이어진다.

4. 확증편향을 넘어서는 세 가지 길

입맛에 맞는 음식만 계속 먹으면 몸의 균형이 무너지듯, 알고리즘이 제공하는 정보만 받아들이면 마음의 균형도 무너진다. 그 무너진 마음에서 나타나는 대표적 현상이 바로 '확증편향'이다. 확증편향이란 자신이 보고 싶은 것만 보고, 듣고 싶은 것만 듣고, 믿고 싶은 것만 믿는 인식의 편향된 상태를 말한다. 한쪽으로 쏠린 인식은 곧 혐오와 분열로 이어진다. 한국은 물론이고, 세계적으로 문제가 되고 있다.

확증편향은 시대와 관계없이 언제나 존재하고, 붓다 시대에도 자기의 믿음, 기대, 선입견에 부합하는 정보만 선택적으로 받아들이고, 반대되는 정보는 무시하거나 왜곡하는 경향이 있었다. 붓다는 이러한 편향된 마음 작용을 '견해의 숲', '나는 안다'라는 착각, '사견', '논쟁에서 이기려는 욕망' 등의 표현으로 날카롭게 비판했다.

이 편향에서 벗어나기 위한 세 가지 방법이 있다.
첫째는 '알아차림'이다. 지금 내 안에 떠오른 이 생각은 어디서 비롯됐나? 나는 무엇을 보고 있나? 즉, 자동 반응이 아닌 깨어 있는 인식이다.
둘째는 '연기적 사고'다. 모든 존재는 조건 속에서 생겨나며, 나 자신과 나의 견해조차 고정된 실체가 아니라 조건에 따라 움직이는 하나의 흐름일 뿐이다.
셋째는 '비판적 질문'이다. 비판적 사고라고 해도 무방하다. 왜 이것을 믿나? 이 감정은 내 판단에 어떤 영향을 주나? 질문하지 않으면 자기 생각에 갇히기 쉽다. 반대로 자기 확신이 강해질수록 질문은 사라진다.

유명한 붓다의 가르침이 있다. 서양인들은 이 가르침을 듣고 불교에 빠졌다는 사람이 많다. "들었다고 해서, 오래된 전통이라 해서, 경전과 일치한다고 해서, 논리적으로 그럴듯하다고 해서, 스승이 말했다 해서 함부로 믿지 마라." - 《깔라마 경》(AN 3.65) 판단은 권위나 전통이 아닌, 직접 보고 실천하며 체험한 결과에 바탕을 두어야 한다. 이것이 확증편향을 넘어서는 불교의 비판적 사고다.

중도, 오해와 확장

불교에는 중도의 길이 있다. 중도는 쾌락과 고행이라는 양극단을 벗어나 깨달음으로 향하는 실천의 길이다. 중도는 단순한 절제나 균형을 넘어, 이분법적 사고를 초월하여 존재의 본질을 꿰뚫는 통찰이자, 괴로움에서 벗어나기 위한 지혜로운 행동 방식이다.

1. 시시비비를 가려라, 그러나

한국 불자들에게 낯설고 어려운 개념 중 하나가 '무분별(無分別)'이다. 분별심을 내지 말라. 시시비비를 가리지 말라고 한다. 세상일에 대해 왈가왈부하지 말라는 말도 자주 들린다. 그러자, 사람들이 묻는다. "그러면 세상의 옳고 그름도 가리지 말라는 건가요?" 그럴 때면 누군가는 말끝을 흐린다. "그건 아니지만… 불교는 중도를 말하고 무분별을 지향하니까요."

인터넷에서는 어떤 불자가 중도를 설명하며, 세상과 담을 쌓고 우아하게 살아가는 삶의 방식이라며 다음과 같이 주장하기도 한다. "선과 악, 도덕과 비도덕, 좋고 싫음을 초월한 중도의 세계, 진리의 세계, 보살의 세계에서는 순간순간 지혜로써 이 순간에 행동할 뿐. 세속의 옳고 그름, 시비 분별을 완전히 초월합니다."

이러한 해석은 붓다가 강조한 중도의 본질과는 거리가 있다. 붓다는 무명과 무지를 만병의 근원이라 보았고, 수행의 시작은 언제나 '바른 견해'였다. 팔정도는 모두 '*sammā*', 즉 '바른'으로 시작한다. 바른 견해, 바른 생각… 그렇다면 무엇이 바르고, 무엇이 그른지는 누가 판단할 것인가? 수행자는 자신의 행위와 생각을 스스로 분별하고 점검해야 한다.

담마는 '앎', '바른 견해', '여실지견'을 수행의 핵심으로 삼는다. 선인락과 악인고과(善因樂果 惡因苦果)는 좋은 원인에는 즐거운 결과가 오고, 나쁜 원인에는 고통스러운 결과가 온다는 뜻이다. 담마빠다의 대표적인 가르침도 있다. "악을 짓지 말고, 선을 행하며, 자신의 마음을 맑게 하라. 이것이 모든 붓다의 가르침이다." 이것을 실천하려면 가장 먼저 바른 길과 그른 길을 따져야 하지 않을까?

'무분별'은 판단하지 말라는 뜻이 아니다. 그것은 집착을 덜어낸 분별, 연기에 기반한 분별, 자기 확신의 위험을 아는 분별이다. 진리는 둘이 아니지만, 현실 세계에서는 분별없이 살아갈 수 없다. 문제는 분별 그 자체가 아니라, 그 분별에 '자아'를 덧붙이고, 그것을 절대적 진실로 믿으며, 타인을 공격하거나 자신을 합리화하는 데 사용하는 데 있다.

이것은 세상은 둘이 아니라는 불이(不二) 등에서 말하는 무분별과는 전혀 다른 맥락이다. 선불교에서 말하는 '선도 없고, 악도 없다'라는 말은 깨달음의 경지이고 '깨달은 사람들의 마음'이다. 이것을 진제(眞諦)라고 부른다. 하지만 우리 대부분은 여전히 번뇌와 착각 속에서 살아가는 중생이다. 중생인 우리는 현실에서 분별을 멈출 수 없다. 그럼에도 그 말을 현실에 그대로 적용하면, 오히려 혼란과 무책임이 따르게 된다.

한국불교는 깨달음의 진리(眞諦, 궁극의 진리)와 세속적 진리(俗諦, 일상의 현실 속 진리)를 명확히 구분하여 가르치는 데 미흡했고, 그로 인해 불자들은 오늘도 현실과 이상 사이에서 방향을 잃는다.

무분별한 태도는 우리를 알고리즘에 휘둘리게 하고, 확증편향의 늪으로 쉽게 빠지게 만든다. SNS 시대에는 이런 현상이 특히 두드러진다. 중생인 우리는 두 눈을 똑바로 뜨고, 바름과 그름을 분명히 가릴 수 있어야 한다. 이것은 담마뿐만 아니라 나의 생활, 삶 그리고 세상에도 같이 적용된다.

불교는 시시비비를 '바르게' 그리고 '잘' 가리라는 가르침이다. 다시 확인하자. '분별'은 이로움과 해로움을 구분할 줄 아는 지혜로운 식별력이다. 현실과 망상을 식별하는 힘이다. 이게 필요 없다는 말인가?

2. 붓다는 왜 극단을 경계했나?

붓다는 깨달음을 얻은 후, 함께 수행하던 다섯 수행자를 찾아가 처음으로 사성제를 설하였다. 그는 사성제를 전하기에 앞서, 수행자가 갖추어야 할 첫 번째 태도로 '중도'를 강조했다.

> "비구들이여, 출가자가 가까이하지 않아야 할 두 가지 극단이 있다. 무엇이 둘인가? 그것은 저속하고 범속하며, 성스러움과 이익이 없는 감각적 쾌락의 탐닉에 몰두하는 것과 괴롭고 성스럽지 못하고 이익을 주지 못하는 자기 학대에 몰두하는 것이다."
>
> -《초전법륜경》(SN 56.11)

붓다는 욕망을 좇아 쾌락을 추구하는 삶과 욕망을 억누르며 몸을 괴롭히는 고행이라는 두 극단을 모두 경험해 보았다. 양쪽 모두 괴로움을 줄이지 못하고, 행복이나 깨달음의 길로 가지 못함을 알았다. 두 극단을 벗어난 제3의 길을 찾아 수행해서 깨달음을 얻었고, 그 길을 '중도'라 불렀다. 중도는 양극단을 부정하고, 그 어떤 극단에도 집착하지 않는 자유로움이다. 금욕이나 고행이 아닌 절제, 모자라거나 지나치지 않는 적절함이다.

이것이 우리가 익숙하게 아는 중도의 모습이다. 그러나 붓다가 말한 중도는 여기에서 멈추지 않는다. 참된 중도는 절제나 균형이라는 윤리적 태도를 넘는 구체적인 실천의 길이다.

3. 중도는 곧 팔정도다

제따와나 수행공동체는 춘천에 선원을 지으며 '중도로 불교의 본질을 재해석한 수행 공간'이라고 하며 중도 수행처라고도 했다. 쿠바탐디는 궁금했다. 사성제나 팔정도를 닦는다고 하면 이해가 되지만, '중도로 수행한다'라는 말은 무슨 뜻일까? 그러다가 '중도는 팔정도다'라는 가르침을 보게 됐다.

극단을 벗어난 중도의 길과 여덟 가지 수행의 길이 왜 같을까? 혹시 중도는 단순한 철학적 사유나 개념이 아니라, 보다 구체적인 무언가를 가리키는 것은 아닐까? 이것도《초전법륜경》에 답이 있었다.

> "비구들이여, 이러한 두 가지 극단을 의지하지 않고 여래는 중도(中道)를 완전하게 깨달았나니, [이 중도는] 안목을 만들고, 지혜를 만들며, 고요함과 최상의 지혜와 바른 깨달음과 열반으로 인도한다."

이것은 단순히 사유 방식으로서의 중도가 아니라, 목표에 도달하는 수행으로서의 중도를 말한다. 중도는 실천이며, 팔정도는 그 실천의 길이다. 중도를 사성제가 아니라 팔정도라고 명시한 이유도 그것이 추상적 철학이 아니라 구체적이고 체계적인 실천의 길이기 때문이다. 바른 견해는 집착이나 거부 없이 연기적 통찰로 세계를 이해하고, 바른말은 침묵이나 욕설의 극단을 피하고 지혜롭게 말한다. 바른 행위는 과도한 절제나 방종이 아닌 책임 있는 실천이고, 바른 삼매는 억압적 통제도 방종도 아닌 안정된 집중이다. '중도가 곧 팔정도다'라는 말은, 중도가 전체적인 방향이라면, 팔정도는 그 방향을 따라 걷는 구체적인 발걸음이라는 뜻이다.

4. 중도는 가운데가 아니다

중도(*majjhimā paṭipadā*)는 흔히 '가운데 길[中道]'로 이해되지만, 그것은 단순한 중간이 아니라 '핵심을 찌르고 중심에서 깨어 있는 자세'로 이해하는 것이 더욱 정확하다. 중도에 관한 스승들의 견해를 들어보자.

> (법륜 스님) 중도란 목표를 향한 가장 바른 길, 즉 정도라는 뜻이다. 시공간에 따른 최적의 길이다.
>
> (홍창성 교수) 중도란 바로 '적절함'이며, 지나침도 모자람도 아닌 균형 감각이다.
>
> (신상환 중관학당 대표) 불교의 중도는 '정량적'이 아니라 '정향적'이다.

중도란 어느 한쪽도 아닌 제3의 방향을 '향해 가는' 실천의 길이다.

(이중표 교수) 중도는 '모순된 사유의 초월' 즉 모순 대립을 벗어난 길이다.

(이남곡 선생) 중도의 길은 '누가 옳은가'를 따지는 싸움에서 벗어나, '무엇이 옳은가'를 진지하게 탐구하는 과정이다.

이제 우리가 갖고 있는 중도에 대한 오해를 좀 풀어보자.

- 중도는 단순히 '중간'이나 '가운데' 길을 의미하지 않는다. 중도는 이분법적 사고를 극복하려는 지혜의 핵심 원리다.
- 중도는 양쪽을 다 옳다고 하는 양비론이나 회색 중립, 기회주의와는 전혀 다르다. 오히려 양극단의 논리를 모두 꿰뚫어 본 후, 거기서 벗어나는 제3의 통찰적 길이다.
- 중도는 침묵이나 회피가 아니라, 괴로움을 줄이기 위한 실천적 판단과 통찰을 담은 적극적인 윤리의 길이다. 중도는 도망이 아니라 세속을 꿰뚫고도 거기에 매이지 않는 지혜로운 개입이다.
- 중도는 고정된 중심이 아니라, 모든 방향을 자각하며 깨어 있을 수 있는 유연한 중심성이다.

묻고, 또 묻는 용기

이기심이라는 엔진을 달고 폭주하는 기차에서 어떻게 뛰어내릴 수 있을까? 경전을 읽고 명상하는 것도 중요하지만, 길을 찾기 위해 더욱 중요한 것은 물음이다. 확증편향의 굴레는 '왜?'라는 질문을 던짐으로써 벗어날 수 있다. 양극단을 넘어서기 위한 제3의 길인 중도 또한 '어떻게'의 물음 속에서 발견된다.

1. 싯닷타의 물음들: 진리를 향한 첫걸음

> "혹시 나에 대해, 법에 대해, 승가에 대해, 또는 수행의 길에 대해 의문이 있는 자는 지금 질문하라. 후회하지 않도록."
>
> -《대반열반경》(DN 16)

붓다는 열반에 들기 직전 제자들에게 위와 같이 말했다. 제자들은 침묵했고, 붓다는 세 번이나 거듭하여 물음을 권했다. 여기서 '의문이 있는 자'란 가르침과 세상에 대해 궁금증과 호기심을 품고 있는 사람을 말한다. 붓다는 제자들이 일방적으로 받아들이기보다 스스로 사유하고 성찰하기를 바랐다.

고따마 싯닷타는 어린 시절, 농경제에서 자연의 잔혹한 생명 순환을 목격했다. 쟁기질에 드러난 벌레를 새가 쪼아먹고, 그 새를 다시 매가 낚아채는 광경 속에서 그는 근본적인 물음을 품게 되었다.

- ‘왜 생명은 서로를 해치며 살아야 하는가?’
- ‘어째서 누군가의 행복은 다른 이의 불행 위에 놓여야 하는가?’
- ‘모두가 함께 행복할 수는 없는가?’

이러한 존재 조건에 대한 물음이야말로 깨달음의 시작이었다. 부귀영화를 버리고 출가한 싯닷타에게도 고통의 원인에 대한 물음이 있었다. 사문유관을 통해 늙고, 병들고, 죽는 존재의 모습을 본 그는 괴로움의 실체와 그것을 끝낼 수 있는 길에 대해 끊임없이 질문했다. 극단적인 고행을 실천했으나 해탈에 이를 수 없음을 깨달았을 때, 그는 스스로에게 다시 물었다. ‘고행이 아닌 다른 길은 없을까?’ ‘쾌락과 고행, 두 극단을 벗어난 제3의 길은 무엇인가?’ 이 물음 끝에 중도의 길이 열렸고, 싯닷타는 깨달은 자가 되었다.

붓다는 이후 45년간 세상 사람들에게 묻는 법을 가르쳤다. 자기 생각과 말, 행동이 괴로움의 소멸에 도움이 되는지 스스로 끊임없이 점검하라고 했다. 초기경전의 대부분이 제자의 질문과 붓다의 답변으로 이루어져 있는 것도 이 때문이다. 그는 답을 직접 제시하기보다, 되묻거나 상대방 스스로 답을 찾도록 유도하는 소크라테스식 문답법을 사용했다.

“어떻게 생각하는가? 만약 어떤 것이 무상하다면, 그것은 괴로움이라 할 수 있는가?”

“무상하고 괴로운 것을 자아라고 여길 수 있는가?”

이러한 반문은 제자들의 사유를 열어주었다. 법륜 스님의 ‘즉문즉설’처럼, 현대 불교에서도 스승들은 답을 주는 대신 질문자가 스스로 길을 찾도록 돕는다.

2. 세계로 열린 창: 사유의 힘을 회복하다

의문은 어두운 방 안에 처음 열리는 창이며, 질문은 그 창 너머를 내다보는 시선이다. 수행자에게 질문은 지혜를 키우는 필수적인 도구로서, 질문이 멈추는 순간 믿음은 방향을 잃게 된다. 김상균 교수가 정의한 ‘질문력’처럼, 질문은 나와 세상을 더 좋게 만드는 원동력이다. 마음속에 질문을 품는 힘, 그 질문을 세상에 던지는 힘, 던진 질문 속 문제를 해결하는 힘이 필요하다. 그런데 우리는 왜 이 중요한 질문을 점점 하지 않게 되었을까? 현대인이 물음을 품지 않는 이유는 개인적 습관만이 아닌, 구조적 문제와 연결되어 있다.

(1) 정보의 과잉과 사유의 부족: 즉각적으로 주어지는 수많은 정보에 휩쓸려 스스로 생각할 필요를 느끼지 못한다.

(2) 정답 중심의 교육: '틀리면 안 된다'라는 강박 속에서, 질문은 불안과 실패의 신호로 인식되어 억눌리게 된다.

(3) 조직 문화: 직장, 학교, 사회, 법당, 교회에서 '왜?'라는 질문은 도전이나 불만으로 받아들여지기 쉽다.

(4) 확증편향: 알고 싶은 것보다 이미 믿고 싶은 것만 보고 듣는 습관이 사고의 폭을 좁힌다.

(5) 기술 의존성: 스마트폰, 검색엔진, AI에 사고를 위탁하며 스스로 질문하는 능력을 잃어간다.

탐디는 이 장을 시작하며 '참 헛갈리는 세상'이라고 하소연했다. 당신도 나와 비슷한 감정 아니었을까? 나는 아직 정답을 모른다. 그렇지만 의문과 물음이야말로 이런 헛갈림을 푸는 시작이 될 수 있다. 아울러 질문 없는 학교, 편향된 SNS, 얕은 공감, 자본주의가 만들어낸 이기성과 고립성으로부터 탈출하는 출구가 된다.

한나 아렌트는 생각하지 않는 사람이 세상을 '망친다'고 말했다. 그렇다면 질문하지 않는 사람은 세상을 '멈추게' 만든다. 묻고, 또 묻는 용기에서 새로운 삶의 방향이 시작된다.

생각과 궁리

역풍: 자본이 계산하지 못한 것

자본은 인간의 욕망을 계산했고, 알고리즘은 그 욕망을 극대화하는 이분법적 사고를 주입하는 데 성공했다. '더 많이 가져라', '더 높은 곳에 올라라', '더 완벽해져라'라는 이분법적 구호 속에서 인간은 끝없이 경쟁하며 달렸다. 현대인은 '결핍을 느끼도록' 교육받는다. 광고, 미디어, SNS는 끊임없이 우리가 '부족하다'고 말한다. 우리가 중도를 실천하지 못하고 한쪽으로 쏠리는 이유다.

그러나 자본은 한 가지를 계산하지 못했다. 바로 역풍이다. 무한히 욕망할 줄 알았던 인간이 어느 순간 욕망 자체를 포기하기 시작한 것이다.

능력주의는 인간을 끝없이 줄 세웠고, 비교는 자존감을 산산이 분해했다. 그 결과는 자기혐오와 회피, 그리고 태어나려 하지 않는 사회다. 사랑하지 않고, 결혼하지 않고, 아이를 낳지 않고, 심지어 스스로 목숨을 끊는 사람들이 늘었다.

'좋은 대학, 좋은 직장, 좋은 삶'이라는 공식은 이제 의문이 제기된다. 오랫동안 열심히 달리다 보니 남은 것은 불면, 불안, 공허, 그리고 살고 싶지 않다는 마음뿐이다.

이제 자본은 더 이상 사람을 착취하기 어렵다. 일하고 싶은 사람이 줄었고, 사고 싶은 것도 줄었으며, 심지어 살고 싶은 이유마저 줄었기 때문이다. 알고리즘과 이분법적 사고에 의해 무한히 확장될 줄 알았던 욕망이 결국 좌절되고 무너진 자리에 남은 것은 깊은 공허와 고통이었다. '더 많이'라는 극단에 갇혀 달려왔지만, 이제 더 이상 달릴 힘도 의지도 없어진 것이다. 이처럼 자본은 인간의 욕망은 계산했지만, 그 욕망의 극단이 낳는 존재의 고통은 예측하지 못했다.

붓다는 괴로움을 깨달음의 연료라 했다. 욕망이 무너진 자리에 남은 것은 방향을 잃은 고통이지만, 바로 그 고통 속에서 우리는 비로소 묻기 시작한다.

'어떻게 살 것인가?'가 아니라, **'어떻게 놓을 것인가?'**

'어떻게 살 것인가?' 라는 질문은 우리를 다시 '더 많이', '더 높이'

라는 극단으로 이끌 수 있다. 이분법적 사고와 알고리즘이 만든 틀에서 벗어나는 진정한 해답은 '어떻게 놓을 것인가?'에 있다. 이는 단순히 포기하거나 체념하는 것이 아니다. 이는 쾌락과 고행이라는 양극단에서 벗어나 삶의 적정선을 찾는 '중도'의 길을 묻는 것이다.

중도는 '더 많이 가질 것인가, 전부 버릴 것인가?'와 같은 이분법적 질문을 초월한다. 대신 '나에게 정말 필요한 것은 무엇인가?'를 묻고, 삶의 괴로움을 줄이는 방향으로 지혜롭게 놓아버리는 실천을 지향한다. 이 역풍 속에서 시작된 질문이야말로 우리를 이끌 새로운 나침반이 될 것이다.

4장
왜 괴로운가 -
행복의 착각과 벗어남

모두가 행복을 원하지만, 정작 행복한 사람은 드물다. 왜 이렇게 행복은 어렵기만 할까? 혹시 우리가 방향을 잘못 잡은 건 아닐까? 아니면, 행복이 무엇인지 제대로 알지 못하고 있는지도. 다행히 반가운 소식도 있다. 붓다는 "불교의 목적은 괴로움을 소멸하고 행복을 얻는 데 있다."라고 말했다. 그렇다면 불교를 믿으면 행복해질 수 있겠네. 그런데 붓다는 덧붙여 말한다. "삶에는 괴로움이 깃들어 있다." 고개가 갸웃해진다. 붓다는 왜 이렇게 선언했지? 붓다는 염세주의자인가, 왜 우리를 혼란스럽게 만들까?

행복에 대한 보통의 믿음

사람들은 모두 행복을 꿈꾸지만, 정작 그 '행복'이 무엇인지 분명하지 않다. 주관적 행복·객관적 행복으로 나누기도 하고, 시대나 개인에 따라 기준도 매우 다르다. 우리가 믿어온 '행복'이라는 개념을 하나씩 들춰보자.

1. 보여 주기 위한 행복: 평판의 노예가 되다

내가 살던 라오스 왕위앙에는 품위 있고 멋스러운 호텔이 하나 있다. 바위산 풍경과 어우러져 경치도 빼어나며, 숙박비 또한 상당히 높다. 한국인 여행객들도 자주 이곳에 머문다. 그런데 어느 날, 흥미로운 이야기를 들었다. 한 청년이 한국에서 삼각김밥으로 끼니를 때우며 모은 돈으로 이 호텔에 머물렀다는 것이다. 그가 느낀 행복은 타인에게 보여 주기 위한 기쁨이었을까, 아니면 자신에게 주는 내면의 보상이었을까?

2021년, 미국 퓨리서치센터는 17개 선진국을 대상으로 '삶을 의미 있게 만드는 요소가 무엇인가'를 조사했다. 대부분의 국가에서는 가족을 삶의 가장 중요한 요소로 꼽았지만, 한국만 '물질적 풍요'를 선택했다. 그다음이 건강, 그리고 가족은 세 번째였다. 왜 유독 한국만 그랬을까? 한국인들이 자주 사용하는 표현을 떠올려 보자. "남 부럽지 않다.", "남 부끄럽지 않다." 이처럼 타인의 시선을 중시하다 보니, '보여 주기 위한 삶'이 중요해진다. 평판에 기반한 행복에서 가장 효과적인 수단은 결국 '물질'이다.

2. 충족의 행복: 욕망의 끝없는 반복

서양에서는 오랫동안 개인의 잠재력을 충분히 발휘하고 실현하는 데서 오는 충족감, 혹은 육체적 · 정신적 쾌락을 행복의 본질로 여겨 왔다. 하지만 쾌락을 삶의 목표로 삼는 이러한 방식은, 불교에서 말하는 '오욕(五欲)'- 재물욕, 색욕, 식욕, 명예욕, 수면욕에 갇히는 결과를 낳는다. 새 차를 샀을 때, 승진했을 때, 혹은 로또에 당첨되었을 때 느끼는 그 쾌감은 과연 얼마나 오래 지속될까?

며칠, 길어야 몇 주일뿐이다. 왜 그럴까? 자연선택은 인간이 만족에 머무르지 않도록 설계했다. 목표를 이루면 쾌감이 발생하지만, 곧 사라지고, 다시 새로운 목표를 향해 달리도록 만든다.

욕구가 충족되면 기대치는 높아진다. 맛있는 음식도 처음에는 좋지만, 계속 먹다 보면 결국 고통이 된다. 이것이 바로 '한계효용 체감의 법칙'이다. 모든 만족은 지속되지 않기에, 그 자체로 불만족을 내포한다. 소득이 일정 수준을 넘어서면, 더 이상의 행복은 쉽게 증가하지 않는 것도 같은 이치다.

3. 헌신의 행복: 관계의 가치

티루파티(Tirupati)는 매일 수만 명의 순례자가 찾는, 인도의 대표적인 힌두 성지 중 하나다. 보통의 인도 대가족이 성지에서 며칠 머물기 위한 짐은 어마어마한 양이다. 무거운 가방과 보따리를 메고 끌며 가파른 산길을 오르지만, 누구 하나 힘들다고 내색하지 않는다. 그럴 법도 하다. 오랜 염원 끝에 마침내 성스러운 장소에 왔기 때문이다. 아이들조차 칭얼대지 않고, 작은 가방을 등에 멘 채 맨발로 씩씩하게 그 여정에 함께한다. 신과의 만남, 가족과의 동행-이 모든 게 이들의 얼굴에 고스란히 묻어난다. 성지는 그 자체로 충만한 행복의 공간이다.

어떤 사람은 아주 소박한 일상에서도 기쁨을 발견한다. 라오스의 한 단체가 사람들에게 물었다.

"무엇이 당신을 행복하게 하나요?"
"음식, 약, 옷, 잠자리가 있는 것 / 부모님을 도와드리면 기뻐하시는 모습을 볼 때 / 가족 간의 유대와 따뜻함이 느껴질 때 / 스스로 일해 적은 돈이라도 벌 때 / 책 읽고 그림을 그릴 때 / 학생들에게 지식을 전할 때 / 아침에 절에 다녀와 딸이 물레 돌리는 것을 도울 때 / 다른 사람들이 나를 사랑하고 존중하며 친구가 되어줄 때 / 자연 속에 있을 때" 등이다. 이 사례들은 '소욕지족(少欲知足)', 즉 적게 바라면서도 만족할 줄 아는 삶이야말로 소중한 행복이라는 점을 잘 보여 준다.

4. 쾌락 중독의 행복: 뇌와 착각의 메커니즘

우리는 '행복'을 기대하지만, 실제 경험하는 만족은 기대에 못 미치는 경우가 많다. 그래서 더 강한 자극을 갈구하게 되고, 더 많은 보상을 주는 도파민이 필요하게 된다. 이처럼 '도파민'이라는 신경전달물질에 기반한 보상회로는 곧 붓다가 말한 '갈애'의 구조이기도 하다. 도파민은 쾌락 그 자체라기보다 '보상 예측'과 '학습 · 동기'를 부호화하는 신호다.

이 회로에 빠지면 행복과 불행 모두 과잉이 되어버린다. 사람들은 지나치게 큰 행복만을 좇고, 자기만족과 자기 비하 사이를 넘나들며 흔들린다. 수치심도, 욕망과 성냄마저도 모두 과잉된 시대다. 쾌락도 과잉, 정보도 과잉, 생산과 소비, 심지어 건강 관리까지도 과잉이다. 이 모든 과잉은, '행복'에 대한 집착에서 비롯된 굶주림의 또 다른 얼굴이다.

현대적 관점에서 보자면, 불교 수행은 도파민 디톡스(Detox)와 매우 닮았다. 쾌락과 감각 자극에서 잠시 물러나, 내면의 고요함을 회복하는 훈련이라 할 수 있다. 음악, 영화, 아름다움, 감동조차도 절제함으로써 도파민이 과잉되지 않도록 조율하는 것이다. 감정에 휘둘리지 않고, 감정을 바라보는 힘을 기르는 것- 이것이 수행이다. 행복은 자극이 아니라, 고요 속에서 피어난다.

행복이란 없다, 다만

유전자는 인간의 쾌락이나 행복 그 자체에는 관심이 없다. 행복은 본능이 설계한 도구이지, 우리가 사는 목적은 아니다. 하지만 인간은 행복을 좇는 과정에서 스스로 쾌락을 증폭시켰고, 생존 여건이 풍족해지자 점점 더 강렬한 쾌락을 탐닉하기 시작했다.

과학적 설명을 넘어, 붓다가 통찰한 '행복의 허상'을 살펴보자. 붓다의 가르침에 따르면, 행복은 고정된 실체가 아니라 조건 따라 일어났다 사라지는 느낌(*vedanā*)에 가깝다. 그 느낌은 찰나적이고 조건적이며, 순식간에 사라진다. 우리는 그 덧없는 느낌을 좇다가 반복해서 좌절하게 된다. 그럼에도 왜 우리는 계속해서 같은 길을 반복할까? 아마도 행복이라는 단어가 실체처럼 굳어져 있기 때문일 것이다. 혹시 행복은 실재하지 않는데, 우리가 그것을 너무 자주 말하고 듣는 바람에 실재처럼 믿게 된 일종의 '신화' 아닐까?

형이상학적 '행복'이라는 실체는 없다. 유전자는 생존을 위해 쾌락을 설계했고, 뇌는 그 쾌락을 도파민이라는 신호로 착각하게 했다. 붓다는 이 모든 구조를 '허상'으로 꿰뚫어 보았다. 그렇다면 정말 행복은 없다는 말인가? 불교는 외부에 의존하는 일시적인 쾌락이 아니라, '고통과 집착이 없는 평화로운 상태'를 행복이라 여긴다.

괴로움의 구조, 도망칠 수 없는 그물

행복을 붙잡으려 애쓸수록 허망하다면, 이제는 반대로 접근해야 할 것 같다. 붓다 역시 "행복은 쌓는 것이 아니라, 괴로움을 덜어냄으로써 생긴다."라고 보았다. 그렇다면 이제 우리는 물어야 한다. "괴로움이란 무엇인가?" 슬픔과 비탄, 고통과 근심, 절망은 어디서 비롯되는가? 행복이 허상이라면, 그 반대로 괴로움은 실재하는 것일까?

붓다는 사성제를 통해 행복으로 가는 길을 가르쳤는데, '괴로움'으로 그 길을 시작했다. 왜 괴로움에서 시작할까? 상식적으로는 '욕망이 일어 → 갈애가 되고 → 괴로움이 생기면 → 팔정도를 통해 → 괴로움을 소멸하고 → 행복한' 순이어야 하고, 따라서 '집고도멸(集苦道滅)'이 되어야 한다.

그런데 왜 거꾸로 고집멸도라고 했을까? 사성제를 '고'로 시작한 이유는 두 가지로 볼 수 있다. 하나는 그만큼 '괴로움'은 너무도 명백하고 절박한 삶의 조건이고, 다른 하나는 괴로움의 의미가 우리가 생각하는 것과 다르기 때문일 것이다. 따라서 괴로움이 무엇인지에 대한 이해가 선행되지 않으면, 집 · 멸 · 도를 이해하지 못하게 된다.

괴로움이라는 말은 슬픔, 고통, 비탄으로만 이해되기 쉽다. 그러나 빨리어 '둑카(*dukkha*)'는 마치 바퀴의 축이 어긋나 덜컹거리는 느낌으로, 불안정하고, 불편하고, 만족스럽지 못한 상태를 뜻한다. 그래서 영어권에서는 unsatisfactoriness 또는 stress로 옮기기도 한다. 이 책에서는 괴로움을 고정된 고통이 아니라 스트레스, 좌절, 무력감, 슬픔, 불안, 피로 등 넓은 의미의 어려움으로 쓴다.

1. 존재 자체가 괴로움이다

붓다는 말했다. "존재 자체가 괴로움이다." 그 이유는, 우리를 구성하는 다섯 가지 요소, 곧 오온 자체가 본질적으로 불완전하기 때문이다. 그렇다면 괴로움은 정말 피할 수 없는 것일까? 오늘날 우리 삶에서 특히 두드러지는 괴로움은 아마도 싫은 사람과의 반복적 만남일 것이다. 학교에서, 직장에서, 가족 안에서… 갈등은 피할 수 없는 고통이 된다.

요즘 청년들 사이에 '존재통'이라는 말이 자주 들린다. 존재 자체가 아프다는 뜻이다. 특별히 문제가 있어서가 아니라, 그냥 살아 있는 것만으로도 왠지 힘들고 공허하다는 느낌. 불교에서 말하는 괴로움은 꼭 사건이나 아픔이 있을 때만 생기는 게 아니다. 아무 일 없어도 괴로운 마음, 뭔가 허전하고 불만족스러운 느낌, 그게 바로 붓다가 말한 '존재 자체가 괴로움이다'의 의미다. 존재통이라는 감각을 이해하면, 괴로움은 단지 옛 가르침이 아니라 지금 여기, 내 삶에서 일어나는 아주 현실적인 경험이 된다. 괴로움을 알아차리는 것, 그게 수행의 출발점이다.

2. 무상, 모든 것은 변한다

세상의 모든 것은 변한다. 태어난 존재는 반드시 늙고, 건강은 언젠가 무너지고, 사랑은 식고, 재산도 줄어든다. 이 변화의 흐름은 누구도 멈출 수 없다. 우리가 느끼는 불안은 바로 이 무상함에서 비롯된다. 부자라 해도 자기 재산이 사라질까 불안에 시달린다. "한 방에 훅 간다."라는 말은 농담이 아니다. 높이 올라갈수록 추락에 대한 두려움은 커지고, 불면의 밤도 늘어난다. 행복도 예외가 아니다. 그것은 금방 사라진다. 그리고 우리는 그 사라짐을 괴로움으로 받아들인다.

붓다는 "행복은 곧 불행을 잉태한다, 즉 감각적 즐거움에는 근심 · 위험이 따른다."라고 강조한다. 탐디는 처음에 이 말이 쉽게 이해되지 않았다. 어째서 행복 안에 불행이 있다는 것일까? 붓다의 행복론이 우리와 다른 지점이다. 한번 살펴보자.

'돈이 있으면 행복할 거야.' '이 사람과 결혼하면 잘 살겠지.' '10억만 모으면 인생이 달라질 거야.' 이처럼 조건이 붙는 순간, 그것은 괴로움의 씨앗이 된다. 그 조건이 충족되지 않으면 괴롭고, 충족되면 그것을 잃을까 두려워진다. 무엇인가에 행복의 조건이라는 딱지를 붙이는 순간, 그 조건은 동시에 '불행의 씨앗'이 된다. 고(苦)와 낙(樂), 행복과 불행은 늘 붙어 다니며 서로 앞서거니 뒤서거니 한다. 일종의 윤회다.

3. 통제하려는 마음의 괴로움

주관적인 행복은 어느 정도 스스로 느낄 수 있지만, 객관적인 행복은 절대로 채워지지 않는다. 내가 정하는 것이 아니기 때문이다. 행복에는 고정된 기준이 없다. 누가 그 기준을 정하는가? 얼마나 가져야 충분한가? 남과 비교하는 순간, 언제나 부족함이 따라온다. 우월감과 열등감, 자부심과 자괴감은 한 몸처럼 함께 작동한다. 비교를 멈추지 않는 한, 행복은 결코 도달할 수 없는 신기루일 뿐이다.

사랑이 괴로운 이유는 사랑하기 때문이 아니라, 그 사랑 안에 숨겨진 "이 사람은 내 사람이어야 한다."라는 집착 때문이다. 돈이 우리를 지치게 하는 것도 돈 자체가 아니라, "이만큼은 반드시 가져야 한다."라는 강박 때문이다. 괴로움은 상황 자체보다 그 상황을 쥐고 놓지 못하는 '마음의 방식'에서 비롯된다. 붙들수록 아프고, 쥘수록 무거워지는 것이 집착이다. 결국 괴로움의 중심에는 '놓지 못함'이 있다.

어떤가? 이제 붓다가 왜 '존재 자체가 괴로움이다.'라고 선언했는지 이해할 수 있을까? 괴로움은 절대 사라지지 않을 것 같고, 행복은 존재하지 않는 신기루처럼 느낀다. 우리는 평소 괴로움의 원인과 구조를 제대로 보지 못한다. 괴로움은 시대와 문화에 따라 다양한 모습으로 나타나지만, 그 근원은 여전히 '무지[無明]'다. 지금 이 시대의 괴로움과 나의 괴로움을 정확히 직시하는 것이 바로 수행의 시작이다.

괴로움을 아는 순간, 벗어남이 시작된다. 우리의 행복과 괴로움에 큰 영향을 미치는 것이 있다. 바로 업이다. 업이라 하면 보통은 부정적으로, 혹은 과거의 일로 생각하는 경향이 있는데, 절대 그렇지 않다. 업과 유전자의 관계, 그리고 업의 작동 원리를 알아보자.

업, 살아 움직이는 힘

업은 우리 삶의 괴로움과 행복에 결정적으로 작용한다. 업은 단순히 과거에 지은 행위의 결과가 아니다. 그것은 현재의 의도와 행동에 따라 끊임없이 만들어지고 변화하며, 우리의 삶에 영향을 미치는 '살아 움직이는 힘'이다. 업은 정해진 운명이 아니라, 알아차림과 노력으로 충분히 긍정적으로 변화시킬 가능성이자 책임이다.

1. 유전자와 업, 우리를 지배하는 두 법칙

우리 안에 자리한 본능과 습관, 그리고 보이지 않는 흐름이 우리를 좌우한다. 그 흐름의 대표적인 두 축이 바로 유전자와 업이다. 탐디는 유전자를 공부하면서 문득 떠오른 것이 있었다. "이거, 업이랑 비슷하네?" 자료를 찾아보니 같은 생각을 하는 이들이 이미 적지 않았다. 이 둘은 놀라울 만큼 닮아 있지만, 결코 같은 것은 아니다.

유전자와 업은 모두 '흐름'이다. 정보를 담아 전달하고, 존재를 구성하는 흐름이라는 점에서 닮았다. 다만 성격은 다르다. 유전자는 우리의 물리적이고 생물학적인 조건을 만들고, 업은 심리적·윤리적·의식적 조건을 만들어 낸다. 중요한 점은, 유전자도 업도 완전한 결정론이 아니라는 것이다. 불교는 이렇게 말한다. "태어난 조건은 받아들여야 하지만, 어떤 존재로 살아갈지는 내가 선택한다."

유전자와 업은 행복에 얼마나 영향을 미칠까? 연구에 따르면, 유전자는 행복에 약 30~40%의 영향을 준다. 외향적인 성격은 더 높은 행복감을 만든다고 한다. 업은 다른 방식으로 작동한다. 내가 어떤 생각을 반복하느냐, 어떤 감정에 오래 머무르느냐, 어떤 행동을 선택하느냐가 곧 나의 '심리적 기질'과 '삶의 경향성'을 만든다. 즉, 유전자는 시작점이지만, 업은 방향과 속도, 그리고 의미를 만든다.

2. 윤회에서 지금 여기로 – 변화하는 업의 이해

우리가 불교를 통해 접한 업과 윤회는 사실 붓다 이전 인도에서 형성된 사상이다. 빨리어 깜마(*kamma*)는 '행위' 또는 '의도적인 행위(*cetanā*)'를 말한다. 한국에서는 업(業) 또는 업보(業報)라 한다. 심은 대로 자라는 씨앗으로, 지금 짓는 업이 내일의 나를 만든다. 오늘날 사람들은 '윤회'에 대해서는 점점 더 회의적인 태도를 보인다. '정말 다음 생이 있을까?' 그렇지만 '업'은 여전히 우리의 언어와 사고에 남아 있고, 실제로 삶의 방향에 깊이 작용하고 있다.

예전엔 업이 곧 윤회였다. 전생의 업이 현재의 신분과 고통을 결정한다고 믿었다. 이는 카스트제도를 정당화하는 논리로 악용되었다. "네가 수드라로 태어난 것은 전생 탓이야. 받아들여." 그러나 붓다는 이렇게 말했다. "사람은 태어날 때 브라만이 되는 것이 아니라, 어떻게 사느냐에 따라 브라만이 된다." 즉, 과거보다 현재의 행위가 더 중요하다.

오늘날 업에 대한 시선도 많이 달라졌다. 다음 생을 바꾸는 힘보다 이번 생을 바꾸는 힘으로 이해된다. 왜일까? 윤회에 대한 믿음이 약해졌고, 현재의 삶을 바꾸는 데 더 관심이 많다. 현대에는 심리학, 신경과학, 명상의 영향으로 업을 '마음의 습관'과 '심리적 인과관계'로 이해하는 경향이 강해졌다.

이제 사람들은 이렇게 말한다. "지금 내가 하는 말과 생각, 행동이 바로 내 인생을 만든다." 불선한 마음을 쓰면 괴로움이 쌓이고, 선한 마음을 쓰면 삶이 부드러워진다. 즉 행복에 가까워진다. 업은 외부의 심판이 아니라, 내면에서 작동하는 삶의 설계 원리이자 방향성이다.

탐디는 아래와 같이 업을 정리했다.

- 업은 과거의 기록만이 아니라, 미래를 여는 가능성이다.
- 업에는 죄만 있는 게 아니다. 선업을 쌓는 게 더 중요하다.
- 업은 결정론이 아니다. 자유의지로 바꿀 수 있다.
- 업은 무겁지 않다. 가볍게 풀고 새로 지을 수 있다.

3. 의도, 업의 씨앗

> "스스로 악을 행하면 자기에 의해 더러워진다.
>
> 스스로 악을 행하지 않으면 자기에 의해 깨끗해진다.

깨끗함이나 더러움은 자기 자신에게 달렸다.

누구도 다른 사람을 깨끗하게 할 수 없다." -《담마빠다》

"의도를 업이라 부른다." - 붓다의 이 짧은 선언은 불교 윤리 전체의 핵심을 담고 있다. 업은 단순한 행동이 아니다. 의도가 담긴 행동이 바로 업이다. 행위든 말이든, 단순한 반응이 아니라 '의도가 개입된 순간' 그것은 곧 업이 된다. 이것은 평소 우리의 인식과 맞닿아 있다. 우리는 '뭔가 의도가 있어', 혹은 '의도가 뭐야?'라고 말한다.

누굴 해칠 의도가 있었느냐는 범죄의 형량을 가르는 데 중요하게 작용한다. 무의식적인 반응은 업이 되지 않지만, 인식되고 선택된 의도는 곧 업의 씨앗이 된다. 그래서 위빳사나 수행에서는 내 안에서 일어나는 '의도를 알아차리는 것'이 중요하다.

미래를 위해 지금 선업을 쌓는 게 중요하다지만, 이미 지은 악업은 어떻게 하나? 업은 지워지지 않는다. 하지만 그 영향을 약하게 할 수는 있다. 붓다는 '소금 덩어리' 이야기를 들려준다. 소금 한 줌을 컵에 넣으면 짜지만, 강에 넣으면 아무렇지 않다. 한 줌의 악업도 넓은 선업 안에서는 영향력이 줄어든다.

"물이 얕으면 파도가 크고, 깊으면 잔잔하듯, 지혜로운 마음은 악업의 충격을 완화한다." -《소금 덩어리 경》(AN 3.99) 즉, 더 큰 물이 되어라. 더 많은 선을 지어라!

4. 인터넷 카르마

인터넷을 하다 '악플'을 만나면 움찔한다. 섬찟하고 안타깝다. 어떻게 이런 말을 할 수 있을까 싶을 정도로 비난하는 글이 많다. 비꼬는 조롱은 그 일과 전혀 상관없는 내가 읽어도 마음이 좋지 않다. 우리는 매일 이렇게 남을 욕하며 스스로 나빠지고, 남에게 상처받는다. 지옥에 가기 싫다고 발버둥치면서 여기에 지옥을 만들고 있다.

업은 디지털 공간에서도 여전히 작동한다. 악플을 남긴 사람은 타인을 해치기 이전에 먼저 자신의 마음을 더럽히고 괴롭게 한다. 익명 뒤에 숨은 조롱, 증오, 공격은 먼저 자기 안에 증오와 어두움을 키운다. 누군가 말한다. "타인을 쓰레기처럼 대할 때, 나는 내 마음을 쓰레기통으로 만들고 있다." 악플은 스스로 지금 여기의 괴로움을 만들고, 미래의 악업을 쌓는다.

익명 뒤에 숨어도 업은 사라지지 않는다. 사사키 시즈카 교수는 이를 '인터넷 카르마'라 불렀다. 인터넷에 남긴 흔적은 시간이 지나도 사라지지 않는다. 왜곡되거나 조작되기도 하고, 때론 내가 모르는 사이 나 자신을 해치기도 한다. 심지어 내가 세상을 떠난 뒤에도 그 기록은 남아, 내 가족이나 주변 사람들에게 상처를 줄 수도 있다.

> "과보는 지금 드러날 수도, 늦게 드러날 수도 있다. 그러나 의도된 행위는 반드시 흔적을 남긴다." -《닙베디까 경》(AN 6.63),《업의 원인 경》(AN 3.33/34)

탐디는 스마트폰을 들 때마다, 그 감각을 알아차리려 노력한다. 손끝의 촉감, 눈길의 흐름, 반응과 충동까지… 1초 멈춤의 '사띠'가 필요하다. 악플은 대부분 즉각적인 반응에서 발생하므로, 글과 나의 반응 사이의 틈을 만들어야 한다. 스마트폰을 잡은 손가락의 느낌에 주의를 기울이면, 마음이 스마트폰 속으로 빨려 들어가지 않을 수 있다. 지금 내가 무엇을 클릭하려는지, 왜 댓글을 달고 싶은지, 누구를 비난하고 싶은지를 '의도'의 자리에서 바라본다. 이제 '사띠'는, 디지털 세계에서 나를 지키는 가장 소중한 보호막이 되었다.

유전자와 업은 인간 존재를 이루는 두 가지 보이지 않는 법칙이다. 하나는 본능이고, 다른 하나는 의도다. 우리는 그 흐름을 '볼 수 있는' 존재다. 보는 순간, 자유가 시작된다. 보는 것이 곧 벗어남이고, 벗어남이 곧 진정한 행복이다.

행복은 벗어남, 즉 이탈이다

> "행복이라 착각한 것이 사실은 괴로움이라는 것을 분명히 이해하면, 다시는 그것에 집착하여 추구하지 않는다." - 어느 수행자의 말

적게 바라는 만큼 괴로움은 줄어든다. 욕망이 줄어들수록 만족은 가까워진다. 기대치를 낮추면 결과에 대한 만족도는 자연히 올라간다. 작은 것에 감사할 줄 알면, 큰 것을 놓쳐도 괴롭지 않다. 벗어남, 그것이 곧 행복이다. 무언가를 얻는 게 아니라, 무언가에서 벗어난 상태다. 결핍에서, 갈망에서, 기준에서, 나 자신으로부터의 해방이다.

- 물리적 벗어남: 지옥 같은 시험장에서, 붐비는 지하철에서, 숨막히는 사무실에서 벗어날 때
- 결핍에서 벗어남: 사랑받고 싶은 욕구, 배고픔, 외로움, 거절당함에서의 벗어남
- 갈망에서 벗어남: 갖고 싶은 것, 하고 싶은 것, 되고 싶은 것, 미워하는 것에 대한 욕망에서의 이탈
- 타인의 시선에서 벗어남: 남의 평가, 세상의 기준, 성공이라는 환

상으로부터의 독립

- 감각 중독에서 벗어남: 쾌락에의 중독, 짜릿한 자극, 분노, 혐오, 집착에서 멀어짐
- 자아에서 벗어남: 나라는 생각, 내 기준, 내 판단, 내 신념이라는 경계로부터의 해방
- 이기적 본능에서 벗어남: 유전자가 심어 놓은 본능, 과시와 경쟁, 우월과 서열이라는 구속에서 벗어나는 것
- 무지(無明)에서 벗어남: 세상을 오해하고, 자기를 속이고, 삶을 왜곡하는 무명에서 깨어나는 것

붓다도 같은 길을 가리켰다.《큰 축복경》에서 이렇게 말했다.

> "어리석음을 멀리하고, 만족과 감사 속에 살며, 감각을 절제하고, 열반을 향해 흔들림 없이 사는 것-이것이야말로 으뜸가는 행복이다."
>
> -《큰 축복경》(SN 2.4)

바닷가 어부의 행복

지독하게 원하지 않으면, 인생은 의외로 한가롭고 평화롭다. 라오 사람들은 종종 이렇게 말한다. "퍼래오(พໍແລ້ວ)"- "이제 됐어, 충분해." 조급함도, 더 큰 욕심도 담겨 있지 않은 말이다. 일본에서는 이를 '소

확행', 소소하지만 확실한 행복이라 부른다. 한국에서는 '소욕지족(少欲知足)', 적게 바라고 만족할 줄 아는 삶이라 표현한다.

어느 날, 한 신사가 바닷가를 걷다 한가롭게 누워 있는 어부를 보았다.

"당신, 여기서 뭐 하고 있소? 다들 일하는데?"

"보시다시피, 한가롭게 오후를 즐기고 있지 않소."

"오늘은 고기가 많이 잡힐 날이오. 왜 일 안 하시오?"

"고기 많이 잡아서 뭐 하려고요?"

"고기를 많이 잡으면 배를 살 수 있고, 더 큰 배를 사고, 공장도 지을 수 있지 않겠소?"

"그래서요?"

"그러면 돈을 많이 벌고, 나중엔 여유롭게 살 수 있지 않겠소!"

"나는 지금, 바로 그 여유를 즐기는 중이오."

무엇이 우리를 절벽 끝으로 밀어내는가?

2024년 통계에 따르면, 한국에서는 하루 평균 40명이 스스로 생을 마감한다. 이 소식을 들은 쿠바 분펫은 믿기지 않는다는 표정을 지었다. "그렇게 잘사는 나라에서 왜 이런 일이 생기죠?"

우리는 돈과 권력이면 모든 것을 가질 수 있다고 믿는다. 하지만 재벌 회장, 연예인, 유명 스님까지 스스로 생을 마감했다. 사람들이 부러워하던 그들이 왜 절벽 끝에 몰렸을까? 누가 그들을 그곳으로 밀어낸 것일까?

그들은 물질적 성공이라는 행복의 착각에 매달렸고, 타인의 시선과 끊임없는 비교라는 사회적 업에 갇혀 있었던 것 아닐까? 유전자의 본능인 경쟁은 멈추지 않았고, 이기적 유전자가 만든 욕망의 쳇바퀴는 끝없이 돌았다. 그 결과는 엄청난 성공 뒤에 찾아온 공허와 '존재통'이었다. 인간만이 조직적으로 삶을 포기하는 존재라는 사실은, 깊은 자기 인식을 가진 존재의 비극일지도 모른다.

어떤 이유로든, 삶이 너무 힘들어 모든 것을 끝내고 싶을 때가 있다. 하지만 붓다는 말한다. 지금 겪는 이 괴로움이 전부가 아니라고. 이 고통의 뿌리를 찾아내면, 새로운 삶의 길을 열 수 있다고 말이다. 당신이 만약 지금, 모든 것을 끝내고 싶을 만큼 괴롭다면, 한 가지만 기억하라. 괴로움은 싸워 이겨야 할 대상이 아니다. 괴로움은 관찰하고 이해해야 할 대상이다.

세속을 떠나 수행의 길을 걷는 것도, 훌륭한 스승을 찾아 마음을 나누는 것도, 이 사회가 만족스럽지 않다면 당신만의 방식으로 새로운 길을 여는 것도 가능하다. 이것은 모두 괴로움의 원인인 행복의 착각과 마음의 습관(업)을 관찰하는 과정이다.

길은 언제나 열려 있다. 다만 그 길은 죽음으로 향하는 길이 아니라, 착각과 집착에서 벗어나 살아내기 위한 길이다. 이 끔찍한 고통을 멈추고 새롭게 시작할 수 있는 길은, 바로 지금 이 순간을 살아내며 마음의 원리를 탐구하는 데에 있다.

5장
집착은 어떻게 놓아지는가?

'목이 탄다.' 탐디가 몇 년 전 쓰려고 했던 소설의 첫 문장이다. 주인공인 '무아'라는 이름의 몽족 청년이 라오스와 이웃 나라를 넘나들며 세상의 파도를 헤쳐 나가는 이야기다. 몽(Hmong)족은 중국의 먀오족(苗族)과 같은 민족으로, 18~19세기 베트남, 태국, 라오스로 이주했고, 현대에는 미국으로까지 이주한 역사가 있다. 소설을 쓰기 시작했을 당시, 탐디는 몽족 마을에 살며 그들의 강인한 삶을 지켜보았고, 그 경험을 바탕으로 무아의 이야기를 구상했다.

그런데 돌이켜보니 놀라운 점이 있었다. 소설의 첫 문장 '목이 탄다'는 불교의 핵심 개념인 '갈애'를 상징했고, 주인공 이름 '무아'는 자아 없음이라는 또 하나의 핵심이었다. 왜 이런 것들이 내 마음에 들어와 있었을까? 그때는 붓다의 가르침을 미처 몰랐는데.

우리가 괴로움에서 벗어나기 위해서는 반드시 건너야 할 두 개의 강이 있다. 하나는 갈애라는 지독한 목마름이고, 다른 하나는 무명이라는 어두운 무지다. 아니, 어쩌면 이 두 강은 하나로 합쳐진 거대한 흐름일지도 모른다. 겉보기와 달리 이 강은 깊고, 물살도 세다. 갈애와 무명은 우리가 괴로움과 번뇌에 빠지는 근본 원인이다. 불교 수행에서 가장 중요하다고 해도 과언이 아닌 이 두 개념을 차근히 살펴보자.

갈애와 무명을 간단히 정리하면, 갈애는 '지독하게 원하는 마음'이고, 무명은 '진리를 모르는 무지'다. 갈애는 사성제에서 괴로움의 원인으로 등장하며, 무명은 12연기에서 고통의 시작점으로 제시된다. 왜 이 둘은 붓다 가르침의 양대 기둥인 사성제와 연기의 출발점이 되었을까? 이것을 생각하고 궁리하는 일이 붓다 가르침을 이해하는 시작일 것이다.

우리가 앞서 이기적 유전자, 착각과 오해, 이분법적 사고를 탐구했던 이유도 바로 갈애와 무명의 뿌리를 이해하기 위해서였다. 1부 마지막인 이번 장에서는 갈애가 어떻게 발생하고 괴로움이 어떻게 구조화되는지를 살펴본 뒤, 해탈의 조건과 그 내려놓음의 구조를 함께 공부해 보자. 2부의 수행에 들어가기 전에, 우리는 이 구조를 명확히 이해하고 넘어가야 한다. 불교는 믿음의 종교가 아니라 이해의 길이다. 괴로움의 구조를 이해하는 것, 그것이 집착을 내려놓는 수행의 진정한 출발점이다.

갈애: 타는 목마름

인간은 끊임없이 무언가를 원한다. '갖고 싶다', '되고 싶다', '되지 않기를 바란다.' 이렇게 다양한 마음들은 욕구, 욕망, 탐욕으로 나눌 수 있다. 모두 비슷해 보이지만 조금씩 다르다. 생존에 필요한 욕구는 충족되어야 하고, 습관처럼 반복되는 욕망은 절제할 필요가 있으며, 비교에서 비롯된 탐욕은 버려야 한다.

첫째, 욕구는 생존과 안전, 애정, 존중 등을 포함한 인간의 본능적이고 자연스러운 필요조건이다. '먹고 자고 사랑받고 싶은 것은 인간의 자연스러운 욕구다.'라고 표현할 수 있다.
둘째, 욕망은 어떤 것을 충족시키고자 하는 마음의 에너지다. 긍정적인 측면도 있지만, 지나치면 괴로움의 씨앗이 된다. '이건 꼭 필요해', '이걸 가져야 나는 살아.'
셋째, 탐욕은 끝을 모르고 더 갖고 싶은 마음이다. 탐진치 중 하나로 고통과 윤회의 뿌리라고 본다. 탐욕은 만족을 모르고, 얻은 후에도 멈추지 못한다. '마음이 그것을 쥐고 놓지 못한다.' '지독하게 원하는 마음이 나를 끌고 다닌다.'

그러면 갈애는 무엇인가? 갈애는 욕망과 집착 사이의 다리 같은 존재다. 욕망 → 갈애 → 집착 → 괴로움이라는 흐름에서, 갈애는 단순한 바람이 아니라 끊임없이 타오르는 목마름이다. 갈애는 욕망의 범주에 속하지만, 그 강도와 부정적 성격 때문에 탐욕이 그 본질에 더 가깝다. '더 가지려 하고, 더 되려 하고, 영원히 존재하려 하는' 맹렬한 힘이다.

우리 삶은 갈애로 가득 차 있다. 무엇을 그렇게까지 강렬하게 원할까? 불교에서는 갈애를 세 가지로 구분한다.

- 감각적 욕망에 대한 갈애: 음식, 수면, 성, 명예, 재산 등 감각적 쾌락을 추구하는 갈망
- 존재에 대한 갈애: '나'라는 존재가 영원히 존재하기를 바라는 욕망
- 비존재에 대한 갈애: 다시는 태어나지 않고 완전히 사라지기를 바라는 욕망

이기적 유전자와 불교의 갈애는 서로 다른 분야의 개념이지만, 인간 행동의 근원적 동기를 설명한다는 점에서 강력한 유사점을 가진다. 둘 다 '지독한 원함'과 '개체의 행복에는 무관심한 경향성'을 공통으로 보인다. 즉 이기적 유전자는 '맹목적이고 비인격적'이고, 갈애는

'맹목적이고 강렬한' 특징을 가진다. 유전자는 개체가 죽은 후에도 계속 복제되어 살아남으려는 잠재적 불멸성을 추구하고, 갈애는 윤회를 지속시키는 원동력이며, 멈추지 않고 다음 생으로 이어진다.

이기적 유전자는 늘 강하게 작용했고, 우리는 '갈애'라고 불리는, 무언가를 '지독하게 원하는' 본능을 갖게 됐다. 생존과 번식을 위한 욕망이 우리 삶의 동력으로 작용해 인류 역사를 발전시켰지만, 한편으론 '괴로움'이라는 틀 안에 잡아넣었다.

> "갈애는 괴로움의 뿌리이다. 이것을 버리는 것이 해탈이다."
>
> -《연기경》(SN 12.66)

무명: 착각에 대한 무지

무명(*avijjā*)은 a-(부정 접두사)와 *vijjā*(지혜, 통찰)의 결합어로 지혜 없음, 즉 깨달음의 부재를 뜻한다. 어둠, 밝지 않음, 무지, 어리석음 등의 의미로도 해석된다. 그렇다면 무명이란 어떤 지혜가 없는 것이며, 무엇을 알지 못한다는 것일까?

- 붓다의 제자 사리뿟따는 '사성제를 모르는 것'이라 했고,
- 이중표 교수는 '무아에 대한 무지'로 보았으며,

- 고미숙 선생은 '세계의 상호의존성(연기)을 이해하지 못함'이라고 했다.
- 로버트 라이트는 '유전자에 의해 미망 속에 사는 것을 모르는 상태'라 표현했다.

이 외에도 '번뇌의 본질'이나 '존재의 실상'을 모르는 것 등 다양한 해석이 존재한다. 여러 관점을 정리하면,

- 무명은 단순한 '모르는 것'이 아니라, '잘못 아는 것', '왜곡된 앎', '착각된 인식'이다.
- 없는 것을 있는 것으로 착각하는, 이치에 어긋난 생각이다.
- 변하는 것을 변하지 않는다고 주장하는 무지다.
- 안과 밖이 없는 걸 둘로 나누는 무지다.
- 쾌락이 허망하다는 사실을 모르는 무지 등이다.

결국 무명이란, 괴로움의 본질과 그것을 소멸시키는 길을 모르는 상태를 뜻한다. 무명이 존재하기에 갈애가 일어나고, 갈애는 번뇌를 낳아 결국 괴로움으로 이어진다. 불교의 12연기 구조에서 무명은 고통의 시작점이자 첫 고리로 등장한다. 무명 → 행 → 식 → 명색 → … → 갈애 → 집착 → 존재 → 출생 → 괴로움. 이처럼 무명은 전체 고

통의 뿌리다. 무명이 사라지면 그다음의 행도 생기지 않고, 결과적으로 괴로움 역시 일어나지 않는다.

무명의 원인은 무엇인가? 무명은 실체인가? 무명은 12연기의 첫 고리이지만, 갈애와 서로 영향을 주고받으며 끊임없이 순환하는 구조 속에 있다. 즉, 무명은 스스로 생기는 게 아니라, 갈애 등 다른 요인들과 상호작용을 하며 조건 지어진다. 무명으로 갈애가 일어나고, 갈애로 인해 다시 무명에 빠지는 격이다.

무명을 어떻게 물리치나? 불교의 상징적인 표현이 있다. "어둠은 빛이 생기면 자연히 사라진다." 바로 명지(明智)가 필요하다. 무명은 강제로 제거할 수 있는 것이 아니라, 지혜의 빛으로 자연스럽게 사라지는 어둠이다. 정견, 사띠, 지혜, 사유를 갖춘 수행과 통찰을 통해 무명을 줄이고 사라지게 할 수 있다.

무명은 존재론이 아닌 인식의 문제이고, 철학이 아니라 작동이다. 무명은 단지 '몰라서' 생기는 것이 아니라, 그릇된 방식으로 본 결과다. 불교는 존재의 본질을 찾기보다, 어떻게 보고, 어떻게 집착하고, 어떻게 괴로워하는가에 주목한다. 즉, 무명은 실체가 아니라 습관이다. 무명을 알아차리고 꿰뚫어 보는 순간, 그것은 더 이상 무명이 아니다.

그래서 수행의 출발은 보는 힘(사띠)과 바른 견해(정견)다. 스스로 물어보자. 나는 놓아야 한다고 생각하면서도, 왜 그렇게 놓지 못하나?

이해하고 내려놓기

일묵 스님의 책 제목이기도 한 '이해하고 내려놓기'는, 불교 수행의 핵심을 잘 드러낸다. 이 말을 한 문장으로 요약하면 '사성제를 이해하고, 팔정도를 실천하며, 해로운 마음을 내려놓는다.'라고 할 수 있다. 바로 집착을 내려놓는 길이다.

우리는 삶의 괴로움이 이기적 유전자와 생존본능이라는 근원적인 조건에서 비롯되었음을 이해해야 한다. 이 본능이 멈추지 않는 목마름, 즉 갈애를 일으키고, 그 갈애가 채워지지 않을 때 괴로움이 반복된다는 구조를 알아차리는 것이다. 동시에, 이러한 구조를 보지 못하고 반복되는 삶을 살아가는 것이 바로 무명임을 깨닫는 과정이 바로 이해하기다.

하지만 괴로움은 운명이 아니다. 그 구조를 명확히 이해하면, 우리는 더 이상 맹목적으로 욕망을 추구하지 않게 된다. 갈애가 줄어들면, 이기적 유전자의 지배로부터도 자유로워진다. 붓다는 팔정도라는 수행의 길을 통해 이 괴로움의 굴레를 끊고, 자유로운 삶으로 나아갈 수 있다고 가르쳤다.

이러한 이해는 먼 미래의 깨달음을 위한 것이 아니다. 갈애가 줄어드는 만큼 지금 여기에서 행복해지는 경험을 하게 된다. 해탈은 막연한 목표가 아니라, 바로 이 자리에서 시작될 수 있는 것이다.

1. 생존본능의 그림자, 갈애와 집착

인간은 존재와 생존의 한계를 넘어서는 과정에서 삶을 투쟁의 양식으로 굳혀 왔다. 이 투쟁은 악착같이 생산하고, 더 많이 갖고, 쾌락을 만들고, 싸워 이기고, 이기적으로 살고, 자손을 많이 남기려는 욕망으로 이어진다. 이 욕망은 이기적 유전자가 심어놓은 본능이자 작동 프로그램이다. 직접 명령을 내리진 않지만, 생존과 번식을 위해 내장된 강력한 힘이다.

이 프로그램은 '갖고 싶은 마음'이라는 소유욕을 거의 무의식적으로 일으킨다. 필요하지도 않던 물건이 다른 사람이 가지면 갑자기 탐나고, 채워야 할 것 같은 충동이 솟아오른다. 다른 스님이 보시를 받으면 탐디는 나도 모르게 '저걸 갖고 싶다'라는 마음이 자동으로 올라온다. 사실 돈이 꼭 필요한 것도 아니고, 생필품도 넉넉하다. 평소 물질에 큰 관심조차 없는데도 말이다. 이런 생존본능은 무섭고도 강력하지만, 알아차리면 흘러가듯 사라진다. 본능적 충동을 멈춰 성찰할 수 있는 능력이야말로 인간을 인간답게 만든다.

본능은 쉽게 멈추지 않는다. 갈망은 더 많이 가지려는 갈애, 즉 '간절한 원함'으로 발전한다. 갈애는 간헐적 변수가 아니라 늘 깔린 상수이며, 점차 '없으면 견딜 수 없는' 상태인 집착으로 바뀐다. 집착은 '내 것'이라는 자아 관념과 얽혀 불안, 상실, 공허를 피하려는 방패가 된다.

불교는 네 가지 집착을 설명한다. (1) 감각적 대상, (2) 잘못된 견해, (3) 계율과 의례, (4) 자아에 대한 집착이다. 이 집착의 흐름은 감각적 접촉 → 느낌 → 욕망 → 갈애 → 집착 → 존재 → 괴로움으로 이어진다. 이는 곧 12연기의 사슬, 윤회의 굴레다.

욕망은 본래 악이 아니지만, 무지를 바탕으로 하면 괴로움이 되고, 지혜를 바탕으로 하면 해탈로 가는 발판이 된다. 갈애가 일어나지 않게 하려면, 여섯 감각기관을 잘 다스리고, 외부 접촉에서 생겨나는 느낌을 있는 그대로 관찰해야 한다. 이것이 바로 위빳사나 수행의 핵심이며, 반응의 고리를 끊는 길이다.

2. 지혜의 빛: 무명에서 벗어나는 길

우리 앞에는 삶의 법칙을 이해하고 통찰하는 길[明智]과 무지에 머무는 길[無明], 두 갈래가 있다. 붓다가 제시한 명지란, 어둠 속의 무지를 지혜의 빛으로 없애는 일이다. 강성용 교수는 이를 간명한 비유로 설명했다. "장작을 새로 넣지 않으면, 불은 저절로 꺼진다." 번뇌의 불도 마찬가지다. 그러나 우리는 장작을 넣고, 기름을 붓고, 바람을 불어 불길을 키운다. 이것이 무명의 길이다.

명지는 무상·고·무아라는 삼법인의 통찰에서 비롯된다. 무상은 모든 것이 변한다는 성질, 고는 집착이 불러오는 괴로움, 무아는 자아에 대한 착각을 뜻한다. 붓다는 "무상을 보면 괴로움을 보고, 괴로움을 보면 무아를 보며, 무아를 보면 집착이 멸한다."라고 했다.《무상 고 · 무아 경》(SN 22.45) 이 세 가지 진리를 바탕으로 세상을 바라볼 때, '여실지견', 즉 있는 그대로의 앎이 생긴다.

3. '멈춤과 벗어남'의 길

갈애에서 벗어나게 되면, 자연스럽게 집착 또한 사라진다. 어떻게 갈애를 벗어나나? 고행으로 갈애를 끊으려 했던 자이나교 같은 기존 전통과 달리, 붓다는 '벗어남' 자체를 수행의 길로 제시했다. 12연기의 첫 고리는 무명이다. 무명은 상카라(*saṅkhāra*)를 일으키고, 상카라는 다시 식(*viññāṇa*)을 낳는다. 상카라는 의도된 행위, 반복적 반응, 번뇌의 씨앗 같은 심리적 형성을 뜻한다. 이렇게 고리들이 차례로 이어지며 괴로움을 낳고, 그것이 반복되어 윤회가 지속된다.

상카라가 없으면, 그 이후의 작용 또한 일어나지 않는다. 상카라를 더 이상 짓지 않으려면, 의도된 행위를 멈추는 것이 선행되어야 한다. 불덩이에 더 이상 장작을 넣지 않으면 불이 꺼지듯, 고통도 더는 새로운 조건을 만들지 않으면 사라진다. 이는 붓다 시대의 기존 수행 방식과는 다른, 매우 혁신적인 관점이다.

이 '멈춤'의 수행은 어린 싯닷타가 자연스럽게 체험한 선정에서 출발한다. 그는 나무 아래 조용히 앉아, 무엇인가를 얻으려 애쓰지 않았는데도, 편안하고 행복한 선정 상태를 경험했다. 출가 후 6년의 고행을 멈추고 새로운 길을 찾던 싯닷타는, 보리수 아래 앉아서 체험했던 어릴 적의 그 평온한 행복을 떠올렸다. 무언가를 얻으려 하지 않고, 그저 존재했던 그 순간의 고요함. 바로 그 기억이, 새로운 길의 출발점이었다.

그는 그 평온의 길을 수행했고, 마침내 '하지 않음'과 '벗어남'의 길을 발견했다. 하지 않음은 포기가 아니라 그치게 하는 지혜다. 벗어남은 도피가 아니라 얽힘을 풀어 주는 이해다. 그것이 바로 붓다의 깨달음이었다. 불교는 집착을 억지로 억누르거나 끊어내려 하지 않는다. 오히려 그것을 깊이 이해하고 통찰함으로써, 스스로 사라지게 만든다. 다시 말해, 억지로 '놓으려는 행위'가 아니라, 저절로 '놓아지도록' 하는 조건을 만드는 것. 이것이 '멈춤과 벗어남'의 수행이다.

4. 사성제와 팔정도로 강을 건너다

불교 이야기에는 언제나 사성제와 팔정도가 함께 등장한다. 불교 신자가 아니어도, 교과서에서 한 번쯤은 접해봤을 것이다. 붓다는 "팔정도가 없으면 사문이 아니다."라고 말했다. 이는 팔정도가 없다면 불교 혹은 불교 수행이라 할 수 없다는 뜻이다. 팔정도는 '바른길[正道]'이며, 이 길을 따르면 괴로움의 소멸, 곧 열반에 이를 수 있다.

붓다는 깨달음을 통해 괴로움이 소멸하는 길을 발견했고 그것을 고집멸도의 사성제로 정리했다. 붓다의 첫 가르침은 사르나트 녹야원에서 다섯 비구에게 설한 사성제였으며, 열반 직전 마지막 설법도 역시 사성제였다. 즉, 붓다의 가르침은 사성제로 시작해, 사성제로 마무리된다. 팔정도는 사성제를 삶에서 실천하고 실현해 나가는 수행의 길이다. 요즘 식으로 말하면, '삶을 잘 살아내는 여덟 가지 방법'이라고 할 수 있다. 팔정도를 실천하면 정말 열반에 이를 수 있을까?

그렇다.

팔정도는 절에 가야 실천할 수 있는 수행법이 아니다. 말하고, 먹고, 걷고, 일하고, 분노하고, 판단하는 바로 그 순간에 우리는 해로움이나 깨어 있음을 선택할 수 있다. 팔정도란, 깨어 있는 삶을 살아가겠다는 결심이자 연습이다. 또한 팔정도는 단순한 윤리 강령이 아니다. 삶의 방향과 태도, 말과 행위, 사띠와 삼매, 통찰이 유기적으로 연결된 수행 체계다.

5. 깨달음: 착각과 오해에서 벗어나는 지혜

세상에는 깨달음으로 가는 길이 무수히 많다. 불교 안에서도, 그리고 여러 종교와 수행공동체에서도 각자의 방식으로 깨달음을 향해 나아간다. 붓다는 열반에 이르는 길을 단순하고 명확하게 제시했다.

① (온 · 처 · 계로) 해체해서 보기 → ② 여실지견(무상 · 고 · 무아) → ③ 염오 → ④ 이욕 → ⑤ 해탈 → ⑥ 해탈했다는 지혜 순이다.

조금 풀어서 보면,

→ 사물의 구조를 해체해서 보고(실체가 아님을 깨달으며)

→ 있는 그대로 통찰하면(집착할 이유가 사라지며)

→ 붙잡고자 하는 마음이 줄고(그 대상에서 마음이 멀어지고)

→ 욕망이 자연스럽게 식으며(불꽃이 꺼지듯 사그라들고)

→ 갈애와 번뇌가 사라지고(탐진치가 소멸하며)

→ 마침내 자유를 자각하게 된다(윤회를 멈추고 수행이 완성됨).

염오(厭惡)와 이욕(離欲)은 수행에서 중요한 전환점이다. 염오(*nibbidā*)는 단순히 싫어하고 밀어내는 혐오가 아니라, 대상의 실상을 꿰뚫어 본 뒤 더 이상 매력을 느끼지 못해 마음이 멀어진 것을 뜻한다. 명품 가방을 갖는 것이 목표였던 사람이 있다고 가정해 보자. 가방을 얻기 위해 무리하게 돈을 모았지만, 막상 손에 넣고 보니 그것이 타인의 시선을 위한 도구에 불과했다는 사실을 깨닫게 된다. 이처럼 집착하던 대상의 허망함을 통찰하게 되면, 그 대상 자체에 대한 열망이 자연스럽게 사라진다.

그렇게 마음이 식어가는 상태가 바로 이욕이다. 이욕(*virāga*)은 욕망을 억지로 억누르는 것이 아니라, 대상에 대한 집착이 저절로 멀어지는 과정이다. 염오를 통해 얻은 통찰 덕분에, 더는 명품 가방을 사기 위해 무리하지 않고 그 돈과 시간을 의미 있는 곳에 사용하게 된다. 이는 마치 아이가 달콤한 과자를 원하지만, 어른은 그 안에 건강에 좋지 않은 성분이 많다는 것을 알아서 먹고 싶은 마음이 들지 않는 것과 같다.

나의 가치는 남의 평판에 달린 게 아님을 통찰하는 과정이 '염오'이며, 그 결과로 타인의 칭찬에 연연하지 않게 되는 것이 '이욕'이다. 대상의 실상을 있는 그대로 알게 되면, 억지로 참을 필요 없이 마음이 저절로 자유로워진다. 이것이 바로 집착을 싸워서 놓는 것이 아니라, 통찰을 통해 자연스럽게 놓아지는 수행의 과정이다.

남방에서는 깨달음을 얻은 사람을 네 단계로 구분하는데, 각각 수다원, 사다함, 아나함, 아라한이다. 아라한은 완전히 깨달은 사람을 말한다. 네 단계는 무엇을 얻으면 다음 단계로 나아가나? 광명을 보나, 부처나 보살을 만나나, 황홀경에 빠지나? 모두 아니다. 깨달음은 성취가 아니라 무엇을 놓는가, 즉 얼마나 '벗어났는가'에 달려 있다. 담마는 세상의 이치와 정반대에 있어, 움켜쥐는 것이 아니라 손을 펴는 데서 얻어진다. 단계마다 10가지 정신적 족쇄(*saṁyojana*)에서 하나씩 벗어나, 마지막 아라한과에서 모든 번뇌를 버린다.

> "그는 무엇을 잃어도 괴롭지 않으며, 무엇을 얻어도 기뻐 날뛰지 않는다. 그는 알고 있고, 내려놓았으며, 자유롭다." - 《담마빠다》

깨달음, 혹은 열반은 번뇌의 불이 꺼지는 것이다. 수행 초기, 탐디는 깨달음과 번뇌 소멸의 관계를 잘못 이해하고 있었다. 깨닫고 나면 번뇌의 불이 꺼지는 줄 알았다. 그게 아니다. 번뇌가 소멸하는 과정이 바로 수행이고, 수행이 바로 탐진치를 없애는 과정이다. 깨달음은 수행과 탐진치의 소멸이 서로 앞서거니 뒤따르거니 교차하며 함께 나아가는 과정이다.

6. 붓다는 무엇을 깨달았나?

우리는 흔히 깨달음에 대해 두 가지 극단적인 오해를 한다. 첫째는, 깨달음을 현실과 동떨어진 어떤 신비한 상태나 절대적 진리로 신격화하거나 이상화하는 것이다. 이는 실제 체험이라기보다는 상상이나 환상에 가까운 경우가 많다. 반대로, 단순한 이해나 일시적인 체험을 곧바로 깨달음이라 착각하기도 한다. 탐디도 여러 번 겪은 일이다. 그렇다면, 진정한 깨달음이란 무엇일까? 붓다는 과연 무엇을 꿰뚫어 보았는가?

문헌학적으로 보면, 붓다가 깨달은 내용을 하나의 정의로 단정하기는 어렵다. 일반적으로는 "모든 것은 조건에 의해 생겨나고, 조건이 사라지면 소멸한다."라는 연기의 법칙을 통찰했다고 본다. 또는 사성제나 무아의 진리를 꿰뚫었다고도 해석된다. 이렇게 다양한 해석이 있다 보니 전혀 이치에 맞지 않는 근거가 약한 해석들도 보인다.

붓다의 깨달음을 하나로 말하기는 어려워도, 깨달음의 공통적인 특징은 있다.

(1) 붓다는 초월적 신을 찾지도 않았고, '진짜 나'라는 실체를 발견한 것도 아니다.

(2) 붓다의 깨달음은 신성한 세계의 비밀이 아니라, 지금 여기서 일어나는 모든 현상의 작동 원리를 꿰뚫어 본 것이다. 고통은 어떻게 생기며, 어떻게 멈출 수 있는지를 철저히 통찰한 것이다. 이것이 불교의 핵심 질문이자 답이다.

(3) 고통은 운명이 아니며, 일정한 조건에서 생겨나고, 그 조건이 소멸하면 괴로움도 소멸한다. 바로 이 점에서 괴로움에서 벗어나는 길이 가능하다. 그것이 사성제이며, 그 작동 원리가 바로 연기법이다.

(4) 붓다의 깨달음이란, 왜곡된 인식에서 벗어나 더 이상 속지 않는 것이다. 무상 · 고 · 무아라는 존재의 진실을 있는 그대로 보고, 그 통찰을 바탕으로 갈애와 집착이 서서히 놓아지는 내면의 전환이다. 단숨에 이루어지는 기적이 아닌, 지속적인 통찰의 결과다.

(5) 깨달음은 착각에서 깨어나는 일이다. '이것이 행복일 거야'라고 굳게 믿었지만, 사실 그것이 나를 괴롭게 했다는 것을 뼈저리게 자각하는 순간이다. 또는, 문제가 외부에 있는 줄 알았는데, 사실은 내 반응 방식에서 비롯되었음을 알아차리는 순간이다. 깨달

음은 세상이 달라지는 것이 아니라, 세상을 바라보는 나의 방식이 달라지는 것이다.

깨달은 상태를 경전에서는 이렇게 표현한다.

"알았고, 보았고, 벗어났고, 안정되었다." -《무아경》(SN 22.59)

집착을 놓는 수행의 길로…

이제 어떻게 집착을 놓을 수 있는지, 당신은 답을 얻었나? 다시 생각해 보자. 나의 집착은 무엇인가? 감각적 대상, 견해, 계율과 의례, 혹은 자아에 대한 집착인가? 아직도 그것을 놓지 못한다면 그 원인은 무엇인가? 집착이란, 변하는 것을 붙잡으려는 마음, 이미 지나간 것에 대한 미련, 갖지 못한 것에 대한 갈망이다. 불교적으로는 무상한 것을 상(常)이라 여기는 무지에서 오는 반응이다.

집착은 무지에서 생기고, 통찰로 놓아진다. 따라서, 놓아야지 하는 노력보다 '왜 붙잡는가?'를 묻는 게 중요하다. 집착은, 그것이 쓸모없음을 알 때 조용히 사라진다. 결국 놓음이란, 더 이상 붙잡을 이유가 없을 때 스스로 오는 자유다.

일묵 스님의 《사성제》를 꼭 읽어보길 권한다. 책을 읽고, 유튜브 강의를 듣고, 다시 책을 정독하다 보면, 더 이상 사성제가 혼란스럽지 않고, 이해하고 내려놓기에 가까워질 것이다.

1부 이해하고 내려놓기에서는 이기적 유전자, 착각하는 인간, 이분법을 넘는 중도, 괴로움과 행복의 상관관계, 집착을 내려놓는 과정을 이야기했다. 어느 정도 기본적인 이해를 마쳤으니, 2부 수행 편에서 마음을 중심으로 명상과 사띠, 환상과 번뇌 이야기를 이어가 보자. 마음은 내 친구가 될까, 아니면 나를 괴롭히는 적이 될까?

집착이라는 뜨거운 숯을 움켜쥔 손은 누구의 것인가? 누군가를 미워하거나, 원하는 걸 놓지 않으면 결국 자기 손을 다친다. '당신을 괴롭히는 건 당신이 붙잡은 것이다.'

몽족 청년 무아는 타는 목마름에서 벗어났는데, 당신도 그러길 바란다.

우뻭카, 열반을 여는 마지막 마음

"마음챙김, 알아차림이 중요합니다."
"그다음은요?"
"그렇게 지켜보면 생각, 감정, 느낌은 스스로 흘러갑니다."

이것은 전형적인 수행 지침이다. 하지만 여기에 하나를 덧붙이고 싶은데, 바로 '우뻭카'의 마음이다. 스스로 흘러가기 위해서는 이 '담담한 마음'이 필요하다.

빨리어 우뻭카(*upekkhā*)는 흔히 평정심, 평온으로 번역되며 '고요'나 '평안'하다는 의미로 보지만, 그 의미는 더 깊다. '치우침 없는 마음', '있는 그대로 보는 담담함', '고요한 관망' 등으로도 설명된다. 한국에서는 크게 주목받지 않지만, 불교 수행의 핵심에는 항상 우뻭카가 자리한다. 놀랍게도 우뻭카는 불교 수행의 네 가지 주요 지점에서 모두 '마지막'에 등장한다.

- 칠각지: 깨달음의 일곱 요소 중 마지막으로, 지혜에서 나오는

초연하고 균형 잡힌 마음이다.

- 사선정: 제4선정의 중심 감정으로, 쾌도 불쾌도 사라진 평형 상태다.
- 사무량심: 자비희와 함께 작동하는 관계적 평정심으로, 담담하게 대하는 마음이다.
- 십바라밀: 바라밀 수행의 완성으로, 무상과 무아를 꿰뚫은 이만이 지닐 수 있는 가장 깊은 초연함이다.

마치 종착역처럼, 우뻭카는 수행의 최종 지점마다 존재한다. 그래서 탐디는 우뻭카를 '열반을 여는 마지막 마음'이라 부른다. 수행의 성패는 어쩌면 이 마음을 품을 수 있느냐에 달려 있다. 우뻭카는 좌선 속에서만 필요한 마음이 아니다. 현대사회야말로 우뻭카가 절실한 시대다. 우뻭카가 지금 필요한 이유는 여러 가지다.

- 감정의 파도 속에서 균형을 되찾기 위해
- 과잉 공감과 감정 소진(burnout)을 막기 위해
- 옳고 그름, 편 가르기에서 벗어나기 위해
- 끊어진 연결을 다시 잇기 위해, 담담한 마음으로

우뻭카는 고차원적인 이상이 아니다. 일상에서도 얼마든지 만날

수 있다.

- 커피를 마시다 택배가 늦는다는 알림을 받을 때, 불평 대신 커피 향에 다시 집중하는 것
- SNS 댓글에서 비난받을 때, 즉각 반응하는 대신 '그럴 수도 있지' 하며 스크롤을 넘기는 것
- 가족이 짜증을 낼 때, 맞받아치지 않고 조용히 바라보는 것

한 가지 명확히 할 것은 우뻬카는 단순히 감정을 억누르거나 회피하는 것이 아니라, 감정에 휘둘리지 않고 지혜롭게 대처하는 '능동적인' 마음가짐이라는 점이다.

불자들은 종종 주문을 외운다. 나무아미타불, 옴 마니 반메 훔, 나모 라따나따라야야…. 이제 여기에 하나를 더 보태보자. 위기의 순간, 화가 치밀 때, 당황할 때 마음속으로 읊어보는 것이다.
"우뻬카, 우뻬카…."
그렇게 마음속으로 읊어보면, 놀라운 효과를 경험하게 될 것이다. 집착은 싸워서 놓는 것이 아니다. 있는 그대로를 바라보는 '담담한 마음'으로 스스로 흘러가도록 내버려 두는 것이다.

2부

마음은 적인가, 친구인가

6장
수행 -
올바른 습관이라는 본질

기쁨, 슬기, 한얼, 보람, 한결. 자랑, 모두 곱고 아름다운 이름이다. 어느 순간부터 부모들은 아이 이름에 한글로 희망을 담기 시작했다. 제발 이름처럼 무럭무럭 자라 주기를 바라는 마음에서였다.

그 아이들이 이제 20~30대가 됐다. 이름처럼 자라났을까? 그렇다면 청년들이 방에 틀어박히고, 결혼과 출산을 포기하는 일은 벌어지지 않았을 것이다. 아이들은 이름대로 살기 위해 어떤 노력을 했는가? 부모는 어떻게 도왔는가? 단지 마음속으로 기도하거나, 누군가에게 '해 주세요'라고 바라기만 했던 건 아닐까?

우리는 더 나은 사람이 되고 싶어 한다. 착한 사람, 더불어 사는 이웃, 진취적 청년, 품이 넓은 어른을 마음속에 그려 본다. 한편으로는 괴로움을 덜고, 욕심과 성냄을 내려놓고, 평온한 마음으로 살기를 바란다. 매일 치이는 일상에 그 바람을 잊고 살지만, 마음 깊은 곳에서는 완전히 지우지 못한다. 무슨 방법이 없을까?

'집착은 어떻게 놓아지는가'에서 살펴본 것처럼, 이 바람을 이루는 방법은 이해하고 내려놓기다. 그러나 이러한 '이해와 놓음'이 머리로만 이뤄진다면 아무런 변화도 일어나지 않는다. 아이를 이름처럼 자라게 하려면 기도만으로는 부족하듯, 그에 걸맞은 노력이 필요하다. 바로 수행이다.

수행이란 무엇인가?

붓다의 가르침인 담마는 크게 교학과 수행으로 나눌 수 있다. 불교는 '배우고(교학) → 실천하고(수행) → 깨닫는(증과)' 조화를 중시한다. 교학(*pariyatti*)은 경전 공부, 개념 분석, 토론, 해석, 강의 등이다. 공부라고 하니 벌써 머리가 지끈거리나? 걱정하지 않아도 된다.

이 책 1부의 내용을 이해했다면, 이미 교학의 핵심은 어느 정도 익힌 셈이다. 불교의 핵심 주제로는 사성제, 팔정도, 삼법인(무상·고·무아), 오온, 연기를 들 수 있는데, 앞에서 여러 다양한 방식으로 살펴보았다. 부족한 부분은 이후에도 계속 나올 테니 조급해하지 말자.

수행은 빨리어로 바와나(*bhāvanā*)이며 '개발', '경작', '양성' '닦음' 등을 의미한다. 탐디는 이를 마음을 '가꾸는 일'로 본다. 수행은 마음을 변화시키는 과정으로 명상, 계율 실천, 관찰, 알아차림, 정진 등을 포함한다. 우리가 흔히 떠올리는 '다리 꼬고 앉아 있는 명상'은 그 수행 가운데 일부일 뿐이다.

수행이 무엇인지 구체적으로 알아보자.

- 수행은 마음이 바뀌도록 의식적으로 훈련하는 일이다.
- 탐욕·성냄 · 망상의 마음에서 벗어나, 자애 · 평정 · 지혜의 마음으로 전환하는 길이다.
- 바른 마음(*sammā citta*), 이로운 마음(*kusala citta*)으로 삶의 방향을 바꾸는 실천의 길이다.
- 자신과 타인, 그리고 세계와의 단절된 관계를 통찰하고 회복하려는 끊임없는 노력이다.
- 익숙한 삶의 방식에서 벗어나 놓고, 보고, 깨어 있는 새로운 삶의 방식을 익히는 일이다.

수행의 목적은?

마음이 우울하거나 뭔가 만족스럽지 않을 때, 우리는 그 상태에서 빨리 벗어나고 싶어 한다. 보통 음악, 영화, 술, 운동 등 외부 자극으로 기분을 달래보지만, 마음은 가라앉지 않고 여전히 바깥을 향해 달려간다. 그런 방식은 대부분 일시적인 효과에 그치고, 근본적인 원인을 해결하지 못한 채 더 강한 자극을 찾게 만든다. 그래서 눈을 돌려 수행을 바라보기 시작한다.

마음이 건강해지고 바른 삶을 살려고 수행하는 이도 있다. 내면의 평화와 단순한 삶, 집착에서의 해방을 바라는 이도 있을 것이다. 번뇌를 없애 열반을 성취하거나, 도인의 경지에 이르고자 하는 사람도 있을 수 있다. 이처럼 '나는 왜 수행하는가'를 숙고하는 일 자체가 팔정도의 첫 번째, '바른 견해'를 세우는 일이다.

수행의 방향과 목적을 크게 다음의 세 가지로 나눌 수 있다.

- 얻음의 수행 – 불안과 스트레스에서 벗어나 평온과 집중, 더 나은 나를 얻고자 하는 길
- 놓음의 수행 – 분노·두려움·집착을 내려놓고, '나'라는 틀에서 자유로워지는 길
- 없음의 수행 – 얻고 놓을 것도 없이, 기대와 저항 없이 지금 이 순간에 머무는 길

이 세 길은 서로 배타적이지 않고, 보통은 얽혀 있다. 얻으려다 내려

놓고, 내려놓다 보면 그냥 머무르게 된다.

수행은 나를 마주하는 일

수행은 결코 만만한 일이 아니다. 우리 안에는 강력하고 이기적인 유전자가 버티고 있기 때문이다. 우리가 본능대로 사는 이유는, 본능이 옳아서가 아니라 이성보다 먼저 더 강하게 작동하기 때문이다. 나는 왜 이렇게 욕망이 많고, 끝이 없을까 하고 자책하지 마라. 그것이 바로 인간의 본성이다. 문제는 그 욕망 자체가 아니라, 그 욕망을 어떻게 대하느냐이다. 욕망이 아예 일어나지 않기를 바라겠지만, 그것은 아라한의 경지에서나 가능한 일이다. 우리는 아직 그 길의 한참 앞에 서 있다.

우리가 지금 할 수 있는 일은 욕망을 '살피는' 것이다. 욕망을 피하지 말고, 정면으로 마주해야 한다. 수행은 나로부터 도망치는 것이 아니라, 나를 관찰하는 일이다. 수행은 나에게 맞게 남을 고치는 게 아니다. '나를 고쳐' 내가 편안해지는 것이 수행이다. 남을 바꾸려는 태도는 수행자의 자세가 아니다.

세상에는 자기 계발, 수련 등 다양한 방법이 있지만, 붓다의 수행은 근본적으로 다르다. 단순히 '더 나은 나'를 만드는 것이 아니라, '나'

라는 생각 자체에서 자유로워지는 길을 제시한다. 믿음 대신 관찰을, 억압 대신 통찰을, 특정 시간 대신 삶 전체를 수행으로 바라보는 것. 이것이 붓다 수행이 가진 본질적인 매력이다.

담마는 '무엇이 되라'고 요구하지 않고, 그저 지금 이대로의 나를 온전히 보고 반응하지 않을 힘을 길러줄 뿐이다. 그래서 붓다의 수행은 성공보다 자유를, 치유보다 이해를, 얻음보다 놓음을 말한다.

올바른 습관 들이기

'유전자 스위치'라는 말이 있다. 우리는 유전자 자체를 바꿀 수 없지만, 발현 방식은 환경과 경험에 따라 달라진다. 습관과 삶의 조건이 달라지면, 유전자도 다른 방식으로 작동한다. 붓다도 우리의 삶은 신도, 운명도, 우연도 아닌, 조건에 의해 이루어진다고 말했다.

이로운 유전자의 스위치를 켜려는 노력이 수행이라 말할 수 있다. 여기에는 지름길도, 왕도도 없다. 오직 꾸준히, 올바른 습관이 스며들도록 훈습하는 것, 생활방식을 바꾸고, '올바른 습관'이 몸과 마음에 체화되도록 만드는 일이 수행이다.

수행은 특별한 상태에 도달하는 것이 아니다. 반복되는 무의식적 반응을 자각하고, 그 반응을 놓는 연습, 새로운 반응을 훈련하는 일이다. 즉, 괴로움의 습관을 자유의 습관으로 바꾸는 과정이 수행이다.

1. 무의식적 반응을 바꾸는 훈련

고미숙은《청년 붓다》에서 이렇게 말한다. "매일매일의 일상이다. 자기가 선 그 자리가 바로 구도의 현장이라는 뜻이다. 다만 마음의 방향과 구조를 바꾸면 된다. 일상과 습관의 패턴을 바꾸면 된다. 다만 그뿐이다!" 습관이란, 오랜 시간 반복되어 몸에 익어 굳어진 개인의 행동 양식을 말한다.

뇌과학자들에 따르면, 보통 3~4주간의 반복으로 어떤 습관이 형성되기 시작한다. 새로운 자극이 긍정적인 기억으로 저장되면 장기기억이 되고, 이것이 반복될수록 습관으로 정착된다. 그렇게 형성된 습관은 점차 무의식적인 반응으로 굳어지고, 마침내는 일종의 '본능'처럼 작동한다. '몸이 기억한다'는 말이 있다. 신발 끈을 묶거나 자전거를 탈 때처럼, 의식하지 않아도 저절로 작동하는 반응들이다. 수행 역시 마찬가지다. 학습과 경험 → 노력 → 기억 → 습관 → 본질로 이어지는 과정, 그 변화의 흐름 자체가 수행이다.

관성은 올바른 습관을 들이는 데 가장 큰 장애물이다. 이미 몸과 마음에는 수많은 루틴(routine), 즉 틀에 박힌 행동이 자리 잡고 있다. 이 루틴을 알아차리는 훈련이 바로 명상이다. 명상을 통해 반복적으로 자신을 관찰하다 보면, 내가 자주 하는 생각, 무의식적으로 반복하는 행동들이 또렷이 보이기 시작한다. 이렇게 나를 알아가는 것이 수행의 시작, 올바른 습관으로 가는 첫걸음이다.

바른 습관을 들이려면 일상의 작은 행동부터 바꾸는 것이 중요하다. 가능하면 선한 일, 좋은 환경에 자주 노출되도록 한다. 친절한 사람이나 공감해 주는 친구를 가까이하는 것만으로도 습관 형성에 긍정적인 영향을 줄 수 있다. 나만의 실천 규칙을 만드는 것도 효과적이다. 스마트폰 사용이 지나치다면, 집에 들어오자마자 스마트폰을 신발장에 넣어두는 것만으로도 집 안에서의 집중과 평온을 되찾을 수 있다. 처음에는 쉽지 않겠지만 5분씩 늘일 수 있다.

수행은 특별한 장소에서만 일어나는 일이 아니다. 걷고, 말하고, 먹고, 분노하고, 사랑하는 모든 순간이 곧 수행이다. 수행은 특정한 행동이 아니라, 삶을 살아가는 방식 그 자체다. 그 길을 걷는 자만이 괴로움에서 벗어나, 진정한 자유를 향해 나아갈 수 있다.

2. 바른 노력: 중도와 반복의 길

바른 노력(*sammā viriya*)을 뜻하는 정진은 불교 수행에서 중요한 길이다. 우리는 흔히 노력을 '열심히 하는 것'으로 여기지만, 붓다는 균형과 지혜가 담긴 노력을 강조한다. 너무 느슨하면 나태함에 빠지고, 너무 맹렬하면 흥분 속에 괴로워한다. 마치 비나(인도 현악기)의 줄을 적당히 조여야 아름다운 소리가 나듯, 수행 역시 무작정 힘을 주기보다는 방향을 올바르게 잡고 지속 가능한 방식으로 실천해야 한다.

우리의 뇌는 반복되는 행동을 '무의식적인 반응'으로 만든다. 뇌의 전측대상회피질(aMCC)은 의사결정과 실천력을 담당하는데, 적은 노력이라도 꾸준히 반복되면 이 부위가 활성화되어 수행이 더 쉬워진다. 빠른 공을 정확히 맞히는 야구선수나 눈으로 좇기 어려운 탁구공을 받아 치는 선수처럼, 놀라운 반응은 무의식에 새겨진 오랜 반복의 결과다.

영화배우 이소룡이 "반복은 지루하지만, 숙련은 지루함을 통과한 자의 것이다."라고 말했다. 바로 이 지점이 붓다의 가르침과 통한다. 수행은 '하기 싫은 걸 한 번 더 해보는 것'이며, 이 꾸준한 반복을 통해 괴로움의 습관을 자유의 습관으로 바꿀 수 있다. '하면 된다'는 구호가 때로는 무책임하게 들리지만, 올바른 방향을 잡고 꾸준히 노력한다면 뇌의 구조 자체가 변하며 삶을 바꿀 수 있다는 점에서 틀린 말이 아니다. 결국, 바른 노력은 무리하지 않는 꾸준함이며, 그 꾸준함이 뇌에 새로운 길을 만들어 마침내 자유를 향한 습관으로 자리 잡게 한다.

붓다의 수행은 계정혜

불교 수행이 무엇인지, 왜 필요한지, 어떻게 닦아야 하는지를 살펴보았다. 그렇다면 이제 남은 질문은 하나다. '무엇을 닦을 것인가?' 자상하고 철저한 붓다가 그 답을 남기지 않았을 리 없다. 그 답은 명확하다. 팔정도다. 팔정도가 빠지면 불교가 아니듯, 팔정도가 빠진 수행 역시 불교 수행이 아니다.

팔정도의 여덟 가지 길은 다시 세 갈래로 묶인다. 계 · 정 · 혜(戒定慧), 곧 삼학(三學)이다. 빨리어로는 '띠 식카(*ti sikkha*)', 즉 '닦아야 할 세 가지 훈련'이다. 학(學)이라는 단어는 흔히 공부나 배움으로 이해되지만, 불교에서의 학은 '익힘'이며 '훈습'이다. 해인사 법장 스님은 이렇게 표현한다. "학은 배우는 것이 아니라 스며드는 것이다. 배워서 아는 지식이 아니라 스며들어 지혜로써 발현시키는 훈습(薰習)을 의미한다." 스며듦이란, 옷에 땀이 스며들고 스펀지가 물을 머금듯, 몸과 마음에 수행이 배어드는 것이다.

삼학의 구조와 내용을 살펴보자.

바른 생활[戒] *silā*	마음 집중[定] *samādhi*	지혜로운 통찰[慧] *paññā*
바른 말, 바른 행위, 바른 생계	바른 노력, 바른 사띠, 바른 삼매	바른 견해, 바른 사유
윤리적이며	평온을 유지할 수 있는	지혜로운 길
해롭지 않게 살기 위한 기반	집중력과 평정심을 기르며	진리를 꿰뚫고 무지를 깨뜨림
행동을 바르게 하고	팔정도에 따른 올바른 명상을 바탕으로	존재를 통찰하고 집착을 놓는다

계정혜는 각각이 중요하지만, 셋이 균형 있게 함께 자라며, 서로를 뒷받침하고 밀어주는 순환의 길이다. 계를 지키는 가운데 마음이 고요해지고, 고요한 마음속에서 통찰이 생기며, 그 통찰은 다시 삶 속에서 계율을 자발적으로 실천하도록 이끈다. 세 가지 수행의 기둥을 하나씩 살펴보자.

1. 윤리적 토대(*silā* – 추구하고 실천해야 할 계율)

'계율'이라는 말은 흔히 딱딱하고 경직된 느낌을 준다. 외부의 강제나 통제로 생각하기 때문이다. 그러나 불교에서 말하는 '계'는 그런 외부의 힘이 아니다. 자기 삶의 윤리적 기반을 스스로 세우고, 자신의 생각·행동·말을 꾸준히 되돌아보는 실천이다. 불교는 계(戒)와

율(律)을 구분한다. '계'는 윤리적 다짐이며, '율'은 강제성과 처벌이 수반되는 출가자의 규범이다. 계는 불교에 귀의한 재가자가 받고, 율은 출가자만 받는다. 라오스의 출가자는 227계율을 지킨다.

계는 옳고 그름을 분별하고, 마땅한 길을 따르게 하는 내면의 힘이다. 꼭 수행자가 아니어도 나의 일상에서 계를 지키면 이익이 많다. 어떤 이익이 있나?

(1) 자발적 나침반

계는 외부의 강제가 아니라 내가 세운 약속이며, 삶의 방향을 잡아 주는 나침반이다.

(2) 훈련과 보호막

계는 단순한 제한이 아니라 바른 습관을 길러 주고, 나와 이웃을 해로움에서 지켜 주는 방패다.

(3) 후회 없는 자유

계를 지키면 후회가 사라지고 마음이 고요해지며, 부끄러움 없는 삶이 참된 자유로 이끈다.

• 계를 대하는 라오 사람의 태도

오래전 처음 라오스를 들락거릴 때 가진 의문이 있었다. 여행자가 깜

빡하고 물건을 두고 갔다가 돌아와도, 그대로 남아 있는 경우가 많았다. 라오 사람들은 물건에 욕심이 없는 걸까? 대답은 붓다의 가르침이다. 라오 사람들은 '훔치지 않는다.'는 계율을 일상에서 자연스럽게 지키기 때문이다.

'오계'는 붓다의 제자가 지켜야 하는 다섯 가지 계율이다. 오늘날 감각에 맞게 오계를 이렇게 풀어볼 수 있다.

① 나는 어떤 생명도 해치지 않겠습니다.
② 나는 남이 주지 않은 것을 취하지 않겠습니다.
③ 나는 욕망으로 타인에게 해를 끼치지 않겠습니다.
④ 나는 말로도 해를 끼치지 않겠습니다.
⑤ 나는 정신을 흐리는 음주 등의 습관을 멀리하겠습니다.

라오 사람들은 웬만해서는 목소리를 높이지 않는다. 다툼이 생겨도 조용히 대화를 통해 풀려는 태도가 일반적이다. 오히려 화를 내거나 큰 소리로 말하면, 그 자체로 비난받는다. "말로 하면 될 일을 왜 화를 내나?" 상황의 옳고 그름을 따지기 전에, 먼저 감정을 드러낸 사람이 잘못한 것으로 여긴다. 이것은 네 번째 계율, 곧 '거짓말하거나 남을 해치는 말을 하지 않는다'라는 계를 반영한다.

경전에서도 말의 기준을 제시한다. "지혜로운 이는 다섯 가지 기준에 따라 말한다. ① 시기적절하고, ② 진실하며, ③ 친절하고, ④ 유익하며, ⑤ 사랑이 깃들어야 한다." -《와짜 경》(AN 5.198)
또 이렇게도 말한다. "쇠에서 나온 녹이 그 쇠를 갉아먹듯, 자기 입에서 나온 말이 자기 자신을 더 나쁜 곳으로 떨어뜨린다."
-《담마빠다》

불교는 다른 종교에 비해 다섯 번째 계율을 중요하게 여긴다. 술은 정신을 흐리게 하고, 분별력을 낮추며, 다른 계율들을 어기게 만들 수 있기 때문이다. 술을 마셔 사띠가 사라지면, 말과 행동, 생각까지 흐트러지기 쉽다. 담마의 길은 이성적이고 깨어있는 삶을 지향하며, 이는 앞의 네 계율을 지키는 전제이기도 하다.

이기적 유전자는 단번에 제압하기 어려운 상대다. 그래서 라오스에서는 기회가 있을 때마다 계율을 다시 기억하고, 반복해 다짐한다. 법회나 의식, 행사를 시작할 때든, 늘 삼귀의를 하고 나서, 오계를 되새긴다. 오계를 반복하는 일 자체가 수행의 일부다. 오계를 읽어 보면 결국 '착하게 살자'라는 말로 들리지 않는가? 불자가 아니어도, 누구나 지키면 좋은 기본 윤리들이다. 그렇다. 사실 우리가 알아야 할 윤리와 도리는, 대부분 유치원에서 이미 배웠다. 문제는 그걸 옆으로 미뤄놓고, 실천하지 않는 데 있다.

2. 마음 조절(*samādhi* – 삼매와 선정, 고요와 집중)

마음이 들뜬 상태에서는 옳지 않은 판단과 행동이 쉽게 나온다. 계율을 지키고 지혜를 알려면 무엇보다 평정심과 고요함이 필요하다. 사마디는 몰입 상태나 의식이 맑게 모인 마음 상태를 가리킨다. 어릴 적부터 '삼매경에 빠졌다'라는 말을 듣고, 선재는 늘 그게 어떤 상태인지 궁금했다. 이제 그 고요함과 몰입의 세계를 직접 체험할 수 있는 문 앞에 서 있다.

3. 근본 통찰(*paññā* – 지혜는 철학이 아니다)

지혜라고 하면 흔히 고상한 철학이나 높은 지식, 심오한 사상을 떠올리기 쉽다. 탐디도 처음에는 그렇게 생각했다. 착각이었다. 괴로움의 원리, 즉 사성제를 아는 것이 지혜다. 숨을 내쉬고 들이쉬는 걸 명확히 아는 것, 나쁜 것을 나쁘다고 알고, 이로운 길을 분별하는 것도 모두 지혜다. 지금 내가 무엇을 하고 있는지를 아는 것. 자연과 인간의 관계를 이해하는 것. 그런 통찰이 바로 지혜의 뿌리다.

지혜는 괴로움이 어떻게 생겨나고, 어떻게 사라지는지를 꿰뚫어 보는 통찰의 눈이다. 동시에, 지혜는 실천의 힘이다. 실제 삶에서 어떻게 놓을 수 있고, 어떻게 반응하지 않을 수 있는가를 아는 능력이다.

그렇다면 이 지혜는 어디서 오고, 어떻게 자랄까? 붓다는 지혜의 길을 세 단계로 풀어낸다. 배움의 지혜[聞], 사유의 지혜[思], 수행의 지혜[修] — 문사수다. 탐디는 처음 문사수를 접하고 참 멋지게 분류했다고 생각했다.

(1) **배워 익히는 지혜**[聞慧]: 읽고 듣고 보고 얻는, 세상에서 지식이라 부르는 것이다. 쿠바 탐디는 출가 후, 닥치는 대로 읽고, 듣고, 봤다. 세상의 모든 불교가 궁금했고, 깨달음도 알고 싶었다. 때로는 옆으로 한없이 넓혀 노자, 장자, 새말귀, 다석 강의까지 갔다가 다시 붓다에게로 돌아오곤 했다. 국내외 불교 영화도 모두 찾아봤다. 유튜브에 있는 500개가 넘는 일묵 스님 법문을 거의 다 들었다. 그 모든 것은 지혜의 목소리를 듣기 위한 여정이었다.

(2) **사유와 탐구로 익히는 지혜**[思慧]: 왜? 어떻게? 물음에서 지혜는 자란다. 배우고 끝나는 것이 아니라, 그 배움을 나만의 질문으로 재해석해야 한다. 의문이 많을수록 수행은 깊어진다. 생각 없이 경험하면, 현상은 지나가고 통찰은 생기지 않는다. 탐디가 가졌던 질문들이다.

- 붓다는 어떻게 자신의 해탈과 열반을 설명했나? 대중은 어떻게 그것을 믿을 수 있었나?
- 불교는 여러 신흥 믿음 사이에서 어떻게 부흥했나? 왜 대중은 붓다를 반겼나?
- 나는 왜 절에 있고, 수행하나? 내 삶과 불교는 어떤 관계인가?
- 붓다가 생각하는 가난, 평등, 나눔이란?
- 지금 왜, 다시 붓다인가? 붓다의 가르침은 앞으로도 유용할까?

(3) 수행으로 익히는 지혜(修慧): 수행을 통해 '직접' 체험한 지혜다. 좌선하다 보면 생각이 수없이 일어났다 사라지는데, 그걸 보면 무상이다. 생각을 멈추고 싶은데 잘 안 되면, 괴로움이 보인다. 그 생각들이 내가 원해서 생기는 게 아니라, 제멋대로 일어났다 사라진다면 무아다. 이렇게 작은 통찰에서 수행은 시작된다.

대해수를 퍼내듯

많은 이들이 수행을 결심하고 시작하지만, 멈췄다 다시 하기를 반복한다. 누구나 겪는 일이니 좌절할 필요 없다. 다시 시작하면 된다. 작심삼일도 사흘마다 반복하면 이어진다. 그러나 한 번쯤은 수행을 멈추는 이유를 살펴보자. 나는 왜 자꾸 그만둘까? 아래 나오는 불교 수행이 어려운 10가지 이유를 거듭해서 살펴라.

깨달음은 순식간에 찾아올 수 있다. 그러나 그 깨달음이 오기까지는 긴 시간이 필요하다. 붓다는 그것이 짧게는 7일, 길게는 7년 걸린다고 했다. 당연하다. 수만 년 쌓여온 이기적 유전자가 그렇게 쉽게 꺾일 리 없다. 옷에 깊게 밴 물감은 하루아침에 지워지지 않는다. 오랜 햇빛과 바람에 서서히 바래간다. 수행도 그렇다. 번뇌가 바래고 또 바래야 한다. 붓다가 상기시킨다.

> "비구들이여, 나는 최상의 지혜는 한 번에 얻어진다고 말하지 않는다. 오직 점차적인 노력, 점차적인 수행 그리고 점차적인 향상으로 얻어진다." -《적은 경》(AN 1.233-234)

적명 스님도 같은 말씀을 하셨다. "이 공부는 조금 하면 안 된다. 대해수를 바가지로 퍼내듯, 펑퍼짐하게 주저앉아 한 바가지 한 바가지 정성껏 퍼내야 한다. 그렇게 꾸준히 하면 대해수가 뒤집어질 날이 반드시 온다. 그때 공부에 큰 변화가 올 것이다."

수행의 속도는 사람마다 다르다. 대부분은 코끼리 걸음처럼 느리지만, 꾸준히 나아간다. 그렇다면 어떻게 수행의 진전을 알 수 있을까? 몸이 사라지는 신비한 체험? 그럴 수도 있지만, 더 중요한 지표가 있다.

(1) **번뇌가 줄었는가:** 화를 덜 낸다. 가족이나 친구가 "사람이 좀 달라졌어."라고 말한다. 고집이 줄고, 표정이 부드러워진다. 마음의 변화는 남이 먼저 알아본다. 집착이 있던 마음과 집착이 버려진 마음의 차이를 스스로 비교해 봐라! 해로운 마음이 얼마나 줄고, 선한 마음이 얼마나 늘었나?

(2) **사띠가 얼마나 지속되는가:** 한 걸음 물러나 나를 바라보는 힘을 느낀다. 나쁜 감정이 올라왔을 때, 그것을 얼마나 빨리 알아차리는가? 화가 났다면, 얼마나 빨리 중심을 되찾는가? 잡다한 생각이 없어지고, 마음이 고요하고 맑아지는 순간이 늘어나는 걸 느낀다.

(3) **이로운 길을 가고 있는가:** 수행하기 전에는 좋아하는 것과 싫어하는 것으로 나눴다면, 수행은 (괴로움의 소멸에) 이익이 되는 것과 이익이 되지 않는 것으로 구분한다. 원치 않는 일이 생겼을 때, 평정을 잃지 않고 머무를 수 있는가? 화를 내면 결국 나만 손해라는 걸, 그 순간 알아차릴 수 있는가?

불교 수행은 꽝이 없다

탐디가 머무는 절에 수행에 별 관심 없어 보이는 스님이 한 분 있었다. 그런데 가끔 좌선하는 모습이 눈에 띄었다. 나는 속으로 생각하기를, '이렇게 가끔 앉는 명상이 열반에 무슨 도움이 될까?' 오해였다. 내가 틀렸다. 수행한 만큼 선해지고, 명상한 만큼 마음이 편해지고, 삶이 좋아진다. 탐디는 출가 후, 오직 깨달음만이 수행의 전부라 여겼다. 하지만 수행의 이익은 깨달음만이 아니다. 한 시간 좌선하면, 그 시간 동안 몸과 마음이 고요해지고, 나를 바라본다. 그것만으로도 수행은 이미 매우 값지다.

수행은 걸어간 만큼, 올라간 만큼 변화가 있다. 따라서 수행의 처음도, 중간도, 끝도 좋다. 불교 수행은 '꽝'이 없다. 수행하다 깨닫지 못해도 행복하다. 일묵 스님은 강조한다. "수행은 억지로 하면 오래 못 갑니다. 수행하는 일이 즐겁고 행복해야 오래 할 수 있습니다."

붓다의 수행이 어려운 10가지 이유

'요즘' 시대에는 붓다의 수행이 어렵게 느껴질 수 있다. 하나씩 이유를 살펴보자.

1. 외부 가치 추구: 삶의 가치를 돈, 지위 등 외부에서만 찾기에 내면을 돌아볼 필요성을 느끼지 못한다.
2. 타인의 시선 의식: 남의 평가를 더 중요하게 여겨, 자기 안의 목소리에 귀 기울이지 못한다.
3. 결과에 집착: 결과만 중시하는 사고방식 때문에, 과정 자체에 집중하는 수행을 받아들이지 못한다.
4. 고정된 정체성: '나는 누구'라는 고정된 자아에 집착하여, 자아를 내려놓는 수행을 위협적으로 느낀다.
5. 자아 확장 욕구: 더 강한 자아를 원하는 세상의 요구와 자아를 비우는 수행의 방향이 정반대다.
6. 현실 외면: 삶이 힘들수록 현실과 마주하기보다 쾌락이나 자극으로 잊으려 하기에, 깨어 있기를 싫어한다.
7. 붙잡으려는 습관: 무언가를 얻고 붙잡으려는 습관이 강해, 그

반대인 '놓음'의 수행이 낯설다.

8. 불편함을 회피: 내면의 괴로움과 불편함을 피하려는 습관 때문에, 그것과 마주하는 수행을 피한다.

9. 외부 의존: 스마트폰, 관계 등 외부 자극에 익숙해져 혼자 내면을 마주하는 것을 힘들어한다.

10. 기다리기 어려움: '열심히' 해야 한다는 사회 분위기 때문에, 수행의 본질인 '놔두기'와 '지켜보기'를 게으름으로 오해한다.

탐디가 수행하며 느낀 점을 고심해서 정리했는데, 당신도 잠시 멈춰 서서 이 항목들을 스스로에게 물어보면 좋겠다. 수행뿐만 아니라 일상의 나를 점검하기 위해서도 필요하다.

7장
사띠 –
수행의 시작이자 끝

불교 수행은 단순히 앉아 고요함 속에 있는 일에 그치지 않는다. 그것은 '멈추어 보기'에서 시작해, '놓고 자유롭게 살아가기'에 이르는 변화의 여정이다. 깨달음으로 가는 수행의 여정은 ① 멈추어 보기 → ② 깊이 보기 ③ 구분해 보기 ④ 꿰뚫어 보기 ⑤ 놓아보기 ⑥ 자유롭게 살아가기로 이어진다. 그렇다면 수행의 시작은 단 하나의 질문에 닿는다. 지금, 나는 무엇을 보고, 어떻게 알아차릴 것인가?

몸, 느낌, 마음, 담마를 관찰하라

"남방 테라와다 불교는 어떤 수행을 하나요?" 대부분 한국인의 대답은 '사념처(四念處) 수행'이다. 이는 몸, 느낌, 마음, 법 네 가지를 관찰하며 알아차리는 수행으로 알려져 있다. 맞다, 남방의 수행은 이 네 가지 영역을 관찰하는 데 중심을 둔다. 그런데 이렇게 네 가지 대상에만 주목하다 보니, 정작 이 수행의 본래 목적이 흐려지는 경우가 많다. 네 영역을 알아차리는 이유는 '사띠를 확립'하기 위해서다.

이 수행의 본래 명칭은 '사띠빳타나(*satipaṭṭhāna*)'이며, 그 뜻은 '사띠(를)+확립'하는 것이다. 이 용어가 중국에서 '염처(念處)'로 번역되었고, 이후 한국에는 이 한역어를 따라 '사념처 수행'으로 널리 퍼졌다. 그런데 사띠를 뜻하는 '념'은 잊어버리고 네 가지를 뜻하는 '사'에만 마음을 두었다.

탐디가 보기엔, 사념처 수행이 사띠를 확립하는 과정임을 모르는 사람이 많은 듯하다. 사띠빳타나는 사띠를 확립하는 로드맵이라고 할 수 있다. 네 영역을 관찰하고 그 위에 사띠를 세우는 것은 수행의 방법이며, 흩어지지 않는 사띠를 확립하는 것이 이 수행의 본래 목적이다. 결국 수단이 목적을 가리고 있는 셈이다. 달을 보라고 했더니, 달을 가리키는 네 개의 손가락을 바라보는 격 아닐까?

정리해 보자. 수행의 여정은 계·정·혜 세 기둥 위에 세워지며, 이 가운데 사띠는 수행의 출발점이자, 정과 혜로 이끄는 길목이다. 사띠를 세워 몸과 느낌, 마음과 법을 관찰하는 것, 바로 이것이 '사띠 확립'이다. 이는 초기불교 수행의 핵심이자, 붓다가 직접 가르친 수행법이다. 네 영역에 대한 관찰이 깊어지면 평정(*samādhi*)이 생기고, 그 위에 통찰(*vipassanā*)이 자란다. 평정과 통찰로 무상·고·무아의 실상을 이해하게 되고, 그것을 놓아 보며 자유에 이른다. 붓다는 이 수행이야말로 해탈에 이르는 '하나의 길(*ekāyano maggo*)'이라고 했다.

> "이 길은 존재의 정화를 위한 것이며, 사띠를 닦기 위한 길이다. 일곱 가지 깨달음 요소를 개발하고, 지혜(*ñāṇa*, 통찰)를 실현하여 해탈에 이르게 한다." -《큰 사띠 확립 경》(DN 22) 요약

사띠는 수행의 입구이자 출구다

사띠를 확립한다는 건 무슨 뜻인가, 사띠가 무엇이기에 확립해야 하나, 확립하면 무엇이 달라지나, 어떻게 확립하는 걸까? 공부할수록 사띠에 대한 궁금증은 깊어진다.

모든 길이 로마로 통하듯, 불교의 모든 수행은 결국 사띠로 모인다. 사띠 확립 수행, 들숨날숨 호흡 수행, 위빳사나 수행, 사마타 수행 등 다양한 방식이 있지만, 어떤 수행이든 빠질 수 없는 단 하나를 꼽으라면, 그것은 바로 '사띠'다. 사띠는 수행과 명상을 끌고 가는 원동력이자 그 바탕이며, 핵심이다. 그런데 이렇게 중요한 사띠가 막상 손에 잘 잡히지 않는다. 헷갈린다는 사람도 많다. 탐디와 같이 잠시 사

띠 탐구 여행을 가자. 마음속에 각자의 '사띠'를 한번 그려보자.

1. 사띠는 무엇인가?

빨리어 '사띠(*sati*)'는 한국어로 완벽하게 옮기기 어려운 말이다. 마음챙김, 알아차림, 바른 기억, 새김 등 여러 번역이 있지만, 그 의미가 서로 다르다. 사띠는 무엇일까? 일상 속에서 사띠의 의미를 찾아보자.

수행 초기 태국 절에서 도반에게 '마인드풀니스(mindfulness)가 뭐냐?'고 물었을 때, 도반은 내가 잡고 있던 계단 손잡이를 가리키며 "지금 손으로 뭔가를 잡고 있다는 걸 알고 있나요?"라고 물었다. "네."라고 답하자 도반은 "그게 바로 사띠가 있는 것"이라고 했다.

지하철 안내방송에 나오는 "Mind the gap"처럼 '주의하라', '신경 써라'라는 말도 사띠와 통한다. 어릴 적 어머니가 "정신 차리고 살아!"라고 했던 잔소리도 마찬가지다. 이는 '지금 내가 무엇을 하고 있는지 알아차리고, 정신을 놓지 말라'는 당부다. '정신 팔지 마!', '너 지금 뭐 하고 있니?'와 같은 말들 모두 사띠의 실천을 담고 있다.

이처럼 사띠는 거창한 개념이 아니라, '지금 이 순간에 깨어 있는 것'

을 뜻한다. 손잡이를 잡고 있는 손, 승강장과 열차 사이의 간격, 혹은 내가 하고 있는 일 그 자체를 잊지 않고 기억하며 마음을 기울이는 힘이다. 흩어지지 않고, 순간순간을 분명하게 아는 것. 그것이 바로 수행의 시작이자 끝인 사띠다.

2. 붓다의 수행법을 들여다보면, 사띠는 단순한 보조 개념이 아니라 수행 전 과정에 스며 있는 핵심임을 알 수 있다. '사띠'라는 단어가 직접 제목에 들어간 경전만 보더라도, 호흡을 관찰하는 '들숨날숨 사띠 경', 알아차림을 확립하는 '사띠 확립 경', 몸에 대한 알아차림을 다루는 '몸에 대한 사띠 경' 등이 있다. 이는 사마타 수행이든 위빳사나 수행이든 그 바탕에는 늘 사띠가 자리한다는 뜻이다. 실제로 붓다는 팔정도의 삼마 사띠(바른 기억)뿐 아니라, 다섯 가지 기능[五根], 다섯 가지 능력[五力], 깨달음의 일곱 가지 요소[七覺支] 등 거의 모든 수행 체계 속에 사띠를 빠짐없이 포함했다.

3. 공부하며 사띠가 무엇인지 짐작하게 해 준 두 가지 인상적인 사례가 있었다. 첫째는, 사띠 수행에 몰두하느라 동굴의 벽화도, 거처 앞의 큰 나무도 본 적이 없는 장로스님의 이야기다.

"꾸란다까의 큰 동굴에는 일곱 분의 부처님 출가 장면을 그린 아름다운 벽화가 있었다고 한다. 여러 비구가 거처를 둘러보다가 벽화를 보고 '존자시여, 정말 멋진 그림입니다.'라고 말했다. 장로는 이렇게 답했다. '나는 이 동굴에 60년 넘게 살았지만 그림이 있는지조차 몰랐습니다. 오늘에서야 눈 밝은 분들 덕분에 그것을 알게 되었네요.' 장로는 그만큼 오래 살았지만, 한 번도 동굴 천장을 올려다본 적이 없었다. 동굴 입구에 있던 큰 나가 나무조차 직접 본 적이 없었고, 해마다 땅에 떨어진 꽃술을 보고서야 꽃이 피었음을 알았다고 한다." -《청정도론》

4. 두 번째 사례는 잠시 사띠를 놓친 후, 그 행동을 다시 처음부터 수행한 장로스님의 일화다.

"어느 장로스님이 제자들과 이야기를 나누는 도중, 갑자기 손을 굽혔다가 천천히 펴고, 다시 천천히 구부리셨다고 한다. 제자들이 묻자, 스님은 이렇게 답했다. '나는 수행을 처음 시작한 이래, 사띠 없이 주제를 놓치고 손을 움직인 적이 없었네.

(그런데) 방금 그대들과 이야기하면서 순간 수행 주제를 놓치고 손을 굽혀 버렸네. 그래서 손을 다시 폈다가, 사띠를 되찾은 상태에서 다시 천천히 굽힌 것일세'라고 말하였다."

-《위빳사나 수행방법론》pp. 464~5를 일부 수정하여 인용.

5. 수행은 늘 '지금 이 순간'을 강조한다. 그렇다면 지금과 사띠는 어떤 관계일까? 붓다는 말했다. "과거도 붙잡지 말고, 미래도 기다리지 말고, 현재도 머물지 말라." 어제는 이미 지나갔고, 내일은 아직 오지 않았으며, 지금조차 찰나마다 흘러간다. 생각은 언제나 과거와 미래를 떠돈다. 미래를 앞당겨 걱정하고, 과거를 되새겨 후회하고 괴로워한다. 마음의 전형적인 습성이다. 그렇다면 어떻게 마음을 '지금'으로 데려올 수 있을까? 그 열쇠가 바로 사띠다. 사띠와 지금은 언제나 함께이며, 떨어지지 않는 짝이다.

6. 명상은 대상을 향해 주의(attention)를 기울이는 것에서 시작된다. 그렇다면 '주의'를 기울이는 것이 곧 사띠일까? 둘은 비슷해 보이지만, 주의는 사띠의 일부 기능일 뿐이다. 주의는 특정 대상에 순간적으로 초점을 맞추는 능력이고, 사띠는 그 대상을 계속 기억하며 놓치지 않고 지켜보는 힘이다. 비유하자면, 주의는 손전등을 '켜는 순간', 사띠는 그 손전등을 계속 켜놓고 비추는 대상에 '지속적으로 유념하는 힘'이다. 주의를 기울임은 빨리어 마나시까라(*manasikāra*)가 따로 있다.

7. 오늘날 전 세계적으로 마인드풀니스 명상(mindfulness meditation)이 유행하고 있다. 이 개념은 20세기 후반, 존 카밧진이 개발한

MBSR(마음챙김 기반 스트레스 감소) 프로그램을 통해, 종교색을 걷어내고 보편적인 심리치료 기법으로 재구성되며 확산되었다. 그 결과 마인드풀니스는 스트레스 감소, 집중력 향상, 감정 조절 등의 실용적 목적을 지닌 기술로 널리 인식되고 있다. 그런데 이 마인드풀니스는 불교 용어 사띠(*sati*)의 영어 번역이다.

한국에서는 마인드풀니스를 '마음챙김'으로 번역하고 있으며, 때로는 사띠도 '마음챙김'으로 번역되곤 한다. 그렇다면 사띠와 마인드풀니스는 같은 것일까? 표를 통해 그 관계를 비교해 보자.

	Mindfulness(현대 영어 개념)	*Sati*(초기 불교의 원어 개념)
역사적 배경	20세기 이후 서구 심리치료와 명상 붐에서 부각됨	붓다의 수행 체계인 사띠 확립의 핵심
기본 정의	현재 순간에 주의를 기울이는 것	기억하고, 잊지 않고, 깨어 있는 것
어원 의미	mind + fullness = 마음이 가득한 상태	Smṛ(기억하다) → sati = 기억, 기억의 힘
기능 초점	스트레스 감소, 감정 조절, 주의 훈련	해탈의 수행 기반으로서의 깨어 있음
포함 범위	인지적 주의력 + 감정 수용(비판단적 태도)	윤리적 분별, 지속적 관찰, 업의 씨앗을 살피는 자각
활용	집중력 향상, 심리치료, 명상 앱	불교 수행 체계 전반의 핵심 요소

마인드풀니스는 '지금-여기를 느끼는 힘', 사띠는 '그 순간을 잊지 않고 살아내는 힘'이다. 마인드풀니스가 웰빙의 기술이라면, 사띠는 해탈을 향한 수행이다.

'마음챙김'은 마인드풀니스(mindfulness) 번역어로 적절하지만, 사띠(*sati*)의 번역으로는 부족하다. 사띠는 단순한 주의 집중이 아니라, 기억과 자각, 통찰을 포함하는 붓다 수행의 핵심이기 때문이다.

8. 요즘 '마음챙김'과 함께 '알아차림'이라는 말도 자주 들린다. 명상 법문이나 글에서 '알아차림 명상'이라는 표현이 흔하고, 정신과 의사들의 치료 영상에서도 감정이 올라오면 '알아차리라'라는 말이 거의 공식 처방처럼 등장한다. 일부는 사띠를 '알아차림'으로 번역하기도 한다.

불교 수행에는 사띠-삼빠잔냐(*sati-sampajañña*, 正念正智)라는 용어가 있다. 여기서 사띠는 '기억하고 잊지 않는 주의'이고, 삼빠잔냐는 '지금 내가 무엇을 하고 있는지, 그 의도와 성격을 분명히 아는 바른 앎'이다. 사띠가 기반을 세우면, 그 위에 삼빠잔냐가 판단력과 자각을 더한다. 둘의 차이를 살펴보자.

(1) 사띠: 깨어 있는 마음의 문지기

사띠는 마음의 문지기와 같다. 시시각각 감각의 문을 통해 들어오는 생각과 감정을 놓치지 않고 주시한다. 이 문지기가 깨어 있지 않으면 해로운 마음이 순식간에 마음을 휩쓴다. 하지만 사띠가 확고하면 충동적인 욕망이나 분노가 마음의 문을 넘어오지 못하도록 막아낸다. 사띠는 이처럼 마음을 외부로부터 지키는 힘이자, '지금 이 순간'을 놓치지 않고 기억하는 힘이다.

(2) 삼빠잔냐: 지혜로운 마음의 나침반

사띠가 '내가 어디에 서 있는지'를 알려 주는 것이라면, 삼빠잔냐는 '왜 이 길을 가는지'를 판단하는 나침반이다. 예를 들어, 명상 중 불안한 마음이 일어났을 때, '아, 불안한 마음이 있구나'라고 아는 것은 사띠다. 하지만 '이 불안은 과거의 기억에서 비롯되었구나', '이 감정에 휩쓸리지 않고 평정을 유지해야겠구나'라고 그 마음의 원인과 해결책까지 통찰하는 것이 바로 삼빠잔냐다. 삼빠잔냐는 마음의 움직임을 명확하게 이해하고, 올바른 방향으로 나아가도록 이끄는 지혜로운 판단력이다.

둘은 별개의 기능이지만, 실제 수행에서는 항상 짝을 이뤄 작동한다. 그래서 경전에서도 '깨어 있는 주의 + 분명한 알아차림'이라는 한 덩어리로 설명한다. 이 책에서 말하는 '알아차림'은 바로 이 두 작용이 결합한 수행적 자각을 가리킨다. 아누빳시(*anupassī*)를 알아차림으로 번역하기도 하는데, 알아차림보다는 지속적 관찰에 가깝다.

9. 사띠는 업을 바꾼다.

사띠와 업(*kamma*)은 붓다의 수행 체계에서 깊이 얽혀 있는 핵심 개념이다. 이 둘을 함께 보면, 사띠가 단순한 주의력이나 마음챙김을 넘어선 수행의 중심축임을 분명히 이해할 수 있다. 그 관계를 살펴보자.

업은 의도(*cetanā*)에서 비롯되며, 사띠는 그 의도를 즉각 알아차리는 힘이다. 업은 단순한 행위가 아니라, '의도된 행위'다. 앞장에서 보았듯이, 붓다는 '의도를 곧 업이다'라고 했다. 다시 말해, 우리가 어떤 마음으로, 어떤 의도로 말하고 행동하며 생각하는지가 곧 업의 씨앗이 된다.

사띠는 지금 이 순간 내가 무엇을 하고 있으며, 어떤 마음으로 그 행위를 하고 있는지를 잊지 않고 지켜보는 능력이다. 즉, 의도가 작동하는 바로 그 순간, '그 마음이 어떤 상태인지'를 명확히 자각하는 힘이다. 이처럼 사띠는 업이 형성되기 전에 그 의도를 멈추거나 전환할 수 있게 해 준다. 사띠로 마음을 알아차리면 나쁜 의도로 악업을 짓는 일은 별로 없을 것이다.

10. 한국민족문화대백과사전은 팔정도의 하나인 사띠를 이렇게 설

명한다. "정념(正念)은 바른 의식을 가지고 이상과 목적을 언제나 잊지 않는 일이다. 그리고 일상생활에서도 맑은 정신으로 세상을 살아가되 무상·고·무아 등을 언제나 염두에 두고 잊지 않는 일이다." 이 정의는 사띠를 '바른 기억'으로 해석한 일묵 스님의 설명과 거의 일치한다.

11. 일묵 스님은 사띠를 '바른 기억'으로 번역한다. 많은 사람들이 사띠를 '기억'이라고 하면 고개를 갸웃한다. '수행이 기억과 무슨 상관이 있지?' 하고 말이다. 이는 대부분의 사람이 기억을 단순히 '저장하는 작용'으로만 이해하기 때문이다. 그러나 기억은 저장만이 아니라, 꺼내 쓰는 것까지 포함하는 능력이다. 저장한 정보를 다시 떠올리고 활용하지 않는다면, 그 지식은 아무 역할도 하지 못한다. 뇌도 마찬가지다. 다시 꺼내지 않을 기억을 위해 에너지를 쓰거나 특정 뇌 영역을 계속 점유할 필요가 없다.

서울대 인지과학과 이인아 교수는 다음과 같이 말한다. "기억은(사람들이 흔히 생각하듯) 과거의 일을 떠올리기 위한 것이 아니다. 옛날 일을 위해 기억이 존재하지 않는다. 기억은 미래를 위해 존재한다." 사성제와 팔정도를 공부하고 기억하는 건 지금 여기서 꺼내 쓰기 위해서다.

12. 경전의 주석서인《청정도론》등에서는 사띠의 기능을 다음과 같

이 설명한다.

(1) 사띠는 '대상에 깊이 들어가는 것'을 특징으로 한다.

(2) 사띠는 '문지기'처럼 작용해, 감각의 문을 통해 불선(不善)한 법이 들어오는 것을 막는다.

(3) 사띠는 '대상을 거머쥠'이다. 대상을 단단히 붙들고, 통찰의 눈으로 관찰하는 역할이다.

(4) 사띠는 '대상에 대한 확립'이다. 주의가 대상 위에 안정적으로 머무르는 상태다.

(5) 사띠는 '삼독(탐진치)으로부터 마음을 보호하는 기능'이다.

13. 《사띠빳타나 숫따》(*Satipaṭṭhāna Sutta*)는 사념처 수행을 통해 사띠를 '확립하는 방법'을 구체적으로 설명한 경전이다. 여기서 '사띠가 확립된다'는 것은 '수행 → 바른 기억 → 바른 앎과 이해 → 바른 습관의 체화', 이 흐름이 완성된 상태를 말한다. 예를 들어 우리가 무의식으로 숨쉬고 심장이 뛰고 음식을 소화하듯, 사띠 역시 의식적 노력이 없어도 작동하는 내면화된 수행력이 된다. 신발 끈을 묶거나 자전거를 타듯, 사띠도 반복된 연습을 통해 무의식 속 습관으로 자리를 잡는다. 수행은 그렇게 사띠를 삶의 본능으로 만들어간다.

사띠의 확립, 삶이 되다

지금까지 여러 방향에서 사띠를 탐구했는데, 당신도 '나의 사띠'를 그릴 수 있게 됐을까? 수행자 스스로 사띠의 의미를 축소하지 않고, 바르게 이해하고 삶 속에서 넓혀 가는 것이 중요하다. 각자가 이 낯선 단어 '사띠'를 깊이 사유하며, 그것을 의식적 습관을 넘어 무의식의 기반으로 확립해야 한다. 하루 24시간 사띠가 지속되면, 그 사람은 아라한에 이른다. 거꾸로 말하면, 아라한이란 언제 어디서나 사띠를 갖고 깨어 있는 사람이라는 뜻이다.

이 책에서는 '*sati*'를 그대로 '사띠'라고 부른다. 이는 그 의미가 축소되거나 왜곡되지 않도록 하기 위해서다. 사띠는 단순한 마음챙김이나 주의력이 아니라, 기억과 윤리적 자각, 통찰의 토대를 모두 포괄한다. 언젠가는 이 복합적 의미를 담아낼 적절한 한국어가 생길지도 모른다.

세상이 어떻게 해석하든, 수행자에게 중요한 것은 '사띠가 있는가?', '사띠가 이어지는가?' '확립되었는가?'이다. 이는 붓다의 마지막 유언에서 당부한 불방일(*appamāda*)의 실천과 같은 의미다. 이제부터는 사띠라는 용어 자체보다는, 그것이 가리키는 방향에 주목하자. 마음챙김이 '일어나고', 알아차림이 '이어'지고, 지혜가 언제나 '기억'되고, 진리가 마음에 '새겨져', 결국 사성제가 삶 속에 '확립'되는 길이다.

사띠는 수행의 입구이자 출구다. 수행의 문을 여는 첫 열쇠이며, 해탈을 밝히는 마지막 등불이다. 팔정도가 없다면 불교가 아니듯, 사띠가 없다면 그것은 수행이 아니다. 사띠는 마음의 '질'을 바꾸는 힘이다. 점점 어지러운 세상, 정신 차리고 살라는 어머니의 말씀을 어떻게 실천하는지 고민했는데, 이제 그 길이 보인다. 바로 사띠다.

> "사띠가 있는 이는 기쁘고, 사띠가 없는 이는 마치 이미 죽은 사람과 같다." -《담마빠다》

생각과 궁리

마음챙김의 '불교' 배신

마음챙김 명상은 불교에서 유래했지만, 그 핵심 교리와 윤리는 배제된다. 특히 '모든 존재에 대한 자비'나 '자아에 대한 집착에서 벗어나는 해탈'과 같은 불교적 방향성은 지워지고, 실용적 기술로만 남는다. 보디 빅쿠(Bhikkhu Bodhi)는, 마음챙김이 사회적 성찰을 결여하고 팔정도의 윤리·정견에서 이탈하면, 수행이 '무비판적 주시'라는 기술로 축소되거나 현상 유지에 순응하는 태도로 흐를 수 있다고 경계한다.

《마음챙김의 배신》의 저자 퍼서(Purser)에 따르면, 마음챙김은 마케팅을 위해 불교의 가르침을 짜깁기한 결과, 결국 불교의 최종 목표에는 미달하는 '가짜 깨달음'을 제공한다. 그는 마음챙김 명상이 '불교 없는 명상'이라며 비불교인에게 다가가지만, 필요할 때는 틱낫한 스님 등과의 인연을 언급하며 불교를 장식처럼 활용한다고 비판한다.

마음챙김 명상 자체가 나쁜 것은 아니다. 일상에서 스트레스를 줄이고 감정의 파도에서 빠져나오도록 돕는 방법일 수 있다. 자기 이해와 회복, 치유에도 기여한다. 문제는 그것이 붓다의 수행과는 다르다는 점을 잊기 쉽다는 것이다. 마음챙김 명상은 하나의 치유 도구이지만, 붓다가 가르친 해탈의 길과는 다르다.

세상에는 수없이 많은 명상법이 존재한다. 삶에 지친 우리를 위로하고 치유하니, 반갑고 고마운 일이다. 이들 중 많은 것이 불교 수행에서 유래했으니, 불교의 기여도 크다. 그러나 '불교 명상' 혹은 '붓다의 수행'이라고 하면서 무늬만 그럴듯하고 실상은 전혀 다른 것도 많다. 마음챙김 명상도 그중 하나다.

반대로, 붓다의 정신이 비교적 온전히 이어지는 방식은 고엔카의 위빳사나 수행이다. 이 수행은 계정혜의 삼학을 기반으로 하며, '무상·고·무아'라는 붓다의 핵심 통찰을 직접 체득하도록 이끈다. 감각을 있는 그대로 관찰하며, 반응하지 않고 내려놓는 훈련을 통해 괴로움의 원인을 통찰하는 데 초점을 둔다. 붓다 수행의 본질에 가까운 방향이라 할 수 있다.

어느 것이 붓다의 수행인지 일반인의 눈으로는 구별하기 쉽지 않다. 초기불교에서는 '바른 사띠'와 '그릇된 사띠'를 명확히 구분한다. 바른 사띠가 없으면 발이 바닥으로 빠지기 쉽고, 그릇된 생각, 그릇된 말, 그릇된 행동에 무방비 상태가 된다. 수행의 방향을 점검하려면, 이 세 가지를 스스로 물어보면 된다:

1. 이 수행은 '무아'에 가까워지는가, 아니면 '자기 강화'로 흐르는가?
2. 이 수행은 '괴로움'을 직면하는가, 아니면 단순한 '회피'에 머무는가?
3. 이 수행은 '관계'를 넓히는가, 아니면 '나'에게만 머무는가?

마음챙김 명상은 스트레스 해소 도구지만, 불교적 깨달음의 전체 과정을 담고 있지는 않다. 사띠가 해탈을 향한 '전체 지도'라면, 마음챙김은 그중 하나의 '유용한 도구'에 가깝다.

8장
명상 –
대자유를 향한 첫걸음

많은 사람들이 수행과 명상을 혼용하지만, 둘은 차이가 있다. 수행은 붓다의 가르침을 삶에 실천하는 전체 과정이고, 명상은 그중 '정'과 '혜'를 닦는 구체적인 방법이다. 걷기 · 말하기 · 일하기 등 일상의 모든 순간이 수행이며, 좌선은 그 일부일 뿐이다. 즉, 명상은 수행의 일부다. 자애 수행과 자애 명상은 어디에 초점을 맞추느냐에 따라 명칭이 달라질 수 있다.

이 책에서는 좌선이나 행선과 같은 구체적인 행위를 '명상'으로, 삶 전체의 태도와 실천, 통찰의 길을 말할 때는 '수행'이라 쓴다. 명상하면서 수행의 측면을 잊지 말라는 뜻으로 '명상 수행'이라 부르기도 한다. 영어의 meditation은 명상보다 넓은 의미로 사용하는 경향이 있으므로, 일괄적으로 명상이라 옮기기보다는 문맥에 따라 수행, 명상, 혹은 명상 수행이라고 번역하는 것이 낫다.

명상에 대한 오해와 경계

요즘 명상이라는 용어가 널리 쓰이는데, 굳이 이를 수행과 구분하려는 데는 몇 가지 이유가 있다. 6장. 수행에서 살펴본 바와 같이, 불교 수행은 일반적인 명상과 본질적인 차이가 있다. 특히, 자기를 향상하거나 강화하는 것을 목표로 하지 않는다. 7장에서 다룬 마음챙김 명상처럼, 불교에서 유래했으나 상업적으로 변형되면서 붓다의 핵심 가르침에서 멀어지는 현상도 나타나고 있다.

명상에 대한 흔한 오해들을 짚어볼 필요가 있다. **명상만 하면 될까?**: 계율(*sīla*)이 없는 명상은 위험할 수 있다. 도덕적 행위가 뒷받침되지 않는 명상은 마음의 힘만 키워 이기심과 집착을 강화할 수도 있다. **명상 = 휴식인가?**: 명상은 단순한 휴식이나 멍때리기가 아니다. 멍때리기는 의식의 흐름이 무계획적이고 산만한 상태지만, 명상은 의도적인 자각과 알아차림이 전제된 훈련된 상태이다. 그렇다고 해서 명상이 반드시 무겁고, 어렵게만 받아들여져야 한다는 뜻은 아니다.

오늘날 '명상'이라는 단어는 세련되고 매력적인 유행처럼 들리며, 마치 요가의 변천사를 따라가는 듯하다. '명상'과 '요가'는 원래 인간 존재를 깊이 성찰하고 해방으로 이끄는 수행이었지만, 지금은 상품화된 테크닉이나 힐링 콘텐츠로 축소되고 있다. 명상은 힐링의 도구가 되었고, 요가는 몸매 관리 수단이 되었으며, 수행은 생산성을 높이는 기술이 되어버렸다.

붓다는 그렇게 가르치지 않았다. 수행은 괴로움의 구조를 꿰뚫어 보는 길이며, 명상은 그 괴로움이 어떻게 만들어지는지를 밝히는 실천이다. 명상의 목적은 단순히 마음을 편하게 하는 데 있는 것이 아니라, 마음의 어두운 습관을 바꾸는 데 있다. 명상은 대자유를 향한 '첫걸음'이다.

천의 얼굴을 가진 명상

스리랑카의 한 호스텔, 침대에 앉아 잠시 눈을 감고 마음을 모았다. 그 사이 한 독일 청년이 방에 들어왔고, 내 명상이 끝나자 자연스럽게 인사를 나눴다. 청년은 명상에 관심이 많은데 어디서 배워야 할지 모르겠다고 했다. "독일에도 명상센터가 많지 않나요?" "저는 시골에 살아 도시에 가기 힘들어요. 유튜브에서 명상을 찾아보긴 하는데 종류가 너무 많아서 뭐가 뭔지 모르겠어요." 나는 고개를 끄덕였다. 맞다, 나에게 맞는 명상법을 찾는 건 생각보다 어려운 일이다. 세상에는 다양한 명상이 넘쳐난다. 많은 이들이 자신의 전통이 정통이라 주장하고, 신통이나 신비를 내세우기도 한다. 허풍이나 왜곡도 적지 않다.

이 책에서 다루는 명상은 탐디가 실제 체험한 사마타와 위빳사나 수행을 중심으로 한다. 불교 내부에서도 명상 용어가 일관되지 않고, 다양한 해석과 중복이 생기는 이유는 명상이 개념이나 이론이 아니라 실제 수행과 경험의 영역이기 때문이다. 그 경험은 한 사람, 하나의 시각, 특정한 시간과 장소에 국한되지 않고, 다양할 수 있다.

붓다의 명상이란?

수행자에 따라 경험은 다를 수 있지만, 붓다의 명상은 구체적이고 체계적이다. 깨어 있는 마음으로 자신과 세상을 있는 그대로 바라보고, 놓아 두고, 비워가며, 그 안에서 통찰과 자유를 발견하는 실천이다.

① 멈춤: 명상은 멈추는 것부터 시작된다. 몸을 멈추고, 말과 생각을 멈춘다. 그로써 과잉 자극과 자동 반응, 바쁨의 고리를 끊는다.

② 자각: 호흡, 감정, 느낌 등 이 순간의 경험을 알아차린다. 자기 안의 괴로움, 충동, 무지를 보기 시작한다.

③ 전환: '이건 괴로움이구나', '놓을 수도 있겠구나'와 같은 인식 전환이 일어난다. 자극과 반응 사이에 '틈'이 열린다.

④ 해체: 감정이나 습관적 반응에 끌려가지 않게 된다. 갈애, 무지, 집착 같은 괴로움의 조건이 점차 약해진다.

⑤ 평온과 자유: 욕망 충족의 쾌락이 아닌, 집착 없는 자유에서 오는 평화를 맛본다. 이것이 붓다가 말한 '벗어남의 행복'이다.

멍때리기는 명상이 아니다

"한국은 매년 한강에서 '멍때리기 대회'를 연다." "그는 여행만 가면 마냥 앉아 멍하니 있는 게 일상이다." 이렇게 우리는 종종 '멍때리기'라는 말을 접한다. 멍때리기는 무엇일까? 생각을 잠시 내려놓고 고요히 있는 것처럼 보이니, 이것도 명상일까? 결론부터 말하면, 멍때리기는 명상이 아니다. 왜 멍때리기가 명상이 아닌지를 살펴보면, 오히려 명상이 무엇인지를 더 분명히 알 수 있다. 아래 표를 통해 둘을 비교해 보자.

	멍때리기	명상
의식 상태	의식의 흐름이 대체적으로 무계획적이고 산만한 상태	의식이 의도적이고 주의 깊은 상태, 사띠가 있음
몸의 감각	신체 감각에 대한 주의가 약함	신체 감각에 밀착하여 관찰
생각 처리	떠오르는 생각을 따라가며 빠짐	떠오르는 생각을 관찰하고 놓아줌
목적성	명확한 목적 없이 떠 있는 상태	괴로움의 해체, 마음의 자유라는 명확한 목적
결과	일시적 이완, 휴식 효과에 그침	장기적 통찰, 자각, 습관 전환 가능성
훈련 가능성	반복해도 의식 수준에 큰 변화 없음	훈련할수록 깊이와 효과가 확장됨

멍때리기는 마음이 잠시 자유낙하를 하는 것이고, 명상은 깨어 있는 마음을 반복적으로 연습하는 것이다. 멍때리기는 흐르는 강물에 떠밀려 가는 나뭇잎이고, 명상은 그 강물 위에 정박한 배에서 흐름을 지켜보는 사람이다. 멍때리기가 나쁘다는 뜻이 아니다. 소위 디폴트 모드 네트워크가 가동해, 기억을 정리하고 창의력을 키우는 시간이 될 수 있다. 멍때리기는 이완과 휴식에 유용하지만, 명상은 의도적 자각을 가진 활동이라는 차이는 기억하자.

멍때리기처럼 '이것도 명상 아닌가요?' 하고 착각되는 것들이 있다. 몽상이나 공상, 몰입 상태, 수면 직전의 흐릿한 의식 등이다. 왜 이런 상태들을 명상으로 오해할까? 공통으로 '조용함', '생각 없음', '이완'이 있기 때문이다. 하지만 명상은 단순한 고요나 정적이 아니라, 의도적 자각과 알아차림이 전제된 훈련된 상태다.

두 날개 수행: 사마타와 위빳사나

붓다가 제시한 수행에는 두 갈래 길이 있다. 하나는 사마타(집중) 수행이고, 다른 하나는 위빳사나(관찰) 수행이다. 두 수행법의 특성과 차이를 살펴보자.

사마타(*samatha*, 止): 정(定)	위빳사나(*vipassanā*, 觀): 혜(慧)
집중 수행(고요하게 하다, 평온)	통찰 수행(꿰뚫어 보다, 지혜)
대상을 하나로 모아 마음을 안정시키는 수행	무상 · 고 · 무아의 실상을 관찰하고 통찰하는 수행
집중된 마음인 바른 삼매를 계발	바른 삼매를 토대로 오온과 마음 작용의 실상을 통찰하는 지혜를 계발
하나의 대상에 집중(40가지 대상이 있음)	특정 대상에 국한하지 않고, 순간순간 마음에 일어나는 모든 현상을 관찰(오온, 연기, 느낌 등)
'괴로움'을 일으키는 대상을 멀리하려고 특정 대상에 집중하는 반면,	그 괴로움을 직시 · 통찰 · 이해함으로써 괴로울 이유가 없다고 앎으로써, 자유로워진다.
마음을 조용히 앉히는 힘(흔들리는 흙탕물을 고요히 가라앉히는 것)	그 마음으로 세상을 똑바로 보는 눈(맑아진 물 위로 바닥의 돌멩이와 모래알이 투명하게 보이는 것)
선정 상태, 심리적 평온	지혜와 해탈로 이어짐

이처럼 사마타와 위빳사나는 뚜렷한 차이가 있지만, 서로 대립하는 것이 아니라 보완적이며 통합 가능한 수행 방식이다. 이 둘을 둘러싼 대표적인 오해가 있다. '나는 위빳사나만 하면 돼, 사마타는 필요 없어.' 그렇지 않다. 깊은 통찰은 안정된 마음 상태에서 가능하다. '사마타는 수행이고, 위빳사나는 공부지.' 그것 역시 잘못된 이분법이다. 위빳사나도 철저한 실천 수행이다. 붓다는 명쾌히 말했다.

> "수행자는 사마타를 닦고, 위빳사나를 닦는다. 사마타로 마음이 안정되고, 위빳사나로 지혜가 일어난다." -《사마타위빳사나 경》(AN 2.31)

인공지능도 통찰할 수 있을까?

위빳사나는 '통찰 수행'이라 불린다. '깊은 통찰', '존재에 대한 통찰', '무아에 대한 통찰'… 하지만 탐디는 오래도록 그 의미가 불분명했다. 지혜와 통찰을 혼동하며 헤매기도 했다. "통찰이란 도대체 뭔가요?" "깨달음과는 무엇이 다른가요?"

통찰(insight)은 표면 너머의 본질을 조용히 꿰뚫어 보는 자각으로, 위빳사나 수행을 통해 얻을 수 있다. 학문적 정의가 아니라, 어느 순간 불쑥 찾아오는 체감에 가깝다. 오래 붙들던 것을 "아, 그게 아니었구나" 하고 놓는 순간, 또는 "아, 내가 이 감정을 억누르고 있었구나" 하고 스스로 알아차리는 순간이 그것이다. 통찰은 순간적으로 본질을 꿰뚫는 '깨달음의 한 조각'이고, 깨달음은 그 조각들이 쌓여 삶 전체가 변하는 '지속된 상태'다. 통찰이 스파크라면, 깨달음은 그 불꽃이 꺼지지 않는 등불이다.

그렇다면 아주 뛰어난 인공지능도 통찰할 수 있을까? 불가능하다. 고통을 겪지 않고, 자기 성찰이 없으며, 깨달아도 삶이 바뀌지 않기 때문이다. 통찰은 단순한 '앎'이 아니라, 존재가 바뀌는 전환이다. "내게 통찰이 찾아온 순간은 언제였나?"

사띠와 생각의 대결

명상 자리에 앉으면 두 가지 불청객이 어김없이 찾아온다. 하나는 몸의 통증, 다른 하나는 생각이다. 이 반갑지 않은 손님들과 마주하는 일이 불교 수행의 첫걸음이다. 어떻게 몸의 고통을 줄이고, 생각을 없앨까?

생각을 먼저 다뤄 보자. 생각은 마음의 본질이며, 생각이 없다면 마음도 존재하지 않는다. 일찍이 데카르트는 말했다. "나는 생각한다, 고로 존재한다." 그러니 생각을 없앨 생각을 하지 말라. 끊임없이 솟아오르는 생각은 생존 본능의 일부이며, 사라지지 않는다. 생각은 단순한 이미지나 말이 아니라 제안, 희망, 의심, 감정, 감각, 의도 등 의식의 거의 모든 작용을 포괄한다.

불교의 수행 과정에서 마음을 방해하는 다섯 가지를 '수행 오장애(*pañca nīvaraṇa*)'라 부른다. 이들은 감각적 욕망, 분노(악의), 해태와 혼침(졸음), 들뜸과 후회, 의심으로, 수행의 진전을 방해하는 심리적·정신적 장애들이다. 이들도 모두 생각과 관련이 있다.

담마는 결국 '생각을 다루는 기술'이다. 우리 삶의 많은 괴로움은, 이 기술의 부재에서 비롯된다. 생각은 없는 문제를 만든다. 늘 미래를 준비해야 한다는 강박으로 망상을 떠올린다. 미래에는 계획한 것보다 그렇지 않은 일이 더 많다고 들어 알고 있지만, 걱정은 쉽게 없어지지 않는다. 과거의 일은 이미 지나가 버려 다시 돌이킬 수 없는데도, 굳이 끄집어내 나를 괴롭힌다.

생각은, 생기고 머물고 흩어지고 소멸한다. 붙잡을 수도, 붙잡을 필요도 없다. 그런데도 우리는 생각이 없어지길 바란다. 무언가를 놓기 위해 명상하면서, 또다시 무엇인가를 '원하고' 있는 셈이다. 그러니 명상이 힘들 수밖에. 생각을 물리치는 방법은 오직 '사띠'밖에 없다. 사띠로 지켜보면 괴로운 생각도, 즐거운 생각도, 어떤 생각도 결국 지나간다. 다시 명심하라. 무상이다! 어떤 생각도 결국은 사라진다. 사띠는 어둠을 밝히는 등불처럼 생각을 비추고 흘려보내는 힘이다.

오늘날 사띠의 강력한 방해꾼 중 하나는 유튜브 쇼츠(shorts)다. 사띠와 쇼츠는 매일 주의력을 두고 경쟁한다. 거대 플랫폼의 알고리즘은 우리의 주의력을 빼앗는 데 최적화돼 있다. 사띠를 지키려면, 이 무한 자극의 흐름에서 의도적으로 거리를 두는 훈련이 필요하다.

통증을 위한 명상인가?

다리가 조금씩 저리기 시작하더니 시간이 지나며 점차 통증이 커진다. 어떻게 해야 할까? 아프니까 벌떡 일어난다. / 이를 악물고 참는다. / 네가 죽나 내가 죽나 전투적으로 덤빈다. / 이러다 다리에 문제 생기는 거 아니야? 걱정이 태산이다. / 통증이 올 때마다 얼른 다리를 바꿔 본다. / 몸에게 "그만하라"며 달래보기도 한다. / 어차피 모든 게 변하고 무상이니 기다린다. / 통증은 내가 아니니 그냥 지긋이 바라본다.

붓다는 '중도'의 가르침을 통해 고행과 쾌락이라는 양극단을 피하라고 했다. 통증을 참거나 즉시 피하는 양극단을 버리고, 먼저 바라보고 알아차린다. 만약 통증이 계속되면 천천히 자세를 바꾸면 된다. 명상은 고통을 없애거나 참는 게 아니라 직시하는 일이다. 통증은 죄가 아니다. 그 자체로 선악의 대상이 아니다. 통증은 일종의 경보시스템으로 몸의 어느 부분이 망가지면 통증을 통해 그 신호를 보낸다. 통증이 없다면 몸의 이상을 알지 못해 방치하고 심각한 문제를 일으킬 수 있다. 통증은 이처럼 좋은 파트너다. 다리 아프다고 너무 미워하지 말자.

고엔카 선생은 《삶의 예술(The Art of Living)》에서 명상의 길이 쉽지 않음을 경고한다. 탐디가 요약했다. "명상은 현실 도피가 아니다. 세상과 나를 이해하기 위해 정면으로 마주하는 수단이다. 명상을 시작하면 세 가지를 만나게 된다. 첫째, 명상은 생각보다 무척 힘든 일이다. 둘째, 자기관찰을 통해 얻은 통찰이 모두 즐겁고 행복할 가능성은 없다. 셋째, 그러나 어느 순간 어려움이 사라진다. 수행자는 '노력 없는 노력'을 배우게 된다."

다채로운 붓다의 수행법: 일상 속의 명상

붓다의 수행은 매우 구체적이며, 일상 속 움직임 하나하나에 생생하게 닿아 있다. 붓다의 목소리를 들어보자.

> "비구들이여, 비구는 어떻게 알아차리는가?
>
> - 비구는 나아갈 때도 물러날 때도 [자신의 거동을] 분명히 하면서 행한다.
> - 앞으로 볼 때도 돌아볼 때도 분명히 알면서 행한다.
> - 가사 · 발우 · 의복을 지닐 때도 분명히 알면서 행한다.
> - 먹을 때도 마실 때도 씹을 때도 맛볼 때도 분명히 알면서 행한다.
> - 대소변을 볼 때도 분명히 알면서 행한다.
> - 걸으면서 서면서 앉으면서 잠들면서 잠 깨면서 말하면서 침묵하면서도 분명히 알면서 행한다.
>
> 비구들이여, 이와 같이 비구는 알아차린다. 비구들이여, 비구는 마음 챙기고 알아차리면서 머물러야 한다." -《큰 사띠 확립 경》(DN 22)

많은 사람들은 명상이란 가부좌를 틀고 앉아 있는 것으로 생각하지만, 그것은 명상의 한 가지 형태일 뿐이다. 붓다는 '행·주·좌·와(行住坐臥)' 모든 순간을 수행의 장으로 삼았다. 움직임과 멈춤, 말과 침묵 속에서도 깨어 있음이 유지되면 그것이 곧 명상이고 수행으로 이끈다. 일상에서 할 수 있는 수행은 아주 많다. 여기서는 그중 먹기 수행을 알아보자.

먹으며 깨닫는다고?

맛있는 것을 먹으며 명상할 수 있을까? 그렇다. 수행의 관점에서 먹기, 씹기, 삼키기도 명상의 대상이 될 수 있다. 소위 먹기 명상이다. 입으로 가는 순간, 씹는 리듬, 음식 맛, 포만감, 욕심, 욕망에 끌리는 감각 등은 모두 알아차림의 대상이다. 음식의 맛을 보는 것이 아니라 그 맛에 반응하는 '마음'을 살피는 것이다. 남방에서는 중요한 수행이고, 탐디는 1시간 정도 걸려 천천히 먹으며 알아차림을 한다.

먹기 명상으로 계정혜를 모두 닦을 수도 있다. 음식을 먹으며 감사하는 마음, 절약하는 태도, 절제하는 습관을 기르면 '계'를 닦는 것이다. 손과 입, 혀, 코, 눈, 귀에서 일어나는 감각을 놓치지 않고 집중하며 '정'을 닦는다. 맛에서 얻는 쾌감은 잠깐이고, 갈망은 습관이고, 괴로움은 그로부터 자라난다는 사실을 통찰하면 '혜'를 닦는 것이다.
우리는 습관적으로 이러저러한 생각 속에 빠져, 망상과 잡념과 번뇌와 더불어 밥을 먹는다. 축구 시합을 중계하듯 먹는 과정을 관찰하자. '젓가락 선수, 어느 반찬을 집을까 잠시 생각하고 있습니다. 음식을 집어 위로 올립니다. 천천히… 천천히… 입을 벌려 안으로 넣습니다. 혀가 반갑게 맞이하는군요. 음식을 잡아 왼쪽 어금니에 패스, 잠시 씹더니 오른쪽 어금니에 다시 패스. 연결이 잘 되고 있습니다. … 매운맛이 심하니 찡그리는군요. 목젖을 향해 가고 있습니다. 무사히 넘길 수 있을까요? 음식이 목을 넘기기도 전에, 마음은 이미 다음 반찬을 탐색하고 있군요.'

먹기 관찰은 여섯 감각기관을 모두 사용한다. 음식 모양과 색깔, 입술, 혀, 이빨의 움직임. 음식을 씹는 소리, 식기가 부딪치는 소리, 풍성한 냄새, 무궁무진한 맛, 손의 촉감, 음식 맛에 대한 마음의 당김과 밀어냄. 음식에 대한 갖가지 선호와 여러 반응이 계속 일어난다.

커피 한잔을 마시면서도 알아차림을 할 수 있다. 커피의 맛 자체보다 그 맛에 반응하는 내 마음의 변화를 지켜본다. 한입, 두 번째에서도 같은 맛이 날까? 맛이 다르다면 커피나 혀의 맛이 아니라 마음이 변한 것이다. 기분 좋을 때와 불편할 때 커피 맛이 같을까? 환경, 상황, 대상이 아니라 거기에 따라 반응하고 변화하는 내 '마음'을 지켜보자. 바로 마음 관찰을 통한 사띠 확립이다.

먹는다는 행위는 단순한 생존 이상의 것을 포함한다. 우리는 배가 고파서 먹기도 하지만, 외로움이나 지루함, 불안함 때문에 먹을 때도 많다. 맛은 짧고, 쾌감은 덧없으며, 만족은 곧 사라진다. 그러나 마음은 다시 그 쾌감을 찾는다. 그 반복이 바로 갈애다. 물어 보자. 포만감이 왔을 때도 더 먹고자 하는 욕망은 무엇을 말하는가? 음식에 대한 절제와 감사는 불살생·불탐욕 등 계율의 내면화다. 법을 관찰하는 위빳사나다.

이처럼 먹는 행위는 '감각적 욕망', '습관적 집착', '존재에 대한 갈애'를 상징적으로 드러낸다. 이것은 법에 대한 사띠를 확립할 때다. 먹기 관찰은 감각·욕망·감사·절제를 함께 닦으며, 먹는 행위 속에 갈애와 놓아버림의 길이 드러난다.

여기서는 명상이 가야 하는 길에 대해 간략하게 살펴봤다. 명상은 대자유로 가는 첫걸음이지만, 그 길은 오직 내 안에서만 찾을 수 있다.

> "그대 자신을 섬으로 삼고, 그대 자신을 피난처로 삼아라."
>
> -《대반열반경》

도통보다 인간

많은 이들이 명상을 시작할 때 평온, 집중, 안정된 자아를 기대한다. 그러나 수행이 깊어질수록, 그 '얻으려는 마음' 자체가 괴로움의 씨앗임을 알게 된다. 명상은 무언가를 얻는 행위가 아니라, 괴로움을 만들어 내는 마음의 습관을 멈추고, 집착 없는 평화를 일구는 훈련이다.

> "모든 갈애를 놓을 때, 그 사람은 평화를 얻는다. 이것이 최고의 행복이다." -《숫따니빠따》

명상을 통해 누구는 황홀경에 빠질 수도 있고, 선정에 들어 세상을 잠시 잊을 수도 있다. 하지만 "나는 깨달았다."라고 외치는 순간, 이미 깨달음은 멀어진다. 세상에는 도를 깨달았다고 하면서 안하무인으로 구는 이들이 있다. 남을 배려할 줄 모르면서 깨달았다고 주장하는 모습은 그 자체로 모순이다. 수행과 명상을 통해 얻은 통찰이 일상의 언행과 연결되지 않는다면, 그것은 수행이 아니라 오락일 뿐이다.

'특별한 체험'을 찾아다니는 사람들도 있다. 깨달음은 신통이나 신비한 체험이 아니다. 인문운동가 이남곡 선생은 이렇게 말한다. "깨달음은 무슨 신비한 합일(合一) 체험 같은 뇌의 작용이 아니다. 그런 것을 추구하다 보면 뇌내망상(腦內妄想)에 속기 쉽다. 얼치기 사기꾼 도사들의 먹잇감이 되기 쉽다. 미워하고 분노하고 질투하고 탐하는 마음 대신에 감사와 연민과 양보의 마음이 일어나면, 그것이 깨달음의 확실한 징표다."

결국 깨달음이란 탐·진·치를 놓고 자비와 감사로 사는 삶, 인간다움의 회복이다. 신통을 부리고 싶은 마음을 놓고, 먼저 '인간'이 되는 것. 붓다는 그것을 가르쳤다. 화려한 체험이 아니라, 일상에서 타인에게 미소 짓고 친절하게 대하는 것, 자유와 평온 속에서 사람답게 사는 것. 명상은 그 길로 들어서는 첫걸음이다.

9장
마음 -
휘둘리지 않는 나

불교는 흔히 '마음공부'라고 부른다. 불교는 신보다 마음을, 죄보다 번뇌를, 외부보다 내면을 주목하기 때문이다. 괴로움은 바깥에서 오는 듯하지만, 실제로는 마음속에서 자라난다. 따라서 불교는 세상을 바꾸기보다, 마음을 바꾸는 데 집중한다. 수행은 마음을 알아차리고, 길들이고, 마침내 자유롭게 해 가는 과정이다. 수행자는 세상을 바꿔 괴로움을 없애려는 이가 아니라, 자신을 바꿔 행복에 이르는 이다.

우리는 마음을 '내 것'이라고 믿고 살아간다. 그러나 마음은 '나'도 아니고 내 것도 아니다. 마음이 곧 내가 아니라는 사실을 이해하고 인식하기 시작할 때, 괴로움에서 벗어나는 길이 열린다. 일상에서 사용하는 대부분의 기계에는 사용 설명서가 있는데, 마음에는 그런 설명서가 없다. 불교는 바로 그 마음을 공부하는 길이고, 담마는 일종의 마음 사용 설명서다.

이 책 2부의 제목은 '마음은 적인가, 친구인가?'이다. 마음을 적으로 대하면 세상살이는 고통이 되기 쉽지만, 마음을 친구로 삼으면 삶은 곧 해방이 된다. 수행은 마음을 다루는 기술이자, 마음으로 살아가는 예술이다.

마음을 모르는 우리 – 특성 파악하기

지금 우리가 이 책에서 공부하는 수행, 사띠, 명상, 무아, 환상, 번뇌, 관계, 공생은 모두 마음 이야기이고, 마음공부고, 마음 수행이다. 마음을 알아야 그 마음에 속지 않는다. 막연히 추측해서는 알 수 없다. 마음의 특성을 알아보자.

1. 마음은 내 것인가?

내가 내 마음의 주인이라면, 내 뜻대로 움직일 수 있어야 한다. 그런데 뜻대로 되지 않는 사례는 우리 주변 어디에서나 쉽게 발견된다.

(1) 화가 나 잠이 오지 않는다. 잊으려 숫자를 세고, 내일 할 일도 떠올려 본다. 그래도 풀리지 않아, 결국 일어나 앉아 크게 숨을 쉰다. 잠시 가라앉은 듯하지만 오래 못 간다. 그놈 생각이 다시 올라

온다. 나를 무시하더니, 이제는 남들 앞에서 모욕까지? 끝없이 치닫는 마음을 어찌할 수가 없다. 내일 일하려면 자야 하는데, 이러면 안 되는데 … 마음은 멈출 줄을 모른다.

(2) 다리를 꼬고 방석에 앉는다. 명상하면 마음을 이해하고 다스릴 수 있다고들 하니 기대가 크다. 호흡을 관찰하기 시작하고 잠시 후 마음이 좀 가라앉았다. 그러나 그 고요는 잠시뿐, 이내 온갖 잡념이 몰려온다. 명상이 잘 될까? / 호흡을 보는 게 무슨 소용이 있지? / 명상 마치고 어느 카페에 갈까? / 내일 업무 보고는 뭘 준비해야 하지? / 아침에 아내에게 퉁명스레 말한 게 자꾸 마음에 걸린다. / 아, 내 호흡은 어디 있는 거야? / 대체 이 마음의 주인은 누구지?

(3) 탐디는 강변 노점에서 레몬소다를 주문했다. 그런데 얼음을 깨 넣는 장면을 보자, 괜히 마음이 불편해졌다. 얼마 전 인도여행 카페에서 얼음 넣은 음료 먹으면 배탈 날 수 있다는 이야기를 읽었기 때문이다. 소다를 마시는데 맛이 별로다. 다 마시고 나서도 기분이 찜찜하다. 지난 몇 달간 인도 길거리 음식 모두 먹고 마셨고, 아무 탈도 없었다고 마음을 다독인다. 하지만 한번 삐끗한 마음은 좀처럼 돌아서지 않는다. 알고는 있었지만, 그 마음을 바꿀 수

는 없었다. 마음, 정말 무섭다!

2. 마음은 머무르지 않는다

'작심삼일'이라는 말이 있다. 결심해도 사흘을 채우지 못하고 무너진다는 뜻이다. 그런데 어떤 면에서 보면, 사흘은 오히려 긴 시간이다. 우리 마음은 순식간에, 찰나에 변하는데, 모두 극히 짧은 시간이다. 붓다는 "마음은 원숭이처럼 이 나무 저 나무로 쉴 새 없이 옮겨 다닌다."라고 말했다. -《원숭이경》(SN 12.61) 그러니 삼 일이라도 지속했다면 이미 훌륭한 성과다. '내가 사흘이나 버텼네!'라고 칭찬해도 좋다.

"변덕이 죽 끓듯 하다."라는 속담도 있다. 변덕은 이랬다저랬다 자주 바뀌는 성질이다. 마음은 그야말로 변덕의 챔피언이다. 붓다도 "나는 이 세상에서 마음보다 빨리 변하는 것을 본 적이 없다. 마음이 얼마나 빨리 변하는지는 비유조차 들기 힘들다."라고 했다. -《첫 번째 마음의 경》(AN 1.48) 지금 이 순간 죽도록 사랑한다는 말은 진실일 수 있다. 하지만 잊지 말자. 마음은 언제든 변할 수 있으며, 변화무쌍하다. 마음은 무상의 대표 주자다. 따라서 우리는 끊임없이 마음을 한곳에 두는 연습(사띠)을 하는 수밖에 없다.

3. 마음은 조건 따라 변하는 흐름이다

마음은 고정된 실체가 아니라, 조건에 따라 변하는 흐름이다. 전문적인 표현으로는 '조건 지어진다'라고 말한다. 세상과 마음은 서로 영향을 주고받는 관계에 있다. 마음에 따라 세계는 달리 보이고, 반대로 상황이 바뀌면 마음도 함께 변한다. 이렇게 보면 마음과 세상은 독립적으로 존재하지 않는다. 그래서 마음은 무상하며, 동시에 무아다.

마음이 떠올리는 생각과 감정은, 그 사람이 속한 역사적 맥락과 자연·사회적 환경 속 관계에 따라 달라진다. 예를 들어보자. 아침부터 비가 내린다. 소풍 가는 날이면 슬픈 일이고, 모내기 하는 날이면 기쁜 일이 된다. 해가 쨍쨍해 무척 더운 날은 어떤가? 우산 파는 아들 생각하면 슬픈 일이고, 아이스크림 파는 아들 생각하면 엄마에게는 기쁜 일이다. 해가 나든 비가 오든, 그 자체로는 슬픔도 기쁨도 아니다. 좋은 날도, 슬픈 날도 애초에 정해진 게 없다.

예전에 한국 대학생을 해외 워크캠프에 보내며 자주 말해 준 사례가 있다. 물컵 안의 벌레다. 캠프의 어느 날, 목이 말라 컵에 물을 따라 먹으려는데 벌레가 들어 있다. 물과 벌레를 모두 버리고 다시 물을 따르면, 아직 캠프 초기라는 뜻이다. 다음 번에 컵에 든 벌레를 손으로 꺼내버리고 마셨다면 캠프 중간이고, 귀찮다며 벌레까지 함께 삼켰다면, 그건 조금은 해탈한(?) 캠프 종반의 마음이다.

4. 불교에는 '나쁜 마음'이 없다?

불교는 좋은 마음과 나쁜 마음으로 구분하지 않는다. 불교는 세속적인 도덕 개념과 달리 마음을 선(善)과 불선(不善)으로 나눈다. 깨달음에 이르거나, 괴로움의 소멸에 도움이 되는 마음은 유익한 마음, 이로운 마음으로 본다. 반대로 번뇌를 일으키고 괴로움에 이르게 하는 마음은 불선, 즉 해로운 마음으로 분류된다.

불교 경전인 아비담마(*Abhidhamma*)는 여러 교리를 체계적으로 분류한 논서이기에 다소 어렵고 복잡하지만, 탐디가 주목한 것은 '마음'에 대한 정밀한 분석이다. 이로운 마음과 해로운 마음을 체계적으로 나눴다. 선하고 이로운 마음에는 바른 삼매, 지혜, 자애, 연민, 평온함 등이 포함된다.

괴로움을 일으키는 해로운 마음은 모두 14가지로 망상, 양심 없음, 수치심 없음, 들뜸, 탐욕, 사견, 자만, 성냄, 질투, 인색, 후회, 게으름, 혼침, 의심이다. 아비담마에서는 이를 '마음부수(*cetasika*)'라 부르지만, 이 책에서는 독자의 이해를 돕기 위해 모두 '마음'이라는 표현으로 통일한다.

쓰레기를 버리면서도 전혀 거리낌 없는 마음은 '수치심 없음', 좌선 중 꾸벅꾸벅 졸게 되는 상태는 '혼침', 아는 체하며 자랑하는 태도는 '자만'이다. 마음이 불편한데 이유를 모르겠다면, 차분히 그 안을 들여다보라. 14가지 해로운 마음 가운데 어떤 것과 가까운지 살펴보고, 스스로 고개를 끄덕일 수 있을 때까지 되돌아보라. 그리고 그 마음을 어떻게 내려놓을 수 있을지, 깊이 숙고하라.

5. 마음은 존재하는가?

국어사전은 마음을 '사람이 다른 사람이나 사물에 대하여 감정이나 의지, 생각 따위를 느끼거나 일으키는 작용이나 태도'로 정의한다.

그렇다면, 마음은 '대상을 아는 것', 이 간단한 정의는 누구의 말일까? 언뜻 보면 현대 뇌과학자의 정의처럼 들리지만, 놀랍게도 2,500년 전 붓다가 그렇게 말했다. 붓다는 왜 이토록 간단히 마음을 정의했을까? 마음을 '나'나 '영혼' 같은 고정된 실체로 보지 않고, 대상을 인식하는 '작용'에 초점을 맞추었기 때문으로 보인다. 이는 마음이 끊임없이 변하는 현상임을 강조하기 위함이다.

마음은 어디에도 없다. 뇌에도, 심장에도 없다. 그럼에도 우리는 마음이 있다는 사실을 안다. 움직이고 작용하는 마음을 안다. 마음은 이해하기 어렵지만, 신비한 존재는 아니다. 마음은 뜬구름처럼 막연한 존재가 아니라, 수행자가 직접 보고 살피고 이해해야 할 구체적 대상이다.

현대 과학은 전통적으로 우리가 믿어온 '마음'의 존재에 깊은 의문을 제기하고 있다. 뇌과학 등의 현대 과학은 '자유의지'를 부정해서 우리를 놀라게 하더니, 이제는 아예 마음의 존재를 부정하는 것처럼 보인다. 현대 과학은 마음을 전기신호나 연산 장치로만 보거나(홍창성 교수), 심지어 마음을 '진화된 문제 해결 장치'라 부르기도 한다(전중환 교수). 불교의 마음은 '경험'과 '작용'을 다루는 반면, 과학은 '물리적 실체'를 다루는 다른 차원의 접근이다.

휘둘리지 않는 나를 만드는 방법

마음이 내 의지와 무관하게 제멋대로 흘러간다면, 어떻게 마음을 적이 아닌 내 편으로 만들 수 있을까? 단단하고 흔들리지 않을 수 있을까? 그 답은, 늘 살피고 부드럽게 길들이며, 선한 흐름으로 이끄는 데 있다. 앞에서 수행은 좋은 습관을 만드는 일이라고 했다. 마음의 선한 흐름을 만들려면, 사띠로 마음을 알아차리고 → 좋은 책과 밝은 경험, 선한 벗과 바른 마음에 자주 접하라. → 그것이 기억에 새겨지고 → 반복되면 습관이 된다. → 그러면 마음에 끌려 무심코 반응하지 않을 수 있다. 몇 가지 구체적인 방법을 알아보자.

1. 사띠로 마음을 살펴라

틈날 때마다 내 마음이 무엇을 생각하고, 어디에 머물고 있는지 살펴보라. 불안할 때는 마치 물속을 들여다보듯 세밀히 관찰하라. 들뜬 순간에도 마찬가지다. 마음을 내 생각대로 움직일 수는 없지만, 알아차릴 수는 있다.

스마트폰 알림이 울리면, 사띠가 없을 때는 무심코 클릭해 끝없이 스크롤을 반복한다. 그러나 사띠가 있으면, 손이 자동으로 움직이는 순간을 알아차려 멈추거나 선택할 수 있다. 처음에는 하루에 서너 번만 알아차려도 된다. "아, 지금 내가 내 마음을 보고 있구나." 이 단순한 연습이 반복되면, 나중에는 마음의 깊은 곳까지 닿을 수 있다.

2. 마음을 기울이는 힘

자전거를 배울 때, 앞으로 나아가는 법을 익힌 뒤에는 방향을 바꾸는 법을 배워야 한다. 오른쪽으로 가고 싶으면 몸이 자연스럽게 그쪽으로 기울고, 자전거도 그 방향으로 돈다. 마음도 마찬가지다. 어떤 생각이 자주 반복되거나 감정이 자주 드러나면, 마음은 그쪽으로 기울고, 생각과 몸도 그 방향으로 흐른다.

붓다는 "자주 생각하고 숙고하는 것에 따라 마음이 기운다."라고 했다. 밝은 생각, 선한 마음, 자비로운 마음을 자주 떠올리면 마음이 거기에 익숙해지고 자연스레 그쪽으로 향한다. 말도 예외가 아니다. 부정적인 말을 반복하면 뇌의 부정적 회로가 활성화되어 불행해지기 쉽고, 긍정적인 말을 쓰면 반대의 효과가 난다. 내가 어떤 말을 하고, 어떤 생각을 반복하는지가 곧 내 마음의 방향을 정한다.

그렇다면 마음을 얼마나 기울여야 할까? 선한 마음이 100퍼센트면 이상적이지만, 욕심내지 말고 51퍼센트를 목표로 하자. 선한 마음이 절반을 조금 넘으면, 다수결처럼 흐름이 바뀐다. 단 1퍼센트만 더 기울어도 변화는 시작된다. 작은 기울임이 쌓이면 60, 70, 80퍼센트를 넘어, 언젠가 100에 가까워질 수 있다.

3. 중립적인 말을 쓰자

우리는 일상에서 좋다 나쁘다고 너무 자주 말한다. '좋아 죽겠다.' '보기 싫어 미치겠다.' 이런 표현은 마음을 극단으로 몰고 가기 쉽다. 날씨가 '좋다/나쁘다'라는 표현 대신 '맑다, 흐리다, 구름이 많다, 덥다, 춥다, 선선하다'라고 표현하자. '에이 이건 완전 질색이야'보다, '이건 내 취향이 아니네'라고 담담하게 말하자. 아주 무더운 날, 탐디는 혼자 중얼거린다. "누가 이렇게 따뜻하게 데워 놨어?" 옆 사람이 웃는다. 부정적인 말을 하는 것보다 훨씬 낫다. 비록 날은 덥지만, 마음이 괴롭진 않다.

4. 일단, 멈칫하라

"이거 죽이는데!" "이건 정말 끔찍해!" "아, 뭔가 올라온다." 이럴 때 잠깐 숨을 고르고, 그 느낌이나 감정을 따라가지 않고 바라보는 힘을 기르자. 우리는 수많은 감정과 생각에 즉시 반응한다. 불쾌하거나, 불안하거나, 누군가가 나를 건드릴 때 감정이 빠르게 올라오고, 말은 튀어 나가고, 얼굴이 굳어진다. 이런 자동 반응의 고리를 끊는 첫걸음이 바로 '멈칫' 하는 습관이다. 누군가 말할 때는 끝까지 듣고, 단 1초라도 멈칫 해 보자. 그 틈에 사띠가 들어설 여유가 생기고, 반응 대신 관찰이 시작된다.

5. 마음, 그리 나쁘지 않다

뉴스를 보면 온통 사건·사고뿐이다. 온 세상이 사악하고, 모두가 잠재적 범죄자인 것처럼 보인다. 요즘 사람들은 목소리가 크고, 사소한 일에도 신경질적으로 반응한다. 정말 우리가 그렇게 나쁜가? 그렇지 않다. 그렇게 보이는 데는 이유가 있다. 첫째, 우리가 접하는 뉴스가 대부분 부정적이기 때문이다. 언론은 진실보다는 클릭 수와 댓글 수로 기사의 가치를 판단한다. 미디어는 사람들의 눈길을 끄는 부정적

뉴스와 자극적인 정보를 더 많이 노출한다.

둘째, 인간의 기억 때문이다. 인간은 부정적인 사건을 더 오래, 더 강하게 기억한다. 그래야 다음에 피할 수 있기 때문이다. 그래서 좋은 일보다 나쁜 일이 더 오래 남고, 세상도 그런 시선으로 보기 쉽다. 하지만 우리는 그만큼 나쁘지 않다. 서로를 격려하고 지지하며, 세상이 생각보다 괜찮다는 사실을 확인하자.

6. 지나가는 마음, 머물지 마라

마음은 흐르는 강물이고, 감정은 일시적인 소용돌이이며, 생각은 물 위에 떠다니는 낙엽과 같다. 우리가 할 일은 그 흐름에 빠져드는 것이 아니라, 강가에 서서 사띠로 조용히 지켜보는 것이다.

어느 날 한 노승과 젊은 승려가 바지를 걷고 깊은 냇물을 건너려 하는데, 치마를 입은 한 여인이 난감한 표정으로 다가와 자신을 업어달라고 부탁한다. 노승은 말없이 여인을 업어 냇물을 건넌 뒤 조용히 내려놓는다. 젊은 승려는 그 모습을 마음에 담아두고 계속 곱씹다가, 얼마쯤 지나 결국 참지 못하고 말한다. "스님의 행동은 수행자답지 않고, 부적절하다고 생각합니다." 그러자 노승은 조용히 웃으며 답한다. "나는 냇물을 건너고 여인을 내려놓았는데, 너는 여기까지 데려왔구나."

그 냇가에서 일어난 마음과 감정, 생각은 모두 잠시 스쳐 가는 흐름일 뿐이다. 그러나 붙잡고 끌고 오면, 그 순간부터 괴로움이 된다.

7. 바람에 흔들리지 마라

우리는 감각, 느낌, 조건, 사치품, 가족, 남의 말, 환경, 탐욕과 성냄에 끝없이 흔들린다. 담마는 마음을 흔드는 여덟 가지 세속의 바람, 세간팔법(*lokadhamma*)에 주목한다. 이른바 '팔풍'이라 불리는 이 여덟 가지 바람은 이익과 손실, 명성과 악명, 칭찬과 비난, 즐거움과 괴로움이다. 팔풍은 누구나 살아가며 언제든 마주치게 되는 바람이다. 이익이 생기면 들뜨고, 손실이 생기면 주저앉는다. 칭찬에는 웃고, 비난에는 흔들린다.

팔풍을 완전히 없애고 살 수는 없다. 붓다조차 생전에 수많은 평가와 평판에 시달렸다. 칭송과 존경만큼이나 비난과 모략도 많았다. 당시 붓다는 기존 질서를 흔드는 '신흥종교의 창시자'였기에 저항과 질투의 대상이 될 수밖에 없었다. 그 훌륭한 붓다에게조차 팔풍이 몰아쳤는데, 우리라고 피할 수 있을까? 우리 모두에게 늘 불어오는 세찬 바람이다. 기분이 들뜨거나 가라앉을 때, 자신을 살펴봐라. 나는 어떤 바람에 민감한가? 무엇에 쉽게 휘둘리는가?

8. 결심만으로 바뀌지 않는다

"긍정적으로 생각해라", "마음을 바꿔라", "마음 먹기 달렸다"라는 말은 옳고도 중요한 조언이다. 그러나 그것만으로는 부족하다. 조건을 바꾸고, 원인을 새롭게 지어야 한다. 날씨가 몹시 추울 때 몸에게 "따뜻해져라." 하고 명령한다고 따뜻해질까? 결심만 굳게 한다고 될까? 역시 어림없다. 옷을 입고, 이불을 덮고, 따뜻한 차를 마셔야 한다. 찬바람 드는 창틈을 막고, 방에 불을 지펴야 한다. 즉, 환경과 조건을 바꿔야 한다.

마음만으로는 해결되지 않는다. 많은 자기계발서가 실제 변화를 이끌지 못하는 까닭도 여기에 있다. 수행이든 명상이든, 반드시 구체적인 방법을 익혀야 한다. 따뜻함이 결심에서 오지 않듯, 선한 마음도 결심만으로 되지 않는다. 명상 앱 사용, 일상 수행 기록, 디지털 디톡스, 어지러운 방이나 책상 정리, 감사 일기 쓰기, 자연 속 걷기, 명상 공동체 참여, 이웃 돕기, 자원 활동 참여 등 구체적인 행동이 필요하다.

단단한 마음을 향해

사람들은 나를 알기 위해 사주팔자, MBTI, 혈액형, 성격 유형, 사상체질, 점성술까지 여기저기 기웃거린다. 이런 것들은 참고일 뿐, 맹신하거나 의존해서는 곤란하다. 이런 기준에 휘둘리지 말고, 삶의 방향은 스스로 찾아야 한다. 휘둘리지 않는 삶이란 남의 눈이 아닌, 나만의 기준으로 사는 일이다. 자기만의 행복의 길을 걸어가 보자. 거꾸로 보기, 뒤로 걷기, 멋대로 살기, 지금 여기 살기, 느낌에 휘둘리지 않기, 더하기보다 덜어내기, 쥐기보다 펴기, 바깥보다 안을 보기, 고정된 틀보다 변화다.

단단한 나는 공포 마케팅에 휘둘리지 않는다. 흔들림 없는 나는 무분별한 소비를 줄인다. 웬만한 거리는 걸어 다니고, 사치품에도 눈 돌리지 않는다. 술은 절제하고, 깊이 잔다. 기후변화에도 내가 할 수 있을 만큼 대응한다. 인생은 어떤 목표를 향해 내달리는 경주가 아니다. '자아실현'이라는 멋진 말조차도, 인생의 궁극적 목표나 행복의 보증이 될 수 없다.

붓다는 거듭 강조한다. "쓸데없는 형이상학에 매달릴 시간에, 네 괴로움을 없애라!" 네 뇌는 영리하지만, 네 행복에는 관심이 없다. 이기적인 유전자도 관심 없기는 마찬가지다. 인류와 국가, 사회와 가정의 걱정은 잠시 내려둬도 괜찮다. 더 이상 바깥에 휘둘리지 말고, 지금은 나의 단단한 마음을 만드는 일이 먼저다.

마음을 단단히 만드는 길은 의외로 가까이 있다. 이웃에게 미소를 보내며 친절을 베풀자. 씩씩하고 품위 있고, 우아한 나로 살자. 중요한 건 선한 마음의 흐름이다. 속도보다 방향이다. 마음이 선함을 향할 때, 그것은 점점 단단해지고 휘둘리지 않는다. 그 마음은 나의 친구가 된다.

'단단한 나'가 되는 것은 마음을 단단하게 만드는 것이 아니라, 마음에 휘둘리지 않는 상태다. 붓다의 목소리가 들려오는 듯하다.

> "마음은 제어한 자에게는 최고의 벗이지만, 그렇지 못한 자에게는 가장 위험한 적이다." -《담마빠다》

생각과 궁리

오해된 '일체유심조'의 위험

원효 대사가 해골바가지 물을 마시고 깨달음을 얻은 이야기는 일체유심조(一切唯心造), 즉 '모든 것은 오직 마음이 지은 것이다'라는 대승불교의 핵심 사상을 상징한다. 세상은 있는 그대로 존재하는 것이 아니라, 우리가 마음으로 인식하고 해석하는 과정에서 구성된다는 뜻이다.

그런데 이 사상은 수행의 맥락에서 종종 '모든 것은 마음먹기에 달렸다.'라는 식의 의지 중심 논리로 변질되곤 한다. 이는 고통의 책임을 오롯이 개인에게 전가하는 위험한 결과를 낳는다. 마음이 괴로우면 세상이 괴롭고, 마음이 평화로우면 세상이 평화롭다는 해석은 일견 타당해 보이지만, 마음이 내 뜻대로 되지 않는다는 사실을 외면한다.

일부 종교계에서는 이러한 오해된 관점을 더욱 확대한다. 어떤 스님은 법문에서 "명상은 없는 병을 만들어 놓고 치료하는 거예요. 불자는 우울증 걸리면 안 돼요."라고 하며, 마음만 먹으면 모든 문제가 해결된다고 말하기도 한다.
코로나19 시기에 기도만 하면 낫는다는 일부 종교 단체의 주장 역시 마찬가지이다. 마음의 문제는 개인의 노력과 외부적 요인이 복합적으로 얽혀 있다. 교회는 믿음으로, 절은 마음으로 모든 것을 해결하려 한다면 아주 위험한 발상이다.

정신질환은 단지 마음먹기 나름이 아니라, 유전적·환경적·심리적·사회 구조적 요인 등 다양한 원인으로 발생하는 질병이다. 우울증이나 무기력증 역시 감기처럼 치료가 필요한 질병이라는 인식이 필요하다. '마음'이나 '믿음'으로만 극복하라는 메시지는, 오히려 상담과 치료를 미루게 만들 수 있다. 실제로 한국의 우울증 치료율은 11%로 OECD 최저 수준이다.

'일체유심조'의 진정한 의미는 현실을 있는 그대로 보는 통찰이다. 세상을 마음대로 바꿀 수 있다는 오만이 아니라, 마음의 작용을 올바로 이해하고 괴로움의 원인에서 벗어나는 데 있다. 마음은 내 뜻대로 되지 않기에 수행이 필요한 것 아닐까?

10장
자아 –
그 애틋한 착각을 죽여라

자꾸 입가에 노래가 맴돈다. "내 속엔 내가 너무도 많아." 출가해서 욕망의 대상인 술, 담배, 여자를 끊으면 도인이 되는 줄 알았다. 그런데 막상 끊고 나니, 더 깊숙한 욕망의 뿌리가 보이더라. 바로 '나'다.

마음이 편치 않다. '내' 꾸띠 옆 수돗가가 엉망이다. '내'가 심은 꽃나무들도 몇 그루 잘리고 뽑혔다. 오후 행선을 하려고 작은 법당으로 갔다. 마음을 모아 발걸음을 옮기는데, 자꾸 수돗가와 화분이 떠오른다. 제자리에 멈춰 서서 아랫배에 손을 대고, 배의 움직임에 집중한다. 하지만 그것도 잠시, 화가 자꾸 올라온다. 왜 화가 가라앉지 않나 살펴보니, 그 중심엔 늘 그렇듯 '나'가 있었다. 화분에 꽃나무를 심으며, 어느새 '내 것'이라 여겼다. 만약 그 나무가 자연에 있었다면, 이렇게까지 마음이 불편하진 않았을 것이다. 수돗가도 매일 '내'가 정리해 놓았는데, 아이들이 와서 어질러 놓았다!

결국 '내 것', '내가 했다', '내가 사는 곳'이라는 생각이 집착의 바탕이었다. 그저 그런 것에 나를 붙이는 순간 '소중한 것'이 된다. 화분을 모두 치우자. 깔끔함이라는 이름의 습관, 그 집착을 죽이자. 오늘도 멍청한 쿠바 탐디의 하루다.

자아에 대한 애정과 집착

나를 가장 사랑하는 이는 누구일까? 바로 '나'다. 그렇다면 나를 괴롭히는 이는? 그것도 역시 '나'다. 나는 인생의 주인공이면서, 동시에 번뇌의 원인이다. 나를 지나치게 아끼고 사랑하면, 괴로움이 찾아온다.

쿠바 탐디의 자만, 끊임없이 고개를 든다. 아주 순식간에, 무의식적으로, 제어할 수 없을 만큼 '나'가 올라온다. 눈에 보이지는 않지만, '나'는 늘 무대 뒤에서 줄을 당기고 있다.

- 마을에 공양 나가 점심을 먹으며 일찍 식사를 마쳤다. '나'는 다른 스님들보다 적게 먹는다는 우쭐함이 피어올랐다.
- 스님들이 돌아가며 법문한다는 이야기를 듣자, '잘해야지' 하는 마음이 먼저 들었다. 사람들 앞에서 '나'를 드러내고 싶은 마음이 이

미 깔려 있었다.

나는 특별한 수행자다, 나는 유능하다, 나는 인정받고 싶다! 당신은 어떤가? 탐디처럼 자기에 대한 애정과 집착, 쉽사리 놓지 못할 것이다.

그 애틋한 착각을 죽여라

이 장의 제목 '자아, 그 애틋한 착각을 죽여라'는 강렬하게 들릴지 모른다. 여기서 '죽인다'는 것은 당신을 없애라는 뜻이 아니다. 오히려 당신을 괴롭히고 얽매는 고정된 '나'라는 착각에서 벗어나자는 급진적인 선언이다. 이는 마치 어두운 방에 있는 그림자가 실제 존재하는 것처럼 느껴져 두려워하다가, 불을 켜고 나니 그림자가 허상이었음을 깨닫는 것과 같다. '나'라는 환상이 사라질 때, 비로소 진짜 나의 모습이 드러난다. 자아를 죽이는 게 아니라 자아라는 '착각'을 죽이고, 자아를 고치는 게 아니라 자아라는 '병'을 고친다.

선불교에 "부처를 만나면 부처를 죽이고, 조사를 만나면 조사를 죽여라"라는 말이 있다. 이는 모든 관념과 집착에서 벗어나라는 급진적 선언이다. '나'는 고정된 자아의 이미지이자 환상이다. 그 환상을 꿰뚫어 보지 않고서는 진정한 자유는 불가능하다. 여기서 '죽인다'라는 말은 억누르거나 없애는 것을 뜻하지 않는다. 그것은 집착을 똑바로 보고, 거기서 물러나는 내면의 전환을 말한다. 죽음은 파괴가 아니라 통과다. 내가 사라지는 것이 아니라, 나라는 환상이 지나가는 것이다.

불교가 말하는 인간관은 '관계'와 '무아'를 중심으로 한다. 인간은 독립적 실체가 아니라, 관계 속에서 형성되는 존재다. 또한 인간은 고정된 자아(self)가 아니라, 조건 따라 일어났다 사라지는 흐름으로 본다. 불교는 인간을 찬양하지도, 비하하지도 않는다. 다만 인간을 조건 따라 형성되고, 깨어날 수 있는 흐름 속 존재로 본다. 자아가 아니라 관계, 우월함이 아니라 공감의 존재. 이것이 불교가 제안하는 인간의 모습이다.

보통 '자아로부터의 해방'이 종교적 삶의 태도라고 말하지만, 불교와 타종교의 자아를 없애는 목적이 다르다. 불교는 번뇌를 소멸하기 위해 나를 없앤다면, 타종교는 나를 없애고 신이나 절대자를 만나 합일을 이룬다. 붓다의 가르침은 나를 구하는 길이 아니라, 나를 내려놓는 길이다. 내 안이 비어야 세상과 연결될 수 있다. 내가 먼저가 아니어야, 너를 만나고, 진심으로 소통하고 연결할 수 있다.

일본 불교 조동종(曹洞宗)을 연 도겐 선사의 가르침이다.

"부처님의 가르침은 나를 아는 것이고,

나를 아는 것은 나를 잊는 것이며,

나를 잊는 것은 만물에 의해 다시 깨어나는 것이다."

왜 참나, 진아에 매달리나?

왜 사람들은 '진짜 나'가 있다고 굳게 믿을까? "마음이 조각조각 파편화된 탓이다. 우리는 그 조각난 파편들을 '자아'라고 굳게 믿는다. 그리고 그 자아를 고수하는 데 전력을 기울인다. (…) 자아는 어둠이고 감옥이다." 고미숙 선생의 냉철한 진단이다.

참나 혹은 진아가 '있다'라고 믿는 사람들도 많다. 내가 무아를 믿듯, 그들도 참나를 믿는다. 만약 그 믿음이 괴로움을 줄이는 데 실제로 도움이 된다면, 그것 역시 하나의 길이 될 수 있다. 하지만 탐디는, 진아나 참나가 '없다'는 쪽이, 더 편하고 자유롭게 사는 데 도움이 된다고 본다.

자아, 참나, 진아! 듣기만 해도 멋지고, 있어 보인다. 참나를 고정되고 영원한 실체로 여기려는 마음속에는 이 세상이 불완전해서 완전한 무엇을 갈망하는 욕망이 있을 수 있다. 혹시 참나란 실제가 아니라, 그저 참나를 갖고 싶어 하는 바람 아닐까?

불교를 배운 사람조차 참나라는 개념에 매달린다. 자아가 무너지는 순간, 삶의 이유와 정체성 전체가 함께 무너지는 듯한 공포가 찾아오기 때문이다. 이들에게 자아는 생존과 사회적 역할에 필수적인 중심 구조다. 자아가 사라지면 공허가 오거나, 타인과의 관계, 인정, 사랑의 매개가 함께 사라질까 봐 두려워한다. 그래서 단순한 '나'도 모자라, '참나'라는 이름의 고귀하고 영원한 자아를 만들어 매달리기도 한다.

멀쩡한 내가 없다고?

왜 멀쩡히 살아 움직이고 있는 내가, 사실은 없다고 말하는 걸까? 한번 알아보자. 몸이 나인가? 내 몸은 고정된 실체가 아니다. 나는 변하고 있을 뿐 계속 하나로 존재하지 않는다. 우리 몸은 분자의 소용돌이다. 단 한 순간도 멈추지 않고, 끊임없이 움직이며 변화한다. 평균적으로 80일 정도면, 우리의 몸은 거의 완전히 새 세포로 바뀐다. 이전 그대로의 나는 없다. 생물학적으로 같은 나는 없다.

그렇다면 마음이 나인가? 앞에서 이미 살펴봤다. 우리의 마음은 통치자나 절대자가 없고, 끊임없이 변하고, 외부 자극, 내부 기억, 신체 상태 등에 따라 달라진다고 했다. 자기 안에서 독립적으로 존재하는 실체가 아니다. 사람들은 생각하고 기억하는 자기 마음을 '나'라고 믿는다. 그러나 그 마음은 한순간도 같은 모습으로 머물지 않는다. 어떤 때는 두렵고, 어떤 때는 기쁘며, 어떤 때는 산만하고, 어떤 때는 또렷하다. 그 불안정한 흐름을 어떻게 '나'라고 할 수 있을까?

최근 뇌과학은 '자아는 뇌의 여러 기능이 만들어 낸 허상일 뿐'이라는 연구 결과를 내놓고 있다. 이 지점에서 뇌과학은 불교의 무아론과 만나는 것처럼 보인다. 그러나 뇌과학은 '뇌의 작동 방식'을 설명하는 데 그친다. 반면, 불교는 그 통찰을 활용하여 '고통에서 벗어나는 수행적 길'을 제시한다는 점에서 목적이 다르다.

그렇다면 나는 무엇인가?

세상에는 선재도 있고, 탐디도 있고, 쿠바 탐디도 있다. 물론 당신도 있다. 홍창성 교수는 이것을 인격체(person)라 부른다. 법적 · 도덕적 책임을 지는 몸과 의식의 집합체 혹은 인과적 · 역사적으로 연결된 하나의 인격체라고 한다. 같은 기억, 같은 감정, 같은 기질 등으로 이어진다. 실체는 없지만, 자취는 남는다.

사람은 몸과 마음, 다른 표현으로는 육체와 정신으로 이루어져 있다. 붓다는 이것을 색 · 수 · 상 · 행 · 식의 다섯 무더기인 오온이라 했다. 색은 물질, 수는 느낌(감각), 상은 인식(지각), 행은 형성(심리현상, 심리작용), 마지막 식은 의식(마음, 알음알이)이다. 우리는 물질의 무더기를 나라고 집착한다. 느낌의 무더기, 인식의 무더기를, 형성과 의식의 무더기까지도 나라고 착각한다. 오온은 '나'를 구성하는 다섯 조각일 뿐, 그 어디에도 실체로서의 나는 없다. -《오온경》(SN 22.48)

청화 스님은 밝힌다. "나라는 것은 원래 없습니다. 나라는 것이 없으니 내 소유도 있을 수가 없습니다. 실상적으로 무아, 무소유입니다. 모든 죄악은 거기에서 나옵니다." (2002.9.10 무상사 건립 입제 대법회에서)

실체로서의 '나'가 없다고 해서, 책임이나 윤리가 사라지는 것은 아니다. 우리는 기억과 관계, 행위의 인과로 이어진 인격체로 존재한다. 내가 없다고 해서 내 행동의 결과가 사라지는 것은 아니다. '나'라는 인격체는 사라지지 않으므로, 나의 행동이 타인과 세상에 미치는 영향에 대해 책임져야 한다. 무아는 무책임이 아니라, 더 섬세한 책임이다.

자아로부터의 해방

무아는 매우 독특하고도 급진적인 주장이다. 붓다의 "atta는 없다(*anattā*)."라는 말은, 당시 인도 종교와 철학의 세계관을 뒤흔든 도전이었다. 다른 종교는 대부분 자아 혹은 영혼을 믿었는데, 붓다는 왜 내가 없다고 가르쳤나? 최근 뇌과학을 중심으로 자아가 없다는 연구 결과들이 나오고 있는데, 2500년 전에 이미 무아를 말한 붓다의 통찰은 놀라울 뿐이다.

왜 붓다는 그토록 무아를 강조했을까? 나를 꽉 붙잡을까 봐, 자아에 빠져 허우적댈까 봐, 결국 나 때문에 스스로를 파멸시킬까 봐? 최경아 선생의 해석을 들어보자. "부처님의 설법은 우리를 자유롭게 하기 위한 것입니다. 이는 부처님 시대의 사상가와 수행자들이 보여 준 아뜨만에 대한 지나친 집착과 몰두, 그리고 아뜨만의 완전성과 영원성에 대한 과도한 해석과 추종에 대한 경종입니다." -《인문학 독자를 위한 니까야》

지금도 붓다 시대와 별반 다르지 않게, 사람들은 여전히 자아라는 허상에 빠져 허덕인다. 아니, 어쩌면 지금이야말로 무아가 절실한 시대인지 모른다. 자기 집착과 과도한 경쟁이 만연하고, 강한 자아는 고립감과 단절감을 키우고, 자아 정체성은 존재에 대한 불안감을 날로 키우고 있다. 지금의 자아는 과거보다 훨씬 정교하고 끈질기다. SNS의 자아, 직업의 자아, 관계 속 자아.

무아는 나를 지우는 길이 아니라, '나보다 더 큰 나'를 향해 가는 길이다. 실상을 보고, 있는 그대로 받아들이면 자유로워진다. 생각, 신념, 믿음, 가치 – 모든 고정된 틀을 내려놓아야 한다. 그 옛날 어부들은 바다를 계속 나아가면 낭떠러지에서 떨어진다고 생각해 가까운 곳만 갔다. 그러나 바다 끝이 낭떠러지가 아닌 걸 알고 자유롭게 항해했다. 우물 안 개구리는 자기 주변의 사물이 최고인 줄 안다. 밖으로 나와야 비로소 다른 세상이 있다는 걸 알 수 있다. 실상을 보려면, 그 우물에서 나와야 한다.

잊는다는 건 지우는 것이 아니라, 녹아드는 것이다. 나를 녹여야, 우리는 다시 깨어난다. 무아는 철학이 아니라 자유이며, 자아를 내려놓을수록 우리는 더 넓고 깊은 삶으로 들어간다.

관계 속에서 실천하는 무아의 길

어떤 사람들은 무아를 고립, 무관심, 비개입으로 오해한다. "나는 없으니, 너와 나도 없고, 고통도 없다." "애쓰는 것도, 관계 맺는 것도 집착일 뿐이다." 하지만 이것은 붓다의 가르침이 아니다. 그건 허무주의이지 무아가 아니다. 무아는 관계의 부정이 아니라, 관계 속 형성의 통찰이다.

무아는 철학이 아니라 삶의 '태도'이다. 또한 무아는 이론이 아니라 날마다의 '실천'이다. 매일의 관계 안에 있는 무아의 네 가지 길을 소개한다. 양보, 겸손, 경청, 기부는 자아의 집착을 내려놓는 일상의 무아 수행이고 실천이다. 양보는 '내가 먼저'라는 자아를 내려놓는 일이고, 겸손은 '내가 옳다'는 확신을 내려놓는 일이다. 경청은 '내가 중심'이라는 자기 중심성의 감각을 잠시 멈추고, 기부는 '내 것'이라는 소유욕을 내려놓는다. 양보는 몸으로, 겸손은 생각으로, 경청은 귀로, 기부는 손으로 실천된다. 몸, 생각, 감정, 소유라는 네 영역에서 무아를 체화하는 통로다. 이 수행은 명상센터나 법당이 아니라 거리와 식당, 가정과 직장, SNS 댓글 안에서 실현된다. 하나씩 살펴보자.

1. 양보, 남을 배려하는 무아

네팔 카트만두의 보다낫 스투파(Boudhanath Stupa). 네팔에서 가장 큰 불교의 둥근 스투파다. 네팔 방문에 빼먹을 수 없는 곳이라 탐디는 아침도 거르고 일찌감치 왔다. 손을 모아 합장한 뒤 탑을 세 바퀴 돌고, 아침을 먹기 위해 뒷골목으로 들어갔다. 작은 식당에 티베트 어머니들, 아니 할머니들이 가득하다.

할머니 몇 분이 들어와 빈자리가 없어 내 식탁에 합석했다. 잠시 후 할머니들이 시킨 로띠와 감자조림이 나왔는데, 서로 먹으라고 양보하며 작은 그릇이 식탁 사이를 오갔다. 몇 번 오간 뒤에도 감자는 그대로였다. 이러다 아무도 못 먹겠다 싶어, 내가 나서서 할머니들 로띠 위에 감자조림을 덜어 드리자, 그들이 빙그레 웃었다.

이런 상황, 어딘가에서 본 적 있다. 그래, 라오스 아이들과 한 상에서 밥 먹을 때다. 아이들은 서로 양보하느라 고기반찬에는 선뜻 손을 대지 않는다. 그래서 남는 경우가 많아, 결국 내가 반찬을 집어 아이의 그릇에 담아 준다. 아이들도 고기가 먹고 싶을 텐데 어떻게 참을까? 가난하지만 비굴하지 않고, 가진 게 없어도 나누는, 양보와 배려의 마음이다.

식사가 끝나고 밀크티를 몇 잔 더 채운 뒤, 할머니들의 수다가 길어진다. 나는 안쪽 자리에 앉아 오도 가도 못한 채, 티베트어 라이브 수다에 귀를 기울였다. 내용은 몰라도 고개를 끄덕이자, 할머니들이 미소를 보냈다. 티베트 스님이 들어오자, 할머니들은 인사를 나누고 자리에서 일어섰고, 나도 함께 일어났다.

양보는 '내가 먼저'라는 자아의 충동을 멈추는 일상 수행이다. 길에서, 먹을 때, 말할 때, 경쟁 상황에서 한발 물러서는 순간, 우리는 나의 집착, 과시, 두려움을 알아차릴 수 있다. 양보는 지는 것이 아니라, 집착에서 한 발 자유로워지는 것이다. 지금 내가 굳이 이기려는 이유는 뭔가? 내가 먼저 가지 않아도 괜찮지 않나?

2. 겸손과 경청, 나를 비우고 너를 초대한다

'내가 틀릴 수 있습니다.' 겸손은, 내가 틀릴 수도 있다는 여지를 기꺼이 열어두는 마음의 자세다. 겸손은 나를 낮추는 것이 아니라, 배움의 문을 여는 일이다. '나는 이런 사람이다'라는 자아 이미지에 집착하지 않을 때, 우리는 더 유연하게 변화할 수 있다. "나는 아직 충분히 알지 못한다." "이건 내 관점일 뿐이다." 스스로 낮추는 순간, 나는 더 깊어진다.

누군가의 이야기를 들을 때, 나는 더 이상 중심이 아니다. 경청은 내 생각을 멈추고, 온전히 타인의 말에 귀 기울이는 태도다. 경청은 단순히 '듣기 기술'이 아니라, 내 생각을 잠시 내려놓고, 타자의 경험과 감정에 자리를 내어주는 행위다. 우리가 경청하기 어려운 이유는 첫째, 내가 항상 크고 절대적이기 때문이고, 둘째, 듣는 행위는 나에게 주도권이 없기 때문이다. 주도권이 없으면 본능적으로 불안을 느끼게 된다. 셋째, '내가 옳다'는 확신이 너무 강하기 때문이다.

내가 옳다는 고집을 내려놓는 순간, 타자의 말이 들리기 시작한다. "그렇게 느끼셨군요." "말씀하신 걸 제가 잘 이해했는지 확인하고 싶어요." 경청은 타자의 존재를 진심으로 받아들이는 자리다. 사찰은 고요한 법당만이 아니라, 울어도 되는 공간이어야 한다. 부처님이나 스님 앞에서 실컷 울면, 얼마나 마음이 후련할까? 수행처는 침묵도 중요하지만, 함께 나눌 수 있는 자리가 되어야 한다. 이제는 자비를 말하지 말고, 귀를 기울이자.

말하지 않고 들어주는 그 고요한 틈에서, 자아는 느슨해지고, 관계는 다시 열린다. 누군가 말했다. "마음 놓고 수다 떨 친구 한 명만 있어도, 병원 갈 일 줄어든다." 그렇게 마음을 열고 듣자. 무아는 침묵 안에 있다. 상대의 말을 온전히 듣는 그 순간, 나의 중심은 사라지고 '우리'가 생긴다.

3. 기부, 나를 비우는 최고의 수행

기부는 '내 것'이라는 집착을 놓는 수행이다. 소유를 나누는 것이 아니라, 자아를 비우는 일이다. 얻는 것보다 내려놓는 게 어렵지만, 그만큼 아름답다. 보시하는 탐디에게 어떤 일이 생겼을까?

첫째, 기부하면 마음이 환해진다. 연구에 따르면, 타인을 위해 돈을 쓸 때 행복감이 커지고, 자원 활동을 하는 사람은 우울과 불안이 적다. 하리드와르 사띠 가트에서 탐디는 매일 아침 구걸하는 노인들에게 적선하며 “굿모닝” 인사를 건넨다. 처음엔 시큰둥하던 사람들이 며칠이 지나자 점점 기지개 켜듯 반응하고, 그 미소가 탐디의 하루를 밝힌다.

둘째, 기부는 평판을 바꾼다. 며칠간 계속 보시하자, 골목 사람들의 눈빛이 달라졌다. 손을 가슴에 얹고 인사하는 이, 탐디에게 깍듯이 “써(sir)”라고 부르는 이들이 생겼다.

셋째, 기부는 뜻밖의 선물을 부른다. 로띠 가게 주인이 보시하는 탐디를 눈여겨보았다가, 어느 날 주문한 빵 두 장 위에 두 장을 더 얹어 주었다.

넷째, 기부는 나에 대한 집착을 줄인다. 탐디는 붓다가 왜 그렇게 보시를 강조했는지 궁금했었는데, 지금 보니 무아를 실천하는 첫걸음으로 이해된다. 내게도 소중한 돈이나 물질, 시간과 에너지를 내놓는 일은 이기의 반대 지점에 있다. 매일의 적선이 탐디를 조금씩 작게 만들었다.

다섯째, 기부는 거래가 아니라 관계다. ‘이득이 될까?’를 먼저 계산하지 않고, 함께 존재함을 실천하는 일이다. 내 손에서 떠난 것이 타인의 삶을 살리고, 나를 작게 만들어 더 크게 연결한다. 탐디는 낯선 곳에서 그들과 이웃이 됐다.

4. 보시, 종교와 국경을 넘다

붓다는 재가자에게 돈을 벌지 말라고 하지 않았다. 단지, 욕심내거나 해로운 방식이 아닌, 정직하고 절제되며 이타적인 방식으로 벌고 쓰길 바랐다. 당신도 돈을 많이 벌어라! 단, 욕망이 아닌 필요에 따라, 그리고 목표한 만큼만. 그보다 더 많이 벌었다면? 그렇다면 기부하라. 세상에 도움 필요로 하는 사람 아주 많다.

만약 불교에 기부한다면 기존의 경계를 넘으면 좋겠다. 스님 개인이 아니라 승가 전체, 공동체에 보시하자. 불상이나 절집 같은 하드웨어가 아니라, 수행과 실천이라는 소프트웨어에 눈을 돌리자. 절에 가면 기와를 쌓아놓고 보시를 받는데, 절집은 이미 충분하지 않은가? 이제는 그 안을 채울 때다. 승려들의 수행, 교육, 유학, 만행, 순례, 출판을 후원하자. 종교와 국경도 넘어야 한다. 종교 간 대화 프로그램, 이주민 불자 지원, 무슬림의 한국 정착을 돕는 활동까지. 보시는 '우리'를 넘을 때 더 깊어진다. 한국불교가 중시하는 금강경은 아상·인상·중생상·수자상의 경계를 넘는 것이 핵심이다.

보시할 때 보답이나 결과를 기대하지 않고, 오직 상대의 이익만을 바라는 행위를 무주상보시라 부른다. 훌륭한 일이다. 그러나 이것은, 보시에 '나'를 개입시키지 말라는 것일 뿐, 아무것도 묻지 말라는 뜻은 아니다. 그 보시가 진정으로 이로웠는지, 우리는 그 결과도 함께 살펴야 한다. 왜 이렇게 묻고 확인해야 하나? 사람을 못 믿나? 믿는다. 다만, 이기적 유전자의 속성은 믿기 어렵다. 스님을 못 믿나? 믿는다. 그러나 '돈'이라는 괴물의 유혹은 경계할 수밖에 없다.

나로부터의 자유

수행이란, '꾸며낸' 나를 내려놓는 일이다. 자아는 매일 다시 태어난다. 그래서 우리는 매일 다시 내려놓고, 매 순간 다시 자유를 훈련해야 한다. 해탈은 사건이 아니라 습관이다. 깨달음은 한 번이 아니라, 매번 새로 일어난다.

들뜬 마음으로 앞만 보고 달리다가, 어느 순간 뭔가에 걸려 고꾸라졌다. 무릎이 까지고 손바닥도 상처투성이다. 화가 치솟는다. 대체 뭐야? 찬찬히 살펴보니 내 발이 걸린 건 돌부리도 나무뿌리도 아니다. 그 자리에, 아주 작고 연약한 내가 웅크리고 있었다. "대체 무슨 일이야?" 작은 내가 대답한다. "내가 자유로워지는 게 아니라, 나로부터 자유로워지는 것!"

수행이 잘 되는 듯해 잠시 우쭐해졌던 나였다.

"전쟁에서 백만 대군을 이겼다 하더라도
단 한 명뿐인 자신을
이길 수 있는 사람이야말로
참으로 최고의 승자다." -《담마빠다》

믿음과 본능의 충돌

인도 리시께시(Rishikesh)의 갠지스강 변, 일요일 아침이라 무척 붐빈다. 신성한 강가(Ganga)에 몸을 담그는 사람들의 얼굴에 기쁨과 행복이 가득하다. 조용한 강가의 적막을 깨고 갑자기 한 아이가 자지러지게 소리치며 운다. 아빠가 여자아이를 안고 강물에 들어가려는데, 물이 무서운 듯, 아이는 발버둥친다. 아빠는 아이를 달래며 다시 시도하지만 아이는 막무가내다. 결국 아빠는 포기하고 아이를 놔준다. 아이가 강가로 나오는 순간 엄마가 아이의 뺨을 때린다. 몹시 화가 났다.

나는 깜짝 놀랐다. 왜 화를 내고 아이를 때릴까? 엄마는 아무 말도 하지 않았지만 나에게 이렇게 들린다. '신성한 강에 왔는데 왜 안 들어가는 거야? 죄를 씻을 기회를 놓치다니!' 엄마는 누구를 위해 화를 낸 걸까? 아이의 행운을 위해? 아마도, 인도든 한국이든 많은 엄마는 그렇게 믿을 것이다. 그렇지만 물에 빠지면 죽는다는 본능이 깊이 새겨진 아이에게는, 행운과 목숨 중 어느 것이 중요할까? 아이에게는 두려움이 진짜다. 그러나 어른에게는 믿음 또한 진짜다. 진실은 어느 쪽에 있을까?

신성한 강은 흘러 흘러 바라나시(Varanasi)에 닿는다. 믿음이 강한 인도인들은 이 강에 들어가 기도하고, 몸을 씻고, 입에 담기도 한다. 갠지스강은 생활 쓰레기와 산업 폐기물로 심하게 오염됐고, 인도 정부의 정화 노력은 아직 성과가 없다. 강물에 들어가면 피부병 같은 질병에 걸릴 위험이 있다고 경고한다. 그래도 사람들은 목소리를 높인다. 성스러운 강가는 절대로 오염되지 않는다! 왜 누구는 강물에 들어가도 괜찮다고 하고 누구는 안 된다고 할까?

과학적 경고를 외면하게 만드는, 이토록 강한 신념은 어디서 오는 걸까? 이 강한 믿음이 인도에만, 힌두교에만 있는 것일까? 불교의 믿음은 무엇이 다를까? 강물에 들어가기 두려워 울던 아이와 신성한 강에 들어가야 한다는 엄마의 믿음이 충돌했다. 본능은 생존을, 믿음은 구원을 말한다. 아이는 본능을, 엄마는 믿음을 붙잡았다. 서로 달라 보이지만, 사실은 모두 '나'를 지키려는 마음이다. 무아의 길은 본능과 믿음 가운데 어느 쪽을 택하는 것이 아니라, 그 둘을 꿰뚫어 '나'라는 집착 자체를 내려놓는 것이다. 그날 갠지스에서 울던 아이는 결국 물에 들어가지 않았다. 믿음도 강했지만, 본능은 더 깊었다.

11장
번뇌 –
떠나지 않는 손님

"대낮에 왜 전등을 켜놨지? / 화장실 청소는 누구 책임이야? / 오늘은 건강을 위해 감자 반찬을 좀 더 먹어야지 / 이런! 샐러드 속에 양파가 들었네 / 바나나가 없잖아! / 어제는 수행이 잘 되었는데 오늘은 왜 안 되지? / 야~, 이번 좌선은 너무나 잘 됐어 / 선방에 있어야만 해. 안 그러면 사람들이 날 게으르다고 생각할 거야 / 누가 내 자리에 앉아 있잖아! / 저 남자, 걸음걸이가 멋진데!"

위 사례는 미얀마 쉐우민 센터의 떼자니아 사야도가《번뇌를 가볍게 여기지 마십시오》에서 제시한 경고들이다. 이게 무슨 번뇌야? 뜬금없다는 표정을 지을 수도 있을 것이다.

이러한 사소한 '반응'들조차 번뇌인 이유는, 그것들이 모두 내가 원하는 대로 세상이 돌아가야 한다는 무의식적인 기대와 집착에서 비롯되기 때문이다. 대낮에 전등을 켜놓은 것에 짜증이 나는 것은 '전등은 꺼져 있어야 한다'라는 작은 고정관념에서, 바나나가 없는 것에 불쾌감을 느끼는 것은 '나는 지금 바나나를 먹어야 한다'라는 욕망에서 출발한다. 이처럼 사소한 마음 하나가 결국 더 큰 짜증과 불만으로 자라나는 번뇌의 불씨가 된다.

탐진치 – 마음을 흐리는 세 가지 뿌리

번뇌(*kilesa*)는 마음의 대표적인 작용으로, 나와 평생 함께 살아야 할 불청객이다. 어떤 수행자들은 수행의 전 과정이 결국 이 번뇌를 알아차리고 다루는 과정이라고 말한다. 이 책 전체도, '이기적 유전자'라는 이름을 달고 나타난 번뇌의 이야기인지도 모른다. 우리가 궁금해하고, 추구하는 열반은 번뇌가 완전히 사라진 상태를 말한다.

'번뇌'는 불교에서 비롯된 말이지만, 일상에서도 널리 쓰인다. 한국에서는 108배를 하며 백여덟 가지 번뇌를 떨치려고 하지만 만만치 않은 상대다. 표현도 강렬하다. 한국에선 '세 가지 독(毒)', 라오스에선 '세 가지 불(火)'이라 부른다. 붓다는 이를 해로운 뿌리(*akusala-mūla*)라 했다. 108번뇌가 상징하듯 번뇌는 하나가 아니다. 뿌리가 탐진치(貪瞋痴) 셋이고, 가지가 수백이다. 탐진치는 세 가지 뿌리지만,

그 바탕에는 늘 무명(*avijjā*)이 있다. 아래 정리한 표는 탐진치의 특징과 극복 방법을 요약한 것이다.

구분	의미	대표 감정·상태	수행적 대응
탐심(貪, *lobha*)	원하는 걸 놓지 못하는 마음	욕망, 애착, 집착, 중독, 기대감	부정관 수행, 절제
진심(瞋, *dosa*)	싫어서 밀어내려는 마음	분노, 짜증, 혐오, 원망, 냉소	자애 수행, 이해
치심(痴, *moha*)	정신 못 차리고 헤매는 마음	혼란, 망상, 회피, 자기합리화, 무지	사띠, 깨어 있음

모하 – 정신 못 차림

- 의문의 시작, '어리석음'이라 번역

탐진치 가운데 치심(*moha*), 곧 '모하'에 대해 먼저 이야기해 보자. 빨리어 모하는 중국에서 치(痴)로 옮겨졌고, 한국에서는 그것을 '어리석음'으로 번역했다. 그러나 '마음을 괴롭히고 시달리게 하는 것'이라는 번뇌의 본질과 '어리석음'은 어딘가 불일치한다. "아, 나는 어리석어 머리가 아파"처럼 어리석음이 직접적인 고통의 원인이라고 말하기는 어색하기 때문이다. 또한, 어리석음은 탐욕이나 성냄처럼 내면에서 치고 올라오는 감정적 번뇌들과 균형이 맞지 않는다.

- 새로운 해석: '정신 못 차림'

여러 의문을 품던 중, 강성용 교수는 모하를 '정신을 차리지 못함',

'제정신이 아닌 상태' 등으로 번역했다. 이는 기존의 '어리석음'과는 완전히 다른 느낌을 준다. 빨리어와 산스끄리뜨어의 모하는 '멍함, 혼란, 착란, 미혹'을 뜻하며, 지능의 문제가 아닌 마음이 흐려진 상태를 가리킨다. 흥미롭게도, 라오어 번역은 '정신 차리지 못한다', 영어 번역은 '망상(delusion)'으로 주로 옮겨진다. 이러한 번역 사례들은 모하가 단순히 지적 무지가 아님을 보여 준다.

• 번역 과정에서 생긴 오해

오해는 번역 과정에서 시작되었다. 모하는 중국에서 치(痴)로 옮기면서 한국에서는 '어리석음'으로 굳어졌는데, 이로 인해 본래 의미인 '정신 못 차림'이 희미해졌다. 모하는 지적 결핍이 아니라, 상황과 분위기를 읽지 못하는 흐릿한 마음, 즉 감정적 둔함에 가깝다. 모하를 *asati*, 즉 '사띠 없음'으로 부르기도 한다. 이렇게 모하를 어리석음이라 부르면서, 존재와 법을 꿰뚫어 보지 못하는 더 큰 개념인 '무명(無明)'과의 경계도 모호해지는 문제가 발생했다.

'로바'는 물을 끌어당기는 흡인력이고, '도사'는 물을 밀어내는 반발이다. '모하'는 물이 어느 쪽으로 흘러야 할지 몰라 그저 멍하니 맴돌거나 엉뚱한 방향으로 흐르는 상태와 같다. 즉, '모하'는 지능의 문제가 아니라, 외부 자극에 대해 제대로 된 방향을 잡지 못하는 혼란스러운 마음의 상태를 의미한다.

• 탐진치의 균형과 번뇌의 진짜 뿌리

탐진치는 외부 대상에 대한 인간의 세 가지 반응이다. 지나치게 접근하면 탐욕, 무턱대고 회피하면 성냄, 그리고 끌지도 밀어내지도 못하고 어쩔 줄 몰라 헤매거나, 한쪽으로 지나치게 쏠리는 상태가 바로 모하다. 이 셋은 서로 삼각형의 꼭짓점처럼 균형을 이룬다. 흔히 어리석음이 탐욕과 성냄의 원인이라 말하는데, 셋 중 하나가 나머지 둘의 원인이 되는 것은 구조적으로 모순이다. 번뇌의 진짜 근원은 번뇌 중 하나인 치(痴)가 아니라, 모든 번뇌의 원인인 '무명(無明)'이다.

• 결론: '정신 못 차림'이 적절한 이유

결론적으로, 모하를 '정신 못 차림'으로 옮기는 것이 수행적으로 더 유익하다. 이 용어는 '좋아 미침(로바)', '싫어 밀어냄(도사)'과 함께 '정신 못 차림(모하)'이라는 탐진치의 흐름을 명확하게 정리해 준다. 운전 중 스마트폰을 보는 상태, 분노에 휘둘리면서도 그 이유를 모르는 상태처럼, '정신 못 차림'의 구체적 사례는 우리 주변에 흔하다. 이 책에서는 로바·도사·모하를 '탐욕·성냄·망상(정신 못 차림)'으로 옮겼는데, 새로운 번역을 찾아보면 어떨까?

로바(*lobha*) – 욕망의 불씨

욕망은 우리가 앞서 여러 장에서 살펴본 것처럼, 괴로움의 근원이자 끊임없이 우리를 얽매는 마음이다. 4장 '괴로움과 행복'에서 살펴본 온갖 괴로움들이 욕망과 연계되어 있고, 5장 '집착은 어떻게 놓아지는가?'에서는 그 욕망을 내려놓는 과정을 살펴봤다. 11장에서처럼, '자아'를 죽이는 것이 욕망을 뿌리째 흔들기 위한 강력한 방법이다.

1. 일상 속의 원하는 마음

원함이 무엇인지 다시 간단히 살펴보자.

① 욕구: 생존과 안전, 애정, 존중 등을 포함한 자연스럽고 본능적인 필요

② 욕망: 그것을 충족시키려는 마음의 에너지

③ 탐욕: 끝없이 더 가지려는 마음

예를 들면, 욕구: 물이 필요하다 → 욕망: 시원한 물을 마시고 싶다 → 탐욕: 계속 시원한 것만 마시겠다 → 집착: 그것 없인 못 산다고 이어진다. 생존을 위한 기본 욕구는 반드시 충족해야 한다. 문제는, 생존을 넘어서 끊임없이 갈망하고 붙들려는 그 마음이다. 욕망은 절제가 필요하고, 탐욕은 단호히 멈춰야 한다.

이제, 탐디의 일상 속 '원하는 마음'을 들여다보자. 욕망은 특별한 사건이 아니라, 아주 사소한 순간에 모습을 드러낸다.

• 통 더러워짐을 싫어한 집착: 수돗가에 있는 물통 입구에 흙이 잔뜩 묻어 있다. 닭들이 물 먹으러 올라가 묻혔다. 순간, 닭이 못 먹도록 통에 뚜껑을 덮을까 하는 생각이 스쳤다. 그러면 올라가지 않을 테니. 나쁜 놈! 오랜 건기에 물이 없으니, 일부러라도 물을 담아 닭이 먹도록 해야 하는데, 통 더러워지는 게 싫어 물 먹는 걸 아까워한다. 어처구니없는 일. 전형적인 탐욕과 성냄 유전자다.

• 사띠를 놓친 탐심: 공양 시간, 음식을 발우에 담으며 여전히 맛있는 것에 눈이 가고, 영양가 있는 것에 손이 간다. 마음은 알아차리지만, 사띠를 놓치는 순간, 눈과 손은 이미 그 방향으로 움직인다.

• 작은 욕망도 번뇌의 씨앗: 인도 순례길이다. 기차 제시간에 왔으면, 음식 짜지 않았으면, 오늘 숙소에 모기나 빈대 없었으면 등 여전히 바라고, 원하는 마음이 가득하다. 당연히 거기에 번뇌의 씨앗이 도사리고 있다.

2. 감각적 욕망의 위험

감각적 욕망(*kāmacchanda*)은 감각 대상을 즐기고 집착하는 심리 작용이다. 몸과 마음에 있는 여섯 가지 감각기관이 감각 대상과 접촉할 때 일어난다. 그 대표적인 예가 바로 '오욕락'- 재물욕, 색욕, 식욕,

명예욕, 수면욕이다.

붓다는 여러 경전에서 거듭 감각적 욕망의 위험을 강조한다.

> "비구들이여, 감각적 욕망은 집이 불타는 것과 같다. 피할 줄 아는 자만이 살아남는다." -《불타는 경》(SN 35.28) 비유
>
> "감각적 욕망은 달콤하되, 그 안에 가시가 숨겨져 있다."
>
> -《숫따니빠따》
>
> "개가 살점 한 점 없는 뼈다귀를 핥듯, 만족은 없고 집착만 남는다."
>
> -《포탈리야 경》(MN 54)

3. 욕망이 조금씩 놓아지도록

욕망을 해체하는 붓다의 길은 세 가지다.

첫째, 욕망을 없앤다. 갈애를 끊고 더 이상 욕망이 일어나지 않도록 하는 것으로, 바로 열반의 상태다.

둘째, 욕망에 실체를 부여하지 않는다. 무상과 무아에 대한 통찰로, 욕망은 단지 조건에 따라 일어나는 현상일 뿐이다. 위빳사나 수행의 핵심이다.

셋째, 욕망이 작동하지 않게 만든다. 소위 무력화 전략이다. 욕망이 일어나더라도 그것에 휘둘리지 않고, 그 힘을 제거하거나 고요히 만든다.

이 세 가지 전략은 욕망을 억압하는 방식이 아니라, 욕망의 성격을 꿰뚫어 보는 방식이다. 억누르지 않고 이해함으로써 욕망을 놓는다. 이 전략의 구체적 실천 방법이다.

(1) 사띠(*sati*): 감정과 욕망이 올라올 때, 자동 반응하지 않고 있는 그대로 알아차린다. '하는 자'가 되지 않고 '관찰자'로 머문다.

↓

(2) 명상 수행(*samatha & vipassanā*): 사마타는 욕망의 충동을 가라앉히고, 위빳사나는 그것이 '나를 행복하게 해 줄 것'이라는 착각을 꿰뚫는다.

↓

(3) 통찰적 알아차림(*sati-sampajañña*): 감정과 욕망의 대상이 무상·고·무아임을 통찰하며, '내 것'이라는 환상을 놓는다.

↓

(4) 지혜의 성숙(*paññā*): 욕망이 왜 일어나는지를 이해하고, 그 조건이 무엇인지 본다. 무지가 줄어들면 집착도 자연스레 놓인다.

↓

(5) 대안적 가치 확립: 새로운 의지처를 만든다. 자애, 연민, 기부와 보시, 수행공동체와 같은 다른 기쁨을 체험하고 욕망의 대상에서 벗어난다.

원함을 억누르라는 말이 아니다. 나를 살찌우는 원함과 나를 소모하게 하는 욕망을 분별하라. 이기적 유전자를 완전히 제거할 수는 없다. 그렇다면 그 이기심을 조금 더 깨어 있게, 현명하게 사용할 수는 없을까? 이기심은 완전히 잘라내야 할 적이 아니라, 깨어 있는 관찰을 통해 조절할 수 있는 에너지일지도 모른다. 나의 욕망은 어떤 특성이 있나? 내가 그런 대로 만족하는 수준은 무엇인가? 욕망을 억누르지도, 끌려가지도 않는다면, 그때부터 우리는 욕망의 지배에서 조금씩 벗어나기 시작한다.

도사(*dosa*) – 미움의 불길

저녁에 이를 닦으려고 화장실에 들어간 탐디는, 물통 안에서 무언가가 움직이는 걸 보았다. 커다란 개구리가 헤엄치고 있다. '이놈 봐라! 내가 쓰는 물인데.' 괘씸하다는 생각이 올라왔다. "어딜 들어와!" 하는 순간, 손은 이미 플라스틱 바가지를 찾고 있었다. 다행히, 그 마음은 바로 멈췄다. 요즘 수행하며 열심히 마음을 살피고 있었는데도, 이런 끔찍한 생각이 올라오다니? 아직 갈 길이 멀다. 마음속 깊숙이 들어 있는 그놈, 번뇌.

1. 성냄의 다양한 얼굴

'좋아 미침', '정신 못 차림'과 함께 번뇌를 이루는 또 하나의 마음이 바로 성냄이다. 성냄은 대상을 싫어하고 밀어내려는 반작용이다. 성냄의 뿌리는 욕망이다. 원하는 일이 이루어지지 않을 때 반작용으로 성냄이 일어난다. 그래서 성냄을 따라가 보면, 내가 진짜로 '원했던 것'이 무엇인지 드러난다.

생각도 행동도 극단으로 치닫는 오늘날, 싫은 것이 눈에 띄면, 생각할 틈도 없이 거부하고 밀쳐내는 게 지금 우리의 반응이다. 미운 사람이 무너지는 걸 보는 일이라면, 나 자신이 다쳐도 좋다고 여긴다. 이미 성냄에 사로잡혀 있는 집착 상태다.

성냄의 작용을 세 가지로 나눌 수 있다. 성냄은 깊고도 다양하다. "이것도 성냄일까?" 싶을 정도의 미묘한 감정까지도 포함된다. 첫째, 뚜렷한 성냄에는 분노, 폭언, 적의, 살의 같은 강한 감정이 있다. 둘째, 은은한 성냄은 짜증, 불평, 냉소, 무시, 외면처럼 상대를 밀어내는 미묘한 반응이다. 셋째, 감정 뒤에 숨어 있는 성냄은 질투, 인색함, 후회, 자학, 우울처럼 자기 안으로 향하는 부정적 정서로 드러난다.

성냄은 상대를 무너뜨리려 하지만, 결국 먼저 무너지는 건 늘 나 자신이다. 성냄은 자기 불행을 불쏘시개 삼아 타인을 태우려는 마음이다. 알아차림이 빠르면, 성냄은 일어나기 전에 사라진다.

2. 성냄의 흐름: 무지에서 폭력까지

성냄은 단순히 '화를 참지 못하는 결과'가 아니라, 눈에 보이지 않는 복잡한 심리적 층들이다. 무지에서 시작해 두려움, 판단, 혐오를 거쳐 폭력으로 이어지는 정교한 심리적 사슬이다. 이 흐름을 이해할 때, 우리는 비로소 어디에서 멈출 수 있는지 그 실마리를 찾을 수 있다. 다음은 탐디가 수행하며 관찰한 성냄의 심리적 흐름이다. 나는 어느 상태에 있는가? 어느 단계에 자주 부딪히나?

- 1단계 - **모름: 나는 지금 무엇을 모르는가?**

  문제는 타인의 삶과 맥락을 알지 못하는 '모름'에서 시작된다. 이는 단순한 정보 부족이 아니라, 있는 그대로 보려 하지 않는 내면의 태도다.

- 2단계 - **다름: 왜 이 차이를 불편하게 느끼는가?**

  언어, 행동, 가치관이 다른 사람을 만날 때 본능적으로 불편함을 느낀다. '다름'은 문제가 아니지만, 모르는 상태에서는 쉽게 '위협'으로 느껴진다.

- 3단계 - **억압과 회피: 지금 어떤 감정을 억누르는가?**

  다름에서 오는 불편함을 이해하지 않고 마음속으로 숨긴다. 이 억눌림은 후에 더 강한 감정으로 폭발한다.

- 4단계 - **두려움: 이건 위험일까, 아니면 그냥 불편한 걸까?**

억눌렸던 불편함은 긴장과 불안으로 남는다. '나와 다른 존재가 나의 세계를 해칠지도 모른다'라는 막연한 위기감이 두려움을 만든다.

- 5단계 – **판단: 이건 사실일까, 아니면 내가 만든 생각일까?**

두려움에 기반해 상대를 '이상하거나 틀린 사람'으로 단정한다. 이 순간적인 해석은 '신념'이 되고 곧 확신으로 굳어진다.

- 6단계 – **사견: 이 믿음은 나를 가두고 있지 않은가?**

판단은 '저런 사람들은 원래 그래'와 같은 그릇된 견해, 즉 사견(邪見)으로 굳어진다. 더 이상 상대의 말을 듣지 않게 되는 틀이 된다.

- 7단계 – **배타주의: 왜 적을 만들어야 안심이 되는가?**

개인의 사견은 '우리'와 '그들'을 나누는 집단적 신념으로 바뀐다. 상대는 더 이상 사람이 아닌 '적'으로 보인다.

- 8단계 – **혐오: 내가 거부하는 건 저 사람일까, 내 안의 감정일까?**

배타주의는 혐오를 정당화한다. '무엇을 했는가?'가 아니라 '누구인가'가 문제가 된다. 존재 자체에 대한 거부가 말과 몸으로 드러날 준비를 한다.

- 9단계 – **분노: 내가 원하는 건 분풀이인가, 해결책인가?**

혐오는 감정의 에너지를 키우고, 결국 분노로 폭발한다. 격앙되고 공격적인 태도로 외부를 향하게 된다.

- 10단계 – **폭력: 이 반응이 정말 내가 원하는 결과를 가져올까?**

분노는 결국 행동이 된다. 물리적인 행동뿐만 아니라 차별, 배제, 조롱 등 모든 언어적·제도적 실천이 포함된다. 마음이 타자를 때리는 순간, 폭력은 이미 시작된 것이다.

• 11단계 – **후회와 자책: 자책 대신 배움을 얻을 수는 없을까?**

폭력의 파장은 자신에게 되돌아온다. 말과 행동을 후회하고, 죄책감에 시달린다. 누군가를 해치려던 감정은 결국 나를 해치고 만다. 번뇌는 밖으로 튄 뒤 반드시 안으로 다시 스며든다.

3. 두 번째 화살을 맞지 마라

살다 보면 열 받는 일이 참 많다. 이쪽에서 치이고, 저쪽에서 까인다. 짜증이 밀려오고 분노가 치솟는 건 자연스러운 반응이다. 그런데 이상하게도, 상대는 한 번 찔렀을 뿐인데 우리는 그 상처를 오래도록 붙잡고 괴로워한다. 외부에서 받은 자극이 그 순간을 넘어, 내 마음 안에서 끝없이 이어지는 것이다. 외부의 자극이라는 첫 번째 화살은 분명 아프지만, 그 자극에 대한 과도한 반응이야말로 우리를 더 깊은 고통에 빠뜨린다.

한국인들이 감탄하는 붓다의 가르침이 있다. "두 번째 화살을 맞지 마라." –《화살경》(SN 36.6) 즉, 범부는 육체적 고통(첫 번째 화살)에 이어 마음의 고통(두 번째 화살)까지 겪는다. 하지만 수행자는 첫 번째 화살만을 맞을 뿐, 두 번째 화살은 맞지 않는다.

첫 번째 화살은 피할 수 없는 현실의 아픔이다. 다쳤다, 무시당했다, 병들었다 같은 삶의 불가피한 상처들이다. 반면, 두 번째 화살은 그 고통에 대한 해석과 과잉된 감정 반응이다. "왜 나한테 이런 일이?", "그 사람 때문이야!", "난 원래 이 모양이야." 이와 같은 생각들이 고통을 더욱 덧칠한다.

수행은 바로 이 자동적인 반응의 흐름을 끊어내는 훈련이다. 감정이 올라올 때 그 감정에 휩쓸리지 않고, 그저 바라보는 연습을 하는 것이다. "아, 지금 두 번째 화살이 날아오고 있구나."라고 마음속으로 알아차리고 잠시 멈춰 선다. 그 자리에 머물 수 있다면, 두 번째 화살은 더 이상 나를 뚫고 지나가지 못한다.

4. 화에 속지 말라

화를 내면 에너지가 솟고, 온몸의 신경과 근육이 긴장하고, 두뇌가 피곤해진다. 화를 낸 뒤엔 내 마음만 더 불편해질 뿐 아무런 이익이 없다. 명심하자, 화는 결국 '나'만 손해다. 판단력 흐려지고, 열이 나고, 부정적인 호르몬인 코르티솔이 배출된다. 내 앞에 끼어든 자동차에 대고 쌍소리 섞어 욕하면 누가 들을까? 내가 듣는다. 그 차는 이미 멀어졌고, 욕은 내 귀에 들어온다.

화의 원인을 살펴볼 필요도 있다. 앞에서 본 것처럼 어리석은 유전자 때문일 수도 있고, 나의 착각이나 오해 때문일 수도 있다. 조금 복습해 보자. 우리는 어떤 가정을 했는지, 어떤 경험을 했는지, 어떤 정보를 선택했는지에 따라 같은 사건도 다르게 보고, 다르게 판단하게 된다. 화를 낼 만한 이유가 없는데도 고함치고 있는 멍청한 내가 될 수 있다.

- **화는 내가 만든 것이 아니다:** 평소 명상하며 마음을 살피는 힘을 기르면, 화가 일어날 때 빠르게 알아차릴 수 있다. 그 순간, 욕하거나 반응하기 전에 먼저 이렇게 중얼거려 보자. "아, 지금 이 몸에 화라는 흐름이 일어나고 있구나." 화는 인연과 조건이 맞물려 일어난, 하나의 심리적 '작용'일 뿐, 내가 만든 것이 아니다.
- **화는 내가 아니다:** 화가 일어날 때마다 "나는 이 화의 주인이 아니다."라고 중얼거린다. 그리고 나는 화가 났다가 아니라 나는 화를 '느낀다'라고 마음속에 새겨보자. 나와 화를 분리해, 화를 낸 나를 보기보다, 화라는 '작용'을 본다. 그 작용이 어떻게 일어나고 사라지는지를 지켜본다. 화, 두려움, 외로움 – 그 모든 감정은 '내'가 아니라, 다만 이 몸에 잠시 들렀다가 가는 방문객일 뿐이다.

• 마찬가지로 **그도 화가 아니다**: 그가 화를 낼 때, 그 사람을 보지 말고, 그 안에서 일어나는 화의 현상을 본다. 그 순간엔 분명히 '그 사람'이 나를 공격한 것처럼 느껴진다. 하지만 조금만 멈춰 보면, 그 감정은 단지 어떤 조건에서 일어난 하나의 흐름일 뿐이다. "그가 나에게 화를 냈다"가 아니라, "화가 그에게 일어났고 그 파동이 나에게 스쳤다."라고 본다. 그 사람이 아니라, 성냄이라는 오온의 작용을 본다.

이렇게 볼 때, 화를 내는 '그도' 없고, 화를 당하는 '나도' 없다. 이처럼 화를 하나의 '마음 작용'으로 바라볼 수 있다면, 그 화는 더 이상 나를 지배하지 않는다. 이것이 위빳사나 수행이고, 명상이자 불교의 수행이다. 감정은 통제 대상이 아니라 바라봄의 대상이다. 바라보는 힘이 쌓이면, 우리는 '화 없는 사람'이 아니라, '화에 휘둘리지 않는 사람'이 된다.

> "그는 나를 욕했다, 때렸다, 이기려 했다, 내 것을 빼앗았다 –
> 이런 생각을 품고 살면, 원한은 절대 사라지지 않는다.
> 그러나 그 생각을 버리면, 원한은 사라진다." –《담마빠다》

5. 화를 흘려보내는 응급처치

'화'가 치솟을 때 자연스럽고 부드럽게 흘려보내는 몇 가지 방법을 소개한다. 자신을 화나게 만든 사건에 대한 자기 생각을 종이에 적은 뒤 그 종이를 찢어버린다. 그러면 분노의 감정이 크게 사그라든다. 마음이 담긴 종이를 찢어버리는 행위는, 마치 분노라는 심리적 실체를 버리는 듯한 감각을 준다. 화를 밖으로 표현하기 어려운 '을'의 위치에 놓인 이들에게 특히 유용하지 않을까? 이 방법은 분노뿐 아니라, 불안과 걱정 같은 감정에도 효과가 있다.

심호흡, 명상, 요가, 단전호흡, 점진적 근육 이완 훈련, 쉼 등은 흥분 상태를 줄여 준다. 반면 각성 수준을 높이는 샌드백 치기, 달리기, 수영, 사이클 등의 활동은 화를 푸는 데 효과가 별로 없다. 심지어 달리기나 계단 오르기 같은 격렬한 운동은 분노를 더 크게 만들 수도 있다.

알아차림은 언제 어디서나 유용하다. 전문가들에 따르면, 부정적 감정은 정점에 도달한 뒤 15초쯤 지나면 자연스럽게 내려오기 시작한다. 일단 자기만의 분노 신호를 알아둔 다음, 그 신호가 감지되면, 먼저 3초간 아무런 반응도 하지 않는다. 그리고 남은 12초 동안은 조용히 심호흡하며 기다린다. 이 15초가 지나면, 급한 불은 대부분 가라앉는다. 이 15초가, 분노를 다스리는 '최적 시간'이다.

번뇌, 손님일 뿐이다

번뇌는 제거해야 할 적이 아니다. 탐욕은 아무리 채워도 다시 비고, 성냄은 쏟아내도 더 뜨거워지며, 정신 못 차림은 정신 차린다고 사라지지 않는다. 이 세 가지는 삶을 집어삼키기도 하지만, 수행의 길로 이끄는 불씨가 되기도 한다.

"번뇌야 사라져라~" 외친다고 사라질까? "번뇌, 없어질 거야" 긍정적으로 생각하면? "번뇌 사라지소서~" 기도하면? 이래서는 사라지지 않는다. 결국, 수행밖에 없다. 수행의 길은 멀다. 매일, 매 순간 조금씩 바꿔 나가는 수밖에 없다. 번뇌는 깨달음 없이는 완전히 사라지지 않는다. 그러니 서두르지 말자. 천천히, 한 걸음씩 걸어가면 된다.

수행은 그 사람에게 짜증 내지 않기 위해 애쓰는 게 아니라, 내가 왜 **짜증이 났는지를 알아차리는** 일이다. 상대가 바뀌는 것이 아니라, 나의 반응이 바뀌는 것이다. 번뇌는 제거할 대상이 아니라, 관찰이 시작되는 출발점이다. 번뇌는 독이지만, 수행의 길 위에서는 약이 된다. 번뇌는 이기적 유전자처럼, 초대하지 않았지만 늘 따라다니는 손님이며, 떠나지 않는 동반자다.

우리는 유전자가 아니라 인간이다. 그 흐름을 알아차릴 수 있는 존재, 번뇌를 조건으로 보되 휘둘리지 않는 수행자다. 번뇌는 막을 수 없지만, 반응은 바꿀 수 있다. 그것이 조건 따라 일어났음을 보고, 그것을 탓하지 않고 따라가지 않는 그 순간, 거기서부터 자유와 해방이 시작된다.

"이것이 내게 고뇌이고 종기이고 재난이며,
질병이고 화살이고 공포이다.
욕망의 가닥들에서 이러한 두려움을 보고,
무소의 뿔처럼 혼자서 가라." -《숫따니빠따》

생각과 궁리

혐오는 두려움에서 왔다

전 세계적으로 '혐오'가 기승을 부리고 있다. 그 뿌리는 어디에서 왔을까? 우리는 흔히 '혐오'를 강한 감정이라 여기지만, 그 시작은 의외로 본능적인 '두려움'일 수 있다. 인간은 바이러스, 세균, 원생동물, 장내 기생충, 이, 진드기, 쇠파리 등의 병원체를 무력화시키고자 다양한 조치를 취한다. 첫째, 애초에 병원체에 노출되지 않도록 철저하게 예방한다. 둘째, 몸 안으로 침투한 병원체를 재채기, 열, 설사, 면역반응 등으로 죽이거나 밖으로 몰아낸다. 셋째, 병원체가 파괴한 조직을 재생시켜 피해를 복구한다.

이처럼 외부인이 옮길 수 있는 낯선 병원체로부터 지키기 위해 혐오 정서가 발동하여 외부인을 피하게끔 진화가 이루어졌을 것이다. 이 심리적 방어는 외부인을 향한 편견과 배타성, 자기 집단 중심주의로 이어진다. '불확실성'에서 시작한 불안이 공포로, 공포에서 증오로, 다시 폭력으로 발전한다. 문제는 노인이나 장애인, 비만한 사람들처럼 병원체와 무관한 이들에게까지 혐오가 확장된다는 점이다. 이는 '화재경보기 원리'로, 아주 약간의 화재 낌

새에도 울리듯, 과민한 본능이 왜곡된 결과다.

심지어 혐오라는 감정이 인식의 영역으로도 침투해 고정관념과 편견으로 발전하게 된다. 피부색, 종교, 빈곤, 성별, 질환, 정신장애, 기형, 강간 피해, 혼외 출산, 심지어 이혼에 이르기까지 사실상 무엇이든 불명예스러운 정체성으로 이어질 수 있다. 현대사회의 대표적 혐오는 비만(특히 여성의 비만)과 동성애다. 비만은 철저히 생리학적인 현상이다. 동성애가 사회적 · 문화적 현상이 아닌 생물학적 현상이라는 가장 강력한 증거는 바로 수많은 종류의 동물들 사이에도 동성애가 만연한다는 것이다.

혐오가 본능적 두려움에서 왔다는 것을 이해하는 것은 혐오를 합리화하는 것이 아니라, 오히려 그것을 통제하는 힘을 얻는 일이다. 우리는 혐오의 감정이 올라올 때, 그것을 단순히 '싫다'라는 감정으로 받아들이는 것이 아니라, '지금 내 안의 어떤 두려움이 작동하고 있는가?'라고 질문할 수 있다. 이 질문을 통해 우리는 본능적 반응을 멈추고 그 감정을 이해할 수 있다. 이렇게 혐오를 알아차리는 순간, 그 감정은 더 이상 나를 지배하지 못하고, 그 자리에 공존의 가능성이 열린다. (최정균의 《유전자 지배사회》와 전중환의 《진화한 마음》을 참고해 정리했다.)

3부

변화를 만드는 힘

12장
기본 –
다시, 연결하기

라오스에 살면서 듣는 한국 소식은 반가운 일보다 답답한 일이 많다. 그럴 때마다 대수롭지 않게 넘기곤 하지만, 어느 이야기를 듣고는 매우 놀랐다. 쇼핑센터에서 계산원에게 갑질을 한 이는 부자나 지위 높은 사람이 아니라, 평범한 시민이었다. 우리는 흔히 힘 있는 이들이 그런 일을 한다고 생각하지만, 이제는 누구나 스트레스를 풀기 위해 기회가 있으면 부당하게 권한을 행사한다. 마음이 아팠다.

갑질은 지위를 이용해 쾌락을 즐기기 위해서거나, 화풀이의 대상으로 삼기 위해서인 경우가 많다. 그렇다면, 이런 갑질은 앞 장에서 다룬 탐욕과 성냄의 전형이다. 사띠가 없어 마음을 살피지 못하고, 즐거운 느낌과 성냄의 노예가 된다. 갑질은 잠시 후련할지 모르지만, 마음을 어두운 쪽으로 흘러가게 하고, 그 흐름이 굳어져 습관이 된다. 결국 신경질적이고 화를 잘 내는, 불선한 사람이 된다. 깨달음은 커녕, 평안한 삶도 힘들 수 있다.

한국 사회는 여러 문제가 있지만, 나는 갑질과 악플이 사람의 심성을 갉아먹는 진짜 문제라고 생각한다. 화목한 사회를 위해 개선해야 할 최우선 과제다.

대안이 아니라 기본이다

"나는 그를 어떻게 대하고 있나?" 이 질문은 스스로에게 던지는 작은 울림이지만, 갑질과 악플이 만연한 한국 사회가 잃어버린 '기본'이 무엇인지 돌아보게 한다. 이기적인 욕망과 효율성에 대한 집착이 어떻게 연결을 무너뜨렸는지, 그리고 그 균열이 우리 삶에 어떤 상처를 남겼는지 함께 살펴보자.

1. 갑질과 악플 – 존중의 부재

'분노는 항상 아래로 흐른다.' 사람들은 자신보다 약하거나 지위가 낮은 사람에게 분노를 쏟기 쉽다. 권력자에게 분노하는 것보다 덜 위험하다고 느끼기 때문이다. 이렇게 불만을 약자에게 돌리는 행위는, 결국 스스로를 갉아먹는 비겁한 선택이 된다.

'GDP 인종주의'라는 말이 있다. 경제적 수치(GDP)만으로 사람이나 국가의 '문명 수준'을 재단하는 문화적 편견, 인종주의적 사고방식을 뜻한다. 1인당 GDP로 인간 삶의 질을 단순히 재단해, 부유한 국가는 '성공한 문명', 가난한 국가는 '뒤처진 민족'으로 낙인찍는다. 한마디로 가난한 나라 사람들을 싸잡아 우습게 보는, 좋지 않은 태도를 말한다.

안타깝게도 한국 사회에는 이런 시각이 여전히 강하다. 이는 한국의 급격한 산업화와 경제성장 경험, 그리고 뿌리 깊은 서열 중심 문화와 맞닿아 있다. 한국인의 갑질은 라오스에서도 이어진다. 숙소, 식당, 관광지에서 라오 사람을 함부로 대하고, 소리 지르고, 무시하는 모습을 본다. 그들은 단지 계약에 따른 서비스 제공자일 뿐, 아랫사람도 노예도 아니다.

많은 태국 사람이 한국을 좋아하고, 한국 여행을 꿈꾼다. 블랙핑크의 리사가 태국 출신이라 더 큰 호감을 보이기도 한다. 그런데 가끔, 관광객으로 한국에 도착했다가 입국을 거부당하고 돌아가는 일이 있다. 이 일이 계기가 되어 평소 쌓여 있던 감정이 폭발하며, SNS가 뜨거워진다. 한국 관광 거부나 상품 불매 운동으로 이어지기도 한다. 원인은 한국인의 태도에 있다. 평소 가난한 나라 사람이라 무시당했던 일들이 한꺼번에 터져 나온 것이다.

어리석지 않은가? 태국은 한국에 큰 시장이다. K-문화를 자랑하고, 물건을 팔려고 애를 쓰면서, 정작 그 소비자를 무시한다? 아무리 자만심을 채우고 싶더라도, 이렇게까지? 조금만 더 현명하게 이기심을 쓴다면, 나도 이익이고 관계도 좋아질 텐데….

갑질과 악플의 원인은 다양하지만, 그 뿌리는 결국 '존중의 부재'다. 우리는 매일 낯선 사람들과 마주하며 살지만, 그가 누구인지 다 알 수 없다. 그렇다고 경계만 하며 살 수는 없기에 서로의 존중이 필요하다. '존중받지 못할 것'이라는 불안은 마음을 위축시키고, 때로는 공격적으로 만든다. 존중은 함께 살아가기 위한 기본이자, 연결의 출발점이며 공생의 전제 조건이다.

이 책의 3부 '변화를 만드는 힘'에서는 대안보다 기본, 끊어진 연결과 관계의 회복, 존중의 실천, 그리고 공생의 길 위에서 바라본 불교의 가르침을 따라간다. 나아가 경계를 넘어서는 전환의 가능성도 탐색한다. 세상을 바꾸는 힘은 특별한 누군가가 아니라, 함께 살아가려는 평범한 마음에서 시작된다.

2. 대안이라는 욕망

'대안'이라는 말은 참 매력적이다. 대안 학교, 대안 가족, 대안 공동체 … 기존의 틀에서 벗어나 더 낫고, 더 자유로운 길이 있을 것처럼 들린다. 갈등과 불편, 결핍을 느낄 때면 "이게 아니야. 다른 방법이 필요해."라고 하며 우리는 또 다른 대안을 찾는다. 더 나은 방식, 새로운 시스템, 바꿔야 할 구조. 그 선택이 현명해 보이고, 깨어 있는 듯한 기분을 준다. 그러나 그 대안 찾기는 끝없이 반복된다.

대안은 정말 더 나은 길일까, 아니면 또 하나의 갈애에 불과한 것일까? 물론 때로는 새로운 대안이 필요하다. 하지만 우리가 지금 이대로의 삶을 외면하고, 끊임없이 '다른 곳'에서 답을 찾으려는 마음은 또 다른 욕망일 수 있다.

운동선수, 예술가, 장인 등 사회 여러 영역의 대가들은 모두 '기본'에 충실하다. 예를 들어, 축구선수 손흥민의 화려한 골 뒤에는 수많은 슈팅 연습과 기본기 훈련이 있었음을 강조한다. 이처럼 그들이 추구하는 '대안'은 기본기에 숙달하여 어떤 상황에서도 흔들리지 않는 능력에서 나온다.

삶도 마찬가지이다. 관계가 힘들다고 끊어내고, 불편함을 피해 새로운 대안만을 좇는 것은, 마치 기본기 훈련 없이 화려한 기술만을 익히려는 운동선수와 같다. 삶의 진정한 자유는 모든 관계와 문제로부터 도망치는 것이 아니라, 낡아 보이지만 흔들리지 않는 기본기, 즉 존중, 공감, 그리고 연결의 힘을 회복하는 데 있다.

더 나은 미래를 좇다 보면 삶은 자꾸 '지금 여기'를 놓친다. 그렇게 반복되는 갈망이 곧 윤회다. 문제는 그 갈망 속에서 기본을 잃는다는 데 있다. 지금 여기에 머물며 보는 법을 배우지 않는 한, 수행도 자유도 없다. 라오스의 어느 풍경이 그 답을 보여준다.

3. 대안과 효율에 잃어버린 기본

라오스에서는 아이를 안고, 업고, 품에 안은 채 일하는 사람이 많다. 공무원이 아이를 안고 출근하고, 시장 상인이 젖병을 물리며 계산한다. 한국의 눈으로 보면 말이 되지 않는 장면이다. 그런데 이곳 사람들은 그렇게 살아간다.

어느 날 학교에 갔을 때였다. 한 교사가 갓난아이를 옆에 눕혀 놓고 수업하고 있었다. 아이가 울면 잠시 멈췄다가, 다시 가르치고, 다시 아이를 달랬다. 한국에서라면 상상하기 어려운 장면이다. 어린 동생을 업거나, 손을 잡고 학교에 데려오는 학생도 있다. 어떤 한국 사람은 혀를 끌끌 찰지도 모르겠다.

그 장면 앞에서 나는 오랫동안 발걸음을 멈췄다. 왜였을까? '말이 되지 않는다'라는 생각보다 '이게 가능하구나'라는 실재가 눈앞에 있었기 때문이다. 문제도 많고 혼란도 있지만, 이곳 사람들은 그렇게 '살아내고' 있었다. 어쩌면 이게 바로 '기본'일지도 모른다.

라오스 사회가 완벽하다는 뜻이 아니다. 이곳에도 어려움과 문제가 있다. 그러나 그 비효율 속에서 오히려 우리가 잃어버린 기본에 대한 중요한 단서를 발견할 수 있다. 이는 라오스를 찬양하거나 한국 사회를 비하하려는 것이 아니라, 과연 우리가 추구하는 효율성과 풍요가 진정한 행복과 연결되어 있는가? 라는 질문을 던지려는 것이다.

2025년 6월, 부산에서 어린아이 네 명이 며칠 간격으로 화재로 목숨을 잃었다. 두 번의 사고 모두 부모가 일을 나간 사이 아이들만 집에 남아 있던 상황이었다. 언제부터 우리는 아이를 지키는 대신, 아이를 그냥 두고 나가야 먹고 사는 현실을 당연하게 받아들이게 됐을까? 효율이라는 이름 아래 돌봄은 외주화되고, 연결은 끊기고, 안전은 제도의 빈틈에 맡겨진다. 그렇게 우리는 잘 돌아가는 사회 속에서 아이들을 잃고 있다.

'말은 되지 않지만 살아내고 있는 것' - 어쩌면 인류가 정말 돌아봐야 할 '살 수 있는 방식'의 흔적일지도 모른다. 그래서 그 어색하고 이상한 풍경이 내게는 오히려 희망처럼 보였는지도 모른다. 효율은 편리하지만, 생명을 지켜주지 않는다. 효율은 성공을 가져다줄 수는 있지만, 그것이 곧 함께 사는 삶의 조건이 되지는 않는다.

불이 난 집의 부모들은 분명 아이들을 지키기 위해 일하러 갔을 텐데, 그 아이들은? 이제는 당겨진 고무줄을 조금씩 놓아주어야 하지 않을까? '연결'된 우리가 완전히 끊어지기 전에. 비효율 속에서도 지켜지는 연결, 함께 있는 삶, 그것이야말로 인간이 살아갈 수 있는 길이다. '끝을 향하는 대안보다 낡아 보이지만 살아 있는 기본으로.'

4. 기본은 복고가 아니라 복원이다

기본으로 돌아가자는 말에 사람들은 과거로 돌아가자는 의미인지 되묻는다. 기본으로 돌아가자는 말은 과거로의 회귀가 아니다. '옛날이 더 좋았다.'가 아니라, 우리가 잃어버렸지만, 여전히 필요한 삶의 구조를 회복하자는 뜻이다.

이것은 복고가 아니라 '복원'이다. 마치 오래된 우물을 다시 정비해 맑은 물을 길어 올리듯, 우리가 잃어버린 삶의 구조를 다시 세우자는 뜻이다. 삶이 제대로 작동하는 데 필요한 가장 본질적인 구조-관계, 돌봄, 멈춤과 쉼의 리듬, 경청, 깨어 있는 자각, 공감과 책임-을 되찾자는 것이다. 불교에서 계·정·혜는 삶을 복원하는 세 기둥이다. 그것을 다시 세우자는 것이지, 옛날로 돌아가자는 것이 아니다.

구조적인 차원에서는 연결, 상호의존성을 말한다. 수행에서의 기본은 사띠와 알아차림, 멈춤, 비움이다. 윤리의 기본은 자비, 공생, 공동선, 미덕이다. 지금 모두가 겪는 연결의 붕괴, 관계의 피로, 존재의 불안 속에서, 기본은 누구나 공감할 수 있는 회복의 길이 된다.

한국의 저출산, 고립 청년, 노인 혐오는 모두 기본이 무너진 결과다. 세상의 문제를 풀기 위해 대안적 삶도 중요하고, 좋은 정책도 필요하다. 그러나 욕망을 대하는 태도와 삶의 방식을 바꾸지 않고는 근본적인 해결이 어렵다. 이제 물질과 제도의 발전을 잠시 옆으로 두고, 의식을 바꾸는 작고 꾸준한 실천이 필요하다. 기본으로 돌아가자. 당신에게 '기본'은 무엇인가?

연결은 선택이 아니라 기본

우리가 잃어버린 기본은 무엇일까? 탐디가 보기에 그것은 '연결'이다. 서로 연결이 끊어지며 존중도 배려도 모두 사라졌다. 연결은 삶의 본질이다. 낡아 보이지만 생생하게 살아 숨 쉬는 연결의 힘을 회복하는 길을 찾아보자. 이제 서로에게 먼저 손을 내미는 용기 있는 실천을 시작해 보자.

1. 소중한 것은 가까이 있다

우리의 뇌는 익숙한 것, 이미 가진 것, 늘 곁에 있는 것에는 쉽게 반응하지 않는다. 뇌를 움직이게 하려면 새로운 것, 더 강한 자극이 필요하다. 그래서 조용히 흘러가는 평범한 일상이 행복하지 않게 느껴진다. 보통 기대를 뛰어넘는 보상을 얻을 때 도파민이 분비된다. 대안은 새롭고 신선하다고 느껴진다. 그래서 우리는 기본 대신 늘 대안을 찾는다.

소중한 것은 가까이에 있지만, 우리는 그 소중함을 잘 느끼지 못한다. 그래서 의도적으로라도 일상 속 기본의 소중함을 돌아봐야 한다. 마음을 찾아 세상을 떠돌다 집에 돌아와 보니, 마음은 이미 그곳에 있었다는 옛이야기가 있다. 내가 바로 그 꼴이었다. 세상의 이치를 깨치려 인도를 헤매었는데, 라오스로 돌아와 짐을 정리하다 보니 그 이치는 이미 내 안에 있었다.

2년 동안 소중히 지녔던 '삶의 법칙'을 나는 건성으로 보고 다녔다.

너무 뻔한 얘기라고 생각했을까? 인도에서 사서 들고 다닌 작은 공책 뒷면에, 세상의 이치가 이미 적혀 있었다. 더 나은 삶을 위한 8가지 규칙:

- 미워하지 마세요.
- 걱정하지 마세요.
- 단순하게 사세요.
- 기대를 줄이세요.
- 많이 주세요.
- 항상 웃으세요.
- 사랑으로 사세요.
- 무엇보다 신과 함께 하세요.

구멍가게 아저씨의 넉넉한 미소, 모퉁이에서 단아하게 탁발하는 수행자, 눈인사를 나누는 같은 숙소의 여행자, 맛있는 것을 골라 주는 과일가게 총각…. 이런 장면들이 일상의 소중함이다. 경쟁과 각자도생에 내몰린 한국 사회를 바꾸려면, 이런 일상을 밀고 가야 한다. 큰일도, 대안도 중요하지만, 내가 있는 자리에서 내가 하는 일에 정성을 모으고 힘을 내자. 하나씩, 작은 것부터 고치고 실천하자. 좋으면 좋다고, 싫으면 싫다고 말하자. 옳지 않으면 소리를 내자. 고치자고 외치자. 함께 웃자.

2. 친절, 서로를 잇는 첫걸음

한국 뉴스를 보니 젊은 신입 공무원들이 험한 민원 때문에 사표를 내는 일이 잦다. 사람들과 부대끼며 자란 경험이 적은 세대일수록 이런 상황에 더 민감하다. 작은 상처들이 쌓이면 사람을 피하고, 세상과 등을 돌린다. 그 길은 스스로 선택한 길이 아니라, 막다른 골목으로 내몰린 결과일지 모른다.

사람은 왜 무시당하거나 모욕당하면 견디지 못할까? 단순히 창피해서가 아니다. 두려움 때문이다. 우리 유전자가 경고한다. "너는 지금 위기다." 무리에서 소외되면 식량도, 따뜻한 보금자리도, 짝짓기도 어렵다. 살아남으려면 무시당하지 않고 평판을 높여야 한다는 메시지가 깊이 새겨져 있다.

라오스 사람들은 관계가 틀어져도 오래 삐지거나 뒷말하지 않는다. 상대방이 내 감정 때문에 불편해 할까 봐 신경을 쓰고, 괜찮아 보이면 먼저 웃거나 말을 건다. 그들에게 관계 회복은 '자존심'의 문제가 아니라 상대방의 편안함을 위한 선택이다. 연결은 관리하는 것이 아니라 그 안에서 존재하며 이어가는 것이다. 그것이 이들의 기본적인 삶이다.

한국도 그리 먼 과거의 이야기가 아니다. 골목에서 뛰어놀던 세대가 아직 살아 있다. 같이 손잡고 뛰어놀던 힘으로 산업화와 민주화의 기적을 이뤘다. 마음먹고 움직이면 언제든 기본을 회복할 수 있다. 사람의 마음을 움직여야 세상에 나오고, 친구도 만나고, 가정도 꾸린다. 친절, 지금 시작하자. 직장에서, 조직에서, 가정에서, 사찰과 교회에서… 주인은 손님에게, 손님은 주인에게, 큰스님은 행자에게, 행자는 큰스님에게. 붓다의 말이 들린다. "나에게도 남에게도 이익이 되는 말을 해라."

친절은 결코 나약함이 아니다. 오히려 내면이 강한 사람이 할 수 있는 행동이다. 내적 여유와 심리적 건강을 드러낸다. 길을 걸을 때 살짝 비켜 주기, 문을 열어 주기, 잠시 잡아 주기, 엘리베이터에서 이웃과 눈인사 나누기, 마트 계산원에게 '고맙습니다'라고 말하기, 힘든 동료에게 먼저 '괜찮냐'고 묻기. 이런 작은 친절들이 쌓일 때, 고마움이 커지고 사회가 부드러워진다. 그렇지 않으면 적대감과 피로가 쌓여 서로를 밀어내고, 결국 모두가 힘들어진다.

물론, 친절은 함부로 베풀어서는 안 된다. 3장 '호의가 계속되면 권리인 줄 안다'에서 강조했듯, 때로는 선의가 악용되기도 한다. 여기서 말하는 친절은 내가 가진 여유와 내면의 강인함을 바탕으로 한 선택이다. 갑질하는 사람에게 무조건 굽실거리라는 뜻이 아니다. 오히려 나를 지키는 태도를 의미한다.

친절은 또 다른 힘을 발휘한다. 세상을 조정하는 보이지 않는 손길, 타인을 밀어내며 혼자 잘살라고 유혹하는 자본의 압박을 이겨내는 힘이다. 자본은 보이지 않는 곳에서 우리의 삶을 조정하고 지배하려고 한다. 우리는 이들이 어디에 있는지, 누가 주모자인지를 알기 어렵다. 거대한 무기로 싸우기 어렵다면, 오히려 작은 친절과 연결이 그들을 벗어나는 길일지 모른다.

누구나 보이지 않는 전투를 치르며 산다. 그 전투 속에서 나를 지키는 방법은, 누군가의 손을 잡는 일이다. 그렇게 연결될 때, 우리는 더 이상 혼자가 아니다.

3. 도미토리 예찬 – 작은 공간의 큰 가르침

나는 인도 순례를 하면서, 마음 한쪽으로는 늘 도미토리를 순례하고 있었다. 도미토리는 호스텔 안의 다인실, 보통 6~8명이 이층침대에 나란히 눕는다. 힌두교 성지 브린다반에는 무려 22명이 같이 지내는 방도 있었다. 대부분의 여행자는 하루 이틀 머물다 떠났지만, 나는 한곳에 오래 머물며 오고 가는 사람들을 지켜보았다.

도미토리에는 벽이 없다. 옆 사람의 숨소리까지 들린다. 혼자만의 공간을 원하는 요즘 사람들에게 이런 생활이 가능할까? 그곳은 이기와 협력이 동시에 숨 쉬는, 묘하고 상징적인 공간이다. 나를 챙기면서도 남들과 부대끼며 살아간다. 인종도, 국적도, 나이도 가리지 않고 모여든다. 좋은 룸메이트를 만나고 싶다면, 먼저 내가 좋은 룸메이트가 되어야 한다는 사실을 배운다.

나는 예전에 한국 청년들을 전 세계에서 열리는 워크캠프(workcamp)에 파견한 적이 있다. 여러 나라 청년이 2~3주 동안, 같이 먹고 자고 일하며 지내야 하니, 좋은 사람들을 만나고 싶어 한다. 가끔 청년들이 물었다. "어느 캠프에 가면 좋은 캠퍼들을 만날 수 있나요?" 내 대답은 늘 같았다. "좋은 캠퍼를 만나려면, 내가 먼저 좋은 캠퍼가 되어야 합니다."

청년들이 비용을 아끼기 위해 도미토리를 찾지만, 동시에 기꺼이 '함께' 살겠다고 선택한다는 점이 인상적이다. 프라이버시가 중요한 시대에, 여전히 누군가의 숨소리를 들으며 잠드는 경험을 택하는 것이다. 도미토리는 단순한 숙소가 아니라, 연결을 배우는 작은 학교이자 수행 도량이다.

해외여행을 많이 다니는 한국 청년들도 도미토리에 많이 머물면 좋겠다. 이제 부자 나라가 되었으니 굳이 머물 필요가 없다고 생각할까? 하지만 "젊어 고생은 사서도 한다."라는 말이 있다. 강한 나를 키우기 위해서가 아니라, 함께 사는 법을 배우기 위해서다.

4. 할매와 탐디는 둘이 아니다

아침마다 탁발 길에 만나는 탐디와 할매는 벌과 꽃의 관계와 같다. 서로 연결된 의존적 공생이다. 탐디는 할매가 공덕을 쌓도록 돕고, 할매는 탐디가 수행할 수 있도록 받쳐 준다. 아무리 추워도, 비바람이 몰아쳐도 매일 아침 길을 나선다. 왜냐하면 할매가 기다리고 있기 때문이다. 그리고 나는 매일 다짐한다. 할매의 정성에 보답하기 위해서라도 열심히 수행하겠다고.

한국불교에는 '불이(不二)'라는 가르침이 있다. 너와 내가 둘이 아니고, 선악도 음양도 둘이 아니라는 뜻이다. 관계는 '이어지기' 이전에 이미 연결되어 있다. 불이법의 관점에서 관계란, 외부 대상과 새로 맺는 것이 아니라 이미 나를 이루는 조건으로 존재하는 것이다. "나 없이 너는 없고, 너 없이 나도 없다." 타인과 자연과 사회를 나와 분리된 것이 아니라 '나를 이루는 부분'으로 볼 수 있을 때, 우리는 경쟁보다는 협력, 소외보다는 연결을 선택하게 된다.

우리는 스스로의 힘만으로 이룬 것이라고 착각하기 쉽다. "내가 주인이니까 내가 한 일이다", "월급 주니까 내 덕이다." 그렇게 단정하기 어렵다. 직원이 없으면 사장도 없고, 학생이 없으면 교수도 없다. 신자가 없으면 당연히 승려도 없다. 안팎 · 내외 · 음양 · 고저 · 남녀 · 선악 · 유무 · 생사 · 명암 … 어느 하나가 없으면 나머지도 존재하지 않는다.

한국에는 산속에 혼자 사는 자연인을 보여주는 TV 프로그램이 인기다. 이 사람들은 자급자족하는 것처럼 보이지만 실제로는 그렇지 않다. 산속에서는 쌀 한 톨 나지 않는다. 굶어 죽지 않으려면 누군가에게 의지해야 한다. 인간은 수백만 년 동안 그렇게 연결되어 살아왔다.

자신의 이익만을 꾀하는 것을 이기, 남을 위하거나 이롭게 하는 것을 이타라 한다. 그런데 이기와 이타를 그렇게 칼같이 나눌 수 있을까? 설령 나눈다 해도 그건 학자들의 몫이다. 상호작용을 하는 관계 속에서 이기와 이타는 동전의 양면일 뿐이다. 아니 오히려 이기와 이타를 넘나드는 행위가 대부분이 아닐까?

세상일을 선과 악으로도 명확히 나눌 수도 없다. 성선설과 성악설이 평생 다투어도 결론이 나지 않는 이유다. 너와 나의 이익이 충돌한다면? 이야기를 나누면 된다. 자유와 연대의 조화, 이기와 공생의 손잡기다. 이기적일 필요도, 이타적일 당위도 없다. 같이 사는 것이 생존에 유리하다. 이기와 이타가 둘이 아니라는 통찰은, 실제로 우리가 함께 살아가는 공간에서 배운다. 내가 늘 머물던 도미토리가 그런 곳이었다.

밥 먹으러 갈래요?

카트만두 시내 아산 시장(Asan Bazar)을 어슬렁거리며 걷는다. 작은 공터에서 잔치가 벌어졌는지 사람들이 삼삼오오 모여 음식을 나눠 먹는다. 다가가 물어보니 다음 주 새해맞이 나눔 행사라고 한다. 이게 웬 횡재인가! 나도 슬쩍 끼어드니 아니나 다를까 손에 음식을 건네준다. 잠시 후 다른 사람이 주전자를 내미는데, 술이다. 내가 주춤하자 옆에서 받으라 재촉한다. 작은 잔에 따라서 냄새를 맡으니, 라오스에서 즐겨 마시던 쌀 증류주다. 빈속에 홀짝홀짝 마시니 금세 알딸딸해진다.

우리는 언제나 이렇게 나눠 먹어 왔다. 친구를 만나도, 가족이 모여도, 소개팅을 해도, 잔치와 축제도 결국은 먹는 일이다. 먹는 건 중요하고, 삶의 전부다. 혼밥, 혼술도 좋지만 너와 내가 같이 앉아 먹고 마시면 더 즐겁다.

행복은 강도가 아니라 빈도라고 한다. 한 번의 강렬한 즐거움보다 작은 즐거움이 여러 번 쌓일 때 더 행복해진다. 우리의 원시적인 뇌가 여전히 가장 흥분하며 즐거워하는 것은 음식과 사람, 이 두 가지다. 실제로 행복 연구자들은 '좋은 사람과 같이 밥을 먹는 것'이 우리를 가장 행복하게 한다고 말한다. 그런데 왜 혼밥을 할까? 불편하기 때문이다. 누군가와 같이 먹으면 좋지만, 혼자 먹는 게 덜 피곤해 차선으로 택하는 것이다. 그러니 부지런히 '좋은' 사람과 밥을 먹자. 가볍게라도 손을 내밀어 보자. "같이 밥 먹어요."

같이 밥을 먹는 일, 함께 웃는 일, 서로를 잠시라도 살피는 일. 이렇게 작은 친절과 나눔이 켜켜이 쌓일 때, 우리는 비로소 함께 살아가는 힘을 얻는다. 그리고 우리를 다시 연결한다. 다음 장에서는 이 연결이라는 기본 위에서 '관계'의 길을 살펴보려 한다.

은행 유니폼과 부드러운 착각

탐디는 어느 날 라오스에서 가장 큰 BCEL 은행 본점에 갔다. 잠시 의자에 앉아 기다리는데, 앞을 지나가는 은행 직원 서너 명이 눈길을 끈다. 말끔한 유니폼, 단정한 머리, 잘 닦인 구두, 손에 쥔 스마트폰과 작은 액세서리. 표정도 밝고 분위기도 좋다.

그런데 이상하게도, 내 눈에는 왠지 걱정스러운 생각이 들었다. 라오스에서 예전에는 공무원이 최고였지만, 요즘은 다들 은행원을 선호한다. 월급도 많고, 안정적이며, 사회적 평판도 높다. 그들은 부러움의 대상이고, 스스로도 만족할 것이다. 그런데 왜 나는 이들이 염려스러울까?

그들이 가고 있는 길의 여정이 보였기 때문이다. 조금 더 좋은 장신구, 조금 더 고급 신발, 최신 스마트폰, 자동차. 그렇게 더 크고, 더 새롭고, 더 비싼 것을 끝없이 원하게 될 것이다. 주말이면 차를 몰고 왕위앙으로 놀러 가고, 여유가 되면 멋진 관광지에서 캠핑을 하거나, 국경을 넘어 태국에 쇼핑도 갈 테다.

탐디가 보기에, 라오스는 태국의 소비문화를 따라가고, 태국은 한국을 모방한다. 그리고 한국은, 어디로 가고 있나? 정점인가, 아니면 막다른 골목인가?

개발과 성장, 모든 나라가 같은 길을 걷고 있다. 놀이 문화도, 주말 취미도, 행복의 방식도 점점 획일화되고 있다. 잘 먹고 잘사는 삶의 표준이 똑같아지고 있다. 나는 눈앞의 은행 직원들에게서 모두가 같은 방향으로 달려가는 모습을 보았다. 그들의 만족은 진정해 보였지만, 끝없는 욕망을 연료로 삼는 부드러운 착각 위에 세워진 행복이었다.

이는 우리가 '대안'이라는 이름으로 추구하는 것들이 결국 더 빠른 속도와 더 많은 소유를 향한 또 다른 욕망일 수 있음을 보여 준다. 모두가 같은 길을 향해 효율과 성공을 좇을 때, 우리는 놓쳐서는 안 될 관계와 소박한 행복이라는 '기본'을 잊어버리게 된다.

이 은행 직원 이야기를 지인에게 했더니, 나보고 참 이상하다고 한다. 내가 이상해진 걸까? 아니면, 세상이 이미 너무 멀리 가버린 건가? 이 끝없는 욕망의 수레바퀴에서 벗어난, 진정한 평화의 길은 있는 걸까?

13장
관계 -
너 없이 나도 없다

언제부턴가 한국에서는 아이들이 '독방'을 갖기 시작했다. 아이를 적게 낳아 공간이 남기도 했지만, 자유와 독립이라는 이름으로 배려한 결과이기도 하다. 그렇게 씩씩하게 자라라고 응원했는데, 아이들은 어떻게 되었을까? 자율적이고 독립적으로 컸나, 아니 배타적으로 된 것은 아닐까? 화가 나면 방문을 꽝 닫고 들어가 문을 잠그고 틀어박히는 아이의 모습을, 우리는 한 번쯤 본 적이 있지 않은가?

이렇게 자란 아이들이 지금은 20~30대가 되었다. 젊은 스님들은 당당하게 독방을 요구하고, 혼자 방에 틀어박힌 은둔 · 고립 청년은 50만 명을 넘었다. 관계의 결핍을 넘어, 우리는 관계 단절의 사회로 들어섰다.

이제 '개인'의 시대를 살고 있다. 사람들은 '나답게' 살기 위해 애쓰며, 타인의 시선과 관계로부터 자유로워지려 한다. 관계는 선택이 가능한 옵션이 되었고, 공동체는 점점 느슨해졌다. 그러나 문제는 이 새로운 방식으로 살면서도 괴로움이 줄지 않는다는 점이다. 타인과 함께 있지 않아도 피곤하고, 아무도 나를 건드리지 않는데도 예민하다. '나'는 점점 단단해지는 듯하지만, 그만큼 외롭고 흔들린다.

이제 우리는 스스로에게 되물어야 한다. 왜 혼자 있으려고 하나, 정말 혼자서 존재할 수 있는가? 나의 불안과 분노, 외로움은 어디에서 왔나, 내가 괴로운 이유는, 혹시 관계를 잊어버렸기 때문은 아닐까? 우리는 '함께 사는 법'을 잃어버리지는 않았는지 돌아봐야 한다.

연결된 우리

불교는 우리가 홀로 존재하지 않으며, 모든 존재가 거대한 그물망으로 연결되어 있음을 가르친다. 고정된 '나'가 없다는 무아의 깨달음은 역설적으로 우리를 '관계'로 이끌며, 진정한 자유가 단절이 아닌 연결 속에서 피어남을 보여 준다.

1. 붓다는 관계를 깨달았다?

탐디가 보기에 붓다가 깨달은 것은 '관계'다. 무슨 뜻인가? 앞서 우리는 붓다가 깨달음의 순간에 무엇을 보았는지 논의하며, 일반적으로는 연기의 법칙을 통찰했다고 설명했다. 연기란 무엇인가? 모든 것은 상호 관계 속에서만 존재한다는 진리다. 따라서 붓다의 깨달음은 '나는 없다.'라는 부정이 아니라, 더 깊이 보면 '나는 관계다.'라는 통찰로 이해할 수 있다.

우리는 보통 '관계'라고 하면 인간 사이의 감정이나 유대, 대화와 신뢰를 떠올린다. 그러나 불교가 말하는 관계는 훨씬 더 깊다. 관계는 단지 인간사에 그치지 않고, 존재 자체를 성립시키는 구조다. 사람들은 흔히 '나'라는 존재가 독립적이고 고유하게 존재한다고 믿는다. 내 생각은 내 것, 내 감정은 내 안에서 일어난 것, 내 삶은 전적으로 내 선택으로 이루어진 것이라 여긴다. 이렇게 나를 하나의 '개별자'로 전제하는 생각은 너무도 자연스럽다.

그러나 붓다는 이 자연스러움을 근본에서 의심했다. '나'라는 존재는 과연 홀로 설 수 있는가? 내 생각은 어디서 비롯되었으며, 나의 감정은 누구의 영향을 받았는가? 몸과 이름, 기억과 판단, 욕망과 신념은 정말로 나만의 것인가? 내 몸은 부모에게서 왔고, 내 말은 사회 속 언어에서 배웠으며, 내 성격은 수많은 관계의 거울 속에서 길러졌다. 나의 사고방식조차 시대와 문화, 교육과 경험의 산물이다.

관계는 선택이 아니라, 나의 존재 방식이다. 이 진실을 붓다는 연기라 불렀다. "이것이 있으므로 저것이 있고, 이것이 생기므로 저것이 생긴다." 연기의 가르침은 모든 존재가 서로를 기대어 서 있다는 선언이다.

탐디가 관계에 주목하는 이유는 세 가지다.
첫째, 관계를 가리키는 연기의 통찰은 **삶을 이해하는 가장 깊은 지혜**다. 관계를 잃으면 사회는 고립되고 불안해진다.
둘째, 관계는 **전환의 계기**가 된다. 개인의 내면에 갇힌 고통과 번뇌를 '우리'로 확장시킨다.
셋째, 관계는 **도약의 발판**이 된다. 유전자의 이기심을 넘어 공생과 공동선, 연대와 자비를 실현하는 구체적인 삶의 틀을 제공한다.

관계는 책임을 바라보는 방식도 바꿔 놓는다. 누군가의 괴로움은 그 사람만의 문제가 아니다. 관계 속에 연결된 나 역시 그 괴로움에 영향을 받는다. 연기의 눈으로 보면, 타인의 고통은 곧 나의 고통이다. 그것은 고립된 개인의 문제가 아니라, 함께 짊어져야 할 공동의 과제가 된다. 우리는 각자의 자리에서 고통을 줄이고, 어리석음을 덜어내는 책임을 나눈다. 그러면 경쟁이나 분리의 시각도 자연스레 벗겨진다.

정끝별 교수는 세상은 연결된 관계라는 사실을 무시하고 저지른 인간의 오류와 그로 인한 결과를 지적한다. "앙상블, 연결망, 실뜨기 이론은, 인간이, 인간에 의해 타자화되었던 여성, 유색인종, 자연, 동식물, 심지어 기계나 사물과의 공생, 공존, 공진화를 모색하는 이론들이다. 백인 남성 중심의 근대적 인본주의는 비인간과 인간, 여성과 남성, 몸과 마음, 무생물과 생물이 근본적으로 다른, 종속과 지배로 구분된 존재라는 틀 속에서 작동했다. 그 결과 인류의 생존을 위협하는 지구온난화와 생태계 훼손, 핵폭탄과 전쟁, 양극화와 혐오, 무한경쟁과 상대적 박탈감과 같은 전 지구적 문제에 직면해 있다."(한겨레, 2024.10.20.)

2. 관계, 속박인가 해방인가?

관계는 때로 귀찮고 번거롭고 피곤하다. 가족, 연인, 친구, 조직 … 책임과 기대, 감정 노동이 쌓이면 자유를 잃는 듯한 느낌이 든다. 그래서 많은 사람들이 "차라리 혼자가 낫지", "관계는 스트레스야."라고 말한다. 우리는 그 '관계'로부터 도망치고 싶어진다.

이런 감정은 현실이며, 단절의 유혹은 점점 커진다. 관계를 끊으면 상처도 덜하고, 감정 소모도 줄며, 나만의 평화를 지킬 수 있을 것 같다. 하지만 그것은 평화가 아니라 무감각과 고립이다. 단절은 자아를 지키지만 동시에 삶을 닫아버린다. 그렇다면 관계는 본질적으로 속박일까?

속박과 해방의 조건을 비교해 보자. 관계가 속박이 되는 경우는 집착과 기대로 얽힐 때, 내 감정을 강요할 때, 비교와 경쟁, 지배로 관계할 때, 관계를 통해 자아를 증명하려 할 때다. 예를 들면 가족 중심의 폐쇄적 관계, 무조건적 헌신과 자기희생을 강요하는 관계, 권위적 수직관계, 소속을 강요하는 동일시 등이 그렇다. 반대로 관계가 해방이 되는 경우는 자각과 자비로 맺을 때, 상대의 고통을 들을 때, 공감·존중·평등 속에서 만날 때, 관계 안에서 '나 없음'을 체험할 때다. 그것은 마음이 함께하는 연결이며, 깨어 있는 만남이다.

깨어 있는 연결은 관계를 맹목적으로 유지하라는 뜻이 아니다. 집착과 무조건적인 반응을 알아차림으로써, 자비롭고 분별 있는 연결을 새롭게 선택하는 것이다. 나는 안다. 관계는 불편하다. 그러나 그 불편함 속에서만 지금의 나를 넘어서는 문이 열린다.

3. 관계는 수행으로, 수행은 관계로

수행자들 사이에 이런 말이 있다. "선방에선 도를 통했는데, 사람 얼굴만 보면 다시 무너진다." 고요한 숲속에서는 번뇌가 없다. 그러나 사람이 나타나는 순간, 마음속 온갖 감정이 솟구친다. 짜증, 판단, 자만, 질투 … '도'는 사라지고 '나'만 남는다. 그럴 때 깨닫는다. 진짜 수행은 관계 안에서만 가능하다는 것을.

혼자 앉아 있는 시간은 연습일 뿐이다. 관계는 그 연습한 것을 시험치는 현장이다. 수행은 외부를 차단하며 완성하는 것이 아니라, 세상과 다시 접속하면서 깊어지는 길이다. 어떤 사람을 만나도 무너지지 않는 힘, 누구와 있어도 깨어 있을 수 있는 자각, 상처받아도 닫히지 않고, 미움받아도 연민을 잃지 않는 마음. 그것이 진짜 해탈이다.

가족과 다투는 순간, 상처받은 친구 앞에서, 누군가를 미워하는 순간 – 그 모든 장면이 곧 무지를 알아차리는 도량이 된다.

- 사띠는 누군가에게 화가 날 때, 그 감정을 탓하지 않고 반응을 멈추는 힘이다.
- 우뻭카는 오해받았을 때, 자기 이미지를 방어하기보다 평온하게 듣는 마음이다.
- '내가 옳다'는 고집, '내가 더 중요하다'라는 아상(我想)은 관계 속에서 부딪치며 무너진다.
- 번뇌의 하나인 분노, 질투, 시기, 탐욕, 인정 욕구는 관계 안에서 구체적으로 드러난다.

- 관계가 불편할 때, 침묵하거나 정직하게 말하는 훈련으로 바른말[正語]은 드러난다.

나도 관계를 맺고, 벽을 넘고, 세상과 연결되고 싶다. 그러나 막상 그 앞에 서면 마음이 망설인다. 말을 건네려다 멈추고, 다가가려다 돌아선다. 무엇이 문제일까? 상대가 아니라, 바로 내 안의 벽이다. 이 벽을 알아차리고 넘어설 때, 우리는 비로소 진짜 연결을 시작할 수 있다. 관계의 벽을 허무는 6가지 질문이다.

(1) 확신의 집착: '내가 옳다'는 믿음의 벽

- 벽의 정체: 내 생각과 판단만이 옳다고 믿는 마음이다. 이 확신은 다른 사람의 말을 듣지 못하게 하고, 상황의 다양한 조건을 보지 못하게 한다.
- 허무는 질문: 내가 보지 못하게 한 것은 무엇인가? 내 생각이 정말 진실의 전부인가?

(2) 두려움: 상처받기 싫은 마음의 벽

- 벽의 정체: 다가가면 상처받을까 봐, 오해받을까 봐 미리 마음을 닫는 경계다. 두려움은 나를 보호하는 척하지만, 결국 나를 고립시킨다.

- 허무는 질문: 내가 두려워하는 것은 무엇인가? 그 두려움은 나를 어디로 이끌고 있는가?

(3) 자기 이미지: 괜찮은 사람이 되고 싶은 마음의 벽

- 벽의 정체: '나는 좋은 사람이어야 한다'는 이상적 이미지에 스스로 갇히는 것이다. 진심을 감추고 꾸며낸 모습에 몰두하면 관계는 깊어질 수 없다.
- 허무는 질문: 나는 왜 이 모습이어야 한다고 생각하는가? 지금 나는 있는 그대로의 나인가?

(4) 관성: 익숙한 반응의 벽

- 벽의 정체: 갈등을 회피하고, 침묵하고, 혼자를 택하는 등 익숙하고 편한 패턴에 안주하는 습관이다. 마음의 관성은 새로운 관계의 문을 열지 못하게 한다.
- 허무는 질문: 나는 어떤 방식으로 반응하고 있는가? 다르게 시도한다면 어떤 일이 생길까?

(5) 편견: 판단이 먼저 반응하는 마음의 벽

- 벽의 정체: 상대의 말이나 존재보다 내 안에 있는 과거의 경험, 외모, 소속에 대한 평가가 먼저 반응하는 것이다. 편견은 상대를 있

는 그대로 보지 못하게 한다.

- 허무는 질문: 이 사람에 대한 내 생각은 어디서 왔는가? 내가 지금 보고 있는 것은 '그' 사람인가, 아니면 '내' 편견인가?

(6) 통제: 그렇게 믿도록 만드는 힘의 벽

- 벽의 정체: 세상의 모호함을 인정하지 않고, 명확한 선과 경계를 만들어야 한다는 믿음이다. 이 믿음은 외부의 권위나 집단이 주입한 것일 수 있다.
- 허무는 질문: 이 경계를 넘지 못하게 만드는 힘은 무엇인가? 나는 왜 이 경계가 중요하다고 믿는가?

관계는 이제 훈련이 되어야 한다. 친구란 단순히 자주 연락하는 이가 아니라, 나를 깨어 있게 해 주는 사람이다. 사랑은 감정의 불꽃이 아니라, 함께 변할 수 있는 능력이다. 공동체는 지역이 아니라, 같은 방향을 향해 나아가는 이들의 연대다. 관계는 더 이상 자동적 소속이 아니라, 의식적 선택의 대상이다. 이제는 '누구의 가족', '어떤 학교 동문', '어떤 집단의 일원'으로 자동 연결되는 시대가 아니다. 이제 우리는 관계를 수행해야 한다. 어떻게 만나고, 무엇을 나눌 것인가? 수행은 관계 속에서 빛나고, 관계는 수행으로 깊어진다.

호모 심비우스: 협력하는 인간

우리는 인간 중심적 사고에 갇혀 자연과 다른 존재들을 경시해 왔지만, 생존의 진리는 '홀로'가 아닌 '함께'에 있다. 우리가 살아가야 할 길이 바로 '협력하는 인간', 즉 호모 심비우스에 있다.

1. 손잡지 않고 살아남은 생명은 없다

최재천 교수는 공생을 설명할 때 늘 한 가지 사례를 든다. 자연은 싸우고 빼앗고 경쟁만 한다고 생각하기 쉽지만, 천만의 말씀이다. 지구상에서 가장 널리 분포한 존재는 동물이 아니라 식물이다. 식물은 어떻게 그렇게 번식할 수 있었을까? 답은 곤충과의 공생이다. 대표적으로 꽃과 벌의 관계를 보라. 둘이 공생하지 않았다면 지구는 지금처럼 풍성하지 않았을 것이다. 경쟁에서 이기는 방법은 상대를 물어뜯고 제거하는 것이 아니라, 누군가의 손을 잡는 것이다. 이것이 바로 손잡지 않고 살아남은 생명은 없다는 자연의 진리다.

아프리카 속담에 이런 말이 있다. "빨리 가려면 혼자 가고, 멀리 가려면 둘이 가라." 모든 것이 경쟁만은 아니라는 지혜다. 개체들은 생존과 번식을 위해 각자 노력하지만, 다른 종과 협력하며 공생하는 경우가 훨씬 많다. 대표적인 사례는 악어와 악어새, 개미와 진딧물, 과일과 씨를 퍼뜨리는 동물, 토양 속 곰팡이와 식물, 인간과 몸속 세균 등을 들 수 있다.

지금 인간들의 모습을 보면, 호모 사피엔스(지혜로운 인간)라는 이름이 무색하다. 그 지혜는 본래 '협력'과 '관계 맺음'에 있었지만, 우리는 그것을 잊고 있다. 그렇다면 어리석은 인간을 깨우치기 위해 종의 이름을 바꿔야 하지 않을까? 그래서 최재천 교수는 호모 심비우스(Homo Symbious)를 제안한다. 협력하는 인간, 공생하는 인간을 뜻하는 말로, 인간뿐 아니라 다른 생물종과도 긴밀히 연결된 존재라는 사실을 일깨운다. 이래야 비로소 우리가 누구인지 분명히 알 수 있다.

최재천 교수가 제안한 '호모 심비우스'는 붓다의 연기 사상과도 맞닿아 있다. 이는 인간만이 아닌 모든 생명이 서로 의존하며 살아간다는 공생의 세계관이다. 연기의 통찰은 '자신을 지키듯 남을 지키라'는 붓다의 가르침으로 이어진다. 나를 살리는 것이 곧 남을 살리는 일이라는 깨달음, 그것이 바로 호모 심비우스이자 불교적 삶의 태도다.

2. 무시된 생명의 복권 – 똥과 기생충 은유

세상에는 하찮아 보이지만, 알고 보면 생명을 살리는 힘을 지닌 것들이 있다. 똥과 기생충처럼, 한때 천대받고 외면당하던 존재들 속에도 관계와 생명의 비밀이 숨어 있다.

선재는 어릴 적 길에서 개들이 사람 똥을 먹는 걸 자주 봤다. 그럴 때마다 "사람 똥에 뭐가 얼마나 남았다고 저걸 먹지?" 싶었다. "개똥도 약에 쓰려니 없다."라는 속담도 있었다. 요즘 이런 의문이 풀리고 있다. '대변 이식술'이다. 건강한 사람의 대변을 배앓이하는 환자에게 투여했더니 감쪽같이 낫는다는, 믿기 어려운 소식이 21세기 첨단 병원에서 들려오고 있다. 그러고 보면 개가 먹은 건 똥이 아니라 약이었나 보다.

인간 몸을 조금 들여다보자. 뱃속에 박테리아가 없으면 당장 소화를 못 한다. 내장이 건강하지 않으면 소화뿐만 아니라 감정, 기분, 생각 등 정신적인 면에도 영향을 준다. 우리 몸은 30조 개의 세포로 되어 있는데 내가 가지고 있는 장내 미생물은 대체로 한 35~40조 정도 된다. 인간은 더 이상 호모 사피엔스라는 단일종이 아니라 여러 미생물과 연합된 복합 생물종으로 보아야 한다.

탐디는 라오스 나케 마을에 살면서 주민들의 먹을 것을 앗아가는 몸속 기생충을 몰아내겠다고 마음먹었다. 소위 기생충 박멸 작전인데, 우리 어렸을 때 많이 했다. 한국 의사분에게 도움을 받아 삼 년간 주민 모두가 일 년에 한 번씩 기생충 약을 먹었다. 아이들 대변에서 수많은 음식 도둑이 빠져나왔다. 마음이 흐뭇해진 탐디! 그런데 마지막 해에 의사분이 놀랄 만한 소식을 전한다.

수만 년 늘 침입하던 기생충이 오지 않자, 우리 몸 면역 시스템은 적이 아닌 엉뚱한 대상을 공격하거나 내부에서 싸움을 일으키며 문제를 일으킨다. 이들 질병을 치료하는 데 기생충을 이용하려는 연구가 진행 중이다. 앞으로 우리는 건강을 위해 이 기생충의 알을 마시는 날이 올 수도 있다. 탐디는 나케에서 무슨 일을 한 거지?

탐디가 여기서 똥과 기생충을 꺼내든 건, 똥이나 기생충을 예찬하자는 게 아니다. 뿌리 깊은 '인간 중심'의 사고를 바꿔야 하지 않을까를 묻는 것이다. 인간과 인간 아닌 것을 구분해 경계를 만들고 관계를 차단해 왔다. 자연스레 인간 이외는 경시, 천시, 무시하는 사고를 말이다. 존재는 홀로 완성되지 않는다. 나를 이루는 것, 나를 살게 하는 것, 나를 낫게 하는 것들이 나만이 아님을 알 때, 우리는 비로소 겸손해지고, 연결의 가치를 다시 배우게 된다.

3. 자연과 인간은 순수하다?

아니다. 자연은 다양성을 사랑한다. 변이, 차이, 다양성이 생존과 진화의 핵심이다. 다양성이 있어야 환경 변화에 적응해 살아남을 수 있다. 암컷과 수컷이 만나 번식하는 유성생식도 유전적 다양성을 얻기 위해서다. 그런데 자연과 달리, 인간은 다양성을 무척 싫어한다. 효율을 위해 대지를 갈아엎고 한 가지 작물만 심는다. 원하는 형질의 가축만 골라 대량으로 키운다.

많은 상품 광고가 인간의 몸을 '순수한' 아름다움으로 포장하고, 우리는 그 아름다움을 얻기 위해 분투한다. 하지만 인간의 몸은 절대 순수하지 않다. 그렇게 생각할 뿐이다. 하얗고 아름다운 피부를 현미경으로 들여다보라. 그곳에 숨어 있는 수많은 세균을 보면 '아름답다'고 할 수 있을까?

한국 사회도 더 이상 '순수'하지 않다. 외국인의 유입으로 이미 다양해지고 있고, 저출생의 영향으로 그 흐름은 더욱 빨라질 것이다. 우리는 이제 순수하지 않음을 인정해야 한다. 불교는 이미 그렇게 하고 있다. 수많은 종파, 전통, 교리, 수행법 … 누군가는 불교를 두고 '대책 없는 종교'라 부른다. 그러나 그 다름과 다양함을 포용하는 태도 속에, 망해가는 세상에서 불교가 할 수 있는 역할이 있을 것이다.

탐디는 상상한다. 붓다는 특별한 '돌연변이'였는지도 모른다. 그렇지 않고서야, 보통 인간의 한계를 넘어선 그 위대한 서사를 어떻게 설명할 수 있을까? 만약 당시 인도의 사상과 철학, 믿음과 삶의 방식이

다양하지 않았다면 그 서사는 쓰이지 못했을 것이다. 그런 변혁이 다시 일어나려면, 서로 다른 생각과 삶이 공존하는 토양이 필요하다.

아기는 여럿이 키운다

인도에 있으면 아이들은 어디서나 형제자매의 손을 꼭 잡고 다니는 것을 볼 수 있다. 잃어버리지 않기 위해, 무섭지 않아서, 서로 의지하려고. 그렇게 자연스럽게 '함께' 지낸다. 인간은 생존과 번식을 위해 늘 무리를 이루며 살아왔다. 사회성 동물로 살아온 우리는 '혼자'에 익숙하지 않다. 생존 때문만이 아니라, 평소에도 옆에 누군가가 필요하다. 그래서 반려자, 반려견, 반려묘, 심지어 반려돌까지 등장했다.

유인원 어미는 천사 같지만, 동시에 집착과 소유욕이 강하다. 침팬지, 보노보, 오랑우탄, 고릴라 같은 대형 유인원과 붉은털원숭이, 사바나 개코원숭이 등 친숙한 원숭이 종 대부분이 그렇다. 이들 종의 어미는 갓난아기를 몇 주에서 몇 달 동안 잠자는 순간에도 품에서 놓지 않는다.

인간은 다르다. 엄마만이 아니라 여러 가족이 함께 아이를 돌보는 '협력 양육'이 인간의 본성이다. 인간은 다른 어떤 유인원보다 더 '비싼' 두뇌를 지녔고, 더 미숙하게 태어나며, 어른이 되기까지 더 오랜 시간이 걸린다. 아이를 키우기 위해서는 긴 시간과 많은 손길이 필요하다. 다른 유인원 어미가 갓난아기를 남에게 맡기지 못하는 이유는 믿을 수 없기 때문이다. 그러나 인간 아기는 엄마 혼자가 아니라 이모, 할머니, 누나 등 여럿의 손길로 자란다. 이런 '여럿이 키우는 환경'이 무너진 것도 저출생의 한 원인일 수 있다.

그렇다. 수만 년을 함께 살아온 인간이 이제 혼자 살아보겠다고 애쓰지만, 그 부작용이 크다. 언젠가 관계가 필요 없는 세상이 올지도 모른다. 그러나 지금만큼은 잊지 말아야 한다.

"나는 혼자가 아니다. 나는 처음부터 함께였다."

씨줄과 날줄이 서로를 떠나 존재할 수 없듯, 나 또한 너 없이 완성되지 않는다.

깍두기도 함께 뛰는 세상

인도 순례에서 돌아와 탐디가 활동하던 푸딘댕청소년센터에 들렀더니 동네 꼬마들이 뛰어놀고 있다. 한눈에 보기에 사오십 명이 넘는 것 같다. 아이들은 매일 오후 4시 학교가 파하면 센터로 달려온다. 영어를 배우러 온다지만, 그건 핑계일 뿐, 놀러 오는 것 아닐까?

공차기, 배드민턴, 고무줄, 콩주머니 던지기, 술래잡기 놀이를 한다. 한 무리의 소녀들은 긴 머리를 땋느라 열심이고, 남자아이들은 정신없이 사방을 뛰어다닌다. 십 년 전, 이십 년 전 모습 그대로다. 이 아이들 부모도 그때 이렇게 놀았다. 이런 모습을 보면, 라오스도 빨리 변한다고 하지만 앞으로도 한 세대쯤은, '사람이 중심인 삶'이 계속될 것 같다.

아이들은 함께 놀며 세상을 배운다. 경쟁하고 다투고 밀치기도 하며, 때로는 따돌림도 한다. 그렇지만 서로 타협하고 양보하고 협력하고 손을 잡기도 한다. 갈등 속에서 인간관계를 배운다. 혹시 '깍두기'라는 말을 아시는가? 옛날 골목에서 뛰어놀던 사람들은 기억할 거다. 너무 어리거나, 숫자가 짝수로 맞지 않아 남아돌거나, 이런저런 이유로 정식으로 어느 편에 들어가지 않는 아이들도 같이 노는 방식이다. 이렇게 아주 어린 꼬마들도 형, 언니를 따라다니며 규칙 관계없이 함께 뛰어다녔다. 깍두기는 단순한 놀이 규칙이 아니라, 약자도 소수자도 함께 살아가는 방식이었다.

지금 한국은 아이들이 뛰어노는 학교 운동회의 소음 때문에 민원이 많다고 한다. 학교는 마을에 공문을 보낸다. "아이들의 밝은 웃음소리와 활기찬 응원의 함성이 잠시나마 일상의 평온을 방해할 수 있는 점 깊이 양해 부탁드립니다." 학생들은 포스터를 만들어 붙인다. "우리 운동회 해요! 오늘 하루만큼이라도 정신줄 놓고 놀게 해 주세요."

지금 세상이 이렇다. 아이의 웃음소리조차 환영받지 못하는 분위기다. 그러면서 마을에 아이 울음이 끊겼다고 한탄하니 이율배반 아닌가? 탐디는 좌우로 머리를 흔들어댄다. 이러다 정말, 희망이라는 말조차 사라질지도 모르겠다. 멀리 있는 내가 이런 느낌이니, 한국인들은 좌절감이 얼마나 클까?

라오 아이들은 '뒤섞여' 산다. 놀이를 통해 호기심과 독립심을 키우고, 모난 돌이 깎여 둥글게도 된다. 이런 아이들이 사회에 나가면 어떻게 될지는 매우 희망적이다. 한국 아이들은 어디서 놀고 있나? 혼자 놀고 혼자 산다. 그러니 사회에 나가 처음 사람을 부딪치면 어쩔 줄 모른다. 이미 이해관계로 꽉 짜인 집단에서는 양보와 협력보다 경쟁과 생존뿐이다. 깍두기는커녕, 함께 뛰는 법조차 잊힌 시대다.

한국은 곧 새로운 시대를 맞이한다. 다른 아이의 얼굴은 보지 않고, 스마트폰 속 자신의 얼굴만 보며 자란 아이들이 달려온다. 어떤 세상이 될까? 그때가 되면, 한국 아이들이 여기 와서 뛰어노는 법을 배워야 할지도 모르겠다. 여기 아이들은 동네 '시끄럽게' 계속 뛰고 있을 테니. 깍두기도 손을 잡고.

14장 공생 - 약육강식은 사기극

많은 나라가 해외에 청년봉사단을 보낸다. 일본 청년들은 공손하고, 서양 청년은 당당했다. 한국 청년들은 달랐다. 동네 마실 다니듯 마을을 누비며, 웃음과 너스레로 사람들의 마음을 연다. 라오스 푸딘댕 마을에도 한국 청년이 많이 다녀갔다. 어디나 사람 사는 곳의 원리는 같다. 잘 웃고 스스럼없으며, 먼저 다가가는 청년들이 푸딘댕에서도 금세 적응했다.

이렇게 관계 맺기의 달인이던 한국 청년들, 지금은 어떤가? 주뼛거리고, 움츠리고, 손을 거둔다. 마음은 허둥대며, 허우대 멀쩡한 몸은 엉거주춤한다. 지금 청년들은 연결, 관계, 자유, 너, 심지어는 나도 잃어버린 듯하다.

우리 아이 기죽이지 마세요

2022년 6월, 연세대 재학생 몇 명이 학내 청소·경비노동자의 집회에 대해 노조 분회장을 상대로 '수업권 침해' 소송을 제기했다. 집회 과정에서 발생한 소음이 수업에 방해가 되었다는 이유였다. 이 보도를 읽는 순간, 깊은 속에서 신음이 터져 나왔다. '여기까지 와버렸구나. 우리가 아이들을 이렇게 키워 왔구나.' 한국 대학은 직업훈련소이자 고시원이 되었다. 대학생들은 시민이 아니라 소비자 정체성만 가지고 있다. "내가 돈 냈으니, 그만한 권리가 있다."라고 당당히 말한다.

20여 년 전, 식당에서 한 아이가 천방지축으로 뛰어다녔다. 옆 테이블 손님이 조심스럽게 타일렀더니, 아이 어머니가 대답했다. "아니, 왜 우리 아이 기죽여요?" 그렇게 남 눈치 안 보고, 기죽지 않고 자라온 아이들이 이제는 대학생, 청년이 되었다. 결혼 적령기, 출산 적령기에 '혼자' 기죽지 않고 잘살고 있다. 그런데 이제 와서 이 아이들에게 나라를 걱정하고, 아이를 낳아 대한민국을 살리라고? 우리는 '기죽지 않고, 눈치 보지 않고, 나만 생각하며' 살라고 가르쳤다. 그리고 지금 그 결과를 마주하고 있다.

약육강식이라는 사기극

우리는 강한 자가 살아남는다고 배웠지만 잘못된 이야기다. 잘못된 사실로 진화의 역사를 오해하고, 능력주의라는 이름으로 약자를 배제하는 사회는 결국 모두를 불행하게 만든다. 이 시대의 가장 위험한 통념인 '약육강식'의 허상을 파헤치고, 우리가 놓치고 있는 진정한 공생의 가치를 찾아보자.

1. 약육강식은 진화가 아닌 이데올로기다

진화론은 학교에서도 배우고, 자라면서 여러 이야기 책을 통해서도 많이 접하지만, 잘못 알게 된 이야기가 많았다.

(1) 기린의 목이 조금씩 길어졌다

아니다. 흔히 "기린이 높은 곳의 잎을 따먹기 위해 목이 점점 길어졌다."라고 배웠지만 사실이 아니다. 목 긴 기린과 목 짧은 기린이 함께 살았다. 목이 짧은 기린은 먹이를 구하지 못해 점차 사라졌고, 목이 긴 기린만 살아남아 번식했다. 결국 오랜 시간이 흘러 오늘날처럼 목 긴 기린만 남은 것이다. 상아가 짧은 코끼리가 늘어난 것도 같은 원리다. 상아가 긴 코끼리를 밀렵해 왔고, 그 결과 긴 상아의 유전자는 점점 사라졌다. 상아의 길이가 줄어드는 현상은 인간이 만든 진화의 한 사례다.

(2) 적자생존이다

흔한 오해다. '적자생존'이라는 말을 조심해서 써야 한다. 자연에서 살아남는 것은 가장 강한 종이 아니라, 환경에 맞지 않은 종이 도태된 결과다. 다시 말하면 "적응하는 자가 살아남는다"라기보다 "적응하지 못한 자가 사라진다"가 가깝다. 약함이나 강함이 아니라, 적응 여부라는 뜻이다. 진화론에서 '적합하다(fit)'는 것은 '힘이 센 자'가 아니라, 환경에 더 잘 맞는 형질을 뜻한다. 공룡이 사라진 것은 약해서가 아니라, 급격한 환경 변화에 적응하지 못해서다. 현대에도 마찬가지다. 노키아와 코닥은 한때 시장을 지배한 '강자'였지만, 변화에 적응하지 못해 시장에서 사라졌다. 요지는 강약의 문제가 아니라 적합도와 변화에의 대응이다.

(3) 우리는 이기적이기만 할까?

그렇지 않다. 《이기적 유전자》를 읽으며 한때는 이렇게 생각했다. "그래, 맞아! 인간은 이기적이야. 어쩔 수 없어." 당신도 이렇게 생각하지 않을까? 하지만 인간이 이기적이라는 사실을 '절대화'하면 위험한 이데올로기가 된다. 인간은 혼자 산 적이 없다. 약 650만 년 전 침팬지와 갈라져 나온 뒤, 열악한 환경에서 살아남기 위해 우리는 모여 살 수밖에 없었다. 혼자 힘으로는 식량을 구할 수도, 번식할 수도 없었다. 우리가 가진 제도, 도덕, 윤리, 종교 역시 집단의 산물이다.

개체의 이기적 능력만으로는 살아남을 수 없다.

(4) 원숭이가 진화해 인간이 됐다

그럴 수 없다. 원숭이가 인간으로 진화한 적이 없다. 진화는 직선적인 발전이나 목표 지향이 아니라, 목적 없는 우연한 변화다. 환경과 조건에 따라 여러 갈래로 나뉘어 간다. 사다리를 타고 위로 올라가는 것이 아니라, 나뭇가지가 갈라지듯 뻗어나가는 것이다. 우리는 스스로를 만물의 영장이라 부르지만 인간은 혼자 잘난 존재가 아니다. 인간이 진화의 끝이나 최고점이라는 생각은 오만이다. 특정 인종이 더 진화했다는 이야기도 거짓이다. 자연선택과 종의 분화는 본래 목적이나 방향이 없다. 진화는 '무목적론'이다.

(5) 약육강식은 누구를 위한 서사인가?

진화론은 인간의 역사를 이해하는 데 큰 역할을 했지만, 동시에 몹쓸 오해를 낳았다. 아니, 오해가 아니라 의도적 왜곡이었다. 사회적 약자를 제거하기 위해 동원된 우생학과 '약육강식'이 그 대표다. 우생학은 사라졌지만, 약육강식이라는 개념은 아직도 세상에서 기승을 부린다. "약한 자는 강한 자에게 지배되고 잡아먹힌다."라는 이 말은, 사실 진화와 아무 관련이 없다. 그러나 이 단순한 구호가 실제로는 어떻게 쓰였을까?

'약육강식'이라는 신화는 '힘이 곧 정의'라는 세계관으로 번져 나갔다. 도덕과 공정, 정의보다 경쟁과 생존의 논리를 앞세우는 근거로 쓰였다. 강한 나라가 약한 나라를 지배하고, 강자가 약자를 착취하는 일을 정당화하는 도구였다. 여성 · 장애인 · 이방인 · 소수자를 억압하는 법칙처럼 작동했고, 인간이 자연을 폭력적으로 지배하는 명분으로도 쓰였다.

최재천 교수는 이렇게 고백했다. "그동안 동물학자들이 경쟁을 지나치게 강조했습니다." 우리는 '동물의 왕국' 같은 프로그램을 너무 많이 보며 자랐다. 거기서는 경쟁과 약탈, 투쟁이 두드러지고 힘이 동경의 대상이 되었다. 하지만 최근의 정밀한 관찰과 연구 끝에 밝혀졌다. 자연계에는 갈등 못지않게 협력이 많으며, 그 공생의 수준은 우리의 상상을 뛰어넘는다. 이제 자연계의 다른 얼굴을 볼 시간이다.

2. 능력주의는 폭군이다

19세기 사회진화론은 약육강식의 논리를 포장해 경쟁과 서열을 정당화하는 사상으로 퍼뜨렸다. 그 속에서 사람들은 살아남기 위해 서로를 밀어내고, 불평등을 감수하며, 때로는 자신을 탓하는 부정적 적응을 배웠다. 그 끝에서 등장한 이름이 '능력주의'다. 겉으로는 공정한 경쟁처럼 보이지만, 실제로는 오만과 낙오를 낳고 공생의 토대를 갉아먹는 또 다른 약육강식이다.

하버드대학의 마이클 샌델 교수는 《The Tyranny of Merit》에서 "능력주의는 오만을 낳는다."라고 지적했다. 한국어 번역 제목은 《공정하다는 착각》이지만, 김누리 교수가 제안한 '능력주의는 폭군이다'가 오히려 원제에 가깝고, 현실을 더 정확히 드러낸다.

샌델 교수는 이렇게 말한다. "우리는 '노력하면 성공할 수 있다'라고 너무나 당연하게 생각해 왔다. 그러나 개인의 능력을 절대시하고 그에 따라 보상하는 능력주의 자체가 근본적으로 잘못되어 있다."

샌델의 지적은 한국 사회에서 더욱 뼈아프게 다가온다. 치열한 경쟁과 성과주의가 삶의 전부처럼 강요되는 현실 속에서 능력주의는 사회적 연대를 해치는 도구가 되고 있다. 성적과 스펙으로 줄 세우기, 뿌리 깊은 서열 문화, '갑질'의 일상화가 그 결과다. 힘 있는 자는 특권을 당연시하고, 약자는 "내가 못나서 그렇다"며 스스로를 탓하며 침묵한다.

그러나 연기법의 눈으로 보면, 누구도 홀로 성공하거나 실패하지 않는다. 우리가 성취라고 믿는 것 뒤에는 수많은 인연과 운이 얽혀 있다. 출생의 집안, 부모의 경제력, 건강한 몸과 마음, 만난 스승과 친구들 … 이 모든 것은 스스로 선택한 것이 아니다. 우리가 흔히 '내 능력'이라 부르는 것조차 수많은 인연과 운이 모여 만들어낸 결과일 뿐이다.

능력주의의 더 깊은 문제는 '노동의 존엄'을 가볍게 여긴다는 점이다. 땀 흘려 일하는 이들이 사회를 떠받치고 있음에도, 능력주의는 화려한 성취와 눈에 보이는 성과만을 높이고, 단순노동과 돌봄의 가치를 낮게 본다. 코로나19가 한창일 때를 떠올려 보자. 간호사, 청소노동자, 배달노동자 등 '단순노동'이라 불리며 존중받지 못했던 이들의 헌신에 기대어 살았다. 그들의 노동은 '능력주의'의 잣대로 평가할 수 없는, 우리의 생존에 필수적인 존엄한 행위였다.

그러나 그것도 잠시, 세상은 금세 원래 자리로 돌아갔다. 그 결과 청년들은 '노동자'가 되기를 꺼린다. 사회적으로 무시당하니 당연한 선택이다. 그 일이 싫은 것이 아니라, 무시당하기 싫은 것이다. 노동의 존엄을 잃는 순간, 사회를 지탱하는 토대가 흔들리고 공생의 질서가 무너진다.

3. 우리가 여기에 있다! – 보이지 않는 사람들

박경석 · 정창조는 《출근길 지하철: 닫힌 문 앞에서 외친 말들》에서 이렇게 외친다. "'당신은 사랑받기 위해 태어난 사람'이라는 노래의 구절이 당연한 진리인 줄 알았다. 그런데 그것은 치열한 투쟁으로 만들어내야 하는 것이었다."

종종 서울 지하철 운행을 막는 시위가 승객들의 눈살을 찌푸리게 한다. "바쁜 출근길에 무슨 난리야?" 나 역시 그 지하철 안에 있었다면 같은 불평을 했을지 모른다. 그들은 승강장에 드러누워 이렇게 외친다. "시민이 되고 싶습니다. 이제 시민이 될 수 있게 해 주십시오."

뉴스를 보고 나는 생각했다. 그렇게까지 해서 달라질 게 있나? 왜 저렇게 힘겹게 시위할까? 그런데, 나는 그들의 외침을 제대로 들어본 적이 있었나?

전장연, 박경석. 언론에서 한두 번쯤 들어본 이름일 것이다. 그들은 다른 시민들처럼 자유롭게 이동할 권리를 외치지만, 이 단순한 소망조차 이루어지지 않는다. 여전히 많은 장애인이 복지시설에 갇혀 세상과 단절된 채 살아간다. 능력주의 · 각자도생 · 약육강식의 이데올로기에 길든 우리는 그 희망을 매몰차게 외면한다. 비장애인의 '속도'에 맞춘 생산성과 효율로 장애인을 재단한다. 그들은 외친다. "모든 사람은 비용, 효율, 성과보다 존엄한 존재다."

불교에는 참 아름다운 말들이 많다. 자애, 연민, 인드라망, 중중무진, 법계연기 … 모두 우리가 서로 연결되어 있다는 뜻이다. 인드라망은 모든 존재가 서로 연결된 그물망을 뜻한다. 그렇다면 박경석과 그 동료들은 어디에, 누구와 연결되어 있는가?

식물은 물을 주지 않으면 메말라 가고, 잎을 자를 때 '아야' 하는 소리를 낸다고 한다. 보이지 않는다고 존재하지 않는 것이 아니며, 들리지 않는다고 해서 소리가 없는 것도 아니다. 약자에게 허락된 목소리는 오직 동정과 시혜를 구하는 하소연뿐이다.

우리는 불편한 사람들을 눈앞에서 치워 버리고, 태연히 그들을 잊고 산다. 그러면서 말한다. "그들을 안전한 곳에서 잘 보호하고 있다." 정말일까?

이기심을 넘어 공생으로

인간의 본성에는 이기와 협력의 두 가지 얼굴이 공존한다. 그러나 '각자도생'이라는 시대정신은 협력의 손길을 거두게 만든다. 이제 붓다의 가르침과 진화생물학의 통찰을 바탕으로, 이기심을 무작정 부정하는 대신 '현명한 이기심', 나아가 '깨어 있는 이기심'으로 확장하는 길을 찾아본다. 나를 살리는 일이 곧 우리 모두를 살리는 길임을 깨닫는 시간이다.

1. 이기적 유전자는 왜 협력할까?

'스님이 이기적이다!' - 이 책의 주제다. 탐디는 왜 이렇게 '이기적'이라는 말을 내세울까? 나의 이기적 본성을 직면하고, 그것을 넘어서기 위해서다. 그래서 묻고 싶다. 이기적인 인간들이 어떻게 이렇게 대규모로 집단을 이루고 '함께' 살아갈 수 있었을까? 이기적인 인간이 왜 때로 이타적으로 행동할까?

우리는 놀라울 만큼 이기적이지만, 어떤 순간에는 자신을 희생하면서까지 남을 돕기도 한다. 왜 우리는 이기적 배신자가 아니라 다정한 협력자로 진화했는가? 어떤 조건에서 우리는 남을 도울까? 탐디가 공부해 보니 의외로 남을 돕는 이유가 많다. 그러니 '내가 왜 남을 돕고 있지?' 하는 순간이 있더라도 전혀 낯설어하지 않아도 된다.

진화생물학은 '이기적 유전자' 개념을 통해 설명한다. 개체는 자신의 유전자를 다음 세대로 퍼뜨리기 위해서라면 기꺼이 희생할 수 있다는 것이다. 혈연 선택이 대표적이다. '피는 물보다 진하다'는 말처럼 우리는 자식이나 형제를 위해 목숨까지 내놓을 수 있다. 이는 결국 나의 유전자를 공유한 혈족이 살아남아 번성하도록 돕는 전략이다. 나아가 집단 선택도 중요한 역할을 한다. 개인의 희생이 집단 전체의 생존에 기여하고, 그 집단의 일원인 나 자신도 살아남을 수 있는 이치가 작동한다. 마치 끈끈한 공동체만이 거친 환경에서 살아남는 것처럼. 하지만 인간의 협력은 단순한 유전자 계산만으로 설명되지 않는다.

사회적 관계에서는 호혜적 이타주의가 빛을 발한다. "내가 네 등을 긁어주면 너도 내 등을 긁어줘." 이 단순한 계산이 장기적인 이익을 가져온다. 당장은 손해 같아도, 남을 돕는 행위가 결국 자신에게 유리하다는 합리적 판단이 깔려 있다. 또 어떤 이들은 남을 돕는 자신을 좋아하는 나르시시즘 때문에 이타적으로 행동하기도 한다. 타인을 돕는 과정에서 얻는 만족감과 자긍심이 또 다른 동기가 된다.

하지만 인간은 단순한 계산으로만 움직이지 않는다. 우리 안에는 본래 남을 돕고 싶어 하는 바른 마음이 있다. 때로는 초자아적 이타성이 발현되어 신앙이나 국가, 숭고한 이상을 위해 개인의 욕망을 뛰어넘는다. 위험에 처한 타인을 보는 순간, 계산할 틈도 없이 몸이 먼저 움직이는 충동적 이타성도 인간만이 가진 놀라운 본능이다.

여기에 불교적 이유도 있다. 불교는 인간을 연기적 존재로 본다. 내가 살아가는 모든 조건은 다른 존재들의 도움에 얽혀 있다는 깊은 통찰이다. 그러므로 남을 돕는 일은 곧 나를 돕는 일이 된다. 또한 무아의 통찰 속에서 '남'과 '나'를 가르는 경계가 희미해질 때, 자연스럽게 타인을 향한 자비로운 행위가 샘솟는다.

이처럼 남을 돕는 이유는 한둘이 아니다. 진화적 생존 계산에서 사회적 상호작용, 타고난 선한 본성, 순간적인 충동, 그리고 연기와 자비를 깨닫는 수행에 이르기까지, 수많은 이유가 겹겹이 얽혀 있다. 하지만 그 모든 이유는 한 가지 진실로 모인다. 서로를 살리는 일이 곧 나를 살리는 일이라는 오래된 지혜. 우리가 서로에게 건네는 따뜻한 손길이 우리 모두의 삶을 풍요롭게 만들고 더 나은 세상을 만들어가는 원동력임을 기억하자. 당신은 어떤 이유로 남을 돕고 싶은가?

2. 현명한 이기심으로 공동의 이익을

오늘날 지구상에 살아남은 생명체들은 단순한 투쟁과 배척만이 아니라, '공생의 유전자'를 지닌 성공한 생존자들일 것이다. 내 안에도 자연스레 그런 협력의 본능이 내재되어 있다고 믿는다면 어떨까?

겉으로 보기에는 남을 위하고 공생을 실천하는 일이 마치 손해처럼 보일 수 있다. 그러나 깊이 들여다보면, 이것이야말로 현명한 길이다. 우리는 이를 '현명한 이기심'이라 부를 수 있다. 언뜻 모순처럼 들리지만, 장기적이고 넓은 시각으로 볼 때 자신에게 진정으로 이득이 되는 것을 깨닫고 그에 따라 행동하는 이기심을 뜻한다.

현명한 이기심이 어떻게 서로에게 도움이 되는지 경제적인 측면에서 알아보자. 서로를 신뢰하고 돕는 사회는 불필요한 갈등과 비용을 획기적으로 줄인다. 신뢰가 두텁게 쌓이면 거래와 협력이 단순해지고, 복잡한 행정·법적 절차를 줄여 절약된 시간과 자원을 공동체를 살리고 발전시키는 데 다시 투자할 수 있다.

반대로 불신, 분노, 불평등, 소외, 고립이 만연한 사회는 눈에 보이지 않는 막대한 비용을 끊임없이 만들어낸다. 악플과 갑질이 한국 사회의 큰 문제로 대두되는 이유 중 하나도 이 경제적 손실 때문이라고 볼 수도 있다. 불신이 커질수록 계약과 거래에는 더 많은 검증과 추가 비용이 든다. 분노와 불평등은 범죄율과 사회 갈등을 높여 치안·의료·복지 비용을 증대시킨다. 소외와 고립은 사람들의 생산성과 창의력을 떨어뜨리고, 공동체를 지탱하는 세금 기반마저 약화시킨다. 결국 이런 사회에서는 모두가 조금씩 잃어가는 악순환이 반복될 뿐이다.

일본의 정신과 의사 요리후지 가츠히로는 그의 책《현명한 이기주의 - 디지털 시대의 새로운 가치관》에서 이렇게 지적한다. "완전한 이타주의는 금방 자멸하고, 완전한 이기주의는 주위로부터 배척당한다." 그의 말처럼 적당한 이타주의는 환영받지만, 자칫 남의 봉이 되기 쉽다. 결국 적당한 이기주의만이 성공으로 이어진다.

이러한 관점은 붓다의 가르침과도 통한다. "이 네 가지 중에서 가장 뛰어난 이는 바로 자기 이익과 남의 이익을 함께 실현하는 사람이다." -《네 가지 올바른 삶의 방식 경》(AN 4.99) 불교는 '이기주의'를 부정하지만, "자신의 이익과 타인의 이익이 함께하는 길"을 지혜롭게 선택하는 것을 긍정한다. 공생은 단순한 도덕적 가치가 아니라, 경제적으로도 명확한 이익을 가져다주는 선택이다. 나를 잘 돌보되, 그것이 모두에게 이로워지는 삶, 그것이 바로 현명한 이기심이 일상의 경제 속에 스며드는 순간이다.

이러한 현명함은 단순한 이기심의 연장이 아니다. '나'라는 경계가 넓어지는 더 깊은 통찰, 즉 '깨어 있는 이기심'으로 나아가는 문을 열어줄 것이다.

3. 깨어 있는 이기심으로 확장

'깨어 있는 이기심'은 단순히 나만을 위한 마음을 넘어, 우리 모두의 행복을 향한 깊은 통찰을 담은 개념이다. 이는 '현명한 이기심'에서 출발해 점차 그 지평을 넓혀 가는 여정과 같다. 현명한 이기심이 합리적 계산을 통해 장기적인 개인의 이익을 추구한다면, 깨어 있는 이기심은 그 계산을 넘어 나와 타자, 그리고 세상이 본질적으로 분리될 수 없는 상호 연결된 존재임을 깊이 자각하는 데서 출발한다. 이 확장은 좁은 '나'의 경계를 넘어설 때 비로소 진정한 이익과 평화가 찾아온다는 것을 아는 지혜로운 움직임이다.

여기서 '깨어 있는'이라는 말은 단순한 인지를 넘어선 깊은 의미를 지닌다. 그것은 외부 현실과 내면의 상태를 직시하고 자각하는 능력이며, 거짓된 관념이나 착각에 빠지지 않고 현실을 있는 그대로 바라보는 통찰력을 뜻한다. 또한, 그 통찰과 지혜를 바탕으로 의도적인 선택과 행동으로 나아가는 능동적 상태를 포함한다. 즉, '깨어 있음'이란 단순히 아는 데서 그치지 않고, 삶 속에서 그 앎을 실천하며 살아내는 지혜로운 태도다.

불교적 관점에서도 이 개념은 낯설지 않다. 이 '깨어 있음'은 불교의 핵심 수행인 사띠와 맞닿아 있다. 사띠는 매 순간을 알아차리고, 자신과 대상의 본질을 기억하며, 번뇌에 휩쓸리지 않도록 마음을 지켜보는 힘이다. '깨어 있는 이기심' 역시 이기적 충동이나 탐욕에 맹목적으로 끌려가지 않고, 그것을 지혜롭게 바라보는 사띠의 작용이다.

또한 '깨어 있는 이기심'은 붓다의 중도와도 통한다. 극단적인 이기주의와 맹목적인 이타주의라는 양극단을 피하고, '나'와 '너'가 불가분임을 깨달아 상호 보완적 조화와 공생으로 나아가는 길이기 때문이다. 종교는 원래 나를 위한 것이었다. 그러나 '나의 괴로움'이 진실하게 관찰되면, 그것은 반드시 '세상의 괴로움'과 연결된다. 우리는 서로 연결된 연기적 존재이기 때문이다.

탐디가 이 '깨어 있는 이기심'을 제안하는 이유는, 오늘날 개인과 사회가 겪는 수많은 괴로움과 문제의 근원이 나라는 '미숙한 이기심'에 있다고 보기 때문이다. 진화적 생존본능으로서의 이기심을 부정하는 것이 아니라, 그것을 '깨어 있는' 지혜로 승화시켜 나와 타인, 그리고 인류 전체가 함께 번영할 길을 찾자는 것이다. 이 '깨어 있는 이기심'은 개인의 행복을 넘어, 모든 생명이 고통 없이 공존하는 진정한 평화와 공생을 향한 가장 현실적이고 궁극적인 지혜가 될 것이다.

4. 이기심 분류표: 어리석음에서 깨달음으로 향하는 길

아래 분류표는 이기심이 가진 여러 얼굴을 다섯 단계로 나누어 보여준다. 나는 지금 어느 단계에 있는지 성찰하고, 어디를 향해 나아가야 할지 고민하는 기회로 삼을 수 있다.

단계	특징	대표적 행동	대표적 결과
1. 맹목적 이기심	자신의 욕망만 추구하는 무지하고 파괴적인 단계	묻지마 폭행, 극단적인 착취, 약자에게 해를 끼치는 행위	심각한 갈등, 고립, 공동체 파괴
2. 방어적 이기심	불안과 두려움에 기반하여 자기 몫을 움켜쥐는 단계	"우리 아이 기죽이지 마세요"와 같은 남 탓, 손해 보지 않으려는 과도한 경쟁	관계 단절, 불안감, 성장 정체
3. 합리적 이기심	자신의 이익을 위해 타인과 협력하는 계산적이고 실용적인 단계 (give and take)	상호 이익을 위한 거래, 규범을 준수하는 계약 관계	개인의 번영, 비교적 안정적인 사회
4. 현명한 이기심	나의 행복이 타인과 공동체에 연결되어 있음을 지혜롭게 인지하는 단계(win-win)	자발적인 자원활동, 공동체 문제 참여, 기꺼이 나눔	개인의 행복 증대, 건강한 사회 구축
5. 깨어 있는 이기심	'나'와 '남'의 경계가 허상임을 깊이 통찰하는 단계	장애인 인권 운동처럼 약자의 고통을 나의 고통으로 인식, 조건 없는 자비	진정한 자유와 평화, 모든 존재의 공생

5. 현명한 이기심: 전환의 기술

책의 첫머리부터 이기심을 오래 다루어 왔다. 이제 간명하게 정리해 두자. 논의의 핵심은 다음과 같다.

- 이기심은 항상 있다. 없애려 들지 말고 그대로 본다.

- 나에게 있듯 그에게도 있다. 그의 이기심도 너그러이 이해한다.
- 이기심은 평생 함께 사는 손님이다. 주인도 적도 아니다.
- 가볍게 다루되 얕보지 말라. 무시하면 교묘해진다.
- 사띠 · 삼빠잔냐로 알아차리면 과한 욕심은 멈춘다.
- 수행이 쌓이면 이기심은 옅어지고, 일어나더라도 스스로 흘러간다.
- 전환의 기술: '나에게 유리한가?'에서 '우리에게 이로운가?'로 묻는다.
- 적어도 현명한 이기심을 지향하자. 나의 이익을 공동선과 조율한다.
- 궁극의 지향은 깨어 있는 이기심 - 우뻭카로 균형 잡힌 자각이다.

이 정리는 낯설지 않다. 생각 · 감정 · 불안 · 욕망 · 성냄을 다룰 때와 같은 원리다. 이기심은 마음 깊은 곳에 자리하지만, 다루는 법은 같다. 알아차리고, 지켜보고, 흘려보낸다 – 이것이 붓다의 방식이다. 덧붙여 스스로 물어볼 수 있다.

- 이 욕구는 나에게 '진정으로 필요한 것'인가, 혹은 '과잉된 욕망'인가?
- 우리에게 이로운가?
- 내일의 나에게 떳떳한가?

세상을 바꾸는 작은 실천들

개인의 선한 마음만으로는 세상을 바꿀 수 없다. 이제는 그 마음을 구체적인 행동으로 옮겨야 할 때이다. '자원활동'과 '차별금지법'이라는 두 가지 실천적 도구를 통해, 우리가 어떻게 공생의 가치를 현실 속에 구현할 수 있는지 찾아본다. 작은 실천들이 모여 세상을 바꾸는 선한 연대가 시작될 것이다.

1. 선한 유전자가 넘친다

인도 북부, 파키스탄 국경 가까이 있는 도시 아므릿사르(Amritsar). 황금사원으로 유명한 시크(Sikh)교의 성지다. 시크교는 15세기, 이슬람교와 힌두교의 영향을 받아 인도에서 태동했다. 오늘은 일요일, 황금사원(Golden Temple)은 아침부터 인산인해다.

사원 곳곳을 기웃거리는데 슬슬 배가 고프다. 공짜 밥을 준다는 구내식당을 찾아갔다. 넓은 홀에 사람들이 바닥에 줄지어 앉는다. 식판을 받아 든 나도 옆 사람과 무릎을 맞대고 앉았다. 잠시 뒤, 사람들이 다니며 음식을 나눠 준다. 자빠띠, 볶음밥, 카레, 묽은 죽, 식수… 한마디로 진수성찬이다. 시크교는 평등을 추구한다. 인종 · 계급 · 빈부 · 남녀를 가리지 않고 한자리에 앉아 무릎을 맞대고 함께 먹는다. 무굴대제 아크바르(Akbar)가 이곳에 방문했을 때, 바닥에 앉아 사람들과 함께 식사하는 장면이 사원 안의 작은 박물관에 전시돼 있다.

배불리 먹고 식판을 반납하러 갔다. 완전히 전쟁터 같다. 땅땅땅땅! 식판 닦는 소리가 총소리처럼 요란하다. 매일 수천 명이 먹는다니, 취사 · 배식 · 설거지 · 청소가 만만치 않다. 일부 직원 외에는 모두 자원활동가다. 설거지하는 사람들이 모두 밝은 표정으로 씩씩하게 그릇을 닦는다. 문득 의문이 든다. 왜 자원해서 이런 일을 할까?

같은 집단 내의 자연스러운 나눔인가? 종교적 신념과 가르침이 사람들의 본성을 설득하고 자극했기 때문일까? "너에게도 착한 협력과 연대의 유전자가 있어." "그래요? 나에게도 그런 게 있어요?" 기꺼이 마음이 움직이고 즐겁게 참여한다.

이런 모습은 시크교만의 일이 아니다. 교회, 절, 모스크도 그렇다. 한국에서도, 라오스에서도. 우리 절의 법회에는 신자 수백 명이 모인다. 승려들의 음식은 별도로 준비하지만, 신자들은 다른 사람들이 제공하는 음식 · 음료 · 간식을 무료로 먹는다. 이들은 음식값 대신 공덕을 받는 셈이다.

이 엄청난 힘이 종교의 울타리를 넘어 사회 곳곳으로 퍼진다면 얼마나 좋을까? 깨어 있는 이기심을 가진 개인들의 의지와 참여로 '선한 영향력'을 키워보자. 그러자면 교육과 사회 분위기가 중요하다.

좋은 가르침이 있다. 집단 속에서 누군가를 협력자로 만들려면, 그에게 많은 사람이 이미 협력하고 있다는 사실을 알려라. 그러면 그는 혼자 따돌림당하지 않기 위해 협력 대열에 합류한다. 타인의 이타적 행동을 자주 이야기하고, 격려하고, 칭찬하라. 게으른 뇌에 연민·명상·공감을 주입하라. 밖으로는 공감과 신뢰, 친밀감을 표현하라.

2. 자원활동은 자원봉사가 아니다

나를 내려놓는 일에는 보시와 기부, 그리고 자원활동이 있다. 나는 보통의 '자원봉사' 대신 '자원활동'이라는 말을 쓴다. '봉사'라는 말에는 무언가를 베푼다거나, 도덕적 우월감이나 자기만족이 깔려 있을 때가 있다. 자원활동은 이와 달리 자발성과 수평을 강조한다. 누구에게 강요받지 않고 스스로 하는 참여, '수직을 수평으로' 만드는 실천이다. 내가 가진 자원, 지식, 경험, 시간, 노력, 따뜻함, 공생, 현명한 이기심을 이웃과 나눈다.

아주 오래전, 선재와 아시아의 친구들은 일본에서 1년간 자원활동을 했다. 우리는 모두 일본보다 가난한 나라에서 왔는데, 사람들은 신기해하며 물었다. "왜 가난한 나라 사람이 부자나라를 도우러 왔어요?" 내 대답은 이랬다. "부자나라에도 가난한 사람, 불편한 사람이 많아요. 사람의 손길이 필요한 곳은 어디에나 있지요. 가난한 사람이 부자를 도울 수는 없나요?" 자원활동은 자기 문제에 갇혀 있던 한 사람이 주변을 둘러보고, 작은 시도와 참여를 이어가며 세상을 이해해 가는 과정이다. 또한 단순히 남을 돕는 일이 아니라, 자기 삶에 영향을 미치는 과정에 직접 참여하는 길이다.

지상 15층, 지하 5층짜리 건물을 '직원' 한 명 없이 자원봉사자로만 운영할 수 있을까? 보통 상식으로는 상상하기 어렵다. 그러나 서울 서초동의 정토사회문화회관은 그렇게 하고 있다. 장·단기 봉사자들이 자발적으로 참여해 회관 전체를 운영한다. 사람들이 묻는다.

"왜 돈도 안 받고 손해 보는 일을 해요?" "왜 이렇게 비효율적으로 운영하나요?" 생산성과 효율이 지배하는 세상에서는 그렇게 보일 수도 있다. 하지만 봉사를 자기실현의 길로 본다면 이야기가 달라진다.

정토회는 수행자의 모임이고, 그 수행자들은 봉사라는 수행을 통해 자기실현의 길을 걷는다. 어떤가? 새로운 세상을 꿈꾸려면, 이처럼 자기 삶을 스스로 가꾸는 힘이 필요하지 않을까? 당신은 오늘, 어떤 자원활동으로 세상을 평평하게 만들고 있나?

3. 선구자가 바꾼 세상 그리고 우리는?

나와 너의 선함만으로 세상을 바꿀 수 있을까? 함께 사는 세상이 가능할까? 가능하지만 충분하지는 않다. 세상을 바꾸기 위해서는 때로는 '적극적'이고 '선구적'인 노력이 필요하다. 최정균 교수는 이렇게 말한다. "먼저 깨친 선구자들의 투쟁은 억압된 자들에게 자유를 가져다줄 뿐만 아니라, 궁극적으로는 사회 전체의 인식을 통째로 바꾸어 놓았다."

"1960년 5월 9일, 미국 식품의약국(FDA)은 세상에 없던 새로운 약의 판매를 승인했다. 현대사회의 구조를 가장 크게 바꾸어 놓은 20세기 최고의 발명품 중 하나, 단순히 '그 약(the pill)'이라 불린 인류 최초의 경구피임약 에노비드(Enovid)가 그것이다. 이 약 덕분에 여성들은 출산과 양육이라는 진화적 사슬에서 해방되어, 스스로 삶을 계획할 주도권을 얻었다." -《유전자 지배사회》

세상을 바꾼 피임약 에노비드 개발 뒤에는 네 명의 선구자가 있었다. 이렇게 자원활동을 하고, 선구자가 되기 위해 애쓴다 해도, 그것만으로 충분하지 않다. 세상을 평평하게 만들려면 법과 제도를 개선해야 한다. 최정균 교수는 다시 이렇게 말한다.

“개인의 실천만으로는 불충분할 것이다. 지역 · 국가 · 국제사회 구성원들의 합의와 그에 기반한 법적 · 제도적 장치가 마련되지 않으면 충분한 효과를 기대하기 어렵다.”

미국에서 선구자들이 에노비드로 세상을 바꿨다면, 한국에서는 호주제라는 제도를 바꾸며 또 다른 세상을 열었다. 호주제는 2007년까지 가족관계를 호주를 중심으로 정리하던 제도였다. 그러나 2005년 민법 개정과 헌법재판소의 결정으로 2008년 1월 1일 호주제가 폐지되었다. 이후 가족관계는 가(家)가 아닌 개인을 기준으로 작성되도록 바뀌었다.

누가 제도를 만드는가? 선구자? 지도자? 그럴 수 있다. 그러나 나의 참여와 너의 지지가 없으면 불가능하다. 법과 제도를 바꾼다 해도 문화 · 심리 · 경제 구조까지 함께 변하지 않으면, 기존의 불평등은 다른 형태로 은폐되거나 재구성될 수 있다. 진짜 변화를 원한다면, 제도 변화뿐 아니라 우리의 의식 변화가 함께 가야 한다. 지금 당신이 흔들어야 할 나무는 무엇인가?

4. 차별금지법, 자비의 시대적 응답

사람을 성별·장애·연령·학력·종교·고용·인종·성적 지향·성 정체성 등으로 차별하지 말자고 하면, 당신은 동의하겠는가? 대부분 그렇다고 답할 것이다. 그런데 놀랍게도, 그 원칙을 실질적으로 지키자는 법은 아직도 만들지 못하고 있다.

긴 시간, 한국 사회에서는 차별금지법 제정을 둘러싼 격렬한 논쟁이 이어져 왔다. 이 법은 특정 집단을 우대하거나 억압하려는 것이 아니다. 오히려 어떤 이유로도 차별받지 않을 기본권을 보장하려는, 모두를 위한 법이다. 차별을 줄이고 서로를 존중하는 사회야말로 모두가 함께 살아갈 공생의 토대이기 때문이다.

이런 맥락에서 불교의 가르침은 중요한 통찰을 준다. 불교는 모든 존재가 연기한다는 관점에서, 그 누구도 홀로 존재하지 않으며 서로가 서로에게 조건이 된다고 가르친다. 따라서 특정 집단을 배제하거나 낮추는 행위는 결국 내가 설 땅을 스스로 허무는 일이다.

반가운 소식도 있다. 조계종 총무원장 진우 스님은 '평등 세상을 위한 사회적 약자 초청 특별법회'를 열고 이 문제를 직접 언급하며 공식화했다. "불교는 생명의 다양성을 인정하고, 있는 그대로의 존재를 받아들여야 한다." 그리고 덧붙였다. "혐오와 차별의 칼끝이 향하는 성소수자도 외면해서는 안 된다."

이처럼 불교가 사회적 갈등 한가운데서 모두의 기본 인권과 존엄을 지지하며 공생 사회를 만드는 일에 큰 목소리를 내는 것은 매우 중요하다. 그것이야말로 세상이 더욱 밝아지고 평등해지는 길로 나아가는 일이다. 그때 비로소 우리는 붓다의 제자로 살 수 있을 것이다.

이기심, 길이 되다

고매해야 할 스님이 왜 자신을 '이기적 스님'이라 고백했을까? 나는 인간이라면 누구나 가진 '이기적 유전자'와 '본능'이라는 현실을 외면할 수 없다. 그로 인해 발생하는 사회적·관계적 갈등 속에서 나 또한 고스란히 괴로움을 안고 있기 때문이다. 그래서 스스로에게 물었다. "이기심을 부정할 수도, 그렇다고 그대로 둘 수도 없다면, 이기적인 인간들은 어떻게 서로를 살리는 길을 찾을 수 있을까?"

2500년 전 붓다의 가르침, 즉 담마는 여전히 유효할까? 프롤로그에서 나는 "담마는 존재의 불완전함을 꿰뚫는 통찰이자, 내면을 살피는 수행, 벗어남의 행복, 그리고 세상과 공생하는 길"이라고 했다. 하지만 나는 그 가르침을 실천할 수 있는 수많은 대안을 고민하면서도 시원한 답을 찾을 수 없었다. 그 대안들은 사람들의 근원적인 욕망을 비켜 가려 했기 때문이다. 기술과 결합해 전례 없는 규모로 확장되는 욕망 앞에서, 길을 찾기는 점점 어려워지고 있다.

수행 끝에 남은 한 가지 깨달음은 분명했다. 나를 지키는 마음과 남을 품는 마음은 결국 하나의 흐름이라는 것이다. 나를 살리는 길이 타인을 살리고, 타인을 살리는 길이 다시 나를 살린다.

이 작은 통찰이 바로 '깨어 있는 이기심'이다. 이기심은 우리를 자유로 이끌 수도, 반대로 가둘 수도 있는 양날의 칼이다. 이기심을 억누르거나 다투기보다, 현명하게 다스리며 함께 살아가는 법을 배워야 한다. 이것은 붓다의 가르침인 연기와 중도에 바탕을 둔, 공동선을 향한 자율적인 삶이다.

'깨어 있는 이기심'은 거창한 비법이 아니다. 지금 여기서 이웃과 오순도순 살아가기 위한 실용적인 수행이다. 오늘 나의 작은 선택이 미래 아이들의 숨 쉴 공기와 마실 물을 만들 수 있다. 삶의 내면을 회복하고, 서로를 살리는 관계를 상상하며, 작지만 진실한 연대를 꿈꾸는 것, 이것이 우리가 함께 걸어야 할 길이다.

이기심은 내쫓을 적이 아니라 다스릴 손님이다. 사띠 · 삼빠잔냐로 알아차리고, 우뻭카로 균형을 잡고, 질문을 바꾸자. "나에게 유리한가?"에서 "우리에게 이로운가?"로. 그 전환이 오늘의 선택을 현명함으로, 우리의 삶을 공생으로 바꾼다. 오늘 단 한 번이라도, "우리에게 이로운가?"를 묻자. 그 한 번이 내일의 우리를 바꾼다.

"나는 나를 위하지만, 그 길은 너에게 닿아 있다."

이것이 내가 도달한 결론이며, 숲속의 수행자가 세상에 건네고 싶은 제안이다. 오늘 당신도 '현명한 이기심'으로 먼저 손을 내밀고, '깨어 있는 이기심'으로 그 손을 오래 붙잡아보자. 그 순간 세상은 조금 더 부드러워지고, 우리는 함께 만든 세상 속에서 붓다의 얼굴을 마주할 면목을 얻게 될 것이다.

소유에서 관계로, 성장에서 성숙으로

인도 순례 중, 홍세화 선생님의 부고를 들었다. 《나는 빠리의 택시운전사》로 '똘레랑스'를 전하며 내게 바깥을 보는 창을 열어준 분. 똘레랑스는 단순히 남을 용인하는 것을 넘어, 차이와 다름을 존중하며 함께 살아가는 마음이었다. 그가 마지막으로 남긴 당부는 짧았지만 깊은 울림을 주었다.

"소유에서 관계로, 성장에서 성숙으로."

내가 이 책에서 줄곧 이야기해 온 '수직에서 수평으로'와 한 방향이다. 우리는 더 많이 갖고, 더 높이 올라가는 것을 삶의 목표로 여겨왔다. 하지만 홍세화 선생님은 그 길의 끝에 진정한 자유와 행복은 없다고 말했다. 오직 소박함 속에서 자아를 완성하고, 타인과의 관계 속에서 삶의 존엄을 지킬 수 있다는 것을 몸소 보여주셨다.

학습공동체 '가장자리'와 '소박한 자유인' 대표, 그리고 '장발장

은행장'으로 살아온 그의 삶 자체가 증명이었다. 그는 가장자리에 머물 줄 알았고, 사회의 가장 낮은 곳에서 소외된 이들의 손을 잡았다. 그것이 바로 그가 우리에게 가르쳐준 가장 위대한 공생의 방식이었다.

그가 "자유란 존재의 존엄과 고결한 삶의 토대"라고 말했던 것처럼, 진정한 자유는 홀로 잘난 '나'를 세우는 데 있지 않다. 그것은 서로의 손을 맞잡고, 서로의 존엄을 지키며, 함께 걷는 공생의 길 위에서만 비로소 피어난다.

15장 불교 - 빼딱하게 읽기

불교는 붓다의 가르침을 실천하는 종교인 줄 알았다. 그런데 출가해 본격적으로 접해보니, 실상은 붓다를 '믿는' 종교처럼 보였다. 라오스도 한국도. 탐디는 불교를 잘못 보고 있었던 걸까? 이기적 유전자가 기승을 부리는 세상에서 불교는 어떤 역할을 하고 있나, 어떻게 세상을 마주하고 있을까? 장님이 코끼리를 더듬어 이해하듯, 그 본질을 짚어보고자 한다.

'삐딱하게 읽는다'는 것은 불교를 깎아내리려는 것이 아니다. 오히려 오랜 관습과 오해의 껍질을 벗겨 내고, 붓다의 본래 가르침과 시대에 맞는 불교의 역할을 깊이 탐구하려는 진지한 시도이다. 마치 오랜 고전 작품을 현대적 감각으로 재해석하듯, 불교의 본질을 새롭게 탐구하여 우리의 삶에 구체적인 지혜를 길어 올리려는 노력인 셈이다.

하심, 언어도단과 마주하다

하심(下心).

이 단어는 심오한 의미를 내포하는 듯, 듣는 이에게 설렘을 안겨 주기도 한다. 어떤 사람이 절에 간 김에 스님에게 물었다.

"스님, 하심이 무슨 뜻입니까?"

"좋은 질문이네. 하심이란, 자신을 내려놓는 일이다."

"아 … 그렇군요. 그런데 구체적으로 어떻게 내려놓는 건가요?"

그 순간, 스님은 주장자를 바닥에 내리치며 외쳤다.

"할!"

깜짝 놀라 더 이상 묻지 못하고 물러났다.

방을 나오려는데, 기둥에 새겨진 한 구절이 눈에 들어왔다.

'언어도단'

하심은 '자기를 내려놓아 관계 속에서 평등하게 서는 자세'를 말한다. 모든 중생이 본래 평등하다는 붓다의 가르침을 실천하는 근본적인 자세다. 수행자가 가져야 할 중요한 덕목으로, 많은 스님이 법문에서 이를 강조하곤 한다.

그런데 '하심'을 강조하는 법문들을 듣다 보면, 종종 중요한 질문 하나가 빠져 있다는 생각이 든다. '어떻게' 하심을 실천할 수 있을까?

아름다운 비유와 어려운 한자어 뒤에는, 정작 우리 삶에서 구체적으로 무엇을 해야 하는지에 대한 답이 없는 경우가 많다. 이는 비단 '하심'뿐만이 아니다. 많은 불교의 가르침이 '좋은 말'로만 존재하고, '구체적인 방법론'을 제시하지 못해 뜬구름 잡는 이야기가 되곤 한다.

스님의 '할!'은 말로는 다할 수 없는 깨달음의 경지를 표현하는 것일 테지만, 보통의 우리에게는 '어떻게?'라는 구체적인 물음을 남긴다.

붓다는 잔소리꾼인가?

불교 경전을 읽다 보면, 위대한 붓다와 마음을 울리는 가르침, 흔들리지 않는 진리, 천상을 오가는 신통을 만난다. 그런데 그 옆에서 깨알 같은 잔소리를 늘어놓는 붓다도 발견하게 된다. 출가 수행자가 지켜야 할 율장을 읽으며 두 가지를 느꼈다. 첫째, 율장에는 227개의 계율과 함께, 그 계율이 만들어진 배경이 자세히 기록되어 있다. 단순히 외우기만 할 때와 달리, 그 맥락을 읽으니 왜 계를 지켜야 하는지 스스로 이해할 수 있었다. 두 번째로 느낀 것은 깨알 같은 잔소리였다. 계율이 227개나 되니 어마어마하게 들리지만, 실제로는 그렇지 않다. 많은 계율이 출가자의 식욕과 애욕을 다스리기 위한 일상의 세세한 지침들이다. "정오가 지난 뒤에는 음식을 먹지 말라." 단순한 이 계율도 식욕을 다스리고 마음을 밝게 하는 수행이다.

"모든 악은 짓지 말고, 선은 받들어 행하며, 자신의 마음을 깨끗이 하는 것, 이것이 모든 붓다의 가르침이다." -《담마빠다》

이 간단한 구절은 붓다 가르침의 핵심이다. 마치 '착하게 살자'처럼 들리지 않는가? "에이, 시시해. 이게 무슨 진리야?" 하고 말할지도 모른다. 그렇다. 담마에는 허황하고 신비한 가르침보다 기본적인 잔소리가 많다. 세 살도 아는 얘기지만, 일흔 살이 돼도 실천하기 어렵다. 멋지고 있어 보이는 가르침만 좇다 보면, 정작 깨달음·바른 삶·괴로움 소멸과는 멀어질 뿐이다.

붓다의 잔소리 중 하이라이트는 열반에 들기 전 마지막 유언이다. "비구들이여, 참으로 그대들에게 당부하노니, 형성된 것들은 소멸하기 마련이다. 방일하지 말고 [해야 할 바를 모두] 성취하라. 이것이 여래의 마지막 유훈이다."《대반열반경》(DN16) 게으름 피우지 말고 열심히 수행하라는 이 마지막 가르침, 이것도 단순한 잔소리에 불과한가?

무상, 허무하다는 잘못된 이해

우리는 흔히 '인생무상'이라는 말을 한다. 무상(無常)이란 과연 무슨 뜻일까? 허무하다는 걸까, 낙엽이 지듯 스러지는 인생을 말하는 걸까? 그러나 불교에서 말하는 '무상'은 그런 허무를 뜻하지 않는다. 세상 모든 것은 영원하지 않고, 고정되지 않으며, 끊임없이 '변화'한다는 역동적인 상태를 의미한다. 비영속성, 불완전성, 흐름으로도 표현할 수 있다. 무상의 대표적인 예가 '진화'다. 우주, 지구, 그리고 모든 생명체는 변하고 진화하며, 생겨나고 사라진다. 진화가 허무와 관계없는 것처럼, 무상과 허무도 아무런 상관이 없다.

네이버 국어사전에, 무상은 '1. 모든 것이 덧없음 2. 일정하지 않고 늘 변함 3.(불교) 상주(常住)하는 것이 없다는 뜻으로, 나고 죽고 흥하고 망하는 것이 덧없음을 이르는 말'이라고 실려 있다. 언제부터 무상을 '덧없다'라고 부정적으로 해석했을까, 유교가 불교를 배척하던 시대의 왜곡 때문인가? 왜 불교는 국어사전의 부정적 정의를 바로잡지 않았을까?

무상(*anicca*)은 불교의 삼법인, 즉 무상·고·무아 가운데 하나다. 왜 무상이 중요한가? 무상을 통찰하면 집착이 줄어든다. 좋은 것이라도 붙잡을 필요가 없고, 나쁜 것이라도 반드시 사라지니 깊이 슬퍼할 필요가 없기 때문이다. 무상을 깨달으면 허무에 빠지는 것이 아니라, 변화를 긍정하고 삶의 매 순간을 소중히 여기게 된다.

갈릴레이, 다윈, 그리고 붓다는 세상은 움직인다는 같은 메시지를 전했지만, 각 시대의 권력은 그것을 거부했다. 변화는 기존의 권력을 위협하기 때문이다. 갈릴레이가 '지구는 돈다'라고 하자 그는 미쳤다고 했고, 다윈이 진화론을 말하자 신을 모독한다고 했으며, 붓다가 무상·고·무아를 가르치자, 염세주의자라며 비난했다.

미국 실리콘밸리 세화교회 장준식 목사는 이렇게 말했다. "하나님의 나라는 고정되어 있지 않다. 갇혀 있는 세계, 위계적인 세계, 모든 게 이미 결정되어 있는 세계에 살고 싶은 사람이 어디에 있겠는가. 그런 자가 있다면 아마도 공중 권세 잡은 자뿐일 것이다. 진화론은 해방과 자유이다." 이는 불교가 말한 '무상'과 같은 맥락이다. 변화 없는 고정된 질서는 곧 고통이며, 변화는 해방의 시작이다.

변화는 우리가 만들어내는 것이 아니라, 언제나 이미 일어나고 있다. 일어나는 변화를 나는 어떻게 만나고 있는가? 불교는 말한다. 변화는 피하지 말고, 가꾸어야 한다. 그것이 해방으로 이어지는 길이다.

공까지 믿어버린다

'공(空)'은 한국불교의 얼굴이자 대승불교의 대표 사상이다. 누구나 한 번쯤 들어본 말, '색즉시공 공즉시색'. 그런데 이렇게 중요한 공이, 동시에 불교를 어렵고 헷갈리게 만드는 골칫거리이기도 하다. 많은 사람들이 그 본뜻을 제대로 이해하지 못한 채 '공'이라는 단어를 오용하는 경우가 많다. 인터넷에서 이런 글을 본 적이 있다.

"공 가운데 묘한 것이 있다. 그 묘한 것이 지혜이고 보시이며 인욕이다. 따라서 공은 이 우주를 아름답게 창조하는 진리다." 공을 어떤 실체처럼 여기고, 어딘가 실제로 '공'이 존재한다고 착각하는 것이다. 이러한 오해는 어디서 비롯된 것일까?

불교 공부 모임에서 한 청년이 손을 들었다.
"스님, 공이란 아무것도 없는 거죠?"
순간 모임이 조용해졌다. 많은 사람들이 막연히 그렇게 생각하고 있었기 때문이다. 스님은 잠시 웃으며 말했다.
"많은 분이 그렇게 오해합니다. 하지만 불교에서 말하는 공은 '아무것도 없다'는 뜻이 아닙니다. 모든 것은 서로 의존하여 생겨나고, 스스로 고정된 본질[自性]을 지니지 않았다는 뜻이지요. 그러니 사물과 사람이 분명히 존재하지만, 그것을 고정된 실체로 붙잡을 수는 없다는 말입니다."
청년은 고개를 끄덕이며 중얼거렸다.
"아… 그러니까, 없다는 게 아니라, 본질을 붙잡을 수 없다는 거군요."

이중표 교수는 공을 연기와 연결해 이렇게 설명한다.
"불교의 가장 핵심적인 사상은 '공'입니다. 사람들은 비가 내리고 구름이 떠다닌다고 생각하지만, 실제로는 물방울이 떨어질 때 '비'라 부르고, 공기 중에 떠다닐 때는 '구름'이라 부르는 것일 뿐이죠. 공을 '허무'로 오해하는 일이 많지만, 불교의 연기설은 실체가 아니라 관계 중심으로 세계가 이루어져 있다는 가르침입니다."

홍창성 교수 역시 같은 맥락에서 공의 의미를 강조한다.
"'공하다'란 '자성이 없다'는 뜻입니다. 이는 아무것도 존재하지 않는다는 주장이 아니라, 사물은 분명 존재하지만 그것을 그것이게 하는 본질적 자성은 없다는 의미입니다." 그의《불교철학강의》한 권이면, 이러한 복잡한 질문들이 명쾌하게 정리된다. 그는 덧붙인다. "공을 실체로 오해하고 그것을 어떤 기체처럼 생각하는 것은, 공에 대한 철학적 무지에서 비롯된 오류입니다."

공뿐 아니라 연기·무상·고·무아도 마찬가지다. 이들은 수행의 목적이 아니라, 강을 건너기 위한 뗏목일 뿐이다. 강을 건넜다면 내려놓아야 하지만, 우리는 오히려 그것을 짊어지고 모시고 산다. 붓다와 보살을 믿는 것도 모자라, 이제는 공까지 신앙 대상으로 삼는다. 일각에서는 한국의 주요 종교들-기독교, 천주교, 불교-가 다른 나라보다 믿음과 기복이 유난하다는 말이 있다. 이런 성향과도 관련이 있을까? 《금강경》 6장은 이렇게 말한다. "이런 까닭에 마땅히 법을 취하지도 말고, 법이 그르다고도 취하지 말라. 여래는 늘 말한다. '너희 비구들은 여래의 설법이 뗏목과 같음을 알아야 한다.' 법도 응당 버려야 할 것인데, 하물며 법 아닌 것이겠는가."

출가, 고통으로부터의 도피인가?

붓다는 출가를 적극 권장했다. 속세를 떠나 삶의 방식을 근본적으로 바꾸지 않으면 깨달음을 얻기 어렵다고 보았기 때문이다. 출가는 도망이 아니라, 스스로 선택한 적극적인 삶의 방식이었다. 붓다 시대 인도에는 '사마나(*samaṇa*)', 혹은 슈라마나(*śramaṇa*), 사문(沙門)이라 불리는 출가 수행 전통이 있었다. 사마나란 본래 '고행자', '고생하는 이'라는 뜻이다. 고통을 정면으로 마주하는 일이다. 붓다 역시 이 전통을 따라, 고생을 감수하며 진리를 찾기 위해 출가했다.

농경이 시작된 지 약 1만 년이 지나 인도 동북부에서도 농업이 꽃을 피웠다. 수확이 많아지자 잉여가 생기고, 권력과 계급이 생겨났다. 인간의 이기심은 커지고 쾌락을 좇는 욕망은 폭발했다. 더 많이 차지하려는 세력이 충돌하며 갈등과 전쟁이 일상이 되었다. 이런 소용돌이 속에서 새로운 사상들이 일어나고, 사마나 전통이 탄생했다. 세상을 벗어나 유랑하며, 낡은 관습과 권위를 떠나 새로운 사상을 찾고 수행하는 거대한 흐름이었다. 당시 사회는 이들을 받아들였고, 걸식으로 생계를 유지하도록 도왔다. 그들에게 세금을 내라거나, 국가 경제 손실을 따지지도 않았다.

강성용 교수는 이 전통을 높게 평가한다. "고대 인도의 출가 수행 전통은 일상을 벗어난 출가자의 삶을 전제로 한다. 사회적 연관을 지운 채 철저히 고립된 인간 개체가 자신이 구현해야 할 해답을 찾기 위해 치밀하게 몰두한 이런 전통은 인류 역사에서 찾기 힘들다. 인류 지성사에 의미심장한 자산이라고 볼 수 있다."

붓다는 이렇게 말했다. "재가의 삶은 답답하고 번잡스럽다. 부정한 것들이 먼지처럼 쌓여 있다. 그러나 출가는 드넓은 공간에서 사는 것이다." -《사문과경》(DN 3) 꼬살라국의 왕도 붓다의 제자들을 보고 감탄했다. "다른 종교의 제자들은 야위고 거칠고 창백하여 맥없어 보이지만, 붓다의 제자들은 미소 짓고 즐거워하며 감관이 청정하고 걱정이 없으며 평화롭고 사슴 같은 마음을 지니고 있습니다."

한국에서는 출가를 비관적으로 보거나, 슬픈 사연을 떠올리는 경향이 있다. 무언가 실패하거나 잃거나 갈등하다가 세상을 등졌다고 생각하는 것이다. 하지만 한국에서도 이제 그런 일은 드물다. 라오스에서 출가는 삶의 한 방식이다. 대학을 졸업하자마자 기다렸다는 듯이 출가하는 청년들도 있다. 도망이 아니라, 욕심을 내려놓고 단순한 삶을 선택하는 일이다. 모든 것을 한순간에 탁 내려놓는 일. 단기든 장기든, 출가는 의미 있는 선택이고 개인의 변화를 이끈다. 욕망과 번뇌를 놓기 위한 적극적인 수단이다. 무소의 뿔처럼 혼자서 가지만, 주관적 환상에 빠지거나 사회적 책임을 버리는 길은 아니다.

누가 오늘날의 사마나가 될 수 있을까? 지금 한국 사회에 새로운 사마나 운동이 생긴다면, 우리는 그들을 이해하고 지원할 수 있을까? 모든 사람을 오로지 '생산력'과 '세금 낼 사람'으로만 보는 요즘 세상에 쉽지 않을 것이다. 은둔 청년들을 위로하고 대책을 세운다고 말하면서도, 제일 먼저 경제손실부터 계산하는 이 세상에서 말이다.

불교, 정말 비폭력인가? - 현대 불교의 위기

서양인들이 불교를 좋아하는 이유 중 하나는 싸우지 않기 때문이라고 한다. 그들은 오랜 세월 험악하고 잔인한 종교 전쟁을 겪었기 때문이다. 불교는 다른 종교를 향해서도, 불교 내부의 가치와 시각차에서도 크게 다투지 않았다. 불교 전파 과정에서조차 폭력이 없었을 만큼 포용적이고 관용적이었다. 다른 종교에서 흔한 이단 논쟁도 없다.

이것은 불교의 중요한 특징이다.

"칼과 창을 잡는 이는 칼과 창에 의해 망할 것이다." -《담마빠다》

오랜 세월 불살생과 비폭력의 대명사였던 불교가, 최근 들어 소수자에 대한 폭력을 일으키고 있다. 미얀마의 아신 위라투(Ashin Wirathu, 불교 승려·969운동)가 대표적인 사례다. 그는 무슬림 소수자인 로힝야족을 몰아내야 한다고 주장하며 거친 연설과 선동으로 폭력을 부추겼다. 2007년 9월 군부의 폭거에 저항하며 '샤프론 혁명'을 일으켰던 승려들이, 2021년 군부 쿠데타에는 침묵하고 있다. 그 사이 무슨 일이 있었나, 군부가 승려들을 타락시켰다는 소문은 사실일까?

스리랑카는 한층 더 심각하다. 불교 민족주의 단체의 사무총장 갈라고다 구나나사라(Galagoda Aththe Gnanasara)가 대표적인 인물이다. 테라와다불교의 본산이라 자부하는 스리랑카에서, 그는 소수자인 무슬림과 기독교인을 박해하는 데 앞장섰다. 스리랑카에서는 승려들이 정당에 가입해 정치활동을 할 수 있어, 조직적으로 권력을 행사할 여지가 크다. 미얀마 정치 승려들이 스리랑카에서 배우고 있는 것일까?

불교는 비폭력과 자비를 가르치지만, 미얀마나 스리랑카에서 벌어진 폭력은 '종교'가 '민족주의'나 '정치권력'과 결합할 때 얼마나 위험한 도구가 될 수 있는지를 보여 준다. 이들은 붓다의 가르침을 왜곡하여 소수자를 혐오하고 배제하는 명분으로 삼았다. 이러한 현상은 불교만의 문제가 아니라, 종교가 본래의 순수한 가르침을 잃고 특정 집단의 이익을 옹호할 때 발생하는 보편적인 비극이다.

한국에서 불교는 겉보기엔 비폭력적이다. 하지만 가끔 불교 내부의 폭력 소식도 들린다. 내부에서 이렇게 다툴 수 있다면, 불교가 힘을 가지면 외부를 향해선 어떨까 하는 불안이 남는다. 한국에서 무슬림 인구가 늘고 있다. 기독교는 '하느님의 나라'를 지키기 위해 이들을 밀어내려 한다. 그렇다면 불교는 관용과 자비로 이들을 품을 수 있을까? 조선시대에 핍박받았던 서러움을, 오늘 선한 마음으로 승화할 수 있을까? 호국 불교, 민족 종교, 교단 보호를 넘어서는 불교는 가능한가?

종교가 절대와 진리를 주장하며 권력이 되고, 타자를 억압·차별·무시하는 일은 결국 변명할 수 없는 폭력일 뿐이다. 불교가 바른길로 가기 위해서는, 신자와 승려 모두가 '이익'이 아닌 '가치'를 붙드는 수행으로 돌아가야 한다.

붓다는 신인가, 인간인가?

한국 절에 가면 불상이 참 많다. 부처와 보살이 섞여 있어 누가 누군지 헷갈린다. 세월이 흐르면서 여러 부처가 생겨났고, 대승불교의 수많은 보살도 탄생했다. 원래 보살은 붓다가 되기 전 수행자를 가리켰지만, 이제는 구원자처럼 여겨진다. 네팔에서는 '따라(Tara)보살'에 대한 믿음이 대단하다. 사람들은 따라보살을 '모든 부처의 어머니'라고 부르며 모신다. 어느새 보살이 부처보다 위대해졌다.

붓다가 많으면 좋은 일일까? 그만큼 깨달은 이가 많다는 뜻이니, 좋다고 할 수 있다. 보살이 많으면 좋은 일일까? 중생을 구제하고 세상을 이롭게 하겠다는 이가 많다는 뜻이니, 그것도 좋다. 그렇다면 문제없어 보인다. 문제는 '구세주'라는 개념이다.

유대교·기독교·이슬람 같은 일신교, 그리고 다신교의 얼굴을 한 힌두교는 모두 신을 믿고 그 신에게 기도한다. 불교는 신이 없다고 알려졌지만, 과연 그럴까? 라오스와 태국 불자들은 부처와 토지신에게 기도하고, 한국 불자들은 부처와 보살, 그리고 칠성신·산신·용왕에게 기도한다. 스리랑카 절에는 어디서나 수호신 사만(Saman)을 볼 수 있다. 티베트불교는 그보다도 훨씬 복잡하다. 여기에 관세음보살, 지장보살, 문수보살까지 모신다. 보살이 되어 보살도를 걷기보다, 보살에게 기도하며 소원을 빈다.

붓다는 열반 후 오래 지나지 않아 인간에서 신이 됐다. 이광수 교수는《슬픈 붓다》에서 이렇게 말한다. "인간 붓다는 죽고 신으로 태어났다. 불교는 살았지만 붓다는 죽었다. 인간 붓다가 추구했던 이성과 행위 중심의 세계관은 신앙 중심의 종교로 바뀌어버렸다. 불교는 힌두교에서 활약하던 모든 신을 대거 흡수하여 숭배 대상으로 삼으며, 스스로 떠나온 힌두교와 똑같은 모습의 종교가 되어 갔다."

《유쾌한 불교》에서도 불교의 독특함을 말한다. "불교는 신에 관심이 없습니다. 신 따위는 없어도 상관없다고 생각하고 있죠. 인간은 신의 힘을 빌리지 않고, 자신의 힘으로 완벽해질 수 있다고 생각합니다. 신을 경배하기만 하는 (인도의) 힌두교와 적대관계이며. 인민은 정부가 없으면 행복해질 수 없다고 생각하는 (중국의) 유교와도 다릅니다. 신과 인간이 협력하여 행복해지자고 말하는 (일본의) 신도와도 다릅니다. 이렇게 철저하게 합리적이고 개인주의적인 인간중심주의는 없다고 봐야 합니다."(오사와 마사치, 하시즈메 다이사부로 대담)

오랜 세월 붓다는 신이었고, 서양인들은 불교를 신화로만 여기며 대수롭지 않게 생각했다. 하지만 초기불교 경전이 번역되고, 인도 곳곳에서 붓다의 실존을 알리는 유물이 발굴되면서 상황이 바뀌었다. 영국에서 온 합법적 약탈자들이 법현과 현장 스님의 기록을 따라 인도 전역을 헤집으며 유물을 수집했다. 신화 속 붓다가 역사 속 인간 붓다로 드러나기 시작한 것이다.

이제 붓다는 다양한 얼굴로 다가온다. 역사 속의 붓다, 인간 붓다, 스승 붓다, 혁명가 붓다, 청년 붓다, 슬픈 붓다 …. 한번 상상해 보자. 붓다는 언제 힘들었을까? 갓 태어난 아들과 아내를 두고 출가하던 순간? 죽을 지경이 되도록 고행을 했지만 깨달음이 오지 않았을 때? 새로운 믿음을 전하며 시기와 박해받았을 때? 말 안 듣는 제자들이 속을 썩일 때? 아니면 몸이 아파 바로 눕지도 못하고 옆으로 누운 채 죽음을 맞이할 때? 당신도 인간 붓다의 고뇌를 느끼는가?

신심의 여러 얼굴

불교에서 신심은 아주 중요하다. 하지만 그것은 맹목적인 믿음이 아니라 '지혜를 기반으로 한 믿음'을 말한다. 신심은 '삼귀의(三歸依)', 즉 붓다·담마·상가에 귀의하는 마음에서 출발한다. 붓다가 깨달은 진리를 신뢰하고, 담마가 올바른 길임을 믿으며, 상가에 의지한다는 뜻이다. 신심은 단지 믿음이 아니라 정진과 꾸준함, 흔들리지 않는 마음의 다른 이름이기도 하다.

그렇다면 불심(佛心)은 뭔가? 붓다의 마음인가, 아니면 붓다를 믿는 마음인가, 붓다가 복을 주실 거라는 믿음인가? 불교나 힌두교 행사에 수십만 명이 몰려들고 사람이 깔려 죽는 일까지 벌어진다. 그것이 붓다나 시바를 향한 신심일까? 나는 여전히 잘 모르겠다. 금동으로 만든 불상의 무게나, 불상이 서 있는 산 정상의 높이는 신심의 깊이와는 무관하다는 것쯤은 나도 안다.

절하는 모습만으로는 그 사람의 마음을 알 수 없다. 어떤 사람은 기복적 소원을 빌며 절하고, 어떤 사람은 깊은 감사와 다짐을 담아 절하며, 어떤 사람은 그냥 습관처럼, 또 어떤 사람은 마음을 다스리고자 수행의 한 방편으로 절한다. 모두 똑같이 무릎을 꿇고 절하지만, 그 마음속에서 전혀 다른 이유와 맥락이 흐르고 있다. 경전에서도 "비구들이여, 나는 의도를 업이라 말한다. 의도하고 나서 몸·말·마음으로 행한다."라고 설한다.《의도 경》(AN 3.40) 겉으로 같은 행위라 하더라도, 그 마음과 의도에 따라 전혀 다른 업과 과보가 쌓인다.

기도 이야기다.
순자: "기우제 같은 거 안 지내도 비는 온다."
제자: "그렇다면 사람들이 왜 기우제를 지냅니까?"
순자: "기우제는 비를 부르기 위한 것이 아니라, 가뭄으로 타들어 가

는 사람들의 마음을 달래고 위로하기 위한 의식이다."

부처님께 절하며 승진, 결혼, 사업의 성취를 기도하는 이들이 있다. 하지만 붓다는 그런 세속적 바람을 모두 내려놓고 길을 떠난 분이다. 그런 그에게 기도한다고 해서 과연 일이 해결될까? 자이나교 스승들이 답을 알려 준다. "마하비라 스승은 네 기도를 듣지 못한다. 그러나 그 기도를 준비하고 마음을 다듬는 그 행위 자체가 바로 스승의 가르침이다." 그렇다. 중요한 것은 결과보다도, 그 기도를 통해 스스로의 마음을 돌아보고 다듬는 것, 바로 그 마음가짐이 곧 신심이다.

스님이 고기 먹는다고? - 수행의 본질

그렇다. 탐디는 승려지만 매일 고기 먹는다. 아침 탁발에서 불자들이 발우에 넣어 주는 음식은 고기인지 채소인지 가리지 않는다. 무엇을 먹을지는 승려가 아니라 신자들이 정한다. 그들은 오늘 집에 있는 음식, 가족과 함께 먹던 음식을 담는다. 주민이 가난하면 승려도 가난하고, 마을에 기근이 들면 승려도 함께 굶는다. 반대로 잔치가 있으면 스님의 발우도 넘친다. 가끔 햄버거나 피자도 들어오고, 커피·콜라·미린다 같은 음료수도 발우에 담긴다.

강성용 교수는 《인생의 괴로움과 깨달음》에서 출가자의 식사 태도를 이렇게 설명한다. "불교 출가자에게 요구되는 태도는 걸식그릇에 주어지는 음식이 고기든 아니면 그 어떤 것이든 건강을 유지하는 수단으로 간주하고 개인적인 선호와 무관하게 받아들이는 자세였다. 심지어 붓다 자신도 상한 고기를 대접받아 식중독으로 고생하고 등창까지 겪게 되면서 등을 바닥에 대고 바로 눕지 못한 자세로 생물학적인 의미의 죽음을 맞았다."

한국 불자 중에는, 붓다의 열반이 상한 고기 때문이라는 전승을 인정하기 싫어하는 이들이 많다. "부처님이 고기 드셨을 리 없어! 그건 돼지고기가 아니라 돼지 버섯이야!"라고 주장하는 사람도 있다. 어떤 이는 티베트불교의 육식을 비난하지만, 티베트에서는 채소가 극히 귀한 현실을 살피지 않는다. 수행자에게 중요한 것은 육식이냐 채식이냐가 아니라, 감각기관을 어떻게 다스리는가이다.

한국은 '사찰음식'에 깊은 관심을 쏟는다. 그런데 문득 묻게 된다. 혹시 불자들이 음식의 모양·빛깔·맛·건강식·유기농에 지나치게 마음을 쓰고 있는 건 아닌지?

담마: 불상에서 경전으로

이중표 교수는 "한국불교는 담마를 팽개치고 불상에만 매달린다."라고 비판하며, 기독교와 이슬람처럼 경전을 들고 사원에 가는 신앙생활이 되어야 한다고 주장한다. 예전 한국에서는 절에 갈 때 불경이 아니라 쌀 보따리를 들고 갔다. 라오스에서도 불경을 손에 들고 다니는 사람은 많지 않다. 어디서나 불경 없는 불교가 되었고, 불상만 정성껏 모시는 풍경이 익숙하다.

붓다는 우리 곁에 없지만, 담마, 곧 붓다가 남긴 가르침은 여전히 우리 곁에 있다. 붓다는 마지막 길을 떠나며 이렇게 당부했다. "가르침을 섬으로 삼고, 가르침에 의지하여 머물라. 진리를 섬으로 삼고, 진리에 의지하여 머물라. 다른 것에 의지하지 말라." -《대반열반경》

담마를 기록한 것이 경전, 곧 불경이다. 불교 경전은 삼장(*Tipitaka*)으로, 경·율·논(經·律·論)에 해당한다. 빨리어로는 각각 숫따, 위나야, 아비담마라 부른다. 대승불교는 한문 경전을, 티베트불교는 티베트어 경전을, 테라와다불교는 빨리어 경전을 가지고 있다. 세상에는 8만여 개의 경전이 있다고 한다. 각 불교 전통은 자기가 가진 경전을 곧 붓다의 가르침이라고 주장한다. 하지만 어느 경전이 진짜 붓다의 원음인지는 정확히 알기 어렵다.

기독교와 이슬람은 시대와 종파에 따라 해석은 달라질 수 있지만, 성전을 수정·삭제·추가하는 일은 허용하지 않는다. 그러나 불교는 기존 경전을 수정하기도 하고, 새로운 경전을 수도 없이 창작하기도 했다. 그것은 불교가 그만큼 유연하고 다양하다는 뜻이지만, 동시에 어느 것이 정견(正見)인지 분간하기 어렵게 만들었다.

두 개의 열반경과 탐디의 길 찾기

탐디는 불교를 공부하며 잠시 헷갈렸다. 가끔 《열반경》, 혹은 《대반열반경》을 접하는데 서술 내용이 앞뒤가 맞지 않는 중구난방이다. 도대체 붓다의 가르침이 뭐가 뭔지 모를 지경이다. 그러다, 《대반열반경》이 초기불교와 대승불교 두 가지가 있다는 사실을 알았다. "왜 같은 이름의 경전이 서로 다른 이야기를 하지?"

《대반열반경(*Mahāparinibbāṇa Sutta*)》은 남방이나 북방 모두에서 중요한 경전이다. 붓다의 열반을 앞두고 일어난 중요한 일들과 붓다의 마지막 유훈을 담고 있기 때문이다. 그런데 두 경전은 내용도 방향도 완전히 다르다. 초기불교의 열반경은 역사적 사실 중심이고, 대승의 열반경은 철학적·종교적 의미가 강하게 드러난다.

대승불교는 초기불교 이후 수 세기 동안 성장하며 새로운 사상을 담은 수많은 경전을 지었다. 대부분은 《법화경》, 《화엄경》, 《유마경》처럼 새로운 이름을 붙였다. 그런데《대반열반경》만큼은 초기 경전과 같은 이름을 썼다. 왜일까? 여러 생각이 스친다.

더 큰 문제는 그 내용이다. 대승의 열반경은 초기 경전의 핵심인 무상·무아의 가르침을, 붓다의 입을 빌려 정면으로 뒤집는다. "지금까지 무상·무아를 설한 것은 방편이었고, 진정한 열반은 상(常)·락(樂)·아(我)·정(淨)이다."라는 구절까지 나온다. 이것은 초기불교 교설과 크게 다른 해석으로, 이후 수많은 논쟁을 불러왔다. 특히 상·락·아·정은 힌두교에서 말하는 아트만(*ātman*, 빨리어 *attā*)-영원하고, 즐겁고, 참된 자아이고, 청정한 것-과 놀라울 정도로 닮았다.

나는 모든 것을 다 알지는 못한다. 그러나 이름은 같은데 내용은 전혀 다른 두 열반경, 그리고 그 안에 담긴 사상의 전환과 충돌을 한번쯤 짚고 넘어가야 한다고 생각한다. 나중에 공부하는 사람들이 나처럼 헤매지 않기 위해서라도.

빨리어와 니까야, 뿌리를 찾아서

니까야(*Nikāya*)는 상좌부(남방 불교)에서 전해지는 대표적인 불교 경전 묶음으로, 빨리어로 기록된 초기 경전 전체를 의미한다. 니까야는 수행과 해탈을 위한 구체적이고 실천적인 지침을 담고 있다. 당신에게 니까야 경전을 읽어보라고 권한다. 비교적 쉽게 이해할 수 있어 담마의 기본을 익히기에 좋다. 그런 뒤에 대승이나 티베트 경전을 접하면 훨씬 수월하다. 사실 대승 경전은 매우 어렵다. 한국 불자들이 반야심경의 색즉시공, 공즉시색을 늘 읊조리지만, 초보자가 그 뜻을 온전히 이해하기는 쉽지 않다.

최경아의 《인문학 독자를 위한 니까야》에서는 이렇게 설명한다. "니까야는 그냥 경전이 아닙니다. 불교를 가지가 여러 방향으로 뻗어 있는 거대한 고목이라고 상상해 보십시오. 이 나무의 중심, 뿌리 깊은 곳에는 나무 전체에 영양을 공급하는 가르침의 모음집인 니까야가 있습니다. 니까야를 이해하는 것은 이 나무가 자라난 근본을 아는 것과 같습니다."

그렇다면, 니까야 경전은 붓다의 원음일까? 100%라고 단정할 수는 없지만, 많은 학자가 원음에 가깝다고 본다. 한국에 전해진 아함경과도 70~80% 내용이 일치한다니 신뢰할 만하다. 그러나 니까야를 읽다 보면, 정말 붓다의 가르침인지 고개를 갸웃하게 되는 대목을 만날 때가 있다.

인도의 불교 4대 성지에는 전 세계 불자들이 많이 온다. 돈독한 불심으로 왔을 테지만, 혹시 성지순례를 하면 천국에 간다는 경전 내용이 영향을 준 것 아닐까 하는 생각도 스친다. "아난다여, 누구든 이러한 성지순례를 떠나는 청정한 믿음을 가진 자들은 모두 몸이 무너져 죽은 뒤 좋은 곳, 천상 세계에 태어날 것이다." -《대반열반경》

붓다는 "나를 따르지 말고 담마를 따르라"고 했는데, 수행 없이 천상 세계로 가는 지름길을 알려 줬다고? 혹시 후대에 덧붙인 것은 아닐까 하는 의문이 든다. 또 다른 사례는 정법오백년 후퇴설이다. "아난다여, 만일 여자가 집을 나와 여래가 선포하신 법과 율 안으로 출가하지 않으면 정법은 천 년을 머물 것이다. 그러나 여자가 출가했으므로 정법은 오백 년밖에 머물지 못할 것이다." -《고따미 경》(AN 8.51)

내 눈을 의심했다. 정말 붓다가 이런 말을 했단 말인가? 여성 출가와 불법 쇠퇴 사이에 무슨 연관이 있는가? 붓다는 여성 출가 자체를 문제 삼은 것이 아니라, 여성을 낮게 보던 사회적 환경이 정법 유지에 부담이 될 것을 우려한 것일지 모른다. 그러나 후대에는 이 구절이 비구니 차별을 정당화하는 데 쓰이기도 했다.

맥락과 배경을 살펴라

담마는 문자에 매이지 말고, 그 맥락과 배경을 살펴야 한다. 맥락이란 어떤 사물이나 일이 서로 이어져 이루는 줄거리다. 탐디는 담마의 역사적·공간적 맥락을 알기 위해 1년 동안 인도를 순례하며 끊임없이 물었다. "왜, 배경은, 무엇을, 어떻게?" 하고. 스님들이 법문할 때 흔히 이렇게 말한다. "부처님께서 말씀하시기를 …", "경전에 이르기를…." 그것은 권위와 신뢰를 세우기 위해서다. 그러나 무턱대고 끄덕이지는 말라. 법문이 상식적으로 이해되지 않는다면 고개를 갸우뚱하고 의문을 가져라.

붓다는 무작정 믿으라고 하지 않았다. 그는 말했다. "대대로 전승되었다는 이유로, 소문에 들었다는 이유로, 논리적으로 그럴듯하다는 이유로, 믿을 만한 스승이 말했다는 이유로, 유명한 사람이 말했다는 이유로 어떤 진리를 따르지 말라."《깔라마 경》(AN 3.65)

담마는 지금 이 자리에서 이해할 수 있어야 한다. 불교 공부가 쉽지만은 않지만, 걱정할 만큼 어렵지도 않다. 내가 직접 보지 못한 것, 알지 못한 것, 경험하지 않은 것을 단숨에 이해하기는 어렵다. 그러나 오묘함에 현혹되지 말고, 신비에 빠지지 말라.

담마를 단순하고 상식적으로 생각하라. 붓다는 거듭 강조했다. "탐욕·성냄·정신 못 차림을 자라게 하는 가르침이라면 버려라. 탐욕·성냄·정신 못 차림을 버리게 하는 가르침이라면 따르라."《고따미경》(AN 8.53) 자꾸 질문하라. "왜?"라고 되묻고, "어떻게?"라고 물어라. 오늘 당신의 마음에서 탐욕과 성냄이 줄어드는가를 스스로 묻는 것이 가장 확실한 담마 공부다.

백만 가지 불교: 전통과 미래 사이

스리랑카 옛 수도 캔디(Kandy)에는 붓다의 치아 사리를 모신 절이 유명하다. 그 절 뒤편에 세계 불교박물관(International Buddhist Museum)이 있다. 17개 국가에서 기증한 불교 유물이 전시돼 있어, 한눈에 여러 나라 불교를 비교할 수 있다. 만약 살아 있는 불교를 보고 싶다면 인도 보드가야를 찾으면 된다. 전 세계의 불자들이 모여 각기 다른 모습으로 기도하는 장면을 만날 수 있다. 2500년이라는 시간과 전 세계라는 공간이 불교의 다양성을 낳았다.

라오스·태국·캄보디아·미얀마·스리랑카는 남방불교(테라와다, 상좌부불교)로, 한국·중국·일본·대만 등은 북방불교(대승, 마하야나, 선불교)로, 티베트·몽골·부탄·네팔은 티베트불교(금강승)로 불린다. 요즘은 서양불교도 기세가 만만치 않다. 그렇다면 불교에도 정통이 있을까?

남방과 북방은 오랫동안 서로 티격태격해 왔다.

빅쿠 보디(Bikkhu Bodhi)는 이렇게 정리했다. “북방불교 마하야나는 대승 엘리트주의(Mahayana elitism)를 주장하고, 남방 테라와다는 순수주의(Nikaya purism)를 내세운다.” 북방은 “우리가 더 발전된 사상”이라고 자랑하고, 남방은 “우리는 붓다의 가르침을 원래 그대로 지킨다.”라고 뻐긴다. 북방은 남방을 수준 낮다고 깔보고, 남방은 북방을 아예 무시하거나 관심조차 두지 않는다.

인도 다람살라에 머무는 동안 여러 나라 스님과 대화할 기회가 있었다. 한국의 도우 스님, 베트남 밀레 스님, 라오스 분펫 스님, 그리고 미얀마와 티베트 스님들. 여러 스님이 이구동성으로 말했다. “지금의 불교는 너무 폐쇄적이에요.” 젊은 스님들이라 그렇게 생각했을지도 모른다. 서로 자주 만나 이야기를 나누면 붓다의 가르침을 공유할 수 있지 않을까?

이제 와서 누가 정통인지 따지는 게 무슨 의미가 있을까? 남방과 북방 모두 힌두 의식과 깊이 뒤섞여 있다. 불교와 힌두는 누가 먼저라 할 것 없이 서로 받아들였기 때문이다. 또한 불교와 토속신앙의 만남은 어디까지 허용될 수 있을까? 담마는 또 어떤 모습인가? 어떤 곳에서는 힌두의 범아일여가 불교의 믿음이 되기도 했다.

붓다는 가르침을 전하며 왜 그것을 하나로 고정하지 않았을까? 그토록 거부했던 신격화가 이루어지고, 가르침은 제각각이 됐다. 사부대중이 함께하던 상가는 이제 스님들의 몫이 되었고, 출가자는 재가자와 멀리 떨어져 권위를 누린다.

서양 불교(Western Buddhism)의 기세가 무섭다. 불교 연구가 활발해지며 영어로 된 자료와 연구 성과가 쏟아진다. '사띠'를 번역한 Mindfulness가 한국불교를 흔들고, 마음챙김 명상의 영향력이 커지고 있다. 최근 한국 승려들은 일본보다 미국으로 유학을 떠난다. 이제 아시아에 불교를 배우러 오는 서양인은 많지 않다. 서양인이 여전히 남방으로 오는 이유는 교리 · 교학보다 수행 전통 때문이다. 서양은 자연주의를 바탕으로 불교에 접근한다. 기적이 아니라 자연적 순리로 종교 현상을 설명하려 하고, 신경과학 · 뇌과학 · 진화심리학과 연결한다. 머지않아 서양 승려와 학자들이 동양에서 불교를 강의하는 시대가 올지도 모른다.

미국에서는 출가가 아닌 재가자 중심의 불교가 활발하다. 선방과 수행센터에 직장인처럼 출근하는 불자가 많고, 주말농장 모임이나 장기 명상 수행도 흔하다. 수행과 일상을 연결하며 삶의 변화와 마음 치유를 함께 추구한다. 출가와 재가의 경계가 점점 허물어지고 있다. 앞으로 불교는 어디로 가게 될까? 불교는 여전히 변화 중이다. 그 백만 가지 모습 속에서 우리는 어떤 길을 선택할 것인가?

출가자가 급속히 줄어들고 있다. 라오스는 전국 거의 모든 마을에 절이 있지만, 지방에는 빈 절이 늘어나고 있다. 한국도 크게 다르지 않을 것이다. 여러 나라에서 개인의 윤리와 도덕을 기르고 건강한 사회를 만들기 위해 불교를 지원한다. 한국은 문화재 보존 명목으로 거액의 국고를 지원하고, 라오스는 아예 국교로 지정해 제도적으로 지원하고 있다. 그럼에도 현실은 어렵다.

상구보리 하화중생은 어디에?

"불제자는 한편으로는 부처가 되기 위해 자신을 닦고(상구보리), 또 한편으로는 고통 속에 있는 중생들을 그 고통에서 벗어나게 돕는다(하화중생)." 듣기만 해도 가슴이 뛰는 대승불교의 이상. 놀랍게도, 이 이타적 이상은 탐디가 말하는 '깨어있는 이기심'의 가장 높은 형태와 정확히 맞닿아 있다. 그런데 현실은 어떤가? 수행은, 영적 구제는, 사회적 기여는….

나는 쿠바 분펫과 함께 인도 뭄바이의 다라비(Dharavi) 슬럼을 찾았다. 세계 최대 규모의 빈민촌. 투어를 마치고 나오는데 분펫이 어렵게 얘기한다. "나는 전기도 들어오지 않는 깊은 산골에서 자랐지만… 여기는 참 어렵게 사는군요."

내가 말했다. "이곳에서 멀지 않은 곳에 인도 부자 암바니가 지은 '안틸리아(Antilia)'라는 빌딩이 있어요." 27층짜리 건물에 한 가족만 사는 집의 사진을 보여 주자, 이번에는 분펫이 아무 말도 하지 못했다. 무슨 생각이 들었을까? 이런 일을 맹목적 이기심이라고 해야 할까? 아니, 이건 이기심이 아니라, 그냥 폭력일 뿐이다.

얼마 후, 우리는 오토릭샤를 타고 한국 정토회가 보드가야 인근 둥게스와리 마을에서 운영하는 수자타 아카데미로 향했다. 이 학교에서 600여 명의 학생이 공부하고 있다. 몬순이 시작되었지만 보드가야는 아직 비가 오지 않아, 세상은 바짝 말라 있었다.

농사 준비에 농부들의 마음은 분주했다. 릭샤가 양쪽으로 논이 넓게 펼쳐진 길로 접어든다. 저 앞에 한 농부가 걸어간다. 괭이를 메고, 웃통은 벗은 채 룽기(Lungi)를 동여맨 단출한 모습. 앙상한 종아리에 힘줄이 도드라졌다. 붓다 시대에도 농부가 이 모습으로 이 길을 걸었겠지. 농부가 붓다와 말동무하며 길을 걸어가고 있는 모습이 떠오른다. 싯닷타 태자가 열두 살에 농경제를 나가서 보았던 바로 그 모습. 2500년이 지난 지금도, 가난한 농부의 모습은 하나도 달라지지 않았다.

긴 세월이 흘렀지만, 그날도 오늘도 농부는 여전히 가난하다. 우리는 '가난'이라는 말을 쉽게 쓰지만, 실제로 가난이 무엇인지 알까? 인류는 무엇을 해 온 걸까? 이 정도의 가난조차 구제하지 못하면서 만물의 영장이라 자랑하는가? 인류애? 인종 · 국적 · 민족 · 종교를 초월한 사랑은 입에 발린 말 아닌가!

2023년 이곳 보드가야에 번듯한 한국 절이 세워졌다. 경주의 옛 절의 이름을 따 분황사라 한다. '殿寶雄大'라 적힌 장엄한 법당이 우뚝 서 있다. 두 명의 보살이 50억을 시주했다는 신문 기사를 읽으니, 법당의 위엄과 거대한 시주액 앞에 나는 나도 모르게 작아졌다. 어라, 아까 논길에서 본 농부가 대웅보전 앞에 어른거리네. 이 사람 어디서 나타났지? 농부는 한발 한발 계단을 오르더니 대웅전 현판을 바라보고 고개를 갸웃거린다. 문 앞에서 잠시 멈칫하더니 조심조심 걸음을 옮겨 법당으로 들어왔다. 여기저기 기웃거리고 불상도 유심히 살핀다. 부처님께 기도하나? 아니, 뭔가 하소연하는 것 같기도 하다.

잠시 후 손을 들어 올리고 발을 조금씩 움직이며 서서히 춤을 추기 시작한다. 덩실덩실. 농부의 춤사위가 점점 커지고 빨라졌다. 하늘에서 꽃비가 내리고, 천상의 노랫소리가 법당을 가득 채웠다. 농부의 머리에, 불상의 어깨에 꽃비가 내렸다. 농부의 춤은, 잃어버린 상구보리 · 하화중생의 마음을 되살리려는 몸짓 같았다.

한국불교 짝사랑?

사실 나는 한국불교를 논할 만한 경험도, 자격도 없다. 한국에 살던 시절 불자도 아니었고, 부처님께 절 한번 드린 적도 없다. 다만 불교와의 인연은 오래고도 깊다. 선재가 어릴 때 서울 화계사 앞에는 작은 저수지가 있었고, 우리는 그곳에서 자주 물놀이를 했다. 지치면 화계사로 들어가 여기저기 기웃거리며 놀았다.

춘천 오봉산 자락의 청평사에도 종종 갔다. 뒷산과 어우러진 절집이 아름다웠고, 오가는 길에 만나는 소양호와 계곡의 경치는 덤이었다. 어느 날, 법당 벽에 그려진 심우도를 설명하는 스님의 말씀을 들으며 연신 고개를 끄덕였는데, 그 장면은 지금도 마음에 깊이 남아 있다. 나는 스스로 '지리산 사찰 순례'라 이름 붙인 여행도 떠났다. 태안사, 천은사, 화엄사, 쌍계사를 차례로 돌았다.

이른 봄이면 순천 선암사의 매화를 보러 갔다. 선암사는 전각이 다양하고 아름답고, 심지어 화장실도 '뒷간'이라는 이름으로 품위 있게 서 있다. 남원 실상사는 처음에는 절 입구에 서 있는 돌장승이 눈길을 끌더니 차츰 여러 의문을 일으킨 곳이다. 왜 절이 산속이 아닌 너른 평지에 있지? 불교공동체는 뭐지? 여러 단체와 조직, 학교를 세워 무엇을 하나?

단주를 손에 들고, 한국의 웬만한 큰 절은 거의 다 가본 듯하다. 왜 그렇게 열심히 절을 찾았을까? 나 혼자만의 짝사랑이었을까? 출가해 돌이켜보니, 어쩌면 전생의 인연인지도 모른다. 내 이름이 '선재'이니, 선재동자처럼 붓다의 가르침을 찾아 나설 수밖에 없었던 걸까? 그렇게 흠모하던 한국불교였지만, 출가 후 공부를 거듭할수록 답답한 모습이 눈에 들어왔다. 모두 환(幻)이었을까? 문득 궁금해졌다. 그때 어린 선재가 그리던 붓다는 누구였을까?

2022년, 코로나가 잦아든 틈에 한국을 찾았다. 이번에는 승복을 입은 채 어린 선재가 뛰놀던 화계사, 맑고 향기로운 법정 스님의 길상사, 그리고 일묵 스님이 계시는 제따와나 선원을 찾았다. 붓다는 여전히 그 자리에 있었다. 숲으로 돌아와 질문이 이어졌다. 아름다운 사찰에 매료됐던 것은 불교의 가르침인가, 아니면 그저 건축과 경관에 대한 심미적 만족이었나? 지금 쿠바 탐디가 만나는 인간 붓다는, 어린 선재가 마음속에 그리던 바로 그 붓다일까?

16장
개벽 -
경계를 넘는 불교

2001년 10월, 라오스 첫 방문이었다. 유네스코 세계문화유산 도시 루앙파방에 갔다. 한 일본 여행자가 아침 일찍 거리에 나가보라고 권한다. 탁발이 있다고. 탁발? 다음 날 아침에 나가니, 주민들이 길가에 자리를 펴고 줄지어 앉는다. 나도 조용히 한쪽에 자리를 잡고 앉았다. 잠시 후, 멀리서 주황색 물결이 천천히 다가왔다.

사람들이 두 손을 가슴에 모으고, 마음도 가다듬는다. 바닥에 앉은 나는 스님들의 맨발이 먼저 눈에 들어온다. 모두 경건한 몸짓으로 스님 발우에 밥과 음식을 담는다. 주황색 물결은 다시 굽이치며 점점 멀어져 갔다. 세상에 이런 일이 있다니? 그 장면의 형식, 내용, 분위기 모두가 가슴 깊이 내려앉았다. 아마도 이 감격이, 훗날 나를 출가의 길로 이끌었는지도 모르겠다.

라오 불교의 가장 인상적인 특징은 탁발, 즉 걸식이다. 물론, 이는 탐디의 주관적 인상일지 모른다. 어릴 적 한국에서도 목탁을 두드리며 거리에서 탁발하는 스님들을 종종 보았다. 붓다는 출가를 권했지만, 출가자는 세상을 완전히 떠나 살아갈 수는 없었다. 농사짓지 않고 먹고사는 일을 재가자에게 의존했기 때문이다. '비구'는 빨리어로 빅쿠(*Bhikkhu*)라 하며, 본래 '빌어먹는 사람'이라는 뜻이다. 탁발은 일방적 시주가 아니다. 주는 이는 공덕을 쌓고, 받는 이는 수행을 이어간다. 이렇게 스님과 재가자가 함께 삶을 유지하며 공생하는 불교 전통이, 2,500년을 이어 내려와 지금도 라오스와 남방에 살아 있다.

탁발, 공생의 몸짓

탁발은 단순한 밥 구걸이 아니다. 그것은 몸과 마음, 스님과 주민, 출가자와 재가자, 그리고 나와 세상이 함께 엮이는 공생의 의식이다.

탁발은 빌어먹는 일이다. 주는 대로 먹고, 콩밥이든 무엇이든 마다하지 않는 겸손의 수행이다. 맨발은 사람과 자연 앞에서 나를 낮추는 것이며, 매일 아침 탁발에 나설 때마다 나는 과연 음식을 받을 자격이 있는지 스스로 돌아본다.

그 길 위에서 나는 낮은 곳에 서는 법을 배운다. 큰스님도, 어린 사미도 나란히 서서 주민들과 마주하며 그들의 삶을 살핀다. 이 교류와 교감을 통해 협력과 조화를 배우고, 세상을 등지고 살 수 없다는 사실을 깨닫는다.

탁발은 또한 감사함으로 축원하고 마음의 안부를 묻는 시간이다. 음식을 나누는 주민들은 공덕을 쌓고, 스님들은 그 마음을 받으며 함께 살아간다. 노인들에게 탁발은 삶의 의미이자, 이웃과 인사를 나누는 소중한 시간이 된다.

매일 아침, 길 위에는 생각과 느낌, 그리고 배움이 가득하다. 걷고, 앉고, 몸을 움직이는 모든 순간이 곧 걷기 명상이다.

발우에 담긴 음식은 다시 누군가와 나누어진다. 찰밥 덩어리들이 발우 속에서 하나로 섞이듯, 누구의 밥인지 구분할 수 없게 된다. 이는 곧 나와 너의 구분이 사라지는 깨달음이다.

탁발은 생명을 되새기게 한다. 먹지 않으면 죽는다는 단순한 진리를 마주하며, 삶의 본질을 깊이 되돌아보게 하는 수행이다.

욕망의 경계를 넘다: '소유'와 '위계'

우리는 더 많이 가져야 행복하다고 믿는다. 더 높은 곳으로 올라가야 성공했다고 여긴다. 그러나 붓다는 이 당연해 보이는 욕망에 의문을 제기했다. 최소한의 소유와 낮은 곳의 삶을 통해, 그는 진짜 자유는 무엇인지 몸소 보여 주었다.

'소유'와 '위계'의 경계를 허무는 일은, 바로 붓다의 첫걸음에서 시작된다.

1. 미니멀리스트 붓다

라오스의 국화인 짬빠, 플루메리아(plumeria)는 탐디에게도 특별한 꽃이다. 라오스를 처음 들락거리던 시절, 남부의 왓푸 사원의 돌계단에 떨어진 짬빠 꽃을 보고, 마음을 빼앗기고 말았다. 이 나무를 보고 있으면 미니멀리즘이 떠오른다. 최소한의 가지와 잎사귀만 가지고, 화려하고 예쁘고 향기로운 꽃을 피운다. 삶도 그렇게, 최소한으로 향기롭게 피어날 수 있다.

유튜브의 The Minimalists 채널의 〈Minimalism〉은 천만이 넘는 조회수를 기록했고, 재지마인드 채널의 〈대부분 모르는 미니멀리즘의 진짜 의미〉도 백만 뷰를 넘었다. 왜 이렇게 많은 이들이 관심 있는 걸까? '많이 가질수록 좋다'는 세상에 조용히 반기를 드는 사람들이 있기 때문이다. 소욕지족(少欲知足)은 적게 바라고, 적게 소비하고, 적게 갖는다. 우리 코 앞에 닥친 기후변화 위기와 지구 곳곳에 넘쳐나는 쓰레기 문제를 해결하는 작지만, 큰 실천이 될 수 있다.

그러고 보니 소욕지족을 실천한 붓다는 미니멀리스트가 아닐까? 붓다는 물질적 소유는 물론, 감각적 쾌락과 개념적 집착에서조차 벗어나기를 추구했다. 그의 삶은 절제와 단순함의 본보기이며, 탐욕의 축소야말로 마음의 해방을 위한 기반이다. 물론 일반적인 '라이프스타일 미니멀리즘'(소유를 줄이는 취향)보다는 존재론적·심리적 미니멀리즘에 가깝다. 그는 '삶 전체를 단순하게 정돈한 존재'였다.

요즘 다다익선을 대신해 소소익선이 유행하고 있다. 참 시대에 적절한 말이다. 정끝별 교수의 칼럼을 읽어보자. "소소익선(小小益善)이라는 말을 되뇐다.… 간결해지니 풍요로워진다는 역설의 힘을 강조하는 이 소소익선을 되뇌는 건, 내가 너무 많이 가지고 있다는 자각, 많은 걸 가지려 너무 정신없이 달려왔다는 반성, 많이 가지느라 잃어버린 것들이 너무 많다는 각성에서 비롯된다."

아프리카에 산처럼 쌓이는 헌옷은 모두 어디에서 오나? 누구의 마음에서 비롯됐나? 미니멀리스트의 최대 적은 '비교'와 '허세'다. 이제는 성찰적 소비가 절실하다.

탐디는 어느 날, 라오스 깊은 산속 마을에 갔다. 전기도 들어오지 않고 전화도 안 터지는 이곳은 6세대에 걸쳐 약 200년간 완전 자급자족 상태로 살아왔다. 이곳에서 며칠간 먹고 자면서 느낀 것을 한마디로 말하면 '가진 것은 아무것도 없는데, 그렇다고 없는 것은 하나도 없다'이다. 도움을 주기 위해 간 곳이었지만, 곧 의문이 들었다. 무엇을 도와야 할까? 도우려 하면 끝이 없어 보이고, 가만 보면 도울 게 아무것도 없는 것 같기도 하다.

우리가 흔히 숫자로 표시하는 가난의 정도로 보면 라오스는 세계에서 가장 가난한 나라 중 하나다. 그래서 사는 데 필요한 것이 매우 부족할 것으로 생각한다. 그렇지만 나는 이 마을들에서 오히려 어떤 여유로움을 느꼈다. 사람이 살아가는 데 '꼭' 필요한 것이 무엇일까? 무척 어려운 질문이다. 시대와 상황, 그리고 장소와 개인에 따라 차이가 크게 날 테니까.

전혀 소유하지 않을 수는 없겠지? 맞다, 법정 스님도 "무소유란 아무것도 갖지 않는다는 것이 아니라 불필요한 것을 갖지 않는다."라고 했다. 무소유는 극단, 즉 끝없는 소유욕으로 가지 않으려는 방편이다. 혹은 무소유가 아닌 무집착이라 해도 뜻이 통한다.

스스로 물어보자.
"나는 삶을 얼마나 단순화시킬 수 있나?"
"적게 소비하면서도 행복한 삶을 살 수 있나?"

단순함은 궁핍이 아니다. 줄인다는 것은 비우는 것이 아니라, 진짜 필요한 것을 남기는 일이다. 붓다는 그것을 삶으로 증명했다. '나에게 정말 필요한 것은 무엇인가?'

2. 수직의 병, 수평의 나눔으로
'수직병(病)'이라는 고약한 질환이 있다. 더 높이 올라가려 애쓰며 스스로 괴로워하는 병이다. 전염성도 강해, 사회 곳곳에 집단 감염처럼 퍼져 있다. 치료 약이 있지만 사람들은 먹기를 거부한다. 나는 위로 올라갈 수 있다고 믿기 때문이다. 세상의 높은 곳으로.

종교도 하늘에 닿고자 성전을 높이 짓는다. 아주 높이, 더 높이. 라오스도 한국도 어느 불상이 높은지 자랑하고, 더 높은 불상을 세우겠다고 보시하라고 권한다. '공덕을 쌓는다'는 말도 빠지지 않는다. 세상은 그 불상을 축복하고 경탄하고 두 손을 모은다. 이것이야말로 '수직병'의 집단 감염 현상이다.

세상은 넓은데도, 우리는 옆이 아닌 위만 바라본다. 위로 올라가는 것보다 옆으로 옮기는 게 훨씬 쉽다. 그런데도 기를 쓰고 올라가려 한다. 그곳에 뭐가 있을까? 권력, 재산, 성취감 … 하지만 아는가? 그 좁은 정상에 간신히 올라선 순간, 누군가가 나를 딛고 또 올라서려 한다는 사실을. 내가 제일 높은 불상을 세우는 순간, 누군가는 더 높은 불상을 ….

위계 중심의 사회에서는 누구도 편하지 않다. 모두가 위를 올려다보고, 아래를 내려다보며 눈치를 살핀다. 부처나 보살을 지금처럼 구원자로 숭배하지 않는다면 인간들끼리, 불자들끼리 좀 더 가까운 사이가 되지 않을까? 위만 쳐다볼 뿐 옆을 바라보지 않기 때문에 자애와 연민이 생기지 않는다. 부처와 보살, 그리고 스님만을 공경하며 정작 이웃과 자신을 돌아보지 않는다면, 그 믿음은 방향을 잃은 것이다. 수행하는 나 대신, 손 모아 기도하는 나만 남는다.

한 스님이 이렇게 말했다. "불자들이 매일 절에 와서 기도만 하고 가는데, 그 기도를 마친 후 옆집 할머니에게 미소 한 번 안 짓는다면 그

기도는 반쪽입니다."

사라진 불교, 다가올 미래

불교는 탄생지인 인도에서 소멸의 길을 걸었다. 그 뼈아픈 역사는 오늘날의 불교에 중요한 교훈을 던져 준다. 변화를 거부하고 경계에 갇힌 종교는 결국 시대의 흐름을 따라가지 못하고 사라질 수 있다. 사라진 불교에 길을 물으며, 종교의 위기 속에서 불교가 직면한 질문을 던져 본다.

1. 왜 불교는 인도에서 사라졌나?

인도에서 불교는 힌두교에 흡수되어 사라졌고, 8대 성지 대부분은 폐허에 가까운 상태로, 일부 유적만 남아 있다. 그나마 불자들의 마음속에서만 사원이 다시 지어지고, 붓다는 기억되고 추모될 뿐이다. "왜 불교는 그 탄생지인 인도에서 사라졌을까?" 그 이유는 복합적이며, 단일한 설명으로는 부족하다. 외부적 요인으로는 인도의 사회경제적 변화, 힌두교의 강세, 이슬람 침략 등이 있다. 탐디는 내부 요인에 주목한다. 불교 독창성 상실과 승가의 풀소유가 큰 영향을 미쳤다고 본다. 이 분석은 강성용, 이광수 교수의 저서와 강의를 토대로 한다.

12세기 인도를 침략한 이슬람 세력은 대대적으로 종교 사원을 약탈하고 파괴했다. 우상 숭배를 금하는 이슬람의 종교적 이유와 함께 경제적인 면도 컸다. 그 당시 종교 사원은 온갖 재물이 모여드는 보물창고였다. 종교 사원이 어째서 보물창고가 되었을까? 탐디가 순례하며 방문했던 인도 남부의 티루파티(Tirupati)에 있는 벤카테슈와라 스와미 힌두사원은 현재 약 350억 불, 한화 약 50조 원의 재산을 소유한 세계적으로 손꼽히는 부자 종교 시설이다.(wikipedia) 이슬람 침략 당시에도 힌두교와 불교 사원들은 상당한 부를 축적하고 있었을 것이다.

이슬람의 사원 파괴 후 세월이 지나 힌두교와 자이나교는 다시 살아났는데, 불교는 완전히 사라졌다. 불교가 살아나지 못한 이유로 두 가지를 들 수 있다. 첫째 이유다. 불교는 재가 신자들의 일상 종교활동을 위해 힌두교에서 많은 의례를 빌렸다. 일반 신자들은 불교와 힌두교의 차이가 거의 느껴지지 않았기에, 파괴된 불교 사원을 굳이 복원할 필요를 느끼지 못했다. 아래의 두 이야기는 중세 인도에서 불교가 힌두교와 얼마나 밀접하게 닮아 있었는지를 보여 준다.

> "당시 인도인 대다수는 불교와 힌두교의 차이를 크게 생각하지 않았던 것 같아요. 심지어 불교 승려들까지도 힌두교와 얼마나 달랐었는지 의문을 품을 정도지요. 소수 승려들의 교리 인식을 제외한다면, 대중들의

관점에서 중세의 인도 불교에서 나타나는 의례와 예배 형태, 상징, 도상들의 형태를 볼 때 불교와 힌두교의 차이가 희미했던 것이죠."

– 심재관 · 최종덕, 《승려와 원숭이》

"불교가 힌두교로부터 스스로를 분리하는 것은 매우 어렵습니다. 수행하는 지식인들이 하는 말(머릿속의 이야기)로만 분리할 수 있었죠. 지식인이 하는 말에 사회적 힘은 거의 없었기 때문에, 힌두교의 사회 실태가 더 강하게 작용하고, 불교는 거기에 흡수되어 버렸다고 생각합니다."

– 오사와 마사치, 하시즈메 다이사부로 대담, 《유쾌한 불교》

불교가 다시 살아나지 못한 두 번째 이유는 사원이 '승려들 소유'였기 때문이다. 불교와 자이나 승려는 모두 무소유였다. 불교 승려 개인은 무소유지만, 불교 사원의 주인은 승려였다. 반면 자이나교 사원의 주인은 마을 재가신자였다. 파괴된 불교 사원은 주인인 불교 승려들이 없어 방치됐지만, 자이나 사원은 자연스레 주인인 마을 사람들이 다시 짓기 시작했다. 바로 '주인의식'의 차이다. 불교는 전 세계로 퍼져 세계 종교가 되었지만, 정작 인도에서는 사라졌다. 반면, 자이나교는 세계 어디에도 없지만, 인도 안에서는 끝내 살아남았다.

불교의 정체성 상실과 승려들의 사원 소유, 우리는 인도 불교 소멸에서 무엇을 배울까? 불교는 자신이 사라졌던 이유를 알고 있을까? 우리가 붙잡아야 할 불교는 과연 무엇이며, 지금의 사찰은 누구의 것인가? 불교가 사라진 이유를 묻는다는 건, 앞으로 어떤 불교를 지어갈지 묻는 것이다.

2. 불교, 혁신인가 소멸인가?

《종교문해력 총서: 다름과 공감하는 시선》은 다음과 같이 종교의 위기를 진단한다.

"'합리적 이성'의 등장은 종교가 설 자리를 사라지게 했습니다. 오랫동안 종교가 담당했던 정치, 교육, 경제, 과학, 의학 등 여러 영역에서 종교 대신 이성이 자리했기 때문입니다. (…)요즘 들어 '믿음'이라는 것도 달라지고 있습니다. 초자연적인 '신'이나 '절대자'를 향한 '믿음'보다 자신과 자신이 속한 공동체의 안녕과 행복이라는 가치의 문제로 바뀌고 있습니다. 게다가 종교를 떠나는 탈종교화 현상도 두드러지고 있습니다. 더는 '믿음'의 문제로만 종교에 다가갈 수 없습니다."

모든 것은 변한다. 무상이다. 그러니 불교를 포함한 모든 종교는 언젠가는 사라진다. 언제, 어떤 이유로 사라질까? 탈종교 혹은 종교소멸론이 자주 들린다. 종교가 더 이상 일상에 실질적인 도움이 되지 않는다는 인식이 커지고 있다. 일부의 권위적이고 무조건적 믿음을 강조하는 종교에 대한 거부감 때문인가, 아니면 과도한 기복 신앙에 대한 반동인가? 복과 행운을 비는 기도도 의미 있지만, 종교의 핵심은 영성·수행·체험이며, 지성과 윤리로 뒷받침되어야 한다. 세상과의 관계도 중요해, 사회적으로 지탄받는 일은 종교 무관심으로 이끈다.

그렇다면 붓다의 가르침은 어떤가? 개인의 괴로움을 줄이고 세상의 안녕을 가져오는 데 기여할 수 있을까? 탐디는 그렇다고 생각해 서문에서 여섯 가지 가능성을 제시했다. 그 가능성을 현실로 만들기 위해서는 불교의 변화가 필요하다. 아니 단순한 변화가 아니라, 방향의 전환과 깊이 있는 혁신이 필요하다. 이러한 혁신을 위해서는 해야 할 것이 아주 많다. 가장 시급한 것을 들라면 '믿고 따르는 종교'를 넘어, '직접 보고 깨닫는 길'로 돌아가는 일이다.

앞서 우리는 불교를 '삐딱하게' 읽으며, 그 안에 잠든 모순과 과제를 함께 들여다보았다. 인도 불교의 소멸 과정 또한 오늘날의 불교가 새겨야 할 뼈아픈 교훈이다. 이러한 문제의식 속에서, 불교가 다시금 시대와 소통하고 본래의 활력을 되찾기 위해서는 다음 세 가지 변화가 절실하다.

첫째, 비판적 사고의 회복

믿음과 전통에 질문을 던지고, 외부의 제언을 열린 마음으로 받아들이는 일이다. 맹목적인 신념이나 비판에 대한 적개심은, 불교가 간직해온 지혜의 힘을 흐리게 만든다. 사유 없는 신념은 수행이 아니라 습관에 머물 수 있다. 무상, 공, 일체유심조, 사띠, 탐·진·치, 사무량심 등을 일부가 잘못 이해하거나 엉뚱하게 사용하는 이유는, 그 가르침에 대한 의문과 질문이 사라졌기 때문이다. 대승불교는 다른 부파에 대한 비판으로 시작했으니, 이제 비판을 받아들이는 일에도 열려 있어야 하지 않을까?

둘째, **본질에 대한 탐구**

경전과 의례의 형식을 넘어서, 붓다의 삶과 가르침에 담긴 핵심을 다시 살펴야 한다. 불자들이 쉽게 듣고, 이해하고, 삶에 실천할 수 있도록 만들어야 한다. 외형적 번영에 치우친 인도 불교의 쇠퇴는 깊은 교훈이다. 소욕지족의 삶, 기도를 통해 마음을 정돈하는 일, 그리고 기도하는 나에서 멈추지 않고 이웃에게 손을 내미는 실천도 함께 회복해야 한다.

셋째, **소통과 공감의 확장**

개인의 구원에 머무르지 않고, 시대의 고통과 공동체의 아픔에 응답하는 불교로 나아가야 한다. 탁발에서 느꼈던 '함께 살아가는 방식'

처럼, 연대의 수행이야말로 지금 필요한 길이다.

종교는 쇠락의 길로 접어들었고, 불교 또한 예외가 아니다. 이대로 소멸할지, 혁신으로 다시 태어날지, 아니면 아예 종교를 뛰어넘는 길을 찾아야 할지 모르겠다. 불교가 직면한 새로운 '개벽'의 시기이다.

3. 불교가 넘어야 할 8가지 경계

많은 사람들이 불교라는 제도와 의례 안에서 안락함을 구하지만, 정작 붓다의 살아 있는 가르침은 점점 희미해지고 있다. 교단과 종파, 의례와 규율은 신앙의 틀을 제공했지만, 정작 삶을 바꾸는 수행은 점점 설 자리를 잃고 있다. 우리는 묻는다. "불교를 지키는 것이 목적인가, 붓다의 가르침을 살려내는 것이 목적인가?"

이 질문에 답하려 할 때, 오늘의 불교가 직면한 '넘어야 할 경계들'이 선명하게 드러난다.

(1) 신앙과 실천의 경계

불상을 향한 기도가 단순히 복을 비는 행위가 아니라, '내가 지금 이 순간 탐욕을 내려놓았는가?'라는 내면의 질문으로 이어져야 한다. 탐욕과 성냄을 줄이고 연민과 지혜를 키우며, 지금 여기에서 열반을 맛보는 살아 있는 실천불교로 나가야 한다.

(2) 이론과 체험의 경계

경전과 사상만 공부하고 끝나는 불교가 아니라, 명상과 수행을 통해 직접 경험하고 체득하는 지혜가 필요하다. 지식이 아닌 살아있는 깨달음이 목표가 되어야 한다.

(3) 전통과 현대(과학)의 경계

옛 가르침을 맹목적으로 답습하는 데서 벗어나, 현대 사회의 언어와 문제의식 속에서 불교를 재해석해야 한다. 과학이나 철학과도 경계를 넘나들며, 지금 시대의 언어로 소통하는 불교가 되어야 한다.

(4) 나와 너의 경계

'나'라는 틀에 갇혀 있지 않고, 서로의 고통을 내 일처럼 느끼며 이타적인 삶을 실천해야 한다. 모든 존재가 서로 연결되어 있다는 연기를 삶 속에서 체험할 때, 불교는 나를 넘고 너를 품는 길이 된다.

(5) 출가와 재가의 경계

출가자에게만 깨달음이 있는 것이 아니라, 재가자의 삶 속에서도 깨달음의 순간은 존재한다. 스님과 신자가 서로의 수행을 존중하고 배우는 수행공동체(*Sangha*)야말로, 불교 회복의 열쇠다.

(6) 교단과 세상의 경계
사찰 안에 갇히지 않고, 사회적 고통과 젊은 세대의 목소리를 향해 한 걸음 더 다가가는 불교가 필요하다. 참여 불교, 연대하는 불교로 나가야 한다.

(7) 다른 전통과의 경계
다른 종교, 사상, 문화와 담을 쌓지 않고 깊은 이해와 존중을 바탕으로 대화하고 협력해야 한다. 배타성을 넘어 인류 보편의 지혜를 나누는 불교가 되어야 한다.

(8) 인간과 비인간 생명의 경계
인간만이 아니라 모든 생명과 지구 생태계의 고통을 함께 바라보며, 기후 위기와 생태 위기 극복에 적극적으로 기여해야 한다. 모든 존재를 아우르는 자비가 불교의 기본이고 생명이다.

4. 열린 상상이 필요하다
'경계를 넘자'는 이 여덟 가지 제안은 새롭거나 급진적인 것이 아니다. 이미 불교 안팎의 다양한 흐름 속에서 논의되고 있던 담론을 한

자리에 모은 것에 불과하다.

그렇지만 이 제안을 반대하는 목소리도 예상된다.
"전통을 무시하고 불교를 왜곡하려 한다."
"지나치게 서구적인 시각이나 현대적 사조를 불교에 덧씌우려 한다."
"이단적인 주장을 펼치고 있다."
"불교도 제대로 모르면서 섣불리 비판한다."

세상에는 '백만 가지 불교와 백만 가지 시선'이 있다. 어떤 독자는 이렇게 말할지도 모른다.
"내가 불교에 대해 품었던 의문들을 시원하게 짚어 주었다!"
"이것이야말로 붓다의 본래 가르침 아닐까? 현대 불교가 나아가야 할 길이다."
"막연했던 불교의 미래상이 조금 더 선명해졌다."
"종교가 사회에서 어떤 역할을 해야 하는지 잘 보여 준다."

이 책에서 다루는 '이기적 스님', '깨어 있는 이기심', '삐딱하게 읽는 불교', '경계를 넘는 불교', '불교를 넘는 붓다' 같은 주제들은 기존 불교 담론을 넘어서는 시도일 수 있다. 그러나 이것은 전통을 부정하려는 것이 아니다. 오히려 그 본래의 뜻을 다시 살려보고자 하는, 한 수행자의 솔직한 질문과 여정일 뿐이다. 또한 혁신을 말한다고 해서 기존 승가의 노력과 가치를 깎아내리려는 것도 아니다. 한 출가 수행자로서 이미 오랜 전통의 혜택을 받고 있다. 이 글을 변화와 성찰을 바라는 한 초보 수행자의 작은 제안으로 받아들여 준다면 고맙겠다.

고통과 혼돈의 시대, 불교의 정의와 실천은 무엇인가? 어느 것이 붓다의 가르침을 이어갈 수 있을까?

- 사부대중이 함께하는 수행공동체
- 세상과 적극적으로 만나는 참여공동체
- 너와 내가 함께 걸어가는 열린 공동체
- 인간 삶의 새로운 형태를 만드는 미래공동체

새로운 변화의 물결

혁신을 향한 작은 움직임들은 이미 시작되었다. 참여불교와 '깨달음의 사회화' 같은 실천들은 불교가 나아가야 할 길을 보여 준다. 이제 불교가 기존의 경계를 허물고, 붓다의 본래 가르침으로 돌아가기 위해 무엇을 해야 하는지 살펴보자. 붓다의 정신은 불교라는 이름표를 넘어서도 살아남을 수 있을까? 그리고 우리는 시대의 '개벽'을 어떻게 열어갈 수 있을까?

1. '깨달음의 사회화'

탐디는 한국의 사례에 익숙하지는 않지만, 위에 제안한 방향으로 가는 변화의 실마리를 두 곳에서 발견했다. 남원 실상사는 기존의 불교 토대를 바탕으로 다양한 변화를 만들고 있고, 정토회는 새로운 모델을 만들고, 그것을 실천으로 이어가고 있었다.

그런데 얼마 전, 전주에 계시는 태유 스님이 반가운 소식을 알려 줬다. **'깨달음의 사회화 운동'**이다. 모악산 금산사에서 추진하는 일종의 '묻기 운동'이다. "옳은 답을 하는 사람보다 옳은 질문을 하는 사람이 더 필요한 세상이 왔다. 그래서 묻는다. 나에게 그리고 사피엔스에게."

- 나에게 묻는 말, 지금 뭐해? 지금 이 순간을 알아차리겠습니다. 나에게 친절과 자비를 베풀겠습니다. 순간 순간 지족(知足)하며 살겠습니다.
- 사피엔스에게 묻는 말, 지금 뭐해? 덜 입고, 덜 먹고, 덜 쓰겠습니다. 사람이 모이는 지역사회 만들기에 힘쓰겠습니다. 정부와 기업에게 탄소 중립 실현을 촉구하겠습니다.

이 운동은 마음의 문제를 다루는 질문과 지구 환경을 다루는 질문을 통해, 개인의 성찰과 세상의 변화를 꿈꾸고 있다. 이는 나와 세상의 새로운 만남이자, 깨진 관계를 회복하려는 실천이다. '지금 머해?'라는 요즘 스타일의 노래를 부르고, 스티커를 붙이며 나에게도 묻고 이웃에게도 묻는 실천 운동으로 이어간다. 앞에서 제시한 '비판적 사고 회복' '본질 탐구' '소통과 공감'을 아우른다. 한국불교가 이토록 빠르게 현실에 반응하고 있다니, 놀랍고도 반가운 일이다.

2. 참여불교, 길이 될 수 있을까?

종교가 공동체를 위해 무엇을 할 것인지 깊이 고민해야 할 시점이다. 세상을 돌보지 않는 종교는, 결국 세상으로부터 버림받는다. 불교는 이제 세상을 향해 손을 내밀어야 한다. 세상과 적극적으로 만나자는 불교 운동을 **참여불교**(Engaged Buddhism)라고 부른다. 종교학자 오강남 교수의 설명을 들어보자.

> "'참여불교'라는 말은 베트남 출신 승려 틱낫한(1926~2022) 스님이 만든 말로서, 참여불교 운동도 그에 의해 촉발되었습니다. 베트남 전쟁 당시, 틱낫한 스님은 옆에서 폭탄이 떨어져 사람들이 죽어가는데도 선방에서 참선만 한다면, 그것은 일종의 직무유기라고 생각했습니다. (…) 개인의 고통뿐 아니라 사회 전체의 고통에도 관심을 집중해야 한다는 생각이었습니다. 이것은 사실 모든 것이 서로 연결되어 있고 서로 의존하고 있다는 연기 사상을 근거로 하고 있다고 볼 수 있습니다."

- (월간 〈고경〉 2023. 9. [심층종교와 불교의 미래] 참여불교)

기후 변화와 생물 다양성 감소가 지구의 문제로 등장한 지 이미 오래지만, 남방이나, 북방이나 불교는 대체로 조용하다. 남방에서는 건강한 마음, 화목한 가정, 평화로운 사회를 주로 말하고, 북방은 중생구제를 명목으로 주로 온건하고 일상적인 사회복지 활동에 머문다. 소수 종교, 노동자, 장애인, 이주자, 동성애, 성평등 등 사회적 약자에 대부분 침묵한다. 붓다의 여성과 천민 출가, 공물 제사 폐지, 전쟁 반대는 가장 첨예한 사회 참여였다.

중생 구제를 내세우는 북방보다 자기 수행에 집중하는 남방이 참여불교에 더 적극적이다. '참여불교 국제연대(INEB)' 사무국은 태국에 있고, 회원 단체들도 남방에 많다. 왜 남방에서 참여불교에 관심이 많을까? 매일 아침 탁발하며 할매를 만나기 때문 아닐까? 하루도 세상과 떨어진 적이 없고, 등지고 살지 못한다. 매일 세상이 눈에 들어오고 더 나은 세상을 위해 뭔가 해야 한다. 출가자도 세상이 편치 않으면 생존할 수 없다. 오랫동안 사찰이 지역사회에서 학교, 보건소, 탁아소, 상담소 역할을 해 온 배경이고, 이런 전통이 지금도 세상에 관심 두게 하는 것이다.

한국에서는 정토회가 참여불교 국제연대(INEB)의 파트너다. 법륜 스님은 2024년 11월 인도 첸나이에서 열린 INEB 국제 콘퍼런스(주제: 현대사회와 사회 참여) 기조 강연에서 참가자들과 문답을 나누었다. 일부를 여기 옮긴다.

질문: 우리는 어떻게 참여불교를 실천할 수 있나요?

법륜 스님: "부처님을 믿는 종교 행위, 부처님의 가르침을 학습하는 학문적인 연구만 하고 있어서, 실천적인 불교가 나오지 않는 것입니다. (…) 저는 정토회 회원들에게 붓다로서 그가 45년간 어떻게 각각의 사회 문제에 대응하며 살아갔는가? 이 학습을 가장 중요하게 가르치고 있습니다. 붓다께서 다시 이 세상에 오신다면 이 문제에 어떻게 접근할 것인가? 참여불교란 그냥 새로운 불교나 불교의 한 부분이 아니라 저는 이것이 바로 원래의 불교라고 생각합니다. 부처님의 본래 가르침으로 돌아가자는 운동이라고 생각합니다."

질문: 스님이 왜 평화운동을 합니까?

법륜 스님: "전쟁이 나면 나도 폭탄을 맞을 수 있고, 내가 사는 절도 파괴될 수도 있습니다. 불교 따로 있고, 수행 따로 있고, 사회 참여가 따로 있다고 생각하지 않습니다. 그냥 삶이 수행이고 삶이 사회적 실천이라고 생각합니다."

탐디가 참여불교에 눈을 돌리게 된 것은 어디선가 읽은 이 한마디 때문이었다. "고통을 본 자는 움직이지 않을 수 없다." 참여불교는 불교의 새로운 실험이 아니라, 붓다가 이미 보여 준 길의 현대적 실천이다. 세상의 고통을 직시하고 움직이는 것, 그것이 바로 수행의 완성이다.

3. 달라이 라마의 종교를 넘어

2024년 6월, 다람살라에서 달라이 라마 존자의 법문이 있었다. 수천 명이 모였고, 대부분은 티베트인이지만 외국인도 수백 명에 달했다. 더욱 놀라운 것은, 존자의 법문이 티베트어로 진행되면 동시에 12개 언어로 통역되어 전 세계 사람들이 함께 듣는다는 사실이다.

다람살라에 있는 티베트 박물관(The Tibet Museum), 티베트 역사와 인도로 피난길, 그리고 지금의 티베트 상황 등이 짜임새 있고 가지런히 전시돼 있다. 탐디와 분펫은 이곳에서 티베트 사람들의 목소리를 듣고 마음으로 응원을 보냈다. 누구에게나 미래는 불확실하지만, 티베트인들의 미래는 더욱 예측하기 어렵다. 고향에 돌아갈 수 있을까? 티베트에 있는 사람들은 잘 버티며 살 수 있을까? 이 어려운 상황에서도 달라이 라마는 우리에게 세계 문제 해결에 동참하도록 요청한다.

그분은 나와 너 모두의 '최선의 이익'을 위한 전 지구적 차원의 실천을 강조했다. 이것은 붓다의 가르침은 물론이고, 탐디가 제안하는 '현명한 이기심'과도 닿아 있다.

> "세계화 시대에 우리 삶이 서로 깊이 연결되어 있고 우리 행동이 전 지구적 차원임을 깨달아야 할 시기가 도래했습니다. 그렇게 한다면 더 큰 인류 공동체에게 최선의 이익이며, 우리 자신의 이익에도 최선이 될 것입니다." -《달라이 라마의 종교를 넘어》

불교 너머의 붓다

불교는 오랜 역사 속에서 다양한 제도와 형식을 쌓아 올렸다. 이 견고한 틀은 붓다의 가르침을 지켜왔지만, 때로는 그 가르침의 본질을 가리기도 했다. 붓다는 자신이 가르친 믿음에 갇히는 것을 원하지 않았다. 그는 단지 고통의 원인을 직시하고, 해법을 찾으라고 가르친 실천가이자 안내자였다. 불교라는 이름표를 넘어서서, 붓다의 살아 있는 가르침을 만나야 할 때다.

1. 가지 않은 길에 대한 상상

'종교적이지는 않지만 영적인(spiritual but not religious, SBNR)'이라는 표현은 이미 진부할 정도로 흔해졌다. 불교는 이러한 세태에 어떻게 대응하고 있을까?

한국의 템플스테이는 지난 2002년부터 참가한 사람이 640만 명을 넘는데, 그중 절반 이상은 불자가 아니다. 영성을 찾는 사람은 많은데, 정작 불교는 그 갈증을 충분히 채워 주지 못하고 있다. 한국이나 라오스나 복을 달라고 비는 기복신앙이 문제라고 하는데, 오히려 기복을 넘는 공덕 실천, 자기 계발, 수행 참여의 길이 닫혀 있는 것이 더 큰 문제다. 관념이 아니라 손에 잡히는 삶의 지혜와 실천 방법이 필요하다. 불자 개인이 해결할 수 있는 문제가 아니라 공급자인 출가 공동체, 상가의 일이다. 어떻게 변화를 시작할 수 있을까?

영화 〈콘클라베〉는 우리에게 시사하는 점이 있다. 진정한 신앙은 제도 바깥에서도 존재한다는 것이다. 가톨릭의 교황을 선출하는 콘클라베는 철저히 전통과 규칙에 따라 움직이는 의식이다. 그러나 영화는 묻는다: 진정한 신앙은 과연 이런 제도와 형식 안에서만 가능할까? 오히려 진실을 마주할 용기, 자신의 양심에 귀 기울이는 것이 참된 신앙의 본질임을 암시한다. 특히 종교인들에게는 제도에 안주하거나 형식에 매몰되지 말고, "내가 진정 누구를 위해 신앙을 지키는가?"를 묻게 한다.

갈수록 혼란스러운 세상, 지금 인류에게 필요한 것은 무엇일까? 종교가 그것을 채울 수 있을까? 기존 종교가 해결하면 최고일 것이다. 만약 그렇지 않다면 그 요구를 충족할 새로운 종교가 필요하겠지. 지금 인류가 기다리는 것은 어떤 영성, 가르침일까? 불교는 그 물음에 답할 준비가 되어 있는가?

다람살라에 머무는 내내 반복해서 묻는다. 왜 지금, 다시 붓다인가? 쿠바 분펫과 여러 나라에서 온 스님들에게도 들이댄다. "Why Buddha now?" 불교는 종교의 울타리를 넘을 수 있을까? 불교가 사라져도 붓다의 가르침은 남아 있을까? 불교는 종교이자 철학이며, 때로는 과학일 수도 있다. 그러나 과연 이 모든 것을 넘어서는 '그 무엇'이 될 수 있을까?

2. '종교 이전의 길'을 향하여

불교를 넘어선 붓다의 가르침은 살아남을 수 있을까? 제도 불교에 있는 분들이 '안티 탐디'를 외칠지 모르겠다. '경계를 넘자'고 하더니, 이제는 불교 자체를 넘겠다고? 불교를 넘는다는 것은, 불교를 배반하는 것이 아니라, 붓다의 본래 뜻을 되살리는 길일 것이다.

불교를 넘어선다는 것은 겹겹이 쌓인 전통을 넘어, 지혜와 자비라는 본래의 생명을 다시 일으키는 일이다. 그때 우리는 부처님이라는 이름이 아니라 붓다의 살아 있는 가르침 속에서 서로를 바라보고, 함께 길을 걸을 수 있을 것이다. 이것이야말로 오늘 우리가 마주한 새로운 개벽(開闢)이 아닐까.

개벽은 '하늘이 열린다'가 아니라 '경계가 무너진다'는 선언이다. 개벽은 어느 날 하늘에서 내려오는 사건이 아니다. 그것은 지금, 여기서 관계를 새롭게 바라보는 눈이 열리는 일이다. 개벽은 미래가 오는 게 아니라 지금, 여기를 새롭게 사는 방식이다. 내가 변하지 않으면 미래는 오지 않는다. 개벽은 시대의 변화가 아니라 내가 보는 방식을 바꾸는 일이다. 바로 붓다의 방식이다.

이미 역사 속에서도 다양한 개혁적 흐름이 이런 시도를 해 왔다. 선불교는 문자와 형식에 매이지 않고 '지금 이 자리'에서 깨달음을 외쳤다. 붓다의 정신으로 돌아가려는 실험이었다. 불교가 아니라 불도(佛道)의 길을 걷자는 움직임도 있었다. 참여불교는 사찰을 넘어 세상의 고통 한가운데로 들어갔다. 현대에는 종파를 넘어 불교와 과학, 불교와 심리학, 불교와 환경·생태운동을 연결하려는 움직임도 활발하다.

붓다의 가르침은 특정 시대나 문화에 얽매이지 않고 인간의 보편적 고통과 해법을 다루기에, 제도 불교를 넘어 언제나 살아남을 힘을 지닌다. 고통의 소멸, 지혜와 자비를 향한 실천은 이미 명상·마음챙김·자비 수행 등으로 세속 영역에서도 효과가 입증되며 전 세계로 확산되고 있다. 또한 붓다는 맹목적 믿음보다 스스로의 탐구와 경험을 강조했다. 붓다는 누구에게나 제도나 권위에 의존하지 않고 스스로 진리를 탐구하라고 요청했다. 미래를 여는 우리에게 필요한 태도다.

붓다의 가르침은 특정 시대나 문화에 갇히지 않는 보편성을 지닌다. '종교를 넘는 붓다'는 바로 이러한 보편성을 회복하자는 선언이다. '불교'라는 이름표를 떼고도 그 가르침이 힘을 발휘할 수 있다는 믿음, 이것이 불교가 미래에 생존할 수 있는 가장 중요한 길일 것이다. 마치 물이 컵, 병, 그릇 등 어떤 용기에 담겨도 본질은 변하지 않는 것처럼, 붓다의 가르침은 불교라는 그릇에 갇히지 않고 인류 보편의 지혜로서 다양한 분야와 결합하며 새로운 영적 지형을 형성할 가능성이 매우 크다.

아니, 가능성이 아니다. 그 가르침이 꼭 필요하다. 미래에 인간 욕망의 양상이 변하더라도 그 속성은 같을 것이다. 고통을 일으키는 '욕망의 심층 구조를 흔들어' 세상을 바꾸는 붓다의 지혜가 절실하다. 종교의 현재와 미래, 단절과 순환의 시간이 왔다. 영성은 종교를 넘어설 때 생긴다. 기독교든 불교든 이제 종교의 이름은 중요하지 않다. 중요한 것은 그 가르침에 얼마나 충실하게 살아가느냐이다.

불교는 애초에 '종교 이전의 길'이었다. 불교는 처음부터 종교라기보다 삶과 괴로움에 대한 실천적 통찰 운동이었다. 붓다는 철학자도, 종교 창시자도, 구원자도, 물론 신도 아니었다. 고통의 원인과 해법을 제시한 실천자이자 교사였다. 붓다는 자신이 안내자임을 명확히 했다.

> "열반에 이르는 길이 있고 안내자인 내가 있습니다. 어떤 제자들은 나의 충고와 가르침을 듣고 열반을 성취하고 어떤 제자들은 성취하지 못합니다. 그것을 내가 어찌하겠습니까? 여래는 다만 길을 보여줄 뿐입니다." -《가나까 목갈라나 경》(MN 107)

2009년 4월, 실상사 법문에서 법정 스님이 단호히 말했다.
"절이 생기기 전에 수행이 있었습니다."
이 말은, 불교는 형식이 아니라 실천이라는 선언이다. 경계를 넘는 불교는, 도량을 짓기보다 길 위에 선다. 스님은 이어 당부했다.
"절이나 교회에 습관적으로 다니지 마십시오. 내가 왜 절에 가는지 교회에 가는지 스스로 묻고 깨어 있어야 합니다."

금지된 도시 자프나의 마음

해가 뉘엿뉘엿 넘어갈 무렵, 바닷가를 걷는다. 스리랑카 북부 도시 자프나(Jaffna), 소수민족 타밀족이 모여 사는 도시다. 수평선에 걸린 석양은 바다를 알록달록하게 물들이고 물새들이 물 위를 치며 낮게 난다. 육지와 섬을 잇는 긴 다리를 달리는 버스가 바다 위에 길게 그림자를 드리운다. 사람들이 한가로이 걷거나 옹기종기 모여 있다. 저녁 나들이인가 보다.

한 무리의 청년들이 사진을 찍고 있다. 이리저리 자세를 바꿔가며 즐겁게 웃는다. 가만히 보니 한 청년이 사진의 주인공이다. 청년들 모습이 예뻐 나도 옆에서 한 장 찰칵. 청년들과 자연스레 눈인사를 교환했다. 나는 청년들을 뒤로하고 산책을 계속하다, 잠시 멈춰 바다를 보고 있었다. 잠시 후 청년 두 명이 다가왔다.

어, 아까 사진 찍던 청년들이네. 그들은 인사를 하더니 종이에 싼 것을 내민다. 풀어보니 작은 케이크 한 조각이 들었다. "이게 뭐예요?" "아까 그 주인공 여자가 오늘 생일이라 축하하고 케이

크를 먹었어요." 그러니까 그 케이크를 나에게 주려고 쫓아 온 거다. 순간 어리둥절했다. 나를 위해 이곳까지 따라왔다는 건가? 단지 미소 몇 번 주고받았을 뿐인데, 그걸 마음의 교환으로 받아들이다니 … 같이 저녁 먹으라고 돈을 조금 줄 걸 하는 생각이 든 건 청년들이 돌아간 한참 뒤다.

대체 무슨 일이 일어난 걸까? 잠시 눈인사를 나눈 것밖에 없다. 세상에 실망하고, 인간에 지쳐 "말세야…"를 입에 달고 다니던 탐디에게 이런 일이 생기다니? 대체 선한 마음은 어디에 숨어 있다 나오는 걸까? 세상과 인류 미래에 대한 절망으로 향하는 내 마음을 흔든다. 아직 세상은 희망이 있다고? 가슴이 뛴다.

한때 '금지된 도시'였던 자프나, 내게는 오랜 갈망의 이름이었다. 자프나는 스리랑카의 내전 시기에 반군이라 불리던 타밀족의 중심도시였다. 30년 전 내가 스리랑카에 갔을 때 방문 금지였고, 그 뒤로 외신에 이 도시 이름이 나올 때마다 궁금하고 마음이 끌렸었다. 이번 방문길에 가장 먼저 찾아왔다. 이처럼 많은 사람이 죽고, 도시가 불타고, 이별의 아픔이 서린 곳, 상처 입은 사람들이 사는 곳에서 다정한 마음을 만나다니, 더욱 감격스럽다.

이들은 어떤 경계를 넘었나? 내전의 상처라는 경계를 넘고, 낯선 이방인을 넘고, 힌두교라는 종교를 넘고, 노인과 청년을 넘고, 눈빛만으로 언어의 장벽을 넘고, 무엇보다 너와 나, 세상과 나의 경계를 넘었다. 아니 우리의 '상식'을 뛰어넘었다. 무엇일까, 이 나눔은? 깨어 있는 이기심일까, 이미 깨달은 마음일까?

누군가와 이야기를 나누고 싶어졌고, 이 책을 쓰기 시작했다.

에필로그 -
그래, 티끌처럼

나는 평생 '자유로운 영혼'이라는 환상에 갇혀 살았다. 제도와 권위로부터 자유를 찾고, 몸과 마음을 누르는 힘을 거부했다. 중학생 때는, 공부는 제쳐두고 3년 내내 우주선과 뗏목을 그렸다. 로빈슨 크루소를 수없이 읽으며 나만의 무인도를 세웠다. 세속으로부터도 자유를 찾아 절도 교회도 모스크도 기웃거렸다. 시베리아 한복판에서 샤먼을 만나고 초원에 누워 우주를 만나고 천사도 얻었다. 뭔가 갖지 않아 결국 집 한 칸 없는 무일푼 노인이 됐다.

마침내 욕망이 지배하는 도시를 떠나면 진정한 자유를 얻을 수 있을 것이라 믿었다. 하지만 한국을 떠났다고 자유로워진 것은 아니었다. 욕망과 속박은 밖이 아니라 내 안에 있었으니까. 마음 가는 대로 사는 것이 자유라 착각했지만, 진정한 자유는 마음이 가자는 것을 정중히 거절할 수 있는 상태임을 이제야 알게 되었다.

내가 평생 찾아 헤맸던 자유는 '착한 사람', '강한 사람', '자유로운 사람'이라는 자아에 갇힌 어리석음이었다. 이제 이 '자유 찾기 놀이'를 그만두려 한다. 자유는 어떤 것을 갖는 것이 아니라, 벗어나고 덜어내는 일이다. 장자가 말한 '오상아(吾喪我)'처럼 허상인 나를 죽이고, 붓다가 가르친 것처럼 자아(我)조차 없음을 깨달아야 한다.

마음이 아무것에도 의지하지 않을 때, 진정한 자유는 조용히 시작된다. 죽으면 자유가 올 수도 있고, 그전에 깨어나면 더 큰 자유가 올 수도 있다. 아니면 그냥 살아가는 동안 소리 없이 다가올지도 모른다. 다만 '그냥' 흘러가듯 살며 그 자유를 기다릴 뿐이다.

티끌처럼 사라지되, 서로를 살리는 관계

다람살라의 달라이 라마 사원의 한쪽. 낡은 나무 의자에 앉아 사람들을 바라본다. 분주하고 경건한 그 흐름 속, 고요한 틈 사이로 내가 보인다. 나는 아무것도 아니구나. 붓다도, 보살도, 승려도 아닌, 그저 하나의 존재일 뿐.

숨이 깊어지고, 그 숨결 따라 조용히 내 몸과 마음을 바라본다. 숨을 내쉴 때마다 무언가가 빠져나간다. 몸이 점점 작아진다. 조금씩 더 … 이대로 사라져 티끌이 되어도 좋겠다는 마음이 든다.

무아를 깨달을 수 있다면 좋겠지만, 아직은 멀다. 그때까지 티끌처럼 살자. 작고 가볍게, 이웃을 살피고, 소외된 이들을 품고, 이방인을 환대하며, 자연과 함께하자. 내가 작아질수록 삶은 가벼워지고, 함께하는 일이 쉬워진다. 그렇게 서로를 조용히 알아차리며, 어디에서든 누구와도 부드럽게 어울려 가자.

티끌처럼 산다는 건, 그저 사라지는 게 아니다. 세상을 더럽히지 않고, 가볍게 머물다 떠나는 삶이다. 나는 그런 삶을 상상해 본다. 내가 꼭 옳지 않아도 된다는 용기, 남이 나를 알아주지 않아도 조용히 일하는 자세, 내 안의 욕망을 자주 들여다보는 성찰, 관계가 다치기 전에 먼저 물러나는 부드러움, 그리고 세상에 무언가를 남기려 하기보다, 지금 여기를 따뜻하게 바라보는 눈.

김선우 시인이 마치 내 마음을 읽은 듯하다. "때로 우리라 불러도 좋은 티끌들이 / 서로를 발견하며 첫눈처럼 반짝일 때 / 이번 생이라 불리는 정류장이 화사해집니다." - 〈티끌이 티끌에게〉

한국 속담에 '티끌 모아 태산'이라는 말이 있다. 이 말이 탐욕을 부추기는 말이 아니라, 티끌 같은 존재들이 함께 모여 진짜 산, 함께 살아갈 수 있는 세상을 만든다는 뜻으로 다시 들리면 좋겠다. 우리는 그렇게 연결되어 살아간다. 붓다의 제자들이 수행공동체 속에서 작은 인연을 모아 법을 지켜왔듯이.

티끌처럼 사라지되, 서로를 살리는 관계로 남기를 바란다.

탐디는 아직 도착하지 않았습니다

나는 라오스의 숲에 살고 있지만,
아직도 한국 사회에 대한 미련을 놓지 못하고 있는지도 모릅니다.
그 미련은 어쩌면 집착일지도,
어쩌면 변화를 바라는 기대일지도 모릅니다.
한국은 불안정하지만, 그만큼 역동적입니다.
무너질 만큼 무너지면서도, 다시 세울 힘이 있는 곳입니다.

라오스와 한국불교의 미래를 생각하면 우려가 앞섭니다.
거대한 법당보다 작은 실천이,
화려한 말보다 진솔한 수행이 더 절실한 시대입니다.
나는 붓다의 가르침을 믿습니다.

다만, 그 가르침이 지금 여기,
이 세계에도 여전히 유용한지 묻습니다.
하지만 그 물음에 쉽게 답하지는 못합니다.

나는 불교 공부도 충분하지 않고,
담마를 지금의 언어로 어떻게 전할 수 있을지도 잘 모릅니다.
글도 미숙하고,
매일 의심하며 되묻는 중입니다.

그런데도 내가 이 글을 쓰는 이유는,
한국에 내가 사랑했던 사람들이 있고,
여전히 미래가 불확실해 힘겨워하는 청년들이 있기 때문입니다.

어려움을 헤쳐 나가려면 붓다의 가르침이 절실합니다.
그러나 안정적인 라오스에서는 불교의 변화가 어렵습니다.
한국 사회의 치열한 삶은 오히려 '괴로움의 소멸'이라는
붓다의 가르침을 더 절실하게 만듭니다.
열정과 가능성이 살아 있는 한국에서
'살아 있는 불교'의 변화가 시작될 수 있습니다.

한국에서의 변화가 주변 국가에도 긍정적인 영향을 줄 수 있습니다.
그래서 그 변화가 태국과 라오스에도 닿을 수 있으니까요.

이 모든 중심에는 '사람'이 있습니다.
내가 사랑했던 사람들,
고통 속에서도 길을 찾는 사람들,
이름 없이 살아가며 세상을 조금 더 나은 방향으로
밀어 올리는 사람들.
붓다가 45년간 길 위에 있었던 것도 결국 '사람' 때문이었습니다.

나는 아직도 길 위에 서 있습니다.
그래서 이 책은 가르침이 아니라,
함께 걷는 길 위의 기록입니다.

"탐디는 아직 도착하지 않았습니다."

감사의 인사 - 길을 밝혀 준 여섯 스승

지난 7년간 수행하며 수많은 스승을 만났습니다. 그 모든 분을 다 이야기하려면 책 한 권이 모자랄 것입니다. 여기서는 이 책의 길잡이가 된, 제가 마음의 스승으로 삼은 여섯 분을 소개합니다. 이 책을 쓰고, 질문을 이어가며 길을 걸을 수 있었던 건, 이 여섯 분의 빛 덕분이었습니다. 이들은 교학과 수행(일묵), 철학과 논리(홍창성), 생태(최재천), 경험과 현장(강성용), 역사(이광수), 그리고 실천(법륜)이라는 여섯 축을 이루며 저의 앎을 구성했습니다.

바른 인간이 되려면 일묵 스님과 함께 걸어가십시오
출가 후 영어와 라오어로 불교 공부를 시작했지만, 용어와 개념이 뒤엉켜 무척 헤매었습니다. 그때 유튜브에서 일묵 스님을 만났습니다. 스님의 법문은 교학과 수행을 아우르고 붓다의 가르침을 명확히 제시해 주셨습니다. 덕분에 쿠바 탐디의 길이 사성제와 팔정도로 분명해졌습니다. 저 혼자 스님을 스승으로 모시고 따랐습니다. 몇 년이 흐른 어느 가을, 춘천 제따와나 선원을 찾아 스님께 인사를 드리고 "저 혼자 스님을 스승으로 모셨습니다."라고 말씀드렸습니다. 스님은 아무 말씀 없이 미소만 지으셨습니다. 가르침, 고맙습니다.

불교가 헷갈린다면 홍창성 교수의《불교철학강의》를 읽으십시오

좋은 책을 가끔 만나지만, 불교 관련해서는 처음이었습니다. 불교와 불교철학을 이렇게 명쾌하고 논리적으로 설명할 수 있다니! 그동안 엉성하게 엮어 놨던 불교 교리가 아주 말끔히 정리되었습니다. '묻는 일'이 중요함을 깨닫고, 뜬구름 잡는다고 생각했던 한국불교에 대한 인식도 단번에 바뀌었습니다. 인도 순례를 떠나며 챙긴 두 권 중 하나가 이 책이었습니다. 덕분에 순례길에 만나는 서양인들에게 불교를 '논리적'으로 설명할 수 있었습니다.

너와 내가 손잡고 가려면 유튜브 〈최재천의 아마존〉을 탐험하십시오

생명, 다양성, 지속 가능, 공생, 협력 등 쉽지 않은 고민의 답을 함께 찾는 채널입니다. 이것들이야말로 지금 불교가 직면해야 할 주제들 아닐까요? 평생 '생명'을 화두로 살아온 생물학자 최재천 교수님. 편견과 편향으로 가득한 인간 세상, 우리는 생물과 자연에서 배워야 합니다. '모기도 사랑하자'는 그 말씀에 저도 웃으며 고개를 끄덕였습니다. 생명에 대한 그분의 존중이 참 좋았습니다.

강성용 교수가 묻습니다, "나의 삶은 불교와 어떻게 관계되는가?"
서울대 남아시아 센터장인 강성용 교수님을 인도 순례를 준비하며 유튜브 '남아시아 인사이트'에서 만났습니다. 이분을 통해 거품과 허상을 걷어낸 날것 그대로의 인도를 만날 수 있었습니다. 그의 책《인생의 괴로움과 깨달음》은 중국을 거쳐 가공된 불교 해석과는 다른, 붓다의 날것을 드러냅니다. 그의 여러 강의는 저의 상상력을 자극했고, 날것 그대로의 불교, 손에 잡히는 불교, 내 삶과 연결되는 불교를 찾아 나서는 길의 훌륭한 안내자가 되어 주었습니다.

변방의 소리를 들으십시오
부산외국어대학교 인도학과 이광수 교수님은 역사학자의 시각으로 거대 인도 대륙의 변화와 흥망성쇠를 보여 주셨습니다. 인도에서 불교사로 박사학위를 받고 귀국해 불교사에 관한 강연과 연구 활동을 했으나, 한국불교 전통과 달라 소위 '왕따'를 당했습니다. 한국에는 '역사학으로 바라보는 불교와 붓다'를 받아들일 토양이 부족했습니다. 심지어 그는 불교 신자도 아닙니다. 그의 생각은 한동안 책상 서랍 속에 잠들어 있다가,《슬픈 붓다》라는 책으로 세상에 나왔습니다.

제가 그 책의 수혜자가 되었습니다. 변방은 쓸쓸하지만, 늘 변화를 만들어왔다는 것을 다시 새깁니다.

붓다의 가르침을 '지금 여기에서' 실천하는 길

즉문즉설로 잘 알려진 법륜 스님은 저에게는 정토회라는 수행공동체의 길잡이로 오랫동안 기억됐습니다. 담마를 찾아 길을 나섰던 저는, 두 번의 우연한 만남을 통해 다시 스님께 이끌리게 되었습니다. 2025년 봄, 인도 순례를 마치고 이 책을 마무리할 때쯤, 스님의 백일 법문을 매일 들으며 제 수행의 길이 더욱 분명해지는 것을 느꼈습니다. 이제 붓다의 가르침을 따라 도움이 필요한 이들의 곁으로 더욱 마음을 내었습니다.

"사투, 사투, 사투!"

참고문헌

각묵 스님·대림 스님 옮김·엮음, 《니까야 강독 I : 출가자의 길》, 초기불전연구원, 2015.

각묵 스님·대림 스님 옮김·엮음, 《니까야 강독 II : 교학과 수행》, 초기불전연구원, 2013.

강성용, 《인생의 괴로움과 깨달음》, 불광출판사, 2024.

고미숙, 《청년 붓다》, 북드라망, 2022.

고엔카 S.N. 지음, 윌리엄 하트 엮음, 담마코리아 옮김, 《고엔카의 위빳사나 10일 코스》, 김영사, 2018.

그레고리 번스, 홍우진 옮김, 《나라는 착각》, 흐름출판, 2024

김선우, 《내 따스한 유령들》, 창비, 2021.

김지혜, 《선량한 차별주의자》, 창비, 2019.

김창민, 《착각하는 인간, 호모 에라티쿠스》, 간디서원, 2024.

니컬라 라이하니, 김정아 옮김, 《협력의 유전자》, 한빛비즈, 2022
디팩 초프라 엮음, 이현주 옮김, 《루미의 사랑 노래, 타골의 죽음 노래》, 한국기독교연구소, 2001.
로널드 퍼서, 서민아 옮김, 《마음챙김의 배신》, 필로소픽, 2021
로버트 라이트, 이재석 · 김철호 옮김, 《불교는 왜 진실인가》, 마음친구, 2019.
류영모 강의, 다석학회(엮은이), 《다석 강의》, 교양인, 2016.
리처드 도킨스, 홍영남 · 이상임 옮김, 《이기적 유전자》, 을유문화사, 2018.
리처드 도킨스, 이한음 옮김, 《만들어진 신》, 김영사, 2012.
리처드 도킨스, 이용철 옮김, 《에덴의 강》, 사이언스북스, 2020.
마성 스님, 《불교도는 어떻게 살아야 하는가》, 민족사, 2022.
마하시 사야도 지음, 비구 일창 담마간다 옮김, 《위빳사나 수행방법론 1 · 2》, 불방일, 2019.
박경석 · 정창조, 《출근길 지하철》, 위즈덤하우스, 2024.
법정 스님, 《무소유》, 샘터, 1976.
붓다고사 스님, 대림 스님 옮김, 《청정도론 1 · 2 · 3권》, 초기불전연구원, 2018.
브라이언 빅토리아, 정혁현 옮김, 《전쟁과 선》, 인간사랑, 2009.
비구 보디, 우광희 옮김, 《미래를 직시하며》, 고요한 소리, 2019.

빠야닷시 스님, 소만 옮김, 《마음, 과연 무엇인가》, 고요한 소리, 2020.
사사키 시즈카, 법장 스님 옮김, 《인터넷 카르마: 잊혀질 권리가 사라진 세상》, 모과나무, 2021.
서은국, 《행복의 기원》, 21세기북스, 2024.
석지현 옮김, 《법구경: 진리의 말씀》, 민족사, 2021.
석지현 옮김, 《숫타니파타: 불멸의 언어》, 민족사, 2021.
수유너머N, 《진화와 협력, 고전으로 생각하다》, 너머학교, 2016.
심재관 · 최종덕, 《승려와 원숭이》, 동녘, 2016.
아누룻다 스님, 대림 스님 · 각묵 스님 옮김, 《아비담마 길라잡이 1 · 2권》, 초기불전연구원, 2019.
아신 떼자니아, 《번뇌를 가볍게 여기지 마십시오》, 유레카, 2013.
아잔 브라흐마, 류시화 옮김, 《술 취한 코끼리 길들이기》, 연금술사, 2013.
안성두 · 우희종 · 이한구 · 최재천 · 홍성욱, 《붓다와 다윈이 만난다면》, 서울대학교출판문화원, 2010.
에크하르트 톨레, 노혜숙 · 유영일 옮김, 《지금 이 순간을 살아라》, 양문, 2008.
유발 하라리, 조현욱 옮김, 《사피엔스》, 김영사, 2016.
유정길, 《거룩한 불편》, 모과나무, 2025.

이광수, 《슬픈 붓다》, 21세기북스, 2013.
이광수, 《인도 100문 100답》, 앨피, 2018.
이정수 · 이동환, 《요가 인문학》, 판미동, 2023.
일묵 스님, 《사성제》, 불광출판사, 2020.
일묵 스님, 《이해하고 내려놓기》, 불광출판사, 2022.
일아 스님 역편, 《한 권으로 읽는 빠알리 경전》, 민족사, 2018.
자밀 자키, 정지인 옮김, 《공감은 지능이다》, 심심, 2021.
장동선, 염정용 옮김, 《뇌 속에 또 다른 뇌가 있다》, 아르테, 2017
장순용 정리, 《도솔천에서 만납시다》, 판미동, 2017.
전중환, 《진화한 마음》, 휴머니스트, 2019.
잭 콘필드 · 폴 브라이터, 김윤 옮김, 《아잔 차 스님의 오두막》, 침묵의 향기, 2010.
최경아, 《인문학 독자를 위한 니까야》, 불광출판사, 2025.
최재천, 《손잡지 않고 살아남은 생명은 없다》, 샘터, 2014.
최재천 · 팀최마존, 《양심》, 더클래스, 2025.
최정균, 《유전자 지배 사회》, 동아시아, 2024.
토마 피케티 · 마이클 샌델, 장경덕 옮김, 《기울어진 평등》, 미래엔, 2025.
폴 블룸, 최재천 · 김수진 옮김, 《선악의 기원》, 21세기북스, 2024
허정 스님, 《스님들의 오해》, 산지니, 2024.

헤르만 헤세, 박진권 옮김, 《싯다르타》, 미르북컴퍼니, 2014.

홍창성, 《불교철학 강의》, 불광출판사, 2019.

홍창성, 《통도사 승가대학의 불교철학 강의》, 운주사, 2022.

홍창성, 《무아, 그런 나는 없다》, 김영사, 2023.